秉烛民间
学术史背后的故事

金茂年 著

中国文联出版社

图书在版编目（CIP）数据

秉烛民间：学术史背后的故事 / 金茂年著. -- 北京：中国文联出版社，2023.12
　　ISBN 978-7-5190-5341-3

Ⅰ. ①秉… Ⅱ. ①金… Ⅲ. ①文艺评论－中国－当代－文集 Ⅳ. ① I206.7-53

中国国家版本馆 CIP 数据核字（2023）第 256920 号

著　　者	金茂年
责任编辑	王素珍
责任校对	秀点校对
装帧设计	贾闪闪

出版发行	中国文联出版社有限公司
社　　址	北京市朝阳区农展馆南里 10 号　　邮编　100125
电　　话	010-85923025（发行部）　　010-85923091（总编室）
经　　销	全国新华书店等
印　　刷	三河市龙大印装有限公司
开　　本	710 毫米 ×1000 毫米　1/16
印　　张	37.25
字　　数	538 千字
版　　次	2023 年 12 月第 1 版第 1 次印刷
定　　价	128.00 元

版权所有·侵权必究
如有印装质量问题，请与本社发行部联系调换

1980年9月23日,柳州鱼峰山刘三姐雕像前。左起前排:贾芝、高鲁、王健;后排:金茂年、关艳如、杨慧临、缪印堂、记者

1980年9月23日贾芝（左1）金茂年（左2）在柳州鱼峰山向黄勇刹（左4）调查刘三姐传说与鱼峰山中秋歌会情况

1980年9月29日，在广西金秀瑶族自治县大瑶山的原始森林沿着滚木头的滑道下山

1980年10月3日，在广西融水苗族自治县贝江涉水到竹排上，听放排人的故事习俗

1980年10月7日，在广西三江林溪公社与著名老歌手吴居敬合影，事后看照片时才发现裤腿上趴着一只蝉

1980年10月28日，在云南畹町桥上与边防战士合影

1980年11月5日，在云南大理洱海边，岸边没有一幢建筑。左起：贾芝、刘辉豪、金茂年

1980年11月，中国民研会与君岛久子座谈中日民间文化交流问题。左起一排：董森、程远、高鲁、贾芝、君岛久子、高野夫、翻译；二排：吴薇、冯志华、傅信、王汝澜、张文、王一奇、杨亮才、王文宝、金茂年、学生；三排：关艳如、缪印堂、黄泊沧、罗载光、吴超、吴一虹、陶阳

1990年11月，中国民协工作会议期间与钟敬文主席合影。左起前排：吴超、王毅、马捷、钟敬文、金茂年、董晓萍、李贺臣；二排：刘艳军、李路阳、贺嘉、刘慧、张文；三排：王艳、李凌燕、王浩如、刘晓路

1991年7月，《中国歌谣集成·江苏卷》在北京审读。左起前排：唐雨奇、郭维庚、贾芝、张文，后排：金煦、金茂年

1991年11月在武汉《中国歌谣集成·湖北卷》审读会上

1994年9月3日，金茂年与贾芝一起接待国家民间叙事研究会主席雷蒙德，商谈1996年北京召开国际学术研讨会的问题

1994年11月金茂年在台湾淡江大学

1994年11月17日，金茂年与贾芝首次赴中国台湾出席《海峡两岸民间文学与通俗文学研讨会》

1994年11月17日，在台北"国家图书馆"学术报告厅宣读论文。左起：金茂年、金荣华、贾芝、何鸣雁

1996年4月，国际民间叙事研究会北京学术研讨会上，雷蒙德主席对贾芝、金茂年说：感谢会议的成功举办

1996年5月，赴台访学期间，高雄市市长吴敦义接见贾芝一行。左起：刘琦、高雄大学教授、郑一民、林相太、吴敦义、贾芝、姚武年、刘魁立、冯君义、应裕康、金茂年

1996年12月在北京云腾宾馆《中国歌谣集成·云南卷》初审会。左起前排：张文、朱勤勤、马捷、贾芝、陈烈、晓星、吴超；后排：杨海涛、金茂年

1998年7月，德国哥廷根国际民间叙事研究会第十次代表大会期间，贾芝、金茂年与航柯先生会面

1999年10月中国民间艺术节期间，金茂年（前排左4）刘慧（左5）与甄亮（二排右4）带领陕西艺术团合影

2000年10月，《中国歌谣集成·四川卷》审稿会。左起前排：孟燕、贾芝、黎本初、马捷；后排：金茂年、张文、朱芹勤、吴超

2000年9月，金茂年、贾芝参观台北阳明书屋

2001年12月，出席中国文学艺术界联合会第七届代表大会。中国民协代表团左起：金茂年、向云驹、张錩、刘绍振、陶建基、陈连山、白庚胜、刘春香、刘晓路

2002年12月，在家与《中国歌谣集成·吉林卷》主编曹保明、李文瑞斟酌修改前言。左起：曹保明、李文瑞、贾芝、金茂年

2004年3月，金茂年与贾芝、杨亮才赴赵县考察"二月二"庙会

2012年贾芝100岁诞辰金茂年发言

2012年，贾芝100岁诞辰人民大会堂会议现场

序

　　金茂年女士是贾芝先生的夫人，他们夫妇俩都是研究民间文学的专家，在歌谣方面，用力尤深。

　　研究民间文学，采风是基本的入门功夫。对于歌谣，则不仅研究者要有采风的功夫，欣赏者最好也有点采风经验，才会有较深的理解和感受，而欣赏者也常会因之成为研究者。茂年女士之于歌谣，就是这样经由采风活动，从感性的认识，兼跨了理性的研究。她的第一次采风是在1980年广西柳州鱼峰山的歌会，后来她在《我的民间文学启蒙在山河田野间》一文中说："那里的男女老少都会唱歌，而且出口成章（歌会），一唱就是几天几夜，对歌的机敏神速，令诗人也不得不折服。"对茂年女士而言，这无疑是一次极大的震撼。于是她从只是欣赏几首曲调优美的民歌，再走一步，投入了研究的领域。她大量参与了全国各地区各民族的采风活动，累积经验，扩大视野，也感受和理解了"游鱼要在水中看"的乐趣和意义。

　　带着大量的采风经验和资料，茂年女士逐步开始了她的研究工作，同时也先后参与了《中国民间歌谣集成》20多个省、市卷的审读工作，有机会系统地阅读了全国各民族各地区类别众多、形式更多、内容更广的大量材料，也有机会系统地认识了民间歌谣所反映的社会方方面面，深切地体认了民间歌谣所反映的人民生活和感情，进而把歌谣研究的文学层面和民俗及社会各阶层的生活史联系起来，使歌谣研究的意义更广更深。

近世学者，论述或取西方某一理论开篇，然后以中土材料多方比附。茂年女士以为，这样的比附不易贴切，因为文学作品各有其生成环境，歌谣更是微妙。她主张就手头掌握之材料进行归纳与分析，参考环境和背景，陈述其现象与规律，以之与西方理论作比较，明其异同得失，但不宜比附。所言甚是。

我在1986年初识茂年女士和贾芝先生于北京，是应贾芝先生之邀，前往与北京的民间文学界座谈交流。后来几年，承蒙他们夫妇的策划和安排，参与了贵州苗族的姊妹节和甘肃岷县二郎山的花儿会等民歌活动，得长见识。他们夫妇也多次应邀来台湾出席海峡两岸的民间文学研讨会，发表论文。会后聊天，得知不少各省民歌的特色。孔子有"益者三友"之说，除友直、友谅之外，就是"友多闻"。关于"友多闻"之益，我在他们夫妇那里得到了印证。今知茂年女士的《秉烛民间——学术史背后的故事》即将出版，乃就所知，欣为之序。

金荣华

2020年1月22日 于台北阳明山中国文化大学

前　言

感谢台湾著名学者金荣华先生！他在百忙中为本书作序，我不胜荣幸与感激！

他称我专家，实不敢当。40年前，我有幸成为贾芝的助手，做过一些实事而已。贾芝担负协会领导工作70余载；我1980年调入协会，亲身参与改革开放30年的组联、外事与《中国歌谣集成》等项工作。我们两人刚好参与见证了中国民间文学70年学科建设的全过程。

《秉烛民间——学术史背后的故事》以我和贾芝的经历为蓝本讲述学术史背后的故事。师友建议我读《史记》，尝试学习纪传体写法，以人叙事，以事述史，用真实的故事记述新中国民间文学学术史，字字有案可稽，多维立体呈现，不仅确保科学性，细节亦温暖灵动，有趣可读。

1949年5月，贾芝从延安来到北平参加文代会。全国精英荟萃、济济一堂，激情燃烧着每一个人的心，大家都不遗余力地为新生的共和国出谋划策，竭尽全力地奉献自己！解放啦！我们要建设属于人民自己的新中国，属于人民自己的新文艺。

一个民族、一个国家的民间文学崛起往往同民族解放事业紧密相连，中国也不例外。中国民间文学宝藏的发掘与共和国的命运息息相关。10月1日中华人民共和国成立，10月20日文化部艺术局成立，贾芝被分配到艺术局编译出版处搞通俗文学组；12月22日周扬提出通俗文学组拟设民间文艺研究会专事民间文化遗产的整理编审工作。在周扬的直接领导下，贾芝投入筹备创办中国民间文艺研究会的工作。

各民族民间文学有计划的大规模搜集采录与研究便从此开始。新中国的民间文学学科建设继承《在延安文艺座谈会上的讲话》的红色基因，秉承毛泽东"文艺为人民服务"的精神，"取之于民，还之于民"，不同于西方早期民俗学以研究为主要目的之作法。民间文学作为文学，推广、普及、直接服务人民与社会永远是第一位的。民间文学理论亦是从搜集实践总结升华而来，再回到实践指导搜集编辑出版与研究，提升到更高一层的理论，实践、认识，再实践、再认识，循环往复日臻完善，凸显中国特色。

这一工作突出的特点是常常得到政府的肯定与支持，甚至列入国家规划：1953年发掘民族文艺遗产首先被列入国民经济第一个五年计划；1958年中国民间文艺研究会的工作方针"全面搜集、重点整理、大力推广、加强研究"在《人民日报》的社论中得以肯定，并作为中宣部文件下达全国各省市贯彻执行；1981年、1986年《格萨尔》史诗的搜集抢救被列入"六·五""七·五"期间国家重点科研项目；1986年《中国民间文学三套集成》作为国家重点科研项目，发动了全国各省市自治区以及地县的搜集抢救，层层审稿，最后编纂成书，被誉为"文化长城"。发达国家学者对此亦钦慕不已，说他们是无法做到的。

1950年3月中国民间文艺研究会成立，不是先有体制设立机构，而是有识之士出于热爱与责任自发成立，没有编制没有经费，一个真正的群众学术团体拔地而起，挂靠在文化部艺术局。自郭沫若主席到周扬、老舍、钟敬文副主席再到身兼秘书长、党组书记的贾芝无一人挂虚名，均承担着实质工作与责任，编制却全不在协会，终生未取分文报酬。小协会得天独厚，获无数大人物的厚爱。毛泽东、周恩来、陈毅、贺龙、陈云、王震、杨静仁、乌兰夫、谷牧、班禅额尔德尼·确吉坚赞、阿沛·阿旺晋美、赛福鼎·艾则孜、胡乔木、邓力群、肖华、耿飚、胡耀邦、李鹏、李瑞环、李铁映、布赫、司马义·艾买提等党和国家领导人都积极关注，多次出席会议并协助解决具体问题。

胡乔木同志说："主席对民间文学很感兴趣……（胡乔木问逄先知同志：主席看不看民间文学书刊？逄说：有时看到主席翻一翻《民间文学》）"他还说："解放战争时期党中央在陕北行军转移途中，毛主席说：

'以后每个县的宣传部要有一个人专管搜集民间文学。'"中国民研会实现了他老人家的愿望，不仅各省有分会，与地市县甚至乡镇都建立业务关系，瑞丽与延边还成立了民间文学小组。①

民间文学在备受关注的同时，也受到来自旧传统势力的轻视与冲击。民研会曾几度挣扎在生死边缘，跟随贾芝从文化部转移到人民文学出版社。为了保住民研会，贾芝又不惜离开人民文学出版社，与孙剑冰两个人一辆洋车拉上民研会的全部家当投奔北京大学文学研究所的何其芳。辗转几年后，1954年贾芝拿着编辑出版的一套民间文学丛书找到阳翰笙，民研会才得以落地文联，成为其团体会员。贾芝日记记载着民研会初建包括怎么买房子，怎么在文化部洋房的花园里种菜，怎么动员作家诗人画家积极参与民间文艺工作，怎么与作者反复斟酌文字，怎么调查北京大众文艺创作情况，怎么找民间艺人研究编曲艺大观，怎么深入基层发动搜集作品、征集资料以及颠沛流离的艰难。当然，更多是鼓舞：郭沫若亲笔题写"中国民间文艺研究会"会名；赵树理说"我们这才是文艺的正统！"将来的"文坛"就在我们这儿；贾芝从文化部领到一小笔经费，上衣口袋便成了钱柜；周扬一歪身坐在贾芝的办公桌上翘着腿闲谈，要贾芝学习赵家璧一个皮包就能编出一套丛书等等。新生的共和国平等、自由，处处洋溢着勃勃生机，人人都是满满的正能量。初建的民研会不仅编选了一套学术价值极高的丛书，还编辑发行了自己的学术刊物。

1926年，鲁迅在厦门大学讲文学史时，讲稿题目是《汉文学史纲要》。共和国成立以后，我们才有条件逐步对各民族的民间文化遗产进行有计划、有系统的搜集与研究。面对这一艰巨的任务，我们几乎是零起步，众多民族的语言隔阂，特别是历史上反动的民族政策与对民间文学的歧视破坏，使我们对其知之甚少。比如史诗《江格尔》的出版竟在

---

① 贾芝：《记民间文学萌芽时代的浇灌者》，载《播谷集》，人民文学出版社，1994年，第75页（原题目《民间文学事业在春天中萌发》，《民间文学》1990年第4期）。

完全不知情中。1935年热血青年边垣在盛世才的监狱里听到蒙古族狱友满金说唱《洪古尔》。1942年，他凭记忆整理出版。1955年，陶阳拿着《洪古尔》小册子向贾芝汇报，贾芝立即决定作为民研会的丛书出版。那时，他们都还不明确知道中国有史诗，不知道《江格尔》，更不知道《洪古尔》就是《江格尔》的章节。出于诗人的敏感与对中国传统文化遗产的热爱与责任，他们认定这部长诗的珍贵价值，并以此推动史诗的全面搜集出版，接着是《格萨尔》《玛纳斯》《江格尔》三大史诗，再就是30多个民族的创世纪史诗与英雄史诗的纷纷发掘问世，从根本上推翻了黑格尔等西方学者"中国无史诗"的谬论。1985年贾芝在芬兰的世界史诗研讨会上向21个国家的140多位学者宣读论文《史诗在中国》，介绍30多个民族的史诗，突出介绍三大史诗。各国学者一致惊叹："中国是一个富有史诗的国度！""史诗在中国还活着！"芬兰报纸电台纷纷报道来自中国的信息，贾芝受到总统接见并获银质奖章。1988年，我们出版的《中国民间故事选》（第三集）已经收全56个民族的作品。

20世纪80年代，万马齐喑打破，又一个激情燃烧的新时代！如火如荼、百废待兴。贾芝那代从延安走过来的革命人，经历了"文化大革命"之后，初心不改，全力以赴去恢复工作。我们那代人也经历过报国无门的苦闷，便追随他们，自我价值在劳碌中默默实现。无论会议还是活动，件件都是中华文明复兴的大手笔！我至今记忆犹新，捡拾这些鲜活而有温度的故事，激活与还原那段历史，避免被某些主观臆想与推论取代成为义不容辞的责任。我以为，学术研究不仅止于文本到文本，也不仅是简单的套用、推演与解析，更可以或者说应该从这些人物与故事中得到实证补充，丰盈饱满起来。

全书共分六部分：

不忘初心话春秋：对协会初建、根本方针和重大项目的回顾与陈述，包括三大史诗各自独特传奇的发掘抢救过程，十六字方针的确立等。我以40年工作实践中的经历和见闻，核对贾芝日记、书信与相关文件记录等，有案可稽地还原出当年的真实，生动再现那段罕有记述、鲜为人知的历史。

启蒙山川原野间：从刚刚入职便深入少数民族边远山区采风接受民间文学启蒙到对歌谣、神话、故事学习与探索的部分习作，包括三篇国际会议论文，四篇《中国歌谣集成》省卷本审稿会议纪要。

唯平凡造就自我：我在组联部以及其他方面的工作纪实，有艺术节、博览会、国际会议、会员代表大会等各种活动以及与各地协会与会员的联络接待工作。介绍我艰难辅助贾芝成功举办的25个国家出席的北京学术研讨会。介绍几位我尊重的朋友与同事：西北民俗的一面旗帜郝苏民；沉浸式采风的故事把头曹保明；"全国优秀共产党员"模范村书记常德胜；"中国核潜艇之父"、被追授为"时代楷模"的彭士禄。

真情熔铸续新篇：我为贾芝文集写的序、跋及纪念他百岁生日庆典上的答谢词。《贾芝集》后记介绍他在实践中升华理论，自然得如行云流水，平易得像家长里短。《拓荒半壁江山》序以史实印证他提出并实践50年的"少数民族文学是中国文学的半壁江山"理念。《真情呼唤共铸辉煌》跋讲述贾芝与20多个省、市，11个民族的百名学者携手奉献的故事。

构建文明共同体：记录贾芝首开海峡两岸交流之先河。记录贾芝出访日本、苏联、芬兰、挪威、冰岛、丹麦、瑞典、美国、加拿大、匈牙利、奥地利、印度、德国、法国、英国，并与30余个国家的学者建立学术交流关系，构建世界文明共同体的故事。当年我担负外事工作，有笔记可循，记述顺畅、曲折跌宕。

附录：选了三篇贾芝患病期间，我为他代笔完成的文稿。文稿以他的学术思想为基准，参照他的日记、著作、手稿和我们几十年的共识写作而成，读给他听，并获得首肯与赞许。《我是草根学者》概括他一生为三个对接：学者与民众的对接；书斋与田野的对接；民族与世界的对接。

这部书原本只是我个人旧文的结集，做着做着，视野打开，所见所闻所感，一段历史背后的故人故事涌来，不容拒绝，我打开电脑又继续记下来：

1986年应贾芝之邀共破坚冰、开展并坚持海峡两岸民间文学学术交流30余年，学贯中西、著作等身，深入20余个省市区深入考察，倡导并实现双向交流，主持北京学术研讨会中英文娴熟自如切换的台湾学者金荣华；

从世界民间故事的广阔视野发现诋毁新中国的小小逆流，以国际通用的AT分类法编著《中国民间故事类型索引》架起中西交流的桥梁，举实例回击谣言。1978年来访，提出合理建议、多次讲学，助力中国民间文学登上国际讲坛，倒在中国民间文学文稿校改中的美籍华裔学者丁乃通；

1978年应对外友协王炳南之邀，随弟弟著名指挥家小泽征尔及全家访华，结识贾芝，开启中日民间文学学术界交流的国际民间叙事研究会副主席小泽俊夫；

1980年带着新闻故事应邀访问《北京晚报》，盛赞中华人民共和国成立第二年便开始大规模民间文学普查是给全世界同行的一份厚礼，翻译中国民间故事集百余本，深谙中日民间文学的密切关系并多次访学，深入民族地区寻根，任职于大阪国立民族学博物馆的君岛久子；

1983年称在芬兰与贾芝的初见是一次历史性的事件，推进中芬联合考察列入中芬政府文化协定并具体落实执行，在联合国教科文任职期间为中国争取到一笔赞助，倡议推动国际民间叙事研究会在北京召开研讨会成为又一历史性事件的国际民间叙事研究会主席航柯；

策划主办华人展览在加拿大文明博物馆70余个民族的轮展中列为首展，专事海外华人社会与中国传统文化研究，多次来访讲学旨在加强沟通海外华人与祖国关系的加拿大文明博物馆东方部研究专员何万成；

亲自把在布达佩斯召开代表大会的邀请信送到贾芝北京家里，在会上代表与会代表感谢贾芝，为第一次听到中国代表讲演感到兴奋，打趣说自己是匈奴，是中国人后裔的匈牙利学者沃伊格特；

目睹过旧中国，赞扬贾芝在芬兰国际学术会议的论文是新中国民间文学发展的最好例证，多次造访中国的德国著名蒙古学家海希西；

邀请贾芝赴印度迈索尔出席国际会议并讲学，声称在北京学术研讨会期间愉快满足地度过了每一天、每一分、每一秒的国际民间叙事研究会副主席印度学者汉都；

北京国际研讨会上热情邀请中国学者出席1998年在哥廷根召开的国际民间叙事研究会第12届代表大会，热情款待中国，发布中国代表出席开幕式照片在当地报纸上的德国教授汉斯等众多朋友。

……

这里介绍的仅是改革开放以后开始交流的海外学者。前面大部文章已记录共事几十年的各省、市、自治区，各民族学者数百人，篇幅所限，不能一一列举。至此，已经不是什么个人文集，分明是几代学人为中国民间文学学科建设奋战的辉煌交响与美丽图景。

在这里，我向曾经为之付出青春与生命的前辈学者致敬！向正在为之奋斗的同辈与后辈学者致敬！

谨以此书，献给中国民间文艺家协会。

恰逢贾芝110岁诞辰，亦可作为告慰！

2023年11月7日

目　录

第一辑　不忘初心话春秋

民间文艺新纪元发端于延安 …………………………………… 003
阔别12年，北平文代会再相见 ………………………………… 012
中国民间文艺研究会的初建 …………………………………… 016
贾芝与《格萨尔》六十年风雨情 ……………………………… 037
最早邂逅却不相知的《江格尔》 ……………………………… 051
贾芝与同事们的《玛纳斯》情怀 ……………………………… 064
重温民间文学十六字方针 ……………………………………… 087

第二辑　启蒙山川原野间

我的民间文学启蒙在山河田野
　　——跟随贾芝同志广西、云南50天行 ………………… 117
《灯花》以外的故事 …………………………………………… 160
神话《太阳、月亮和星星》引发的思考 ……………………… 164
一部母亲讲述与记录的故事集《白凤凰》 …………………… 170
歌谣、神话与花婆崇拜 ………………………………………… 173
蒙古族民间文学中的"马" …………………………………… 188

炎黄的传说与中华民族古代文明……………………………………… 212
《中国歌谣集成·江苏卷》审稿会议纪要 …………………………… 227
《中国歌谣集成·云南卷》审稿会议纪要 …………………………… 236
《中国歌谣集成·上海卷》终审会议纪要 …………………………… 240
《中国歌谣集成·西藏卷》终审完成 ………………………………… 244
中国歌谣集成编辑体例的补充意见 …………………………………… 252

第三辑 唯平凡造就自我

迎接新的挑战
　　——《民间文学》编辑部召开比较研究方法座谈会 ………… 265
关于民间传说的专题讨论
　　——中国民间文艺研究会第三次学术年会 …………………… 268
保护民间文化遗产势在必行
　　——记保护民间文化座谈会 …………………………………… 271
祝贺贾芝从事革命文艺工作60周年 …………………………………… 275
五大洲民俗学者首次云集中国
　　——记国际民间叙事研究会北京学术研讨会及论文简述 …… 284
故事把头曹保明荣获"德艺双馨" …………………………………… 305
民间艺术的盛大节日
　　——记首届中国国际民间艺术博览会 ………………………… 314
民间文艺的检阅与会师
　　——记第四届中国民间艺术节 ………………………………… 325
一栋老房子的永久记忆
　　——演乐胡同46号院的老同志座谈会 ………………………… 329
我所认识的郝苏民先生 ………………………………………………… 334
一本书凝聚的友情与记忆
　　——《常德盛》出版点滴 ……………………………………… 340
永不熄灭的火种
　　——记首任核潜艇总设计师、总工程师彭士禄 ……………… 350

第四辑　真情熔铸续新篇

《贾芝集》后记 ·· 363
《拓荒半壁江山：贾芝民族文学论集》序 ················ 365
《拓荒半壁江山：贾芝民族文学论集》后记 ·············· 375
庆贺贾芝百岁华诞座谈会答谢词 ························ 378
百年贾芝 ··· 382
百岁贾芝的拓荒之路
　　——贾芝荣获第九届中国文联文艺理论著作特等奖 ··· 385
百名学人话百岁贾芝
　　——《真情呼唤　共铸辉煌——庆贺贾芝百岁文集》跋一 ········ 389
写在最后的致谢
　　——《真情呼唤　共创辉煌——庆贺贾芝百岁文集》跋二 ········ 428

第五辑　构建世界共同体

开两岸民间文学交流之先河
　　——记贾芝与金荣华先生 ······················· 433
贾芝与他日本学界的朋友们 ··························· 455
他们架起中西文化交流的桥梁
　　——记贾芝与丁乃通先生 ······················· 475
国际民间文学交流的新篇章
　　——记贾芝与航柯先生 ························· 493
贾芝与何万成及加拿大的华人社会 ···················· 527
德国哥廷根国际学术会议侧记 ························ 544

附录　早年为贾芝代笔

我是草根学者 ·· 555
我与《中国少数民族文学史》 ·························· 565

我与中国民间文学集成…………………………………………… 571

后　记…………………………………………………………… 577

第一辑

不忘初心话春秋

民间文艺新纪元发端于延安

年轻时代,贾芝就读于北平中法大学经济系,业余喜欢写诗与小提琴。他参加了北京大学与中法大学的诗社,导师是朱光潜。他的《播谷鸟》发表在戴望舒主编的《新诗》上,朱光潜主编的《文学杂志》也刊登过他的两篇诗作。抗日战争爆发,全国各地精英、作家、艺术家及莘莘学子云集延安。延安,一个歌声嘹亮,以"同志"相称,可以自由呼吸的地方。浪漫时尚、小有名气的诗人贾芝,凭着一腔热血,放弃留学法国,秘密奔赴延安。他自觉改造,批判自己写朦胧诗,写个人哀怨与时代不合拍的小资产阶级情调。老百姓的口头创作与各种形式的民间文艺以极其旺盛的生命力,震荡与冲击着他和那一代的文艺青年。向民间学习!为人民服务!滚滚热浪席卷陕北高原,成为历史上的一次壮举。

1942年5月召开了著名的延安文艺座谈会。会后不久,毛泽东主席到鲁艺讲话,他讲的是文艺应当为群众服务和如何服务的问题。贾芝这样记述毛主席在鲁艺的讲话:

> 会场是在桥儿沟天主教堂西侧的操场上,大家席地而坐,围绕着面前有一张小条桌的毛泽东同志,静听他的讲话。毛泽东同志讲的是文艺应当为群众服务和如何服务的问题。他打趣地讲了小鲁艺和大鲁艺的关系问题,鼓励我们走出小鲁艺,到大鲁艺即人民大众中去体验生活。给我的另一个突出印象,就是他把群众的文艺创作比作"豆芽菜"。他说:"你们不要看不起豆芽菜,没有豆芽菜就没有毛儿盖。"他是说工农

> 兵群众创作的墙报、壁画、民歌、民间故事等是"萌芽状态的文艺",好比豆芽菜;没有萌芽状的文艺创作,就不会产生伟大作家的作品,正如没有豆芽菜一般的小树苗,也就不会有红军过草地时遇到的一片原始森林那样的一个毛儿盖!毛泽东同志非常重视民间文学,他正确阐述了文艺发展与民间文学的渊源关系,就是"豆芽菜"这个生动的比喻使我认识了民间文学,改变了自己过去盲目崇拜西欧资产阶级文艺的错误观点。①

从此,《讲话》便成为贾芝一生的目标追求与行为准则,也是他解放后从事民间文学工作,坚持一生的最初起点。

> 毛主席一向重视搜集民歌。陕北公学一周年校庆时,延安街头诗作者、第一个无产阶级诗人柯仲平同志到会,在学生中记录民歌,正巧遇到毛主席。毛主席对他说,陕北公学全国各地的学生都有,你请成仿吾校长给同学们每人发几张纸,就可以搜集到很多民歌。前几年,我见到成仿吾同志时他还谈到这件事。②

在延安,毛主席还请韩起祥给他说书。"听他演唱《张玉兰参加选举会》,当他说道'原来我把你当个朽木墩墩,谁知道你还是个金钟钟,让土把你埋了。现在我把你这个金钟钟,吊在空中,让它发光、发亮又有响声',毛主席捧腹大笑,毛主席说,韩起祥很会使用群众语言是长

---

① 贾芝:《一代恩师毛泽东》,载《播谷集》,人民文学出版社,1994年,第50页(原题目《一代恩师》,《民间文学论坛》1982年第3期)。
② 贾芝:《延安时期的民间艺术之花——〈延安文艺丛书·民间文艺卷〉前言》,《播谷集》,人民文学出版社,1994年,第12页。

期生活农村的结果。"①

1939年，鲁艺戏剧系、音乐系组织三个小分队到阎甸子、二十里铺，演出并搜集民歌。1941年，音乐系派出河防慰问团（包括音乐系、文学系、美术系）到绥德359旅，沿着黄河两岸去米脂、清涧等地慰问、采风。参加的有：安波、马达、关鹤童、庄言、刘炽、张鲁、焦心河、张潮、邢立斌等。1942年座谈会以后，贾芝受鲁艺派遣与夏风、龙天雨、孟盂、林伊乐、聂眉初、朱寨等分别到安塞的纺织厂、造纸厂、农具厂和皮革厂体验生活。贾芝在工人中搜集到刘志丹的故事。他还借一条毛驴去碾庄，看望当副乡长的葛洛和当文书的古元。1943年春节，新秧歌剧运动风起云涌，王大化与李波演出《兄妹开荒》，马可创作《夫妻识字》，张鲁演出歌舞剧《推车》，还有王炎的《改造二流子》、贺敬之的《种树》等。安波曾被誉为"民歌大王"，是秧歌剧的创始人之一。他用《打黄羊调》创作《拥军花鼓》，以浓郁的陕北风味表达军民鱼水情，是1943年春节拥军优属中的优秀节目。贾芝最喜欢这首歌。他说，记得那一天，到教务处办公室，安波兴致勃勃地拿出他刚刚完成的草稿唱给他听，他随拍合歌。贾芝常常以《拥军花鼓》传唱第一人得意。晚年，一有聚会，贾芝就兴奋地唱起这首歌。生病了，护士抽血输液，他怕疼，就唱这支歌，唱起，自然平静。1943年冬，张庚、田方、华君武率领鲁艺文工团到绥德、米脂、子洲一带，边调查采录，边创作演出，搜集民歌、剧本400余个，还搜集了剪纸。回延安，汇报演出了歌剧《周子山》《减租减息》。1944年春节，鲁艺戏剧音乐部又组织两个分遣队下乡搜集民歌，一队去陇东庆阳，袁文殊率领，同去的有李焕之、李刚、徐徐、刘恒之、雷汀；另一队孟波带领，同去的有唐荣玫、于蓝、刘炽、公木。在陇东、绥德、米脂、子洲、葭县一带搜集大量民歌。1944年到1945年，鲁艺文学系最后一个班级，还曾开设了民间文学课。

---

① 贾芝：《延安时期的民间艺术之花——〈延安文艺丛书·民间文艺卷〉前言》，《播谷集》，人民文学出版社，1994年，第6页。

1945年5月，贺敬之、丁毅根据邵子南搜集民间传说创作的新歌剧《白毛女》诞生。插曲由马可、张鲁根据河北民歌创作。《十二把镰刀》、李季在三边搜集了3000多首信天游，并在民间传说的基础上创作长篇叙事诗《王贵与李香香》，是新诗向民歌学习的里程碑。还有太行山阮章竞发表民歌体长诗《漳河水》。董均伦《刘志丹的故事》为搜集革命故事做了一个很好的开端。1945年10月，何其芳与张松如（公木）编选了解放区第一部民歌集《陕北民歌选》，由晋察冀新华书店出版。《陕北民歌选》是在中国民间音乐研究会采风的基础上编选的，周扬看到那些油印资料后说，也可以出文字本。请何其芳负责，参加初选的有张松如（公木）、葛洛、厂民、鲁黎、天蓝、舒群，参加注释的有程钧昌、毛星、雷汀、韩书田等。文学工作者与音乐工作者合作采风、合作编选与注释。贾芝说他当年看到的原稿是写在粗糙的马兰纸上。贾芝与吕骥历经磨难而天长地久的友情与合作也是这种典范的延续。

抗日战争最艰苦与残酷的日子，陕北高原革命文艺热潮滚滚。艾青除了创作新诗，还在1943年陕甘宁边区劳模大会上采访民间歌手，写下《汪庭有和他的歌》；萧三和安波参加劳模大会，写了《练子嘴英雄拓老汉》；丁玲写了《民间艺人李卜》；周立波发表《秧歌的艺术性》。同时，涌现的还有不识字的诗人孙万福，盲艺人韩起祥、石维钧等数百名民间歌手、民间艺人。艾青还参加了新秧歌剧的创作、评论和演出，亲自带队到各地演出。贾芝看到他率领中央党校的秧歌队到桥儿沟，演出《一朵红花》等节目。艾青同志在宣传党的文艺方针上做出不懈努力与显著成绩，被评为劳动模范。1984年，编《延安文艺丛书·民间文艺卷》，我们到北京站附近的一座四合院访问艾青。他说，他还是一个民间剪纸爱好者呢！1943年，艾青曾与古元、刘建章随运粮队去三边调查。返途中，他与古元一起搜集窗花剪纸，遇到一位小学教员在搜集民歌，那就是李季。艾青热情地鼓励了他。

美术家搜集陕北农村妇女的窗花剪纸，创作反映人民生活与斗争的新窗花剪纸是延安时期又一引人注目的成就。张仃、米谷、罗工柳、陈叔亮、古元、江丰、力群、王曼硕、沃渣、刘岘、夏风、彦涵、张望等都参与了搜集，并创作了别具一格的新作品。古元的木刻《民兵》《拦羊》《播种》《送饭》《学文化》保持与借鉴了农民粗犷质朴的风格，为美术创作打开一个新天地。力群打底稿，画出轮廓，农家姑娘牛桂英细致刻画。专业画家与剪纸能手合作的《八路军的马》《织布》是一种独特的尝试与创新。陕北民间剪纸构图单纯、线条粗犷、清晰有力、健康朴素，是现实主义与浪漫主义的绝妙结合。艺术家们将木刻与民间剪纸融为一体，单纯明快！1946年，艾青与江丰根据延安鲁艺艺术系搜集的资料在张家口出版了《民间剪纸》，作为赠品，不曾出售。1949年，他们又补充一部分新窗花，重新编选，更名《西北剪纸集》，由上海晨光出版公司出版。1947年，陈叔亮的《窗花》在上海印刷。新年画在创作上也有突破，王朝闻根据年画在群众中的流传与反映写了《年画的内容与形式》。

作家、艺术家和文艺工作者在"文艺为工农兵服务"的方针指引下，向民间文艺学习，创作了一大批群众喜闻乐见的作品，除了搜集也有相应的研究。抗战爆发，吕骥带着从绥远、内蒙古搜集的民歌奔赴延安，又在延安与晋察冀边区发动搜集。1938年，他主持成立民歌研究会。第二年，他到前线，又在晋察冀成立民歌研究会。1940年，回到延安，他们不仅搜集了民歌，还搜集眉户、秦腔、道情、说书中的乐曲。1941年改名：中国民间音乐研究会。1942年《在延安文艺座谈会上的讲话》以后，鲁艺曾就"关门提高"进行辩论。吕骥在发言中说：

> 我们哪还能够想象，哪一天回到大城市里，把礼服穿得很好，将工农兵伙伴关在音乐厅外面，而以小部分士绅小姐们为对象么？我们能够永久地投合小资产阶级的狭窄趣味和感情么？这完全是幻想。我们的音乐将永远是像延安这样的老干部，永远以工农士兵大众为主。①

---

① 黄钢：《平静早已过去了》，《解放日报》1942年8月4日。

他们坚持为工农兵服务，深入实际，向民间文艺学习。

1945年日本投降，中国民间音乐研究会和鲁艺音乐系的同志们在离开延安前往东北的前夕，他们把几年来搜集的材料，一一清理、核实、分类、编辑成十几本民间歌曲，以油印形式出版。计有：陕北民歌、戏曲两本，河北民歌一本，山西民歌一本，眉户一本，道情一本，韵锣鼓一本，审录一本，器乐曲一本等。这次参加整理的人有：李元庄、杜矢甲、李焕之、马可、张鲁、力群，等等，最后由孟波同志集中分册。当时音乐工作者都参加了中国民间音乐研究会的采风活动，而坚持最久的五员大将是：安波、马可、关鹤童、刘炽、张鲁。在当时困难的条件下，做到油印出版也是很不容易的。他们向边区文协求援，罗烽同志慷慨应允，才解决了买纸和蜡纸的经费。马可、李焕之等几个同志则自己动手，分工刻写蜡纸，以最简易的方式第一次出版了他们所搜集的民间音乐。①

1984年编《延安文艺丛书·民间文艺卷》时，我和贾芝走访吕骥，他给我们讲述了这段历史，并从中国艺术研究院音乐研究所借来他们珍藏的延安时期的油印本供我们了解当年情况。其中有一本油印的《审录》，贾芝当即决定选用。为了真实再现当年的文艺活动，以及反映生活的广阔，在选用大量反映生产与斗争的新作品同时，贾芝决定突破创作时限，选用少量当年尚在流传的传统作品，除了《审录》还有《妓女告状》《酒歌》《张连卖布》《尼姑思凡》等。战争年代，未能做到全面搜集，但是，对于如何搜集继承民族文化遗产，如何在传统文化的基础上进行新的创作等问题已在探讨与实践中。

贾芝当年深入民间，写战士、写农民、写工人。《抗日骑兵队》

---

① 贾芝：《延安时期的民间艺术之花——〈延安文艺丛书·民间文艺卷〉前言》，《播谷集》，人民文学出版社，1994年，第11页。

《伙夫老王》《春天来到陕甘宁边区的土地上》《八路军将军的马》《织羊毛毯的小零工》《捡粪的老人》《英勇的司号员》《牺牲》等数十首群众喜闻乐见的诗作发表在《解放日报》《文艺战线》《中国文化》《谷雨》，周扬编的《新诗歌》与艾青编的《诗刊》等报刊上。在延安，艾青打趣地叫贾芝"播谷鸟诗人"。1996年编的《贾芝诗选》，收入了他在延安发表的39首诗。当年，贾芝也搜集民间故事与民歌，现在还保留了他记录的民歌《害娃娃》片段手迹。

贾芝与韩起祥亦有很深的友情。1984年10月，我们编《延安文艺丛书》，到延安调查采风，几次到韩起祥家。他俩促膝谈心，回忆当年。韩起祥讲他以怎样独特的方式深入实践，从事创作。创作《刘巧团圆》，他到刘巧的生活原型冯放家里住了10天，在赵柱儿与赵老汉家住了一礼拜。编成新书，他又下乡征求意见，修改了14次。他说："要创作就离不开生活，离不开调查研究。"他创作《翻身记》，两次回横山，到42层梯田的山上，一层一层摸着走上去，每走一层就用步子来回丈量，上上下下绕了三圈，诗句脱口而出。他凭借微弱的光感，用听觉、触觉，极其微妙的各种感觉与外界沟通对话。这就是他独特而艰辛的创作道路。

1989年编《中国解放区文学书系·说唱文学卷》，我和贾芝又多次找到韩起祥，我们去过延安，他也几次来京。我们和他一起回忆延安时期对待传统文学作品的态度、政策与具体做法，并将当年流传较广的几部说书（包括传统作品）选编入书，全部是他珍存的手抄本。韩起祥看不见，错字、别字、不通顺处自然很多。我一字一句地读给他听，有时他女儿在旁帮忙，我们一起核准修订。后来，传统作品没有全部收入，我以为我们的工作没有白费，我们对那段历史有了更明确的认识。

1944年，贾芝被分配去创办延安中学了。到延安中学，他开始编导秧歌剧，带学生给老乡演出，普及科学种田知识。贾芝《介绍秧歌剧"棉花咋价打卡"和"掏谷楂"》发表在1945年3月11日的《解放日报》上。2006年春节，延安中学的学生金德崇、李骏来拜年时，拿来这张报纸的复印件。贾芝高兴地唱着，和同学扭起秧歌来。

贾芝日记里还记着1947年腊月,帮老乡写对联的故事。

1月27日,雪已晴。同十八班同学到四儿沟给老乡写对联。由于昨晚听到十四班汇报,说老乡们不愿意你给他写新对联而要写旧的,颇觉是一件伤脑筋的事。道上我就谋虑怎样对付这个工作。要有迁就,但必须增加些新的,用旧的也得其中较好的,或略加修改。总之,要使他们乐意接受一些新的教育,扫除一些毒素。

果然,四儿沟的老乡好像和七八里以外的老乡商量过似的。当我进入一家抗属家里,刚坐在炕上准备写对联时,二十岁的年轻主人就提出他们要写旧的,不要写新的,并且匆匆忙忙要去找一个旧的对本来。母亲在旁边也嚷着叫儿子到什么人家里寻对本去。我说:"好,你寻去!"我表示旧的里边也有好的;反正神位之类我是决定给他们写了,只希图在对联横额中夹一些新的进去便好了。主人不幸没有找回旧对本来,因为对本的主人嫌麻烦,干脆说找不着。

我想这下可该写新的了。但主人却背出一副来要我写。该对联是"门对青山水流长,荣华富贵不断头"。头一句确系他家门前的自然风光,虽然山并不青;后一联就很有些糊涂的宿命论观点了。我说:"横联写个民主幸福好不好?"他没有反对,说:"好。"窗上的对联,我先征求他的意见写什么,他不能背出第二副来,便随我写什么。我就翻开冬学识字课本来对他说:"我给你写一副新的你看好不好?"是这样一副"丰衣足食春光好,女织男耕喜气多"。他听了我的解释,觉得说的是吉利话,就连声说好。

为难的是给财神爷写对联,我一时不知该写什么,他也背不出来。我于是自己编了一副写在纸上征求他的意见,对联是"劳动生财全家福,勤俭起家光景新"。他说:"一半靠人,好,好,好!"我很惊讶这个年轻农民的理解力;他的脑子里全是神是一家之主，而"一半靠人"这个"人"的力量，他是没有理由不承认的了。

贾芝还为另一家来求对联的写下"学习文化腹藏玉，发展生产土生金"。他儿子在学识字，也算恰当，加上金玉之类，主人说"好！"放弃了要写旧对联的念头。

民间文艺不仅是一种创作，更是践行为人民服务的一条途径。

《在延安文艺座谈会上的讲话》对于我们来说，可能就是一篇文章或者一次讲演。对于贾芝和他的战友，则是革命文艺路线的实践，是一段历史，是生命的一部分，是融入血液的一种信念与追求。《在延安文艺座谈会上的讲话》受质疑的日子里，贾芝依然坚持倡导《讲话》精神，大会小会讲课报告都会说到，对于那些不屑的眼光以及讥讽的话语，他置若罔闻。

新中国成立，贾芝回北平参加第一届文代会，战友们也大多回北平工作。成立中国民间文艺研究会，《在延安文艺座谈会上的讲话》就是方向与准则，许多战友自然也成为研究会、文艺界或各省、自治区、直辖市宣传文化部门的领导与骨干。延安时期的搜集、创作、演出与研究为新中国民间文艺学科从无到有的建立与发展起到了不可或缺的奠基与开拓的作用。

2020 年 9 月

阔别 12 年，北平文代会再相见

1949 年 5 月 16 日，早晨，延安，交际处门口，贾芝匆匆登上敞篷卡车，要回到阔别 12 年的北平，随西北代表团赴北平参加中华全国第一次文艺工作者代表大会。有人喊："再看桥儿沟一眼吧！"贾芝望着延河，常常散步的地方，仿佛瞬间回到 1938 年，他和同伴儿就是乘八路军办事处的卡车来到延安的。

汽车一拐弯，全车人都呕吐了，到底十几年没坐过车了。孩子们吵着："不坐这烂汽车了。我走呀！一直走到北平。"这次，大多是拖儿带女，举家搬迁。下午，团长柯仲平硬把体弱的贾芝拉到司机间，才算不再吐了。队伍经清涧到绥德，接通知：文代会延期，代表团就地待命。四五天以后，队伍又出发，遇雨停两天，乘大船渡过黄河。到平遥，搭同蒲列车，敞篷车换成闷罐车，夜里极冷，幸好闷罐车，没有淋雨。到达石门休息一天，贾芝在石门见到在那里工作的宜正妹妹。她说，家中父亲在土改时被吊一下，但未挨打便停止。房屋被日本人拆了去修炮楼。他还听铁崖兄弟说，济南父亲①看到几个儿子、侄儿都参加了公家，痛快极了。经石德路去，贾芝随队伍乘津浦车到天津。5 月 31 日，优待军人的专列特快送代表团进北平。

12 年未见的古城，终于又回来了！在延安艰苦奋战的日子里，人们天天盼着这一天，又何曾想过，真的会有这一天？！"解放啦！"人

---

① 济南父亲：贾芝从小过继给没有子嗣的伯父做儿子。这里的济南父亲就是他的伯父。

们充满了喜悦、幸福与希望，自豪感与责任感相伴，油然而生！

贾芝到北平后住在利顺德饭店。7月2日到怀仁堂参加中华全国第一次文艺工作者代表大会开幕式。郭沫若同志致开幕词，茅盾先生讲筹备经过。几位来宾讲话，华北军区特种兵部队献旗，对文艺工作者寄予无限热望。

7月3日，郭沫若作《为建设新中国人民文艺而奋斗》的报告，回顾现代文学30年的历史，展望新中国文艺，提出文艺为工农兵服务。其间不断插读贺电，柯仲平朗诵他的一首诗。被服厂的女工述说了文化低，学习文艺的困难，要求文艺工作者多帮助；电机厂的男工希望大家多想办法为工农兵服务，并提出工人阶级要提高觉悟的问题。他说，知识分子与工农兵要团结得像一个拳头才有力量！

7月4日，茅盾先生报告国统区十年抗战文艺运动和取得的巨大成就，文艺运动的主流是遵循毛主席的方向前进的；周扬报告总结了解放区文艺运动的经验，认为解放区文艺实现了文艺与人民与政治的紧密结合，取得了很大成功。

解放啦！全国人民无比振奋，各界人士高唱《团结就是力量》，从四面八方涌来，要建设一个属于人民自己的新中国。文艺界当然不例外。国统区与解放区的文艺骨干在北平会合。贾芝见到老朋友：戴望舒、艾青、吕骥、梅林、王辛迪、卞之琳、李季、毕革飞、常任侠、闻捷、彦涵、古元等，许多许多。来自大后方的彭燕郊说他喜欢贾芝的诗，贾芝深觉脸红，"那些小资产阶级的东西能值几个钱呵！"常任侠几次提到贾芝的《水磨集》，贾芝也非常反感，说他不识趣。那时的贾芝正在自觉批判自己的小资产阶级情调。会上讨论成立一个诗歌工作的组织，再出一个《诗刊》。剧协也在争论：曲协归剧协还是单独成立？全国精英荟萃、济济一堂，一种热气腾腾的生气燃烧着每一个人的心，大家都不遗余力地为新生的共和国出谋划策，竭尽全力地奉献自己！

7月5日，周恩来副主席做政治和文艺的报告，高度评价了国统区和解放区的文艺工作者，突出强调了文艺原则和文艺队伍建设问题。讲了六个小时，快结束时，毛主席来了。全场欢呼，代表们都站起来，有的站在椅子上。贾芝说,他鼓掌鼓了几身汗。毛主席说:"同志们,今天我来欢迎你们,你们开的这样的大会是很好的大会,是革命需要的大会,是全国人民所希望的大会,因为你们都是人民所需要的人,你们是人民的文学家,人民的艺术家,或者是人民的文学艺术工作者的组织者。你们对于革命有好处,对于人民有好处。因为人民需要你们,我们就有理由欢迎你们,再讲一声,我们欢迎你们。"毛主席讲完话,坐在记录席桌子的一头,看了看台上他自己的挂像,抽了一支烟。周副主席的报告继续,每次鼓掌,毛主席就轻轻拍几下。报告完毕,毛主席站起来笑得极动人,从心里高兴。有人喊:"乐队!乐队!"都在看毛主席,谁还顾得上奏乐呢?但是,会场气氛比有音乐时还欢快热烈!会议期间,贾芝几次遇见毛主席、朱德总司令、周恩来副主席和其他党和国家领导人。[①]大会闭幕,郭沫若同志致辞,谈到有两件令人震惊的事:一、大会花费了100万斤小米,合三四千农民一年的生活费——老百姓的血汗。二、北平周围高射炮部队有一团人之多,保卫着我们。这两项数字在今天可能不算太多,当时代表们却非常感动和不安起来,他们表示一定按照毛主席指引的方向,深入工农兵,为人民服务,向人民学习,建设新民主主义共和国以至最高的幸福社会和人民文艺。

在这个会上,贾芝很受激励,决心做忠实的文艺工作者。小朋友献花时,他尤其感动,说以前太没有注意小朋友了,为他们创作的作品太少。面对年青一代的纯洁热情,他们对文艺作品的渴望以及书摊上浸满封建毒素的连环画,贾芝觉得自己肩上的担子很重。这或许也是贾芝最终接受和选择民间文学的原因之一呢!创办民研会初期,贾芝负责一个刊物、一套丛书,还有从会计开始的所有办公琐事,忙得不可开交。他还担负起小人书的编辑工作。1950年1月,原来负责大众图画出版社编辑部的楼适夷辞职,部里让贾芝接任。贾芝与蔡若虹、蒋天佐研究第一批出版14种。他起草了连环画编辑方针及1950年出版计划,还根

[①]《人民日报》1949年7月7日刊印,中共中央文献研究室编:《毛泽东文艺论集》,中央文献出版社,2002年,第131页。

据民间传说编写了连环画故事《刘巧团圆》《牛郎织女》等。那时的人们沉浸在解放的喜悦中，激情燃烧，每个人都有使不完的劲儿，不管分内分外，只要是国家的事，不取报酬就去干。从贾芝日记中可以看到，他们那时候是三个单元工作，上午、下午、晚上，连文化部的成立大会都是在 11 月 1 日的晚上。

这次代表大会明确《在延安文艺座谈会上的讲话》为今后文艺发展的思想原则和指导方针，坚持文艺为人民大众首先是为工农兵服务的方向。会上成立了中华全国文学艺术界联合会，郭沫若为主席、周扬等为副主席，还分别成立了中华全国文学、戏剧、电影艺术、音乐、美术、舞蹈工作者协会等一批新的全国性文艺组织。

2020 年 9 月

中国民间文艺研究会的初建

1949年9月贾芝的工作已确定在未来中央政府的文化部。10月1日，中华人民共和国和中央人民政府成立大会在天安门广场举行。中国历史进入了一个新的纪元。

中国民间文艺研究会应运而生

"4日晚上匆匆搬来华北文委，住东楼三楼509号……工作是在研究室，还未开始做。还只有立波同志和我两人。"① 10月20日："晚上，艺术局开会成立机构，却又分配我在编译出版处搞通俗文学组。也好，早该对民族遗产好好学习一下并做些整理工作。明天就做计划。"② 那天起，贾芝正式开始了通俗文学与民间文学的工作。10月26日："回来时，找了一趟王尊三同志，谈了一下曲艺工作的情况，他们正拟出曲艺大观。"10月31日："通俗文学组的工作，开始做起来，这几天先调查北京这方面的活动，上午把材料理了一下。"

11月1日："本来决定上午出去调查大众文艺创作研究会情况，回到办公室找不上人不能写介绍信，又要给李乐光和中组部打电话总打不通，几乎半上午过去了。索性把昨天没有整理完的关于北京市通俗文艺

---

① 贾芝日记，1949年10月9日。
② 贾芝日记，1949年10月20日。以后如此格式："日期＋引号"皆为贾芝日记，不一一注释。

工作概况整理出来。中午完工。午饭后,匆匆出门。到西单捨(舍)饭寺达智营找到了辛大明同志。谈了几乎一下午。沈彭年同志回来了。苗培时也来了。谈的(到)几乎天黑。和他们算建立了联系,以后还要打些交道了。""急忙坐三轮回来,因家里正要开文化部成立大会。到厨房里赶忙吃了饭就参加会。会上只有郭沫若副总理和部长茅盾讲话。开了一个晚会,有小孩子的京剧演出和几个曲艺节目。"11月6日:"艺术局已开始集体办公。我们出版局暂定半天。"

12月12日:"日记丢开了很久。这一个时期想起来的是以下这些事情:把北京市通俗文艺工作,做了一个调查,仅订正就花费了几天的时间,这给了我一个经验,任何一个小工作都须亲手摸过,亲眼看过,否则就会出错,虽然表面上很整齐,实际早已是喀里空。好几个机关做出的材料,一对都不正确。今天才算最后订正完毕,交办公室复写……"

12月14日:"昨晚到戏曲改进局与赵树理、杨绍萱二同志谈编审委员会通俗文艺组工作计划问题,赵确实是做实际工作有经验、能考虑问题的人,在文艺群众路线上他是坚定的。他充满信心地说:'这是我们自己这么说哩,如果说还用"文坛"两个字的话,将来真正的文坛是在这里(望着通俗文艺组名单,指通俗文艺工作而言)。'"

12月22日:"上午,赵树理同志来,一块与天佐同志研究通俗文艺组工作,过午一点钟,到周扬同志那里去请示。工作方向大体明确了。任务是编审全国说唱演义一类的模范性的文艺作品以及各种形式的民间文艺,同时拟专设一民间文艺研究会,专事后者的搜集整理;此外,要组织一部分人创作示范性的作品。"

12月23日:"把昨天所谈的通俗文艺工作问题整理了一下。午饭后给赵树理同志打电话再研究和最后确定。"12月26日:"这时,赵树理同志来了,谈了通俗文艺组的成立和计划问题,饭后,又到天佐同志屋里谈了一阵,关于参加人选问题,请示了一趟周扬同志,略加更改。"中国民间文艺研究会已明确了建构与任务,开始组建。

此之前,"1949年秋冬的一天,吕骥[①]同志向周扬同志提出再成立中国民间音乐研究会的想法,周扬同志说:'那就把其它都包括进来,成立一个民间文艺研究会。'吕说:'那将来就没有音乐了!'周说:'不会的,你还在里头嘛!'吕说:'我在里头也不能起什么作用。'这就是成立中国民间文艺研究会的最初动议与缘起。它也预示了人们并未意识到的后来的变化。周扬同志当时是文化部副部长,他将筹备成立中国民间文艺研究会的工作交给了我所在的艺术局编审处负责人蒋天佐同志。蒋天佐同志是'左联'时期的作家,以翻译狄更斯的小说著名。蒋天佐同志与周扬同志商量了有关筹备会和召开成立大会的事宜。筹备工作是在周扬同志的直接领导下进行的,当时我在编审处分管通俗文学,还参加了老舍先生和赵树理同志创办《说说唱唱》期刊的工作,周扬同志就分配我担负民间文艺研究会的日常工作"[②]。"在筹建会期间,有一天周扬同志到我们编审处来了,正巧蒋天佐和我在办公室。他随便地一歪身坐在我们办公桌上翘着腿闲谈起来。说到要我到未来的民研会工作,他要我向上海良友丛书的主编赵家璧学习,他说:'赵家璧只有一个皮包就编出了一套丛书,只要到处去组稿就可以了。'"[③] 贾芝遵从周扬同志意见,从编丛书开始。

中国民间文艺研究会的建构设想最早可追踪到最高统帅毛泽东呢!贾芝回忆:"陕北公学一周年校庆时,延安街头诗著名作者、第一个无产阶级诗人柯仲平同志到会,在学生中记录民歌,正巧遇到毛主席。毛主席对他说,陕公全国各地的学生都有,你请成仿吾校长给同学

[①] 1939年吕骥曾成立的民歌研究会,1941年在延安更名中国民间音乐研究会,开展过许多有意义的调查采风与出版研究工作。

[②] 贾芝:《记民间文学萌芽时代的浇灌者》,载《播谷集》,人民文学出版社,1994年,第71页(原文题目《民间文学事业在春天中萌发》,《民间文学》1990年第4期)。

[③] 贾芝:《记民间文学萌芽时代的浇灌者》,载《播谷集》,人民文学出版社,1994年,第74页(原题目《民间文学事业在春天中萌发》,《民间文学》1990年第4期)。

们每人发几张纸，就可以搜集到很多民歌。"[1] 主席历来重视民间文学。据胡乔木回忆毛主席案头常有《民间文学》刊物，他说："毛主席很重视民间文学，就在解放战争中，党中央在陕北行军转移途中，毛主席还说：'以后每个县的宣传部要有一个人专管搜集民间文学。'"[2] 中国民间文艺研究会实现了毛主席的理想，并逐步与各省、市、自治区、地县甚至公社和村落都建立了联系，直接指导各地的搜集工作。

1950年3月29日，文艺界在北京东四头条文化部小礼堂召开了中国民间文艺研究会成立大会。文艺界在京的许多同志参加了。大会由周扬同志主持，郭沫若、茅盾、老舍、郑振铎都相继讲话。郭沫若同志的讲话题目是"我们研究民间文学的目的"。大会通过了《中国民间文艺研究会章程》和《征集民间文艺资料办法》两个文件，由大家当场自由提名的方式，推选出47名理事。郭沫若被选为理事长，周扬、老舍、钟敬文为副理事长。

那天出席成立大会的还有：丁西林、丁玲、马少波、马可、马健翎、马烽、王亚平、王春、王尊三、王淑明、凤子、艾青、古元、叶扬、叶君健、叶倩予、田汉、田间、边军、老舍、光未然、吕骥、刘开渠、刘汉章、刘式昕、刘建菴、刘逎崇、刘雁声、江绍原、安波、孙伏园、孙慎、严辰、李伯钊、李和曾、李季、李岳南、李波、杨绍萱、连阔如、肖殷、吴晓邦、吴雪、何迟、邹荻帆、张仃、张庚、阿英、陈北鸥、陈启霞、陈荒煤、牧虹、苗培时、林山、林默涵、欧阳予倩、罗工柳、金山、金陵、周扬、周巍峙、孟波、孟超、赵寻、赵树理、赵起扬、胡丹佛、胡蛮、柯仲平、柯蓝、钟惦棐、钟敬文、俞平伯、洪深、贺敬之、秦兆阳、贾芝、夏义奎、徐步、海啸、容肇祖、陶建基、黄芝

---

[1] 贾芝：《延安时期的民间艺术之花——〈延安文艺丛书·民间文艺卷〉前言》，《播谷集》，人民文学出版社，1994年，第12页。

[2] 贾芝：《记民间文学萌芽时代的浇灌者》，载《播谷集》，人民文学出版社，1994年，第75页（原题目《民间文学事业在春天中萌发》，《民间文学》1990年第4期）。

岗、黄均、黄素秋、曹宝禄、曹禺、常任侠、常惠、康濯、彭燕郊、蒋天佐、程砚秋、游国恩、楼适夷、缪朗山、薛恩厚、戴爱莲、穗青、魏辰旭、魏建功、瞿维等200余人，囊括戏剧界、电影界、音乐界、舞蹈界、美术界、曲艺界、文学界、出版界、理论界的作家、艺术家、理论家，名家荟萃、济济一堂。"三天之后，4月12日，在小礼堂门口右侧的会议室里开了第一次理事会，选出了常务理事并暂定了各组负责人：秘书组组长贾芝；民间音乐组组长吕骥、马可；民间文学组组长钟敬文、楼适夷；民间美术组组长胡蛮；民间戏剧组组长欧阳予倩；民间舞蹈组组长戴爱莲；编辑出版组组长蒋天佐。理事会上决定出版一套中国民间文学丛书，当场定了一部分选题：《陕北民歌选》（何其芳、公木）、《阿细的先基》（光未然）、《东蒙民歌选》（安波），等等，还决定由吕骥同志主持编一套中国民间音乐丛书。"①

之后一年，民研会在演乐胡同74号办公，开过两三次常务理事会，老舍、钟敬文、俞平伯、欧阳予倩、常惠诸先生都按时参加会，赵树理更是关心民研会工作，有机会就为民间文艺说好话。贾芝多次回忆，赵树理曾打趣地说："我们这才是文艺的正统！"

日常会务是这样开始的：4月13日"……找人刻了一枚图章后。前天回了几封信。今天又到处去买房子要找一个会址。还要找干部。北京市要开第一届文联，又要送纪念品做礼物了。因为要购买文具等，今天暂领一小笔经费，于是又兼作会计，口袋里就是钱柜。"

这里还有个小插曲，4月17日："中间又去看了一趟民间文艺研究会会址。就在文化部斜对门。一位胖商人的一座小院，南北房各三间，小得很，说好50匹布的买价。但房客很不好惹，房东只管卖给我们，不管让房客腾房。这位房客索搬家费10匹布，态度恶劣。据说，一向不交房费，房主卖了几次房没有卖掉。原因就是随便要搬家费，一次比

---

① 贾芝：《记民间文学萌芽时代的浇灌者》，载《播谷集》，人民文学出版社，1994年，第72页（原题目《民间文学事业在春天中萌发》，《民间文学》1990年第4期）。

一次要的多。这个恶霸系日本人时代的警察所翻译，家里设一佛堂，他说他是研究民族问题的，在菩提会。除了佛像、佛书之外，有不少的日文书。他又说，他是无产阶级，街政府的簿子上是这样登记的，等等。他的凶气，好像他的日本主子还在；但他终于没有硬到底，就给他五匹布，他答应了。想在时间上再拖，可是无赖也是有限的了。""晚饭后，与曼斯同志到南纸店找了一幅大红金心'中堂'，准备送给北京市第一届文代大会，又买玉版宣一张，请郭老题民间文艺研究会几个字，刻一个牌子。""文化大革命"中，看门的老王把牌子拿去劈柴烧火了。贾芝极力劝阻，无济于事。

  刚进城的八路军还保持着"自己动手丰衣足食"的作风。他们在文化部美国人修的洋楼旁种菜，劳动、工作两不误。4月25日："编选组全体去开地，准备种西红柿。劳动了两个钟头。下午，钟敬文先生来，筹备民间文艺研究会第一次常务理事和小组联席会，有天佐同志参加，谈了一个下午：关于批准要求入会者；资料报酬，版权问题，刊物，干部，出版计划，等等。"4月26日："上午，发了民间文艺研究会第一次常务理事与小组长联席会议的通知后，又去参加劳动。这是在洋楼旁边的一个园子，想当年美国人修洋楼的当儿，这块地自然是不会打算种菜生产的，所以把碎石烂砖都垫在这块园地上，每一镢头开出来都是石块和砖瓦片，除捡以外，还得过筛子，需要花的劳动是很多了……晚饭后，到灯市口迺滋府10号去找老舍先生，告诉他星期六打算在会议所讨论的问题。"

  不久，文化部派贾原同志来研究会任秘书，分担一些事物。贾原为办公室买了一个挂钟，贾芝批评他乱花钱。他们当时勤俭办公，直到1957年离开演乐胡同到大楼办公，都没买过一张沙发。

  7月4日："上午，编选组汇报。古典文艺丛书，只有《水浒》可谈，于今年付印……肃秋负责的五四新文艺选集，也确定在今年可出15种；只有丁玲、艾青和他们所负责的烈士的选集成问题，艾青同志周游演讲去了，丁（玲）据云很忙。我负责的民间文艺丛书，已计划编选者14种，有了眉目的只4种：《秦腔音乐》已由吕骥同志交上海的一私人书店。《河北民歌选》等吕骥作序;《蒙古民歌选》,安波来信要求延长到 7 月底编好第一册;《陕北民歌选》二册,严辰同志已编好草稿,正在抄,一册何其芳同志来信说实在没有时间马上搞。他深怕别的事破坏了他的创作情绪,他说他的小说写得很苦。另外,我选了 24 篇曲艺创作给 1950 年创作选。" 7 月 6 日:"昨天下午,到人民文学社找严辰同志谈《陕北民歌选》的事,吕剑同志也在。大家谈到《嘎达梅林》可编入民间文艺丛书。他们收的河北民歌,也请他们考虑编选。找赵树理同志,谈会刊①的出版处,他说,工人出版社印这种与工人关系少的杂志怕不行。" 7 月 7 日:"把刘半农收到民歌,关于社会情况一部看过了,选了 80 余首,拟登会刊上。想再找一点关于他收集民歌的情况,作一简短介绍。其他三本情歌,大部分竟是信天游。这真是一个重大发现。刘半农那么早就搜集了这些东西,却尚不为人所知道。他自己也不知道是信天游而和其他民歌搅在一起,甚至每首以第一句冠为题目,占了全诗的二分之一。另外,看了蒙古族叙事诗《嘎达梅林》很好,只是有些字句译得欠明确。拟收入民间文艺丛书。"

8 月 18 日:"上午,读《东蒙民歌集》稿本,安波带来的,他来京参加文工团会议。到半下午读完,提出修正意见。"安波还写了《谈蒙古民歌》发表在《民间文艺集刊》第一集。8 月 23 日:"在办公室的一天时间,工作拥挤极了。给胡蛮同志信,征求他的同意,看给丛刊的文章②能否修改。" 8 月 24 日:"看许直关于搜集蒙古族民歌的文章③,预备收入《东蒙民歌选》。" 8 月 28 日:"下午,看搜集来的关于老苏区的民歌,要赶一篇东西④,晚上仍琢磨、记提纲。" 9 月 12 日:

---

① 指《民间文艺集刊》。1950 年 11 月人民文学出版社出版,新华书店发行。
② 胡蛮《论民间美术的风格》刊登在《民间文艺集刊》第一集。
③ 许直:《我采集蒙古民歌的经过和收获》刊登在《民间文艺集刊》第二集。
④ 贾芝《老苏区的民歌》连同他辑的"民歌选"一并发表在《民间文艺集刊》第一集。

"上午，整理民间文艺丛刊①第一期稿件，并稍加修改。例如，标题或个别辞句的通顺等。""接到钟（敬文）、何（其芳）二位的信。钟要我替他找些关于民间文艺的组织、出版、研究等方面的材料。何还要找些民歌、民间故事给他，他们都是要赶写文章。"9月13日："一个上午，给钟理出44篇简报，回了他一信。"10月5日："今天上午，再修改《老苏区的民歌》。写中国民间文艺研究会成立经过纪要。过午才完成。"

10月13日："《民间文艺集刊》第一册，算是发了稿，星期三上午发的。前天请郭沫若先生题了封面。""上午，召集全处讨论学习计划，决定学习毛主席《文艺座谈会讲话》。"10月19日："星期四，不巧，约好到马列学院去，又碰上阴天。九点钟，和剑冰在东单搭汽车，十点到颐和园门口。收发说，何其芳同志上课去了，十二点才能找。时间有两个钟头，索性去逛颐和园。剑冰还是第一次来。半小时后，刚从石舫那里往东走，何其芳同志来找了。原来是收发偷懒。到他的屋里以后，思仲也来了。午饭后，又找来李之钦同志。谈了一阵闲话，又谈了编辑费与陕北民歌里的某些注释问题。《陕北民歌选》由我们带回。"10月20日："丛书在哪里出版的问题，与天佐同志谈了半上午。最后还决定由三联出，但只定明交它印丛书的一部分，以便有活动余地，不受合同的限制。下午，到民间文艺研究会，修改《东蒙民歌选》个别词句，整理了一下，算是定稿了。《陕北民歌选》中的两个注释，和曼斯同志研究了一下。给何其芳同志回了一信。序文，请严辰同志付印《人民文学》时，多打一份清样给我们。最后，用了半个钟头和剑冰、贾原漫谈了一下毛主席的《论文艺问题》。"10月31日："这两天，读何其芳同志修改的《陕北民歌选》，今天下午才读完，费了两天的时间，又挑出十六处值得斟酌的地方。"11月8日："《民间文艺集刊》第一册算出版了。丛书，已确定由海燕书店出版。今天在会里搞了一天，准备发稿。《陕北民歌选》细看过一遍后，有些地方提了些意见给何其芳同志。昨天接

---

① 后定名《民间文艺集刊》。

到他的回信，根据他的信，作了些修正。《东蒙民歌选》《信天游选》作了最后的校正或编排。《嘎达梅林》由剑冰把词修改了一下，然后逐行研究确定，直搞了一个下午。另外，是丛书版本的版本格式等，与贾原研究了一个意见，又与钟、蒋在电话里商量确定了。明天即可邮寄。"

11月22日："早上在办公室处理了几位同志正看抗美援朝资料的问题，再到会里时，会务又缠住了。孙（剑冰）、贾（原）二同志正头痛如何处理资料费的问题，因为会刊出版以后，资料越多起来，每天甚至有十余起。商量了很久。这时，郑律成来电话，要我替他配一首《毛泽东赞歌》的词，并和他合译《图们江》，急忙写了两封给西安文联和艺术学院关于成立分会的信。便到西藤子胡同12号去找郑（律成）。郑（律成）先又告诉了我一些《蒙古骑兵》在朝鲜演出得到好评的情况[①]，说他这两天正在整理它，准备付印和演唱，又读了一段苏联艺术剧院经理对这首歌的评论。他在钢琴上奏了几遍《毛泽东赞歌》，歌曲轻快、快乐，充满新生的光明的气氛。末后，在钢琴旁边的桌子上，他一句一句地告诉我《图们江》的含义。因为是诗，有时很不易说清楚，只能说找些不合文法，意思不衔接的字句。他的口音又多咬字不清，他的太太靠在旁边帮忙，直工作到下午两点。赶回部里，和老陶谈处理审查稿件的问题谈了很久。这两天真是累上加累，王老病了，出版总署编审局结束了，有一部分稿件急需处理。"

民研会跟着贾芝到了人民文学出版社

1951年1月中旬，文化部艺术局编审处为班底组建人民文学出版社，处长蒋天佐任副社长，贾芝任古典民间文学组组长、党总支书记。民研会自然跟着贾芝进入人民文学出版社。

1月24日："文学出版社快要成立，不免有些波动，对于领导作风及待遇上的一些意见又是问题的关键所在。上午，在办公室里与黄（肃

[①] 11月8日日记：郑律成说《蒙古骑兵队》在朝鲜曾演出200多场。

秋)、陶(建基)二同志谈了一阵,做了些琐事,看民歌没有几篇,已中午了。下午又在(王)淑明同志屋内谈了几乎一个下午,(蒋)天佐同志也在。4点半到民间文艺研究会处理了两封信,一封给夏衍,一封给柯蓝。"

1月25日:"开了一整天会,早9点起,编选组开总结检讨会,参加者有(黄)肃秋、(陶)建基、乔力、周延、(陈)北鸥、(王)淑明等同志,(文)怀沙不在。下午继开,我因要到民间文艺研究会去开那边的会,早退席。钟敬文先生早已来了。到会后,他们正谈会刊第二册的稿件。把全部稿件(只等钟的一篇文章)处理过后开会,总结会,计划1951年工作。今年着重做的是:1.最少出版丛书15册,会刊(资料专刊在内)6册;2.民间文学方面进行采录;3.积极收购资料,用各种方法搜集①最流行的故事。会内须注重的是:(1)使各种工作制度上轨道,例如,资料分类,信件收发,资料费付给,工作秩序,会计与资料工作的建立,等等。(2)端正作风,例如,不犯官僚主义,诸如拖延疲沓,不犯自由主义,诸如涣散之类,要增加工作的劲头,有信必回,要及时回,工作分轻重缓急。每人发挥积极性,一个人顶两三个。建立检查制度,一月开会一次。(3)注意政治学习和文艺修养的提高。"

3月16日:"昨夜回了五封信,下午去民间文艺研究会的路上发出。钟先生来了,集刊第二册稿子最后确定。集刊革新的问题,我系统地想了一个意见,昨天征求了剑冰的同意,今天向钟先生提了一下,他全部同意了。以后,文章与资料分开出版。……另外对于今年会里工作的计划中心,也想了些意见,并向钟提出,最大的就是搜集资料,用各种办法搜集资料。"

3月26日:"下午到民间文艺研究会,和剑冰同志又商量了关于毛主席的民歌的编选问题。他与萧三同志电话约好四点钟一块儿去看萧。四点钟,在御河桥3号见到了萧三同志,谈到吃完晚饭。《中国出了个毛泽东》连补选的共选出70多首,在有些问题上交换了些意见。请他

---

① 原文缺少"集"字,整理时加上的(金茂年注释)。

看一遍，再帮他初步分类、作注。因为他下礼拜二又要出国，所以他不能有很多时间搞。他谈到在和平大会工作的情况，他说我们生在这个时代，有共产党，有毛主席，太幸福了，在国外工作特别感到这点。他又说到通一种外国语，十分必要，他们在和平理事工作，几乎全是说法文，他苦于没有好翻译，逼得只好自己说。饭后，他从书架上抽了他最初出版的《人物与纪念》送我们各人一册。另外，他选的一册自己的诗集最近快要出版，给我们看了目录。他是很勤劳的人，总是在工作着……"

3月27日："下午三点钟，文学出版社编辑部全体开会，雪峰同志谈工作任务等问题。这是大家初见面。会后，剑冰带来严辰同志的文章，有一处商量了一阵，已是晚饭时候。"

4月2日："今天上午第一次开古典文学、民间文学编辑部会议。通共只有五个人：（文）怀沙、（孙）剑冰、贾原、宋玉茹和我。除建立工作制度等以外，决定在四五两月份发稿8部，古典方面为水浒和乐府；民间文学为中国歌谣选、定县秧歌选、阿细族的史诗、安徽民歌选、云南民歌选等。下午，办公室让给现代文学编辑部，我搬到自己屋内办公，索性清理了一通，又参加保卫工作会议。"

4月4日："下午写对于民间文艺集刊改变编辑方针和方法的意见。" 4月6日："与蒋天佐同志谈《集刊》的改进问题暂确定先改为两月出版一期，并以作品为主。" 4月11日："集刊从三期起，决定改变编辑方针，定为两月一期，新的方针是：以登作品为主（原来以研究论文为主），使它成为群众性的刊物，推动民间文艺作品的搜集和整理，其次才是推动研究。自然，搜集本身就结合着研究，不过重点有所不同。" 4月13日："钟先生来，确定把集刊改为两月刊。"

4月17日："全天编毛主席的歌谣。大致分成了几类，翻来覆去地看，才弄得一个初步的规模。总共71首。中午到戏音处找了两首。又从资料室借了工人、战士的诗集等12本，晚上又挑出近十首。还从《大众唱》里选出二首。"

4月23日："《陕北民歌选》与《嘎达梅林》已寄来，后一本有些太薄了，纸也太坏。与贾原、剑冰商量送书名单。"4月24日："何其芳同志寄来五本《陕北民歌选》，除送我和剑冰外，其他的让转送古元等。"4月27日："改写《红五月小唱》一诗，又改写集刊二册的编后记。"4月29日："改抄集刊二册的编后记，寄钟请确定与修正。"

5月13日："前、昨两天，赶编'欢呼毛主席'[①]，大部分时间用在做注上。特别是关于某些民间艺人或诗人的注，很有意思。同时不断补选材料，昨天算最后告一阶段落。给萧三同志写了一信，请写序来。因为他远在捷克，无法请他看原稿，只能抄一份目录去，看看大概。昨天下午，开社务座谈会，各部汇报工作。这还是头一次听到各部工作状况。会上，经理部答应关于毛主席的歌谣，为'七一'以前出版，可作急件处理。"

5月16日："上午，写了一条注释（关于高敏夫的那首诗），写了两封信，一封给萧三同志，一封给田家英同志，后一封还没有发。"5月17日："早上刚从会里回来，给严文井同志写信，请他转《中国出了个毛泽东》给文艺处审。来电话说艾青同志来了，又走到会里去。正好在这个选集的编印上征求艾的意见。他主张精选、精装一部分。他要我选一部分出来给《人民文学》七月份用。"5月18日："到会里校正《集刊》二册清样的最后一些问题。"5月28日："下午重写了信给严文井同志，请转呈中宣部文艺处审查，派人送到中南海。"5月31日："接剑冰电话，说萧三的序文寄来了，十分兴奋，打完针，急往民间文艺研究会跑去。把萧的序重要处略加修改。下午，到中宣部找严文井同志，他提供了几点修改意见，很好。径回民间文艺研究会，钟来了。《集刊》二册已印出。四点钟，又赶回部里，起草社的公约，十分疲劳。歌词不能动笔，令人烦恼。什么事都推了来。晚上，翻阅年画，挑选作插图，王（淑明）来，闲话颇烦。写了一段歌词。"

6月14日："今天上午，给何其芳同志写信，请他和思仲看《中国出了个毛泽东》，提些意见。又给吕骥信，要《东北民歌选》序。"6月

[①] 出版时定名为《中国出了个毛泽东》。

20日:"与剑冰按何其芳、思仲二同志的意见,又把关于毛主席的歌谣大大删了一番,80首只落的45首。萧三同志原选只剩5首了。"

7月24日:"昨晚写信给(冯)雪峰同志,交关于毛主席的歌谣给他。上午,他看过,说可以付印并提议去掉《刘志丹》一首,因只这一首是摘录,不好。"

8月23日:"昨夜赶写《集刊》第三册编后记。今天上午改妥。"8月27日:"星期一,早上到民间文艺研究会看《集刊》三册的最后清样,处理校对中的枝节问题。十点钟赶回出版社。"

9月10日:"写好《中国出了个毛泽东》的后记。"9月18日:"《民间文艺集刊》三册星期六出版。出于疏忽,'进劳动大学'一篇故事有毛病,与剑冰和其他同志研究补救办法,制一更正表。今早交经理部付印。"9月24日:"周扬同志把《中国出了个毛泽东》清样叫人送来。信上说,序,他没时间写了。决定就出版。"9月26日:"又到(郑)效洵同志处谈《中国出了个毛泽东》的某些校改,最后签字付排。后记,昨天中午(冯)雪峰同志叫我去,商量修改一过。雪峰同志是极细心的,指出些不妥处。这本书,不知还能赶上国庆节出版否。希望如此。"

风雨飘摇,民研会投奔文学研究所

"我国民间文学的采录和研究所以能够取得这样举世瞩目的成就,有一条颠扑不破的真理,就是没有新中国,就没有各民族人民民间文学的新生。民间文学事业与中华人民共和国的命运是紧密相连、息息相通的。民间文学随着共和国的诞生,人民当家作主,一扫过去长期受歧视的地位,而跃上艺术的殿堂。中国民间文艺研究会也创立在这个时候。"①

中国民间文艺学是随着人民的翻身解放而建立的一门新的独立学

---

① 贾芝:《回顾与展望——庆祝中国民间文艺家协会建会40周年与〈民间文学〉创刊35周年》,载《播谷集》,人民文学出版社,1994年,第66页。

科，中国民间文艺研究会就是这门学科最早、最具权威的研究机构。她的创建不可能是一帆风顺的，旧的习惯势力负隅顽抗，旧的观念也不会一下子清除干净。文艺界轻视与抵制民间文学的人与事还比比皆是。有人说："民间文学是封建时代的文学，就是封建文学。"有人说："民间文学粗俗简单，没有一点艺术价值。"也有人基于个人成见说："周扬胡闹！又弄了个小文联。"种种蔑视民间文学的思想如幽灵时隐时现，导致民研会几度陷入被取消的困境，经历着太多的风雨、坎坷与曲折。

1951年10月，文艺整风前《民间文艺集刊》停刊。中国民间文艺研究会更加举步维艰，在风雨飘摇中苦苦挣扎求生存。贾芝因此两次放弃出国工作的机会，坚守岗位。

1951年9月24日："忽接保卫世界和平反对美国侵略委员会信，要我办出国护照。奇怪，怎么又要出国了？信是请沈部长转的，也许是他要我跟他同去，还没有告诉我。待明天打问明白。我是不想到国外去的，很想去参加土改或其他斗争。"10月14日："昨天忽接抗美援朝总会联络科孟雨的电话，晚上和今天，又连续两个急件，要出国去帮助萧三工作。并举了一连串人，说他们同意了，有沈部长、郭副总理、周扬同志，最后还有周总理。又和前次一样，叫明天上午就去办手续。""民研会正处在生死存亡的危急关头，我能一走了之吗？我到文化部去找沈雁冰和周扬两位部长，他们正在一起办公。我说明情况，沈雁冰同志说：'你走了自然就搞不了民研会了。'我随即要求考虑派别人去，两位部长商量了一阵，决定派另一位同志去布拉格。"[1] 为了民研会的存亡，贾芝毅然放弃出国。

1951年12月，贾芝去广西参加土改。他选择了革命实践。

1952年6月贾芝荣立三等功回京。民研会的三四个工作人员已全部被分配到出版社其他部门，只剩贾芝一人待分配，而等着他的是支部书记的工作。

1952年12月16日追记："六月从广西回到北京，没几天就参加了

---

[1] 贾芝：《播谷集》自序，人民文学出版社，1994年，第1页。

紧张的整党学习，支书的工作。没有回来就等着我了，所以从七月到九月一直忙着整党工作。这工作将近结束时，碰上全国地方戏剧会演，为时一月余，便又一边看戏，一边做整党的剩余工作。三个多月期间在业务上，只打发了一部《爬山歌选》的付印；把《为和平而斗争》（小说）又校对了一遍，算交卷了。""民间文艺研究会是否要存在，从我回来以后一直成为问题，和雪峰同志谈过，找过周扬同志。丁玲同志又要我写过方案，但始终拖延未决。北大将成立文学研究所，决定设有民间文学研究组，要我到那里去，但民间文艺研究会如何交代仍是问题。前两个礼拜和剑冰到马列学院和何其芳同志谈过一次，他以为应该存在，雪峰同志从开始就不赞成。再说吧！""何其芳同志上礼拜来信，希望我在月底能到文学研究所去；雪峰同志让再留一个月，以便找好支书，结束学习。"

12月16日："《阿细人的歌》停了一年多了。昨天从光未然同志那里取回来。他重写了一篇序，内容照我们提的意见作了些修改。今天，把全书看了一过，序文亦看一过。昨天和他商量，我以为封面上还是用'整理'二字为好，他原是改为'编写'的。他说他是受了《虎皮骑士》的启示，在内容上微有加工，但实未超出翻译的范围，只有个别地稍稍越轨。可是'编写'就可能给人以很大误会，使人误认为个人作品，有粗暴之嫌。"

1953年1月10日："雪峰同志说下礼拜文协[①]党组开会时讨论民间文艺研究会的问题。昨晚和天佐同志谈，问他是否参加，因为会的成立及以后发生的情况他是清楚的，他也有责任说话。但他情绪不佳，说他不参加。他提议可以提出改组。参加开会的人多是不了解民间文艺研究会的，能否有人支持它颇为问题。拟先找严文井同志研究一下。只有他还略知会内情况。"1月16日："前天，准备讨论民间文艺研究会的问题的材料，没有写完，上午写完了。因为这关系到会的命运的问题，要把

[①] 全称：中国文艺协会，系中国作家协会前身，1945年在延安举行理事会，周扬、贺绿汀、艾青、萧三、萧军被选为常委，丁玲被选为主任委员。

会从成立到现在的工作状况和成果确实地讲给大家知道。和剑冰同志共同解决整理对《阿细人的歌》所提的意见。有的问题必须由编者再考虑，所以写了一信给光未然同志，并把原书和序文送他。下午，雪峰同志作学习总结，讲得不够好。晚饭后，到天佐屋内闲谈昨夜对他的批评问题，适夷、雪峰二同志来了，他们要留天佐同志工作。雪峰同志从昨夜到现在还没有睡觉。他的工作的精神是极好的，但批评很易使他激动。雪峰同志等走后，我到办公室看剑冰同志写的关于伊萨克夫斯基的诗的稿子，天佐同志来找，因火炉熄了，屋内很冷，我提议到楼上去谈。对于他的工作问题我提供了些意见。又谈到社内工作方针、作法的问题。民间文艺研究会的问题，他说昨夜曾和雪峰同志谈到，雪峰同志想取消它的意思很坚决。社内只想出书，但从不想书的来源，实不可解。有些同志只想按书店作风办事：坐在办公室内等来稿，加以审查，完全的被动和心中无数。决定明天与天佐一块找周扬同志，再争取一趟。希望能由文联接管。"1月19日："原说找周扬同志谈民间文艺研究会的问题，他说星期一可找他，但天佐说他似乎不想管这件事，所以决定先找沙可夫同志。晚饭后，接到马淑梅的电话，说让我们去。我和天佐同志一块儿到3号小楼。正好吕骥同志也在，我还正想找他。吕自然是极力赞助民间文艺研究会的，沙可夫同志同意向周扬同志提出不取消。他的意见可由文学研究所负责，吕倒愿意由音协方面支持。"1月20日："作民间文学组五年的计划①。把拟好的草稿加以修改后，又与剑冰研究。其后，碰上适夷同志来，和他交换了些意见，由于他的提醒，我又在重点进行的问题上和剑冰再研究。不能不掌握全面，通过刊物和全国各地群众建立联系，积累资料，并灵通耳目；更不能不抓住有优越性的主题，首先整理作品出版，或集中研究。"

1月24日："五点钟，《说说唱唱》开改变编辑方针的座谈会，四点半就把文章收拾起来，往霞光府走。今天又是星期六。会是老舍、赵

---

① 根据第一个五年计划拟定。第一个五年计划，简称"一五"计划(1953—1957)，是在党中央的直接领导下，由周恩来、陈云同志主持制定的。

树理等召开的。《说说唱唱》从这一期起,增加民间文艺部分及其他文章。我改写的《不见黄娥心不死》①用在里面。下几期的民间文艺部分仍得靠我们供给。参加会的有严文井、马烽、王朝闻、孟超等一些同志。大家对刊物的编法发表了些意见。我正准备找严谈民间文艺研究会的事情,趁机会谈了一下。我交给丁玲的方案,他没有看到。他说可以再写一个给中宣部。"2月5日:"《说说唱唱》今天发稿,汪曾祺同志多次催交关于婚姻问题的民歌,昨天和剑冰选好105首,昨夜赶写了一个前记。今早落雪,汪派人来取走。昨天和雪峰同志谈到民间文艺研究会的问题,他提议我参加《说说唱唱》编辑工作,或自办一个刊物以联系群众;会,他仍主张取消,但由于有不同意见,可召集几方面的人谈一次,不由文协作决定。"2月12日:"下午,参加社务会议。听冯至先生说,北大文学研究所定于22日成立。三件事情须做出头绪:一、民间文艺研究会的存在问题;二、支部工作的交代;三、××的组织问题。"3月4日:"……上月22日到城外参加了文学研究所的成立会。雪峰同志又曾提议要我留在社内,或留下剑冰。这实在难以考虑。民间文艺研究会的问题,周扬已决定不取消,归文学研究所领导,经费由文化部补贴。还须找赵沨同志谈定会址和经费的事,此外就没有什么问题了。前天,支部总结改选了。我想下周即可搬到城外去。"

冯雪峰同志要求贾芝再留一个月,2月底再走。这期间,贾芝抓紧办的有三件事情:1.民间文艺研究会的存在问题;2.支部工作的交代问题;3.××的组织问题。3月2日,出版社支部改选。

3月13日,支部会讨论工作计划以后,给贾芝做了鉴定。隔日上午,贾芝与孙剑冰雇三轮车,中国民间文艺研究会跟随他俩一起搬到城外文学研究所,北京大学中关园七楼,贾芝住701号,孙剑冰住对面。贾芝做了三个月的工作计划,包括编选民歌和专题研究。

6月19日:"……晚上,和剑冰谈将来工作的进行问题。看来民间文艺还是单有一个刊物比较好,和《说说唱唱》混在一起,对于需要民

---

① 贾芝说,《说说唱唱》可以刊载改写的故事。

间文学作品的人极不方便。丛书能出到 15 本以上，影响就可比较显著，但还需要多写研究性的文章；仅整理出版，还使工作处于低级阶段。我觉得问题的研究也需要有一个全盘打算，不能只作专题研究。"

民研会正式加入中国文联

在文学研究所，学术环境比较好，有利于民研会在学术方面的发展。然而，作为一个群众团体，面对我国各民族无比丰富、从未发掘的民间文化遗产，首先是团结专家学者、文化工作者和普通百姓，全面推动各民族的民间文学的搜集、整理和抢救工作。科学的整理离不开研究，但首先要以优秀作品服务大众，这也是我们一直遵循的"取之于民，用之于民"原则。贾芝不能满足这种学院式的研究模式，他还要组织全国的民间文学发掘与出版工作，他带着已经出版的民间文学丛书与民间音乐丛书去找阳翰笙同志。阳翰笙同志看后，认为很好，当即同意接受中国民间文艺研究会为文联的团体会员，彻底解决了民研会的归属问题。贾芝也从此学术与行政双肩挑：在社科院作学术，研究三级，担负学部委员，后期还创建了少数民族文学研究所任所长；在民研会作秘书长、党组书记，担任行政领导。

关于这段历史变迁，贾芝回忆中这样写："经过种种努力与挣扎，1954 年，民研会才恢复工作，加入了文联。非常感谢中宣部胡乔木同志，他在我第二次向中宣部写信申述之后，明确指示民研会不必取消。"[①]《民间文学》月刊创刊于 1955 年 4 月。它是民研会恢复工作的第一个标志，也是民间文学工作的第一个阵地。我起草了《民间文学》的创刊计划[②]后，默涵同志找我商定了编委会的人选，也是他将《民间文学》月刊委托通俗文艺出版社出版的。创刊计划和编委会名单，最后

---

① 贾芝:《民间文学事业在春天中萌发》,《民间文学》1990 年第 4 期。

② 前几年，我在藏书中找出这件 1955 年贾芝起草本计划的蜡纸铅字油印原始文件。

是在中宣部由默涵同志召集的一个座谈会上讨论决定的。不久，因情况的变化和需要，刊物由编委会改为主编制，请文联秘书长阿英同志任主编，我作副主编。这也是经过默涵同志考虑决定的。当时，北京市的《说说唱唱》停刊，小说家汪曾祺同志由《说说唱唱》编辑部调到民研会担任《民间文学》的执行编辑。当时及以后的很长时间内《民间文学》都是全国唯一的一家民间文学刊物。它对新中国民间文学学科的开拓和发展，起了重要的作用。英国李约瑟在他的《中国科学技术史》一书中称赞中国出了一个好刊物叫《民间文学》，他是从研究中国科技发展史发现了《民间文学》的。"①

1955年的打字油印文件《民间文艺研究会工作情况简述和领导关系问题》中，贾芝总结工作情况时说："二、工作情况：从1950年3月本会成立起，到1951年10月文艺整风前《民间文艺集刊》停刊止，在这期间工作比较活跃，出版《民间文艺集刊》（不定期）三期；组织《民间文艺丛书》及单行本10多种，已出版者4种，还组织了一部分《民间音乐丛书》；各方欢迎这样一个会的反映很多，要求做会员者也很不少。《民间文艺集刊》停刊后，不久即发生民间文艺研究会是否应当取消问题，工作因而几陷中断。在相当长的时间内，人微力薄，只能致力于编辑民间文学丛书。去年冬天，本会作为团体会员加入文联后，重新制订工作计划，增加编制，工作范围正式确定为民间文学（实际过去主要也只搞民间文学），并决定出版《民间文学》（月刊）。工作遂又活跃起来。今年4月起，创刊《民间文学》，已出版7期，印数由20，300册增至最近一期37，550册，一般反映，是欢迎这样一个刊物的，但人力不足，编辑人员一般质量较低，工作制度也尚不健全，工作中问题不少。民间文艺丛书及单行本截至目前，已出版13种（单行本2种），即将出版者2种，即将付印和正在整理、编选、翻译者20余种（参加者有会内和会外的人）。自从成立会到目前止，收到故事、歌谣、谚语、谜语、论文等长短稿件12000余件（论文占极少数），来源

---

① 贾芝：《民间文学事业在春天中萌发》，《民间文学》1990年第4期。

包括25省，24个民族。数年来，关于民间文学的图书资料，一共收藏了4000余种。从会成立起，已和全国各地建立了广泛的联系，包括热心搜集整理民间文学者个人（这些人除参加会的工作外对当地的民间文学搜集整理工作，又能起不少推动作用），机关团体（例如新疆文联、语言研究所），大学人民口头创作教授，以及一般小学教员，文化馆员，机关、部队的干部，市民，学生，少数文艺工作者等。投稿者大多为一般群众，作家几乎看不见。""现有人员，连勤杂人员二人（公务员、炊事员各一人）在内20人，原编制29人，尚缺9人。因人力不足，遂依照上述目前以大力搜集、整理为主，逐渐加强研究的工作方针，暂设此机构，而且在刊物、丛书的编辑和研究工作方面，也还不能严格分工。目前的方针是：集中力量办好刊物，再及其他。研究一人现在也负责看论文稿件，同时筹划将上海出版公司出版的民间文学资料丛书改归本会主编（该丛书就是由这位研究人员以私人名义主编的）。外出搜集、调查方面，原拟今冬在人员满额时去云南丽江和大理，因肃反运动不能调干，致难以实现，只派过一个人到内蒙古参加会演，去年派过一个人到内蒙古乡间去。"

我们不难看到，民研会作为群众性的学术团体，除了编辑出版刊物和民间文艺丛书，系统保存民间文学资料以外，更重要的是通过会员发动培养全国范围的各个省、自治区、直辖市，各个民族的民间文学搜集整理和研究的骨干。成立短短五年担负起搜集、整理、出版与研究各民族民间文学的历史使命，成为民间文学界的一面旗帜。在没有手机、没有微信，通讯极不发达的时代，广大民间文艺工作者是从《民间文学》上看动态，找方向。

民研会虽然是个小协会，但她起点高、定位准，得天独厚。《在延安文艺座谈会上的讲话》发表以来，民间文学颠覆了备受歧视的地位，与抗战救亡、与创新文学紧密结合，延伸到新中国，获得过无数文学艺术家的青睐，更受到众多大人物的关注。各省的领导也都支持并参与了民间文学工作，其中不乏贾芝延安时期的老战友，我曾代笔贾芝给陕西、黑龙江、广西、云南、甘肃、山西等多地领导写信要求帮忙解决当地民间文学工作问题。

  我们可以看到百废待兴的共和国从无到有创建中国民间文学学科和抢救民族文化遗产的盛况以及一步一步前进的艰辛。1966年，全国仅有8个省级分会，到1983年，除台湾以外全国29个省、自治区、直辖市都成立了分会。近年来，中国民间文艺研究会担负了更多的国家项目，有了长足的发展。

2020年9月19日

2022年9月18日

贾芝与《格萨尔》六十年风雨情

"贾芝是把民间文学当作生命的人",人们都这么说,"他是个有故事的人"。他挖掘、抢救和讲述各民族民间文化的故事成百上千,却没有留下属于自己的故事。贾芝去世已三载,我极力摆脱困境,担当责任,讲述他与民间文学的故事。

贾芝生于山西农村,1932年赴北平就读中法大学,同时拉小提琴,出版诗集。1938年奔赴延安从事文艺与教学工作。1949年回到北平,秉承《在延安文艺座谈会上的讲话》精神,投入搜集抢救各民族民间文化的工作中。20世纪50年代,贾芝与一代学人拓荒各民族民间文学,发掘出版的民间文学作品,如奇峰突起,为中国文学史增添了最有生气的篇章,从根本上改变了文人轻视民间文学的无知与偏见。

为了推翻"中国无史诗"论,贾芝早在20世纪50年代便重视开展与推动以三大史诗为龙头的各民族史诗的抢救工作。自1956年起,他与《格萨尔》同生死共患难,倾心奉献于《格萨尔》的组织、编选与出版工作。

他曾深情地说,《格萨尔》"是我的不幸的伴侣,我们同时挨过批斗,患难与共;也是我的光荣伴侣,我曾因介绍它的论文在国际讲坛上获得殊荣"[1]。1985年2月"史诗《卡勒瓦拉》与世界史诗讨论会"上,

---

[1] 贾芝:《〈格萨尔文库〉序》,载《格萨尔文库》,甘肃民族出版社,1996年,第1页。后收入《拓荒半壁江山:贾芝民族文学论集》,文化艺术出版社,2012年,第263页。

贾芝宣读论文《史诗在中国》,并介绍了《格萨尔》。几天后,贾芝受到芬兰总统毛诺·科伊维斯托的接见。10月芬兰驻华大使馆为其隆重颁发银质奖章,作为中国学者,贾芝分享了《格萨尔》的荣誉!

与《格萨尔》同呼吸共患难

新中国刚刚成立,长期的封建统治和民族语言的隔阂造成文艺界大多数人不知道,甚至否认中国有史诗这一事实。国外别有用心者除了一再宣扬"中国无史诗"论以外,更加处心积虑地将文化问题延伸推演为民族、主权等政治问题。贾芝便决心要改变这种状况,这是作为一个中国人的责任!

1956年3月,他得知青海开始搜集、翻译《格萨尔》,发现珍贵的木刻本、手抄本百余种,编印了大量内部资料,并出版了汉译本《霍岭大战》上卷。这些都为《格萨尔》的研究奠定了基础。这是他关注组织《格萨尔》的搜集和编印工作的开始。

1958年1月,徐国琼同志被调去青海工作,贾芝嘱他好好了解调查。

1958年7月,全国民间文学工作者第二次代表大会上,贾芝在工作报告中强调:"蒙古族的《江葛尔》《格斯尔的故事》,最近几个地方都发现了长短不同的藏族的《格萨尔》,等等。这些传统作品都是异常珍贵的,有的已经列入了世界文库。"[①]

1958年8月,他主持制定了《〈中国歌谣丛书〉和〈中国民间故事丛书〉编选出版计划》,再次明确:"青海省负责《格萨尔》工作;内蒙古自治区负责《格斯尔》工作。"此文件由中宣部批转各省区执行。[②]

1959年12月,中国民间文艺研究会、中国社科院文学研究所和青

[①] 贾芝:《采风掘宝,繁荣社会主义民族新文化——一九五八年七月九日在全国民间文学工作者大会上的报告》,载《民间文学论集》,作家出版社,1963年,第89页;原载于《民间文学》1958年第7、8期合刊。

[②] 贾芝:《中国史诗〈格萨尔〉发掘名世的回顾》,载《拓荒半壁江山:贾芝民族文学论集》,文化艺术出版社,2012年,第268页。

海省文联三家联合召开"《格萨尔》搜集、翻译、整理工作座谈会",老舍先生主持。在会上贾芝首次提出"抢救"的理念,他说:"发掘这一史诗,应在'抢救'二字上面多下功夫,认识它的紧迫性。同时要做好持久战的准备,认识它的艰巨性和复杂性。"[1]

1960年3月,贾芝在《民间文学十年的新发展》中概括说:"史诗《格萨尔王传》和《格斯尔的故事》的发现,特别值得予以注意。青海省文联民间文学组至目前已经搜集到藏族史诗《格萨尔》全诗三十六卷的手抄本、刻本及十余种异文。口头记录工作尚待开始。这部以说唱为主的史诗广泛地流传于青海、西藏、甘肃、四川甘孜一带地区,还有专门以弹唱《格萨尔》为职业的艺人,民间的传说、绘画、雕塑、音乐、舞蹈中也到处都有与格萨尔有关的作品,所以今后还会收集到有关格萨尔的庞大资料。发现得更早的蒙古族的《格斯尔的故事》,是散文故事,从前只能看到1716年北京首次出版的上七章及其他两三种蒙文本,新中国成立后才在北京发现了下六章的手抄本,1955年内蒙古自治区出版了十三章蒙文完整本,随后又出版了汉文译本。"[2]

1960年7月至8月,中国民间文艺研究会召开扩大理事会,贾芝作了关于《全国民间文学工作三年规划(草案)》的报告,充分肯定青海搜集手抄本、木刻本以及汉译资料本出版的做法。当时这还不能被广泛理解与接受,甚至有人公开提出质疑。1961年,徐国琼从青海来信说,《格萨尔》资料本印刷成本极高,印数很少。贾芝立即回信为他鼓劲:"这些资料本的科学价值,远远超过为其付出的经济价值,应该坚持这种本子的译印工作。"[3]

---

[1] 贾芝:《中国史诗〈格萨尔〉发掘名世的回顾》,载《拓荒半壁江山:贾芝民族文学论集》,文化艺术出版社,2012年,第268页。

[2] 贾芝:《民间文学十年的新发展》,载《民间文学论集》,作家出版社,1963年,第15页。根据贾芝1958年、1959年、1960年日记内容,《民间文学十年的新发展》是他从1958年12月开始,在对全国民间文学举行全面调查了解的基础上完成的。

[3] 贾芝:《中国史诗〈格萨尔〉发掘名世的回顾》,载《拓荒半壁江山:贾芝民族文学论集》,文化艺术出版社,2012年,第269页。

1966年，贾芝在北京挨批斗，抢救《格萨尔》是他的主要罪状之一。演唱、搜集《格萨尔》的民间艺人、民间文学工作者都分别遭受迫害。在《格萨尔》手抄本和木刻本几近全部化为灰烬时，徐国琼置自己身家性命于不顾，秘密转移《格萨尔》手抄本、木刻本71部。1973年，贾芝写信提示徐国琼："《格萨尔》以后还会搞的，你们过去搜集到的那些资料不知下落如何？"多年后，徐国琼说贾芝："乌云未消，你居然敢说'《格萨尔》还会搞的'？"他点头笑着。

为《格萨尔》平反奔走呼吁

1976年大地回春，《格萨尔》却迟迟未能平反。1978年5月，徐国琼同志写信给贾芝，请他向中央有关部门反映，要求为《格萨尔》平反。

1978年6月24日，贾芝在《光明日报》发表文章，大声疾呼恢复《格萨尔》的搜集与研究。他邀请徐国琼进京汇报，10月19日他主持中国民间文艺研究会筹备组会议，让徐国琼汇报了《格萨尔》被打成"大毒草"的经过。会议决定：1.《民间文学》发表一组《格萨尔》作品与文章；2.组织青海、西藏等六省区成立《格萨尔》工作组；3.清理复制《格萨尔》手抄本及有关资料。①

11月18日，贾芝带徐国琼向周扬汇报为《格萨尔》平反事宜。周扬非常支持，立即批示，想办法通过文联上报中央，并为徐国琼题词："你保护《格萨尔》资料有功，望为民间文学研究工作继续努力。"②11

---

①1978年10月19日贾芝日记：在文艺研究院会议室召开民研会筹备组会议，讨论恢复协会的几个具体问题，另外请徐国琼介绍《格萨尔》问题，宣布了如上几点建议。

②1978年11月18日贾芝日记，11时贾芝带徐国琼到周扬同志家，贾芝将为《格萨尔》平反的报告及材料送周扬同志看。周扬批示：分送民委、中宣部并中央。另让贾芝写一封信给默涵，说明周扬意见，由文联报中央；再写一信给周扬，他批意见后给青海严文洁。徐国琼请周扬题词，周扬写下如上两句话。

月30日，青海召开《格萨尔》平反大会，撤销一切批判否定《格萨尔》的文件，为从事《格萨尔》工作受到牵连和处分的同志撤销处分、彻底平反，将装入个人档案的材料一律销毁。

当时"《格萨尔》是大毒草"在全国的流毒甚广、影响很深，从说唱艺人到研究工作者依然心有余悸，工作很难开展。贾芝又撰文《为藏族史诗〈格萨尔〉平反》以编辑部名义发表在1979年第2期《民间文学》上，同年5月28日《人民日报》以原标题刊发。

1979年8月8日，中国社科院少数民族文学研究所和中国民间文艺研究会向中宣部递交了《关于抢救藏族史诗〈格萨尔〉的报告》，经武光、邓力群、宋一平、于光远、周扬、梅益、马寅、江平、杨静仁、李英敏十位领导批示"同意""好"或者圈阅表示同意，并决定：贾芝、王平凡、马寅、毛星、黄静涛、程秀山、蒙定军组成《格萨尔》工作领导小组，贾芝任组长。[1]

1979年7月，贾芝策划全国民间诗人、歌手座谈会遇到困难，致函胡耀邦同志。胡耀邦同志立即批复："这是件好事，我赞成。"[2]9月25日至10月4日会议在北京召开，45个民族的123位代表赴会，胡耀邦、乌兰夫、阿沛·阿旺晋美、杨静仁等出席，周扬同志讲话。贾芝在报告中说："民间文学是重灾区，各族民间歌手、民间诗人在这场浩劫中几乎无一幸免。""说唱著名史诗《格萨尔》的藏族民间艺人，统统被当作'牛鬼蛇神'，有的还被勒令跪在石子上，头顶《格萨尔》抄本，喊着'请罪！请罪！'有的受尽侮辱，含愤死去。""……要为蒙受冤、错、假案迫害和受到牵连的民间歌手、民间诗人彻底平反，不留尾巴。""我

---

[1] 贾芝:《中国史诗〈格萨尔〉发掘名世的回顾》附录，载《拓荒半壁江山：贾芝民族文学论集》，文化艺术出版社，2012年，第280页。

[2] 贾芝:《关于召开少数民族民间歌手、诗人座谈会的请示报告》附记，载《新中国民间文学五十年》，大众文艺出版社，2004年，第47页。

想最好的平反办法,就是编选、出版他们创作和演唱的作品。"[①]

1979年11月,中国民间文学工作者第三次代表大会召开,贾芝在报告中高度赞扬:有的同志,"在'四人帮'把《格萨尔》打成'大毒草',大肆焚毁《格萨尔》手抄本及民间文学资料的紧急关头,有的同志冒着被打成反革命的危险,从火中抢救了近百本手抄本藏入地洞,使这一珍贵资料逃脱了'四人帮'的劫火而得以保存……"[②]

七省区会议抢救《格萨尔》

1979年8月,《格萨尔》工作领导小组成立。1980年4月,贾芝在四川峨眉山主持召开西藏、青海、四川、甘肃、云南、内蒙古六省区[③]第一次全国《格萨尔》工作会议。国家民委领导江平、马寅到会讲话。各地汇报恢复工作以来取得的众多成绩,西藏发现能唱31部《格萨尔》78岁的民间歌手扎巴老人,已录音10部。今后仍然要强调"抢"字第一,除了口头采录,搜集手抄本、木刻本,还要注意搜集相关民俗、历史、社会的图片、音响和实物。规划三年到五年内整理出一套《格萨尔》统一本(包括藏文和汉文);出版《〈格萨尔〉工作通讯》。[④]云南德钦大雪封山,他们用拖拉机推开积雪,翻山赶到昆明误了会期。贾芝立即乘硬卧前往,等候在那里的李兆吉等同志激动得热泪盈眶,他们讲

[①] 贾芝:《歌手们,为"四化"放声歌唱吧!——一九七九年九月二十五日在"全国少数民族民间歌手、民间诗人座谈会"上的讲话》,载《新园集》,中国民间文艺出版社,1981年,第112、115页;原载于《民间文学》1979年第11期。

[②] 贾芝:《团结起来,为繁荣和发展我国的民间文学事业而努力——在中国民间文学工作者第二次代表大会上的报告》,载《新园集》,中国民间文艺出版社,1981年,第127页;原载于《民间文学》1980年第1期。

[③] 当时,贾芝还没想到应该请新疆参加,之后几次会议才加上新疆成为七省区的会议。

[④] 参见贾芝《藏族英雄史诗〈格萨尔〉工作会议纪要》,载《拓荒半壁江山:贾芝民族文学论集》,文化艺术出版社,2012年,第282页。

唱了德钦特有的《汉藏之间的金桥》，并介绍抢救《格萨尔》手抄本与口头采录情况。贾芝设法帮助他们解决了采录经费和录音机的问题。①

1981年2月，贾芝在北京主持召开了第二次全国《格萨尔》工作会议，江平到会讲话。各地汇报，工作有了很大进展。西藏又发现23岁女歌手能唱20多部《格萨尔》，正在记录中。西藏、青海、四川等省区《格萨尔》发行盛况空前，以十倍价格，亦一书难求；美国、西德、日本、加拿大等国家及中国香港地区学者、书商纷纷来函订购。四川、青海等电台用藏语连播史诗《格萨尔》亦受到热烈欢迎。会议讨论了出版《格萨尔》藏文本、汉译本及整理、翻译的原则问题并成立了翻译整理协调小组。②

1982年5月，贾芝在北京主持召开第三次全国《格萨尔》工作会议，中国社科院王平凡、毛星，中国民研会副主席钟敬文、马学良到会讲话，中央统战部副部长江平接见代表。一年多来，各省区抢救、发掘工作成绩显著。西藏新发现能唱多部《格萨尔》的民间艺人12名。青海利用京剧、话剧和歌舞形式把《格萨尔》推上舞台。新疆陆续发掘蒙古族卫拉特部流传的《格斯尔》多部，已记录六章。会议决议：

1. 重申实现前两次会议目标，择优出版一套完整的藏文版《格萨尔》；2. 确定本届协调小组人选（12人），降边嘉措、仁钦、陶阳、殷海山任副组长，贾芝任组长。会议拟定今后仍以"抢救"为当务之急。③

---

① 参见贾芝《中国史诗〈格萨尔〉发掘名世的回顾》，载《拓荒半壁江山：贾芝民族文学论集》，文化艺术出版社，2012年，第272页。1980年4月25日和4月26日贾芝日记也提及相关内容，他赶到云南听取德钦藏族代表的汇报，发现不一样的版本，帮助他们解决困难。

② 参见贾芝《藏族英雄史诗〈格萨尔〉第二次工作会议纪要》，载《拓荒半壁江山：贾芝民族文学论集》，文化艺术出版社，2012年，第284页。

③ 参见贾芝《藏族英雄史诗〈格萨尔〉第三次工作会议纪要》，载《拓荒半壁江山：贾芝民族文学论集》，文化艺术出版社，2012年，第288页。

《格萨尔》走向世界

"中国民间文学要走向世界"是贾芝一贯的主张。他在国际上不失时机地宣传中国,首推《格萨尔》。

1982年3月出访日本,贾芝在讲演中介绍《格萨尔》,年逾八旬的关敬吾先生说,有生之年如能读到《格萨尔》该是十分幸运的事。[①] 几年后,日本著名学者、翻译家君岛久子翻译出版了《格萨尔》日文缩写本。

1983年8月,加拿大召开"国际人类学与民族学第11届大会",贾芝的论文《中国民间文学学科的新发展》中说《格萨尔》被誉为世界最长的英雄史诗。[②]

1983年9月,贾芝首次访问芬兰。向芬兰文学学会主席、国际民间叙事研究会主席劳里·航柯(Lauri Olavi Honko)先生介绍了《格萨尔》和专门演唱《格萨尔》的民间艺人。他非常高兴地说:"史诗在中国还活着!"那天下午他带贾芝去会见了土尔库大学校长,并报告这一信息。[③]

1985年2月,年逾古稀的贾芝率中国民间文学代表团乘7天7夜火车穿越严寒的西伯利亚经莫斯科赴芬兰参加史诗《卡勒瓦拉》150周年纪念活动。在土尔库有21个国家的学者出席"《卡勒瓦拉》与世界史诗国际讨论会",贾芝宣读论文《史诗在中国》,以中国30多个民族的创世纪史诗与英雄史诗为例彻底推翻"中国无史诗论",继而介绍《格萨尔》的卷帙浩繁以及流传、演唱的活形态。藏族学者降边嘉措的论文《论〈格萨尔王传〉的说唱艺人》,阐述了民间说唱艺人的巨大的作用。

---

① 参见贾芝《中国史诗〈格萨尔〉发掘名世的回顾》,载《拓荒半壁江山:贾芝民族文学论集》,文化艺术出版社,2012年,第274页。

② 贾芝:《中国民间文学学科的新发展》,载《播谷集》,人民文学出版社,1994年,第43页。

③ 贾芝:《芬兰民间文学档案馆的考察》,载《播谷集》,人民文学出版社,1994年,第624页。

大会放映了贾芝带去的民间艺人演唱《格萨尔王传》录像。招待会上记者们纷纷向中国学者提问题，土尔库报、晨报、赫尔辛基报、芬兰广播电台等媒体不断采访并连续报道。开幕式那天的报纸，特别介绍中国史诗，并刊登了贾芝的大头像。芬兰学者兴奋地向贾芝跷起大拇指说："您是第一个见报的！"人们兴奋地传诵着："中国是一个史诗的宝库，史诗在中国还活着。"

以文会友，会上会下贾芝重逢和相识了许多新朋旧友。德国的海希西和日本的大林太良是贾芝多年的老友，他们开幕式上就相遇了，隔着三排座椅打招呼，记者为他们留下了一幅珍贵的合影。苏联的嘎尔胡教授、匈牙利的维尔穆斯·沃伊格特、法国学者迦勒、赛都女士、马耳他女学者苟伊斯·尤卡斯等许多国家的学者都热情地同贾芝交谈，讨论今后合作事宜。

2月28日，在赫尔辛基漫天飞雪的公园，贾芝在埃利亚斯·隆洛德铜像前参加隆重的祭奠活动。当天晚上的"史诗《卡勒瓦拉》150周年纪念大会"上，总统毛诺·科伊维斯托偕夫人出席并讲话。中间休息的时候，毛诺·科伊维斯托总统接见了贾芝。他们热情交谈，谈文学翻译的不易，谈史诗与民族文化的密切关系。[①]

10月15日，芬兰驻华大使馆举行隆重仪式为贾芝颁发银质奖章。作为中国学者，贾芝分享了《格萨尔》的荣誉！[②]

1985年11月，贾芝在中南民族学院讲学，题目是"中国民间文学

[①] 贾芝：《芬兰人民的节日——纪念芬兰史诗〈卡勒瓦拉〉150周年》，载《播谷集》，人民文学出版社，1994年，第646—657页。

[②] 贾芝：《中国民间文学要走向世界》，演讲地点：中南民族学院，演讲时间：1985年11月，发表于《中南民族学院学报》1986年第2期，后收入《播谷集》，人民文学出版社，1994年，第600页。1985年10月15日贾芝日记也提及相关内容，下午三点半贾芝到机场迎接国际民间叙事研究会主席芬兰文学学会主席航柯教授。于韦里宁大使与夫人邀请贾芝与航柯先生参加在芬兰使馆举行的晚宴，同时出席的还有芬兰的五位作家，他们给贾芝带来芬兰总统接见他的照片。宴会开始，大使讲话，给贾芝颁发银质奖章。

要走向世界",其中讲道:"中国民间文学中,今天看起来最突出的还是少数民族的民间文学,这是事实,恰恰是过去中国文学史所没有反映过的。过去我们一些古典文学家、历史学家也曾断言说中国没有史诗。为什么这样说呢?就因为他们不了解我国少数民族的文学。我国藏族的史诗《格萨尔王传》、新疆蒙古族的史诗《江格尔》、柯尔克孜族的史诗《玛纳斯》,这些北方草原的英雄史诗在国外都早已有专家研究,像《格萨尔王传》的搜集、研究已有近200年的历史……西德波恩大学'东方研究所'有人研究《格萨尔王传》,他们在中印交界的拉达克、在巴基斯坦的藏族人中做过搜集调查工作。法国的石泰安新中国成立前曾到过青海,但是作为一个研究《格萨尔王传》的专家,他也仅仅只能看到一部分手抄本。外国都有专家研究了,我们中国学者过去还全然无知,这是一种奇怪的历史现象。总的说来,国外对中国的民间文学知道得太少,就说三大史诗,他们所知道的也很少,因为这些史诗的故乡是中国。虽有跨国现象,但是故乡中国蕴藏和流传的作品更为丰富……《格萨尔王传》究竟有多少部,现在我们只能知其大概,卷帙浩繁,要等将来完全调查完了才能说清楚。这个作品在中国,我们能够拿得出丰富的材料来,完全有条件做出更深入的研究、达到新的水平。"[1]

《格萨尔》:贾芝的生死情缘

1982年12月贾芝离休,民间文学依然是他毕生的追求。《格萨尔》的工作是贾芝始终不曾放下的责任。

1983年,《格萨尔》的搜集整理工作被定为"六五"期间国家重点科研项目。一部民间艺人吟唱的史诗被列为国家重点项目,足以见得党和国家对民族文化遗产的重视。

---

[1] 贾芝:《中国民间文学要走向世界》,演讲地点:中南民族学院,演讲时间:1985年11月,发表于《中南民族学院学报》1986年第2期,后收入《播谷集》,人民文学出版社,1994年,第597页。

1984年1月,在北京召开第四次全国《格萨尔》工作会议,贾芝发言《为〈格萨尔王传〉祝贺》:"我们作为《格萨尔》的故乡中国,理应产生真正科学的质量较高的研究成果。我们有被誉为东方的伊利亚特的《格萨尔》,现在又列入国家的重点项目,怎能不拿出较好的研究成果走入世界史诗研究之林?"[1]

　　1985年1月,贾芝为《格萨尔研究集刊》撰写发刊词,题为"摘取史诗桂冠的《格萨尔》"。谈到从"中国无史诗"到"中国可以说是一个史诗和叙事诗蕴藏丰富的国度"的历史进程。谈到民间艺人是史诗的保存者、传播者和参与集体创作者,强调指出:"《格萨尔研究集刊》是全国第一个史诗研究的大型理论刊物,它将组织'格萨尔学'的研究队伍,汇集并展示我国《格萨尔》研究的新成果、新水平。"[2]

　　"1986年5月22日,我出席中华人民共和国文化部、国家民族事务委员会、中国民间文艺研究会、中国社会科学院联合召开的《格萨尔》工作总结表彰及落实任务大会。全国八省区近百名各民族代表参加盛会。会议对'七五'计划期间《格萨尔》工作进行讨论,落实了任务,并调整和充实加强了《格萨尔》领导小组。就是在这次会议上作出决定,出版四十部藏文本及扎巴老人的全套说唱本。"贾芝第一次见到受到表彰的扎巴老人和玉梅姑娘,他们各唱一段《格萨尔王传》。蒙古族艺人萨布拉用四胡演唱了一段《格斯尔》。[3] 颁奖仪式,乌兰夫讲话,贾芝亦在表扬名单中,获《格萨尔》发掘工作优异成绩奖。

　　1989年11月1日,贾芝到成都参加《格萨尔》(《格斯尔》)国际

---

[1] 参见贾芝《为〈格萨尔王传〉祝贺——1984年1月在全国第四次〈格萨尔〉工作会议上的讲话》,载《拓荒半壁江山:贾芝民族文学论集》,文化艺术出版社,2012年,第250页。

[2] 贾芝:《摘取史诗桂冠的〈格萨尔〉——〈格萨尔研究集刊〉发刊词》,载《格萨尔研究集刊》,中国民间文艺出版社,1985年,第1页。后收入《拓荒半壁江山:贾芝民族文学论集》,文化艺术出版社,2012年,第254页。

[3] 贾芝:《中国史诗〈格萨尔〉发掘名世的回顾》,载《拓荒半壁江山:贾芝民族文学论集》,文化艺术出版社,2012年,第276页。

学术讨论会。到会的有 12 位外国朋友，贾芝熟悉的有德国波恩大学中亚研究所的海西希、萨嘎斯特，还有蒙古、苏联、澳大利亚、巴基斯坦、日本学者。大会由四川人大副主任扎西泽仁主持。11 月 5 日，贾芝出席领导小组扩大会，各省、区汇报情况，讨论了出版、翻译，下次国际会议时间、地点等问题。贾芝提出要注意民族团结，注意蒙藏两个民族的《格萨尔》与《格斯尔》。

1991 年 1 月，贾芝撰文祝贺和感谢青海成功改编上映电视剧《格萨尔王传》。[1]

1991 年 4 月 19 日，贾芝在《格萨尔学集成》第一、二、三卷出版座谈会上作了专题发言："《格萨尔学集成》的出版，为建立中国的'格萨尔学'创造了条件，标志着一个新的起点。"[2]

1992 年 10 月，在兰州召开全国《格萨尔》"八五"工作会议，行前，王平凡征求贾芝意见，他再次强调了峨眉山会议精神。[3]

1993 年 7 月，内蒙古自治区在锡林郭勒盟举办"第三届《格萨尔》国际学术讨论会"，贾芝为大会写了祝辞："对史诗研究来说，书斋的文本研究与对'活'在群众中的史诗的实地调查，该是两个截然不同的世界，两种感受。"[4]

1994 年 8 月，贾芝为《民间诗神——格萨尔艺人研究》（杨恩洪）作序。通读书稿，跟着作者的足迹对几十位艺人进行探访研究剖析，写

---

[1] 参见贾芝《祝贺电视剧〈格萨尔王传〉放映成功》，载《拓荒半壁江山：贾芝民族文学论集》，文化艺术出版社，2012 年，第 261 页。

[2] 贾芝：《中国史诗〈格萨尔〉发掘名世的回顾》，载《拓荒半壁江山：贾芝民族文学论集》，文化艺术出版社，2012 年，第 277 页。

[3] 据 1992 年 10 月 3 日贾芝日记与金茂年回忆：下午贾芝去看王平凡，王平凡第二天要去兰州参加《格萨尔》规划会。贾芝谈了几点意见，王平凡添入他的讲话，说由他传达，并让金茂年写一个提要。

[4] 贾芝：《祝贺"格萨尔学"的重大成就——第三届〈格萨尔〉国际学术研讨会祝辞》，载《拓荒半壁江山：贾芝民族文学论集》，文化艺术出版社，2012 年，第 256 页。

下 57 页的学习笔记。他说："以流浪乞讨为生的说唱艺人，他们始终是传承和发展史诗的主角，功勋卓著。只有向艺人寻根觅底，才是打开史诗这一民族文化宝库的金钥匙。"①

1994 年 10 月，贾芝到中纪委招待所主持审读《中国歌谣集成·西藏卷》，就《格萨尔》问题进行了专门研究安排。

1995 年 1 月，贾芝赴印度迈索尔出席国际民间叙事文学研究会第 11 届代表大会，论文《说唱艺人——研究史诗的金钥匙》重点阐述了《格萨尔》艺人在史诗传承中的意义与作用。

1997 年 6 月，贾芝到人民大会堂出席全国《格萨（斯）尔》工作总结表彰大会，并为民间艺人颁奖。

1999 年 4 月，贾芝为《格萨尔文库》作序，再次强调"《格萨尔》作为一个民族的代表作，应有一个统一的整理本。我们时代的这个整理本，要求是高标准的，有权威性的"②。

2000 年 12 月，贾芝出席在人民大会堂举办的"藏文《格萨尔》精选本出版座谈会"并写了贺辞。

2001 年 9 月，降边嘉措要出版文集，约贾芝整理"贺辞"并撰写《格萨尔》发掘的过程，他写《中国史诗〈格萨尔〉发掘名世的回顾》，可惜没有完成。2012 年，我根据他的日记、会议文件等大量资料补充整理成文。

2002 年 7 月，贾芝到人民大会堂出席"《格萨（斯）尔》千年纪念大会"。

2013 年 2 月，记者到协和医院访问贾芝，他已不能对话，听到《格萨尔》，眼睛里含着热泪。我们依然可以感受到他那份眷眷深情和

---

① 贾芝：《〈民间诗神——格萨尔艺人研究〉序》，载《拓荒半壁江山：贾芝民族文学论集》，文化艺术出版社，2012 年，第 259 页。

② 贾芝：《〈格萨尔文库〉序》，载《格萨尔文库》，甘肃民族出版社，1996 年，第 3 页。后收入《拓荒半壁江山：贾芝民族文学论集》，文化艺术出版社，2012 年，第 265 页。

坚守……

　　当下《格萨尔》出版研究工作长足发展，已成为民间文学界最活跃的门类之一，翻译成十余种文字的版本在世界许多国家流传；国内几个民族、老中青三代学者的学术团队发表出版一大批高水平的论文与专著；40卷藏文版《格萨尔》精选本已在编纂出版中；青海还建立了《格萨尔》资料库，一项跨时代的文化工程在有条不紊的进行中，先生多年的企盼得以实现。

2019年10月

最早邂逅却不相知的《江格尔》

中国著名三大史诗《格萨尔》《玛纳斯》《江格尔》，前两部是20世纪五六十年代就开始搜集出版的，起步最晚的是《江格尔》。1979年，才开始有计划地进行搜集和出版、研究工作。然而，最早面世的史诗却是《江格尔》的章节本《洪古尔》。小薄册子《洪古尔》，1950年1月由商务印书馆出版，印数很少。作品以外的故事很动人：1935年，在新疆工作的边垣被盛世才投入监狱。在黑暗、残酷、漫长和不自由的日子里，被捕的狱友各自讲述自己民族的故事，作为文化娱乐也作为精神支撑。边垣听到很多故事，《洪古尔》就是其中之一，可惜没纸笔，只好储蓄在记忆中。1942年，他开始根据记忆把它写成文字，情节结构未加删改；形式方面，改用了诗的体裁。故事是一位叫满金的蒙古族人讲的，他年轻时当过小喇嘛，为商队牵过骆驼。他说，这是一个很古老且流传很广的故事，听多了，他就背诵下来了。在狱中，满金每天晚上都要给狱友讲或者唱《洪古尔》。边垣根据记忆编写了《洪古尔》，成为我国第一部《江格尔》章节本，也是中国史诗的第一铅印本。

边垣是位热血青年、革命者，凭记忆把狱中听到的故事编写成诗体的《洪古尔》。年轻的诗人陶阳被深深打动，去找自己的领导贾芝。贾芝时任中国民间文艺研究会领导，年轻时也是诗人，他立刻拍板：《洪古尔》作为中国民间文艺研究会的民间文学丛书出版，责成陶阳做责任编辑联系边垣商谈修订。1958年，中国民间文艺研究会主编的《洪古尔》在作家出版社出版。出版说明中这样记载"目前为止还没有看到有关'洪古尔'的完整记录和信实译文出现，为了使更多的读者能早日接触这一民族民间文学的宝贵遗产,也为了引起民族民间文学工作者对这部原作的注意和迅速搜集整理,我们商得边垣同志的同意,将它重印出版。希望不久就能有经过忠实记录和翻译的完整的本子出来"。

陶阳在《英雄史诗〈玛纳斯〉调查采录集》一书中这样记述:"我于1955年从北京大学调到中国民间文艺研究会专事文艺,在王府井买到一本边垣的诗集《洪古尔》,一口气读完,真是美的享受。边恒说他在新疆工作时,被反动派盛世才逮捕入狱,狱中一蒙(古)族难友名叫满金的给他讲过洪古尔的故事,他是根据讲述的故事再创作的。我想推荐给会里出版,它又属于创作。后来我想为了推动搜集《洪古尔》这部史诗,可以说明是再创作的,出版的目的是为了推动搜集工作。我把《洪古尔》诗集送给贾芝同志,贾芝是诗人,他同意我的意见,责成我与边垣联系并做责任编辑。《洪古尔》出版后,在推动《江格尔》的搜集中确实起了些作用。那时误以为《洪古尔》是独立的史诗,现在才清楚,原来洪古尔是《江格尔》史诗中的一位英雄,是江格尔的左贤王。"[①]

三位不同时期的诗人为《洪古尔》独具的史诗魅力所感动,各自付出自己不同的努力。他们除了对诗的热爱,更多的是对祖国文化的挚爱与一份责任担当!中华人民共和国刚刚成立,百废待兴,民间文学更几乎是从零起步。民间文学是随着共和国的诞生,人民的当家作主,一扫过去长期受歧视的地位,而跃上艺术的殿堂。中国民间文艺研究会就创立在这个时候,承担起这一光荣的历史使命。长期的阶级压迫与统治、交通与通讯的障碍、语言的隔阂,造成文化的封闭保守,各民族的民间文学作品自生自灭,很难披露于世。人们不知道《江格尔》,更不知道《洪古尔》是《江格尔》的一部分,甚至不明确知道那便是史诗!"中国无史诗""中国无神话""中国无动物故事"等谬论当时在中外学界已成定论。新一代的知识分子自觉自愿地担当起文化职责,发掘抢救各民族民间文化遗产,为中国乃至世界文学增添最有生气的篇章,彻底

[①] 陶阳:《史诗〈玛纳斯〉调查采录组的缘起》,载陶阳编著《英雄史诗〈玛纳斯〉调查采录集》,中国文联出版社,2010年,第3页。

扭转一些文人轻视民间文学的无知与偏见。

1958年，贾芝在全国民间文学工作者第二次代表大会上报告各民族民间文学丰富多彩的民间文学时曾举例："各民族的史诗、叙事诗和长篇故事也发掘了不止一二部，像彝族撒尼人[①]的《阿诗玛》和另一部长诗《逃往甜蜜的地方》，彝族的《梅葛》，傣族的《娥并与桑洛》《召树屯》《兰嘎西贺》，苗族的《苗王张老岩》《张秀眉》，傈僳族《逃婚调》，蒙古族的《江葛（格）尔》《格斯尔的故事》，最近几个地方都发现了长短不同的藏族的《格萨尔》，等等。这些传统作品都是异常珍贵的，有的已经列入了世界文库。"[②]那时，全国51个民族，已经发表了40个民族的长诗短歌民间故事等作品。1960年，贾芝在《民间文学十年的新发展》中记录"内蒙古还以蒙语出版了另一部史诗《江葛（格）尔》"[③]。

1979年，贾芝在中国民间文学工作者第三次代表大会上的报告中说："十七年中，我们发掘了大量的少数民族的民间文学作品，仅民间叙事诗就搜集了上百部，《阿诗玛》《嘎达梅林》《江格尔》《召树屯》《娥并与桑洛》等已为国内外所传颂。特别令人兴奋的是长篇英雄史诗的发掘工作获得了可喜的成果。流传在青海、西藏、甘肃、四川、云南、内蒙古等省区的史诗《格萨尔》，是早已闻名世界的长篇史诗，现已搜集了近两千万字的资料。关于柯尔克孜族的史诗《玛纳斯》，'文化大革命'前曾经收集了大量的资料，现在又把著名歌手朱（居）素

---

① 撒尼人：彝族的支系。1958年，贾芝在报告中用的是"撒尼族"，见《民间文学》1958年7、8月合刊；1963年出版的贾芝《民间文学论集》改为"彝族"，可能因为撒尼族只是彝族的一个支系，不好单独称谓。但是，考虑与下文呼应，我以为写成"彝族撒尼人"比较协调，也更符合实际情况。

② 贾芝：《采风掘宝，繁荣社会主义民族新文化》，载《民间文学论集》，作家出版社，1963年，第89页。原载《民间文学》1958年7、8合刊。

③ 贾芝：《民间文学十年的新发展》，载《民间文学论集》，作家出版社，1963年，第15页。

普·玛玛依①请到北京来录音。"两次代表大会相隔21年，贾芝都在工作报告中提到《江格尔》。

1982年5月，《格萨尔》第三次工作会议在北京召开，西藏、内蒙古、青海、甘肃、四川、云南、新疆七省区的代表出席。会中，新疆贾木查找贾芝谈《江格尔》记录出版情况，内蒙古的安柯钦夫也在。他们说什么是卫拉特蒙古族，讲土尔扈特东归的故事。渥巴锡因不满沙皇统治，带领3万多户约17万人，离开生活了140多年的伏尔加河流域，开始艰难的东归之旅。他们拖家带口赶着牲畜，车辚辚，马萧萧，浩浩荡荡，所到之处，尘土升腾，在天空中像云团。哥萨克骑兵远远就望见他们的行踪，一路追杀堵截，加之严寒、疾病、饥饿。他们浴血奋战、义无反顾地向着祖国的方向行进。半年多，跋涉万里，回到祖国，土尔扈特人只剩下不到7万。一次如此壮烈的民族大迁徙！怪不得安柯钦夫讲到，率先跨越国境，踏上祖国土地的是一条狗时，禁不住热泪盈眶了。

回到祖国的土尔扈特人，主要生活在新疆巴音郭楞蒙古自治州，其余有在博尔塔拉蒙古自治州、伊犁哈萨克自治州、阿勒泰专区和塔城专区，还有零星居住在南疆北疆的。伏尔加河西岸未能东归的土尔扈特人留在俄罗斯，成为卡尔梅克人。回归的土尔扈特人把《江格尔》也带了回来了。

和布克塞尔自治县文工队加·巴图那生记述了这样的故事：土尔扈特部迁去伏尔加以前，和鄂尔勒克的家乡有个叫土尔巴雅尔的牧羊老汉，将当地传播的《江格尔》搜集起来背诵，每背会一章就在怀里放一块石头，最后他的怀里共揣了70块不同颜色的石头，说明他已会说七十章《江格尔传》。当时的王爷听后奖了他7大块金子，赐给他"七十章回史诗袋子"的称号，并将他的名字在卫拉特四部49个旗广为传扬。调查者说，他小时候听一个叫烟郭勒·普日科的老汉也讲过这个故事，并且说《江格尔传》共有72个章回。调查者又说，和布克赛尔县那林和布克牧场的"江格尔奇"朱乃说："土尔扈特部自伏尔加河

---

① 现在，统一译为"居素普·玛玛依"。

一带返回的第二年,即乾隆三十七年(1772),策伯格道尔吉前往北京谒见清帝商定了地方政权、管辖地区,花翎顶珠封号印章等事项,还将土尔扈特著名'江格尔奇'土尔巴雅尔的传略及他获得'七十章回史诗袋子'称号之事向乾隆作了禀报。乾隆听后立即正式赐予那个'江格尔奇'六世孙'七十章回史诗袋子'称号,盖上玉玺,向七十个蒙古部落作了通报。"[1] 这些都是朱乃从和布克赛尔亲王的文书、中旗千代户长勃代·乌里吉图保存下来的亲王的府中纪事《史册》这本青布封面本夹板书中看来的。

加·巴图那生的记载、朱乃的叙述与首次记录《江格尔》的德国B.别尔克曼教授以及苏联等国家学者的论述是一样的:《江格尔》是中国蒙古族史诗,留在伏尔加河西岸的卡尔梅克人中亦有流传。

《江格尔》的搜集、出版与研究起步较晚,但是一开始就在党和政府的直接领导下。1979年,新疆《江格尔》领导小组成立,新疆维吾尔自治区人民政府副主席巴岱任领导小组组长。很快,贾芝与巴岱成为好朋友。每次巴岱来京,不是他来看贾芝,就是贾芝去看他。我记得,好几次,我们到新疆驻京办事处看他。同年,抽调贾木查到工作组搜集资料,随后,他又被调到自治区文联民研会专事《江格尔》研究。20世纪80年代,他在《新疆日报》上曾发表过一篇报道《千年铁树开了花》,意思是《江格尔》这样的民间文化终于得到了国家的重视,得以重见天日了。"参加了调查的新疆民研会特·贾木查同志说,他们《江格尔传》工作组于1980年到1981年两年的时间里,在新疆博尔塔拉、巴音郭楞两个自治州和塔城、阿尔泰、哈密等蒙古族聚集的各县的公社、牧场进行调查,走访了90名大小'江格尔奇'。由新疆维吾尔自治区副主席巴岱同志主持这一工作,三年来在抢救和调查研究史诗《江格

---

[1] 以上一段是和布克塞尔自治县文工队加·巴图那生在《〈江格尔传〉在和布克塞尔流传情况调查》中的记载,转引自贾芝《"江格尔奇"与史诗〈江格尔传〉》,载《播谷集》人民文学出版社,1994年,第153、154页。

尔传》中取得了重要成果。"①

1982年8月,《江格尔》学术讨论会在乌鲁木齐召开。这是我国的第一次史诗讨论会!8月14日,我陪贾芝乘飞机前往乌鲁木齐。15日,在八楼,我们迅速地阅读浏览大会文件及资料,研究起草开幕式讲话稿。16日上午,开幕式,贾芝讲话,他说:"近年来,全国民间文学界学术空气浓厚,但全国也还没有开过史诗的讨论会,这次召开《江格尔》的讨论会,不仅是学术研究活跃的一个突出的标志,也是开展史诗研究的一个新的开端。在三大史诗中,《江格尔》起步最晚,但今天却是走在了前头,势必引起国内外有关学者的注意与关心。"②他还说,"来到这里以后,我才知道,十年动乱中演唱《江格尔》的歌手也受到了严重迫害。在座的几个民间艺人,就受过残酷迫害,普日拜同志的牙是被那些暴徒用老虎钳子拔掉的。在此,我对深受其害而不曾屈服的民间艺人们表示钦佩和慰问。"③他最后提出几点希望与建议:1.有计划地培养一批年轻的卫拉特蒙古族文学翻译,以保证《江格尔》汉文版的出版;2.约请专家作专题研究以外,培养年轻人在搜集的同时调查有关历史、风俗,边干边学边研究,出作品、出研究成果、出人才;3.可以借鉴全国办民间文学培训班的经验,逐地区、逐县办培训班,既抓队伍建设,又抓了资料建设,民间文学研究工作扎根于群众,便拥有了最丰厚的素材。

19日晚,巴岱主持茶会,贾芝简单致辞。那是一个欢快的歌舞晚会,文工团员跳起矫健有力的沙德尔曼,邀请客人同舞。普日拜、普日布加布上场。普日拜舞姿纯熟,如雄鹰展翅,如骏马奔腾,剽悍奔放,

---

① 贾芝:《"江格尔奇"与史诗〈江格尔传〉》,载《播谷集》,人民文学出版社,1994年,第145页。

② 贾芝:《后来居上的〈江格尔〉》,载《播谷集》,人民文学出版社,1994年,第157页。

③ 贾芝:《后来居上的〈江格尔〉》,载《播谷集》,人民文学出版社,1994年,第159页。

阳刚之气把美推向了极致。一个普通牧民让我们大开眼界,真正的民间舞蹈家!年轻的文工团员当场拜师学艺。普日布加布唱了一段《江格尔》,他的舞跳得也颇与众不同。他感慨,家乡的蒙古族传统舞蹈,年轻人已经不跳了。

20日,闭幕式,巴岱同志致闭幕词。会后,贾芝找来普日拜和普日布加布,与他们促膝谈心。贾芝在《民族文学研究》1984年第1期上发表的《"江格尔奇"与史诗〈江格尔传〉》中记述了这段故事:"我访问过参加讨论会的老艺人普日拜和普日布加布两位'江格尔奇'。普日拜是和静县巴音布鲁克区五大队的一个牧民,今年57岁。在十年内乱中,以演唱《江格尔传》的罪名被人用老虎钳子拔掉了他的两颗牙齿。 他是从一位曾给王爷演唱《江格尔传》名字叫作加拉的'江格尔奇'那里学会唱的。王爷把穷苦的加拉请到自己家里三次,共唱了三天。他说加拉能唱四十几个章回,他只学到了六个章回,现在只记得三四个章回了。加拉第一次到王爷家里演唱时,唱了整整一昼夜,唱了三四个章回。王爷给了他一匹马、一块茶砖、一套衣服。第二次给了他一匹马、一套衣服。当时,王爷每年或每两年,都要请'江格尔奇'演唱一次。普日拜请加拉到自己家里演唱,向他学习。还有一个专门为王爷说祝词的人,名叫巴登。他又向巴登学了对蒙古包的赞词,举行婚礼时对新郎、新娘的祝词等一些礼俗祝词。别人知道了普日拜能唱《江格尔传》和赞词时,逢有喜事,就请他去唱《江格尔传》或念赞词、祝词。开始请他唱《江格尔传》时仅给他酒喝,以后每逢谁家办喜事时,他就成为不可缺少的'江格尔奇'了。他开头只能唱,由别人弹托托布尔伴唱,后来他也学会了乐器,也能边弹托托布尔边唱了。按当地风俗,婚礼宰羊有一定的规矩。请他去念祝词,然后宰羊,由他按规矩分肉。把好的肉、骨头分给客人吃、把不好的部分留给主人。分了肉以后,他又要到新郎、新娘的屋内念祝词。直到最近,公社书记的孩子结婚,还是请了普日拜去念祝词、宰羊。他唱《江格尔传》,往往是冬天夜里在蒙古包里唱,附近的人都聚来听,但是,被拔掉牙齿的惨痛记忆,他今天还不免心有余悸。他曾经对搜集《江格尔传》的人说:'我已经老了！十万根头发只留下几根了，二十二颗牙齿只剩了三个半，头发也白了，不能唱了。'但他接着又说：'要我解除顾虑，我想也对。'于是他又唱起来了。"①

"普日布加布是博尔塔拉州博尔塔拉县雅格红大队第二牧场的牧民，今年60岁了。他是个瘦高个儿，看来远比普日拜长得年轻。他自我介绍说他是一个贫苦人，他曾给当地的一个喇嘛当过奴仆，每日端茶送饭。那时他才18岁。有个叫兵巴的'江格尔奇'，喇嘛常请他来演唱《江格尔传》。有权有势的大喇嘛坐在上座，兵巴坐在一旁弹唱《江格尔传》。兵巴来一次，往往一唱十昼夜，少则五昼夜。他在伺候喇嘛时，进进出出，留神听唱，也学会了五个章回，于是他也开始演唱了。除了《江格尔传》，他还能演唱别的作品。他说，他是公社化以后才加入集体的，他在公社里是喂马的。他又笑着说：'我有警惕，我没有被拔掉牙齿。'他这次被邀请当代表出席《江格尔传》学术讨论会，非常振奋。他用他们家乡的一句谚语自比说：'人老了心不老，树木老了根不老。'树木虽然老了，根子还会发芽，还要开花。"②

"两位能歌善舞的'江格尔奇'的学艺经历和遭遇使我深有所感。英雄史诗《江格尔传》，就是像他们所叙述的那样，由一个'江格尔奇'传授给一个'江格尔奇'，都是有心人在不同机遇中学会了演唱，变成了'江格尔奇'，作品也就一代代流传下来，而且有的'江格尔奇'同时就是作者之一。"③

贾芝说：《江格尔》活在'江格尔奇'身上，它与'江格尔奇'共存亡。新疆找到百余位"江格尔奇"，录制了包括异文在内的47个章

---

① 贾芝：《"江格尔奇"与史诗〈江格尔传〉》，载《播谷集》，人民文学出版社，1994年，第150页。

② 贾芝：《"江格尔奇"与史诗〈江格尔传〉》，载《播谷集》，人民文学出版社，1994年，第151页。

③ 贾芝：《"江格尔奇"与史诗〈江格尔传〉》，载《播谷集》，人民文学出版社，1994年，第152页。

回，但是能唱多章回者已经很少。抢救史诗的任务迫在眉睫。他希望比较完整的《江格尔》早日出版问世，在世界文化宝库展示其独有的风采。

1989年8月26日上午，丹布尔加甫给贾芝送来"搜集整理蒙古族英雄史诗《江格尔》成果展览"记者招待会与开幕式的请柬。下午贾芝到民族文化宫参加记者招待会，看到巴岱、巴德玛、贾木查等同志。"巴岱介绍了《江格尔》搜集整理、翻译出版和研究工作情况。文化部宣布决定给一部分人（巴岱、几位学者、民间艺人）颁奖。之后，巴岱要我讲话，我讲了简短的看法。我认为《江格尔》从搜集翻译出版到研究，近十年中发展很快，成绩显著，是史诗发掘研究的一个突出例子，有应该总结的很好的经验。在几个方面它都是第一。搜集到了离传说中的72章回差不多，苏联卡尔梅克学者对新疆发现《江格尔》新材料感到惊异。研究方面，1982年开第一次学术讨论会，是中国第一次史诗讨论会，在三大英雄史诗中是走在前边的。去年召开了《江格尔》国际学术讨论会，在国际讨论会上也是第一个。这次开展览会，而且准备到菲律宾出国展出，也是第一次出国展出。《江格尔》在巴岱同志领导下工作条件、工作方法也很有可吸取的经验。《江格尔》起步晚，工作发展快，几个方面都走在前头，值得总结经验推广，希望记者多写文章宣传。"[1] 这天，会上放映了《江格尔》演唱录像，还有六七个艺人当场演唱，与会者观看展览。贾芝接受新疆人民广播电台巴德玛邀请，在展览开幕式上讲话5分钟。《新华社》记者格来约贾芝写800字新闻稿，写民间文学40年。《新疆日报》记者陈才来与贾芝建立联系。《信息报》记者是贾植芳[2]的学生。8月28日，贾芝参加"搜集整理蒙古族英雄史诗《江格尔》成果展览"开幕式，因车晚未能赶上。看了展览，新疆人民广播电台巴德玛在民族文化宫的一个角落为贾芝录音，贾芝讲

---

[1] 贾芝日记，1989年8月26日。

[2] 贾植芳是贾芝的弟弟，著名"七月派"作家，翻译家，比较文学学科奠基人之一。复旦大学文学系教授。

了观后感。贾芝与色·道尔吉、安柯钦夫、忠禄等合影。9月2日，贾芝到民族文化宫参加文化部给《江格尔》工作颁奖仪式，高占祥部长讲话，贾芝也讲了话。《民族团结》记者杨瑞雪约他采访。

9月6日，到少数民族文学研究所参加《江格尔》艺人演唱活动，江格尔奇有朱乃、冉皮力、甫尔加夫、其米德、洪古尔。民间歌手有江古、巴德玛、吾仁米格、那木加甫。贾木查介绍主持演唱。贾芝日记这样记述：

> 开始集体唱了一首《江格尔》赞歌，中途又由巴德玛演唱了《格萨尔》赞歌。冉皮力第一个唱《江格尔》第一章。朱乃能演唱26部，他人瘦小精干，后来还跳了蒙古舞。甫尔加夫是我早已认识的，他的演唱，声调劲烈。他第一个舞蹈，两臂扭动，矫健有力。1982年，我已看过他的舞蹈，与普日拜一起跳的。现在，普日拜已去世了。歌手江古第一个演唱蒙古民歌，歌喉圆润，语言纯而美，把听众带入她的草原家乡。我听得真想作诗。她是用一种最纯净动人的语言说话、讴歌世界。巴德玛的边唱边舞，最后以到我面前邀我出场结束。她还唱了一首祝酒歌，唱给在座年纪最大的人，恰恰也是我。她向我祝了酒。在演唱前，刘魁立致辞。演唱完毕，要我讲话，我说我在听歌时感到自己是半个蒙古人了。草原的歌舞与史诗演唱，把我带进了他的家乡，让人如痴如醉，可惜不懂语言，不是一个完全的蒙古人，但半个蒙古人也已感到蒙古族的歌舞生活了。我还着重讲了艺人的重要性。没有民间艺人，就没有史诗；没有艺人，只看书上的作品，就没有活的史诗。向艺人了解活的史诗，深入调查，才能做好研究工作。①

---

① 贾芝日记，1989年9月6日。

这次展演活动，向全国各族学者与群众推荐和介绍了《江格尔》，吸引更多人研究这部史诗，为发展我国"江格尔学"和史诗研究起到重要作用。

1991年1月，在乌鲁木齐召开"中国《江格尔》研究会成立暨首届年会"。1990年12月25日，贾芝到乌鲁木齐参加中国《玛纳斯》学术讨论会。会前，新疆文联副主席蒙古族沙海等同志来看我们，并邀请贾芝参加《江格尔》会议。贾芝当即决定在新疆过年，等待1月8日的会议。

《玛纳斯》会议已结束，12月30日，新疆民协布·拉木尔达来接我们到奇台路博尔塔拉蒙古族自治州驻乌办事处。元旦假期，贾芝除了看《江格尔》论文，考虑写致辞以外，走访了柯尔克孜族、蒙古族、维吾尔族、哈萨克族、锡伯族、汉族的民间歌手和搜集研究者以及文艺工作的领导者30余位。

1月2日，巴岱同志到宾馆看贾芝，同时来的有自治区文联主席、作家柯尤慕·图尔迪，文化厅厅长买买提。自治区人大常委会吐尔巴依尔随后来，大家在会议室谈《江格尔》的宣传问题。1月7日《江格尔》会议报到的日子。晚上，见到郝苏民，送贾芝他选编的《西蒙古——卫拉特传说故事集》，他从事"卫拉特蒙古学"与《江格尔》研究。

1月8日，"中国《江格尔》研究会成立暨首届年会"开幕式，新疆维吾尔自治区人大常委会副主任吐尔巴雅尔主持会议，时任自治区党委常务、政协主席的巴岱致开幕词。贾芝致贺词。下午，沙海作《江格尔》工作进展汇报，然后分组讨论。晚上是根据巴岱小说改编的电影《骑士风云》。1月9日，新疆电台孙继武采访贾芝。晚上，巴音郭楞蒙古自治州州长招待会议代表。两位女同志唱了一首伊克昭盟的敬酒歌。巴岱介绍新疆舞协副主席给贾芝，那是一位舞蹈家，表演四次，最后跳了盅碗舞。1月10日，会议闭幕，中国《江格尔》研究会正式成立。名誉会长：铁木尔·达瓦买提（新疆维吾尔自治区党委、人民政府主席）；顾问：贾芝、玛拉沁夫；会长：巴岱。贾芝讲话说，中国《江格尔》研究会成立以后，必将成为《江格尔》资料中心和研究中心。从《江格尔》的故乡新疆西蒙古出发，不仅用蒙文，同时经过汉译及其他民族文字出版发行走向全国，走向世界。70余章回的定本出版的同时，编印科学资料本，对于社会、历史、民族等多学科研究以及作家诗人的创作都是取之不尽的源泉。1月11日上午，贾芝参加《江格尔》颁奖仪式，18个单位，26位个人获奖。中午，参加文联宴请。晚上，乘公交车到人大会堂。新疆维吾尔自治区党委书记宋汉良在和田厅宴请我们，巴岱同志向书记介绍《江格尔》及成立研究会的情况以后特别介绍了贾芝。宣传部部长李康宁主持宴会，大家边吃边谈，都谈到了贾芝。贾芝说，新疆是个宝地，有两部著名史诗，还有艺人演唱，要阔步走向世界。贾芝为巴岱领导《江格尔》工作和创作电影《骑士风云》，向他祝酒！1月12日一早我们返京，厚厚的白雪覆盖着房屋、树木与道路，密集的人群努力清除积雪，在乌鲁木齐，雪就是命令，机关工作人员与全体市民一起出来扫雪，否则积雪坚冰得等到来年四月才融化呢！我们坐的车子在人群中缓慢前行。整个城市银装素裹、冰雕玉砌、天地浑然，俨然一个童话世界！幽雅纯净，心灵也得以净化。

在新疆的18天里，除了看论文和准备发言稿，贾芝几乎每天外出访问或讲学，没有休息一天。元旦，我们走访了十几个家庭，与维吾尔族、哈萨克族、柯尔克孜族、锡伯族、蒙古族、满族、汉族的民间艺人、歌手、作家、学者和文艺工作者30余位交流。那时候，私车极少，单位公车也紧张，尤其是在假期，更多时候我们是乘公交。还记得，一天晚上由新疆社科院宿舍出来回宾馆。那地方比较偏僻，路灯很少，昏暗中，我们踏着一尺深的积雪赶公交。在零下30多摄氏度的气温中，等了半个多小时，一辆破车，一路颠簸，四面透风。贾芝丝毫没有不满更无抱怨，只是简单开心地笑着！几年以后，贾芝带贾木查去找过时任文化部部长的王蒙，请他帮忙解决了中国《江格尔》研究会的注册问题。

这里讲的是贾芝与史诗《江格尔》的故事。贾芝极力倡导推动三大史诗的搜集研究，始终怀着一种崇高的社会责任感。正如他在首届《江格尔》学术讨论会上的致辞中说："三大史诗都在中国，我们工作的现状和这得天独厚的条件相比差距是很大的，就像'敦煌在中国而敦煌研究在日本'这句话对我国美术工作者说来，不是一句话，是一把刀子；三大史诗的研究首先是在国外兴起，这种情况，也像有一把刀子插在我们心上。这种状况是令人无法容忍的。我们要拔掉这把刀子，要在学术研究上赶上和超过前人，要依靠大家，依靠各族群众，依靠在座的各位同志齐心努力，为振兴中华贡献出自己的聪明才智。"[1]1985年，贾芝带着三部史诗踏上征程，在芬兰史诗《卡勒瓦拉》与世界史诗研讨会上，以"史诗在中国"为题，介绍了中国30多个民族的史诗，特别介绍了《格萨尔》《玛纳斯》与《江格尔》，以众多鲜活的实例彻底推翻了早年间西方的"中国无史诗论"。"史诗在中国还活着！"令与会者兴奋不已。各国学者盛赞中国是一个富有史诗的国度。

2022年1月10日

---

[1] 贾芝：《后来居上的〈江格尔〉》，载《播谷集》，人民文学出版社，1994年，第158页。

贾芝与同事们的《玛纳斯》情怀

三大史诗的发掘整理出版都与中国民协的发动领导组织密不可分，其中《玛纳斯》更是得天独厚。贾芝与民研会的专家直接参与到《玛纳斯》的调查采录翻译及具体领导工作中，因而，有了不一样的情怀。

超越行政建构的省际联合

1961年，新疆文联党组书记刘肖芜拿着他们根据民间歌手居素普·玛玛依演唱记录的史诗《玛纳斯》找到贾芝。两个延安老同志一拍即合，彻底摘掉"中国无史诗"的帽子，一种无形的责任让他们不可丝毫懈怠。那时，中国的三大史诗《格萨尔》《江格尔》《玛纳斯》没有一部正式出版，不仅国外不了解实情，中国大多数人也不知道中国有史诗，许多学者仍然像毛主席批评的那样：言必称希腊！对于自己民族的伟大文化遗产却置若罔闻。贾芝开始读《玛纳斯》译稿，《玛纳斯》唱的是为柯尔克孜族的自由解放而南征北战的六代英雄。一代英雄为史诗之一部，每部史诗，均以一代英雄命名，计20万行左右。诗篇还广泛反映历史、天文地理、民俗、宗教、游猎等诸多方面，是一部柯尔克孜族的生活百科全书。《玛纳斯》主要是通过"玛纳斯奇"口头演唱而传承，居素普·玛玛依是可以唱完整部《玛纳斯》的优秀歌手。他的哥哥巴勒瓦依是著名的"玛纳斯奇"演唱者又是民间手抄本的大收藏家。可惜盛世才镇压民主革命时杀害了他，大量手稿也被毁灭。好在从8岁开始背诵《玛纳斯》的居素普·玛玛依用自己超常的记忆保存了这部优秀的民族史诗。他唱起《玛纳斯》滔滔不绝，通宵达旦。铿锵的诗句、跌宕的故事，玛纳斯得胜，群众欢呼；玛纳斯遇难，大家难过哭泣。史诗《玛纳斯》刚刚开始记录，还有几部没有采录翻译，需要科学的方法，统一的细则和规划。已经完成的原稿也存在大量翻译与注释方面的疑难问题，需要认真解决才能发稿。这项工作自然就成为民间文学工作者义不容辞的责任和中国民研会的重点工作，贾芝和他的同事们顺理成章地担当起来。12月18日，刘肖芜寄来关于《玛纳斯》的报告，贾芝看后说很好。一种超越行政机关的合作就这样根据实际工作需要建立起来！

1962年，贾芝和刘肖芜不断往返信件讨论问题。实践中，他们酝酿成立了由新疆文联、中国民间文艺研究会、柯尔克孜自治州三个单位合作的《玛纳斯》工作组，经费三方负责，领导小组由新疆文联党组书记刘肖芜、柯尔克孜自治州党委书记塔依尔、中国民间文艺研究会党组书记兼秘书长贾芝组成。6月，贾芝准备去新疆实地考察，工作繁忙未能成行。9月，决定派编辑部的同志去新疆考察。10月，中国民研会主编刊物《民间文学》选登了居素普·玛玛依演唱，新疆《玛纳斯》工作组搜集翻译整理的《玛纳斯》第四部中的一节。10月18日，张奇从新疆带回《玛纳斯》第一部两卷的修改稿。新疆要求由民研会主编，人民文学出版社出版该部史诗。贾芝找了人民文学出版社林辰，还对艾青与公木说好，请他们润色《玛纳斯》整理本。19日，贾芝提出《玛纳斯》《格萨尔》出版以后必须组织对两部史诗的研究。

1963年新年伊始，贾芝集中十几个晚上与假日阅读《玛纳斯》。2月18日，贾芝找胡振华来谈《玛纳斯》的编辑工作，陶阳、张文在座。2月25日，贾芝交《玛纳斯》第一部原稿给刘锡诚，请登记后交采编组陈建瑜，他负责与新疆联系，稿子由陶阳看。陶阳是贾芝1955年从北京大学调来的，也是他得力的助手。陶阳喜欢写诗，对史诗早已情有独钟。他刚调来的那年，在王府井买到一本《洪古尔》，他找到贾芝要研究会出版。两位诗人一拍即合，列入研究会丛书！哪知道那竟是史诗《江格尔》的重要篇章？无意间，《江格尔》成为最早出版的中国史诗。他们热爱诗歌，希腊史诗《伊里亚特》《奥德赛》曾经爱不释手。听说，中国也有史诗，非常兴奋，更是一种责任，他们要用事实推翻"中国无史诗论"。陶阳当时在丛书编辑组工作，组长陶建基把《玛纳斯》资料本交给陶阳说："你喜欢诗，比较懂诗。你看一看是否能出版？从内容、译文、注释各方面看看有什么问题？有的人不相信中国有史诗，还有的人怀疑这是一个人编造的。你看这是不是民间传承的口头文学？贾芝同志很重视这项工作，新疆文联党组书记刘肖芜同志曾和贾芝同志协商今后如何合作的问题。看来这是一个较为长期的工作，你要有思想准备。"[①] 不久，贾芝找陶阳谈话，让他参加调查采录《玛纳斯》，陶阳说不懂柯文是个困难。贾芝说："这确有困难，但你主要的任务是策划和看翻译的稿子。"翻译史诗，不仅要懂得语言，还要用诗的语言呈现出来，最大限度地保留与使用原诗的格律与韵味。贾芝深信只有陶阳能够完成这个任务。他不仅喜欢诗，会写诗，更重要的是他俩的《玛纳斯》情怀：早日出版一部中国史诗的优秀范本，推翻"中国无史诗论"！10月16日，贾芝请来中央民族学院的马学良、胡振华和一位柯语教员，商量《玛纳斯》的搜集整理、出版资料问题。决定成立《玛纳斯》工作组，民族学院三人参加，陶阳任组长、刘发俊任副组长。争取1963年出版《玛纳斯》第一册。

北京专家奔赴帕米尔高原

1964年1月9日，贾芝与高继武研究《玛纳斯》工作组的正式成立和陶阳从编辑部暂时抽出来的问题。贾芝找陶阳谈话，陶阳同意采取临时抽调的办法，他愿意将来专门搞《玛纳斯》。1月24日，贾芝与从新疆来京的刘肖芜、刘发俊及协会一些相关同志召开了一次会议讨论《玛纳斯》工作进一步合作的问题。5月22日，中国民研会会务会议讨论《玛纳斯》调查问题。5月23日，玛纳斯工作组开会，总结第一个

[①] 陶阳：《史诗〈玛纳斯〉调查采录组的缘起》，载《英雄史诗〈玛纳斯〉调查采录集》，中国文联出版社，2010年，第2页。

阶段的工作，讨论下一步到新疆调查工作。6月19日，贾芝和陶阳谈去新疆参加《玛纳斯》调查的事情。陶阳虽然也有顾虑，但最终决定放下年轻的妻子和一岁多的幼子，奔赴帕米尔高原。

6月23日，陶阳出发的日子，同行有沙坎（柯尔克孜族）和赵潜德。6月27日抵乌鲁木齐。7月4日新疆作协主席刘肖芜对他们谈了几点意见。首先强调要尊重歌手居素普·玛玛依，歌手要待遇好些，宽松些，不要行政命令。到了阿图什，要尊重当地领导的意见，多向老年人调查《玛纳斯》起源、流传、演变等问题。宣布陶阳为调查采录组组长，刘发俊为副组长。陶阳将贾芝的介绍信交给区党委宣传部张石秋部长，他说新疆文化工作的担子很重，机构不健全，人力又少，但对于《玛纳斯》他们很重视，克孜勒苏柯尔克孜自治州州委已经做了安排。7月7日，陶阳、沙坎、赵潜德、刘发俊一行由乌鲁木齐又乘七天汽车到达阿图什，州府作为他们的大本营，计划分赴阿图什县、阿合奇县、乌恰县、阿克陶县四个县调查。

调查采录是很艰苦的工作，出行很多时候靠骑马，不仅因为车辆稀少，更重要的是有的地方汽车无法通行。阿合奇县到卡拉奇，要通过托什干河上方一段惊险的栈道，木棍插在峭壁上凿出的石眼里，树枝和木棒编织在木棍上，再垫上石片和土。壁立千仞，万丈深渊，河水湍急，浪涛汹涌。沙坎宽慰陶阳说："你不要怕，马也是怕死的，它也不愿掉在河里，你要相信马！"陶阳壮着胆子骑马走，有的地方只有一尺宽，马小心翼翼，第一步踏实，才迈第二步，走得很慢。忽然一个碗大的漏洞，洞下是奔腾的河水，雷鸣般咆哮，摄人心魄。同伴提醒：一个年轻的勘探队员，因为放在马背上的行李过长，被突出的石头碰了一下，连人带马掉下河，被波涛卷走。陶阳这时觉得自己仿佛一片轻飘飘的树叶悬在空中，马一失蹄，就会坠入深渊。突然"刺啦"一声，他的行李碰到突出的岩石，马惊了一下，打个趔趄，差一点跌下河去。他一身冷汗，立即勒紧缰绳下马，牵马走过天栈。马在漏洞前稍停了一下，蹄子躲着漏洞，稳稳当当地过去了。过了天栈，仍是高山峻岭，无路可走，走到河床，坡度像陡壁，直上直下，且布满鹅卵石。沙坎又嘱咐陶阳:"路上马会从石子上滑下去,别怕,马无论怎么走,你千万别随意下马。"没走多远,马挺着前腿,像溜冰般往下滑,坡度越来越陡,速度也愈来愈快,只听得石子碰撞的"哗啦哗啦"声,尘土飞扬,不能睁眼。马在滑坡,滑到底,大伙都笑了,人都成了土人儿。这是陶阳第一次走栈道。

第二次过栈道陶阳已经没有了第一次的心惊胆战。在阿克塔拉过河,好几里宽的托什干河,越走水越深,河中间,只露出马头。陶阳怕马被淹死,紧紧拉着缰绳,不让马低头。曹书记焦急地喊:"不要勒紧马头,马是在深水中游泳,你不给它自由,怎么游泳?多亏是匹好马,否则非让水冲走不可。"给马自由!多么重要的道理。

爬雪山、过冰河、越过空气稀薄令人憋得喘不上气的高山,在路上喝冷风、啃冷玉米饼子,有时肚子疼得要命,这些都已是平常事了。一次,陶阳凭着水性好,骑着一匹马,牵着一匹马引渡同事过河。9月底的天气,冻得直哆嗦,他发高烧了,吓得刘发俊给机关拍电报报病危了。又一次,陶阳和沙坎在戈壁上迷路,半天只在荒滩上转圈子以为无望了,幸遇猎人相救。还有一次,汽车惊了马,人们都以为陶阳遇难了。更危险的是1964年12月30日,陶阳从老乌恰公社搭货车回县城。车上是一头头宰杀好的冻羊,羊肉上铺一个破草帘子,他躺在上面。车顶上风很大,路上又下起了雪。下午4点开车,晚上10点到达。风雪中6个小时,陶阳几乎也成了一头冻羊。直到人们把他扶下来,他才知道自己还活着。每每回想起来,他都说有点后怕呢!几次都险些把骨头扔在戈壁滩上。当时,大家一颗心为祖国文化做贡献,没谁顾得上个人安危。1964年8月7日至1965年1月30日,半年时间,他们分头调查了四个县,成绩是可观的。

从1965年2月开始翻译《玛纳斯》。陶阳他们住在阿图什州委招待所,主要翻译居素普·玛玛依唱的六部稿。翻译是复杂而艰巨的工作,首先是安置"玛纳斯奇"居素普·玛玛依的生活,把他请到组里参加工作,尊为主角待如上宾。他的任务是对过去唱的五部《玛纳斯》进行补唱,新唱第六部,他同时又是顾问与老师。大家翻译遇到问题,随时问他。翻译史诗，绝非一人可胜任的浩大工程。一位汉族同志和一位柯族同志组合，遇到柯文或汉文的问题，便可以互补。译文要求忠于原文，既准确传神，又要富有诗意。信、达、雅，还要注意原诗的艺术风格和叙述方式。译出原韵难度太大，为了准确原意，采取自由体诗。翻译阶段，大家都在为祖国争光奉献。《玛纳斯》的出版工作的确是一项光荣任务。大家兢兢业业，每天工作12小时也毫无怨言。

1965年7月15日夜，陶阳回北京汇报工作。16日，贾芝看《玛纳斯》工作汇报和计划；21日贾芝主持会务会，陶阳汇报记录和调查工作；22日，民研会全体干部会，陶阳、沙坎汇报《玛纳斯》调查工作。8月5日，民研会全体到颐和园开联欢会，欢送第二批到农村四清的同志，欢送陶阳同志去新疆。8月6日，贾芝与陶阳谈到新疆后需要解决的问题。陶建基也在座，谈好贾芝准备去新疆一趟。8月7日，贾芝到车站送陶阳和沙坎去新疆。9月11日，贾芝与刚从中央民族学院毕业的郎樱谈话，她12日去新疆参加《玛纳斯》工作。9月15日，贾芝复新疆柯尔克孜自治州党委的信。9月23日，贾芝给刘肖芜写信，与杨亮才谈到新疆的任务。编辑部派杨亮才去新疆组稿，贾芝给刘肖芜的信由杨带交。贾芝原计划去新疆，去不了啦。9月28日，贾芝给陶阳写信说明不能去新疆的原因。10月21日，贾芝看陶阳、郎樱来信。10月31日，陶建基送给贾芝陶阳《〈玛纳斯〉调查》。贾芝一直赶看陶阳的文章及《玛纳斯》翻译稿。

1966年6月，翻译工作接近尾声，"文化大革命"开始了，研究会三番五次打电报给陶阳要他们回本单位参加斗争。贾芝在回忆中说："斗争的对象就是我！"当时，《玛纳斯》还有一部分未译完。陶阳与刘发俊商量，暂时违背指令，请大家赶一赶译完，因为再组织一个班子是极困难的，也是为国家节省。就在人心惶惶、思绪纷乱的时候，一提出译完再走，大家依然那么齐心，日夜奋战，停电时点上蜡烛干，终于将六部《玛纳斯》全部译完。

译毕的《玛纳斯》原文，译稿及资料共装了三大箱。《玛纳斯》译文装了一大木箱。陶阳想，运动形势凶猛，还是把译文带回北京保险。

新疆文联和作协同意了，译文带回北京。谁料到林彪叫"备战"时，下令将机关文件及珍贵资料装箱运走。1976年后，研究会的文书箱运回北京，就是没有装《玛纳斯》资料的箱子。原来那个木箱不知怎么辗转弄到文联资料室，管理的人换了多少次，不知哪位贪心看中了那个新木箱子据为己有，把《玛纳斯》译稿和资料倒出来，导致失散。资料室的同志说在乱资料堆中见过《玛纳斯》。经疏通，他们同意陶阳和郎樱等五位同志去找，各个协会的书籍、文书、书稿、书信、名家手迹，像乱柴草堆了一人多高，尘土很厚，翻动一下，呛得人喘不过气来。在资料室同志帮助下，找到一部分。陶阳、马萧萧、郎樱去接收。陶阳看见整整齐齐的译稿上，他贴的一丛丛小条子，不觉潸然泪下。这是多少同志的心血啊！

这部分资料原保存在民研会。1990年4月1日，郎樱将其翻译的部分资料借走，1993年7月27日，其他资料亦被郎樱借走，共20包百余册（件）。郎樱写了借据，马振、陶阳及协会领导批示。

春暖花开，新疆歌手首次进京

1978年5月27日，文联全委扩大会宣布中国文联、中国作协正式恢复。身为文联筹备组成员、中国民研会筹备小组组长的贾芝正紧锣密鼓召开会议，制定方案恢复民研会，恢复《民间文学》刊物、创建中国民间文艺出版社、创刊《民间文学论坛》等。

恢复成立《玛纳斯》工作组成为首选之一，贾芝与新疆维吾尔自治区文联联系，陶阳因身体原因暂未参加，借调了中央民族学院的胡振华等同志。贾芝派胡振华到新疆接大歌手居素普·玛玛依，12月8日晚居素普·玛玛依到京，同来的有沙坎和刘发俊。9日上午，贾芝到中央民院探望。居素普·玛玛依写了一个决心书，愿意把他的歌全部贡献出来。他还带来乡亲们的要求：不要取消他们的柯尔克孜文字。他说，他们的诗歌、歌谣译为维文就没有韵味了。孩子上学学维文，祖父不认识不能解释字意。他说，我们取消了柯文，每天有人去听苏联广播的吉尔吉斯《玛纳斯》。他们要求贾芝把柯族人民的意见反映给华主席。12月14日，在工人体育场会议室召开《玛纳斯》工作汇报会，胡振华汇报去新疆接歌手的情况、新疆领导的意见。国家民委与中国文联有关领导出席，居素普·玛玛依、刘发俊在座，民研会部分同志参加。12月31日，贾芝与杨亮才到中央民院看望居素普·玛玛依，他因为生活问题，提出要回新疆。他还说，没有到祭坛歌唱，就像青草一样不值钱了。相对生活问题更重要的是他离开故乡，感到失去了价值。贾芝检查了自己的工作，并到食堂了解到伙食没有解决好：两盘大锅菜，一盘冷牛肉。他立即果断拍板：按80元补贴，歌手另外补贴伙食15元（当年，明星出场费也就20—30元）。

  1979年1月2日，文联在新侨饭店召开茶话会，这是粉碎"四人帮"之后文艺界的第一次聚会。黄镇部长讲话，胡耀邦部长作了极为生动的简短发言。贾芝临时与文联领导商量，派车将居素普·玛玛依、刘发俊、沙坎接到会上。接来以后，贾芝将居素普·玛玛依介绍给黄镇部长，并请他将反映柯族群众要求恢复柯文的信转交胡耀邦，这时胡耀邦已经离会。黄部长把信交给朱穆之副部长，说正由他管。不久，国务院即明令恢复柯文。1月15日，贾芝主持会议，《玛纳斯》工作组由胡振华、刘发俊和陶阳参加，在北京胡振华负责，在新疆刘发俊负责，陶阳暂不负责。4月19日晚上，杨亮才陪同日本留学生乾寻到贾芝家汇报，同行的有居素普·玛玛依、马学良、沙坎、胡振华、乌丙安夫妇。乾寻在辽宁大学读中文系，1979年毕业，曾三次到中央民院向《玛纳斯》工作组的同志学习《玛纳斯》。她从《民间文学》刊物上抄下《玛纳斯》章节，译为日文，又到中央民院找工作组逐字逐句进行校对，并核准人名、地名的译音。乌丙安拿出乾寻的抄本和译文给贾芝看。中国各民族民间文学的丰富多彩强烈地吸引了乾寻，她热爱并要让更多的日本朋友了解中国民间文学。乌丙安说，乾寻的祖父和父亲都是书法家，她也是书法家。他给贾芝看了她一家的书法影印本。贾芝鼓励乾寻，为加强中日民间文学的学术交流多做贡献！为中日两国人民的友好努力！居素普·玛玛依也很感动，他说，他出生在中国的土地，已经是老头了，从没到过北京。这一次能来到北京，又见到日本朋友如此热爱柯族史诗《玛纳斯》，他非常高兴。他说，一定在晚年贡献自己的力量，把《玛纳斯》记录整理好。4月30日，民研会召开筹备小组会，其中谈到《玛纳斯》工作组的情况，居素普·玛玛依因本民族有人提意见，"四十个姑娘"好像是说柯族没有父亲。歌手还担心唱完以后，生活没有了保障。组内其他柯族同志的不同意见影响着歌手的情绪。这些问题都需要一一解决。5月9日，州长准备召开座谈会，新疆、北京分两个小组工作。5月11日，贾芝在民族文化宫召开纪念五四运动60周年座谈会，邀请老专家聚会，回忆五四歌谣研究，征求对工作的意见。出席的有：顾颉刚、杨成志、常惠、于道泉、容肇祖、钟敬文，常任侠腿跌断架着拐参加。贾芝特别邀请了居素普·玛玛依，这在当时民间歌手还没有受到足够重视的情况下尚属首例。研究会还有马学良、毛星、刘魁立、张文、杨亮才、程远等同志参加。

歌手成为真正的主人

贾芝目睹各民族大批民间歌手、诗人在社会主义革命与建设中做出重要贡献，又看到他们在禁歌、封山时受到的迫害，他们创作的优秀的民族文化遗产已到了濒临灭绝的境地。为了大力表彰优秀民间歌手、诗人的伟大功绩，必须进一步落实党的政策，为蒙冤的民间歌手、诗人以及他们演唱的作品平反昭雪，恢复名誉，鼓励他们继续歌唱。贾芝坚决要召开一次民间歌手、诗人座谈会，写信给胡耀邦，并送上民研会与文化部、国家民委联名的请示报告。8月3日送到，8月4日耀邦同志就批示："这是件好事，我赞成。"8月8日，贾芝主持会议动员全体人员把召开"歌手大会"作为工作中心，派人分路到各地了解和帮助选定歌手，西藏作为新开拓的省份，派老同志高野夫去。《民间文学》刊物组织了一批力量访问介绍全部歌手。当天确定了《全国少数民族民间歌手民间诗人座谈会》计划，领导小组由江平、贺敬之、贾芝、王平凡、马寅组成。贾芝重读1962年《民间文学》发表的《玛纳斯》片段。

"在欢度国庆三十周年的大喜日子里,国家民族事务委员会、文化部、中国民间文艺研究会于9月25日至10月4日在京召开了'全国少数民族民间歌手民间诗人座谈会'。参加座谈会的有来自全国18个省(自治区)的45个民族的代表120多人。这是少数民族政治文化生活中的一件大事。""9月25日上午,座谈会在宏伟壮丽的民族文化宫开幕。人大常委会副委员长、人大常委会民族委员会主席阿沛·阿旺晋美,全国政协副主席、国家民委主任杨静仁,文化部副部长林默涵,国家民委副主任杨东生、江平、谢鹤筹,中国民间文艺研究会负责人贾芝等同志出席了开幕式。出席开幕式的还有:吕骥、陶钝、钟敬文、金紫光、臧克家、严辰、袁鹰,以及首都文艺界、学术界、大专院校和从事民族民间文学工作、新闻工作的同志共350多人。"[1]开幕式由林默涵同志主持,杨静仁同志致开幕词。贾芝作《歌手们,为"四化"放声歌唱吧!》报告。他说,这样的盛会,新中国成立以来还是第一次。尤其是经历了"四人帮"一场毁灭民族文化的灾难以后,大家能够欢聚一堂,共议为"四化"而歌唱的大事倍感亲切、万分高兴。他指出:"民歌是人民的声音,人民的声音是谁也压不住,禁不了的。"[2]最后强调,会议的重要目的之一是为民间歌手、民间诗人及其他们创作和演出的作品彻底平反,恢复名誉,对他们的生活和工作给予妥善安排。贾芝不仅邀请居素普·玛玛依出席大会,还在他的报告中,三次提到居素普·玛玛依:"在座的著名歌手朱(居)素普·玛玛依不仅能唱《玛纳斯》的全文,还能唱柯族的16部长篇叙事诗,他还会讲民间故事,各族人民都爱听口传的本民族历史和保卫人民利益的英雄人物的不朽功绩,而歌手们正是各民族历史的歌唱者、传播者,在这一点上也堪称人民的代言

---

[1] 以上两段均引自《全国少数民族民间歌手民间诗人座谈会在京举行》,《民间文学》1979年第1期。

[2] 贾芝:《歌手们,为"四化"放声歌唱吧!——一九七九年九月二十五日在"全国少数民族民间歌手、民间诗人座谈会"上的讲话》,载《新园集》,中国民间文学出版社,1981年,第111页。

人。"①"再如柯尔克孜族的英雄史诗《玛纳斯》,就要靠在座的朱(居)素普·玛玛依同志以及那些专唱这部史诗的许多'玛纳斯奇'了。朱(居)素普·玛玛依不仅演唱,让我们记,他自己也亲自用柯文记录。抢救遗产要找歌手,今后要采录为四化服务的新民歌、新长诗,也要找歌手。有的歌手例如青海的朱仲录同志就亲自搜集和编选过几千首花儿。因此我们民间文学工作者,今后一定要加强与民间歌手、民间诗人们的密切的联系,共同做好社会主义时期的民间文学工作。"②"在座的演唱著名史诗《玛纳斯》的柯尔克孜族歌手朱(居)素普·玛玛依,多次遭到批斗毒打,至今身上还留下残疾。"③10月3日,周扬同志到代表驻地看望大家并讲话。江平同志作关于民族工作的报告。10月4日大会圆满闭幕,中共中央政治局委员、人大常委会副委员长乌兰夫同志出席,吕骥同志讲话,周巍峙同志致闭幕词。

座谈会自始至终得到党和中央领导同志的关怀,9月29日下午,全体代表出席了华主席亲自主持的中共中央、人大常委会和国务院召开的"庆祝中华人民共和国成立三十周年大会"聆听了叶剑英副主席在庆祝大会上的重要讲话。10月1日晚,代表们参加了人民大会堂的庆祝新中国成立30周年联欢晚会,与中央领导和首都人民共享节日快乐。10月2日下午,党和国家领导人又接见了全体代表,并同代表们一起照相。座谈会新颖别致、热烈欢畅,规格之高也是空前的。民间歌手、民间艺人从长久以来的自生自灭位置一下子上升为国家的主人,由个别

---

① 贾芝:《歌手们,为"四化"放声歌唱吧!——一九七九年九月二十五日在"全国少数民族民间歌手、民间诗人座谈会"上的讲话》,载《新园集》,中国民间文学出版社,1981年,第110页。

② 贾芝:《歌手们,为"四化"放声歌唱吧!——一九七九年九月二十五日在"全国少数民族民间歌手、民间诗人座谈会"上的讲话》,载《新园集》,中国民间文学出版社,1981年,第111页。

③ 贾芝:《歌手们,为"四化"放声歌唱吧!——一九七九年九月二十五日在"全国少数民族民间歌手、民间诗人座谈会"上的讲话》,载《新园集》,中国民间文学出版社,1981年,第112页。

研究者的对象变成研究的主体。居素普·玛玛依从演唱与记录《玛纳斯》开始进入协会更多的工作，凭借他在基层工作的经验提出更多更广泛的建议与意见。

1979年，居素普·玛玛依作为民研会代表出席第四届中国文学艺术界联合会第四次代表大会。10月30日，到人民大会堂参加开幕式。周扬同志主持会议，茅盾致开幕词，邓小平同志致辞。11月6日，贾芝到周扬家参加文联和各协会负责人会议，研究了文联和各协会负责人与文联全委名单。他推荐了居素普·玛玛依等多位骨干。11月15日，贾芝到人大会堂投票选举文联全委。11月16日，中国文联代表大会在人大会堂宣布全国委员会委员名单，居素普·玛玛依与贾芝、刘肖芜、杨亮才、钟敬文、顾颉刚、马学良、康朗甩、姜秀珍、黄勇刹等当选为全国委员会委员。

1979年11月4日，中国民间文学工作者第三次代表大会召开，135名代表，11名列席代表出席。居素普·玛玛依在主席台就座。中国民间文艺研究会筹备小组成员钟敬文先生致开幕词。筹备小组组长贾芝作题为《团结起来，为繁荣和发展我国的民间文学事业而努力》的报告，其中，两次提到居素普·玛玛依："关于柯尔克孜族的史诗《玛纳斯》，'文化大革命'前，曾经收集了大量的资料，现在又把著名歌手居素普·玛玛依请到北京来录音。"[①] "首先要指出的是，在各族人民中间涌现了一大批战斗在生产劳动第一线的优秀的民间诗人、歌手、故事家。他们既是各民族民间文学的创造者，又是民间文学遗产的保存者和传播者，他们在广大人民群众中间享有盛名。如柯尔克孜族歌手居素普·玛玛依……这些活跃在人民群众中间的民间歌手、民间诗人，不只用歌声揭露旧社会的黑暗，而且以高度的政治激情和精湛的艺术技

---

① 贾芝：《团结起来，为繁荣和发展我国的民间文学事业而努力——在中国民间文学工作者第二次代表大会上的报告》，载《新园集》，中国民间文学出版社，1981年，第120页。

巧歌唱社会主义的光明和共产主义的美好理想。"① 这次代表大会，居素普·玛玛依被推选为理事。

11月12日，《玛纳斯》工作组问题急待解决，趁代表大会未结束，贾芝与马学良、王平凡、毛星讨论了一天，研究了处理方案。下午，找胡振华来讲了情况和意见。刘肖芜也来参加，商定《玛纳斯》工作：1. 四、六两部未记录，先留居素普·玛玛依两三个月，记完这两部；2. 坚持在北京完成，不分两个组在北京与新疆分头搞，可派人到新疆进行搜集；3. 让尚锡静留京工作；4. 仍由胡振华作组长，刘发俊副组长。11月19日，贾芝到中央民院找马学良一块去看望居素普·玛玛依，解决他提出的回家等问题，他谈了对下一步工作对考虑和意见。贾芝告诉他，正在办理调他到少数民族文学研究所的手续，同意他回家一趟，由胡振华送他，并接他的家属来京，下一步在北京工作。

阵地由北京向新疆转移

居素普·玛玛依回到新疆以后，因身体等原因很久没有回到北京。1980年7月18日，贾芝在少数民族文学研究所筹备组会议上讨论了《玛纳斯》下一步工作：1. 尊重柯族的意见，领导小组不变更，工作组拟增沙坎为组长或副组长；2. 北京组精干一些，须团结意见不同的人，并增加柯族不同部落的人；3. 决定调居素普·玛玛依和沙坎到少数民族文学研究所。此时，少数民族文学研究所在紧锣密鼓地搜罗人才，曾经赴新疆采录翻译《玛纳斯》的郎樱也是难得的人才。两年以后，郎樱被调入少数民族文学研究所。这种对人才的渴求是当年建所的根本。贾芝不仅给予他们专事《玛纳斯》的机会，更重要的是这些人才保住了民族与国家的珍贵文化遗产。

---

① 贾芝：《团结起来，为繁荣和发展我国的民间文学事业而努力——在中国民间文学工作者第二次代表大会上的报告》，载《新园集》，中国民间文学出版社，1981年，第121—122页。

9月12日，贾芝到人民大会堂参加中国文联招待人大、政协会议的各地文艺界代表。会上，贾芝与马学良、王平凡、钟敬文、毛星等一桌，他们就新疆发生的《玛纳斯》问题交换意见。这时新疆文联党组书记王玉湖同志走过来找贾芝，他们另找座位单独谈话。王玉湖谈到文联从照顾居素普·玛玛依出发，决定将《玛纳斯》组设在新疆。贾芝说了塔依尔要找他，王玉湖说，塔依尔主张小组依然放在北京。他们决定听了塔依尔的意见以后再定。新疆正准备召开文代会，时任中国文联党组成员的张僖问贾芝谁去？贾芝推荐了马学良。马学良要求胡振华同去。贾芝再去找张僖，获准。他们去后可以顺便了解《玛纳斯》问题。9月13日，新疆柯尔克孜自治州州长塔依尔、新疆民委副主任伊山阿济、处长何少希到贾芝家约谈，马学良、王平凡、程远参加，王明环做记录。贾芝谈了《玛纳斯》的工作情况。塔依尔强调下一步工作按原计划办，认为仍在北京继续工作好；认为居素普·玛玛依是有功绩的，除此以外，还应向77个或更多的歌手调查记录，补充精彩的内容。他说，北疆还有好些柯族居住的地方可以调查；史诗是柯族人民的作品不是哪个人的，有些同志不够团结可促进他们团结，不是太了不起的问题；他一再强调小组设在北京，一班人马，有时可以分别在新疆、北京两地工作，需要多少人，自治州可以供给。伊山阿济是位老人，他认为应在北京搞，说中央抓，专业工作者抓才能使工作达到国际水平，认为每一个细节都应注意。何少希自告奋勇说，他愿意参加这个工作，他主张在乌鲁木齐搞，并说明新疆文联来信主张小组改设在新疆的原因是为了照顾居素普·玛玛依的方便，还谈到领导小组应增加一些人，提出名单。贾芝说，工作应按原计划进行，计划可依情况加以修改。马学良、胡振华去新疆时，再与刘肖芜等同志进一步商量。塔依尔同意贾芝意见。1980年9月21日，新疆召开了文学艺术界代表大会，居素普·玛玛依当选为新疆维吾尔自治区文联副主席。他从故乡阿合奇县举家搬迁到乌鲁木齐定居。由于新疆的生活环境更适合居素普·玛玛依，他选择在新疆亲笔记录史诗三、四、五、六部。组织同意并给予帮助。

1981年6月30日，贾芝在少数民族文学研究所，主持《玛纳斯》

工作问题讨论会，马学良汇报了工作情况，参加的还有：程远、吉星、陶阳、刘魁立、赵仲如、王克勤、王健。议了几条办法，建议召开领导小组会做出决定。12月9日，在京西宾馆8楼塔依尔的房间召开《玛纳斯》领导小组会，刘肖芜、塔依尔、马学良、贾芝出席，王玉湖参加，还有陶阳、胡振华、王克勤。会议讨论了工作组存在的问题和今后规划、做法、要求。胡振华首先汇报前一段北京工作组的工作情况。大家一致认为，1979年一年工作是很有成绩的，后来由于工作组不团结等问题，致使1980年后期记录、翻译和整理工作，几乎陷于停顿。领导小组对此没有及时研究，做好思想工作，应负主要责任。决定起草一个会议纪要把意见和规划都写进去，共同执行。其一，调整了《玛纳斯》工作组领导小组，仍由三方组成：中国民间文艺研究会贾芝，后补充副主席马学良；柯尔克孜自治州州委塔依尔；新疆维吾尔自治区文联刘肖芜，建议增补新疆文联党组书记王玉湖同志。会后上报中宣部批准。因借调到民研会担任《玛纳斯》工作组组长的胡振华同志已被调回中央民院工作，工作组组长调整为民研会陶阳同志。尚锡静仍留工作组工作，拟请郎樱同志参加工作组工作。其二，明确规定：凡登记在册的《玛纳斯》的各种柯文记录稿、汉文译稿以及有关资料，应视作国家文化财产，归《玛纳斯》工作组统一保管、统一使用。《玛纳斯》记录原稿、汉译稿及其有关资料的所有权、版权一律归《玛纳斯》工作组。任何单位和个人不得据为己有。这是一条原则。还规定有关出版署名标准等问题。其三，是具体的工作和出版规划。会议决定工作依然由民研会牵头，大家团结起来，奋发图强，调动一切积极因素，为搜集、记录、翻译、整理和出版《玛纳斯》贡献力量！

文联主席团会议期间12月14日下午，新疆维吾尔自治区巴岱副主席要认识贾芝，贾芝与刘肖芜一起坐车到京西宾馆见他，谈了《江格尔》的搜集与汉译问题。《玛纳斯》领导小组贾芝、刘肖芜、王玉湖、马学良（塔依尔未在）讨论了前日会议纪要，特别是领导小组的调整。为了工作更顺利，贾芝与马学良12月15日晚又找塔依尔谈话，向他介绍组内的一些具体情况。

《玛纳斯》工作移到新疆。1982年8月8日，陶阳找贾芝谈去新疆解决《玛纳斯》问题，应该注意的几件事情。8月9日，贾芝、马学良、程远、王明环到钟敬文家召开会务会议，研究贾芝到新疆将《玛纳斯》工作交新疆主持问题。8月12日贾芝到三里河民委宿舍访张养吾，将《玛纳斯》工作情况告诉他。

8月16日贾芝在乌鲁木齐出席《江格尔》学术讨论会开幕式，贾芝致辞。居素普·玛玛依来到会场，一个大大的拥抱和两个人灿烂的笑脸超越语言的障碍，说明着一切。那时，人们没有手机，照相机也是寥寥。不知哪位有心人为他们留下了这张珍贵的照片！第二天，刘发俊也来到会场，他想到北京要《玛纳斯》资料。贾芝告诉他北京的情况，下午一起去看刘肖芜，他因跌伤不能出门。贾芝把会务会将《玛纳斯》工作移交新疆的决定告诉了他。刘发俊仍要到北京交涉要材料。贾芝还到医院看望王玉湖，向他也交待了《玛纳斯》工作情况。

玛纳斯，此情绵绵无绝期

贾芝1982年离休，对《玛纳斯》他初心不变，关切如故。1985年8月贾芝到新疆参加中国少数民族文学学会第三届年会。8月12日，开幕式，新疆社科院副院长买买提依·朱素甫致开幕词，贾芝致祝辞。一位负责《玛纳斯》的柯族同志要求与进一步交流。8月13日，王玉湖与自治区宣传部部长来看望贾芝，谈到《玛纳斯》。14日，贾芝参加新疆民研会座谈会，居素普·玛玛依正在住院，请假出来与贾芝见面。晚上，歌手演唱会，第一个是哈萨克阿肯加玛勒汗，她弹起冬不拉，唱道："贾芝大哥来了，我们非常欢迎他；我们用哈萨克的名义向他致敬……"接着，两位歌手对唱很久。第二个是《玛纳斯》歌手加帕尔，他唱了《玛纳斯》第一部中一段，唱得很精彩，贾芝为他敬酒。还有蒙古族、塔塔尔族歌手演唱。8月15日，年会最后一天上午，王玉湖第一个讲话，贾芝第二个发言，讲《民族文学走向世界》。下午闭幕式，巴岱副主席讲话，王平凡致闭幕词。

1990年12月21日，贾芝起草首届《玛纳斯》学术讨论会祝词。新疆刘发俊给郎樱电话，说北京一些领导都不去，他很为难，要贾芝一定去。12月22日，贾芝读《民间文学论坛》发表的刘发俊《史诗〈玛纳斯〉搜集、翻译工作三十年》、陶阳《英雄史诗〈玛纳斯〉工作回忆录》。他在日记里说，"陶阳写得很好。他们都没有多写'文化大革命'后请居素普·玛玛依到北京在民族学院记录的一段历史。我有必要写一则回忆"。这段时间，居素普·玛玛依不仅演唱里《玛纳斯》的前六部，还增加了第七部《索木碧莱克》12000行和第八部《奇格台》12300行。一年多的时间，居素普·玛玛依喷涌似的演唱和同志们不懈努力地记录与翻译，成果是巨大的。同样经历过"文化大革命"，重新回归岗位的人们有一种青春勃发的力量！可惜，贾芝最终没有写成，我为他补充记录一些。

12月26日，中国《玛纳斯》学术讨论会开幕，贾芝参与为《玛纳斯》有功人员授奖，21人获奖，居素普·玛玛依不仅获得特等奖，还被授予研究员职称。没有到会的胡振华获名誉奖。发奖之后，贾芝作简短发言，祝贺与感谢，特别讲了居素普·玛玛依是难得的大歌手。转述国外对中国还有民间艺人演唱的惊叹不已，他们说"史诗在中国还活着！"贾芝还表彰尚锡静为《玛纳斯》的无私奉献，对她的不幸表示同情。提倡《玛纳斯》工作的成功经验值得总结和推广。晚上，张运隆与郎樱去找贾芝，他们从发奖看到一些问题，希望可以妥善处理。尚锡静只获二等奖，不公正，她翻译作品最多。两三天的宣读论文和学术讨论，居素普·玛玛依的自述和研究他的论文都甚好，占了很重要的位置。有些论文从国内外史诗比较研究的角度进行讨论，对《玛纳斯》的第一夫人的分析也很有见地。28日，大会闭幕，贾芝又作了两个小时的发言。他主要介绍民间文学研究方面国内外部分信息，包括三套集成、美国之行、筹建民间文化博物馆，等等。大会放映了居素普·玛玛依演唱《玛纳斯》的录像。贾芝收到《中国史诗研究》请他做顾问的聘书。《玛纳斯》领导小组组长夏尔西别克提出成立《玛纳斯》学会，请贾芝帮忙解决经费、办刊物等问题。贾芝答应尽力，同时提出《玛纳斯》走向世界的问题，介绍了芬兰纪念《卡勒瓦拉》的经验。

会议期间，贾芝还了解到柯语组强烈否定新疆出版社出版的《玛纳斯》，居素普·玛玛依最激烈，他甚至不同意署上自己的名字。刘发俊批评《民间文学》发通俗小说，而不发国宝级民间文学作品。批评出版社三年不看《玛纳斯》稿件。贾芝接受了他的批评。晚宴，贾芝坐在居素普·玛玛依身旁，听他唱了一段《婚礼》，有人唱了《玛纳斯》。

年后，中国《江格尔》史诗研究会成立暨首届学术年会要召开，贾芝只好留在新疆过年了。12月29日，夏尔西别克派车接贾芝到他家做客，我与郎樱同行。他的夫人和刚刚从苏联吉尔吉斯回来的女儿做了许多小点心招待我们，她还拿出从吉尔吉斯带来的马肠子招待我们，那是我第一次吃马肠子，也是唯一的一次，据说他们也不经常吃。夏尔西别克打开相册向我们介绍他的全家，送给我们一本吉尔吉斯画册。那时，国内出版画册还很少，印刷质量也不太好。临走，他女儿送给我们一个木雕"玛纳斯"，是她从苏联带回来的。

12月30日，我和贾芝搬到博尔塔拉蒙古族自治州驻乌办事处宾馆，在那里等待《江格尔》会议。在新疆过新年，白雪覆盖的乌鲁木齐如同童话世界，太美啦！贾芝除了在家看材料，准备发言以外就去访问。1月2日，巴岱看望贾芝，谈《江格尔》的宣传问题，区文联主席等领导在宾馆准备了宴会，恭贺新年。贾芝向他们反映了《玛纳斯》存在的问题。巴岱让贾芝写成文字交给他，他好在会议上提出。

1月3日，贾芝到文联宿舍走访了维吾尔族、柯尔克孜族、哈萨克族、蒙古族、锡伯族、汉族六个民族的九个家庭。第一家就是居素普·玛玛依，恰好在门口遇到他，他拉了贾芝的手，一起进门。他10岁的女儿给我们当翻译，介绍了她的大哥、二哥、姐姐在阿合奇县的生活情况。家中20多人，乌鲁木齐有5人。新疆民协副主席忠禄来了，他接着翻译：居素普·玛玛依对党非常感激，他说，若没有党的关怀和许多同志的帮助，"我不过是一个只能唱《玛纳斯》的普通人"。他说，他被抬高了。他感到《玛纳斯》最大的问题是翻译问题。贾芝说，居素普·玛玛依被评为高级职称和应参加国家学术交流活动。贾芝愿意向国际组织推荐他。居素普·玛玛依讲了去年到苏联吉尔吉斯时所了解的苏联搜集、出版《玛纳斯》的情况。

我们去巴德玛家之前，路过平房祝福了新婚的阿地里夫妇，阿地里娶的是居素普·玛玛依的侄女。巴德玛患胆结石，没有出席会议，我们探望他。第四家阿布都尔·热西提，一桌子的食物，边喝茶边回忆八达岭的初相识。他退休之后出版了8本哈萨克长篇叙事诗。他弹起冬不拉，曲子是《游击队之歌》。贾木查等不及，跑过来了，他在编一个卫拉特蒙古族的刊物，我们到他家，他拿出创刊号给我们看。第六家忠禄，他在研究锡伯族萨满教，取出他搜集的神歌给我们看。忠禄带我们到郝关中家，他讲述了《玛纳斯》翻译工作中发生的一些问题，新疆文联党组没人管。他的翻译水平大家公认是一流，事前也参加过《玛纳斯》的翻译，然而，现在却被阻挠。我们去看老朋友玛利亚木，1982年曾陪我们伊犁行。最后一家是民协主席阿布里米特·萨迪克家，他们安排好在他家吃饭。夫人忙得不亦乐乎，好多种菜、馕、包子、面条、葡萄干、乌梅汁等，吃了很久。转了九家，每一家都敬酒，相互祝福。每一家的热情好客感染着我们，沉浸在一种欢乐和谐的民族大家庭中。

1月4日，新疆维吾尔自治区文联副书记赛普鲁·玉素甫来接贾芝，到民协开座谈会。阿布里米特·萨迪克主持，张运隆依次介绍协会的39人。阿布里米特·萨迪克介绍1980年成立分会至今10年的工作概况，向贾芝展示了《玛纳斯》《江格尔》《格萨尔》的文学读本和资料本，还有蒙文和维文两个刊物。刘发俊补充：《玛纳斯》的工作成绩是民族团结，相互支持的结果。贾芝肯定了新疆十年的显著成就和发展很快之后，提出几点希望：1. 口头文学并非那么容易搜集；希望新疆民间文学三套集成要彻底普查，不限定在短期内结束。2. 作品翻译为汉文，关系到向全国推广和走向世界，而翻译得好又极不容易，要团结现有翻译力量，组织熟悉不同文字的双方合作翻译是上策，同时也要培养年轻译者。3. 新疆文化遗产如此丰富，不仅使作品早日与世相见，同时希望加强研究，走向世界，到国际讲坛上去。4. 分会年轻人龙腾虎跃很有朝气，也有文采，希望年轻人不要骄傲，因为要走的路还很长，要在前人成就的脚印和基础上前进,向老同志学习,老中青三结合,做好传帮带。5. 新疆民族多,任务大,路远交通不便,困难多,要设法解决经费问题。今后,要注意保持总会与分会的合作,多予以支持。居素普·玛玛依和赛普鲁分别发言。会后,与会同志合影留念。刘发俊请我们到他家吃饭。他讲述了他穿峡谷、越冰山的惊险采风,非常生动,不是因为语言,是曾经经历的那种从容、自信与淡然。我为他录了音。贾芝与他也谈了《玛纳斯》翻译工作中的问题,都要努力去解决。雪中,我们回到办事处已是晚上12点多。至今,我都记得在积雪结冰的路上,我们一步一滑地走着。在昏暗稀疏的路灯下,我们有时还要在等候公交。风雪中,人车稀少,黑黑的夜,没有任何声响,没有手机联络。贾芝那年已是77岁高龄,跟我一起奔走在雪地里,每天工作到子夜。现在我76岁,周围人不断提醒"千万别摔跤!千万别……"当年,贾芝怎么就没有这种担心与顾虑呢?我也没有想到。那时候,人们的心思全在工作上。

1月6日,张运隆陪同贾芝去看王玉湖,王玉湖为《玛纳斯》的事很生气,贾芝谈了自己的看法,目前不正常的现象必须纠正,否则会引起不可收拾的后果。贾芝说,每一段工作,搜集者、译者的署名要清楚,新出版的《玛纳斯》整理要符合原作。王玉湖让张运隆领贾芝去见宣传部部长李康宁,他再找文联领导谈谈。夏尔西别克是《玛纳斯》工作组组长。从那以后,每次开会到京都会与贾芝见面,有时他来家,有时我们去办事处看他,谈的都是《玛纳斯》。

1991年4月6日,《玛纳斯》搜集、整理成果展览新闻发布会在国家民委召开,主席台就座的有:人大常委会副委员长赛福鼎,全国政协副主席司马义·艾买提,新疆维吾尔自治区副主席巴岱,《玛纳斯》工作组组长夏尔西别克,贾芝也在主席台就座,巴岱主席送他一本蒙文版《江格尔》。夏尔西别克讲话,贾芝简短致辞。随后发言的有胡振华、刘发俊、刘魁立,居素普·玛玛依讲话之后还唱了一段《玛纳斯》。

4月8日,贾芝到民族文化宫参加《玛纳斯》搜集、整理成果展览剪彩仪式。国家民委文化宣传司司长任一农主持,夏尔西别克讲话,几位柯族姑娘送主席台嘉宾每人一顶柯族毡帽，夏尔西别克再为大家一一戴在头上。剪彩、照相以后，到展览大厅参观，最后到门外广场上临时搭建的柯族毡房里，贾芝和大家席地而坐，旁边有王恩茂、夏尔西别克和新疆与北京的几位领导。几位姑娘在冬不拉的伴奏下唱起歌，居素普·玛玛依唱了两段《玛纳斯》。

4月10日，贾芝到国家民委参加《玛纳斯》座谈会。夏尔西别克主持，居素普·玛玛依第一个发言。贾芝第二个发言，他说："《玛纳斯》是我国北方草原三大史诗之一。它的发掘出版是我们弘扬民族文化和建设社会主义精神文明的一件大事，是柯尔克孜族人民的光荣，是新疆维吾尔自治区的光荣，也是新中国的光荣！我特别要感谢著名'玛纳斯奇'居素普·玛玛依传承这一伟大史诗的显赫功绩！我们要感谢新疆维吾尔自治区党委和文联长期以来对发掘民族文化遗产的极大关注和领导！还感谢柯尔克孜族和汉族以及其他民族的民间文学工作者在搜集和翻译史诗工作中的亲密合作，共同努力！"[1]他还说，居素普·玛玛依作为柯族的一个使者，带了柯族群众要求恢复使用柯文一事。"我带居素普·玛玛依在联欢会上去见文化部黄镇部长，同时又见了朱穆之同志，把柯族群众托带的这封信交给了朱穆之同志。不久，国务院就明令宣布恢复使用柯文。这件事情意义自然是非常大的，也为我们首先出版柯尔克孜文的《玛纳斯》创造了条件，柯族群众是热烈欢迎的。"[2]贾芝回忆这段历史，将1964年和1980年民研会两次组织《玛纳斯》搜集工作情况做了交待。最后，他提出两点意见：一为要抓好汉文翻译工作，二为注意集体主义精神与文责自负相结合，不能吃大锅饭，要记录下谁做了什么，不能功过不分，张冠李戴。胡振华对贾芝说到民研会借调他的事感到满意。会后，夏尔西别克带贾芝参观了展览，在大厅，认识了伊犁能

---

[1] 贾芝：《祝贺柯尔克孜族英雄史诗〈玛纳斯〉（汉译本）问世》，载《播谷集》，人民文学出版社，1994年，第161页。

[2] 贾芝：《祝贺柯尔克孜族英雄史诗〈玛纳斯〉（汉译本）问世》，载《播谷集》，人民文学出版社，1994年，第163页。

唱《玛纳斯》前七代的牧民特瓦里德。他说他还能讲《玛纳斯》前四部。居素普·玛玛依走过来，说他也能讲前七部，过去只是从玛纳斯讲起。

4月12日，贾芝到民族文化宫参加国家民委、文化部《玛纳斯》抢救、搜集表彰会。表彰5个集体：新疆文联、新疆民协、柯尔克孜自治州政府、中国民协、中央民院。15个人，有陶阳、尚锡静、郎樱等。贾芝应邀到新疆驻京办事处赴宴，同桌有赛福鼎、司马义·艾买提、夏尔西别克等。

1990年，夏尔西别克提出请贾芝帮忙成立《玛纳斯》研究会，以后曾多次来北京，贾芝也多次去文联、文化部、民政部等部门找人帮忙。1994年12月，国家民政部批准中国《玛纳斯》研究会注册登记。1995年5月30日，贾芝到邮局给新疆民协发贺电："欣闻中国玛纳斯研究会成立大会暨第一次代表大会于6月2日举行，这使世界著名史诗的发掘和研究计划又登上一个新的台阶，是新疆柯尔克孜族全体人民和自治区的光荣，是以居素普·玛玛依为首的众多民间艺人'玛纳斯奇'的光荣，也是中国民间文艺界的光荣。我表示由衷的热烈的赞扬和祝贺！敬祝两个会双喜临门，圆满成功！"[1]

就在那年，夏尔西别克来北京办事，派阿地里来家里看贾芝，正逢我和贾芝紧张地筹备国际会议。贾芝立刻想到这是向国际推出《玛纳斯》的极好机会，于是，邀请他们参会。阿地里，我们在新疆就认识了，他是英语系毕业，可以直接把柯文翻译为英文，当然更可以译为汉语。好本事！贾芝这样夸赞他。我立刻邀请他参会并承担会议期间的部分翻译工作，免除他的会议费用，他欣然接受。1996年4月23日，国际民间叙事研究会北京学术研讨会在北京开幕，主席台就座的有：全国人大常委会副委员长布赫；中国文联党组书记高占祥、副书记兼秘书长高运甲；国际民间叙事研究会主席雷蒙德（挪威）、副主席汉都（印度）、加利特·哈森（以色列）、秘书长耿·海瑞娜（芬兰）；中国民协名誉主席钟敬文。贾芝在主席台就座并主持会议，他首先向来自五大洲

---

[1] 贾芝日记，1995年5月30日。

的近 30 个国家和地区的学者表示热烈欢迎。夏尔西别克向主席台就座的布赫副委员长、国际组织主席雷蒙德、副主席汉都献上柯尔克孜族的毡帽。阿地里在开幕式上为各国学者演唱了一段《玛纳斯》。研讨会上，夏尔西别克作了中国《玛纳斯》研究的报告。阿地里发表论文《活着的荷马居素普·玛玛依》，这是《玛纳斯》走向国际讲坛重要的一步。

贾芝对《玛纳斯》的关注和不失时机的宣传推介始终不渝，绵绵无绝期。2012 年，贾芝百岁生日，记者采访他时，他已经失智，但是说到三大史诗，说到《玛纳斯》，他的眼睛转过来，湿润了。

2022 年 10 月 24 日

重温民间文学十六字方针

不忘初心，以史为鉴。我们做一桩事业，也要尊重历史，及时纠正一些模糊概念与片面认识。浏览学术刊物，我偶然发现有人在论文中将"民间文学十六字方针"错写成"全面搜集、忠实记录、慎重整理、适当加工"，十六个字替换了十二个，业内年轻学者亦有跟进引用。惊愕之余，网上搜索"民间文学十六字方针"，360与百度大都是该错误答案。

为了避免以讹传讹，失去历史本真，我们不妨回顾一下它的产生与发展，以正视听。

民间文学十六字方针"全面搜集、重点整理、大力推广、加强研究"，源于1958年。贾芝在中国民间文学工作者第二次代表大会上提出并通过。1979年中国民间文学工作者第三次代表大会决议继续执行，并列入《全国民间文学工作十年规划》（1980—1989）。2020年，该规划选入《中国民间文艺家协会70年发展史》①。直到2020年，十六字方针未经正式修改过。

十六字方针是集体制定，不是主观臆想

十六字方针由贾芝提出，绝非个人行为。工作报告是在代表大会上由全国各地各民族民间文艺工作者认真讨论通过。会后，经中宣部

---

① 学苑出版社2020年11月版。

审定,以红头文件下达全国。《人民日报》社论《加强民间文学文艺工作》明确:"会议①确定全面搜集、重点整理、大力推广、加强研究的工作方针。这是正确的。"一个学术团体的工作方针在党报社论中得以肯定,并形成红头文件下达全国,实不多见。1958年春,毛主席在党的会议上,多次号召大规模地搜集各地民歌。党中央的倡导,各地党委的推动,一个全国性全民性的搜集民歌运动声势浩大地展开。恰逢其时,中国民研会召开第二次代表大会提出十六字方针,是以实际行动响应落实党的文艺政策。"全面搜集"就是要做到全国各地区各民族,一个都不能少。"大力推广"则是贯彻执行为人民服务的宗旨。

下面,首先从"方针"最初起草者审视,贾芝日记摘录如下:

1958年4月29日:张(敦)把中宣部同意由我起草民间文学工作报告的事向何其芳同志讲了,何同意,决定在六月以前少参加所内活动。

5月20日:两天来草拟民间文学工作会议报告提纲。

5月24日:昨天下午,谈了一下报告的初步提纲,征求意见,参加的人有林山、(孙)剑冰、老陶(建基)、汪曾祺。到晚上,又写一发言提纲,准备党组会用。原准备把两条道路的斗争放在前面,然后再谈任务方法,考虑到最近局面的不同,参加会议的代表以各地宣传工作者为多,民间文学工作者较少,大家对大跃进的歌谣、这方面的问题要求多,注意多。决定改一下,先谈目前如何搞,再谈到要继续贯彻两条道路的斗争,先立后破,在破中求立。

今天上午,到文联参加党组会,讨论民间文学工作者会议问题。报告的要点,大家同意。

5月30日:午睡后,剑冰来,说林山转告在这个礼拜内草成报告初稿,准备外出的人回来讨论。

---

① 指中国民间文艺工作者第二次代表大会。

6月1日：动手写大会报告初稿，写了第一节；新形势——新局面。

6月5日：这两天，赶写报告，今天下午，初稿已成。到大楼找了孙剑冰，把初稿交他看。谈到九时，散步到灯市口。

6月6日：上午，有关报告的某些问题，需要再翻看些材料。

6月10日：上午，到会内与剑冰研究报告草稿，没谈多少……下午，剑冰来，谈了他的意见。

6月11日：修改报告初稿一整天，还有最后一部分未改。

6月15日：报告，十二日又添改了一整天。这三天从头写了一遍，日夜在赶。现在，终于赶出来了。夜记。

6月16日：上午，到会内，报告初稿，找汪曾祺同志看了一遍，我也通读一过稍作添补，直到下午二时才完工，准备交办公室找人分段打印。

林山同志看了报告初稿，有一两处又抽空修改，"红专"问题多添了几句，匆匆拿去打印。

6月22日：林（山）、张（敦）走后。休息了一阵，起来修改报告。先小改一份送中宣部。

晚上，继改报告初稿至深夜。

6月23日：早上起来，赶改报告初稿，预定在十点以前改好。原准备去西郊，因"报告"甚急，决定不去了，但一想"民间故事集"几天内便可排妥，不向所内汇报不行，还是先去一趟。

晚上，看民间文学的几种统计材料，想了一些问题。现在，又到十二点以后了。

6月25日：前昨两天，重拟报告提纲。昨天（林）默涵同志找我、林山同志去，谈定大会延期召开，要一切准备好再发通知，不然真是上阵接枪，仓促应战。

晚上，夜深，写的较多，也顺利，写到了八年来的工作的前一部分。

  6月30日：两三天来，日夜赶写报告二次稿。每晚都在下一点以后才睡，昨天夜里写完了最后一节。下午到会内开会讨论"报告"，徐嘉瑞同志参加讨论。我说了报告的大致内容，听了一些意见。意见有可取的……

  零星日记，可以看到，当年民研会的领导、专家与学者制定方针的严肃认真。张文撰文记述，会前民研会曾派出四路人马到全国各地调研。贾芝是根据大量的调研资料，上上下下反复商讨，实事求是地制定十六字方针的。

  贾芝在工作报告中，这样解读：

  （一）全面搜集、重点整理

  不但要全面搜集民歌而且应当根据各地方、各民族的不同情况，有计划地发掘全部民间文学宝藏，全国各地方、各民族都有新时代和旧时代的各种各样的民间文学作品，应当广泛地进行搜集。

  搜集要全面，又要有计划、有步骤。首先搜集近百年、特别是近四十年来的革命作品和各民族的重要的传统作品。在全面搜集的基础上，有重点地进行整理编选。

  （二）大力推广、加强研究

  民间文学工作应当从两方面为群众服务，为社会主义建设服务：一方面采取各种方式开展推广工作，使优秀的民间文学作品在群众中广为流传，使作家、科学家在参加社会主义和共产主义建设中从民间文学中汲取营养，获得珍贵材料；另一方面，加强研究工作，用马克思主义的观点来研究我国民间文学，以便丰富文艺理论，促进我国社会主义的文学艺术的发展。

  研究工作首先是面向群众，普及第一。要经常到群众中去，不能关门研究……在研究工作中必须贯彻"百花齐放，百家争鸣"的方针，探讨真理。为了建立研究工作，还要及时建立资料档案工作、出版科学本，并且汇编资料。要尽快解决少数民族的作品的翻译问题。应当学习苏联及其他国家的民间文学研究工作方面的经验。

十六字方针是民间文艺界为贯彻党的文艺路线"百花齐放，百家争鸣"，坚持文艺为人民服务，为社会主义建设服务，制定的大政方针，不是仅局限于搜集采录方法的具体准则。

十六字方针与新中国民间文艺学

民间文学事业是和中华人民共和国的命运紧密相联、息息相通的。民间文学是随着共和国的诞生，人民的当家作主，一扫过去长期受歧视的地位，而跃上艺术的殿堂。中国民间文艺学从此开启新的历史篇章。1950年，中国民间文艺研究会会章明文规定：

第三条，本会的主要工作如左[①]：
甲、广泛地搜集我国现在及过去的一切民间文艺资料，运用科学的观点和方法加以整理和研究。
乙、刊行、展览或表演整理、研究的成绩，以帮助推动民间文艺的创作、改进与发展。
丙、举行学术性的座谈会及演讲会，进行关于民间文艺的专题报告及讨论。
丁、协助或发起有关民间文艺的保存、研究等活动。

我在藏书中偶然发现一份珍贵的历史档案：1955年中国民研会油

[①] 当年出版物是竖排版，"如左"在本文中应该是"如下"。

墨打印文件《民间文艺研究会工作情况简述和领导关系问题》，概括最初几年的工作：

> 从1950年3月本会成立起，到1951年10月文艺整风前《民间文艺集刊》停刊止，在这期间工作比较活跃：出版《民间文艺集刊》（不定期）三期，组织《民间文学丛书》及单行本十多种，已出版者四种，还组织了一部分《民间音乐丛书》；各方欢迎这样一个会的反映很多，要求做会员者也很不少……
>
> 今年4月起，创刊《民间文学》，已出版7期，印数由20300册增至最近一期37550册。一般反应，是欢迎这样一个刊物的。但人力不足，编辑人员一般质量较低，工作制度也尚不健全，工作中问题不少。民间文艺丛书及单行本截至目前，已出版者13种（单行本2种），即将出版者2种，即将付印和正在整理、编选、翻译者10余种（参加者有会内和会外的人）。自从成立会到目前止，收到故事、歌谣、谚语、谜语、论文等长短稿件12000余件（论文占少数），来源包括25省、24个民族。数年来，关于民间文学的图书资料，一共收藏来的4000余种。

油印文件还记载了当年的工作方法：

> 一、搜集、整理采取下列方法进行
>
> 组织小型采录组，或与其他机构团体（例如地方文艺部门、民族音乐研究所、语言研究所等）合作，进行重点搜集；特别注意对各少数民族的口头创作的搜集和整理。
>
> 出版月刊《民间文学》，借以推动全国各地广泛搜集人们口头创作，并组织对人民口头创作的研究。
>
> 主编民间文学丛书及单行本，内容主要为作品，其次为

关于民间文学的论著；在单行本中包括一部分苏联及其他兄弟国家关于人民口头创作论著的中译本。此外，编辑专题资料，供研究之用。

按地区、民族、专题积存资料。这些资料，除由刊物、丛书、专题资料分别发表可以发表的部分外，在一定时期，还可以展览或印成内部资料的方式供作家和研究者使用。

二、研究工作

1. 组织关于人民口头创作专题的系统研究。

2. 密切注意人民口头创作的现状（例如人民口头创作的整理、改编、出版或演出，群众业余创作的发展情况，关于作品或问题的讨论等），组织研究、讨论或座谈会。

三、对会员的工作

1. 准备重新登记、审查会员，留下其中真正热心从事民间文学的搜集、整理或研究者；吸收新会员（同时整顿理事会，修改会章）。

2. 组织会员订关于搜集、整理或研究的工作计划；出题目请会员参加上述专题研究或对人民口头创作现状的研究；每年举行一二次学术性的讨论会。

四、每年举行三次到四次群众性的关于人民口头创作的报告会。

五、学习苏联在这方面的先进理论和经验；有计划地介绍苏联的和其他兄弟国家的有关著述。

1958年，贾芝工作报告中同时总结："在广泛的搜集整理工作中，我们首先看到了我国各地方、各民族的民间文学的丰富多彩。民间文学成了一个日益旺盛的百花盛开的花园。像内蒙古地区汉族的爬山歌，蒙古族的各种民歌、好力宝和英雄叙事诗，山西的'席片子''开花'，河南、山东的'唱曲'，南方各省的四句头山歌，湖北的五句歌，甘肃、青海一带的'花儿'，北方的秧歌，藏族的'拉夜'，壮族的'欢'，两广的'客家山歌',纳西族的'骨器''喂猛达',白族的'打歌''大本曲''西山调',侗族的'大歌''小歌',等等。这些形式不同、风格迥异的民间歌谣,八年来在历次运动中又都产生了大量的新作品,开放出新的花朵。各民族的史诗、叙事诗和长篇故事也发掘了不止一二部,像彝族的《阿诗玛》和另一部长诗《逃往甜蜜的地方》,彝族的《梅葛》,傣族的《娥并与桑洛》《召树屯》《兰嘎西贺》,苗族的《苗王张老岩》《张秀眉》,傈僳族的《逃婚调》,蒙古族的《江格(葛)尔》《格斯尔的故事》,最近几个地方都发现了长短不同的藏族的《格萨尔》,等等。这些传统作品都是异常珍贵的,有的已经列入了世界文库。民间故事传说的搜集,也是近年来民间文学工作中的显著成果之一。革命的民间故事,像关于毛主席的传说,关于朱总司令、贺龙及其他革命领袖的传说,红军的传说,义和团的故事,等等,都显示了中国人民的力量,其中新的民间传说还显示了人民群众对中国共产党的热爱。各民族的传统的故事、童话、寓言、地方传说,许多都非常优美,并且很有教育意义,它们总是歌颂英雄,反对横暴,幻想幸福,寓有教训,等等。据不完全统计,截至目前,全国 50 多个民族,已经有 40 个民族发表了他们的长诗短歌、民间故事以及其他形式的民间创作。"

"民间文学的搜集整理和研究工作也在蓬蓬勃勃地发展,而且近两三年来,逐渐由个人、个别部门的零星搜集进入一个地区的有计划地有组织地搜集。例如云南是比较突出的例子。云南曾经组织了六个调查组到六个不同的民族地区进行搜集工作,并且曾经召开了全省民间文学工作会议。由于省委对民间文学工作很重视,各自治州、市、县也都很重视这个工作。曲靖地委也曾经组织过 20 多人在当地调查,搜集了彝族的史诗、民歌和很多传说。云南省的民间文学工作所以开展得比较好,最主要的原因是解放以后省委就很重视这个工作,对思想问题和方法问题随时都有指示。《阿诗玛》的被发掘就是一个例子。贵州军区早在 1951 年就发动过全军记录民歌,战士们记了几万首民歌。中共贵定县委也曾经为军区政治部宣传部号召征集万首民歌,给全县土改工作干部发出过通知,结果搜集了很多土改民歌。这也是一个很突出的例子。此外，像内蒙古、延边等地，都进行了有组织地搜集、整理、翻译和研究工作。"①

1960年贾芝在《民间文学十年的新发展》中写道："1958年7月召开了第一届民间文学工作者大会②，会议根据党的指示确定了全面搜集、重点整理、加强研究、大力推广的工作方针。大会以后，不到两年来，民间文学工作在各地进一步普遍地开展起来了。作为文化高潮的重要表现之一，近两年来，全国民间文学工作的进展，远远超过了过去的七八年。民间文学工作者的队伍在各地都形成和壮大起来了。各省、市、自治区都制订了民间文学工作规划，并建立了不同形式的民间文学研究机构。各省、市、自治区在党委的直接领导下都组织了民歌、民间文学的调查采录工作和编选整理工作。云南、贵州、广西、四川、青海、吉林、江苏、河北、上海……都进行了有计划、有组织的各民族的民间文学重点调查。"③

1979年11月，贾芝在中国民间文艺工作者第三代表大会的工作报告中，以实践证明十六字方针的正确性、必要性。

今后工作的设想共有五条，第一条是"制定我国各民族民间文学工作规划"，明确了继续执行这一方针。第二条是"大力加强民间文学研究工作建立中国的马克思主义的民间文艺学，使我们的科学研究为广大人民服务，为四个现代化服务"④。

---

① 贾芝：《采风掘宝，繁荣社会主义民族新文化》，载《民间文学论集》，作家出版社，1963年，第88—89、91页；中国民间文艺家协会编《中国民间文艺家协会70年发展史》，学苑出版社，2020年，第26页。原载于《民间文学》1958年7、8合刊。

② 现在被统称为中国民间文艺家协会第二次全国代表大会。

③ 贾芝：《民间文学十年的新发展》，载《民间文学论集》，作家出版社，1963年，第9页。

④ 参见贾芝《团结起来，为繁荣和发展我国的民间文学事业而努力——在中国民间文学工作者第二次代表大会上的报告》，载《新园集》，中国民间文学出版社，1981年，第141页；《新中国民间文学五十年》，大众文艺出版社，2004年，第76页；《中国民间文艺家协会70年发展史》，学苑出版社，2020年，第50页。

在新的历史时期，代表们审议通过，并制定了《全国民间文学工作十年规划》（1980—1989）。规划"依据1958年全国民间文学工作者代表大会所规定的'全面搜集、重点整理、大力推广、加强研究'的民间文学工作方针，本规划分为四个方面：

第一，普查、搜集、整理、编选工作

普查、搜集工作，必须坚决贯彻'全面搜集'的方针……

整理、编选工作，必须根据'重点整理'的方针进行……

研究工作……

健全组织和壮大队伍……

对外交流……"①

1986年5月，贾芝在《中国民间文学三套集成》第二次工作会议讲话中坚持十六字方针的核心精神："普查要贯彻'全面搜集'和'忠实记录、慎重整理'的方针，关键是忠实记录。忠实记录是保证编好《集成》，使三套丛书具有高度科学水平的根本要求。""普查工作要和研究工作结合起来进行。将来编出的《集成》，不只是作品的编选罗列，还要带有研究性。"②

1990年4月，贾芝在为《中国新文艺大系·民间文学集（1949—1966）》的序言③中记述："全国民间文学工作者第一次代表大会④为全面开展民间文学工作制定了'全面搜集、重点整理、大力推广、加强研

---

① 《全国民间文学工作十年规划》，载中国民间文艺家协会编《中国民间文艺家协会70年发展史》，学苑出版社，2020年，第255页。

② 贾芝：《深入普查，奠定编纂〈集成〉的基石》，载《播谷集》，人民文学出版社，1994年，第335、339页；贾芝：《民间文学的普查与记录》，载中国民间文艺家协会编《中国民间文艺家协会70年发展史》，学苑出版社，2020年，第268、271页。

③ 贾芝：《我们在开拓中前进》，载《中国新文艺大系·民间文学集（1949—1966）导言》，中国文联出版公司，1991年；《播谷集》，人民文学出版社，1994年，第212页。

④ 现在统称为中国民间文艺家协会第二次全国代表大会。

究'的工作方针，还强调了'忠实记录、慎重整理'的原则。十六字方针是经中宣部审定后由文联以红头文件下达全国的，至今起着指导我国民间文学工作的作用，并且不断证明它是正确的。代表大会的报告中阐述十六字方针的要求时，特别强调了'全面搜集'的重要性，强调了要以抢救的精神有计划地发掘我国民间文学宝藏，同时指出了民间文学为人民服务、为社会主义服务的方向和途径。"

1991年5月贾芝为《民间文学论坛》撰文："新中国成立以后，尤其是近十多年，我们却始终不断在开拓中前进，在党和政府的领导与支持下，动员了广大基层和专业力量，有计划地开展了调查采录和学术研究。1958年的第一次代表大会[①]上制定了'全面搜集、重点整理、大力推广、加强研究'的十六字工作方针，并强调了工作的科学性。十六字方针经中宣部批准，由全国文联下达了红头文件，这一方针始终是我国民间文学工作的指导方针，并且越来越证明了它的正确性……

"如果说今天我们在新中国发掘出来的如此巨大丰富的民间文学宝藏面前也不能不拍案惊奇，那么，我们更应该意识到我们也不过才走了一大半路，棋局未终。我们的推广作品和学术研究方兴未艾，正应努力作出更大的贡献，以中国的成就丰富世界文化艺术宝库，并跨入现代世界文化学术之林。"[②]

2002年2月，贾芝在中国民间文化遗产抢救工程研讨会会上发言中也提道："1958年，毛主席又亲自倡导搜集民歌一场轰轰烈烈的新采风运动席卷全国；我们也召开了第二次全国代表大会，并提出了'全面搜集、重点整理、大力推广、加强研究'的十六字方针，中宣部以红头文件下达全国。在毛泽东同志的'文艺为工农兵服务'的指导方针下，

---

① 现在统称为中国民间文艺家协会第二次全国代表大会。
② 贾芝：《从颂歌谈起——纪念中国共产党诞辰70周年》，《民间文学论坛》1991年第4期；《播谷集》人民文学出版社，1994年，第64页。

全国采风运动盛极一时，影响久远。"①

综上所述，我们不仅可以看清十六字方针的产生与发展，也可以从十六字方针的落实与执行，看到中国特色的民间文学学科逐步建立与发展的轨迹。

"历史一再证明，一个民族、一个国家的民间文学的发掘，往往是同民族解放事业，同民主革命运动密切相联，并互为因果，中国也不例外……中国民间文学宝藏的发掘与人民共和国的命运是息息相通的。国家兴旺发达，社会和政治稳定，民间文学事业就繁荣；国家遇到挫折，民间文学工作就萧条中断。当我们欣赏这些在'十七年'中问世的琳琅满目的民间文学作品的时候，我们应该了解这些是怎样从地下被发掘出来，拂去尘埃，焕发出新的光辉，还应该了解我们所走过的道路是怎样的艰辛曲折。这段历史是值得我们回顾和记忆的。我们从中寻觅从创业开始的历史足迹，探索建立有中国特色的民间文学的道路。"②

中国民间文学作为一门新的学科，既没有照搬西方民俗学的模式，也没有完全套用苏联民间文学的理论，而是沿着毛主席《在延安文艺座谈会上的讲话》指引的方向，坚持文艺为人民服务，为社会主义服务的方向，走出一条马克思主义与中国实践相结合的道路。这就使民间文学具备了一系列的中国特色。

面对中国民族众多、民间文学蕴藏丰富、尚有活态流传的实际。自然与西方几乎没有民间文学作品可以搜集的情况不同，与他们单纯从民俗学或人类学的需要出发的研究也有所不同。发掘整理中国各民族民间文艺的任务被列入国家的第一个五年计划。1950 年，成立中国民间文艺研究会，说是研究，更多是组织、发动和指导全国各省、自治区、

---

① 贾芝：《抢救民间文化是我们永远的职责》，载中国民间文艺家协会编《中国民间文艺家协会 70 年发展史》，学苑出版社，2020 年，第 299 页。

② 贾芝：《我们在开拓中前进》，载《中国新文艺大系·民间文学集 (1949—1966)》，中国文联出版公司，1991 年，第 1 页；《播谷集》，人民文学出版社，1994 年，第 203 页。

直辖市和各民族的搜集工作。研讨和解决具体工作问题，如民间文学的范围界限、民间文学的整理与改编等。从实践中提出问题，升华到理论，再指导实践；往复循环，不断提高，推动民间文学的搜集抢救、普及推广与研究工作，中国民间文学的理论体系同步建立。从1950年创办刊物、编辑出版民间文学丛书；1958年编写《中国少数民族文学史和文学概况丛书》；1984年编纂出版中国民间文学三套集成；国内外各种专题、地方和综合性学术研讨活动和理论著作与期刊的出版和评奖都成为民间文学学科建设的重要组成部分。

随着时代与科学的发展，包括经济与工作条件的改善。民间文学的记录已从单纯的笔录变成录音、录像的全方位记录。民间文学研究不断向纵深发展，与民族学、民俗学、社会学、人类学、宗教学、历史学、考古学、语言学、美学等相关学科建立了很好的沟通与协作关系。

中国特色的民间文学学科建设在发展中日臻完善。

话说十六字方针与贾芝

为了求证十六字方针，我从身边的两三本书中寻找答案。各位专家学者对"十六字方针"曾给予充分的肯定，同时也包括了对贾芝工作的肯定。回忆的细节与情感，再现真实的历史。

李屹（中国文联副主席、党组书记）：在庆贺百岁贾芝从艺80周年座谈会上发言

"他坚持走出书斋，奔向田野，并提出了'全面搜集、重点整理、大力推广、加强研究'的工作方法。通过组织和发动广大民间文艺工作者，在全国进行地毯式的普查、挖掘和搜集资料，先后编纂完成了《中国民间故事集成》《中国歌谣集成》《中国谚语集成》。"①

陶阳（中国民协书记处书记、研究部主任、《民间文学论坛》

---

① 李屹：《德艺双馨的草根学者》，载中国民间文艺家协会编《真情呼唤 共铸辉煌——庆贺贾芝百岁文集》，中国文联出版社，2016年，第7页。

主编）

"说贾芝同志是位忠诚的民间文学家，就是因为他坚持《民间文学》的方针路线和基本原则。例如：《民间文学》必须坚持'忠实记录，慎重整理'，要坚守《民间文学》的范围界限：要区别记录整理和改编与再创作的界限。

"1958年，全国民间文学工作者大会曾经通过'全面搜集、重点整理、大力推广、加强研究'的工作方针，并经中央批准转发全国遵照执行。我觉得这个'十六字方针'，切实可行。'全面搜集'就是各地区、各民族的民间文学作品及其民间艺术都得搜集。'重点整理'，当然是选重要的作品整理，这就是出精品。'大力推广'，主要是要求全国各协会都要出刊物，编丛书，为广大人民提供读物。'加强研究'，有了调查采录的作品及民俗资料，才能研究。一个文学艺术单位，如果无'研究'，等于无灵魂的人瞎混。"[①]

牟钟秀（陶阳夫人，神话学专家）

"我认为，十六字方针，为我国社会主义时期的民间文学工作开辟了正确的道路。30年来的实践证明，沿着这条道路，各民族浩如烟海的神话故事被搜集起来了，几百部叙事长诗和闻名世界的史诗《格萨尔》《玛纳斯》被记录下来了，出版的故事集、歌谣集，更是不胜枚举，这是有目共睹的。因此，我们只能沿着这条正确的道路前进，使这条道路更加开阔……

"我认为不是把十六字方针当作文物观点来加以批判的问题，而是十六字方针还没有全面贯彻的问题。表现之一，是大家公认的研究工作比较落后；我们在贯彻十六字方针中的'加强研究'这项任务时，也未采取有力的措施。比如全国的民间文学资料馆，现在才刚有一个蓝图。我们只是号召大家保存原始资料，但是至今连个发表和出版资料的园地都没有。《民间文学》及各地报刊，登载民间歌谣和故事，主要是从文

[①] 陶阳：《贾芝同志是位忠诚的民间文学家》，载中国民间文艺家协会编《真情呼唤 共铸辉煌——庆贺贾芝百岁文集》，中国文联出版社，2016年，第109、111页。

学和教育的角度出发的。这是完全必要的。假如再有个刊物专门发表民间文学的原始资料,那就不仅可以为研究工作提供丰富的材料,而且可以减少加工过多和胡乱编造的现象。表现之二,就是对待传统民间文学的粗暴态度,已'整理加工'为名,把传统作品改得面目全非,失去了科学价值,使人真伪莫辨,影响了研究工作。"①

高鲁(曾任《民间文学》编辑部主任)

"我认为一个工作上的指导方针的形成,它首先应该是从客观现实生活中来,然后再回到现实生活中去,逐渐丰富其内容,才能比较准确地、有效地发挥其指导作用……同样,'十六字方针'也是这样……这个方针提出后,经过长期的工作实践考验,证明是正确的。'文化大革命'前,在这个方针的指引下,我国民间文学工作成绩是辉煌的,粉碎'四人帮'后,中国民间文艺研究会从 1978 年开始恢复工作,到现在仅仅两年多的时间里,这条战线的各个方面就取得了突飞猛进的发展,大大超过了'文化大革命'前 17 年所做的工作成绩,这都是在'十六字方针'的指引下获得的。'十六字方针'是一个辩证的、完整的方针,'全面搜集、重点整理、大力推广、加强研究',它们是互相依存,既互相联系,又各自独立的。"②

王平凡(曾任中国社科院少数民族文学研究所所长、党组书记,中国民协秘书长,中国少数民族文学学会理事长)

"贾芝同志在主持民研会工作期间,主持制定了不少重要的工作方针,例如,1958 年制定的'民间文艺十六字方针''全面搜集、重点整理、大力推广、加强研究'。关于《民间文学论坛》两个刊物的办刊方针;关于民间文学应'取之于民,还之于民'的方针;关于民间文学资料科学版本以及关于'抢救'民族民间文学的方针等,借以正确指导全

---

① 牟钟秀:《评张弘的"改旧编新论"》,《民间文学》1981 年第 3 期。
② 高鲁:《关于"改旧编新"问题》《民间文学》1981 年第 6 期。

国各地开展民间文学的搜集、整理和研究工作。"①

段宝林（曾任北京大学中文系教授、研究生导师，中国民协理事，中国民俗学会副理事长）

"民间文学工作方针——又被称为'十六字工作方针'——'全面搜集、重点整理、大力推广、加强研究'，是贾芝同志1958年在全国民间文学工作者代表大会的报告《采风掘宝》中提出而由大会通过的。这是一个非常正确的工作方针，至今仍然具有很大指导意义。我们许许多多的成绩都是在它的指导下取得的，在进行民间文学普查编辑'三套集成'的工作中，更突出地证明了它的正确性。而'大力推广、加强研究'的任务，至今也仍然是我们在保护非物质文化遗产的工作中亟待解决而未能落实的重要历史任务。"②

蒙光朝（曾任广西柳州地区文化局局长，中共柳州地委宣传部副部长兼文化局局长，广西民间文艺家协会副主席，《百花》杂志主编）

"柳州歌会结束后，我跟贾老师汇报我们抢救民间文学遗产的情况，他说，你们做得对，搞民间文学一定要认真贯彻'全面搜集、重点整理、大力推广、加强研究'这个十六字方针。后来我还告诉他，上海文艺出版社来跟我们约要九本民间文学书稿出版，特别指出金秀瑶族、融水苗族、三江侗族、来宾壮族民间文学铁杆比较多，资料比较丰富，歌手比较多，于是我和黄勇刹，陪他到金秀、融水、三江这几个县去游访。

"我们把客人送到桂林，该返回柳州了，在那些日子里和贾老在一起聆听了他再三宣传民间文学工作的'十六字工作方针'和搜集整理问题的教导，人们常说：'与君谈一夜，胜读十年书。'现在不止一夜，胜

---

① 王平凡：《贾芝："君怀凌云志，百岁还嫌少"》，载《文学所往事》，金城出版社，2013年，第228页。

② 段宝林：《中国民间文学事业的伟大奠基人》，载中国民间文艺家协会编《真情呼唤 共铸辉煌——庆贺贾芝百岁文集》，中国文联出版社，2016年，第125页。

读一辈子的书了,真是非常难得,而受益无穷啊!"①

过伟(曾任广西师范学院民族民间文学研究所副所长、研究员)

"他的理论有'四大特色'。一、他的理论往往蕴藏在中国民研会代表大会主题报告里。二、常常内涵在书序(五十余篇)中。三、从实际材料提炼而来。四、对全国民间文艺家,起着潜移默化的引导作用。

……

"'全面搜集、重点整理、大力推广、加强研究'共十六字,加上'忠实记录、慎重整理'八个字,这六句话二十四个字影响深远,引导民间文学健康发展。

"贾芝同志的另一段话,提供了'全面搜集、重点整理、大力推广、加强研究'中'大力推广'的真谛:'我们搜集民间文学要做到取之于民,还之于民,首先推广优秀作品为广大群众服务。'

"1958年他在民间文学工作者代表大会作长篇主题报告,提出'全面搜集、重点整理、大力推广、加强研究'十六字方针,至今发挥巨大作用。真理光辉是不灭的。"②

刘晔原(中国传媒大学影视艺术学院教授、博士生导师,中国俗文学学会副会长)

"1981年我正式成为汪先生的入室弟子,放寒假我回家探亲路过北京,受先生的指点,我一路打听,来到东四大街演乐胡同46号院贾老家里拜访……

"毕业后我正式来到中国民协……在会里工作和贾老见面的机会多了,受的教诲也更多,尤其是民间文学界贯彻多年的工作方针'全面搜集、重点整理、大力推广、加强研究'。即人们常说的'十六字工作方

---

① 蒙光朝:《热烈庆贺贾老师一百岁大寿》,载中国民间文艺家协会编《真情呼唤 共铸辉煌——庆贺贾芝百岁文集》,中国文联出版社,2016年,第130、135页。

② 过伟:《草根学者贾芝教授四大贡献》,载中国民间文艺家协会编《真情呼唤 共铸辉煌——庆贺贾芝百岁文集》,中国文联出版社,2016年,第145、149、152页。

针'，对我启发很大。现在回头看，即使放到现在也不过时。在'抢救文化传统''重视非物质文化遗产'的今天，我们反而更加感受到这16个字的力量！

"……大批大批的民间文艺工作者以他们的自觉和自信，走在田埂上，小路上，为后人的研究积累了大批的原生态的资料。更为人们所称道的是，当时，'文革'刚过，民间故事人心有余悸，哪些可以讲，哪些不可以讲，都不断地发问，记录者也是心里打鼓。有了'全面搜集、重点整理、大力推广、加强研究'的方针，民间文学在新时期的采录才得以全面展开，事实证明，这一方针是十分正确的。

"'大力推广和加强研究'是民间文学艺术收集和整理之后的工作，前者保证了民间文学作品的活态传承，后者开启了民间文化研究的历程。20世纪80年代，我国在文化断档和自我封闭之后，人们对于文化和理论的渴望与热情无与伦比的高涨，《民间文学》杂志发行过百万，各省民间文艺家协会的刊物同样热火朝天，《故事会》《山海经》《吉林民间故事》《新聊斋》等名字都是响当当的，贾老不断地和主编们开会协调，强调'慎重整理'为保持民间故事的原生态品质费尽心力。"①

张文（曾任中国民协书记处书记、研究部主任、《民间文学》主编、《中国歌谣集成》常务副主编）

"1958年大跃进时期，在毛主席'各地都要搜集民歌'的倡导下，全国各地掀起了轰轰烈烈的新民歌运动。一时间弄成了人人写诗、人人画画，全国成了诗画的海洋。把搜集民歌变成了人人写诗画画的政治任务，真是让人啼笑皆非、苦不堪言。在这样的形势下，中国民研会召开了全国民间文学工作者代表大会。大会召开前民研会派出了四路人马到全国各地对新民歌运动进行了调研。贾芝同志通过大量的调查研究，上下左右反复商讨终于不为形势的左右，实事求是地制定了民研会工作的

---

① 刘晔原：《一个辉煌的事业和一位延安鲁艺学者》，载中国民间文艺家协会编《真情呼唤 共铸辉煌——庆贺贾芝百岁文集》，中国文联出版社，2016年，第249、250、251页。

'十六字工作方针'——全面搜集、重点整理、大力推广、加强研究，在代表大会上获得通过。会议期间毛主席、周总理等中央领导接见了与会代表，极大地扭转了头脑过热的情势。"①

吉星（曾任中国民协书记处书记、研究部主任）

"由于毛主席在这一年的一次党的会议上提出了：新民歌要搜集，旧民歌也要搜集。郭老在答《民间文学》编辑部问时也说：'大跃进的歌谣要搜集，古代的东西也不要丢掉，这些东西也是很有价值的，很有意义的。'所以7月，'全国民间文学工作者大会'认真学习这些指示精神，分析讨论了当前全国民间文学工作形势与任务，提出了'全面搜集、重点整理、大力推广、加强研究'的十六字方针，并酝酿了系统编选民间文学丛书的事。常务理事会11月8日召开扩大会议，专门研究了丛书的编选问题。周扬同志主持了这次会议，他在讲话中说：'全面搜集的方针是对的……'"②

杨亮才（曾任中国民协书记处书记、中国民间文艺出版社社长兼总编辑、《民俗》杂志主编、中国少数民族文学学会副理事长）

"1958年，在毛主席的倡导下，开展了一个史无前例的全国采风运动。同年7月，在新民歌运动的推动下，中国民间文艺研究会在北京召开了全国民间文学工作者大会。大会总结了过去民间文学工作的经验。经过充分酝酿、讨论，制定了'全面搜集、重点整理、大力推广、加强研究'的民间文学工作方针，并于1958年7月25日经中央批转全国。这个方针公布后，大大地推动了我国各民族民间文学工作。在短短的时间内，全国二十多个省、市、自治区，五十多个民族，大都进行了民间文学的调查采录，成绩相当大。……三十多年的实践经验证明，1958年全国民间文学工作者大会制定并经中央批准的'全面搜集、重点整

---

① 张文：《亦师亦友话贾芝》，载中国民间文艺家协会编《真情呼唤 共铸辉煌——庆贺贾芝百岁文集》，中国文联出版社，2016年，第382页。

② 吉星：《一九五八年编书的回忆》，载中国民间文艺家协会编《中国民间文艺家协会70年发展史》，学苑出版社，2020年，第233页。

理、大力推广、加强研究'的十六字方针是正确的,'四人帮'及其追随者对它的攻击、污蔑、诽谤,是徒劳的。"[1]

回望历史,我们最好的选择只能是尊重。每个人受教育不同、阅历不同、观念不同,对于同一事件或者人物持不同看法,褒贬不一,这很正常,不必言厚非。只是,我们必须遵循实事求是的原则。抽掉"真实"这块基石,一切变为虚无,便失去了价值。

再谈"忠实记录、慎重整理"

《在延安文艺座谈会上的讲话》发表以后,作家、艺术家积极深入农村,向工农兵学习,向民间文艺学习。他们注重民间文学的搜集,晋西北李束为等搜集出版的民间故事《水推长城》,东北出版了周立波搜集的《长工和地主的故事》,晋察冀出版邵子南搜集的《赵巧儿送灯台》等,由于战争条件所限,搜集的作品并不多。但是,这是第一批地地道道的劳动人民的故事,是深入民间的结果。

"尤其可贵的是《水推长城》的搜集者李束为等同志在当时总结经验时提出了'忠实记录,慎重整理'的原则。我们就是根据晋西北搜集民间故事的经验,结合解放以后民间文学搜集整理工作的实际情况,把'忠实记录,慎重整理'确定为我们进行搜集整理工作的原则。我是在1956年《民间文学》的社论《民间文学也需要百花齐放、百家争鸣》中吸收晋西北的经验,提出这个原则加以推广的。二十多年来,我们一直坚持这个原则。"[2]

1958年的工作报告:"在记录、整理作品的方法上,我们提倡忠实记录,适当加工。首先强调忠实记录。民间文学工作需要树立科学态

---

[1] 杨亮才:《总结经验 继续前进——在1979年成都全国少数民族文学工作会议上的发言》,载《鼓吹集》,大众文艺出版社,2009年,第216页。

[2] 贾芝:《中国民间故事搜集、研究的历史与现状》,载《播谷集》,人民文学出版社,1994年,第368页。

度、科学方法。因为把群众的作品忠实地记录下来，是一切工作的基础。作为科学研究资料，如果真伪莫辨，是无法判断问题的；作为文学作品，群众也喜欢看到真正的民间创作，而不要看涂抹得似是而非的东西；整理加工也首先需要有忠实的记录作底本。……我们提倡出两种版本：作为科学研究资料出版，如实记录，不动内容，语言忠实。作为文学读物，要求有科学地整理和选编工作。"①

贾芝始终强调忠实记录是一切的根本，对整理所持的慎重态度与严格要求，限定了它的范畴。1961年，贾芝在少数民族文学史讨论会上再次强调："搜集整理的方法则是：'忠实记录'和'适当加工'，后者也就是'慎重整理'（当时在整理工作上所以提出'适当加工'是为了既反对一字不动论，又反对乱改的倾向，主要是反对乱改的倾向；强调容许加工，但加工要持慎重的态度，要求'适当'。因此，'适当加工'是'慎重整理'的比较具体的说法，二者的精神是一致的）。"

他继续说："'整理'一词的含义，是随着我们的实际发掘工作的进展而逐渐明确起来的。过去在工作的发展中，我们对于整理、改写、改编、重述、创作这些字眼的含义的概念，各人理解不一致，用法也不相同……

"我们决不应当把整理、改编和创作这三件工作混同起来；加工应按照不同工作的要求力求做到恰如其分。如果不是这样，如果整理性质的加工是不适当的，超出了它所要求和许可的范围，同改编以至创作混同起来，这就势必产生乱改的倾向。那么，我们也就不易看到真正的民间创作了。"②

---

① 贾芝：《采风掘宝，繁荣社会主义民族新文化——一九五八年七月九日全国民间文学工作者大会上的报告》，载《民间文学论集》，作家出版社，1963年，第98—99页。中国民间文艺家协会编：《中国民间文艺家协会70年发展史》，学苑出版社，2020年，第31页。原载《民间文学》1958年7、8合刊。

② 贾芝：《谈各民族民间文学搜集整理问题》，载《民间文学论集》，作家出版社，1963年，第144、165、170页。

"忠实记录，慎重整理"是民间文学工作的准则。对此虽有过不同意见与争论，协会工作从未偏离准则，在不断修正与充实中前行。

《民间文学》上较早发表的文章有：1955年董均伦《搜集、整理民间故事的一点体会》；1956年刘守华《慎重地对待民间故事的整理编写工作——从人民教育出版社整理的"牛郎织女"和李岳南同志的评论说起》；李岳南《读"慎重地对待民间故事的整理编写工作"后的几点商榷》、张文《不要把特色"整"掉》、刘魁立《谈民间文学搜集工作》、巫瑞书《关于整理民间故事的一些意见》、思苏《整理本应忠实于口头材料》、董均伦《关于刘魁立先生的批评》、编辑部《怎样搜集、整理——来搞综述》、兰州大学中文系二年级民间文学小组《以严肃的态度对待民间文学的整理》、丁雅等《"谈民间文学搜集工作"读后》；1958年董均伦《搜集、整理民间故事的一点体会》；1959年李星华《搜集民间故事的几点体会》。

比较集中的讨论则从1959年第7期开始：

1959年第7期：专栏的标题是《关于搜集整理问题讨论》。

编辑部文章《关于搜集整理工作的各种不同意见》

（甲）关于搜集问题

第一种：认为"凡是民间文学作品一律要记录"应当"忠实记录，一字不移"。

第二种：主张"有重点，有选择地记录"。

第三种：主张"有限度的忠实"。

（乙）关于整理问题

第一种意见：只有"编辑"工作，而无"整理"工作。即使"整理"也只限于技术性的范围。

第二种意见：认为民间故事的整理应当加工，在方法上可以多种多样。

第三种意见：主张"慎重整理"；同意A·托尔斯泰的方法。

第四种意见：主张"勇敢地跃进一步"，"从内容到形式、风格，都要创造些新的来"。

刘波《谈谈民间故事的记录、整理及其他》、蔚钢《民间故事的搜集、整理和研究》。

"编后记：我国民间文学工作正在向深入全面发展中，从去冬开始，许多地区搜集民歌的同时，先后有组织有计划地开展了民间故事和长篇民间叙事诗的搜集整理工作。但据初步了解，大家对搜集整理的理解和做法不一，而搜集整理又是民间文学工作的基础，也是长时间没有得到较好解决的一个复杂问题。本刊过去对此也曾进行过讨论，但问题并没解决。随着工作的发展，搜集整理又成为当前民间文学工作中的一个突出问题。这个问题现在亟待解决也可能解决。解决的方法是：从理论认识到具体做法，都加以探索、研究、讨论。理论结合实际，经过百家争鸣，逐步达到正确、科学的结论。为此，本刊计划从这一期起展开讨论。为了讨论方便，编辑部特把近年来有关文章的主要论点和当前各地对此问题的理解和做法综合报导，供大家参考。本期发表的刘波和蔚钢的两篇文章的论点，明显地存在着很大的分歧。我们热烈希望所有的从事和关心民间文学工作的同志，都来参加这个讨论。不管是全面论述还是只谈其中一点，只要是言之有理，我们将尽量予以发表。"

第8期：星火《也谈民间文学的搜集整理》、陶阳《漫谈记录、整理及"再创作"问题》。

第11期：朱宜初《试谈少数民族民间文学的搜集工作》、王殿《也谈民间文学的记录、整理》、忆策《关于〈布伯〉的搜集、整理问题》（集中谈少数民族民间文学的搜集问题）。

第12期：董均伦、江源《从"聊斋汉子"说起》、张士杰《我对搜集整理的看法》（他们就自己亲身搜集整理的体会，通过具体例子提出意见）。

1960年第2期：蒙城县文联民间故事搜集小组《谈民间故事的搜集整理》、谭继安《我的体会》。

第 5 期：刘魁立《再谈民间文学搜集工作》。

我们不难看到当年学术气氛浓郁，争论热烈，真可谓百家争鸣，各抒己见。

另一轮较集中的讨论在 1980—1981 年。

1980 年第 7 期：开辟《关于"改旧编新"问题的讨论》专栏。

"编者按：张弘同志的《民间文学工作者在群众的'改旧编新'面前》一文，在 1978 年第 2 期《社会科学战线》发表以后，引起了广泛的注意，先后在《社会科学战线》和《吉林民间文学丛刊》上展开了讨论。这个讨论很好。'改旧编新'涉及的问题很多，它牵涉到民间文学的搜集整理、范围界线以至民间文学工作的方针、任务等一系列重大问题。本刊现将有关文章，按发表先后次序，摘要刊载，希望大家在'百家争鸣'方针的指引下，对这个问题进行实事求是的，比较深入的探究，以推动民间文学工作的顺利开展。

"本期节选张弘同志原文、木宗《改旧编新论质疑》、冰凌《谈谈民间文学的搜集整理工作》、李景江《我对改旧编新的看法》、王关山《也谈民间文学工作的任务》、柯杨《不能否定民间文学的研究工作》。许钰《学习恩格斯〈德国的民间故事书〉》。"[1]

第 8 期：张弘《民间文学发展的必由之路——"改旧编新"之二》。

第 11 期：乌丙安《略谈民间文学的继承与创新》、段宝林《何谓"文物主义"》、张紫晨《对"改旧编新"论的几点看法》。

第 12 期：李景江《民间文学的"旧"与新》、陈玮君《对民间文学中一些问题的看法》、贺嘉《改与编——也谈民间文学的"改旧编新"》。

---

[1] 许钰原文说明："在关于'改旧编新'问题的讨论中，持有不同意见的同志，都引用恩格斯的《德国的民间故事书》，各把恩格斯的一些话当作自己立论的重要依据。这就提出一个问题，作为民间文学工作者，我们究竟怎样理解恩格斯这篇文章，对于文章里一些提法，我们究竟应该怎样认识和运用呢？"

1981年第1期：张克勤、王兆田《把民间文学送还给人民》、敦岳《"改旧编新"不是民间文学的发展规律》。

第2期：傅信《评张弘同志的规律观》。

第3期：长山《"改旧编新论"剖析》、牟钟秀《评张弘的"改旧编新论"》。

第4期：高国藩《"改旧编新论"——极左思潮的产儿》。

第5期：肖莉《对"改旧编新"论的质疑》。

第6期：高鲁《关于"改旧编新"问题》、刘守华《试析"改旧"》。

第7期：贾芝《关于社会主义时期民间文学工作的方针问题——兼评张弘同志的"改旧编新"论》。

第8期：黎邦农《"忠实记录、慎重整理"点滴》。

1981年第3期报导《〈民间文学〉编辑部召开"改旧编新"问题座谈会》。"《民间文学》从去年第7期开始进行关于'改旧编新'问题的讨论以来，引起了国内外民间文学界的广泛注意和重视。为了进一步开展这一讨论，并通过讨论使我国的民间文学工作在理论和实践上更好地沿着正确的、科学的道路前进，《民间文学》编辑部于今年1月8日、12日在京召开了关于'改旧编新'问题的学术讨论会。中国社科院文学研究所、北京大学、北京师范大学、人民文学出版社、辽宁大学、中国民间文艺研究会研究部、中国民间文学出版社等单位的民间文学工作者20余人参加了会议，中国民间文艺研究会副主席贾芝同志出席了讨论会，并作了发言。讨论会由《民间文学》编辑部负责人高鲁同志主持，与会者各抒己见，畅所欲言，自始至终充满着积极、活跃、热烈的气氛。"

在会上发言的有仁钦、屈育德、刘魁立、陶阳、许钰、吴超、高野夫、张紫晨、贺嘉、吉星、祁连休、段宝林、潜明兹、唐钠、王一奇、傅信、周忠枢、贾芝等。大家在讨论中一致认为，张弘同志提出的"改旧编新"论，涉及一系列的民间文学理论、方针、实践的重大问题。绝大多数同志不同意"改旧编新"。许钰同志说："民间文学的性质是劳动人民口头的，集体的创作，是他们的自由创作，'我们要尊重群众的创作能力，不要横加干涉'！事实上最精华的、最好的作品'恰恰不是领导出来的，而是群众自发创作出来的'，群众有了感触，就要讲，'你不去引导他，他也要讲'，因此，在这个意义上，群众永远走在前面，我们民间文学工作者只可能跟在后面进行收集整理，因此十六字方针是完全正确的。"[①] 陈子艾同志说："促进创作的任务，主要应由文化部、群众文化工作系统的干部来承担。民研会的工作，还是在十六字方针的范围内进行，它主要是通过整理、推广、研究民间文学作品，来对社会主义民间文学的发展起应有的促进作用。"[②]

贾芝作了长篇讲话，他说："中国民间文艺研究会成立时，开始是把工作任务明确规定为搜集、整理和研究中国的民间文学艺术（包括现在和过去的一切作品），1958年在修改方针中增添了'大力推广'。但实际上我们民研会从一开始工作首先就重视推广优秀的民间文学作品为广大人民服务；搜集、整理作品的结果就是为了推广。《民间文学》期刊和过去民研会出版的丛书以及为农村编选的读物，都是这样作的。如果说到缺点，应当说'加强研究'一项做得不够。""张弘同志一个字也没有提十六字方针而把建国以来我们的民间文学工作概括为'搜集——整理——归档'这样一个公式，这既歪曲了我们的工作实际，也歪曲了我们的工作方针。虽然张弘同志避而不提十六字方针，绕过了十六字方针，但实际上，他是从根本上批判和否定十六字方针以及在这个方针指导下的整个民间文学工作的。……如果抛弃这个方针，而把它改为张弘同志所主张的'领导群众的改旧编新'，那就无异于取消民间文学工作。""如果按张弘同志的整理办法，即'改旧编新'办，把整理与改编、创作混淆起来，那还能够区分出什么是民间文学吗？实际上关于区

---

① 《〈民间文学〉编辑部召开"改旧编新"问题座谈会》，《民间文学》1981年第3期。

② 《〈民间文学〉编辑部召开"改旧编新"问题座谈会》，《民间文学》1981年第3期。

别三者的必要性我在1961年少数民族文学史和文学概况编写工作座谈会上谈关于搜集整理问题的那篇发言中就曾作了详细的解释。那么，怎样区分整理、改编和创作这三个不同的概念呢？用三句话就可以把它们区别开来：整理，就是把民间文学作品按照民间流传的原来面貌拿出来；改编，就是按照改编者改编的意图拿出来；创作就更自由了，是按照作者的创作意图拿出来。"①

1980年，我刚调入民研会，陪贾芝到广西、云南走访了15个县、市。那时，各地正在恢复工作，抢救民间文学遇到的最突出的问题就是如何搜集整理。在吉林梅河口民间文学培训班，在内蒙古蒙古族文学学会学术年会，他也都讲民间文学的搜集整理。他说："这方面存在的问题比较多，而且处处碰到。近两年，我接触了一些国外学者，他们很注意我们的整理问题。关于整理，至今我们的观点和做法，还存在着一些分歧。近一个时期，在《民间文学》上开展了'改旧编新'问题的讨论，其中的核心就是整理。如果不很好地解决这个问题，将会影响我们民间文学工作的正常开展。我认为应该通过讨论在看法和做法上取得一致。目前通过讨论，民间文学界已越来越趋向一致，认为民间文学的整理应忠于原作不应随便修改。"一再强调："整理、改编、创作这三个工作要严加区别，不能互相混淆，没有一个界限。"②

贾芝曾先后到过新疆、甘肃、陕西、山西、河北、河南、湖北、湖南、贵州、四川、浙江、江苏、黑龙江、天津、上海……等十多个省市考察采风，深入地、市、县，或者村、镇、旗。每到一处，他都会结合当地搜集整理的实际释疑解惑。报告、讲学、座谈大小各种形式，不下百场，颇受基层民间文学工作者欢迎。

---

① 贾芝：《关于社会主义时期民间文学工作的方针问题——兼评张弘同志的"改旧编新"论》，载《新园集》，中国民间文学出版社，1981年，第169、171、183—184页。原载于《民间文学》1981年第7期。

② 贾芝：《少数民族的民间文学要继续系统的建设——在蒙古族文学学会首届年会上的报告》，载《播谷集》，人民文学出版社，1994年，第115、117页。

民研会是群众性的学术团体，不是也不能仅仅依靠行政命令行事，而是依靠与基层群众心贴心的交流与沟通，共同创建完善中国民间文学这一新的学科。无论是1958年的"十六字方针"，还是1984年编纂三套集成的808号文件，都是自下而上地酝酿产生，再自上而下地推广。执行中有了问题，反映上来，共同讨论，研究解决办法，再继续推广。植根民间，植根基层，动辄几万、几十万甚至逾百万人，组成抢救民间文学的浩荡队伍。这是中国民间文艺事业独具的优势，任何国家不可能达到。无论西方发达国家，还是日本、韩国等都为之赞叹、钦慕不已。

贾芝非常重视国际交流，与芬兰、挪威、日本、美国、加拿大、印度、德国、韩国、新加坡、巴基斯坦、泰国、越南、俄罗斯、丹麦、匈牙利等国学者进行过面对面的交流，与更多国家的学者则进行书面与通信交流，共同探讨民间文学的搜集整理问题。在"整理"的概念与范围界限上达成共识，进一步统一规范了民间文学的采录工作，排除了一些误解与隔阂。

今天，我们面对这段历史，首先是了解与认识，学习其中可贵的经验；对于问题与错误，我们要在历史唯物主义的立场上给予实事求是的批评，不能一知半解，甚至去更改历史。

为了还原历史，本文尽量采用当年贾芝和有关人士的原话解释和说明十六字方针。早年的文字或许不十分准确，甚至不合时宜，在工作推进中不断修正改进的用词用语，因为真实，它却有了温度，字里行间都是对民间文学的挚爱与忠诚。

几代学人共同为捍卫民间文学的纯洁性无私奉献，坚守阵地。

继承前人，总结经验，创造未来属于青年一代！

2021年12月29日

第二辑
启蒙山川原野间

我的民间文学启蒙在山河田野

——跟随贾芝同志广西、云南 50 天行

鱼峰山中秋歌会与柳江岸边野歌圩

1980 年 7 月，我到中国民间文艺研究会组联部工作，同时兼任贾芝同志业务助手。9 月，对民间文学几乎一无所知的我便跟随贾芝同志到广西、云南考察，采风。他同时带领《民间文学》、中国民间文艺出版社、中国社会科学院少数民族文学研究所一行八九个人。第一站是柳州中秋歌会。这是"文化大革命"十年禁歌以后的第一次歌会，意义非凡。

9 月 21 日早上 5 点，我们到达柳州，地区文化局局长蒙光朝等来接站。雾色蒙蒙中我们被安排在柳州饭店。匆匆早餐后我们就开始了参观采访，途中遇到上海文艺出版社的同志们。大概是"文化大革命"以后的第一次相见，大家的热情与激动掩饰不住，不停地握手，互相打探着，还有好多的计划在运筹，一个不能说庞大也是颇为壮观的出版计划在酝酿。下午，广西民协秘书长的黄勇刹、副主席蓝鸿恩带着三江的同志来看贾芝同志。黄勇刹，我知道。7 月，他在北京少数民族文学创作会议上的发言曾给我留下深刻的印象。他讲"在都安禁歌开枪，三个唱歌的姑娘，一个受惊跌落在洪河里。今年有一组歌手专门到河边对歌吊唁她"的事情，还说，"有一个宣传部部长带武装人员超车到山下禁歌。群众用石头堵塞路口，使他处处无法通过，群众照样唱歌。现在宣传部部长认识了他的错误，说他那时做了蠢事。"那时，对于"民歌"，我只有银屏《刘三姐》的印象。怎么禁歌？还会开枪？群众竟如此勇敢对抗？唱歌在人民心中有如此崇高的位置。那不仅仅是娱乐啊！是人们生活的重要组成部分。

这天是农历八月十三，我们登上十楼屋顶闲谈。柳江上几艘渔船在缓缓移动，据说行船可以直达广州。对岸三座俊秀挺拔的山倒映在水面，星光月色与柳州市全城灯火交相辉映。露台上有三五处喝茶的人，服务员放送着音乐。那是改革开放初期，我们很自然议论到当时流行的香港歌曲。贾芝同志说："缺少一二首鼓舞青年奋战、动员情绪的革命歌曲。情歌是可以被允许的，但只流行这类软绵绵的音乐，与青年人缺乏理想空虚苦闷有关，光是钱行吗？"

广西的金彦华告诉我们：在鱼峰山安排了两场情歌对唱、一场新民歌、一场芦笙舞。他说，情歌与配合中心工作矛盾。这大概也就是安排一场新民歌的用意。贾芝同志当场说："我看，情歌不可废，男女为恋爱对歌的风俗也不应废，歌圩的活动应恰当引导。引导人们唱新歌，为中心工作服务是必要的，这里存在着两个问题：一是，为中心服务不应成为唯一的，题材应宽一些，为中心服务又应是多方面的，娱乐好了也是有助于为中心工作服务的手段之一。不能只跟在一些具体的工作后面跑；二是要创新，但如何使新民歌创作继承传统民歌，而不是失之概念化、标语口号化。应当正确理解与处理新的与旧的之间的关系，而不应是把新的与旧的对立起来，分离开来，以新代旧，以新压旧，以新的取代旧的。"

第二天，黄勇刹、蓝鸿恩、蒙光朝、韦文俊等同志陪同我们到鱼峰山。鱼峰山原来山洞里有十八罗汉，同时也供奉着刘三姐塑像。对歌的人们都是先给这位歌仙烧香，然后才对歌。以前，是刘三姐骑鲤鱼的塑像，"文化大革命"中被砸了，不久前重塑了一尊石像。我们在刘三姐石像前照了集体照。

下午，黄勇刹带我们去看歌手，大家聚在一个剧场的会议室里，来自各个区县的壮、苗、瑶、侗、汉等各族歌手济济一堂，大家在掌声中相见。歌声此起彼伏，一浪高过一浪，对唱开来：

> 八月十五桂花开，
> 欢迎远方客人来。
> 难得首长来指导，
> 敬请坐上头一排。

> 自从粉碎"四人帮"，
> 三姐又回我壮乡。
> 三姐塑像又树起，
> 歌儿先唱党中央。

> 砸碎禁歌大黑牌，
> 歌满青山情满怀。
> "四害"岂能奈何我，
> 是党做我大后台！

歌手们即兴赋歌，唱到太阳要落坡。蒙光朝一个眼色，一时掌声骤起，要求贾芝讲话。贾芝同志朗诵了自己即兴赋诗两节，黄勇刹与韦守义立即用民歌调唱出来：

> 我来柳州学山歌，
> 笨鸟落入凤凰窝。
> 千军万马奔四化，
> 不作贡献不快活。

> 鱼峰山下听对歌，
> 柳州三姐硬是多。
> 感谢同志情意重，

唱得柳江荡金波。

9月23日是中秋节，晚上7点，我们乘车到鱼峰山参加歌会。柳州市委的领导同志在山腰的刘三姐雕像前欢迎贾芝同志的到来。这时歌声已经摇动全城，对面谈话也听不见。俯瞰山下，几个歌台，台上台下连成一片，群情沸腾。我们随着拥挤的人流涌上第一歌台。情歌对唱搬到台上，双方歌者情深意浓，对答如流。听众如醉如痴，呆若木鸡，竟无一人走动，偶有忍不住发出的朗朗笑声。台下是艺术欣赏，台上是文化传承。贾芝同志挤到歌台一边席地而坐，边听对歌，边听翻译。我则挤到台前去录音。贾芝同志当晚作诗：

柳江河畔夜听歌，
夜夜歌会情意多。
哪个禁得唱歌人，
歌好自有人来和。

听罢盘歌听情歌，
情歌难断妹恋哥。
长征路上结伴侣，
姣娥单爱英雄哥。

归途，贾芝说亲眼看到壮乡歌海，看到了活的民间文学；见识了"每逢歌节之夜，唱得一塌糊涂"，继而感叹："人民嘴巴封不住，谁想禁歌枉费心！"

9月24日，在柳州市文艺界座谈会上，贾芝讲了民间文学工作的目前形势和抢救、全面普查与对于"整理"问题存在分歧的看法。他鼓励大家要向丰富多彩的民间文学特别是民歌学习，吸收营养与形式，一定要唱出人民的苦与乐。最后一再对刘三姐故乡的同志们表示感谢，感谢大家给他这么千载难逢的向人民学习的极好机会。

晚上，我们又去参加山歌会，不同的是我们穿梭于鱼峰山公园内外。先是在园内的第二台上坐了一会儿，再到街上的歌台下站一会儿记了几首歌，有广西同志做翻译。身边本地女孩也说听不懂，可见传承与普及还是个问题。夜渐深，公园歌会散了，意犹未尽的人们来到柳江边灌木丛旁边的空地上。那里早已三五成群，蹲在那里唱起来。有的女方或者男方在叫歌，等待应歌者；有的找到对象，对唱开来，几队人马此起彼伏。远处有昏黄的路灯，近处看不清人脸，黑暗中只见人影婆娑。我们也顺势悄悄蹲在土地上，对唱大多是中老年人，他们多操方言或者壮话，基本听不懂，大家依然兴趣盎然。黄勇刹听着翻译着，忽然，他说那边一对妙语连珠应答如流，歌逢对手自然生发倾慕之情，最后两人相见恨晚，流着泪唱："谁若九十七岁死，奈何桥上等三年。"这种群众自发的野歌圩别有一番风味，无论歌者还是听者都倾注了更多的真情。我们在半懵半懂中默默感受着，直到凌晨以后才姗姗离去。

金秀大瑶山风情与原始森林

9月27日早上，协会小分队到桂林游览，贾芝同志则由黄勇刹、蒙光朝陪同深入大瑶山。北京师范大学陈子艾老师及她带领的程蔷、李稚田、刘铁梁等研究生和金秀的歌手等八九个人，顺便搭车同行。黄勇刹真是一个全部身心投入民间文学基层的好干部。全省每个区县都有他的铁杆积极分子，一串串连接在一起，一呼百应，成为民间文学的一只铁军！我们到金秀，中途在寨沙吃中饭。寨沙的米粉绵软滑润，配料多样，我只记得撒在面上的几粒黄豆格外香脆。饭后，我们继续上路。黄勇刹是诗人、作家、文化领导干部，更重要他本身就是一位民间歌手。一路之上，他看见什么唱什么，想到什么讲什么。歌声故事陪伴旅途，忘记劳顿与艰险。盘山而行，风景这边独好，我几次想下车，都被告知前面更美。走到一个大石崖，崖上云杉苍翠碧绿，悬泉瀑布高挂其间，崖下潭水平静墨绿、清澈见底。我们下车走到潭边，有人匆匆拍照。上车不久，狭窄的盘山公路上一个急转弯，面包车外侧后轮已有一半悬空。好险啊！这是文化局新买的车，第一次远行，开车的小伙子也是生手。有惊无险！一位女同学吓得抬着半个屁股，身子倾向车的内侧，这样就不会掉下悬崖了？醒过闷的人们小心翼翼地走下车，溜达着走下坡路，一边舒缓心情，一边等小伙子把车调整好。我们再上车继续前行。

天黑前到达金秀。坐落在原始森林山中的小县城颇为秀丽。县委书记莫义明在招待所门口等我们，在北京的少数民族文学创作会议上见过面，于是我们很快就闲聊起来。他介绍说，1939年国民党派军队"开化"瑶山的瑶族，调集周围六个县的民团打，把瑶民赶到这里的原始森林。许多人冻饿死了，藏在森林中的群众打败了围攻的国民党。解放前，瑶山由石牌团（头人）统治，至今留有遗俗。这里几乎是道不拾遗的，头人统治时代执法森严。在地上放一件棉袄，如有人偷偷拿去，找出偷主来，就要他的亲人亲手挖一个坑活埋他。如不照办，连亲人一起活埋。因此，至今群众还不拾别人放在地上的东西。这已成为一种习俗。

9月28日，开座谈会，莫义明、刘保元同志介绍金秀瑶山瑶族的历史风俗。文化局的苏胜兴、王矿新介绍了民间文学工作情况。贾芝同志谈了目前民间文学工作发展形势的几点希望，包括回答了他们关于"整理"与"瑶族青年爱听洋歌，鄙视本民族文化传统"的问题。

晚饭后，请几位歌手来唱歌，都是社员，有茶山瑶苏玉兰（女）、苏玉祥（女、73岁）、陶玉仙（女）、苏桂英（中年妇女），盘瑶黄金贵，华子瑶李日真、苏玉祥老人唱喊歌，呼唤朋友们出来采青：

> 今天天气多么好，
> 你们赶快出来吧，
> 咱们一道欢乐！
> 出来吧！
> 大家都走出山寨来，
> 咱们一块采青，
> 谁在山里的都出来了，
> 咱们一块欢乐吧！

谁歌唱得那么美？
谁话说得那么甜？
快出来吧！
咱们到这儿一块欢乐。

苏玉兰代表几位歌手，手捧半杯茶送给贾芝同志：

手拿茶壶带茶杯，
筛一杯茶首长吃。
首长莫嫌我茶淡，
淡茶要你领半杯。

贾芝同志赋诗表示感谢：

为食山果到金秀，
雪鸟迢迢渡远洋；
我来金秀为听歌，
主人好客情意长。

姑娘敬我半杯茶，
满座歌声伴笑声；
凤凰展翅绕岭飞，
歌唱四化鼓豪情。

9月29日，我们去伐木场所在的原始森林。我们从滚圆木下山的坡路上山，再沿着悬崖边的小路进山，小路上铺满厚厚的枯叶，脚踩上绵绵的，陷下半尺多深。走了不远，一棵古树上挂下来一条粗藤，几十米长。我们看到了民歌中唱的"藤缠树"，贾芝同志兴奋地拉住长藤照了一张相。再往前走，一棵大树横拦在路中央，我们无法前进。一位身背砍刀的瑶族同胞走上前来，麻利地砍去大树的枝枝杈杈。我们就那样一个个从长满青苔的粗大树干上爬过去。贾芝那时已年近古稀，他和我们一样行进，我们也没想到有什么不同。走入林子深处，宽阔起来，路边用劈开的竹筒连接成水道，引下的山泉水涓涓流淌，我们不禁掬水而饮。那清凉甘甜至今难忘！瑶人利用雪鸟喜饮泉水、喜浴山泉的习性，设法捕获它们，捕到后拔毛去脏，腌制成鸟鲊，腌一年以上为佳品。有客自远方来，从瓦坛取出几只招待贵宾。每年秋天，农历九月，大批雪鸟飞经金秀，在瑶山栖息一个月。那年为时尚早，我们没有见到雪鸟，黄勇刹带的猎枪也没有用上。山里野果、野花甚多，崖下有一片香草茂盛生长，据说是可以防蛀虫的，我们都去采了几枝。我们十几个人活跃在大瑶山的崇山峻岭中，听故事、赏歌谣、考察民俗、体味民风。忽然，我惊喜地发现山间潺潺溪流，忍不住赤足涉水，溪水清澈见底，大大小小的鹅卵石上长满青苔。一块又大又平的石头上，碧绿的绒毛在水中轻拂。太可爱了！赤脚踩上去还没感觉到快乐，一滑，来不及想是怎么回事，就狠狠地栽进溪水中。大家笑着把我从溪水中拉起来，我全身湿透，狼狈极了。据说，踩在小小细碎的石子上，就不会滑倒了。那天，我是穿了林场女职工的裤子回驻地的。

贾芝同志即兴吟诗一首：

深山老林珍奇多，
野花自开异禽多；
你我走在悬崖边，
荒径小路通奇峰。

雪鸟未来竹传水，
高山岭上一片青；
手捧泉水喝几口，
纯洁哪怕透心凉。

人们边走边谈 1935 年人类学者首次考察大瑶山，费孝通偕新婚妻子王同惠来到这里，不幸山间溪流吞噬了妻子年轻的生命。大家不禁感叹那个时代的学者风范！他们以实地调查为基础，扎根民间，为人民做学问，始终将自己的学术生命与民族命运紧密相连，取得了扎扎实实的成就。我们走访大瑶山时距当年已经 40 多年了，条件是天壤之别了，我们决心更加努力些，做得更好些。

鹿寨的民间文学铁杆们

从瑶山折返时，大家仍念念不忘寨沙米粉，蒙光朝说，鹿寨已准备了午饭。一路之上，黄勇刹介绍着鹿寨的民歌概况，这里是"圈郎桥"的故乡。"圈郎桥"一位故去的风趣幽默的老歌手，民间流传着他唱歌结缘的浪漫故事。他心爱的姑娘逃脱恶霸追踪，赶到约定的古庙。他高兴地唱起来：

妹莫愁，
有山哪怕无树苑，
哪只乌鸦有狗胆，
敢来打我凤凰头。

妹莫愁，
打烂石头烧成灰，
石灰窑里翻跟斗，
我俩白头做一堆！

女方激动地唱起"圈郎桥"曾唱给她的歌：

连夜想妹连夜来，

脚踩南蛇当草鞋。
老虎走前我走后，
豹子和我走并排。

连夜想妹连夜镖，
碰见老虎当作猫。
老虎老虎莫咬我，
你为猪羊我为姣！

他们对歌引来不少歌手，顿时成了自发歌会。大家同情他们，砍下竹子扎成伐，竹筏上摆了酒菜，他们边喝边唱，顺流而下，酒足饭饱，牵手上岸，定居在洛清江畔一个小山村。

"圈郎桥"谈自己的创作经验时说："不要见事不见人，不要见人不见情，不要见情不见理。"这不亚于评论家的诗论，无情不成诗，又要缘事而发；情中有理，才有风骨。民间诗学是我们文艺工作者取之不尽用之不竭的艺术源泉。

至今唱歌传统依然，对歌几天几夜不炒冷饭的歌手不在少数。黄勇刹特别介绍了壮族歌手陶爱英的一支歌《翠竹顶起半边天》：

旧社会妇女苦连连，
好比石板压笋尖，
毛主席撬开黑石板，
翠竹顶起半边天。

新社会妇女笑开颜，
男女平等掌政权，
不信你看人代会，
几多妇女当委员。

> 辛酸苦辣我尝遍，
> 党旗面前表誓言，
> 心似黄金永不锈，
> 跟党革命万万年！

黄勇刹说，李季为了这首歌忘记参加给他调动工作的党组会。正说到节骨眼儿上，面包车停了下来。鹿寨的朋友们围过来，热情招待吃饭。饭后，开座谈会，鹿寨的民间文学铁杆们坐了一屋子，足有近百人。贾芝同志讲民间文学的大好形势，讲搜集整理的正确方法。鼓励人们要把农民起义人物韦银虎、韦银豹的传说故事搜集、整理出版。他又问道：陶爱英来了吗？她离县城有多远？说是60公里。结果找到了第一个搜集那首《翠竹顶起半边天》的黎耘同志，他们热情交谈，贾芝鼓励他搜集更多的好作品！

贾芝回到第二故乡——柳城

1951年12月，贾芝随阳翰笙率的全国政协土改工作团到柳城参加土改，贾芝被评为甲等功，并荣获广西土地改革奖章。他始终称柳城为第二故乡，29年后的国庆前夕，我们陪同贾芝回到柳城。瑶山到柳城路漫长曲折，贾芝不顾劳顿与久候的亲人紧握双手，说不完的思念。

第二天，国庆的早晨，我们去上古青村。先到了沙浦公社，书记吴继旺带着当年土改时的秘书陈阿生，现在是企业办公室主任；西村的黄汉光现在已是武装部干部；第一个女积极分子苏翠荣土改后当上第一个妇女乡长热情接待。大家一起向上古青村进发，当年贾芝三同的根子黄耀球一家及全村的贫下中农等在村口。一见贾芝到来，蜂拥而上，把"老贾"围得水泄不通，胡子一大把的当年儿童团拉着他们的儿童来与贾爷爷见面，说当年就是这位贾爷爷教他们儿童团唱土改歌。懂事的孩子们拉扯着贾芝的衣角齐声喊："贾爷爷好！"几个女孩子在父母的提示下，跑过来拉着我的衣袖低声唤："金姑姑好！"几十年不见了，主客个个热泪盈眶。当年，贾芝与耀球父亲同住的牛棚，已经变成崭新的大瓦房。竹篱茅舍都不见踪影。贾芝拿出他保留完好的土改日记，朗诵了当年李四妹在庆祝"三八节"会上唱的歌：

> 唱得好来唱得乖，
> 唱得莲花朵朵开；
> 十朵莲花九朵开，
> 留出一朵解放来。

当年，三个屯的妇女满怀解放翻身的喜悦赛起歌了，自动组合对唱，歌声此起彼伏，激荡着整个会场。李四妹独自唱了上面那首歌。

当晚，我们还看了彩调《阿三戏公爷》。回到招待所，贾芝当晚成诗一首《重访柳城上古清》：

> 父母生我射姑山，
> 第二故乡在柳城。
> 乡亲见我喜何似，
> 说我老贾从天降。
> ……
> 吃水不忘挖井人，
> 贫下中农热爱党。
> 夸我编歌教儿童，
> 众口皆碑我独忘。

10月2日，我们去访近潭村，那是贾芝的第二个土改点。他的"三同"根子叫韦祖利，当年是民兵，现在是小学校长。村里老少簇拥而来，把大队部和门前空场挤满了，喜迎"老贾从天而降"。村中的大樟树没有了，水塘还在。我们走到水塘边，山清水秀，白鹅嬉戏，几位妇女在洗衣服。我们在塘边合影留念。韦祖利带我们去他家，路上贾芝问到韦秀珍,他说已去世。贾芝的土改日记中记着当年韦秀珍唱的许多歌,翻译这些壮歌花了不少心血呢。到了韦家,贾芝就上台阶进入外屋,他住的地方。祖利一家在后园与贾芝合了影。祖利在堂屋招待大家吃玉米和芋头,贾芝说这比任何酒席都好。那天,贾芝写了一首较长的诗《近潭叙别情》,最后一段是:

  宾主围吃家常饭,
  主妇情深一边站;
  酒席佳肴怎能比,
  今日重温香与甜。

  下午在柳城召开民间文学座谈会,贾芝继续讲民间文学的搜集、整理、抢救翻译工作的重要性。他说,这是我们文艺工作者的光荣职责。黄勇刹提出要整理歌手黄三弟的材料,要我们中国民间文艺出版社出版,社长贾芝当即拍板定下来。

  晚上,录了两段师公戏,还请大浦的桂剧队演唱《打街》《茉莉花》《贵妃醉酒》,也录了音。

  到柳城的第三个上午,我们随贾芝在街上闲逛。忽然,他在一家"远来客店"门前停下。他说:"就是这家!在后面的楼上。"他一下子冲进去了,主人莫名其妙正要拦阻,蒙光朝过去耳语几句。主人遂领我们走进去,这是一栋两层小楼。房子简陋阴暗,地是没有铺砖的土地,屋中央偏左是木制楼梯又窄又陡。我们上去一看,有窗户比楼下敞亮,地上铺着木地板。贾芝说,这房子还是原样。1952年1月8日在这里发生了一桩惨案至今牵动他的心。那是土改队员进县城总结的第一个夜晚,怕惊动老百姓,连夜行军20多小时,深夜到达,就住在这间小楼上。他们睡在二楼地板上,地方小,只能并排而睡。凌晨4点,隐藏的反革命分子韦家骃向土改队员开枪了。他一手拿枪一手端着煤油灯,驳壳枪对着我们同志的脑袋,一枪打一个,连续打死了三个。大家太累了,又没有战争经验缺乏警惕。到第四个要打吴塘了,敌人的枪卡壳了。他去修枪,又是两声枪响。吴塘惊醒,与他殊死搏斗,大家纷纷醒来参加战斗。抓获了土匪派来的敌人,最后公审判处死刑,正法枪决。听完这段历史,我们与贾芝同志一起去烈士陵园为烈士扫墓,烈士纪念塔上镌刻着郭沫若同志的亲笔题词:"晏涛、程明洎、张崑刚三位烈士永垂不朽"。我们默默悼念:安息吧!同志们。望着纪念塔尖上永远的红星,我们离开了柳城。

融水,美丽的贝江!

10月3日,中午到达融水苗族自治县,又名大苗山。梁彬同志在路口迎我们,引我们到他家,他准备了一桌子好饭。他原是县委书记,一心想搞苗族的民间文学,已被批准,辞去书记,专事文化工作。他的妻子在银行工作,开朗活泼。他的全家招待了我们。饭后,他还为我们吹起了芦笙,声音高亢宏亮,震响整个屋宇。他吹得很用力,又扭又跳,好一个高兴!

梁彬家住的是家属大院,好像是一个简易的楼房,没有独立的卫生间。厕所在院子的一角,那是我看到的最卫生的公共厕所。一排六七个厕坑,下面是一个很大的水泥池子,前方在厕所里面,为斜坡状,后面在后墙外,连接着化粪池。厕坑上面有棚子,往前一步便露天了,露天地上靠里边是一个一米多深的大水泥池子,里面装满清水,池边放着一个用粗竹筒做成的舀水的瓢,瓢把足有一米多长。方便之后,便拿起水瓢舀水冲厕所。

1点过后,梁彬带领我们进山到四荣公社去看苗寨。汽车沿着贝江盘山而上,两岸苍山叠翠、杉树如笔、竹林似屏,贝江清洌见底、江面似镜。一列列木排、竹筏顺流而下。这里的森林皆是人工种植,与瑶山的原始森林对比是别有一番风味。对面山坡便是苗家村寨,大都是木板楼房。一片郁郁葱葱的杉树与翠竹中,掩映着人与自然的和谐,蕴含着无限的生机。

车停在三江门,三防河、瑞江(又名龙河)、和香粉河汇合处。我们走下车，涉水走上竹排，边漂泊边采风。梁彬指着高高的苗岭说，三条河就是从那里奔腾而下。三防河两岸多是壮族居住；瑞江、香粉河两岸多是苗族人居住，他们从事农耕与林木。砍伐时节，山区木材大多靠水路运出山，成千上万根圆木扎成的大木排沿着湍急的河水顺流而下，形成无比壮观的"放排"。放排人勇敢驾驭，与风浪搏击的精神不能不令我们叹服！竹排上漂流，让我们更容易领略一点放排人的风采。

回来的路上，浓郁的月桂飘香悠远绵长，心情非常愉悦。梁彬同志继续介绍苗族的民间文学，说到已经出版苗延秀的《大苗山交响曲》、肖甘牛的《哈迈》都是源自大苗山的民间文学，经过创作或整理的。我们希望更多更好的民间文学原作出版发行，为广大人民服务，为本民族人民服务，"取之于民、还之于民"。贾芝同志鼓励梁彬同志："你是苗家人，又是老县长，风土人情各方面，比其他民族的同志熟悉。你还是位作家，优势都集中在你身上。"下山时，许多路口都设有木材检查站。砍伐树木有严格的时间，树种、树龄、树高、树粗都有规定。

那一晚，我们住在融水第二旅社，人员拥挤嘈杂、一盏昏暗的灯高悬在屋顶，不能做事，只好三五个人一起议论民歌的搜集采录与整理的办法。

10月4日，早饭后到县委会议室。书记向我们介绍了融水的民间文学工作，他的经验谈得很实际也很好。他同时提出整理问题，贾芝同志当即做出解释与回答，解决了他们工作中的疑点。一位女副县长也参加了座谈。她说，她也禁过歌，现在想起来很是愚蠢。她小时候也爱听民歌。苗家姑娘以能唱歌、唱得好为光荣呢！不会唱歌连对象都找不上。不少不会唱歌的年轻人，不得不悄悄地补课，偷偷学唱歌。

三江，风雨桥畔讲古

10月4日傍晚，我们乘火车向三江进发，晚9点半到达，先在街上靠江边的小铺吃了米粉，再到招待所休息。这里的招待所条件很好，是一座四层高的楼房，贾芝同志有了单间。但是，楼上没有卫生间。楼房下面的院子里有公共厕所，洗漱在靠墙的一个长长的水泥池子，上面有一排十几个水龙头。旁边有一个锅炉，那里可以打开水，用暖瓶打了开水，既可饮用又可洗浴。在哪儿洗呢？在另外一面墙下修了一排岗亭一样的小木板房，上面露天，下面的木门离地已有一尺多。在里面洗浴人的脚是可以被看到的。一排小板房建在两三级台阶上的水泥平台上，洗澡时，可以去领一个铁桶和铁瓢，用桶打些热水再加适量冷水，提到高台上的小屋里，插上门，开始操作。用水瓢舀水从头上冲下来，这就是南方人所说的"冲凉"。水从脚下的水泥石阶流下，到修好的排水槽流入下水道。当时觉得这种自助式洗浴还挺好玩，不过后来听说有被偷窥的风险。

第二天上午，县委副书记张玉清（侗族）给我们介绍三江侗族自治县的生产及一般情况。三江居住的主要是侗族。苗族有草苗、老苗，他们穿苗衣、讲侗话、唱汉歌、住高山。汉族住大河，侗族住小河，苗族住半坡，瑶族住山顶。这里还有一个特殊的族群：六甲人，系汉族支系，虽与汉族主体文化相似，但语言不通，服饰风俗也有很大差异。我们在街上看到的六甲妇女，穿着与古代汉族妇女相仿。六甲人有其不同场合的"大声歌""细声歌"，独特而优美。县委宣传部副部长杨通山介绍了三江的民间文学的搜集整理情况。一年前，杨通山、过伟、郑克松同志脱产专搞民间文学，发动了民间文学爱好者及放假的学校师生抢救搜集民间文学。他们走遍本县的侗乡侗寨，还到贵州、湖南的侗区采录，变成近一万行的《侗族民间歌谣选》、几十万字的《侗族民间故事》由上海文艺出版社出版，是侗族民间文学中华人民共和国成立30年来首次问世。近日还有两部书稿待审定。贾芝同志听后十分兴奋，他说，自鱼峰山歌圩之后，一路走来，所见、所闻、所感，皆是活着的民间文学。三江的做法更是积极可行，规划缜密，成果丰硕，值得推广。

当晚，杨通山请我们到他家打油茶。他的姐姐带着女孩负责打油茶，从第一碗到第六碗轮换着甜咸不同口味的油茶，依次送到我们每个人口边，满屋子坐了十几个人，用的是同样花色的碗，她怎么就送不错呢？贾芝同志问：这是侗家饭吗？回答说：这是零食，明天请我们尝侗家正餐。

次日，我们与三江文艺界朋友座谈。他们都参加过侗族民间文学的搜集整理翻译工作，有比较扎实的工作基础，谈到的问题也比较实际。他们提出"出版社要求加工，说'朴素有余，文采不足'"等问题。贾芝同志有的放矢地回答。他重申了"全面搜集、重点整理、大力推广、加强研究"十六字方针与"忠实记录、慎重整理"的原则的重要性。这是保留每一个民族原汁原味民间文学切实可行的措施。他提醒大家，不要像大苗山梁彬同志反映的，有人要按照汉族过春节的方式来改写苗家过苗年，那是绝对不可以的。凭主观臆想去加工整理，不忠实于原作，既违反了科学性，同时也失去了本民族独特的艺术特色。

下午，我们再出发去林溪。沿途满是果实累累的茶树林，那时便听说那茶籽油是一种健康的选择。半个小时后，我们到达程阳桥畔。程阳桥于1924年建成。1965年，郭沫若先生为程阳桥题名，还赋诗一首，现均刻成碑立于桥头。这座大桥，横跨湍流激浪，桥面架杉木，铺木板，桥长77.76米，宽3.75米，高11.52米。为石墩木结构楼阁式建筑，2台3墩4孔。墩台上建有5座塔式桥亭和19间桥廊，亭廊相连，浑然一体；桥的壁柱、瓦檐、雕花刻画，富丽堂皇。整座桥雄伟壮观，气象浑厚。建筑惊人之处在于整座桥梁不用一钉一铆，大小条木，凿木相吻，以榫衔接。桥上两旁设有长凳，我们坐在凳上，只见林溪河蜿蜒而来，茶林满坡，翠木簇拥。蒙光朝给我们讲故事：一天，一对新婚不久的年轻夫妇过桥，突然刮起一阵狂风，把女的卷走。原来是河里的螃蟹精看上了那女子而作怪。丈夫急得在河边大哭，想投河陪妻子而去。哭声惊动了水底的一条花龙，为男子的痴情所感动，腾空而起，施法将螃蟹精击杀。恩爱夫妻终得团圆。后人为纪念花龙，就将河上那座小木桥改建成画廊式的风雨桥，还在柱上刻了花龙的形象。凄美的爱情故事和着流水、蝉鸣，我们不禁沉醉其中。离开程阳桥，不断回首，主人说，往前走吧！一路都有这风雨桥。

沿途走走、停停、看看、讲讲。我们去看了鼓楼，那个寨子是明末一个大臣逃难到此建立。鼓楼也是侗族标志性建筑，全部用杉木凿榫衔接，不用钉铆，也没有木楔，结构精巧，造型美观，顶层悬有一长形大鼓。鼓楼高达几十米，形似宝塔。凡有重大事宜，起款定约，抵御外敌，寨中"头人"登楼击鼓号召群众，平时也是社交娱乐和节日聚会的场所。侗族文化与鼓楼密不可分。正是秋收时节，鼓楼前面的空地上晒着粮食。

林溪，老歌手吴居敬后继有人

下午时分，我们到达林溪，住公社旅社。我们沿河边散步，这里侗寨很有特色。一条林溪缓缓流淌，几位妇女在河里边绩麻边说笑。晚上，老歌手吴居敬请我们到他家做客，全家热情款待。隔山而来的几位中青年歌手挎着盛满饭菜的竹篮来到吴居敬家，这是当地习俗。落座以后，酒歌响起：

> 欢迎啰，欢迎远方的北京客人进侗寨！
> 可惜啰，可惜侗家只有淡酒酸菜来接待，
> 请喝啰，喝几壶侗家的糯米酒，
> 请捏啰，捏几团糯饭夹着酸鸭块！
> 风雨桥畔摆起迎宾的新歌台，
> 希望贵宾酒后耳热唱开怀！
> 呜喂……呜……喂！

主客纷纷举杯，端起的不是杯，是小海碗啊！酒过一巡，轮流交杯。从来没喝过酒的我，面对如此憨厚朴实的民族，也不管不顾了，喝！也不知喝了多少碗，同去的人替我挡酒，说吃菜！"侗不离酸"酸鱼、酸鸭、酸肉、酸鹧鸪，都是采用侗家独特讲究的腌制法，腌的时间越久味道越好。每当贵客来临，开坛取食。那天满桌都是陈年腌，他们还带来酸笋、酸菜和不同颜色的糯米饭。侗家一般都生吃，不做任何加工。怕我们吃不惯，特意炒了一下，其实也没炒熟。为不辜负人家的热情，我又大嚼起来，生肉不好咬啊。好吃不好吃，什么味道，已经没有

了记忆，只记得特别咸，我就不停地吃饭。那天，真是酒足饭饱，胃胀得满满的，头也有些发晕，走起山路，更是深一脚浅一脚。我们吃完饭就出发去看三个大队文工队的比赛演出。露天的空地上用木板搭了个简易的舞台，我们坐在一条长板凳上。最有趣的是，人们打着火把从四周的山上围拢过来，像几条火龙蜿蜒移动。好气势呀！这林溪，那时还没有通上电，没有电灯，我们的住处点的都是小油灯。演出有民歌、舞蹈、侗戏。凡是原汁原味的民族的作品都很好，我们听不懂，但声音腔调都很美，再加上群众的热烈反应，那就是一台好戏！只有一个学习外来文化，模仿的作品，半洋半土、不伦不类，很不协调。又是一个随意改编民间文艺作品失败的实证！

  演出结束，我们又返回老歌手吴居敬家里，继续采访歌手，采录他们的歌。几位歌手都唱了极有特色的侗歌，最突出的是枫木古大队塘中寨生产队长吴仲儒。他拿起琵琶，边弹边唱。一曲《哭总理》，唱出侗家对总理的情与爱，弹到伤心断肠处，歌手珠泪不断线，满座老少泪涟涟。贾芝同志彻夜难眠，油灯下一首《侗寨听歌》：

> 访问歌手入侗山，
> 糯饭满盘酒满罐。
> 主人待我座上客，
> 满桌美味样样酸。

> 风雨桥畔歌声起，
> 宾主互饮交杯欢。
> 开怀对歌已午夜，
> 琵琶声声断情难。

> 座中有个吴仲儒，
> 自弹自唱歌中仙。
> 哀凄弦绝哭总理，

歌不断声泪不干。

听到歌声我落泪，
夜静潺潺会流泉。
侗家好客又善歌，
一生难忘这一天。

回到旅社已夜深，我住一间小房，不仅简陋到只有一张床，连门锁插销都没有，我借把椅子顶住门。他们那里，还有我们去过的许多村寨是不需要锁的。

10月7日，早饭后，我们又访歌手，与他们在河边合影。拍照多年以后，我才发现：一只蝉竟安静地趴在我的腿上。多么和谐！多么自然！多么纯粹啊！

公社请我们去参加了三个文艺队的评奖会，大家提了鼓励的意见。晚上，三江县委张书记来为我们送行。他是侗族，也喜欢侗歌。他与杨通山一起唱了两首歌，黄勇刹还吹着木叶。这天，我们讨论了民间文学工作及作风问题。我提出召开民间歌手座谈会解决接班人的问题，我们一路走来，发现了吴仲儒、象州的王一平等许多优秀的年轻歌手，另一方面，"民间歌手后继无人"又是一个普遍的呼声。如果说1979年的民间歌手座谈会在胡耀邦同志的亲自支持下解决了民间歌手的平反问题，那么，再次召开民间歌手座谈会就要重点解决接班人的问题。大家都同意我的建议。

以山川野景PK"桂林山水甲天下"

10月8日，一早我们搭长途汽车去桂林，是那种车身前半部像个大鼻子的，发动机在大鼻子里。发动车，先抖一阵，再行驶。沿途盘山公路，因修路很难走，颠簸得厉害。一路尘土飞扬，路边的树都不见了绿叶，厚厚的一层灰掩盖了绿色，却掩盖不了生命。一种特别浓郁强烈的桂花香气袭来。"八月桂花遍地开……光辉灿烂闪出新世界。"八个小时后，到达桂林，秦国明同志来接我们。晚饭后，我们漫步桂林街道，漓江水少且脏无何景色可言了。在琥珀山俯瞰全城，灯火阑珊却比不上满山浮动的火把，在我心中。

　　第二天观光市容与名胜，我没有留下太多印象。昨晚已预订了船票，只等去阳朔体验桂林山水了。晚上，我们座谈广西民间文学到夜深。明天蒙光朝回柳州、黄勇刹回南宁，一段忙里偷闲诗情画意的旅行就要结束了。我们一再感慨：18天的考察中发现广西民间文学不仅蕴藏丰富，从事热爱这一事业的人才也很多，他们还都是铁杆积极分子。更关键的是有蒙光朝、黄勇刹这样的组织者，无论在哪个县、哪个地区或者哪个公社、大队都有他们培养的铁杆。一条无形的链条把全省的民间文学骨干串联起来，搜集普查，一呼百应，事业怎能不热火朝天、生生不息啊！蒙光朝还谈到农民起义领袖侬智高传说的搜集不仅从民间文学角度是一个重要课题，它更有深刻的现实和历史意义。那晚，还谈到广西也想像云南那样成立少数民族研究所分所，贾芝同志当即表示同意向上反映。

　　10月10日，我们去阳朔，早早就赶到华侨农场上船。7点半准时开船，坐机船顺流而下，待进入阳朔境内，风光越来越清秀明媚，真乃如情似梦漓江水。在大家一致惊叹其柔美的时候，我却有一种不一样的情怀与感受留在瑶山、融水的乡野间。连导游讲述的附会于奇峰峦嶂的故事也不入耳，牵强附会、扭捏做作，比不上民间传说有一种扎根泥土的生命力！那个时代还没有或者说根本不提倡旅游，游山玩水被看作不务正业。全国没有几个旅游景点，桂林是一个。我们唯一的一次旅游让我想到，可能夹杂任何功利目的的行为都会导致原本的美好失色或者消亡。今天，经济效益第一的形势下，我们更应该好好想想，旅游的过度开发带来的是什么了。

　　尽管人为的雕饰冲淡了我的兴趣，然而，自然天成的美好还是掩饰不去的。沿途的生动依然吸引着我。蓝天白云、层峦叠翠；清澈见底的江水中，水草顺着水流摇曳；鱼儿无忧无虑地嬉戏，撑竹筏子的小孩子在捕鱼，几只鹭鸶在崖下待命……这时大船上也开饭了，刚刚捕获的一网鱼供大家品鲜。很快到达阳朔，看了大榕树与月亮山后，乘车直接返回桂林。贾芝在船上用壮族勒脚歌的形式写诗一首：

> 双峰锁江抱成湖，
> 水如明镜浪全无。
> 峰峦奇石醉游人，
> 鹭鸶双双立江渚。
>
> 悬崖翠竹水中画，
> 仙山蓬莱愧不如。
> 双峰锁江抱成湖，
> 水如明镜浪全无。
>
> 顺江而下去阳朔，
> 青山绿水心恋哥。
> 峰峦奇石醉游人，
> 鹭鸶双双立江渚。

之后的三天，我犯了胆绞痛，不能吃饭，多在招待所休息。秦国明同志来过，他谈到，在农村扫盲，编民歌教农民识字的故事。秦国明家在桂林附近的临桂县，那里盛行对歌习俗。他妈妈善歌，能即兴编唱。诗乡歌海中，他从小放牛就学歌，成为一名民歌手。他跑遍龙胜各族自治县马堤公社的九个大队，一路扫盲、一路唱歌、一路采风，搜集创作了大量民歌。1978年，公社就印发他的《农民识字歌》几百册，以民歌为教材进行扫盲，受到团中央的表扬。他的书教人识1000多字，内容丰富、包罗万象。正如他歌中唱的：

> 靠近河边知水性，

住在山村识鸟音。
身在农村洒汗水，
样样变化记在心。

他刻苦钻研业务与一心一意为人民服务的精神是文艺工作者应有的品格。贾芝鼓励他将书正式出版，并要为他写序。这就有了1982年由福建人民出版社出版的《农民识字歌》，贾芝也如约作了序。其间，贾芝还约欧阳若修、曾庆全、周作秋、黄绍清来商谈《壮族文学史》编写的工作与具体落实方法。

南宁，住在周总理曾经下榻的小楼里

10月14日，从桂林乘车去南宁。贾芝在延安鲁艺的老战友、时任广西文联主席、作协主席的陆地和广西民研会副主席的蓝鸿恩到车站迎接。我们被安排在明园饭店，挺大的园子，树木茂密，鸟语花香。我们住3号楼，是周恩来总理和刘少奇主席曾经下榻过的房子。那是一栋两层小楼。一层，朝南的一间是总理住过的，贾芝同志就住那里。那间房子比较宽敞，南、东两面有窗户。室内布置很简单，除了普通双人床、很大的写字台、几件待客的沙发以外，特殊的就是浴室外有一个半卧式的沙发，类似现在的贵妃椅，但比之简单平实许多。我们很少见到服务员，但却能感受到她们细致周到的服务。我住在一间朝北的，总理秘书住的房子，自然也很好。我们这些天基本都住招待所、旅社，连独立卫生间都没有，来到这里自然惊喜十分，但想想一位国家领导人住的，除了满足工作必须，设施条件也实在是够简朴。晚饭是到黄勇刹家吃的，陆地、蓝鸿恩作陪。

第二天上午，我们便召开座谈会，由蓝鸿恩、黄勇刹谈广西民间文学与工作情况。右江工作的黄同志汇报右江地区民间文学搜集情况。那里是革命老区，强烈的翻身感，对于搜集革命传说积极性很高。他说，人手不够，一个人忙不过来。出版社也反映人力不足，缺乏专业人员。最后,贾芝同志谈了几点意见:1. 以写少数民族文学史与专题研究为龙头带动全面工作;2. 组织发动群众与上面充实专业人员相结合的工作队伍;3. 翻译问题要尽快办培训班统一解决提高问题。下午,去南宁公园登高,据说那是城市最高点。我已记不清楚当时感觉,只记得在竹林与槟榔林中穿行,很是惬意。晚上,自治区宣传部部长贺亦然来看贾芝。贾芝谈了对广西的观感与建议,主要建议充实民间文学专业干部。贺部长走后,又来了曹廷伟、侬易天等几位同志谈到多数人存在把改编、创作当成整理的问题。对这样的伪民间文学作品要坚决批评与反对,要提高统一认识,严格区分整理、改编与再创作。对民间文学作品要遵循"忠实记录、慎重整理"。他们走后,我们谈到应该在全国范围举办民间文学培训班,统一思想、统一认识、统一标准,保证民间文学的真实与纯洁。真想在南宁多待几天,就一些问题达成一致并进一步部署今后工作。没办法,中国社科院副院长于光远前日已来电,约贾芝16日去昆明,他与赵峰从北京出发同时到达,共同协商解决云南分所问题。

10月16日上午,我们乘飞机去昆明,陆地与蓝鸿恩送到机场。在机场,我们就遇到云南著名彝族作家李乔,他刚从海南岛体验生活回来。

社科院少数民族文学研究所云南分所的初建

飞行一个多小时我们就来到昆明。到机场迎接的有云南的王松、李缵绪等,北京来的中国社科院人事局局长赵峰、人事干部闫金生,中国民研会吴一虹也到机场迎接。我们住连云巷招待所,原来是省委大院。赵峰同志住的小楼,据说是郭影秋任云南省省长时的住家。郭影秋是中国人民大学校长,是我父亲的老战友,在北京和我家住一个大院里。他夫人凌静,是我的忘年交。贾芝先与地理学家刘教授、后与新疆维吾尔自治区区委副书记张世功同室。那位刘教授也有60多岁了,我还记得他趴在摊在地上的大地图上认真地标注他探测到的新数据。对那位省委书记印象不深,只记得与他一起看过电视。我住赵峰同志小楼中的一间小房。下午，王松等三位同志来，到赵峰同志房间，谈分所领导班子问题。王松还介绍了傣族新发现的材料。晚上，李缵绪来说约好云南省委宣传部部长王甸同志，明天在他办公室与我们谈分所领导及几项规定的文件。李讲述了最近发现的《阿诗玛》手抄本中的精彩情节。

10月17日，早饭后，王松、李乔来到赵峰同志房间。大家共同研究了分所的名称、领导关系等问题。下午，贾芝与赵峰到云南省委宣传部找王甸同志，他们商定中国社会科学院少数民族文学研究所云南分所与云南社会科学院少数民族文学研究所采取一套人马两块牌子的做法，研究了分所成立文件的草稿。

10月18日，贾芝、赵峰与王松去宣传部找王甸，云南社会科学院副院长姚华参加，共同修改了文件。下午，我们去参观金殿、黑龙潭和植物园。

10月19日，我们又去石林，因为雨大，在那里吃了一顿饭就返回了。

10月20日，云南省宣传部部长张振军到招待所与贾芝商量解决王松副局级待遇等问题。随后，贾芝去云南分所，看望所内同志。与王松、李缵绪、刘辉豪研究了《格萨尔》其中《金桥》一部藏文版，决定请四川代出内部资料本的问题。下午全所座谈会，贾芝介绍了目前国内外民间文学工作情况，与大家交换了对于整理与翻译问题的意见。

10月21日，王松陪我们去西山龙门。从昆明远眺，西山犹如一位美女卧在滇池两岸，俗称"睡美人"。民间传说，远古一位公主耐不住宫中寂寞，偷偷出了王宫与一小伙结为夫妇。国王拆散了这一美满姻缘，将小伙子害死。公主悲痛欲绝，泪水汇作了滇池，她仰面倒下化作西山。

龙门的整个工程都是在一块天然岩石上雕刻而成的，构思奇巧，工艺精湛，令人叹为观止。仔细观察，魁星手上的笔尖却是另外安上去的。相传，一位雕刻魁星的和尚跳滇池自尽，就是因为最后刻魁星手中的朱笔时，不慎将笔尖凿断，也因为他的失恋，使本来完美的一件艺术品留下了缺憾。献身艺术的动人故事，与石雕一道流芳千古。

我们循着从悬崖峭壁一锤一钻凿出来的石径登龙门，五百里滇池尽收眼底，烟波浩渺，云蒸霞蔚，好一派气象万千！

下山，我们又去了太华寺、华亭寺。佛殿金碧辉煌，庭院花木茂盛丛生，曲径画廊，石桌石凳，格外清幽宁静。最后，到了筇竹寺。相传，高光、高智兄弟二人到西山打猎，有犀牛跃出，紧追不舍，忽然不见了。仰望山腰，祥云缭绕，有几位相貌奇特的僧人立于云上，他们上山去寻找，僧人早已无影无踪，只有几支异僧拄的筇竹杖插在地上。高氏兄弟竭尽全力也拔不动。第二天，竹杖早已长成青翠的竹林。他们认为是"神灵显示"，于是就在这里建寺，取名筇竹。这里泥塑的五百罗汉栩栩如生、神态各异，我们在那里寻找与自己有些牵连或者自己喜欢的罗汉。

我们还听说，每逢三月三，这里还有"三月三，耍西山"的传统盛会，从早到晚，人民唱民歌、对调子、奏三弦、欢乐起舞。

今天，听到的几段故事都和民间文艺相关。从广西到云南，一路走下来，我发现每个民族和地区的人民都在讲述着前辈的神话，虚拟的故事真实地记载着那个民族与地区的历史文化。对于民间文学及民间文学工作的价值与意义，我有了最初的认知与热爱。

晚上，在赵峰屋里。贾芝、王松、李乔、刘辉豪一起谈工作，谈民间文艺的采风。李乔讲起美国约翰逊在纳西地区进行调查的情况。

穿越澜沧江和怒江峡谷，去瑞丽

10月24日，我们出发去瑞丽。瑞丽是德宏傣族景颇族自治州的一个县城，地处中缅交界。从昆明到瑞丽，飞机不能直达，长途汽车要走四天，还要遇到好天气。如果赶上阴雨天，就不知等天晴要等多少天了。云南省文联为我们调配了一辆菲亚特，小车底盘低，为了适应越野的复杂路况，换了四个大号车轮。在昆明的几天是连阴雨，赶到我们出发时，雨过天霁，我们愉快地踏上征途。贾芝、刘辉豪、尹昭溥、陈西金（司机），我们五人一路同行。

从昆明到下关第一站400公里。出昆明不远就上了盘山公路，路况险峻，不断有提示：交通事故频发地段。我们对小陈说，命就交给你了。年轻腼腆的小伙子开起车来超稳，时速一般保持在 50 公里左右，偶尔路况好，可达 100 公里。大家不必为安全操心，除了我在前座陪司机说话，他们三位在后面睡得好香呢！路经楚雄，我们吃过午饭，没及休息，匆匆赶路。下午盘的山更大了，明明望见对面的山，要过去，绕了又绕，盘了又盘。就这样行路，到达下关已是晚上 7 点半了。来到苍山脚下，路上还见到洱海，可惜天已黑，看不大清楚。晚饭后，我们被带到一处真正的天然温泉浴池。我洗澡的那间房子足有十几平方米，除了窄窄的走道，就是一个大理石砌成的大池子。水池深在一米左右，我顺着石阶走下去。水池的石壁上有一个直径半尺大的洞，用特大木塞塞住，拔掉木塞温泉水就"哗哗"流进来。我头一次大概也是唯一一次，在那么大的池子里洗澡，又只有我一个人，空荡荡的，开始还有些害怕呢。这是下关给我的记忆。

从下关到芒市的一段路很难走，中途需要在保山住一宿。10 月 25 日早上出发，车很快就开到了山顶，看到苍山下山谷里云似海，我们一直行进在云层上面。盘山公路很窄，有时将将可以通过一辆车。一面是峭壁一面是深深的峡谷，谷底奔腾呼啸的是澜沧江。中午，我们在太平县一个小饭馆的二层楼上吃的中饭。饭后，想去方便一下。路边的公共厕所是席子围起来的，席子没有人高，一站起来就可以看见外面，自然外面也能看到里面人的头颈甚至上半身。没办法，我只好硬着头皮进去，进去又出来。原来厕所地面堆满大小便，污物横流。真的，没办法用，又没办法不用。我再次小心翼翼地踏着好心人垫的砖块走进去。

继续起程，刚刚过了漾濞一会儿，就遇上坍方，几处路上都是泥潭。我们常常需要下去推车。最后一处比较严重，路被滚落的山石堵满了，我们只好下车等待修路工人清除山石，我和司机，还有小尹一起把车子从泥浆中抬出来放到新修的路面上再前行。走走停停，我们到达保山已是晚饭时候，从不喝酒的我要了白酒，举杯感谢司机小陈，感谢他带我们安全通过塌方的路段。据说，前不久一辆文工团来演出的大轿车翻入峡谷，全体殉职。饭后，我帮他洗车、加油。那时，偏僻的地方没有加油站，我用嘴通过虹吸原理把塑料桶里的油加到汽车里。这天晚上，我们还开了会，老刘简单介绍瑞丽的情况。瑞丽居住的是水傣。傣族同胞衣着鲜艳，改革初期，我们还十分守旧，瑞丽显现出的不一样，好像异国风光。到傣族人家里做客，不可坐在火塘上方，那是主人的地方。傣族男女赶街比较随便，男女可以在一条河里洗澡，互相并不看对方。瑞丽是边境地区，与缅甸接壤，因为中缅两国友好，边境线犬牙交错，不很清楚明朗。在那里边疆贸易十分活跃兴旺，那里居住的人们往来也较自由，我们内地人前往是要提前办理边境证的。老刘宣布了严明的纪律：要提高政治觉悟，要时刻警惕边境的阶级斗争，不可以随便购买缅甸人在集市上贩卖的日用品及时装。当时，大陆极少见折叠伞，瑞丽却很多，大多是台湾生产。如意面霜，这种有美白作用的护肤品，大陆也几乎没有，还有一些内地少见的时尚衣物，包括当时流行的蛤蟆镜。这些，我们都不可以去买，如果确实需要，又是个人使用可以请当地人帮助统一购买。记得，有人怂恿我买一件白裤子。那时，我只会穿蓝色、黑色的衣服，白裤子？太不可思议了，我怎么穿出去呢？

10月26日，由保山去芒市，398公里。虽然，多是在翻山越岭盘旋前行，柏油马路渐多起来，货车频繁，尘土飞扬。我们行驶在高大的榕树与桉树之间，接近芒市时，多是绿色峡谷，山涧中有溪流，看到山间的怒江更是兴奋。天气越来越热了，一个个富饶的坝子，满眼苍翠，蝉声不断。

芒市，边境上的文化

芒市。一群年轻姑娘排成一队挑着担子回村，都戴着漂亮的草帽，穿着鲜艳的筒裙；一群孩子背着竹篓劳动归来，边奔跑边嬉戏。路上一个青年骑辆自行车，车的后座上一个姑娘，姑娘手里提着个录音机放着悠扬的歌声；赶街的妇女们都打着阳伞，图案花色五彩缤纷。好一道亮丽的边境风景线啊！

进入市区，我们住到德宏傣族、景颇族自治州招待所。这个招待所已经很现代了，两栋两三层的小楼，但是，卫生间仍是楼下，院子角落的露天厕所。晚上，去厕所，猛一抬头，那么大的壁虎爬了半面墙。好在我胆壮，轻轻地走了过去，轻轻地走出来。

下午，德宏州宣传部岳部长来给我们讲了边界的文化斗争。这几天，正逢庄房节日，几处都在演傣戏。晚上，我们去看傣戏，演的是《薛仁贵征东》《五胡平蛮》汉族传去的历史剧，唱的是"山歌调"。傣族群众很喜欢看。据说，一回演傣戏，旁边同时放电影，傣戏的开场锣鼓一响，看电影的观众纷纷跑到傣戏这边。我们在舞台侧面，看到后台演员化妆，以及在台上看表演的全过程。演出结束，舞台前的空场上，有两三个年轻人跳象鼓舞。芒市原来有八个庄房，现在恢复了这一个，是群众自己凑钱恢复的。今年募捐10000元，30000斤粮票，其中有外国人一次捐款200元。那时我们的工资每月才有五六十元，这笔钱已是不小的数目，他们要用来修建被毁的白塔。我们到庄房，看群众在佛堂祈祷。据说，佛教有三派，这个庄房，各派都有。傣族群众信奉佛教的热忱由此可见一斑。

10月27日下午，州委宣传部主持座谈会，崩龙族（现在的德昂族）杨忠德介绍德宏民间文学工作与边境文化斗争。傣族勐向前介绍潞西县民间文学工作情况。贾芝同志就他们提出的问题做了回答，并介绍了全国民间文学发展情况。晚上，王国祥汇报了民间文学翻译工作培训班的情况。

瑞丽，一个美丽的地方

10月28日，我们出发去瑞丽，德宏州文化局杨忠德陪同。先到畹町，对面就是缅甸，是缅共所在地。周恩来总理生前曾九次出访缅甸。访问期间，他几次步行往返于畹町桥，为中缅边民的团结互信，为两国的友好和平打下坚实的基础。畹町桥14块桥板，7块是中国，7块是缅甸。经过交涉，我们被允许到桥头与边防战士合影留念。我非常好奇地顺着桥板，一块一块迈过去，走到第七块桥板停住了。站了一会儿，犹豫一下,调皮地把脚跨到第八块桥板,又马上撤回来。大家都开心地笑了。畹町到瑞丽,我国与缅甸仅一江之隔,边境线犬牙交错。有的地方跨过一条小河沟或者一道田埂就到了缅甸。那便是国界啊!更有甚者,傣族同胞的竹楼建在边境线内,厕所却到了国外,典型的肥水流入外人田,还有瓜藤不知不觉爬到缅甸的竹篱上挂果结瓜的,当然也有缅甸的母鸡悄悄溜进我国边民院子里下蛋的。渡口也多是两国居民联合办的,如,贺费村与江南岸的木姐村联合设渡口;弄岛公社与缅甸蓝坎之间的摆渡。在歌手小罕家竹楼不远的地方的界碑处,我们看到"中缅共饮一井水"的地方,两国边民走亲戚、赶街、赶摆频繁。我们亲眼看到他们的友好,彼此称北方、南方,似乎没有了国界。我们还见到不少缅甸人和华侨过江来赶街,兜售小商品的。正如我们这几天一直听到的葫芦丝伴唱的歌曲《有一个美丽的地方》,刚刚来到,就体会到瑞丽真是一个美丽的地方!

去年三月,我们在昆明召开全国少数民族文学史与文学概况编写工作会议之后,在瑞丽县委宣传部部长的主持下,成立了中国民间文艺研究会第一个县级直属小组。我们也是首次考察,面对面地指导工作。我们召开了座谈会,他们汇报了一年多抢救发掘与研究民间文学的情况。贾芝同志进行具体指导。

瑞丽有傣族、景颇、阿昌、崩龙(德昂)、傈僳五个民族聚居,民间文艺异常丰富多彩。经历了"文化大革命"的浩劫,1979 年恢复工作,到 1980 年我们下乡,仅两年时间全国都取得突飞猛进的发展。有的地区和民族甚至超过之前几十年的成就。只要符合人民根本利益,你就会感受到一种排山倒海的力量!

傣族长篇叙事诗比较多,当时已搜集五六百种。这些叙事诗以手抄本、木刻本的文字记载与口头讲述两种形式传承。"文化大革命"中,朝佛的庄房大都被毁了,寺院的经书也被焚毁。歌手们有的曾经逃到国外,现在又回来不少。那些被转移出去的手抄本,现在又想办法花钱买回来。目前的抢救除了从口头记录,就是搜集这些失散的手抄本和木刻本。著名傣族民间叙事诗《娥并与桑洛》汉文整理本译为傣文出版,在缅甸、泰国及东南亚广为流传，影响很大。

瑞丽少数民族能歌善舞，著名傣族老歌手23人，著名景颇族老歌手12人。这些歌手在本地本民族的社会生活中起着举足轻重的作用。当地盛行即兴创作，庄相1979年到北京参加了全国民间歌手座谈会。这次由于他住处较远，没有见到。我们选择访问了著名女歌手小罕。

瑞丽民族舞蹈也极丰富，全国流行的孔雀舞源于瑞丽。著名老艺人麦相因酗酒砍了妻子被判刑，没有见到。他在艺术创作上有着独特的造诣。他小时候放牛，那时瑞丽山野间孔雀很多。天天放牛时他观察孔雀，琢磨孔雀的眼神，看孔雀怎样开屏，等等。他舞蹈时，眼睛的神情是别人很难模仿的。眼神迷人，一切皆活了。无论文学还是艺术的创作，"源于生活"是最根本的规律。明李梦阳"真诗乃在民间"就是这个道理吧！

访歌手小罕，竹楼一夜歌不歇

小罕是一个即兴歌唱家。1948年，她18岁崭露头角，见什么唱什么，对答如流，象脚鼓一停，她的歌就出口。她在瑞丽久负盛名，还经常应邀到邻国缅甸去对歌，一唱就是通宵，有时连唱几个通宵。她唱歌无敌手，总唱不败。可惜她的歌像风一样，飘过即逝，没有采风的人把它记下来，过后也无法追记。她没有留下那些精彩的作品。

10月30日，我们到弄岛公社的公海村，绿树翠竹掩映中看到小罕家的竹楼。这里每家的竹楼都隐藏在绿色中。竹楼前后是柚子树，树上不仅结了柚子，还吊着一个大南瓜。小罕不在家，年迈的妈妈坐在火塘上方。她姐姐是聋哑人，陪伴着老妈妈。竹楼下，年轻歌手罕木信在厨房里帮忙。

小罕50来岁，丈夫刚刚去世。她有三个孩子，大女儿出嫁了，家里还有两个小男孩。生活重担全落在她一人肩上。等了很久，小罕挑着两筐稻谷回来了，看到远方的客人，忙说抱歉，匆匆把我们让到竹楼上，又去挑谷子了。她共分到了八箩谷子，直到天黑，她才在我们同去的同志帮助下全部挑回来。随即，她又跨上篮子去买菜，给我们做晚饭。

晚饭是围着火塘吃的。小罕是主人，忙进忙出的，坐不下来。这几天，联欢会，她嗓子都唱哑了。这一晚，她一支歌也没有唱。罕木信便成为竹楼这一晚的中心。罕木信，现年23岁。1958年，父母带着一岁多的她去了缅甸。她16岁回到祖国，第二年结了婚。傣族习俗，没结婚的姑娘可以自由潇洒地发挥自己的歌唱才能，结婚以后就不行了，因为受到丈夫的干涉。除非变成寡妇，才能继续发挥她歌唱的天赋。罕木信却不同，她是结了婚才发挥她的歌唱才能的。1978年年底到1979年年初，她的孩子与丈夫相继患病去世，她受到很大打击，又回到自己母亲家生活。在小罕竹楼这一夜，她放开歌喉，自编自唱，先是一首祝酒歌：

> 虽然我今天很劳累，
> 做的饭菜不香不甜；
> 远方的客人，
> 我们对你表示一点心意。

接着她又唱：

> 远方的客人，
> 您慢慢地嚼，慢慢地咽，
> 我做的饭不香不甜，
> 唱一支歌来补救。

> 远方的客人，
> 您来到瑞丽江畔；
> 我的歌声不好听，
> 让它留在饭桌上。

我们第一次在竹楼过夜,耳闻目睹傣族歌手这样真情的对唱也是第一次。吃完饭已经很晚了,最后,罕木信和随我们来的当地司机对唱情歌,司机显然招架不住,几个回合就应答不上,败下阵来。有一段对唱是这样的:

罕木信:

> 你是车的主人,
> 说走就走了,
> 你的话很甜蜜,
> 像风吹一样,
> 风一过就完了。

司机:
> 我虽然是开车的,
> 我一人坐车很苦闷,
> 只要有妹妹陪伴,
> 走到天涯海角也不怕。
> 但别人催我走,
> 我没有办法。

他们的对歌一直到午夜以后。司机向罕木信要她的围巾作礼物,她不肯,再三请求,她送给他了。司机没有回礼可送,掏出一点钱权当礼品。别人告诉我们,这位傣族司机到处与姑娘对歌。十几天的时间,对歌中他已经收获了十几个姑娘的项链、手镯等礼品。他将进行比较,然后凭借礼品进行第二次对歌,进而选择自己的对象。

据介绍,傣族男女婚姻是自由的,一般都要经过从不相识到谈情说爱到自由选择的恋爱过程。赶摆、赶街的时候,年轻小伙子事先买好礼品,到摆场和街上等姑娘,找到心仪的对象,边谈边送姑娘回家。也有一天谈好几个姑娘，最后选择一位送回家的。当然，女方选择对象也是如此。便互赠信物。姑娘把自己没穿过的衣服送给对方，男方也把自己没穿过的衣服送给对方。这样，他们打开自己的衣箱首先看到对方的衣服也自然会想到对方。现在不同了，所赠信物一般是金项链与手镯了。也许，商品经济让人想到更多的是金钱与其对等的价值。尽管如此，仍然有谈得好的，从地上抓一把泥土相赠，对方依然会像对待宝石一样把它珍藏起来。

傣族男女结婚自由，离婚也较自由。如果双方不和了，则杀鸡买酒，高高兴兴吃上一顿，有时会拿来一节竹筒一劈两半，各拿一半。男方若无其事地把女方送回家，以后，彼此就成为还可以互相帮忙的亲戚。如果离婚时有一方采取粗暴态度，那就会受到社会谴责。离婚后，孩子也认父母双方，与双方往来。

罕木信和许多归侨一样，回国以后才过上幸福的生活。她们都有一颗拳拳爱国之心。她激情的歌唱，也是忠诚的告白：

> 听啊，好好听啊，客人！
> 我们的坝子叫瑞丽，
> 这里是毛主席开辟的地方，
> 党指引着我们劳动和生产，
> 傣家人啊，亲密团结，
> 建设着自己的家园。
>
> 客人啊！
> 我们这儿人人都摆脱了贫困，
> 心中不再有往日的悲伤，
> 太阳在我们头上高高升着，
> 坝子里到处都洒满了金光。
>
> 听吧！我们唱甜蜜的歌！

社会主义的瑞丽啊,
竹林深处机声嘹亮。
手扶拖拉机在田野上奔跑,
缝纫机在竹楼上欢唱,
录音机送出好听的歌曲,
年轻人骑着单车把银铃打响。

傣家人舍不得睡觉;
贫困使大家尝够了辛酸,
生产多么火热,
大家的心朝着一个目标和方向。

啊,尊敬的客人!
我们早迎黎明,晚踏霜露地劳动生产,
是为了什么、什么呀?客人,
是为了自己过好生活,
是为了边疆富强。
我们的心像月亮一样明,
像星星一样闪烁。
啊,客人,
我不会再离开美丽的祖国了,
我要永远在母亲的身旁!

这天晚上,小罕对我们说:"我的家很简陋,如果不嫌简陋,你们就在这里过夜。"我们欣然接受她的邀请,这是一个令人难忘的夜晚。我们围着火塘打地铺休息,河对面缅甸对待蓝坎,象脚鼓与铓锣单调而欢乐的乐声也是彻夜未停。

竹楼的夜晚也有尴尬的事情:竹楼是没有厕所的,其实,那个年代的瑞丽除了在招待所,很少有可以找到厕所的地方。我们上厕所也只能入乡随俗，到竹楼不远处的芭蕉林中。那天天虽没有黑到不见五指，但也是朦朦胧胧只看几步远。我的男同事远远地在路边为我站岗。我沿着田埂小心翼翼地走到芭蕉林，真有点不敢迈步，怕蛇。我用脚尖轻拨草丛，找到一个认为比较安全的地方。

10月31日，小罕和罕木信与我们一同乘车回瑞丽，小罕姐妹唱了一路歌。终于，听到了小罕的歌声，果然不同凡响：

盼啊，盼了很久很久了，
我们终于盼到了今天——
党的民族政策来到了边疆，
来到了我们的心间。

老人们高兴地走下竹楼，
像往日朝拜金塔一样，
从村寨里走出来；
年轻人愉快地走出了竹林，
像往日赶摆一样，
从坝子的四周围来了——
来到了美丽的瑞丽城，
向着太阳升起的地方合掌。

啊，瑞丽！
大道两旁盖起了瓦房，
高高的大楼闪着金光银光。
让我们大家站在最高的那层楼上，
看看瑞丽坝子的变化：
啊，一辆辆汽车
运来了内地的货物，
啊，一条条大路

通往坝子的每个角落。
但，每条路都连着宝石的城，
宝石城啊，瑞丽——
广播喇叭传送着傣家的歌，
我们的心里不再有苦痛！

我们路过银井寨，看了71号界碑。界碑将村寨一分为二，中国一侧称：银井，缅甸一侧称：芒秀。一个寨子分属两国，国境多以竹篱、村道、水沟、土埂为界。我们在银井赶摆，街上小吃摊贩很多。我们回到瑞丽，在县委会议室，杨越书记汇报了边疆文化斗争情况与他自己的意见。我们座谈了瑞丽民间文学小组工作的重要性以及存在的问题。

姐勒赶摆

11月1日，我们从瑞丽回芒市，中途路过姐勒，遇到赶摆。

傣族笃信佛教。过去，傣族地区到处都有祷告念经的佛堂——庄房。姐勒，除了庄房，还有著名的金塔。每年，有许多外国人来朝拜。在芒市，我们赶上祭佛，祭佛同时又是娱乐的节日。姐勒，赶摆是集市形式，更能看到傣族的生活习俗。这次赶摆，群众从缅甸请来几个佛爷。我们看到身披袈裟的佛爷在金塔模型前面祈祷，领头跪拜举行祭塔仪式。附近群众有陆续抬着佛龛，敲着大鼓和铓锣来朝佛的。

前两天，我们在喊沙生产队庄房里看到的一张刚画好的白布壁画，是用作这次赶摆朝佛的，现在已经拿来挂在庄房外面的墙壁上。上面画的是鸟变人、鸟变佛的全过程。一幅"六梁提戛"中的人长着一双翅膀。庄房有两棵大青树，大青树上垂挂着古藤，旁边一个舞台。那是文化的中心，村里文工队跳着孔雀舞、刀舞、鱼舞等。

庄房四周，坡上坡下，有好几处跳象脚鼓舞、对歌、演傣戏的活动。这种朝佛是群众农闲季节的祭祀与娱乐合一的活动，赶摆也成了对歌、跳舞的恋爱场所。礼佛与恋爱在同一场景中，原本就不矛盾，佛经里保存了不少爱情叙事诗呢！一段时间是封建观念与极左思潮扭曲了爱情，封杀了民歌、民舞和民间宗教。改革开放，人们有了娱乐、信仰与追求爱情的自由。傣族姑娘、妇女穿着鲜艳的筒裙载歌载舞，姐勒赶摆一时间成为那一地区的盛会。为了记述姐勒赶摆的盛况，贾芝同志赋诗一首：

> 铓锣呼唤起舞步，
> 铜锣好配象脚鼓，
> 老妇鸣锣招来者，
> 满面春风三回步。
> 姑娘们跳吧！尽情地欢乐吧！
> 重锤敲锣舞步轻，
> 忘却人间有悲苦！

> 小锣清脆镲配鼓，
> 乐曲悠悠如奔瀑，
> 婀娜多姿如痴醉，
> 眼神传情似明珠。
> 跳吧，小伙子们一起来跳吧！
> 多情相逢下弦月，
> 铓锣慇声拍窗户。

这天午饭，我们是在畹町吃的。中学教师朱光灿在他家设宴招待我们。朱光灿夫妇都是天津到云南插队的知识青年，同在畹町中学教书。他们在那里落了户，已经完全习惯了那里的气候与生活。他们喜欢那里多彩的民族文化，是忠诚热情的民间文学工作者。我对他们落户边疆，教学之余自觉投入民族文化遗产的抢救的奉献精神非常钦佩！

11月2日，德宏州州长隆大宗来看我们。贾芝同志谈了到瑞丽的观感，着重强调瑞丽民间文学小组作为中国民间文艺研究会唯一一个县级单位，它的必要性与不可取代的作用，进而分析了现存的问题。贾芝同志充分肯定了王国祥同志与他们合作办民间文学搜集整理与翻译培训班的先进经验，准备回去以后，在全国范围推广与发扬。

大理月月好风光

11月3日，天不亮就启程去大理。在瑞丽那些日子，耳朵听的、嘴里哼的、心里念的都是《有一个美丽的地方》悠扬的调子。今天，不自觉间变成《大理三月好风光》。何止三月，大理月月好风光！

第一站是宝山，中途在太平镇午餐。那时，还没有条件提倡旅游，路过那里的北京人很少。老板还记得我们，热情招待我们到小楼上吃饭。晚上，我们仍住宿宝山行署招待所，好大的一幢楼没住几个人，我们出入都没有见到别的客人。天不亮又出发，路很难走，风土泥沙蔽日，有水的地方又多是泥滩。我们艰难前行，天黑才赶到下关，小小的旅店已没有了住处。我们只好连夜赶到大理，住进部队招待所。

11月5日一早，我们匆匆出门，吃过早饭就去蝴蝶泉。蝴蝶泉不大，水清如镜，自泉底冒出，气泡似珍珠泛起。泉边一棵古树，横卧泉上。每年春夏天之交，特别是三月三，蝴蝶聚于泉边，满天飞舞。最奇的是彩蝶一只咬着另一只的尾巴，头尾相接，倒挂树上，垂及水面，蔚为壮观。随着影片《五朵金花》"大理三月好风光，蝴蝶泉边好梳妆，蝴蝶飞来采花蜜，阿妹梳头为哪桩"耳熟能详的歌曲，蝴蝶泉更是蜚声遐迩。蝴蝶泉奇景古已有之，明代徐霞客笔下有生动的记载，"泉上大树，当4月初即发花如蛱蝶，须翅栩然，与生蝶无异。还有真蝶万千，连须钩足，自树巅倒悬而下及泉面，缤纷络绎，五色焕然。游人俱以此月，群而观之，过5月乃已。"

民间还有个美丽的传说呢：

> 洱海东岸有猎人杜朝选，求助捕鱼的老夫妇把他摆渡到西岸。他用挂棍在地上轻轻地戳了三戳，戳了一个窟窿，冒出一汪清水来。瞬间，银闪闪的弓鱼成群结队游来。他说，

"你老两口就在这捞鱼吧,保你们一辈子捞不完。"

杜朝选白天到深山老林打猎,晚上回村过夜。一天夜里,听到悲切的哭声,只见一妇女抱个娃娃痛哭。原来,每年三月三,蟒蛇精要他们献上一对童男童女,明年就轮到她家孩子了。杜朝选劝慰一阵,第二天,独自一人去了神魔洞,大蟒正喝水,"嗖"的一箭,大蟒不见了。再一天,杜朝选仍找不到大蟒踪迹,看见泉水边,两个年轻女子在洗血衣。杜朝选盘问得知,两女子是大蟒抢来的媳妇。他弄清楚情况,让女子偷来宝剑。他走进蟒蛇洞,将熟睡的大蟒剁成三节。两女子为报救命之恩,决心嫁给英雄为妻,杜朝选不依。女子穷追不舍,未果,在龙潭落脚,伤心至极,无法解脱,跳入深潭。杜朝选得知消息,伤心不过,亦跳下潭去。立即从龙潭飞出三只彩蝶,两前一后,形影不离。

杜朝选死后,人们在不远的山坡上修座小庙,塑了泥像:白面书生,一副弓箭,一匹白马。4月25日杜朝选投潭那天,老百姓来赶会,祭奠这位杀蟒英雄,奉为周城本主。这时候,众多彩蝶也从四面八方聚来龙潭,人们便称之为"蝴蝶泉"了。

导游讲的传说:

蝴蝶泉原叫无底潭。古时候,云弄峰住着一位如花似玉,心灵手巧的姑娘雯姑。英俊的白族年轻樵夫霞郎,武艺高强,为人善良。一年,雯姑与霞郎在三月三的朝山会上相逢,一见钟情,互订终身。凶恶残暴的俞王,得知雯姑美貌无比,派人把雯姑抢入宫中,做他的第八个妃子。霞郎得知,冒生命危险,潜入宫内救出了雯姑。俞王立即带兵穷追。他俩跑到无底潭边,已精疲力竭,带着刀枪火把的追兵已到眼前,危急中两人双双跳入无底潭中。次日,打捞霞郎和雯姑的乡亲们没有找到两人的尸体，却看见从深潭中翻起的一个巨大气泡，飞出了一对色彩斑斓的彩蝶，在水面形影不离，翩跹起舞，引来了四面八方无数蝴蝶，在水潭上空嬉戏盘旋。从此，人们便称无底潭为"蝴蝶泉"。

当然，乍听也是个美丽的传说。但是，与前面一篇，1956年民间文艺工作者深入民间两个月采集的故事相比，就看到了差距。前者忠实于原作，是原生态的记录，属非物质文化遗产。后者明显的加工与主观杜撰，占了主要地位。当文化融入商业意识，难免就会变味。为旅游服务不是目的，弘扬优秀传统文化才是根本。广西云南一路走来，贾芝同志讲的最多的就是民间文学的搜集整理问题。这也是对我的启蒙。从一开始我就牢牢把握"忠实记录、慎重整理"的原则，一把尺子分辨民间文学真伪。当然，对于一般读者，无须辨真伪，只需看作品好坏；研究者要求资料确凿齐全；旅游者希望了解更多名胜故事与历史传说。三种人都不想看到胡编乱造的假古董；一篇真实完整的故事才能做到开卷有益。后者虽被导游讲得绘声绘色，然而，缺乏民间因素，没有地方民族特色，便丧失了生命力。

在蝴蝶泉，我们没有见到成串的蝴蝶，据说，十几年不见那种首尾相接的奇观了。

之后，我们穿过狭窄的街道去洱海。说海，其实是湖。车开到没有了路的地方，我们在湿地上小心翼翼、一步一跛地踏出一条泥泞的小路到达岸边。乱石沙土，杂草丛生，没有房子，也没有人。不远不近处，一条木船，静止在湖面上，不见撒网，亦不见人。放眼望去，一片宁静，看不到边。一种敬畏之情油然而生！回来时，离岸不远有个寺庙似的建筑，好像叫海心亭。进院，房门紧闭，两棵开满粉红色花的树，让人心生喜悦。

喜洲城里有大量白族特色的古建筑，却极少有饭店餐馆。中午时分，我们只好到35101部队53分队请求帮助，他们热情地为我们劈柴做饭。那是一个很大的院子，典型的大理民居。大理白族民居四合院与北京不同，北京四合院大都是一层的平房，而白族几乎都在两层以上，其精湛的雕刻工艺更是别具一格。木雕，刀法圆熟，游刃有余。石雕，得天独厚，浑然天成。大理民居是人与自然的和谐与融会，缔造出的唯美，恰如白族历史文化的一面镜子。

饭后，我们去崇圣寺，寺已被毁，留有三塔。那时，还没有恢复展出。四周的空地上晒满了老百姓的粮食。那是收获的季节，我们所到之处，常常看到寺院与鼓楼的院子里晒着粮食，丰收的喜悦与幸福满满的。人与佛共享快乐。

傍晚，我们回到部队招待所，板式楼，东西各有拐角，我住三楼西边第一间。打开房门："哇！太美啦！"夕阳下，红色云霞弥漫萦绕苍翠峰峦，点染着白雪的峰巅镀上金色。"窗含苍山千秋雪"，我忙跑过去，推开两扇很大的玻璃木窗，连窗纱都没有。那么近，那么真实，一种温暖的感觉扑面而来。我第一次真切地感受山的力量，壮观中的柔情，惊艳不已！那个招待所，现在看来或许有些简陋。房间里，除了两边靠墙各放两张木板床以外，中间只有一个二屉桌。然而高大宽敞，加上窗外的苍山，那是最好的住处啊！之后多少年，我再没见过那么清晰漂亮的山和那样温暖地直接洒进房子的夕阳。

返昆明，回北京

11月6日，早上出发回昆明。中午在楚雄吃饭。姜士英同志来见我们，挽留我们停一天再走，行程已满，不好更改。下午到达昆明，仍住连云巷招待所。

11月7日，一天都在开会，王松、李缵绪、刘辉豪三位同志汇报少数民族文学所云南分所明年的工作计划与存在的问题。贾芝同志就几个问题谈了意见：1. 抢救、普查以一个民族或地区为单位，规划与组织力量落实的问题；2. 明年云南分所以科研为重点，科研与调查与调查相结合，适时召开学术研讨会的问题；3. 落实成立中国民间文艺出版社云南分社，系统解决各民族民间文学作品出版发行，包括用汉文与民族文字同时出版的问题；4. 办民间文学培训班，特别是培养民族文字翻译人才的问题；5. 以分所的科研人员为中心，积极团结组织发展社会力量的问题；6. 建立民间文学资料馆的问题；7. 批评与纠正垄断、抢夺等不良作风的问题。开完会，我因腹泻发烧去了医院。11月8日，我输液直到下午4点。那是我第一次输液，输上就浑身发抖，那时不懂是过敏反应。云南的同事用热水给我暖着，输完液，不但没有好，反而高烧起来。晚上，刘辉豪请我们在他家吃饭，我实在坚持不住，顾不过来了，倒在床上。

11月9日，我还在发烧，云南的朋友开玩笑说是琵琶鬼作祟，有的说是瘴疠之气。大家各自拿药来，王松送的是半瓶胡椒红糖水。我能否乘晚上10点车回北京成了问题，他们都劝我再留两日。我坚决要按计划行程，没有任何顾虑，根本不考虑三天的旅程，完全不像现在的谨小慎微。11月12日回到北京，我还断断续续在生病，心脏出现一些不适症状，医生怀疑我在云南曾患心肌炎。我也没注意休息，立马参加外事接待等工作与个人的剧本创作。

            2018年12月20日
            2019年2月18日

《灯花》以外的故事[①]

　　1981年金秋十月，北岛岁枝带着她的两个孩子，随日本《灯花》读者代表团抵达还沉浸在国庆欢乐中的北京。她早已渴望能来看看社会主义的中国，看看《灯花》的故乡。

　　一篇民间故事挽救了一个家庭，改变了北岛岁枝母女三人的命运。这个消息一时间打动了两国人民，民间文学界更是兴奋。我们清楚地看到自己工作的价值，中国民间故事以其深刻的内涵，对一位日本妇女产生了意想不到的结果，生发出中日人民友好历史上一段佳话，如同投石水面，涟漪荡漾，层层扩展，成为媒体关注的中心。它很快成为一个极为有趣的新闻故事，传颂着中日人民之间的友谊。民间故事以外的故事！

　　《灯花》是已故壮族作家肖甘牛整理出版的苗族民间故事，说的是一个叫都林的小伙子，日子过得挺清苦，但他很勤劳，日夜劳作，汗水滚到石窝窝里，浇开了百合花，百合花会唱歌。中秋节的晚上，灯芯中闪出一位漂亮姑娘。姑娘是百合花变的，她与都林结成姻缘。从此，夫妻辛勤劳动，生活富足起来。慢慢，都林变了，变成一个好吃懒做的人。五彩孔雀背走了百合花姑娘，都林又过起清苦的生活。一天，他看见一幅绣有他和姑娘共同劳动的苗锦，幡然悔悟。他扛起锄头上山劳动，汗水和泪水流进栽百合花的石臼，又长出一枝香喷喷的百合花，灯花中重新闪回漂亮姑娘，都林夫妇又过起幸福美满的生活。充满神话色

[①] 原载《三月三》创刊号1983年第1期。

彩的故事，揭示了一条真理：辛勤劳动创造幸福；好逸恶劳招致不幸。就是这个道理启发陷入不幸的北岛岁枝，获得了重新生活下去的勇气。

故事的翻译者是大阪民俗学博物馆的君岛久子教授，她翻译过数百篇中国民间故事，故事"救人命"还是第一次。她说，没有比这更令人高兴的事了。她首先向中国传递了这个故事：一则中国民间故事救活一位日本普通妇女。

事情发生在1974年，伊东市制茶公司的办事员北岛岁枝遭遇不幸，她准备抛下自己的一双儿女投海自尽，最后要写个遗嘱。她向流动图书馆借书，偶然借来《世界民间故事选》，她抄录一篇名叫《灯花》的故事，打算留给自己的孩子，陪伴他们长大成人。她还没有抄完，就抄不下去了。泪珠滴满日记本，她匆匆写下几句感想搁笔。北岛岁枝有两个孩子，孩子还小，她经常讲故事教育他们。没想到这篇故事首先打动启发了自己，她在伤心流泪的同时，决心克服困难，挺起腰杆，从悲观失望中振作起来。《灯花》中闪出了百合花姑娘，百合花姑娘走到北岛岁枝的身旁，给她带去了温暖，做出了榜样。在灯花的照耀下，北岛岁枝走进新的生活，成为一位值得人们尊敬的女性。

北岛岁枝是民间故事的最好读者。她是从民间故事中获得"只要勤奋努力，定能叩开幸福之门"的坚定信念。《灯花》中的理想人物，是她的精神支柱，使她鼓足勇气，增强信心，成为现实生活中的百合花姑娘。她不仅认真阅读故事，学习故事，还常常把《灯花》和其他故事讲给孩子们听。民间故事展现的是人们崇拜的英雄还包括普通劳动者的美好心灵。母亲用讲故事的方式传达给孩子们，传授做人的道理，传授前人生活和斗争的经验以及各种知识，培养高尚品德。民间故事在人民中世代流传，除了自娱自乐，更重要的是自我教育。民间文学具有潜移默化的作用，它告诉我们怎样分清真理与谬误、美与丑、善与恶。故事颂扬的真、善、美，成为我们一生的追求。它在丰富我们生活的同时，赋予了我们精神的力量。

北岛岁枝读故事、讲故事，更成为一个中日民间文化交流的新故事的主人。她收到了来自四面八方朋友的祝福和各种礼物，中国朋友也寄去信件和慰问品。她荣幸地收到中国民间文艺研究会的正式邀请，1981年10月6日来到了《灯花》的国度。她来到中国后的第一个感觉就是温暖。她的女儿明子说："这里人们心地都很善良，只有这样善良人的国家，才有这样优美的故事。"天安门前，她们都为这宏伟壮丽的建筑而震惊，说："今天看到天安门广场如此开阔，我们才理解到中国人民的心胸为什么这么宽广。"第一次见到北岛岁枝，是在协会接待《灯花》代表团的宴会上，她身着漂亮闪光的织锦和服。她说，她只是一个普通的日本妇女，受到中国如此隆重的接待很是不安。然而，正是因为这"普通"才更加深了故事的感人与独有的价值。10月8日，中国妇女联合会主席康克清同志在人民大会堂，接见了北岛岁枝的一家。她作了长篇讲话，特别介绍了妇女工作，最后说这个新故事应载入中日友好的史册，祝愿中日友好代代相传！北岛岁枝一行在北京游览了名胜，参观了大学和人民公社之后，就去到了《灯花》的故乡广西。在芦笛岩童话般的仙境里，在漓江的青山绿水中，北岛岁枝见到了《灯花》的搜集整理者肖甘牛同志。她十分感激地拉着老人的手说："您就是我的再生父亲，因为您使我读到了苗族的这篇动人的故事。"临别时，北岛岁枝送给《灯花》故乡，一套由十日町市人民精心制作的和服；柳州市人民也将一套斑斓精美的苗族服装回赠给北岛岁枝，让它远渡重洋，给日本人民带去中国人民的心意和真诚的友谊。

《灯花》故事的日译者君岛久子教授来到中国后说，日本有许多民间故事都是从中国传过去的，中日两国人民的友好源远流长，记载在群众口头流传的故事里。令她完全没有想到是：民间故事竟生发出中日友好的这样一段佳话，为中日友谊增添了如此神奇的色彩。她很激动，深有感慨地说，民间故事挽救了北岛岁枝，北岛岁枝也挽救了民间文学。她为什么这样说呢？在民间文学往往不大受重视的今天，北岛岁枝用自己的行动给它注入了新的生命力，使古老的传说故事重放异彩。这一事实给那些不重视民间文学的人们一个震动，使他们认识到民间文学在提高人的精神层面，确实有不容忽视与不可替代的积极作用。

北岛岁枝，这则真实而生动的故事，充分说明了民间文学在文艺百花园中是一朵光鲜亮丽，永不凋谢的奇葩。尽管各种文艺繁荣兴旺，而来自民间的优秀作品，却是哪一种艺术形式也不能取代的。民间文学长久为人民群众所喜爱，它不断洗涤和净化人们的心灵，提高人们的精神境界。如果说，人民是文艺工作者的母亲，而母亲所创造的民间文学，不论是古老的口头流传形式还是以《安徒生童话》《格林童话》经典书籍或者戏剧、电影、电视等诸多现代形式出现，都会飞越高山大洋，成为世界人民共同的精神财富，成为文化交流友好的最佳纽带与桥梁。

世界民间文学与人民生活交融渗透，共同发展，亘古不息。

1983年1月
2021年1月修改

神话《太阳、月亮和星星》引发的思考

1981年，我到中国民间文艺研究会工作不久，读茅盾的《神话研究》，看到一则印地安人的神话：

太阳是天空的父与主。他是大首领。月亮是他的老婆，星们是他的儿女。太阳常常抓他的儿女们来当饭吃。所以星们不敢见他，当他巡行天空的时候，星们是躲得远远的。当太阳早晨出来时，你就看见那些星，太阳的儿女们，都逃去了，逃到青空的上面去了。直到他们的父亲上床睡觉，他们方才敢出来。地下深处，深，深，深到不能计算处，有一个大洞。太阳在天上巡过后，看过一切东西，做完他的工作以后，他就滚进这个洞里睡觉；他滚着爬着，一直钻到地心里——他的床上，睡觉。一夜工夫，他就睡在他的床上。这个洞是如此小，而太阳是如此大，他钻进洞里就不能转身，所以第二天早上他要再出来时，只好从洞的彼端钻出来。所以，我们每天看见他从东方起来。他一出来，就捕捉他的儿女们来吃。一定有几个跑得慢的被他捉住了。他一定要吃星，不然，他就活不下去。太阳的形状不能被看见。他像一条蛇，或是一只蜥蜴。我们所看见的，不是他的面孔，而是他的肚腹；那里面装满了被他吞下去的星，所以会那样光亮。月亮是天上的母亲，太阳的老婆。她也是钻进她丈夫所钻的那个洞里去睡觉的，但是她很怕她的丈夫，所以当太阳从此端钻进洞里去，她就从彼端钻出来跑到天空里了。她，月亮，很爱她的儿女，星们；她在儿女们中间，极觉得快乐；而星们，也像得了安慰，在她周围闪光，跳舞。但是那母亲，月亮，也没有法子保护她的儿女们，使之不为丈夫所吞吃。因为住在最高处的大神巴哈的意思是教太阳每天吃几个儿女的。每一个月，太阳要吃下几个他的儿女，所以那母亲，月亮很伤心。她一定要纪念她的悲哀，所以她一定要撒些灰在面孔上（劈乌忒的妇人死了儿女时，是把灰撒在面上纪念她的悲痛的）。但是那些灰渐渐会脱落的，有一时，月亮的面孔便洁白圆满没有一些灰了。可是太阳又已经吃了几个儿女，所以月亮又把灰撒在脸上了。[①]

这篇神话不仅足够浪漫，还有一种天然的质朴。人类处于童年，有着丰富的想象力与渴求真理的心。他们观察到太阳、月亮和星星这种天文现象，尚无探寻到科学的解释方法。他们以孩子般的天真稚拙，幻想编织了这篇美丽的神话，无拘无束地解释天地万物。多么自信！多么纯粹！

美好，总让人记忆。不久，我在翻看1960年《民间文学》的时候，发现了同样的故事《太阳、月亮和星星》，是壮族神话，游华显记录。大意是：太阳是父亲，月亮是母亲，星星是他们的孩子。太阳很残忍，每天要吃自己的孩子。被太阳吃掉的星星流出的鲜血就是早晨的霞。太阳一出来，星星都躲起来，一颗也不见了。尽管太阳每天都吃星星，但总是吃不完，因为月亮每个月有十多天生孩子，月亮浑圆浑圆时，就是怀孕了，扁弯时就是生完孩子了。月亮是位慈善的母亲，星星每晚都绕着妈妈游玩，游玩时也眨着惊恐的眼睛，一想到白天就要被吃掉，忍不住落下泪水，这就是我们早上看见的露珠。看到这则神话，我很兴奋与惊奇，如此相似的故事发生在如此遥远的地方？

---

① 茅盾：《神话研究》，百花文艺出版社，1982年，第49页。

我又查阅了《壮族文学史》，其中记载《太阳、月亮和星星》（又名《三星的故事》）流传在桂中与桂南一带。据分析，作品大约产生在母系制开始崩溃，以父权为中心的家长制建立以后。由于故事在流传与讲述过程中被不断加工，原始时代的某些"野蛮"印记只是隐约可见了。

1988年，我到广西参加《中国歌谣集成·广西卷》审稿，在翻阅集成普查中的大量手稿时，发现了蒙山县新圩乡双垌村婆渡壮族农民王达光采录的神话。故事讲述者把神话、英雄故事、风物传说融合在一起了。大意是这样的：大肚婆访天边，没有走到，生一男孩叫铁拐，继续走她没走完的路。铁拐在天边看到太阳、月亮和星星是一家人。太阳是老公，月亮是老婆，星星是他们的孩子。太阳很懒、很毒辣。每天早晨，太阳要月亮给他东西吃，没有东西就吃月亮生下的孩子。月亮是慈善的老婆，每逢明朗的夜晚便带着孩子们慢慢游着。星星围着她，笑一阵，哭一阵。星星和月亮的哭声惊动了英雄猛括，那是一顿能吃400斤的大力士。他什么都有，就是没老婆，早就倾心于月亮。见到月亮常常带着星星们啼哭，就想把月亮抢过来。猛括召集所有壮人和太阳打仗，壮人都被太阳的毒针刺死了，剩他一人转回来。他很不服气，要决一死战。于是，他用笔在纸上画人和马，100天之后人马就可以变成真的。这个秘密不能让人识破，否则就不灵了。他一个人画画，到第99天时，他妈纳闷：为什么秋收大忙季节他天天关在屋里？趁他买纸时，进屋打开箱子，那些画好的人马已经会动了，纷纷出来，飞到宁明县花山，贴在崖壁上。猛括白费了心。太阳打败了猛括，怕他报复，让月亮生九个与他一样的太阳。月亮无法抗拒，含泪生下九个太阳。地球遭遇灾难，达康去寻太阳。他用大南竹和金刚木做弓射太阳，射掉九个，剩一个留给月亮作伴到现在。

虽然这篇神话附会了至少四个壮族民间故事母题，但它关于太阳、月亮和星星的解释与前两篇都是相同的。

为什么我国壮族神话与印地安人有着如此雷同呢？中国汉族神话大量失传，仅留片段在古籍记载中。壮族地区交通闭塞、文化发展缓慢，得以保存古老的神话。

继而，我翻阅相关图书与文献资料。

据古地质学家研究：大约70000年前，海平面曾经大幅度下降，有些地方露出海底，形成陆桥，在古地理学上称"白令及亚"。距今25000—13000年前是陆桥最后存在期，"白令及亚"成为中国通往北美的通道。

据人类学者研究：美洲印地安人的圆颅、宽面、头发硬直粗黑、汗毛稀疏等体貌特征，尤其是婴儿出生时具有蒙古利亚人特有的青色蒙古斑，均可以证实印地安人很可能属于蒙古利亚人。

据考古学家考古发掘：1972—1974年在桑干河中游河北阳原县虎头梁村附近出土200多件楔状石核。石核形状、类型，加工方法都与北美发现的楔状石核完全相同。这里的石核超过美洲发现石核的总数，也超过亚洲任何一处遗址中的楔状石核。山西下川遗址的发掘也说明以楔状石核为特征分布于东亚、北亚、北美的这种典型的细石器传统技艺应起源于我国华北一带。我们可以推想一部分华北古猎人在追捕野兽时把石核带到了美洲。最早到达美洲的可能是这一批华北猎人。他们同时带去了这则神话。

据考古学家研究：距今两三万年前，也就是旧石器晚期，我国气候干燥寒冷，西北风把沙土刮向东南，堆积在华北，称之"黄土时期"。恶劣气候锻炼了人类，发生激变，最后脱离动物界，成为"智人"。人类蒙昧时期，强烈的求知欲，逐渐探索自然，创造了丰富的推原神话。他们对大自然的解释荒诞离奇，然而是根据实际生活经验展开的"合理"联想。

那时，母系社会刚刚崩溃，开始了以父权为中心的家长制。《太阳、月亮和星星》这样一篇神话应运而生：太阳是父亲，月亮是母亲，星星是他们的孩子。然而，"父亲吃孩子"像是夫妻制度尚未确立，孩子只知有其母不知有其父。父亲也不知其子，父子间无亲情可言时，产生的夸张性暴虐行为。人们怀念和呼唤母爱，并逐渐附会上更多神秘的色彩。我国壮族的祖先是西瓯越和骆越族。春秋战国时期总称"百越"，长期在我国长江以南及东南沿海，与华夏族毗邻、自古与中原地区密切联系，广西出土的无胡石戈与周朝无胡铜戈形状非常相似。越族在新石器时期就与中原华夏族有文化交往了。可推想这则神话随华北人迁徙到广西得以保存。

印地安人和壮族神话都具有人类旧石器时代晚期和新石器时代早期的这一痕迹，符合印地安人自华北逐渐由白令陆桥迁徙美洲的推测。较多方面的研究者普遍认为：印地安人是中国华北人的后裔。冰河时期，他们通过结冰的白令海峡，从阿拉斯加进入美洲大陆。当然，也存在一些不同观点。2003 年，美国科学家在华盛顿庄严宣布：美、英、日、法、德和中国，6 个国家联合，经过 13 年的努力，共同绘制完成了《人类基因序列图》。根据 DNA 研究好像得出"华人占大多数的东亚人群起源于非洲"的结论。

不久前，曹保明在他的《印象十八站》里讲述了一位大兴安岭猎人与遥远的印地安部落酋长唠"家常"嗑的故事。

2007 年，鄂伦春文化学家关小云带郭宝林去加拿大渥太华大学参加北方民族生态旅游国际研讨会。郭宝林不仅是出名的猎手，还是桦皮船技艺代表传承人。北美加拿大与中国黑龙江大兴安岭十八站万里之遥，印地安与鄂伦春的桦树皮文化、兽皮文化却有着惊人的相似；加拿大原居民有五个部落群与大兴安岭十八站保护完好的白桦林鄂伦春村落一样，几个居留区也都叫"斜仁柱"区。当地导游一路颠簸地把他们送到河对岸的"斜仁柱"。几条酷似野狼的狗簇拥着奔向人们，人们动手燃起篝火。当他们铺着树枝，在远隔千山万水的北美大陆盘腿席地而坐的时候，仿佛回到了大兴安岭的十八站。老酋长依然住在和十八站一模一样的"斜仁柱"里，当然，斜仁柱里已安装了现代化的设备。老酋长十分喜欢郭宝林带去的桦皮船模型、桦树皮艺术品。他们交谈通畅，没有语言障碍。

这个故事，再一次印证了中国华北人与印地安人的渊源关系，民间生产、生活方式，包括居住、饮食、文化与日用品、手工艺品，甚至连语言都是相通的。近年来两个遥远国度不同民族流传的同一故事不断发掘问世，相关民俗不断深入考察，两者的血缘传承愈加清晰明确。

十八站旧石器遗址采掘出土 1070 件打制石器，刮削器、尖状器、石叶、石片与石核和北京周口店及河北阳原虎头梁遗址出土石器颇相似。这些考古发现也正好与印地安人自华北向北迁徙，穿越白令海峡到在美洲的推测相吻合。随着考古的新发掘与研究，加之民间传说故事、民间习俗的新佐证，我们或许很快能够复原冰河时期人类通过白令海峡的一次伟大迁徙。我们期待着，并做好工作，发挥民间文学的多种功能价值。

1988 年 8 月

2023 年 10 月补充

一部母亲讲述与记录的故事集《白凤凰》

《白凤凰》，1985年由辽宁春风文艺出版社出版。编者李明是一位母亲。她的书里收入故事102篇，全部是她自己讲述、自己记录的。这些故事均流传于她的故乡——辽宁省辽中县以及辽河两岸。

20世纪50年代，李明从农村的家乡来到现代化都市大连，城市的喧嚣和繁忙的工作并没有吞噬掉她童年的记忆。李明妈妈是满族人，姥姥特别会讲故事，把故事传给了妈妈，妈妈又传给了她；两位祖父是唱皮影戏小有名气的艺人，也把故事传给了她。1960年，她妈妈从农村来到大连，撩起她童年的梦，儿时故事一一复活。故事的阀门一经打开，便一发不可收，奔涌而出的故事饱含对故乡的思念、对母爱的眷恋。她当即决定把小时候听来的故事讲给孩子们听。她的故事起码经过三代母亲的传承与创作，自然而然地融进了浓浓的母爱。

有人说，民间文学是女人的文学。这话不免有些绝对，但是，女人确实是创造传承民间文学的主力军。民间故事的传播，一般地说，要经历许多不同的人、不同的民族与地区以及不同的讲述场合，也就产生了各种不同的传承路线与方式。血缘传承在其中一直占有绝对重要的地位，而母性传承又在血缘传承中占有绝对优势。女性是人类生命生产的主要承担者，教育自己的子女是她不可推卸的天职。孩子有着强烈的好奇心与求知欲，要求母亲告诉他们世界万物的面目与来源，解释一切人类与自然之谜。

讲故事、说歌谣和唱儿歌就是母亲最早最好的启蒙教育。如此，母亲在抚育孩子的过程中创造和传承着各种不同形式与内容的民间文学作品。中国几千年的封建统治，对女性的束缚与压迫格外残酷，在生活中遭遇更多的痛苦、不幸与矛盾。她们这些深刻广泛的感受反映在民间文学作品中也极其突出与生动，甚至包罗万象，婚姻、恋爱、姑嫂、婆媳、后母等诸多家庭问题都有反映。

我们，包括许多伟人、大科学家、大艺术家、大作家，小时候的启蒙老师都是自己的母亲、奶妈或者祖母。一首摇篮曲、一则大灰狼的故事，就成为她们给孩子上的第一课。母亲用讲述、用自己的创作，为孩子打开一个五彩斑斓的童话世界，孩子一睁开眼睛就在美丽的幻想中遨游。

在这里，母亲告诉孩子最基本的人生哲学。怎样做人？怎样识别善恶？李明故事集就是母亲给孩子人生第一课的课本。她记录故事的同时，也记下了母爱。

善良的小牛劝说妈妈，不要贪财卖掉能变成红肚兜娃娃的大人参，救了人参娃娃一条命（《人参娃娃》）；可怜的孤儿小泪人历经千难万险救了被妖怪变成石心的人们，得到大家的爱，成为最幸福的孩子（《小泪人》）；勇敢的小妹吞入蛇肚之后，用剪刀剪断蛇的肠子，扎烂蛇的心，捅碎蛇的肺，又划破了蛇皮钻出来（《三姐妹》）；在好心的媳妇面前饺子变元宝，在坏心婆婆面前元宝变石头（《发子饺子》）；鲤鱼媳妇把自己的眼珠子留给丈夫，变成两颗硕大的夜明珠（《夜明珠》）。这些故事都包含着极丰富而浅显的做人道理：善良、勇敢、帮助别人……

《太阳为什么刺眼睛》中说月亮哥哥给太阳妹妹一包针，谁敢看她就用针刺谁的眼睛；《吴刚上月亮》中吴刚为求仙被送到月宫天天砍桂花树形成了月亮的阴影。两个故事告诉孩子，太阳和月亮的特征，又用极有趣的情节解释了至今科学也无法完全解释清楚的宇宙奇观。就是这些有趣、易懂、好记的故事，让孩子们慢慢扩展知识、认识世界。

《三个瞌睡虫》中讲三个贪睡的人：被臭虫咬了，抓别人的腿；听雨声以为自己在尿尿，一直站在那里；挨了屁板，还不知道打的是谁，笑料不断。《小铜锣》中贪心的哥哥为了得到宝物，脖子被妖怪抻得老长老长。脑袋从井里伸出来，伸到自家门口，身子还在井底。辛辣的讽刺，夸张的比喻，让孩子们发笑的同时获得启示：应该怎样做人？应该鄙视什么？

　　李明的故事作为母性传承，以童话为主。其中神话和传说，也是以童话的形式讲给孩子听的。《太阳和月亮》中太阳、月亮和大小魔王的矛盾纠葛都是由有趣的童话情节构成。听者不同，讲者也不同，即便是同一个故事也因为讲述者强调的内容与其预期效果，在讲法上有了很大的改变。母亲讲的故事，无论什么内容，都因为浓浓的母爱而变得温馨浪漫且寓意深刻。《不见黄河心不死》原是一篇撕心裂肺的爱情故事。李明集子收入的《黄河与官才》在母亲嘴上、在李明笔下，友爱、风趣、活泼冲淡了故事本身的悲剧主题。会唱歌的心变成一朵会唱歌的小白花，更美更适合孩子了。通篇故事韵律很强，对话是以对花名开头的歌谣。全篇用了 30 余种花名，如："石榴花，红似火，妈妈快把媒人托……""地丁丁，小穷花，又瘦又小地上爬，放着名门你不嫁，偏偏看上那土坷垃。""绣球花是团圆花，一贫一富把花杀……"每一种花都和故事情节、人物内心紧密吻合，巧妙有趣、朗朗上口，很容易在孩子之间流传。

　　李明故事集语言生动形象，完全适合孩子的表述形式，描写高粱长高："它咬着牙忍着疼，使劲地往上伸。就听高粱秆'咔嚓咔嚓'地响，'嘎嘣嘎嘣'地挣。高粱节也跟着一节一节地往上拔，'噜噜'地拔出老高老高的。"描写大豆："咬牙切齿，'咔叭咔叭'山响，把肚子都气爆了，豆粒滚了满地。"（《高粱与大豆》）描写后娘："她看自己亲生的孩子像星星月亮，越看越稀罕。看前窝扔下的儿子像苍蝇蚊子，越看越讨厌。"（《小葱与甜瓜》）

　　李明故事集是一代又一代妈妈讲给孩子的故事，是母爱创作与传承的故事。她们为孩子展开一个美丽的幻想的童话世界，同时又为孩子走向现实世界铺就一条坚实的道路。

　　祝贺李明故事集的出版发行！愿《白凤凰》给孩子们带去更多的欢乐！

1989 年 3 月 1 日
2019 年 3 月 5 日修定

歌谣、神话与花婆崇拜[①]

花婆崇拜与歌谣、神话，在以往的文化范畴里分属于民间文学和民间宗教两门相对独立的学科，有不同的概念。人们往往只注意它们自身的发展历史和规律，而忽略了它们在现实生活中扭结在一起，成为不易分割的凝聚体这一活形态的研究。另外，不同地域、不同民族流传的民间文学、宗教和风俗、艺术又往往相互交融和渗透。这种各民族多元文化的融合和凝聚性造就了中华民族无比绚丽多彩的传统文化，缔造了中华的古老文明。

我这里就一首壮族歌谣引发的一连串的追寻与求索，来说明民间文学与其他文化门类之间这种水乳交融的关系。

十年前，我到广西，参加审读《中国歌谣集成·广西卷》时偶然发现一首《还花谣》，反映了壮族一种奇特的风俗。丈夫在埋葬怀孕未产就去世的妻子时，要在坟旁栽一棵芭蕉树。以后，他每天晚上到坟边浇水、陪伴，直到树结出花蕾，一般需要九个月的时间。这就叫"还花"，意思是让妻子的灵魂重返花山，再变成花一样的姑娘出世。原以为不过是源于夫妻间难以割舍的恩爱之情，后来才知道"少妇产亡植蕉"这种古老的丧葬习俗，源于壮族对花婆的崇拜，以及原始人类对血的禁忌和恐怖。他们认为少妇生产前后死亡，是死于血潭。只有丈夫在其坟旁种芭蕉，待芭蕉返青开花，死者才能从血潭中爬出来，回到花婆的花山上等待再次投生。丈夫再娶时也不会有鬼魂作祟了。

[①] 原载《民间文学论坛》1995 年第 2 期。

丈夫离开妻子坟墓时，要唱《还花谣》：

种下的芭蕉树，如今长蕾了，你"歹同"九个月，今天得归阴了。我陪伴你九个月，现在要离别了。你洗沐九月满，我陪伴九月整，拍雾气给你洗脸，掬露水给你洗身，滴泪水给你洗脚。用恩爱安慰你的亡灵。如今你已洗得干干净净，你的灵魂即可归阴。长得最大的是芭蕉叶，我已经待它长足，开得最慢的是芭蕉蕾，我已经待它长出。世间最恩爱的是夫妻，我已经陪你九月整。你尽了你的情，我也还了你的愿。快摘下这朵花蕾，重返美丽的仙山，快带上这朵花蕾，重变成净洁的姑娘。我俩的恩爱固然深重，可惜它已化为青烟。我俩的生活固然美好，可惜它过于短暂，值得安慰的唯有这芭蕉树，日后来往就偷偷留连。

动人的诗句，谜一样地令人遐想，但怎么也想不到这里隐藏着一个古老而美丽的神话。

原来，作为古越族后裔的壮族、毛南族、侗族、仫佬族、布依族、水族以及相邻的瑶族至今保留着内容、形式大致相同的傩祭形式，他们祭祀花婆，也称婆王神、花王圣母等。传说，花婆掌管着一座极大的花山（也有说是花园的）日日忙碌着，护养着花山上的花。人间的男女老少都是婆王山上的花。花婆把花的生魂送给谁家，谁家就生小孩。送金花、红花生男孩；送银花、蓝花、白花生女孩。也有相反的说法。花婆山上的花长得茂盛、开得鲜艳，人间的小孩就平安成长，身体健壮；如果花山上的花生了虫、缺水、缺肥，小孩就会生病、就有劫难。花婆将两株花移栽在一起，男女便成姻缘。人死了，灵魂回到花山，还原为花，再由花婆赐予别家，他便到人间投胎了。

这篇神话独具特色，显然比佛教传入中国之后，阎罗王掌管人类生死轮回的观念更原始、更古老。它将人的出生、生病、婚配与死亡的奥秘归功于女神"婆王"。这是远古氏族社会时期女性具有崇高地位这一现象的折射。神话中对一植物的崇拜，女性掌管采集与农业生产，以及对植物开花结子的认识，都带有母权制社会的印记。随着社会向前发展，男始祖神逐步代替了女始祖神，唯一独尊的创世女神神格已大多模糊不清，或者荡然无存，她变成了只管生育和护卫儿童的女神。这显示了母系制向父系制过渡，女权衰落的历史轨迹。

壮族口头文学曾明确地说，他们的始祖神是从花中诞生的女神姆六甲。传说，宇宙分出天、地、海洋后，大地还一片沉寂，经过风雨作用，大地长出了草，草上开出一朵花，花里生出一个披散头发的女人，那就是宇宙间第一位始祖神姆六甲。①

花草生人是远古人的观念，源于"万物有灵说"。人的生育与植物的播种、生产用同一语汇表达，种子落土萌发和女人怀胎分娩具有相同的文化意义。"生"字在甲骨文中写作"㞢"，也是用植物破土生长之貌来释义的。最近，俄罗斯一位教授在《人和植物相容之谜》②中提出，整个有生命的世界，无论植物、动物都是由结缔、肌肉、神经及上皮组织构成的。植物和人有许多相似之处。随着自然之谜的不断破释，也许还会揭示出人与植物之间更加神秘微妙的象征意义和感应关系也未可知呢！

1979年，连云港将军崖发现一处新石器时期的崖画，上面刻有星云、农作物、鸟兽。特别多的是草上有人面的图像，脸上刻着花纹，有断发纹身模样，头上戴着饰物，犹如缨络，应当说是女人形象，可见花草生人是新石器时期人们的一种认识。连云港地区是大汶口文化和良渚文化的接合点，良渚文化也属于百越文化的范畴，这说明百越先民在远

---

① 参见蓝鸿恩《论〈布洛陀经诗〉》，载《布洛陀经诗译注》，广西人民出版社，1991年。

② 1994年1月30日《参考消息》摘录俄罗斯《独立报》3月25日尤·叶夫多基莫夫文章。

古便有了这种花草生人的观念。①

在古越族衍生的各族中，傩祭活动一直盛传不衰，并以求子为核心的安桥、送花仪式为主。我从广西民间文学工作者的调查报告和他们搜集到的师公《还愿唱本》中，对这些民族大同小异的傩祭活动有了一些了解，下面分别介绍一下他们的特点。

壮族，称花婆为"花王婆"。她们生下小孩子，要请巫婆到野外摘一束野花放于产妇床头，立花王神位，亦称"床头婆"。每月初一、十五，孩子和母亲都要祭拜花王神。孩子如果生病，母亲便在花王神位前祭拜供奉。有的还要请巫婆神游花婆的花园，看孩子的命花，并代花婆为之除虫、淋水。花王神位一直要保留到孩子长大成婚才能撤去。届时还要举行还花仪式，作为成年礼的一部分，除了谢花婆的保护之恩，还求花婆在他成婚后再赐子女。

求子还愿仪式非常隆重，也称跳南堂，通常要跳12天12夜，由师公主持。祭祀神多数与送花赐子有关，架桥求子时，一路抛撒米花、花生米和铜钱，亲友和群众哄抢，热闹非凡，以贺得子之喜。

在这种还愿活动中，至今仍然保留着十分明白的性崇拜和性教育。肃穆的仪式一下变成欢乐嬉笑的歌舞表演。傩师戴着面具，用荤语互相戏谑，用荤歌互相挑逗，用交媾的动作的舞蹈互相取乐。他们借神灵的化身堂而皇之、坦坦荡荡地进行性宣传。甚至主管架桥的鲁班也被渲染成与风流女灵娘有偷情关系，并唱一段赤裸裸的荤歌。

壮族还有问花的习俗。他们认为无论男女老少都是花婆花园的一朵花，欲知未来或死去亲人的事，便找仙婆（巫婆）问花。仙婆家的八仙桌作为神台，问花人向仙婆奉上钱米后，点燃三炷香插于神台香炉。仙婆问明生辰，匍匐于台上，口中念念有词，手脚颤抖不已，好一会儿才"还阳"醒来，将上天考察此花的状况告诉问花人。有问及死人的，

---

① 参见《中国各民族宗教与神话大词典》编审委员会编《中国各民族宗教与神话大词典》，学苑出版社，1990年。壮族部分参见李路阳、吴浩《广西傩文化探幽》，广西人民出版社，1993年。

也须告知生辰,偶或仙婆在迷茫中用死者生前的口吻与问花人对话。

东兰、巴马、都安等县有"还花归天娘"的丧俗。未满16岁子女夭折,父母备供品请摩公主持仪式。母亲挑供品及扎好的纸花站在条凳上,由摩公引路到天上,向花婆哭诉丧子之苦,并将花退还花婆,恳求再赐子女。摩公代花婆训斥母亲照顾不周后,再赐红花一枝,要她精心护花。母亲走下条凳回到人间,将花插于房门上,烧香朝拜。①

毛南族也崇奉花婆,毛南语把还愿仪式称为"肥套",意思是"还愿求子"。毛南人生了孩子,独建家业之后,都要择吉日"还愿",举行一次大型的"肥套"法事。届时要杀18头牲敬神。这一代不能"还愿",要下一代补还,牲数增加一倍为36头。若是到第三代就要杀72头牲了。第三代还愿叫"套三朝",往往会弄得倾家荡产。②

毛南族还愿仪式最突出的特点是:塑造了瑶王这样一个角色。古时候,毛南族有一个久婚不育的人去向万岁娘娘求花,万岁娘娘赐花于他。他把花丢在路上了,到家之后十分着急和失望。瑶王在路上发现了这枝花,他想这是万岁娘娘送毛南人的,我不能要。于是他捡起花,跋山涉水去还失主,主人感激不已。这反映了毛南族与广西南丹县、贵州荔波县白裤瑶同胞的和睦关系,他们至今称瑶族为"大哥"。

法事中,有《瑶王捡花踏桥送花》专场,在其他场次瑶王也多次出现。万岁娘娘和瑶王的双人舞,表现万岁娘娘和瑶王给主家送金花。瑶王把花篮放在主人床头,从房内跳出,在厅堂起舞。他左手拿一个三角粽,粽上插三枝花(代表女人),右手拿用米草扎成的一尺多长的草束(代表男性生殖器)。舞蹈中做草束找花枝的求偶动作。接着瑶王继续做赶猪、抓麒麟、捉山鸡等诙谐风趣的动作,一方面逗趣,另一方面预示主家六畜兴旺和吉祥幸福。

据1985年、1986年在下结、南谟、玉环、堂八等村屯的调查,"还

---

① 参见《中国各民族宗教与神话大词典》毛南族部分,《还愿》条。

② 参见蒙国荣、王弋丁、过伟《毛南族文学史》,广西人民出版社,1992年。蒙国荣撰写的有关章节。

愿"已具戏剧雏形。它有人物、有故事，并通过唱、念、舞介绍人物和发展情节。师公扮演的神还可以与主家或观众对话。各个班子表演的场次与顺序虽不尽一致，但也大同小异。当然从剧本角度看，它不够严谨，没有中心人物，矛盾冲突不明显，只是歌舞剧的萌芽而已。

"还愿"中穿插的舞蹈，大都比较原始、古朴、庄重。然而瑶王舞、三娘与土地的双人舞等片段却潇洒、诙谐，富有生活气息，与整个仪式的肃穆、神秘极不协调。据师公们说，毛南古老的"还愿"仅仅是唱神和跳神，随着历史的发展，突破了原来单一的形式，增加了反映现实生活的内容，吸收了当地民间歌舞。封建的迷信色彩减弱，世俗性、娱乐性、艺术性加强了，"还愿"唱本增添了"人话"，而不仅仅是"神话"和"仙话"。这种发展是合乎情理和一般规律的。

"还愿"中出场的每一位神，都戴着木刻的面具，根据面具可区分善神、文神、凶神，带有明显的傩文化特征。如三娘的面具玲珑清秀、面颊粉红，活脱脱一个美丽羞涩的大姑娘；瑶王笑容可掬，眼角、嘴角笑纹细腻逼真；雷神凶神恶煞令人生畏，但雕工都十分精彩。

《"还愿"唱本》包括大供、劝解、歌本三大类，师公表演时穿插运用。"大供"全是巫语，讲应备祭品及请神；"劝解"专讲各神来历、身世和职能；"歌本"用民歌体，主要讲天地万物的来源和各种事物起因，近似创世神话。《"还愿"唱本》可说是神话传说的大观园，从中可以看到毛南族神话的概况。

由于历史的变迁及人为的烧毁和收缴，《"还愿"唱本》今天已寥寥无几。那么有案可稽的历史应是从何时开始呢？毛南山乡凤腾山有一座清咸丰八年（1858）的墓碑上刻有戴还愿神像面具舞蹈的图像。1987年在下南乡搜集到4幅清乾隆15年（1750）绘制的还愿神像。据1986年对61岁师公谭耀乐的调查，他家祖祖辈辈做还愿师公，自远祖谭应府至今已世代传承14代了。与他同村的77岁老师公说，首创者应比潭应府更早些。毛南山乡流传《"还愿"唱本》的历史当可推溯到400年前。

仫佬族聚居的罗城自治县，村村寨寨都立有"花婆庙"。庙内置三个木偶像，中间抱子者为花婆，两旁分别为执笔的"判官"和喂奶的乳娘。每年三月初三和三月二十日（婆王生日）全村集体祭祀。仫佬族的还愿仪式主要在依饭节①中举行，仫佬语的"做依饭"是"还祖先愿""喜乐愿"的意思。其法事祭36位神，一般活动要1天1夜。法事之后，每人得一份礼品（经师公喷洒过鸡血酒的祭品），回家供在祖先神台上以了还祖先愿。

　　婆王神话产生于远古母系社会，但随着社会的发展，不断融入有关的民俗事象、民间传说、歌谣和故事，形成后世的文化积淀层。从仫佬族中搜集到的两个师公唱词的异文本，就可说明这点。唱婆王是伏羲兄妹的母亲，又唱："建德元年爷娘嫁，嫁与显佑当夫人。""建德"是北周武帝年号，建德元年为公元572年。当然唱词中的年号不会是准确的历史纪年，但应可推知这已是南北朝以后的文化积淀了。另一首唱道"便请释迦来作法，释迦慈悲作善心"，明显地受到后世佛教的影响。也有人考证仫佬族婆王的全称"鳌山南蒙大庙上堂万岁六国天尊圣母三位婆王"是受道教影响。尽管如此，我们仍然可以清晰地看到婆王神话的"母题"及其演变痕迹。

　　仫佬族还愿唱本还附会了花林太子九郎的故事，大意是：花林随母改嫁李家，继父已有八个儿子，他排行为九，经常受虐待辱骂。一天放鸭，被老鹰抓去一只。他不敢回家，到天圣桥哭泣，婆王路过，见他可怜，收到花山成为协助她护理花枝的"花林太子九郎"。毛南族也有"花林"传说，却是一位女神，称"花林仙官"，因父母双亡，受嫂子虐待，婆王收养她在花山管花。另外，仫佬族还有非常丰富、生动的《求婆歌》《还婆歌》，这些近世作品与"婆王、花山、花魂"的古老文化内核形成了立体的"婆王文化"，代代传承，在仫佬族添花架桥的求子仪式中，傩师要久不生育的夫妇"补作风流"，装扮成走坡谈情对歌的情侣，唱情歌谑词，追逐调情，师公则鼓动众人取笑之。②

---

　　① 依饭节：是仫佬族敬神、乐神、祈神保佑来年丰收的原始宗教节日。逢辰、丑、未年的冬日前后举行。以宗族的分支"冬"为单位在公共祠堂举行。

　　② 参见龙殿宝、吴盛枝、过伟《仫佬族文学史》，广西教育出版社，1993年。

布依族的还愿仪式称为"桃"（也有的地方称"架桥"），主要程序为架桥—背鸡—送花—结愿。通常要举行7天7夜，酣歌达旦。背鸡和送花是高潮。当求子者背鸡进屋后，布摩拿一木棒，棒端缠挂一条白布，唱"挽花歌"，荤歌、谑词穿插其中，边唱边用木棒头上的白布擦摩花，花瓣粘到白布上，即谓得子。然后，把花瓣仔细裹于白布中，装入竹筒。大家一起唱"送花歌"。

布依族妇女生产，要在家门口插一个表示禁忌的"巴赫"[①]，严禁外人入内或走动，以保证花魂顺利投胎转世。他们认为外人在屋门口走动会影响花魂投胎，花魂会因害羞、犹豫、躲闪无法入门，甚至折回花婆的花园，结果引起难产和婴儿的夭亡。

侗族祭奉祖母神，最大最先者为萨岁，另外还有送子的圣母神花林四婆。侗族的萨岁和主宰生育的神没有等同划一。在神格上萨岁高于所有萨神，实际是至高无上始祖母神。得子后祭拜的是花林四婆，祭祀仪式在求拜者家中举行。在火塘四周点四炷香，放四碗油茶。侗族的安桥送花仪式通常在寨中心鼓楼坪举行，全寨人围观，仪式越热闹隆重，人越多，神灵越高兴。神灵高兴了就会把更多的灵魂引到桥上来。仪式中多穿插荤歌、荤语、荤舞。最后，一头母猪和母鸭上场，母鸭绑在母猪后腿间，傩师带领数人，手持缠绕五色纸的花棍，边唱荤歌，边用棍子戳母猪的生殖器。众人高呼："看呀！姜郎姜妹就是这样造人类呀！"

在日常生活中，不要说这种交媾性的舞蹈严加禁止，荤歌、荤语也不能乱唱乱说，就是情歌都不能在父母家人的面前唱。以上几个民族的求子仪式中，这种赤裸裸的、明白的性爱内容，却成了宗教仪式的一个重要组成部分，令众人围观，参与合唱。这是不能以一般伦理道德观念、标准来看待的。它是一种神授的宗教活动，表演者也深信自己是代神行事。灵魂观念、图腾观念、神鬼观念和传授性知识及生殖崇拜等内容，神秘地融合在一起，形成了原始宗教特有的文化特征。

---

① 巴赫：用八根稻草打成小捆，穿在2尺麻秆尖，作为标记插于各种禁忌场所。

水族没有求花祭花的习俗，但它的神话传说中也有四位主宰人类降生及祸福的女神，颇类似侗族的花林四婆。水族在正月十五举行还愿仪式时，在女人卧室和生育娘娘的祭坛上各设一个竹条弯制的拱门，插上彩色纸人和纸花，以示生育娘娘送花送子。①

1980年，我到广西金秀大瑶山，听说那里的茶山瑶有一种特别的挂葬习俗。未成年的儿童夭折，他们将其尸体用破衣、烂布、棕皮等包裹起来，放在竹筐中，请巫师为其举行"开路"仪式后，将筐挂在高山野岭的树木高枝上。原来他们笃信这样做，婴儿的亡灵就会快些返回花婆的花园并早日转世到人间投胎。

上面对广西几个民族活形态的花婆神话做了一些简略的介绍，下面我们再追溯一下历史，进一步探寻花魂崇拜的线索和遗存。

《世本》："禹母修己，吞神珠如薏苡，胸拆生禹。"闻一多先生认为禹母吞的是苤苢。《诗经》中的《苤苢》（周南）"采采苤苢，薄言采之！采采苤苢，薄言有之！采采苤苢，薄言掇之！采采苤苢，薄言捋之！采采苤苢，薄言袺之！采采苤苢，薄言襭之！"他在序中说："苤苢，后妃之美也。和平，则妇人乐有子矣。"苤苢即车前，有多子宜产之含义。采摘苤苢显然是一种求子的习俗。闻一多先生考通，古籍中凡提到苤苢，都说它有"宜子"的功能，这是来源于禹母吞苤苢而孕禹故事的一种观念。他又从古声韵学的角度，解释"苤苢"与"胚胎"古音不分，声同义不同。在诗中便是双关的隐语，这乃是中国民歌中非常普遍的一个传统。

闻一多先生说，结子的欲望在原始女性中是非常强烈，强到恐怕不是我们能想象的程度。一个女人是为种族传递并繁衍后代而存在的。你若能想象得到一个女人在做妻之后，做母以前的憧憬与恐怖，你便明白采苤苢的风俗所含的意义是何等严重与神圣。继而闻先生详细生动地描述了山谷中采摘苤苢的少妇们，满山谷回响着天乐一般美丽而辽远的

---

① 参见李路阳、吴浩《广西傩文化探幽》，广西人民出版社，1993年。

歌声那诗的意境。①

　　法国学者格拉耐（葛兰言）先生通过对《诗经》里爱情歌谣的研究，探索中国古代祭礼与歌谣的关系。他超越了诸种注释，努力去揭示作品的原始意义。他是这样勾画郑国和陈国祭礼的：在郑国（河南），众多的青年男女集于溱水和洧水两河的合流处。他们成群结队来到这个地方采摘兰花，用唱和相互挑战，然后撩起衣裳渡过洧水。他们各自挑选了中意之人。这些新的恋人们在离别之际相互赠花，作为爱情的纪念和约婚的表示。采兰是祭礼的特色之一，目的是为了驱除邪气和虫毒，同时也是为了招魂。但采兰还有更深一层的含义，就是为了祈求生育。郑国的穆公不是因他的母亲燕姞接受了一枝兰花而怀胎生下的吗？郑国妇女采兰自然有着同样的目的，这时的花不仅成为婚约，而且隐喻着生育的含义了。陈（河南）的祭礼是在宛丘的榆树下无节度地狂歌狂舞。据说大姬因没有孩子，借巫觋的舞蹈求子。祭礼还包容了性的仪礼，大姬后来被指责为陈国乱俗的罪魁。陈国的妇女却仿效大姬那样祈求怀妊。赠送一把香草不仅仅是爱的证明，而且寄寓着多多生育的祝愿。人们在古乐的伴奏下，一边摇着扇子和白鹭的羽毛，一边歌唱着，在宛丘上下组成一支乞雨的队伍。在歌唱和舞蹈的竞赛中，还伴有采花和性的仪礼。乞雨、求子、约婚，这些就是宛丘祭礼的内容。② 这两段祭礼中摘花、赠花的场面，不禁令人想到今天民间祭祀中传花和抢花的习俗，联想到原始人类对花魂的崇拜。

　　《左传》记载了燕姞梦兰生穆公的故事，反映了当时存在花魂崇拜。"初，郑文公有贱妾曰燕姞，梦天使与己兰，曰'余为伯鯈。余，而祖也，以是为而子。以兰有国香，人服媚之如是'。既而文公见之，与之兰而御之。辞曰：'妾不才，幸而有子。将不信，敢征兰乎？'公曰：'诺。'生穆公，名之曰兰。"……"穆公有疾，曰：'兰死，吾其死

---

① 参见闻一多《神话与诗》，古籍出版社，1957年。
② 参见[法]格拉耐《中国古代的祭礼与歌谣》（张铭远译，上海文艺出版社，1989年），及《诗经》中《溱洧》（郑风）、《宛丘》等作品。

乎！吾所以生也。'刈兰而卒。"

　　林河先生在《九歌》发源地南郢沅湘之间进行了长期考察，了解到湘、桂、黔一些民族中流传着花林女神的神话传说，保留有对"花林祖婆"的崇拜，在传说已消失的地区也遗留下崇拜花婆的民俗活动。据此林先生对《九歌》中《礼魂》作了全新的解释。[①] 礼魂：礼花魂也。祈神完毕，巫将已蒙神福的"花"传给信众，信众接花传花，群起欢歌狂舞，虔诚地礼拜花魂。他把"成礼兮会鼓，传芭兮代舞"解释成"接过神花啊跳起接花舞，美丽的巫女啊高歌神赐福！"这显然比将"传芭兮代舞"与"击鼓传花"的游戏类比高出一筹，他超越了词义上的诠释。林先生将作品放在大的民俗文化的背景上去考察与研究，将研究推向一个柳暗花明的新境界。《九歌》是巫文化的产物，仅从训诂的角度，忠君讽谏的角度，或者从史官文化的角度，甚至套用西方文艺理论都是难以解释清楚的。作者着力于探讨《九歌》与巫文化的起源关系和发展规律，通过对沅湘民歌中保存的楚文化的活化石进行剖析，找出一些线索和依据，更加准确生动地解释了《九歌》。当年郭沫若、闻一多先生曾打破了几千年的封建桎梏，推翻了儒家牵强附会的解释，大胆地翻译了《九歌》及其他古典作品。在文学批评史上，不能不说是一次重大的革新和进步。今天的条件是前人无法企及的，我们超越了时代的局限，自然应该有新的突破和发展。

　　林先生考察的民俗内容大抵与我们上面介绍的情况相似，只是城步苗族自治县的祭祖仪式《庆古坛》更是别具特色，以唱花和传花为主要内容。祭祀中头人先唱《请花歌》，请下神坛前的"花树"，然后持花唱《接花歌》，唱完后又唱《传花歌》，把"花树"传给他人，传递中轮流唱歌。歌词大意是：欢欢喜喜去接花，祖神自古传下花，我们接过祖神花，世世代代来传花……所有人都唱完歌，将"花树"在神坛前焚化。最精彩的是祭祀结束前的"散花""抢花"仪式，也叫"踩田"。"踩田"时，用锣鼓造出惊心动魄的气氛，寨头老人手持"花树"（这

---

① 参见林河《〈九歌〉与沅湘民俗》，上海三联书店，1990年。

时五色纸条的花已被粑粑、肉串和铜钱代替）在前面开道，巫师倒退着狂舞，众人则鱼贯而行。在巫师的带领下，大家高唱《踩田歌》。歌声一停，巫师将"花"撒向四方。男女老幼哄抢，谁抢到就意味着幸福降临其身。

下面，我们还要到更广泛的地区和范畴，去寻访那依稀可见的，对花婆、花魂崇拜的朦胧记忆和渐渐淡化了的遗风。

据张紫晨先生的考察，安溪久不生育的妇女也有取花之举。虽然当时他还不了解有这么多民族和地区都保留有花婆崇拜，也不清楚取花与花婆的关系。但是他却以实例生动地再现了人们对花魂乃至花婆的崇信和朝拜，为我们后来的研究提供了不可多得的佐证。安溪取花一种方法是到东岳庙注胎娘娘面前取花。求子者卜签的可以取花结果时，老妇将注胎娘娘头上插的花或神座前别人供的花拿来放入她的衣襟。求子者把花插在头上高兴而归。认为有了花，就能结子。得子后，于几个月内要去还花。另一种办法是请女巫看花宫，栽花丛。要男人不在家时，请女巫来，女巫洗面，点起12炷香，口念求子妇女的八字，香插在米升上，用毛巾遮住脸，坐下哼咒，两手不停地拍打腿股，全身颤动起来。这时陪同的老妇问："花一共有几朵？花有没有要吐蕊的？花丛有无损坏？"等，女巫一一作答，然后念催回咒，老妇向女巫身上喷水，女巫醒来。女巫看花宫时，有几朵花是能生几个儿女；有花要吐蕊，说明要生子了；花丛枯萎或损坏就不能生育了，这时需要女巫重栽花丛。女巫作法术，系种种栽花功作，栽完后求者7日不能出门，不能见生人，不能回答有关此事的问题。[①]这里的看花宫和前面介绍的壮族问花的习俗同属于原始巫术的遗存。

20世纪30年代若水先生考察潮州民俗时所见的祭公婆母[②]，简直与古越族后裔现在祭床头婆如出一辙，只是没有如今这么明确的解释，

[①] 参见张紫晨《中国巫术》，生活·读书·新知上海三联书店，1990年。
[②] 参见若水《再谈鸡蛋——潮州民俗谈之四》，《民俗》1928年第36期；若水《公婆母——潮州民俗谈之五》，《民俗》1929年第41、42期合刊。

有些知其然不知其所以然。潮州的孩子15岁以前被看成一朵花，住在花园里（不知是什么花园了），直到15岁才能走出花园。出花园那天，孩子要穿蓝土布衫，男孩还要穿红皮木屐，吃鸡蛋。公婆母在母亲心目中，简直就是维系儿子生命的象征，每逢年节在做母亲的床上都供着一只插香的粗瓷碗，那便是公婆母的神位。拜完后将碗放在床下。儿子娶妻生子还要新设"公婆母"，但最小的儿子不需新设，要承继家传的"公婆母"。"公婆母"是"少传少"，除非那只碗被打碎，否则不能废弃。

旧时，广州民间供祀金花夫人，"金花庙"香火很盛，至今还有一条以庙得名的"金花街"。1928年，著名民俗学家容肇祖、顾颉刚等都前往考察，目睹盛况。《粤小记》云："或曰，神（金花夫人）本处女，有巡按夫人方娩，数日不下，几殆。梦神告曰：'请金花女至，则产矣！'密访得之。甫至署，夫人果诞子。由此无敢嫚神者。神羞之，遂投湖死。粤人肖像以祀。神姓金，名花，当时人呼为'金花小娘'。以其令佑人生子，不当在处女之列，故称夫人云。"[①]广州河南的金花庙，供有80多尊神并20奶娘，如白花夫人（白花指男孩，红花为女孩）曹氏、红花夫人叶氏、送花夫人蒋氏，养育夫人邓氏、保胎夫人陈氏等20位奶娘各司其职，加上主神金花娘娘都与生育有关。求子妇女要在20位奶娘神像前各插一炷香，直到手中香插完，最后一炷香插在抱子奶娘前，预示可得子，便用红绳系上，边磕头，边祈祷："祈子金华，多得白花；三年两朵，离离成果。"民间乡野的祭祀变成了庙堂里的朝拜，花婆神话的踪影已无可寻觅，却被渲染附会上后世金花娘娘的传说。但我们依然可以从送花夫人的神位职责中，从求子者口中念诵的歌谣中辨认出原始先民对花魂的崇拜。

在北方，我尚未看到花婆崇拜的例子。然而，陕北高原上"莲生贵子"的几十种图样却隐约再现人自花出以及人们对花魂的原始图腾意

[①]（清）黄芝撰：《粤小记》，转引自《广州府志》卷一百六十三，光绪五年（1879）刊本。

识。《孕子莲》的莲花中出现童子面和小发辫。其他也有从莲花中伸头探身，或伸出小胳膊、小腿的。这些图样的作者大都是农村妇女，她们纯朴自然、毫无意识，然而又是十分认真地、一代又一代地演示着这种原始图腾观念。

1982年9月28日，新加坡柏鲁马（Pernmal）莆田林氏宗族一个家庭举行了一次与婚礼有关的仪式，并演出了傀儡戏。其中有"百花桥"礼仪。36宫婆神为主神，其中君恩宫抱送花婆神陈大娘（福州府古田县）、清水宫送花婆神赖四娘（泉州府晋安县）、长福宫送花婆神徐五娘（广信府玉山县）似与我们所说的花婆神有流变关系。众神到后，护卫妊娠分娩后母子平安地过百花桥。陈真人依次将十二月的月花送给母子们。

正月春桃花，春桃花开正适时。我将好花送，乞汝插，传子传孙万万年。

正月以后，依次为二月烟桃花，三月豆春花，四月紫薇花，五月石榴花，六月茉莉花，七月碧莲花，八月丹桂花，九月芙蓉花，十月金菊花，十一月瑞香花，十二月腊梅花，其他歌词与正月春桃花相同。最后陈真人应待女之情，发布托宣词：

石榴花开满树红，枝头结子喜成双。万绿叶中红一点，荣华富贵满筵红。再一枝长春花，乞汝插，凑成三桂联芳之兆。此子抱转去，保养成人，关煞尽消除，汝等退去。

母子致谢，陈真人念白，仪式结束。①

这段海外侨民的仪礼也还保存着对花婆以及送花生子的遥远而古老的记忆。这记忆像一条无形的纽带联结着海外游子对祖国深沉的爱心。

---

① 参见[日]田仲一成《中国的宗族与戏剧》，钱杭、任余白译，上海古籍出版社，1992年。

一首歌谣，一篇神话为什么有如此深刻丰富的文化内涵呢？它们是随着氏族社会图腾而产生的，神话传说与自然崇拜、宗教信仰紧密地融为一体。可谓你中有我，我中有你。茅盾先生也说过："神话最初的传布，必全恃口诵。而祭神的巫祝，鬻歌为业的瞽师，以及私家乐工，便是最初的神话保存者。"[①] 产生神话的时代已经很遥远了，但至今尚存的宗教信仰、传统的祈祀仪式甚至民间习俗成为神话传说的最好载体，留下原始先民对人类起源以及各种自然现象、社会生活的最初认识和理解。

　　神话源于"万物有灵"观念，这不同于文学上的"拟人化"，它不是比喻，而是对原始实有世界的笃信和描述。这种观念形成了神话的各种奇观。花婆神话及其民间祭祀就是这种产物。它渗透涵盖面极广，而且盛传不衰。我们从这些扑朔迷离、时隐时现、游荡于现代生活的原始孑遗中，可以看到其旺盛的生命力，并不断发现和揭示原始先民神秘力量之所在。

　　神话有很大篇幅是叙述氏族与民族历史根源的，这满足了人类追寻事物因果关联的欲望和本能。神话的产生绝非出于审美与娱乐之需要，它承载着历史，也寄寓着人们对故土的深沉的爱，从而具有民族的凝聚力，蕴含着民族的自信心和自豪感。

　　有些民族，脱离原始的精神和物质生活状态，相对来说还不十分久远，所以那里神话的矿藏不仅量大，而且质纯。在许多发达国家早已没有多少民间文学可以搜集的今天，我们却得天独厚还可以寻找到如此丰富的活形态的神话。因此，加强对民间文学与民俗的研究，拨去笼罩其上的种种迷雾和枷锁，探索人类原始社会及其遗迹的奥秘，会使我们获得新的突破和进展，也是我们应有职责。

1994 年 5 月 26 日

[①] 茅盾《神话研究》，百花文艺出版社，1981 年。

蒙古族民间文学中的"马"[①]

蒙古族是一个历史悠久又极富传奇色彩的民族。提到它，我们就想到"天苍苍，野茫茫，风吹草低见牛羊"。辽阔高远、苍茫溟蒙的草原，草原上的牛羊和呼啸而过的马群。对于一代天骄成吉思汗，蒙古族更是引以为骄傲。我的蒙古族朋友作家安柯钦夫曾对我说："要问蒙古帝国的疆土，成吉思汗马蹄所到之处。"他已去世多年，那充满豪情的样子依然历历在目。一句话，生动地勾勒出成吉思汗及其子孙当年驰骋马背、征战南北的风采。马与这个民族有着生生死死的不解之缘。

蒙古族，不仅把马当作不可或缺的生产工具、乘骑与家畜，更重要的是，他们把马当成自己生活中的伙伴、战友，某种境遇中，甚至视为神灵。原始狩猎和部落战争中，游牧生活中，马给他们带来无数的胜利与无尽的愉悦。对马深沉炽烈的爱，编织着马的神话、史诗、传说、故事、民歌、谚语、赞词和祝词，等等，无以计数。作为人民口碑文学的蒙古族民间文学很少离开过对马的描写。这些优美的人们耳熟能详的作品，数百年乃至数千年伴随着历史，至今盛传不衰。

[①] 该文是1996年在台湾两岸民间文学研讨会上发表的论文；英文版在1998年7月31日德国哥廷根召开的国际民间叙事研究会代表大会小组研讨会上时宣读，航柯先生亲自主持，还特别为我请德国姑娘作翻译。本文曾简化更名为《"马"的精神》发表在《民间文化》1999年第4期。

神话中的马和牧马人的神话

各民族都有自己的创世神话，但是由马来参与开天辟地的说法还属罕见。新疆卫拉特蒙古族神话《麦德尔娘娘开天辟地》[1]里说神女麦德尔跨着神马视察世界，她骑着马奔驰在蓝色的天水上，神马四蹄踏动水面，放射出耀眼的火星，火星飞上高空变成星星。麦德尔的马蹄点燃大火，烧得天水不停地蒸发，水汽在天空飘荡变成云彩。经过燃烧的尘土变成灰，撒落在水面，越积越厚，渐渐形成了无边无际的大地。这则神话与汉族开天辟地大神盘古死后尸体化生天地万物，左眼为太阳，右眼为月亮，血液为江河之说以及西南少数民族中流传的人或动物尸体化生说是很不相同的。它源于蒙古族与马的亲密关系和对马的细心体察。他们从马蹄冲击、碰撞大地迸发火花这一物理现象获得灵感，为群马踏动大地尘土飞扬升腾弥漫、雷霆万钧之力所震撼，于是赋予马一种神奇的力量，让它创造了火，创造了宇宙和世界。有了马就有了一切，这正是北方游牧民族"马文化"的生动写照。

鄂尔多斯神话说：很久以前，人间草原水草肥美、牛羊成群。天上的仙女还是认为人间有缺欠。于是，她将宝钗摘下来一挥，宝钗落到半空，天空便红雾弥漫，随着轰雷声，天空被炸开一道缝儿，眨眼间一种俊俏神奇的动物成群地降到草滩，神蹄落地即成狂飙。它们体态高大、奔跑如云，人们称之为"马"。[2]

射日神话在许多民族有大同小异的传说。在蒙古族，不仅额尔黑莫日根是骑马射日，而且他还和马有过一段纠葛。莫日根一连射落六颗太阳，射第七颗时，飞来的燕子遮挡了太阳，燕尾被射成豁口，太阳则落入西山。莫日根骑上褐色的马追赶燕子，马向主人起誓，拂晓前不追

---

[1] 格日乐图：转引自《中国各民族宗教与神话大词典》编审委员会编《中国各民族宗教与神话大词典》，学苑出版社，1990年，第455—456页。

[2] 宝斯尔搜集。转引自邢莉《游牧文化》，北京燕山出版社，1995年，第178页。

上燕子，将不再为鞍马。快捉住燕子时，天亮了。马被砍断前腿变成跳兔。莫日根也恪守自己的誓言，变成不饮水、不吃宿草的旱獭。①

把马融入神话是蒙古族民间文学的又一特色。对牧马人的崇敬产生了牲畜保护神吉雅其的神话。②吉雅其是一位深知马性爱马的牧马人，临死还不舍得离开马群。他请求主人给他穿上牧马衣，挂上套马杆，把他放在黄骠马上送到西南山里长眠。几个月后，主人的马群发生了瘟疫，并且夜夜都有马群被赶到深山里去。主人知道这是吉雅其放心不下他的马群，于是走进山里，对着吉雅其的遗体许愿，答应把他的像画在牛皮上供奉起来，让他天天能看到自己的马群。这样，事态平息了，瘟疫也不再流行了。过去蒙古族人民世世代代都供奉吉雅其，蒙古包里悬挂着他的画像，天天祭祀，有时还要请萨满举行祈祷仪式。还有将其做成翁衮③装在羚羊角的匣子里，随时献祭祈祷者。有了布匹以后，人们又把他从牛皮和毡子上请下来，画在白布上。

一首长达160行的《吉雅其祝词》还可以使我们看到当年祭祀的情景：

……
当太阳升起的时光，
您走在沾满露珠的草场上，
当星星在天空闪光，
您又把牛马赶回了牧场。
……
您胯上带着白毛巾，
腋下夹着套马杆；

---

① 参见荣苏赫等编著《蒙古族文学史》，辽宁民族出版社，1994年。
② 参见齐木道吉等编著《蒙古族文学简史》，内蒙古人民出版社，1981年。
③ 翁衮：蒙古语音译。以木材、毛毡、布片、毛皮、铁皮制作的神灵偶像。古代蒙古人视为神灵的化身，供奉祭祀。

您精心放牧着牛马吃得欢,
您全力保护着牛羊不走散。

您胡须一拃长,
照管牲畜毕儿毕儿直叫喊。
您胡须长一拃,
圈羊拢羊突儿塔儿直召唤。

如此生动的刻画,已经远离了牛皮或画布上的偶像。这位风餐露宿、日夜守护畜群的神显然是由一位普通牧马老人发展演化而成。他身跨骏马,在山中飘飞巡游。正如高尔基所说,在原始人的观念中"神是某种手艺的能手,人民的教师和同事",吉雅其正是这样一位受牧民尊敬的能手和教师,受到蒙古族人普遍的爱戴,被作为福神供奉起来。

马的祝祷词

蒙古族人崇信萨满教,他们相信"万物有灵"。祈祷祭祀在史前草原上无处不有,完全统治着人们的精神世界。除了萨满主持的大小祭祀以外,在事无巨细的日常生活和生产中,随时随地进行祝祷祈福。人们对神怀有敬畏心理,吟诵祝祷词已成为人们对语言神力信仰的一种不自觉的行动。这些祝祷词也就由萨满祭词逐渐演化为蒙古族民间文学的一种重要传统体裁。她以生动形象的语言联韵说唱,抒发人们的信仰、感情和愿望。

《母马之驹祭洒词》[①]与萨满祭祀词有许多相似之处,本来是为母马和马驹祝福,却祭祀了许多天神以及高山、河流、大地、故乡等,并一一按仪礼向他们醑洒鲜奶,不嫌繁缛地吟诵、祭洒:

---

① 转引自荣苏赫等编著《蒙古族文学史》,辽宁民族出版社,1994年,第159—160页。

……
尊敬的长生天，
善良的大地母亲，
至高无上的——
可汗之恒星，
山山水水光鲜，
众星交相辉映，
圆月高照，
太阳东升。
这是最美好的日月，
吉祥的良辰美景，
举行仪礼祭洒，
祝福生活昌盛，
青花马产驹下奶，
却是生有缘分。
活物未曾品尝，
只有它二岁马吸吮。
……
五指展开挤奶头，
霎时装满盛奶器皿，
把充盈的酸奶乳汁，
尽情酹洒四方诸神。
……

直到最后才祝福马驹不要坠入土坑深井，莫让坏人拐骗难寻，不要让野兽伤害，等等。这种为马驹祭洒祝福的仪礼自古盛行，至今在民间尚可看到遗存。

蒙古族人是不杀马的，如果非杀不可，也要吟诵祷词祈祷：

> 不是有意拿刀屠宰，
> 是绕在系绳上勒死命乖。
> 不是有意殴打伤害，
> 是缠在毛绳上难脱火灾。
> 望你下辈子变马驹，
> 在你归天之地生出来。①

这是禁忌行为使然，是为了表示歉意谢罪以掩人耳目的做法。宰杀后的马头还要用哈达包好，连同四蹄恭敬地放在山上，向它敬献供品，再吟诵祷告词。

在蒙古族中，马祭一直很流行，并保留至今。马为主人立下功勋，马死后，主人要将它埋葬，并堆起敖包，进行祭祀。成吉思汗的两匹骏马中的小骏马就是这样被埋葬的。"当索古多尔赛汗带着牧童，两个人叠骑小骏马回来时，小骏马因为过度疲劳而死在途中。成吉思汗用八匹锦缎裹上小骏马的尸体埋葬了。"②

不仅如此，在养马的整个过程中，都有其特有的民俗礼仪活动和祝祷词。比如，为2岁的马剪马鬃，有《达嘎打鬃祝词》③；为3岁至4岁公马阉割要吟诵《骟马蛋祝词》④；套公种马，要对其高声祝颂，祝平安康泰：

> 前额上有个太阳，
> 脑鬃里有个太阴，

---

① 转引自荣苏赫等编著《蒙古族文学史》，辽宁民族出版社，1994年，第164页。

② 波·少布:《蒙古人的马祭》(原载《中国民俗学研究》)。

③ 转引自荣苏赫等编著《蒙古族文学史》，辽宁民族出版社，1994年。

④ 同上。

> 苍狼一般的两只耳朵，
> 明星一般的一双眼睛，
> ……
> 成为万群之首，
> 千群之冠，
> 马中之王，
> 领群的大公马。
> ……

《公马祝词》[①] 实际上已成为马的赞词，对马的身体各部位以及它的血统等各方面进行夸赞。马的祝祷词虽然源于萨满的祭词，但随着社会的发展，它已经成为民间自发吟诵祈福的形式，不断地增加着新的内容、词语与活力，文学性与艺术性也随之增强。

英雄与骏马

英雄离不开骏马。许多民族都有酷爱马的英雄，中国古代不乏英雄与马的传说。唐代诗人李贺写项羽与他的乌骓马分别："催马渡乌江，神骓泣向风；君王今解剑，何处逐英雄？"周穆王有八匹骏马；秦始皇有七匹骏马；唐太宗将随其征战的骏马刻成浮雕立于墓前为"昭陵六骏"；刘备的"的卢"马跃溪救主；孙坚的马回营搬兵；秦琼的坐骑在他们死后悲嘶而亡。

蒙古族的英雄更是离不开马。蒙古族谚语："没有马，没有鞍鞯的人不是人。"在蒙古族众多英雄史诗中，主要艺术形象是英雄和他的骏马。人格化的马在史诗中占有重要位置。它们热爱主人，能够预卜祸福，通晓人语，为主人出谋划策、指点迷津。它不仅是主人坐骑，得

---

① 转引自荣苏赫等编著《蒙古族文学史》，辽宁民族出版社，1994年，第476—481页。

心应手的工具，它更是主人进击的羽翼，生死不渝的朋友。危难当头，它慷慨以赴，与主人分担着疆场上的艰辛。奄奄待毙，也会为草原上的主人去做最后的拼搏，赢得胜利。骏马本身就是英雄，第二位的英雄形象。

我国著名三大英雄史诗之一，蒙古族《江格尔》描写了近三十匹按毛色不同命名的马，这些马各有各的形态、特点和功绩。其中江格尔的马名字独特，叫阿兰扎尔。阿兰扎尔和洪吉尔的线脸铁青马有勇有谋，和主人享有平等地位。江格尔对阿兰扎尔说，你比我怀抱中的娇妻还要亲密，你比我珍爱的儿子还要亲近。他们有这样一段对话：

"阿兰扎尔啊，心爱的骏马，
听我的话，加快你的步伐，
放开四蹄飞奔吧！
你再敢急慢，
当心我把你的四蹄砍断，
抛在荒野地任虫蛆吃尽，
把你的皮骨扔给山林中的黑熊！"
马儿回答说：
"你坐好，如果摔下，
你就不是我的主人。"

作者不仅赋予马人格化，使它通晓人语，为主人分忧，和主人互相激励着前进，而且还常常解救主人于危难之中。

在敌人利箭瞄准马背上的英雄洪吉尔时：

一听"嗖"的弓弦响，
阿兰扎尔立刻卧倒在地，
那只致命的飞箭，
擦过洪吉尔的金盔飞向蓝天。

> 阿兰扎尔迅猛站起，
> "嗖"的又一声弓响，
> 阿兰扎尔立即四蹄腾空，
> 那箭矢
> 射入它蹄下的泥土。①

对洪吉尔的铁青马也有出色的描写：它跑过的地方，一个蹄印一个深坑，好像数不清的旱井；马蹄溅起的泥块成为一座座丘陵。在洪吉尔准备饮下敌人妻子献上的毒酒时，是铁青马用尾巴击翻了酒杯。洪吉尔受伤了：

> 钩在洪吉尔左肋上，
> 是八千个铁钩，
> 右肋上也是八千个铁钩，
> 头顶上有六千只宝剑摇晃，
> 肚子上有七十二条长枪一齐刺来。
>
> 洪吉尔冲开阵角，
> 倒拖长枪，飞马逃走。
> "宝木巴的勇士洪吉尔被人活捉，
> 这是莫大的耻辱！"
> 洪吉尔一边想着，一边鞭打铁青马。
>
> 铁青马放开蹄猛冲，
> 八千个铁钩，六千只宝剑都被折断，

---

① 色道尔吉译：《江格尔》，人民文学出版社，1983年，第499页。

洪吉尔逃出枪林刀丛，遍体鳞伤。①

铁青马被关在三层铁壁没有门窗的铁屋里，三个马绊绊住它的四蹄。阿兰扎尔七十二声长嘶，铁青马听到呼唤，立即挣脱绳索，踢倒三层铁壁，摇摇晃晃地跑出来，阿兰扎尔亲吻着铁青马的长鬃，铁青马亲吻着阿兰扎尔的脖颈，它们热泪滚滚想念着他们的主人。

这两匹骏马已经不仅仅是辅助英雄成功的战马，它们本身就是久经沙场的战士和英雄，有着自己独立而完整的形象。

《成吉思汗的两匹骏马》②堪称民间文学精品，它以叙事诗的形式记述了成吉思汗与两匹骏马以及两匹骏马之间的深情。白骒马生了两匹健壮的小马驹，成吉思汗非常喜欢，用十匹骒马的奶喂养它们，并严格吊训。成吉思汗骑上它们围猎，追获了成群的灰狼和盘羊。可是十万猎军竟没有人把他们夸赞。小骏马不愿忍受歧视和屈辱，要远走他乡。大骏马顾虑重重，不愿离开"圣主"和亲人。小骏马不听劝阻，毅然出走，大骏马出于手足之情，也步其后尘，一同逃亡了。成吉思汗得知两匹骏马出逃，率十万大军追捕，下令不准箭伤，并以全部牲畜的半数作为悬赏。没有一匹马能追上这两匹骏马，成吉思汗遥望它们消失在天边，空手含泪而归。两匹骏马逃到了阿尔泰山自由生活了四年，小骏马吃得滚瓜流油，大骏马瘦骨嶙嶙，水草难进。小骏马不忍心看哥哥涕泪交零的苦相，不忍心让它在悲愁中死去，答应回故乡。成吉思汗得知两匹骏马归群，欣喜若狂，披上衣服就走出金帐，向它们问候，举行了3天3夜的欢宴，还答应小骏马撒群③八年的要求，八年后命名小骏马为神马。

曾经有人将成吉思汗与两匹骏马附会成君臣关系，难免过于牵强。

---

①色道尔吉译：《江格尔》，人民文学出版社，1983年，第242—243页。

②《成吉思汗的两匹骏马》：流传于13世纪、14世纪的一篇民间叙事诗。有多种手抄本，包括纯韵文本和韵文为主、散文为辅的散韵相间本。

③撒群：解开牲畜的拴绳，打开圈养的家禽门，将家畜放纵于野荒地中，让其自由自在"放风"。

蒙古民族和马的关系是平等的朋友关系。他们没有汉族那种骑与被骑或者"当牛做马"被压迫的对立感情。成吉思汗在历史上是有功绩的开明君主，是蒙古族人民崇拜的英雄，他与两匹骏马的关系，也就是英雄与骏马的关系。他与两匹骏马分而复合的经历，揭示了主人离不开马，马也离不开主人的这种相互依恋的关系。英雄的战绩是在马背上完成的，他离不开马这是固然的；马也离不开英雄，再好的马离开主人，也落得无用武之地，成为一口默默无闻的牲畜。两匹骏马的回归存在着其必然性。

其他史诗中的英雄喜热图、谷诺干、楚伦勇士等也都有一匹神奇的战马伴随他们取得胜利。

马的赞词与赞歌

每一篇英雄史诗中都有大段的马赞，淋漓尽致地刻画了每匹马夺目的光彩。民间艺人往往把这些段子当作他们的得意之作，演唱时，充分抒发对英雄坐骑的赞美，驰骋想象，展示自己的口才。从马的身体，包括四肢、嘴唇、牙齿、耳朵、眼睛，以至姿态和速度到马的装饰，一一进行夸赞。语言优美、形象，比喻贴切，夸张奇特。

> 它那飘飘欲舞的轻美长鬃，
> 好像闪闪发光的金伞随风旋转；
> 它那炯炯发光的两只眼睛，
> 好像一对金鱼在水中游玩；
> 它那宽阔无比的胸膛，
> 好像滴满了甘露的宝壶；
> 它那精神抖擞的两只耳朵，
> 好像山顶上盛开的莲花瓣；
> 它那震动大地的响亮回音，

好像动听的海螺发出吼声；①

……

著名民间艺人琶杰在《平魔记》中是这样渲染马的神速：

刚披下后襟，
就驰过十重山岭；
刚披下前襟，
就跨过七座山峰。
……
除了它自己的尾巴，
一切都被它落下；
除了它自己的影子，
什么都追不上它。②

史诗《江格尔》中夸赞阿兰扎尔像火光一闪，飞上山巅：

它欢蹦乱跳，
牵着偏缰的五十名儿郎，
前仰后合，不能站立。
它举起飞快的四蹄，
急于将敌国的土地踩成稀泥。③

霓虹般的阿兰扎尔纵情飞奔，

---

① 霍尔钦夫译：蒙古马赞，《中国少数民族文学作品选》（第一分册），上海文艺出版社，1981年，第63页。

②《英雄史诗集》，内蒙古人民出版社，1960年。

③ 色道尔吉译：《江格尔》，人民文学出版社，1983年，第169页。

> 它的前蹄带起疾风。
> 花草随风闪向两旁，
> 仿佛野兔飞腾在草尖上。①

在古老的婚礼仪式上，有专门赞扬新郎迎亲骏马的赞词：

> 雄狮般的脖颈啊，
> 星一般的双眼，
> 猛虎似的啸声啊，
> 麋鹿般的矫健。
>
> 精狼似的耳朵啊，
> 凤尾般的鬃毛，
> 彩虹似的尾巴啊，
> 钢蹄踏碎千座山。
>
> 这才是新郎骑的，
> 去迎亲的骏马啊，
> 身挂繁盛的汗珠，
> 四蹄踏开幸福的道路。②

在赛马中荣获冠军的马，是草原的雄鹰。"珲锦"③ 手捧鲜奶、哈达，高声赞美：

---

① 色道尔吉译：《江格尔》，人民文学出版社，1983年，第116页。
② 转引自毛星主编《中国少数民族文学》（中），湖南人民出版社，1983年，第77—78页。
③ 珲锦：指一些能说吉祥话或进行礼俗答对的人。

你看它——
从遥远的地平线上，
飞跃而来的气势，
就像那——
在深山峻岭里，
跳跃的野兽之皇，
——威武的雄狮！
……
它具有一切凶禽猛兽的特征，
它赢得所有人们的热爱，
它成为强盛之国的良骥，
它博得游艺盛会的喝彩！
它成为草原上的宝驹，
它夺得竞技比赛第一！①

这些马的赞词虽然大都曾汲取过民间祝祷词以及祭词的滋养，甚至有的还伴随着一定的民俗仪礼吟诵，但是它们已由虔诚的祭祀变成浪漫主义的描写与颂赞。文学色彩浓郁，宗教色彩淡化，渐渐隐没，甚至荡然无存。

赞马歌也像赞马词一样，寄托着歌者对马由衷的热爱之情，从各方面对马予以赞美。《巴彦杭爱》这首鄂尔多斯地区流传的寻马歌感情激越，节奏鲜明，可说是歌中极品。牧马人失了马，每每要长途奔波去寻找，唱的歌是赞美他的马，然后是心急如焚走村串户，把沉睡的人喊起来，把卧着的狗嗾起来；再承诺要赏给见到马的人一件狐皮马褂，一件虎皮马褂；等到悬赏也毫无结果时，生起一连串的哀怨与怀疑，唱起悲歌：

---

① 转引自齐木道吉等编著《蒙古族文学简史》，内蒙古人民出版社，1981年，第32—33页。

就是马惊了，
也要看看它扬起的尘土；
即使马死了，
也要瞅瞅它留下的尸骨。

一唱三迭，撕人心肺，生动地表达出寻马人对马真挚热烈的爱。[1]

情意绵绵，马的故事

《小白马的故事》[2]像抒情诗一样悠美、动人，它来自对马细致入微的观察、了解和体味，寄托着作者、讲述者对马无限深沉的爱。一匹白骒马生下一匹星星般的白马驹。家乡干旱，白骒马带领马群迁往肥美的草原，不料遭到雁群的袭击，群马大都被啄死。白骒马拼死保住了小白马，自己却遍体鳞伤，血淋淋地带着孩子返回故乡。不懂事的小白马问："妈妈呀，你身上那青一块、紫一块的东西是什么呀？"白骒马糊弄它说是沾上了黑土。小白马又看到妈妈身上的红斑，白骒马说是沾上了红沙土。小白马发现妈妈的耳朵不对，就问："妈妈呀，你平时走路总是竖起两只耳朵，现在为啥耷拉着耳朵呢？""没有什么，孩子！因为天气热，妈妈有些口渴啦！"最后小白马发现妈妈走路不正常，说："妈妈，为什么你的四条腿走起路来，一摇一晃的呢？"妈妈托说是累了。就这样，白骒马一路上糊弄着自己的孩子，拖着受重伤的身子，向故乡奔去。当它们踏上故乡的土地时，白骒马再也走不动了，它泪流满面地告诉自己的孩子："妈妈要死啦！"小白马紧靠在妈妈怀里，急得直哭，它离不开妈妈，它要妈妈永远活着。妈妈竭尽全力地安慰它，告

---

[1] 转引自毛星主编《中国少数民族文学》（中），湖南人民出版社，1983年，第108页。

[2] 贾芝主编：《动物世界》，甘肃少年儿童出版社，1992年，第1页。

诉它怎样去寻找自己的哥哥和祖母，并再三叮嘱孩子：住宿时千万不要在背阴的地方；遇见人家千万不要从门前过，要从房后过；不要在马群中间走，要走在边上，也不要走在最后。说完白骠马倒下了，小白马再也唤不醒妈妈，它泪珠滚滚地绕着死去的妈妈痛哭。小白马和妈妈的对话总常在我耳边缭绕。母子之情，不仅在人类。动物中，母性本能的爱与牺牲精神同样伟大和无私。沉湎于那种纯情的回味和对动物的喜爱时，让人也不免带有几分失落和伤感。在高度发达的现代文明中，被逐渐淡忘了的不正是这种天性的纯真吗？

《枣红马》[1]赞美了夺得冠军的枣红马，说它是天上降下来的金龙，同时也赞美了别具慧眼的识马人——驯马女主人格根塔娜。

《云青马》《黄骠马》《金马驹》等都是讲述马在关键时刻帮助主人脱险，惩罚统治者和侵略者的故事。

《马头琴的故事》[2]说孤儿苏和在路上捡到一匹可爱的小马驹，他精心照料它，它出落得"浑身雪白、又漂亮又健壮，谁见了谁喜欢，苏和更是爱的不得了"。小白马为苏和保护着羊群，还在赛马大会上得了第一名，王爷要买他的马，苏和不肯，被打得昏了过去。小白马被抢走了，但它始终眷恋着主人，竟摔下了骑在他身上的王爷，跑回家来。王爷下令，利箭像狂风暴雨射向小白马。它身中七八箭跑到苏和家，叩开家门，汗水、血水泉涌一般，第二天清早它就死去了。小白马死后托梦给苏和："你若想永远不离开我，就用我的筋骨做一个琴。"苏和做成了马头琴，这就是马头琴的起源。琴声低回婉转，柔美悠扬，好像充满哀怨地诉说着小白马凄凉的故事。

美丽的琴声和美丽的故事，蒙古族人对马头琴有一种崇敬与宠爱之情。每当草原有牲畜受瘟疫侵害，人们都要请老艺人在马头琴的伴奏下，演唱英雄史诗。据说马头琴那雄浑苍劲的琴声和史诗中征服恶魔的

---

[1] 杨吉布讲述，芒·牧林搜集翻译，见内蒙古语文学历史研究所文学研究室编《蒙古族民间故事选》，上海文艺出版社，1979年，第145—154页。

[2] 赛野搜集，见《蒙古族民间故事选》，上海文艺出版社，1979年。

英雄能够驱灾除祸呢！马头琴的琴声还能感动骆驼，母骆驼产羔不给喂奶时，用马头琴拉上几支曲子，它就会把驼羔找回来，喂奶哺育。

草原上每产生一把马头琴，人民都要举行古老的仪式，祈求司乐天神地祇将最美好的音色赋予这把琴。他们恭敬地把马头琴放在桌子中央，用哈达盖住，请德高望重的民间艺人揭去哈达，用黄油涂抹琴身，向琴鞠躬，然后双手举起斟满奶酒的银杯，朗诵祝词：

> 啊，马头琴，
> 金色的兴安岭的苍松，
> 制成你修长的琴杆。
> 银鬃烈马的细尾啊，
> 化作你光洁的双弦。
> 泉水边丛生的柳枝呵，
> 烤制出你的琴弓一弯。
> ……
> 呵，马头琴，
> 在辽阔的草原上，
> 哪里有马蹄追风，
> 哪里有奶酒飘香，
> 哪里有鲜花盛开，
> 哪里有百灵歌唱，
> 哪里就能听到——
> 你那美妙的鸣响。
> 呵，黄金的马头琴，
> 今日弓弦相交，
> 明朝美名远扬，
> 我们高高举起金杯，
> 再次向你，

奉酒进觞！①

仪式结束后，便是新乐器试奏音乐会，草原沉浸在马头琴轻柔委婉的乐声中。

浓郁的马文化氛围

马在蒙古族民间文学中的传统地位，以其游牧生活为背景。艰苦的放牧生活和长期的征战，产生和造就了这些以马为特征的民间文学作品群。其中谚语、民歌、民谣更因其短小精悍、含蓄风趣、朗朗上口而广泛流传，渗透到生活中的方方面面。从另一种意义上来说，这些作品又营造和渲染着浓郁的马文化氛围，形成了草原骑马民族独特的文化景观。

谚语以马喻理，传承着生产和生活的经验和知识，充满哲理。这些民间的警世妙语又不可避免地涂抹着浓重的马文化色彩。

牧人有了马，像鱼儿有了水。
蒙古人没有马，就像没有手脚。
没经教养的孩子，未经调训的马驹。

人，能认识自己才算是真正的人；
马，能辨认草原才算是一匹骏马。
好马在力气，好汉在志气。

人在甜言上易栽跟头，
马在软地上常失前蹄。
黑马变不成白马，敌人变不成朋友。

---

① 转引自白歌乐等《蒙古族》，民族出版社，1991年，第183—184页。

抓回脱缰的马容易，收回吐出口的话难。①

这些谚语包含着朴素的辩证唯物观，也显示出人与自然的和谐精神，以及尚武爱马的民族品格。

民歌中更是处处唱到马，白描也好，比兴衬托也好，反复迭唱，俯拾皆是。通过对马的不同毛色、腰身、额头、鬃毛、四蹄以及不同的性情、步态、嘶鸣的描写，准确地表达了作者的联想和情绪。思亲怀乡歌、放牧歌、情歌、宴歌、酒歌、生活歌、讽刺歌、喻理歌处处都有马。一本《鄂尔多斯民歌》选入民歌199首，有106首写到马；《呼伦贝尔民歌》共347首，涉及马的有167首。也就是说，有一半以上的民歌唱到马。这些民歌从对马的描写到人与马的对比关系上，折射出广泛的社会生活内容。

蒙古族人尊老爱幼，善良慈爱，但游牧生活却常常使他们远离故乡，告别亲人。于是思恋双亲的歌特别丰富和感人。

　　身腰颀长的枣红马，
　　在遥远的路途上才显出力量；
　　广宽无垠的杭盖上，
　　母亲的恩情令人难忘。②

　　花白色的骏马，
　　踏着积雪飞跑而来；
　　须发花白的父亲哪，

---

① 转引郝苏民《文化透视：蒙古口承语言民俗》，青海人民出版社，1994年。
② 摘自巴日哈采录，琦冈译《思念母亲》，载呼伦贝尔盟文化局、呼伦贝尔盟文联编《呼伦贝尔民歌》，内蒙古人民出版社，1984年，第334页。

我为拜望你而来。①

沙毛的白马呦,
鞍鞴下面汗津津。
可怜的老娘哟,
眼皮下面泪淋淋。②

用马的腰身和路途的遥远表达对母亲的思念深远；用踏着积雪飞跑的骏马反映要见亲人的急切心情；用马鞍下的汗水比喻母亲离别子女时的泪水。

陪嫁的栗色马,
为想念同伴而低声嘶叫；
我亲爱的父母,
为想念我而念叨。③

在那冰滩上奔跑的,
银花的骏马是我们的。
用银子和珊瑚装扮的,
出嫁的姑娘是人家的。④

---

① 摘自阿日布登采录,白杉译《银灰色的天空》,载呼伦贝尔盟文化局、呼伦贝尔盟文联编《呼伦贝尔民歌》,内蒙古人民出版社,1984年,第304页。

② 摘自伊克昭盟文化局鄂尔多斯民歌采录编译小组,郭永明等《栗色走马》,载《鄂尔多斯民歌》,内蒙古人民出版社,1979年,第129页。

③ 摘自阿日布登采录,郭纯、白杉译《陪嫁的栗色马》,载呼伦贝尔盟文化局、呼伦贝尔盟文联编《呼伦贝尔民歌》,内蒙古人民出版社,1984年,第266页。

④ 摘自伊克昭盟文化局鄂尔多斯民歌采录编译小组,郭永明等《送亲歌》,载《鄂尔多斯民歌》,内蒙古人民出版社,1979年,第139页。

> 娇惯的枣红马性子急,
> 驰骋时千万要警惕;
> 不在父母身边了,
> 你要温顺懂规矩。①

描写远嫁姑娘与亲人别离的情景和母亲的不放心,再三叮嘱像娇惯了的枣红马一样的女儿要温顺懂规矩。

情歌在每个民族中都是最精彩动人之作,而蒙古族情歌最突出的特点之一就是以马作比兴。

> 我的花马呀,
> 是马群里的花儿。
> 我的情人呀,
> 是人群里的花儿。②

> 震动山峰的,
> 是黑马的四只蹄子。
> 动人心意的,
> 是韩密香的两只眼睛。③

> 白青马儿哟,跑不出那草滩,

---

① 摘自阿日布登采录,包玉林译《娇惯的枣红马》,载呼伦贝尔盟文化局、呼伦贝尔盟文联编《呼伦贝尔民歌》,内蒙古人民出版社,1984年,第93页。

② 摘自伊克昭盟文化局鄂尔多斯民歌采录编译小组,郭永明等《花马》,载《鄂尔多斯民歌》,内蒙古人民出版社,1979年,第206页。

③ 摘自《韩密香》,载毛星主编《中国少数民族文学》(中),湖南人民出版社,1983年,第117页。

查干其其格哟，不离我的心坎。①

赛跑的马儿，
被山头挡住了。
相会的两个人儿，
哎哪哒嗨，被红舌头挡住了。②

马的力量所在是四只蹄子，爱情的力量所在是情人的两只眼睛。用跑不出草滩的马儿形容离不开心坎的情人；用被闲言碎语拆散的情人比作被山头挡住的马儿。不同的马被歌手信手拈来，作为比兴唱进歌中去，那样自然、质朴，又那样惊人的贴切和新颖。

马同样也被唱进奴隶凄惨的生活和斗争中去了：

黑鬃黑尾的枣骝马，
打着王府的印记。
哈然③属下的璐门达拉，
从小就是贵族的奴隶。④

低头晃尾，
在河边碎步疾跑的，
是铁青骒马；
以管理我们为营生的，

---

① 摘自伊克昭盟文化局鄂尔多斯民歌采录编译小组，郭永明等《查干其其格》，载《鄂尔多斯民歌》，内蒙古人民出版社，1979 年，第 220 页。

② 摘自伊克昭盟文化局鄂尔多斯民歌采录编译小组，郭永明等《干德尔希里》，载《鄂尔多斯民歌》，内蒙古人民出版社，1979 年，第 257 页。

③ 哈然：蒙古族一级行政机构，相当于汉族的"区"。

④ 摘自伊克昭盟文化局鄂尔多斯民歌采录编译小组，郭永明等《璐门达赖》，载《鄂尔多斯民歌》，内蒙古人民出版社，1979 年，第 20 页。

是细高个儿的西木宁。①

对嚼子和笼头,
感到厌烦了的,是我的马。
对繁重的公事,
感到厌腻了的,是我这个人。②

用碎步疾跑的铁青骒马低头晃尾形象地比拟王爷管家。厌烦嚼子和笼头的马和厌腻公事的人有着同样的心情和感受。

秀丽的海骝马有脾气,
靠近身子去驾驭它;
你的年纪还小呵,
温顺地随和人家吧!

骏马能到的地方,
我骑马也能到,有什么难?
别人能学到的知识,
我也能学会,有什么难?③

马里头的小黄驹儿,
服从套马杆子。

---

① 摘自阿日布登采录,郭纯、白杉译《西木宁》,载呼伦贝尔盟文化局、呼伦贝尔盟文联编《呼伦贝尔民歌》,内蒙古人民出版社,1984年版,第174页。

② 摘自阿日布登采录,郭纯、白杉译《我这个人》,载呼伦贝尔盟文化局、呼伦贝尔盟文联编《呼伦贝尔民歌》,内蒙古人民出版社,1984年,第124页。

③ 摘自阿日布登采录,白杉译《学本领不难》,载《呼伦贝尔民歌》,内蒙古人民出版社,1984年,第228页。

人里头年轻的我们，

服从那神圣的哲理。①

以秀丽的海骝马隐喻年轻人要学会随和人家，并鼓励年轻人要有志气，要服从真理。

读着以上蒙古族神话、民间故事、史诗、民歌、赞词、谚语，好像倘佯在色彩斑斓的海洋。马的形象无处不存，无时不在，它已经由乘骑的实用价值，升华为审美价值。生活中的马变成民间文学作品中人格化的马，神化的马，并成为其永恒的主题。在蒙古族人生活中，马与人形影不离，那么与马有关的民间文学作品也就必然触及其社会生活的各个方面。我们从这些作品中不仅了解了马，更让我感动的是，蒙古族人民与马那种相互依恋、互为知己的关系。马的豪迈剽悍、勇敢无畏以及舍弃生命以求服从报恩的牺牲精神是人们世代衷心赞美与追求的。愿这种马的精神为我们带来雄健、清新的力量。

1997年11月8日

---

① 摘自伊克昭盟文化局鄂尔多斯民歌采录编译小组，郭永明等《小黄驹儿》，载《鄂尔多斯民歌》，内蒙古人民出版社，1979年，第179页。

炎黄的传说与中华民族古代文明[①]

炎黄二帝被人们称为人文始祖，他们在距今5000—6000年前先后开创了新石器时代的原始农业，创造了黄河流域和长江流域的古代文明，立下不朽的功勋。《中国历代纪元表》中，中国历史的准确纪年，始于公元前841年——西周共和元年。此前的五帝和夏商周三代，只有帝名和排序，这就给中华5000年文明史提出了问题。经过170余位专家4年的联合攻关，一份最新的夏商周三代年表将正式公布。北京大学李伯谦教授根据各学科专家的研究成果和考古采集的含碳样品数据，最终确认夏王朝的起始年大体在公元前2069年前后。这样中国历史的准确纪年将有4200多年，而距5000年文明史尚差800年[②]。这800年恰是考古学的新石器时代，仰韶文化中的庙底沟类型，而河南灵宝市黄帝铸鼎原遗址一带大多为庙底沟类型。对这一遗址的进一步挖掘将揭开中华5000年文明起源之谜，这是考古学家的事。我们的任务则是从对产生于这一时代，流传于这些地区的民间传说进行采录和研究。这一时期正是炎黄文化形成与发展的历史时期，对炎黄文化的挖掘研究，将是对中华5000年文明史的补充与佐证。这些传说形象生动、神奇万端，大多通过神话幻想反映原始生活与生产的状况。故事往往用超自然的手段

[①] 本文系2000年5月为元智大学与中国口传文学学会主办的《海峡两岸民间文学学术研讨会》提交的论文。

[②] 丁肇文：《夏始于前2069年前后中国史纪年前推1228年》，原载《北京晚报》2000年2月17日。

阐释现实，炎帝、黄帝等历史人物在故事中是神，也是人，神圣性与真实性的矛盾与统一，是几千年发展流变的结果。然而，其中原始的文化形态与因素保存还相当丰富。传说中虽然有后世思想、观念的渗入，如一些官职称谓显然不是原始社会的，但其本性特征与文化内涵却没有失去和变化，而且在民间口头传承中保持了旺盛的生命力，刚好填补了传说时代历史的空白，为仰韶文化时期的历史提供了许多佐证。

以往研究者的视野往往停留在古代典籍与文献中零星、支离破碎的片断资料里，对于活形态的神话传说却少有人问津。近年来，《中国民间故事集成》编纂工作的开展推动了全国各省、自治区、直辖市以及县、乡、镇的普查与搜集。河北、河南、湖南、陕西还专门组织了关于炎黄传说的普查与搜集。最近，我们编选《炎黄汇典·民间传说卷》，收入陕西、河北、河南、甘肃、湖南、四川、湖北、山西、贵州、浙江、云南11个省的200余篇作品，其中除了汉族还包括了苗族、侗族等少数民族的作品。这些作品从不同侧面、不同角度勾画出中华民族的古老文明，是一组无比动人的文化英雄群像，闪烁出东方文明的曙光。中华民族文化的汪洋浩瀚，博大精深确是无与伦比的，中国无愧于世界文明古国。

中华民族的形成与发展经历了漫长的、复杂的融合过程。炎黄文化是以汉族为主体，融合众多少数民族文化的多元文化。中华民族的农耕文化是中华民族初民在数千年间逐步创造发展而来的。古人习惯于将这些成就汇集在彪炳日月的传说英雄人物炎帝、黄帝身上，而为人们世代崇奉、缅怀，实际上对炎黄的崇奉与缅怀就是对我们民族的先祖们长时期集体创业的崇奉与缅怀。

炎帝——中华民族古代文明的开创者

炎帝，又称神农氏，对古代先民施行教化，是创造众多文化业绩的文化英雄，是由采猎时代向农耕时代过渡时期的代表人物。炎帝出生地，一说陕西宝鸡蒙峪，二说河南新郑华阳，三说湖北随县烈山。几种不同说法都有传说，或大同小异，或迥然不同。我以为，对这些或隐或现的史实事迹，不妨采取模糊的办法，对于没有文字记载，只有口传历史的遥远的上古原始社会不必刻意追求明朗完整，就让它保留混沌状态，免得误入牵强附会。我们应着力于从炎、黄二帝的诸种传说中获取对新石器时代中华先民达到文明水平的理性认识。

炎帝教民稼穑，发展远古农耕经济。神农练斧砍恶龙，向太阳公公寻谷种，种上后又是其妻用奶水喂大（《神农找谷子》[①]）；炎帝得到朱鸟的九穗头灵苗传播天下（《南岳衡山和五谷、草药的来历》[②]）；神农变天犬盗谷种，过银河时，种子被水冲掉，只留下尾巴上的谷种带回人间（《神农盗谷》[③]）；神农的狗在洪水中用尾巴保留下谷种，每年六月，农民家里尝新的时候，饭甑打开，先装碗新米饭赏狗吃（《赏狗与抬狗》[④]）；神农抽掉麦颗上的毒小脉，成为人们的主食，起名小麦（《麦颗上的渠渠是咋么来的》[⑤]）；神农到天台山采药带回高粱、荞麦的种子（《神农捋穗》[⑥]）；种上庄稼以后，神农又叫人不要忘记收割，误

[①]《神农找谷子》，讲述人：杨学模；搜集整理者：杜志榜、罗挂英；搜集时间：1988年8月；搜集地点：广阳镇；流传地区：重庆市巴县（《四川神话选》四川民族出版社，1992年）。

[②]《南岳衡山和五谷，草药的来历》，讲述人：姜瘌子，男，1898年生；搜集整理者：彭玉成；流传地区：湖南省衡阳市。

[③]《神农盗谷》，讲述人：谭松姑，女，40岁，农民；搜集者：蒋红生；整理者：刘耘华；搜集时间：1987年3月；流传地区：湖南省茶陵县。

[④]《赏狗与抬狗》，讲述人：陈万才，男，82岁，农民，初小文化；搜集整理者：谭锋；搜集时间：1986年11月；流传地区：湖南省郦县。

[⑤]《麦颗上的渠渠是咋么来的》，讲述人：黄兴武，男，54岁，初小；搜集整理者：黄川锁；搜集时间：1986年11月5日；流传地区：陕西宝鸡县千河乡（《宝鸡县民间故事集成》）。

[⑥]《神农捋穗》，讲述人：张旭；搜集整理者：任永华、李晨；流传地区：陕西渭滨区（《炎帝的传说》三秦出版社，1988年）。

了农时（《边黄边割》[①]）；告诉人们提防偷庄稼的黑熊精（《神农与"娜婆"》[②]）；告诉人们怎么留黄瓜籽；神农还从野猪拱地得到启发，发明了犁，又将野牛驯为黄牛，让它犁地（《降牛耕田》[③]）；为了农耕的需要，必须掌握天体运行、气候变化，他照四季节气制定了春种、夏长、秋收、冬藏（《神农皇帝制四季节令》[④]）；出于农事的需要，他又在地上栽一根木桩把木桩影子画成十二段，称十二时辰（《木桩定时辰》[⑤]）；自然灾害来了，神农用土炮治冰雹（《神农为民治冰雹》[⑥]）；《金剑劈石》[⑦]中，神农开山劈石疏导河水，从而引洪入海；《天火》[⑧]记述了神农在一场雷电之后发现烧死的野兽好吃，从而知道了熟食，他取天火作火种，并用"火绳"将火保存下来，火的发现与运用成为人类生产和生活中的一场伟大的革命。

神农又开远古医药学之先河。神农看到黎民百姓生病无法治，搭"上天梯"，搭了一年，爬上山顶尝百草，一天被毒死好几次，醒来要臣

[①]《边黄边割》，讲述人：陈双喜；搜集整理者：张维新、赵家栋；流传地区：陕西宝鸡（《炎帝的传说》三秦出版社，1988年）。

[②]《神农与"娜婆"》，讲述人：胡三才；搜集整理者：张维新、赵家栋；流传地区：陕西宝鸡（《炎帝的传说》三秦出版社，1988年）。

[③]《降牛耕田》，讲述人：田三民；搜集整理者：张维新、赵家栋；流传地区：陕西宝鸡（《炎帝的传说》三秦出版社，1988年）。

[④]《神农皇帝制四季节令》，讲述人：黄友祥；搜集者：杨奉纯、张国祥；整理者：杨奉纯；搜集时间：1987年7月2日；搜集地点：四川省大竹县文星街道。

[⑤]《木桩定时辰》，搜集整理者：张维新、赵家栋；流传地区：陕西宝鸡（《炎帝的传说》三秦出版社，1988年）。

[⑥]《神农为民治冰雹》，讲述人：亢宏武，45岁，农民；搜集整理者：亢宁娟；流传地区：陕西省岐山县。

[⑦]《金剑劈石》，讲述人：杨大夫；搜集整理者：李晨、任永华；流传地区：陕西南部（《炎帝的传说》三秦出版社，1988年）。

[⑧]《天火》，讲述人：陈天柱；搜集整理者：张维新、赵家栋；流传地区：陕西宝鸡（《炎帝的传说》三秦出版社，1988年）。

民在竹片上记下药性,尝出了 365 种草药,由后人写成《神农本草经》《神农五谷经》等书(《神农架的由来》[①])。传说神农生下来就是一个浑身通亮的伢儿,心肝脾肺都看得见,他尝百草时,能看到药在肚子里的反应(《神农尝百草》[②])。神农尝百草到了神农架,修了宫殿,请两个石匠雕一对狮子。石匠倾注了全部心血,石狮子雕成,石匠累死了。两个石狮子全身发亮,人们说石匠的血流到石狮子的血管里去了。神农采药不用自己尝了,熬成汤灌给石狮子,就流到石狮子的 108 根筋管里,神农把石狮子喝药的情况记下来就行了。黑虎精要害石狮子,把断肠草放入神农的药篮,石狮子喝下去全身变黑,筋管看不见了。人们把石狮子丢在山下。一天神农路过,见一头石狮子活过来,原来是它旁边一棵树树叶上的露水一滴一滴滴入它嘴里起的奇效。神农赶忙用这树叶熬水灌另一只石狮,另一只也活了过来。神农把树叶带回,泡水一尝,精神爽眼睛亮,于是采树种,让老百姓种,这就是今天的茶叶(《神农尝茶》[③])。也有传说,神农肚胀治不好,睡树下,天上下雨,雨滴神农脸上,流入嘴中,他吃了那水,肚子不胀了,以后就用这树叶消胀解毒,这就是"茶"(《神农吃茶》[④])。

神农尝百草经历了许多神幻、富有传奇色彩的故事。《天麻为啥叫赤箭》[⑤],说神农尝了九十九种草药,待要尝第一百种时,天麻不服,他一来天麻就溜掉。一次,神农遇到这个既无茎块,又无须根的光秃秃的

[①]《神农架的由来》,讲述人:方昌福;搜集整理者:胡崇峻、欧阳学忠;搜集时间:1964 年;整理时间:1981 年 8 月;流传地区:湖北省兴山、房县、神农架。

[②]《神农尝百草》,讲述人:胡光先,男,45 岁,小学,搬运工人;搜集整理者:覃柏林;搜集时间:1986 年 11 月;流传地区:湖南省临澧县澧北地区。

[③]《神农尝茶》,讲述人:杨士景,男,68 岁,农民;搜集整理者:万武怀;搜集时间:1983 年 5 月;搜集地点:江陵纪南域;流传地区:湖北省江陵县。

[④]《神农吃茶》,讲述人:孙雨光;搜集整理者:王纯五;搜集时间:1987 年 2 月 12 日;搜集地点:赵公山下大坪村二组;流传地区:四川省灌县玉堂镇。

[⑤]《天麻为啥叫赤箭》,讲述人:杨大夫;搜集整理者:任永华、李晨;流传地区;陕西宝鸡(《炎帝的传说》三秦出版社,1988 年)。

块块，刚要伸手，又跑不见了。神农满山遍野追赶，天麻再次刚一露头就被神农的木箭射中了，神农太累睡着了，等他醒来木箭与天麻长在一起了，成为它的茎秆，天麻也叫"赤箭"。《九龙盘》[1]是神农架的一种药草，起死还阳有奇效，传说有九条蛇守护。神农采这药时，九条蛇一齐向他扑来，每条蛇又断成九节，每节都长出新头，像乱棍齐打，神农招架不住被咬了几口，好在他尝百草能消蛇毒。神农的徒弟出主意，用花椒水麻昏了毒蛇，才采到九龙盘。神农还根据毒蛇吃草药化石和黄鼠狼自己治毒蛇咬伤的办法，寻找消肿化石和治蛇咬的草药（《草药化石》[2]《神农学蛇药》[3]）。神农根据药的功能、形状以及发现药的地方为草药起了不同的名字，柴胡是在柴堆旁发现的，又在陶壶中煎熬，起名叫"柴壶"，后为"柴胡"（《"柴胡"的由来》[4]）。神农尝百草，一天中七十次毒，醒来又尝草，最后尝"断肠草"，肠子断成一截截，再也救不活了（《神农尝百草》[5]）。《神农氏死难百草地》[6]却说，神农尝了一种长满小腿的"百步虫"，繁殖力极强，一下子爬满五脏六腑，吃光了他的内脏，就此死于百草地。神农死后幻化成龙，还为尝百草只尝了九十九种而不瞑目。于是他跃起前爪，将自己颌下的胡须拔下后腾云而

---

[1]《九龙盘》，搜集整理者：胡崇峻。

[2]《草药化石》，讲述人：袁芳、夏国祥；搜集整理者：胥鼎；流传地区：陕西宝鸡（《炎帝的传说》三秦出版社，1988年）。

[3]《神农学蛇药》，讲述人：刘四仔，73岁，农民；搜集整理者：刘振祥；搜集时间：1983年2月；流传地区：湖南省茶陵县下东乡。

[4]《"柴胡"的由来》，讲述人：杨大夫；搜集整理者：袁芳；流传地区：陕西宝鸡。

[5]《神农尝百草》，讲述人：胡光先，男，45岁，搬运工人；搜集整理者：覃柏林；搜集时间：1986年11月；流传地区：湖北省澧县澧北地区。

[6]《神农氏死难百草地》，讲述人：郭龙，男，72岁，农民；搜集整理者：杨云；搜集时间：1986年9月；流传地区：河北涿鹿保岱。

去，胡须落地变成"龙须草"(《龙须草》①)。神农作为中国医药学的开山鼻祖拯救人民于疾病困扰之中，不畏艰险、百折不挠，他的足迹踏遍宝鸡的天台山，湖北的神农架，河南温县、湖南、河北等广大地区。在人类生产、生活发展到一定程度以后，人的需求也增加了，于是有了物质交换，神农提出"日中为市"，又创办了最早的市场(《太阳市》②)；生活好了，人们庆丰收开展娱乐"乐呵"活动，后来演变为"社火"了(《乐呵与社火》③)；神农还发明了"填方"的游戏，后来发展成"围棋"(《围棋的来历》④)。

炎帝是半神半人的英雄和氏族领袖。传说他是玉帝派下凡拯救百姓的。炎帝的母亲女登因踩男人脚印而受孕，生下一个火球，火球落地，九龙同时落地成九眼泉水。女登刨出孩子，牛头人身，扔到山沟。狼虫虎豹为他取暖；孔雀、白鹤用翅膀为他遮荫；梅花鹿为他喂奶。人们抱回孩子交女登，起名叫"弃"，就是后来的炎帝(《女登》⑤)。炎帝有超自然的力量，五谷得不到充足的阳光不能生长时，炎帝骑五色鸟飞到东海蓬莱岛抱回一个太阳，在汤峪河休息又丢在那里，回去找时，捡到太阳的二郎神还给了他。他赶回去将太阳挂上城头，从此五

---

①《龙须草》，搜集整理者：黄长明；流传地区：陕西宝鸡(《炎帝的传说》三秦出版社，1988年)。

②《太阳市》，讲述人：杨大夫、夏国祥；搜集整理者：李晨、勇桦；流传地区：陕西省渭滨区(《炎帝的传说》三秦出版社，1988年)。

③《乐呵与社火》，搜集整理者：张维新、赵家栋；流传地区：陕区宝鸡(《炎帝的传说》三秦出版社，1988年)。

④《围棋的来历》，讲述人：陈生泰；搜集整理者：张维新、赵家栋；流传地区：陕西省渭滨区(《炎帝的传说》三秦出版社，1988年)。

⑤《女登》，讲述人：李发贵，男，62岁，初小文化；搜集整理者：李逢春；搜集时间：1978年6月10日；流传地区：陕西宝鸡县(《宝鸡县民间故事集成》)。

谷发芽开花结果（《神农抱太阳》[①]）。苗族有一个《神农请太阳》[②]说张果老射落六对太阳和月亮。剩下一对太阳月亮夫妻躲进岩洞，神农让太阳的朋友白胡子老头去请他们出来。炎帝身上有着原始人驾驭自然、征服自然的大胆幻想和浓重的神话色彩，然而他更是一个现实生活中的部落领袖，他带领人们开基创业，在农耕文化和远古医药科学方面建立了伟大功勋。

黄帝——文明的缔造与国家雏形的建立

炎帝和黄帝是少典部族派生的两大部族集团，黄帝略晚于炎帝，经过阪泉之战和涿鹿战败蚩尤，黄帝在中原建立了统一的地位，成为最具权威的领袖。黄帝以及其后以夏、商、周为代表的华夏文明，经历了相当长的氏族融合，融合了部分少数民族文化，形成了以汉族为主导的中华民族文化系统。

黄帝的传说中，反映其诞生、身世、族系，尤其是部落联盟形成的作品比较多。少典氏杀了一头巨兽，救了熊群，成了熊的救命恩人。少典部落被狼部落打败，少典学熊吼叫三声，几千只熊从深山密林中奔来，赶走了狼部落的人，夺回土地。他们感到有熊的相助，很安全，常说"我们有熊"，于是就成了"有熊国"（《有熊氏的来历》[③]）。

《黄帝出世》则有三种不同的传说：一说神鸟奉女娲娘娘之命，将三千年红果抛向一个年轻妇女，妇女生下俊娃娃[④]；二说轩辕为拯救百

[①]《神农抱太阳》，搜集整理者：隋民、勇桦；流传地区：陕西（《炎帝的传说》三秦出版社，1988年）。

[②]《神农请太阳》，讲述人：龙荣富，男，苗族，70岁；搜集整理者：彭继宽；搜集时间：1960年；流传地区：湘西花垣县吉卫镇一带。

[③]《有熊氏的来历》，讲述人：郑中智，男，64岁，教师；搜集整理者：张永林；流传地区：河南。

[④]《黄帝出世》，讲述人：王群，男，76岁，农民；搜集整理者：陈刚；搜集时间：1986年1月；搜集地点：河北涿鹿矾山南关。

姓请示玉帝和王母，投胎到少典、附宝的家中①；三说一勇士变巨龙，巨龙被猎人射中，从龙的肚皮中抱出一个婴儿，就是黄帝，称龙的传人②。《八大酋长比武》③中说八个部落的酋长轩辕氏、有鸢氏、武豸氏、太乙氏、蜀山氏、白龙氏、空桑氏、太隗氏都吃过孤立无援的苦，于是他们想联合起来。比武于百步之外，射下一百个活人头上的红缨子，谁胜谁就做部落盟长。六位都没有成功。轮到太乙氏，他一身虎皮武服，颈上一根皮条穿着八个老虎的门牙，这意味着八只虎死在他手中。他一支、二支……射到九十二支时箭不听使唤了，纷纷落空。轩辕氏穿一件牛皮武服上场，颈下皮条上，虎、狮的门牙一个挨一个是十六枚，背后还有多少看不见了。腰间和胸前缠了两圈熊、罴、豹、狼的尾巴。他摆开架势，一支一支射击，红缨子"扑扑"落地，一百个全部被射落。轩辕氏提出，八个部落的图腾融合，以蛇为主，鱼的鳞，马的头，鹿的角，鹰的爪等组成了新图腾"龙"，因地处正中心遂称部落联盟为"中国"。传说以神话的形式阐明了中国华夏族系的出现。黄帝从发展农牧业生产，兴起集市贸易，富国安民，到建都、修城、选贤、治国、执法，赫赫政绩清晰可见，一个古代国家的雏形已经形成。

黄帝观察星象，考定前人星历，命大臣大挠将天干地支、六十甲子刻在龟甲上，人间从此有了历书。为了人们更好地把握时间，他从天宫请来金鸡为人间报晓（《金鸡的传说》④）。《黄帝观北斗》⑤中说的是黄

---

①《黄帝出世》，讲述人：蔡英生，男，71岁，教师；搜集整理者：蔡柏顺；搜集时间：1978年；流传地区：河南新郑一带（《轩辕故里的传说》中原农民出版社，1990年）。

②《黄帝出世》，讲述人：杨根妹，女，居民；搜集整理者：沈志斌；流传地区：浙江省湖州市。

③《八大酋长比武》，讲述人：蔡英生；搜集整理者：蔡柏顺；搜集时间：1978年；流传地区：河南新郑一带（《黄帝传说故事》中州古籍出版社，1997年）。

④《金鸡的传说》，搜集整理者：李延军。

⑤《黄帝观北斗》，讲述人：李仲元，男，45岁，农民；搜集整理者：李洪雨；搜集时间：1986年8月；搜集地点：矾山四堡村。

帝造指南车，阴晴昼夜知南北，云封雾锁不迷的故事。黄帝还据草帽落地滚动的启示，用圆木做轮子，造出了原始的车子（《黄帝造车》[1]）。黄帝打猎看见山中一女子扶着桑树，一条腿跪地，从嘴里往外吐丝。为了人们有衣服穿，他不嫌吐丝女丑陋，向她求婚。这女叫嫘祖，原是王母娘娘侍女，因吃了五色香草果实，心里往上翻，吐出为丝。她用这果实喂蚕，蚕也吐丝，王母便将她打入人间。嫘祖成为黄帝妻子后，教人养蚕、缫丝、纺纱、织锦、做衣服（《黄帝选妻》[2]）。黄帝救了有巢氏后，有巢氏领大伙盖房。为了学会播种五谷，黄帝又去寻访后稷老人，还用弹丸打跑了袭击他们的狼群，后稷和黄帝一起回到具茨山下，开垦田园。黄帝继续寻访，请来了会造木车的吉光、会制甲矛的金木予、会挖井的伯益、会做木工的巧匠木倕，并且当众说这都是他的老师（《访贤》[3]）。黄帝为给积劳成疾的仓颉治病，治服恶龙找到无叶草，与蛇搏斗时草被蛇拍成一节一节的，叫"节节草"（《黄帝与节节草》[4]）。

黄帝创立了最早的军事科学。神话从黄帝靠天女魃、九天玄女等超自然的力量取胜过渡到依靠现实力量，依靠战略、战术以及练兵而获胜。黄帝寻找含铜矿石、炼铜，打造铜斧、铜刀、铜剑、铜矛，还造了两刃三尖铜镞等（《黄帝炼铜造兵器》[5]）。黄帝战败后，撤过黄河，撤到崆峒山安营扎寨练兵，伶伦造战鼓、嫘祖制战旗、风后造指南车。黄帝率十万大军到涿鹿，摆开阵势，杀得昏天黑地，四百面战鼓震得太阳

---

[1]《黄帝造车》，讲述人：范继贤，男，82岁，农民；授集整理者：郭世峰；搜集时间：1986年8月；搜集地点：河北省涿鹿县矾山龙王塘。

[2]《黄帝选妻》，讲述人：蔡英生；搜集整理者：蔡柏顺；搜集时间：1982年（《轩辕故里的传说》中原农民出版社，1990年）。

[3]《访贤》，讲述人：蔡英生；搜集整理者：蔡柏顺；搜集时间：1982年（《轩辕故里的传说》中原农民出版社，1990年）。

[4]《黄帝与节节草》，搜集整理者：袁玉生（《黄帝传说故事》中州古籍出版社，1997年）。

[5]《黄帝炼铜造兵器》，讲述人：袁朝富，男，54岁，农民；搜集整理者：杨云；搜集时间：1986年8月；流传地区：河北涿鹿。

不敢落、月亮不敢出；一万面战旗摆动如山呼啸，蚩尤兵被吓得肝胆俱裂，魂出七窍（《十万沟黄帝练兵》[①]）。黄帝也曾利用蚩尤连打胜仗得意忘形的心理，一交兵就败逃，把蚩尤队伍引到一处绝地，埋伏在那里的黄帝士兵从山沟两边山顶滚下许多大石头，如天崩地裂，又无法退兵，蚩尤死伤很多（《黄帝装败骗蚩尤》[②]）。黄帝与风后对军队还实行了十字建制法，十人一组，十组一联（一联一车携军饷），十联一通，十通一营，十营一路。共建四路（左路、右路、中路、先行路），各路军配指南车和记里鼓，按时开赴涿鹿（《黄帝四十五里军马营》[③]）。风后率三万军队在涿鹿城边，按乾、坎、艮、震、巽、离、坤、兑八个方位布阵。风后立于中央战车，用黄旗指挥，先是天覆阵，然后地载阵、风扬阵、龙飞阵、垂云阵、虎翼阵、鸟翔阵。蚩尤兵持强好勇乱砍乱杀，但一会儿就失去锐气，被包围了，这时风后指挥蛇蟠阵，遍地龙蛇飞舞，蚩尤侥幸从"巽"门逃走了（《风后八卦阵》[④]）。把八卦原理运用到军事上，是黄帝与风后的一大创举，在军事理论和实践中具有永恒的科学价值，为开创中华民族大业、统一中原起到重要作用。

　　黄帝为治天下在东海边找到风后，在湖北云梦泽畔找到力牧。力牧是牧羊人出身，力气超人，但一下子封他为中路大将军，有些人不服。黄帝的长子昌意和大臣大鸿就不服力牧的调遣，违抗军令。黄帝坚决要斩首示众。全体将士都跪下求情，昌意和大鸿也有悔改之意，蚩尤大兵压境，正是用人之时，黄帝才答应准免死罪，但要降为兵勇；封力牧为征讨大将军，并亲自跪拜授印，力牧在涿鹿大战中生擒了蚩尤

[①]《十万沟黄帝练兵》，讲述人：张映乾，男，56 岁，干部；搜集整理者：王知三；搜集时间：1995 年 7 月；流传地区：甘肃平凉市。

[②]《黄帝装败骗蚩尤》，讲述人：张良，67 岁，农民；搜集整理者：欣然；流传地区：河北涿鹿（中国民间文艺出版社，1989 年）。

[③]《黄帝四十五里军马营》，讲述人：赵林阁，清末秀才；搜集整理者：赵国鼎；流传地区：河南新郑具茨山（《轩辕故里的传说》中原农民出版社，1990 年）。

[④]《风后八卦阵》，讲述人：赵国鼎；搜集整理者：刘文学；流传地区：河南新郑（《黄帝传说故事》中州古籍出版社，1997 年）。

(《力牧台》[1])。黄帝一百岁了,他要选贤能接班,分文、武、德三种测试,十天后,只剩下玄嚣和昌意,他们都是黄帝的儿子。黄帝给每人一个宝葫芦,葫芦打开,流出三丈深的一股水,200里可以流干。黄帝让他们从嵩山放出水来,水量不能少,谁的水能流300里,谁接替王位。他俩试了三天也没成功。玄嚣想出办法,兄弟二人一齐上山,同时打开葫芦,水流百十里后便汇流在一起,流入颍河,从此再不枯竭。黄帝要他们从中悟出治国的道理,万众一心,国家才能强大。于是玄嚣接王位,昌意辅佐(《双洎河的传说》[2])。

文化英雄的群像

炎帝黄帝的神话传说,生动地塑造了两个开创中华民族古代文明的英雄形象,而黄帝时期流传的其他英雄的形象更加丰富了中华民族原始文明的内涵,勾画出那个时代的一幅广阔的风俗图。

黄帝的火正官祝融,小时候感到带火种迁徙不便,用石头在木头上钻木取火费力,就发明了石头碰撞取火的办法。祝融用火攻的方法战胜了蚩尤。黄帝派他去南岳衡山,教那里的百姓烤食物吃,用火照亮,用火抵抗野兽。一天共工与别人争帝,头撞不周山,撑天柱折断了,大地摇晃起来,祝融在那里撑住了天(《祝融的故事》[3])。

嫘祖将不同颜色的茧分别倒入锅里煮,搅出丝来,把丝缠起来,

---

[1] 《力牧台》,讲述人:李老四;搜集整理者:高力升(《黄帝传说故事》中州古籍出版社,1997年)。

[2] 《双洎河的传说》,讲述人:孙大离,68岁,农民;搜集整理者:蔡柏顺(《轩辕故里的传说》中原农民出版社,1990年)。

[3] 《祝融的故事》,讲述人:康佩仕,男,55岁,南岳文物管理所干部;搜集整理者:李正南;流传地区:湖南南岳。

纺线制衣服(《嫘祖养蚕》①)。《嫘祖造秤》②是根据天河与星星的形象,用烧火棍、粗碗、麻绳、石块制成,棍上刻了十六条印痕。嫘祖还重视了解民情,向黎民百姓放粮,惩治恶官(《嫘祖放粮救黎民》③)。

黄帝的东宫娘娘,教百姓制履,把身子累倒了(《白水泉的传说》④)。

西宫娘娘嫫母与皇帝一起制造"明火",把松香、硫磺、木炭末拌匀,装入陶罐,制成"火链球"和"火箭",帮黄帝平定天下(《"明火"(火药)的发明》⑤)。

仓颉造字得罪了巫觋被处死刑,黄帝用千金赎下他,任左史大夫。仓颉发明了许多文字,使凭脑子记史的人失去官职。朝廷有些官嫌记字麻烦,于是造谣诬陷仓颉。黄帝惩罚仓颉,刑部侍郎用狼牙棒打,一打就是几个钉眼。仓颉反倒感谢黄帝,说是启发他造了"抓""打"二字:抓人要用两只手,提手旁还有一个"爪"。打人用棒,棒上有钉,提手加"丁"。侍郎再进谗言,黄帝决定对仓颉行车裂。仓颉又从车裂和斤(斧)砍两种刑法造出了"斩"字。公主得知仓颉受刑造字,找父亲说明情况,一切恍然,黄帝飞马赴法场救出仓颉,并把他召为驸马(《临死造字》⑥)。《仓颉与凤台寺》⑦说仓颉是根据老猎人看不同的野兽蹄印

---

①《嫘祖养蚕》,讲述人:张曹氏;搜集整理者:张永林;流传地区:河南新郑(《民间文学》1991年第8期)。

②《嫘祖造秤》,讲述人:董善纪,男,82岁,农民;搜集整理者:顾胜勇;搜集时间:1987年8月;搜集地点:河北涿鹿县保岱乡方家沟村。

③《嫘祖放粮救黎民》,讲述人:顾胜连,男,50岁,农民;搜集整理者:顾胜勇;搜集时间:1986年9月;搜集地点:河北涿鹿县郭家湾。

④《白水泉的传说》,讲述人:李文俊、刘万林;搜集整理者:李延军;流传地区:陕西黄陵县。

⑤《"明火"(火药)的发明》:搜集整理者:李延军;流传地区:陕西。

⑥《临死造字》,讲述人:李仁伯;搜集整理者:周濯街;搜集时间:1988年;搜集地点:湖北省黄梅县黄梅镇。

⑦《仓颉与凤台寺》,讲述人:薛文灿,男,74岁,博物馆干部;搜集整理者:张永林;流传地区:河南新郑(《民间文学》1991年第11期)。

来捕捉猎物的启示。他则根据天地万物万事的特征画出图像造字。

力牧生病，黄帝下令悬赏求医者。岐伯来为力牧看病，给几根柴草熬汤。黄帝不大信，岐伯说这是山上阳坡的草，受日头精华，极是发热，喝下定发汗。力牧是受风吹汗憋住了，喝了药，出一身汗果然好了。从此黄帝与岐伯一起采药，研究药性，讨论长寿的方法，后人把他们的经验写成《黄帝内经》(《〈黄帝内经〉的由来》[1])。民间流传着《岐伯治病论医》《心病心治》《咬手指治眼疾》《狗咬攻毒法》《原汤化原食》《针灸的来历》[2]等，许多岐伯治病的故事。

猎手出身的俞跗打猎物剥皮剖腹，仔细观察，又为生病的鹿切开胃，取出未消化的草块。他成了一时的名医，用玉刀划破人的皮肤，剥开肌肉，结扎筋脉，挤出病变的骨髓和脑髓，或者把胃肠等翻出来清洗。经他手术的病人，健康如初（《俞跗高明的外科手术》[3]）。

马师皇为马治病被传为神医。一条巨龙从天而降求他看病，他给龙扎了石针，还喂"甘草汤"，龙好了腾云而去，以后他又治好了几只病龙。龙驮他与老婆上天去见天帝（《马师皇为龙治病》[4]）。

宁封子发明了制陶，在烧不出五色烟、制不出五彩陶时，跳入炉火，在火中舞蹈，牺牲自己烧出了五彩生辉的彩陶（《宁封子献身制陶》[5]）。

黄帝的贴身大臣"房子"牺牲自己变成有门有窗的四四方方的房子，黄帝遂据此屋暖万民（《元祖造屋》[6]）。

杜康存粮于枯树中，长期风吹雨淋发酵。杜康发现这些树周围躺

---

[1] 《〈黄帝内经〉的由来》，讲述人：杨生旺，男，68 岁，离休干部；搜集整理者：孙明琴；搜集时间：1986 年 8 月；搜集地点：河北涿鹿保岱县乡保岱村。

[2] 《岐伯治病论医》等，搜集整理者：王光普、张家正；流传地区：甘肃庆阳。

[3] 《俞跗高明的外科手术》，搜集整理者：李延军；流传地区：陕西。

[4] 《马师皇为龙治病》，搜集整理者：李延军；流传地区：陕西。

[5] 《宁封子献身制陶》，搜集整理者：李延军；流传地区：陕西。

[6] 《元祖造屋》，讲述人：王存义，男，49 岁，农民；搜集整理者：张永海；搜集时间：1986 年 9 月；搜集地点：河北矾山三堡村。

着一些动物，苏醒后又跑掉。杜康走近一看树洞里流出的水浓香，自己喝了几口，也睡了一觉。他把这水带回去，黄帝和众大臣品尝后，都说这不是毒水，是粮食的元气，饮而有神，应起名为酒（《酿酒始祖——杜康》[1]）。

伶伦用12种不同的竹管分别组合，模仿凤凰的12种鸣叫声音，后又与人合作铸12口钟，配合"宫、商、角、徵、羽"五音，音律和乐器就这样造成了（《大音乐家——伶伦》[2]）。

素女在丈夫大鸿去世后悲痛欲绝，鼓瑟之声哀不自胜。为了纪念素女，人们模仿她的哭声，制作了"二胡"，其凄凄婉婉之声好似素女哭大鸿（《素女与大鸿》[3]）。

其他还有制梳人，用海水晒盐人，演蚩尤戏的人，等等。

我之所以不厌其烦地列举叙述以上这么多的故事，旨在读者面前树立起炎帝、黄帝以及创造人类早期文明的诸位英雄形象，完整地呈现那个时代无比灿烂的东方文明。

原始先民的种种发明创造，文化建树都有奇妙、生动的神话传说故事，更给人以知识的启迪和品德的陶冶。许多地方都有与故事相关的山名、水名和地名，使人们更感到真实和亲切。这些故事从不同侧面、不同角度，再现了炎黄时期的原型文化，忠实、生动而曲折地反映了我国原始社会中、晚时期的民俗事象，对于研究、论证历史有着重要的基石作用。这些故事至今盛传不衰，表达了后人对先辈祖先创业的缅怀与感念之情，也是民俗文化中独有的"尊祖"与"寻根"。

2000年5月

---

[1]《酿酒始祖——杜康》，搜集整理者：兰华；流传地区：陕西。

[2]《大音乐家——伶伦》，讲述人：黄中；搜集整理者：江童颜；流传地区：山西临汾。

[3]《素女与大鸿》，搜集整理者：李延军；流传地区：陕西。

《中国歌谣集成·江苏卷》审稿会议纪要[1]

1991年4月9日至19日,《中国歌谣集成》主编贾芝,副主编张文,《中国民间文学集成》总办公室主任贺嘉,《江苏卷》审读吴超、马捷,还有参加这次审稿工作的朱芹勤、金茂年一行七人赴江苏召开了《中国歌谣集成·江苏卷》(以下简称《江苏卷》)审稿会议。

会议分两个阶段进行,9日至12日,在南京就《江苏卷》的入选作品,有关介绍、注释及附件部分进行了讨论。首先由《江苏卷》主编郭维庚,副主编金煦、唐雨奇及编辑陈其元、张农分别汇报了他们根据去年7月在北京初审时,总编委提出意见后,进行修改的情况,同时,也提出了他们现在仍感到不足的地方和尚未解决的问题。总编委会的同志们在再次审读《江苏卷》之后,认为经过修改后的卷本较之原送审稿在质量方面有较大的提高,但仍存在一些问题需认真解决,以便齐、清、定,达到终审要求。大家分别就十类作品进行了讨论,对分类问题提出了明确的要求和具体的措施,对作品也进行了认真推敲,并提出了取舍意见。13日至16日,《江苏卷》编委根据讨论的意见动手修改和调整了正文部分。16日至19日,总编委的同志对修改稿又一次进行了审读,大家一致认为,分类经过改动后,调整得比较理想,眉目清楚,江苏民歌的特点从多方面突显出来了。只是在长诗选用全篇还是片断节选问题上,讨论中尚存不同意见。对概述(本卷前言)特别进行了详细的讨论,在统一认识的基础上决定了修改方案。在离开江苏之前,《江

---

[1]《中国民间文学集成总编委会简报》1992年5月14日。

苏卷》编委拿出了概述修改的框架结构，基本通过，达成比较一致的意见。

会议期间，江苏省文化厅厅长王鸿，省文联党组书记赵绪成，江苏民文集成副总编马春阳、郑乃臧，省民协副秘书长蒋义海等到会看望了大家。

江苏期间，北京的同志还参观、访问了镇江民间文学资料库和苏州民俗博物馆。镇江民间文学集成资料库在保存中国民间文学资料方面尚属全国首创，藏有江苏全省民间文学集成资料本及大部分手稿原件，同时还收藏了来自其他省、区的部分民间文学集成资料本和民间文学书籍。他们的做法很值得我们推广和学习。苏州民俗博物馆则为我们提供了以文养文的宝贵经验。

下面将总编委会对《江苏卷》的审读意见简述如下。

正文部分：

（一）分类可以而且应该根据江苏的歌谣情况按照总编委会所提出的分类原则进行，在类别上具体增改可以根据实际内容情况与掌握资料情况进行立类，不局限于手册中的八类。但是，另立类还是要以内容为分类原则。

1. 增加一类革命斗争歌。

江苏省从太平天国、鸦片战争、抗英斗争到后来的苏北根据地有长久优秀革命斗争传统。为了突出这个传统和江苏的特色，另立一类"革命斗争歌"，会使全书显得更充实、更精彩，也突出了江苏人民对革命的贡献。

"革命斗争歌"单独立类以后，可以把现在的时政歌和历史传说歌中，反映革命斗争内容的歌谣抽出来，改变原来比较繁杂的状况。时政歌和历史传说歌也都名实相符，显得清爽多了。

2. 增加一类"风物歌"，取消"杂歌类"。

将生活歌中有关风俗、风物的歌拿出来，再加上杂歌中的有关部分，单独成立"风物歌"一类。这样便突出了江苏的风物特色，同时解决了生活歌的臃肿问题，还消化了杂歌这一类别，显得干净、利索。

3．历史传说歌改为传说故事歌，并且收入长歌节选部分，长诗不单独立类。由于革命斗争歌移出，历史传说歌中历史部分已很少，大体只剩传说歌与故事歌两大部分，故改名为"传说故事歌"。故事歌与长篇叙事诗不仅有着发展的渊源关系，而且有时又难以用行数区分清楚。再者，本书为歌谣集成，收入长诗节选乃为权宜之计，所以，将长诗节选部分放入"传说故事歌"一类，注明小标题"长诗节选"。

（二）对类序的要求

类序比第一稿好多了，但仍嫌不足，有时看不出江苏的特点，如劳动歌，没有突出江苏处于资本主义萌芽时期的工业生产劳动，也没有突出稻作文化与鱼米之乡的特色，类序要反映一定的研究成果。对类序的要求，也是我们在编选歌谣集成的过程中逐渐明确起来的，应是有研究性的介绍，要求具有学术价值。有较高的科学概括性。研究成果的高低将决定全书水平的高低，我们要在研究的基础上，从理论的高度介绍江苏歌谣的特点。

概述、类序、附记、注释应按不同的要求，加以分工。要分清概述写什么；类序写什么，二者因互有联系，有些重复之处是难免的。类序介绍本类歌谣，比概述要更具体、详细、完整一些。类序是某一类的概述，包括不了的详细介绍，可在附记和注释中去解决。类序、附记、注释，都是最能反映和体现本书科学价值的部分。类序的概括介绍应该是指南、引路性质的，要从歌谣伴随社会发展、反映社会生活的角度谈为什么选这些歌，这类歌在江苏有什么特点，概述中则是点到即可，可以拿出个别例子，是亮宝的性质。附记，说明歌谣怎么唱，有什么样的习俗、仪式，等等。

（三）对每类歌谣的简括意见

引歌：作为第一类别，要写好类序。概括介绍引歌，不仅要从赛歌的需要，从骄傲或谦虚的表面情绪和现象来讲，还要挖掘其更深刻的内涵，要提高到民间诗学的高度来分析和介绍入选作品。

劳动歌：分类清楚，下面暗分小类，宜粗不宜细。现在的类序，没有突出江苏特色，如车水号子、工匠歌等。这样就把丰富的劳动歌湮没了，没有充分展示出来。

时政歌：

1.（1）含义、界说、范围：时政歌是人民群众中流传的政治性的评论或批评，不仅止于讽刺，也有歌颂，即有美有刺。反映过去政治事件的歌已成为历史，不属时政歌。

（2）注意区分解放前、后。旧时代，人民受压迫，不满、反抗，歌颂农民起义，对统治者只有讽刺，所以，旧时代的时政歌以讽刺为主。解放后阶级关系发生了根本变化，人民政权的建立使人民成为主人，历史的实际，也是首先歌颂共产党、毛主席，歌颂人民解放军，歌颂各族人民的翻身解放，以歌颂为主。在社会主义时期，也有因政策的失误，一些干部的不正之风，因而也产生了群众的批评与讽刺歌谣，这也是值得重视的，应该听取群众的意见。

（3）选择作品应取慎重态度，要准、稳，要选有积极作用的作品。人民的批评一般是正确的，但是群众也分各种阶层的人有不同的政治态度，也有观点反动的。多数不是敌对的，而是批评正确与否的问题。我们不能客观地一切都选入，要重视社会效果，少而精，避免产生副作用。

2. 时政歌分解放前、解放后两大部分。解放前，先讽后颂；解放后，先颂后讽。

3. 恩格斯谈到中国的抗英歌谣这一点，在类序或概述中要介绍一下。

4. 新民歌精彩的、有价值的要选入一部分，以体现20世纪90年代编卷的时代精神与特色。

仪式歌：婚礼等仪式歌，要按仪式发展的时序来排列，利用注释或夹叙夹议的方法使人看清仪式进行的原生态。仪式歌，当然主要是选歌，但要从歌看到民俗事象，把有关民俗尽量加以详细介绍，增加趣味性与知识性。对仪式歌来说，没有注释和说明就没有生命。关于江苏婚礼歌手抄本的发现，这一宝要在"概述"中提一下。

情歌：类序中应能讲清江苏情歌绝在什么地方。如谐音，第三句很长、衬词多等特点。还可把我们这次编选中超过前人的作品略举几例。

生活歌：有重复内容的，大同小异的作品可以再精选一些。不要小标题，层次太多，也欠科学。暗分，为好。

历史传说歌：几首神话题材的歌，算不成古歌，江苏特色不浓，索性去掉。历史传说歌改为传说故事歌。故事歌这个形式值得注意，是叙事，又不是太长，与长篇叙事诗有别。从山歌对唱、调山歌发展成故事歌，而后又发展到长篇叙事诗。这些长篇叙事诗与少数民族祭祀仪式中唱民族历史的史诗，性质、内容和形式完全不同。长篇叙事诗可用节选的办法，但现在这种零碎的节选办法不行。选了很多篇，也更显得零乱。要采取折子戏的办法，选最精彩的章节。把长诗集中起来，研究一下，从内容上大致分几类，从每一类中选一篇有代表性的作品节选，同时将故事梗概写详细。在概述或类序中还要说清江苏长歌发展的过程，这也很有特点。长诗入卷，是杭州会议的决定，目前一些地区反映，因作品多或因民族多，只选入一两首长诗的节选，感到难。江苏也反映了这个问题。可考虑，长诗集中编几卷，因经费问题，留待与规划办商量决定。

儿歌：要分几小类，小类要清楚，儿童不同年龄唱的歌，按时序排列。事物歌和游戏歌的分法太粗了。游戏歌的说明，要写清楚，与民俗事象相联系，它是一种传统文化的保存。在附记中，游戏动作要讲清楚。

长诗节选已收入传说故事歌中。杂歌被消化掉了，大部分作品收风物歌中。最后定的十类为：引歌、劳动歌、时政歌、革命斗争歌、仪式歌、情歌、生活歌、风物歌、传说故事歌、儿歌。

（四）对编辑工作的具体要求

1. 全书文字部分，包括概述、类序、附记、注释、歌手简介应由主编或副主编一人统一下全书的文字风格。文字上讲究一些，精雕细琢，不要留下遗憾。

2. 题目要规范化，从头到尾通看一遍，通改一遍。

3. 方言、方音在押韵的地方一定要注音；内容不能理解的地方要注释。一方面是读者看了懂不懂的问题，另一方面，还要使其具有语言学的价值。反复出现的词与字不必反复注，在第一次出现时加注，以后不再注。书后附本卷常见方言表。

4. 认真对待错、白、漏字问题。由于方言关系，也有用字不准确的地方，不懂吴语的人，不能判断正确与否，请江苏的同志认真看一遍。现任编辑要仔细、负责。

5. 歌手、民间文艺家，怎样加衔？要统一一下标准。

6. 选自集成资料本的作品，全部不用注明出处，在书末搞一个《县卷资料本》目录索引。选自公开出版物或其他单位编印的资料本，要在篇末注明出处。

7. 演唱者自己记录的，写演唱者：×××（本人记录）

8. 注释上面要加注释线，下面××：××××××

9. 衬词一律加括号。

概述部分：

（一）概述主要在于述而不是论，是在研究基础上的述，是介绍性的，这一点是比较明确的。概述应该是在深入研究整个卷本入选的作品以及江苏吴歌搜集的历史演变的基础上拿出比较有权威性的、公允的看法。包括前人的研究成果，加以新的概括。与个人的学术论文有别，在写作过程中要发挥集体的智慧。概述虽然难写，但如果把江苏歌谣自始至终和发展脉络、成果弄清楚了，也可说是不难写。掌握了就自由了，可长可短，没掌握之前则会感到难。这里包含着一个从必然王国到自由王国的飞跃。概述要起到广告和导游图的作用，从历史沿革、民俗事象纵横两个方面立体地介绍江苏歌谣，充分展示江苏歌谣的宝贝，引导人们了解和欣赏《江苏卷》。现在的概述最大的优点是想写出新意；缺点是与江苏歌谣及其特点扣得不紧，对民间文学和歌谣不够熟悉。还需要熟悉歌谣的同志多花工夫并集体分工合作完成。

（二）江苏歌谣的特点，是按地区讲还是按歌种讲，纵横交叉不清楚。可以按三个方言区分别谈其特点，多则多谈，少则少谈。如吴歌从某种意义上来讲是可以代表大部分江苏的，那就可将吴歌作为重点来讲。另处再谈江淮地区与苏北地区歌谣的特点。苏北大概是以革命歌谣见长。三个地区各有不同的特点，要抓住歌谣是社会生产的反映，来谈思想内容的不同，语言格律不同，音乐、艺术风格不同，以及流传方式的不同，等等。总之，要突出其江南水乡和稻作文化的特点。

（三）在搜集史方面要突出江苏歌谣的三个里程碑：乐府→冯梦龙→顾颉刚。这三个里程碑是江苏独有的特色和骄傲。第三个里程碑有顾颉刚、刘半农、阿炳、魏建功，他们都为歌谣的搜集出过力。还有中华人民共和国成立后，20世纪50年代的大规模搜集，"文化大革命"后的搜集，已出版的《江南十大叙事诗》，有六部是江苏的。这些内容都属江苏歌谣史上的宝贝。

（四）不要离开内容一般地讲理论，愿意读这部大书的人，大都会懂得赋、比、兴，这里就不必一般地讲了。要讲江苏特有的赋、比、兴，比如吴歌的特点：（1）谐音。（2）第三句，滚句，可以从7个字发展到100多字。还有叠句、衬词，等等。总之要突出本省、本地区的艺术特色。

（五）概述17400多字太长了，失之于烦琐、庞杂、主题不突出。概述要紧紧围绕着卷本写。经过调整分类的卷本条理清楚，特色突出，为修改概述提供了一个良好的基础。概述是研究基础上的介绍，经过研究的介绍还是介绍，不能更多更详细地阐述理论问题，一般性的介绍和叙述都不是概述的任务。关于普查、搜集、编选过程的说明文字可放入后记中。

（六）对有争议的提法尽量避而不谈，不涉及。如吴歌的起源问题，虽有文人的点滴记载，但社会上仍有争议。这可能是事实，作为文章可以写，作为概述不一定要追溯到那么远，那么详细。只追溯到有把握，有记载的时代，容易说服人，避免产生不同意见的争论。对前人的一些说法，也要经过今天的检验，得出有权威性的结论和看法。

（七）概述与类序要有一定的分工，分清粗细、主次、概详，有些必要的可以重复。概述把类序加以概括，要能捡起来，不要铺开谈，在类序中铺开谈。类序比概述更深入细致，是更进一步的具体介绍。

（八）行文要准确。概述是研究性的，用学术语言，尽量减少文学语言。有些行文不准确，似是而非的句子，怎么解释都可以，尽量删去，要做到"丁是丁，卯是卯"。当然也不是要干巴巴的语言，还要讲究文采。立论用词要认真推敲，不要夸大，如"衬字是中国歌谣区别于其他外国诗歌形式的特色之一"过于武断，与实际不符。

（九）著名歌手是一个时代、一个地区人民智慧的化身、代言人，在歌谣史上应占有一定的地位，概述中应介绍他们。

（十）近几年，文艺学术界时兴了一些新名词，有的是从自然科学领域借用来的，有的词和长句子很难懂，看半天才明白，也有人写文章批评过这种现象。能用普通话或文学语言讲清的，尽量不用一些费解的新名词。文字要流畅、易懂、准确。

曲谱：

请江苏音乐专家张仲樵同志到北京与晓星同志定夺。

民歌的曲与词本身是不应分开的。曲调的形成是由于词的需要发展而来的，而曲调表达的内容和含义又往往是词所达不到的。两方面缺一不可，犹如一个铜板的两面。词和曲要同步。只选用最有代表性的曲谱，不怕与民歌集成的重复。我们从文学的角度考虑入选，不是从音乐角度考虑，所以选曲谱较少。个别与音乐集成重复的可以保留。

照片：

要与卷本内容紧密结合。有的照片加一句民歌说明，可以与内容贴近一些，但大量都是如此，则感到游离。真正的民俗活动不多，与歌结合起来的不多，唱歌的活动不多。要选取民歌演唱现场活动的，不可找几个人唱一下拍一张。著名歌手演唱场面可以用，一般会议、歌手单独照片不用。江苏歌谣典籍中珍贵资料、手抄本。唱本可以拍书影照片。照片选一句美妙山歌作名字好，但有的还需要几句介绍和说明。选取最富有江苏特色能够代表江苏的照片作扉页。

歌手简介：

歌手一般要求能唱百首以上，唱长歌者例外。唱歌质量很高，得到当地群众公认的，著名的歌手。简介可以写得更充实、详细一点，尤其是对著名歌手的简介。如果这次不记录详细，以后就无从查找了。要写歌手的活动地区、能唱什么、演唱特点、独特风格以及传承的方式和路线。人民群众送给歌手的绰号，如"山歌大王""山歌老虎"等应该收入简介。

歌种分布图：

标曲调名和作品名称比较混乱，也不易区别于民歌集成的分布图。我们搞歌种分布图，歌种与生产、流传地区密切相关，与地理环境、风土习俗有关，江苏要分三个方言区，然后标明歌种。

《中国歌谣集成·云南卷》审稿会议纪要[①]

1996年12月23日,《中国歌谣集成·云南卷》(以下简称《云南卷》)初审会议在北京召开。出席的有《中国歌谣集成》主编贾芝,副主编张文,特约审读员吴超、马捷、晓星、杨亮才、金茂年,《中国民间文学集成》总编辑部主任贺嘉、编辑朱芹勤。《云南卷》主编佘仁澍,副主编杨利先、陈烈专程来京参加会议。

会议对《云南卷》进行了深入细致的讨论,一致认为云南卷编得好,荟萃了云南25个民族的歌谣精品,既展示了其独具的艺术特色,又有很高的艺术价值。初审稿能够达到如此高的水平,在全国的卷本中也是名列前茅的。

《云南卷》是在深入调查、认真研究的基础上编辑而成的。从以往的经验看,哪个省的研究水平高、哪个省的卷本就编得好。《云南卷》编委会的同志都是多年从事歌谣研究的专家学者,因此卷本编得好,尤其是说明文字写得好。前言是一篇很好的研究介绍歌谣的论文,简明扼要,精彩动人。每个民族的歌谣概况都写得较好。附记、注释很下功夫,民俗背景描述生动形象,具有科学性。后记也很感人,可以看到为编好集成,云南从事歌谣搜集、研究和编辑的同志辛勤的努力和敬业精神。

大家集中对以下几项较大的问题进行了讨论:

一、全书编法:《中国民间文学集成工作手册》(以下简称《手册》)中规定,歌谣集成按内容分类。在实践中,我们根据各省的具体情况也

---

① 《中国民间文学集成总编委会简报》1997年3月20日。

有特殊的处理，《广西卷》就是按民族分类的。云南和广西又有许多不同，云南民族多，情况更为复杂；歌谣反映历史情况也更广阔和遥远，甚至还有原始社会的遗存。这种复杂的情况既是难点，也是云南特有的优势。《云南卷》充分发扬自己的优势，按民族分类编排，对每个民族的本源、歌谣情况及其特点都做了综述，使读者一目了然。这一做法在编《广西卷》时还不这么清楚和明朗。可以说，《云南卷》从多民族的角度，创建了一个新的模式。

云南许多人数较少的民族，如佤族、布朗族、普米族，甚至纳西族的摩梭人都各有其习俗风尚，作品内容各不相同。如果按《手册》的内容分类，就会打乱和湮没了这许多民族作品的各自特色。但是，各种分类又都必然具有其局限性。按民族分类编排，25个民族的作品清晰可见，但全书又容易显得缺乏统一性，好像是一部丛书，是25个民族卷本的汇编。因此《云南卷》要注意加强省卷本的意识，统一调整结构，做一些必要的改善，如歌手简介、曲谱等可都集中编在全书的后一部分，这样作品集中了，也可看到全书的整体性。

二、分类问题：关于应如何分类讨论最多，意见也较琐细。在分类中，各省也都遇到过难办的问题，都是大家反复推敲、按分类的概念和本省歌谣的实际状况解决的。时政歌就是一个普遍性的问题，哪些歌应编入时政歌不够明确。比如纳西族有些革命歌谣、学文化的作品也编入了时政歌。还有些过去时代久远了的作品，那就不是时政歌，而是历史传说歌了。时政歌有美有刺，有歌颂的，但主要是群众性的政治批评，特别是讽刺和议论。

云南歌谣中祭祀和风俗内容较丰富，在增加了祭祀歌和风俗歌两类以后，还保留了仪式歌。祭祀、仪式、风俗三类分类标准不统一，较混乱，有的婚、丧俗在仪式歌中，有的又在风俗歌中。虽然婚俗有的有仪式，有的没有仪式，但分于两类中也欠妥当。为了更清晰一些，去掉仪式歌一类，保留祭祀歌和风俗歌。原仪式歌中有关祭祀、祝祷、招魂、叫魂、咒语等编入祭祀歌；婚、丧俗等民俗活动、节日等内容归入风俗歌。

《云南卷》按 25 个民族排列，每个民族下又按《手册》规定的内容分成若干小类。有的类在一个民族中只有一两首，很单薄，立不起来。对于这种量少而缺乏特色的小类要缩减和合并，不一定每个民族的类别都要编全，要注意突出本民族最有特色的作品。

分类的多或少，成立或增加某一类，各省都有所不同，都是根据本省的社会生活、历史及歌谣流传的具体情况而定的，但全卷分类要有个统一的标准。对那些本民族所特有的习惯分类法如打歌、信歌等，不易打乱，否则就看不到它的特色，以沿用原分类法好，但必须作文字说明。

三、翻译问题：《云南卷》从整体看翻译水平高，文字流畅、准确。许多民歌翻译得优美动人、表达充分、描绘清楚，很有感情和气质，如黎明歌等。但也有需要改善的地方，比如有的词用民族语言，没有翻译出来，而是用注释说明。对于必须保持民族语言者或尚有疑问者可采用注释的方式。而对于像"月亮的女儿"之类的词，则应直接翻译出来，否则读者无法欣赏作品，构不成一个完整的艺术形象。对尚有疑问者，应进一步向懂民族语言的人或者本民族的群众调查，力求不存疑义。有些词句的翻译还要注意韵律。

四、长诗问题：歌谣一般是短歌，原定 200 行为标准。但是有些民族以长诗为特点，不选又不足以显示其民族特征。因此，我们采用了节选的办法，但节选不能看到全貌，也有可选入全诗的。总之，根据各省的具体情况灵活处理，以充分展示其特色为准。云南长诗多，不可能全部节选，有必要搞一个长诗目录索引附于书后。

五、编辑问题：全书须由一两位同志通读一遍，从全局的角度，看看哪里多、哪里少，适当调整一下，分类也要更规范一些。个别一般化的作品也可删去。文字尚需润色，重复的注释、附记删掉。概述、类序、后记应分工明确，去除不必要的重复。后记以集中必要的交代和说明为主。还要充分注意全书的错别字。

六、民族问题：凡涉及民族问题、须请省民委统一把关，避免引起民族的不满和误解。

《云南卷》正、副主编们听完初审意见，表示很受启发，解决了许多疑难问题。他们认为意见忠恳切实，既研究了学术，又领会了意图，沟通了感情，从而开拓视野，掌握体例，对编好、改好卷本更增强信心。回去以后，他们要传达初审会议的精神，认真消化和思考，争取尽快完成修改任务，下次复审、终审一次完成。

《中国歌谣集成·上海卷》终审会议纪要[1]

《中国歌谣集成·上海卷》（以下简称《上海卷》）复审、终审会议于1997年5月22日在北京举行。出席会议的有：《中国歌谣集成》主编贾芝，副主编张文；特约审读员吴超、马捷、晓星、金茂年；《中国民间文学集成》办公室主任贺嘉、编辑朱芹勤；上海卷副主编阮可章，责任编辑王士均；文化部艺术规划领导小组办公室副主任李松，出版部王静。

贾芝主持会议，阮可章同志首先汇报了初审以后他们对总编委会意见反复研究、理解，逐项落实的情况，比如，删去了不好界定的杂歌一类；增加了革命斗争歌、劝世歌、风物歌三类，劝世歌和风物歌从生活歌中分出来，不仅解决了生活歌的"大肚子"问题，而且突出了《上海卷》鲜明的都市特色。《上海卷》已五易其稿，这次送审的是第六稿。

会议就审读卷本的情况进行了认真的讨论。大家一致认为，上海卷精品很多，编选得当，分类比较准确，前言、类序、附记、注释文字说明具有较高的学术价值，卷本已达到终审水平。在做好精雕细琢、个别调整、文字修订、统一格式等技术工作后即可进行发稿出版工作。

《上海卷》生动地反映出上海的历史和当今社会生活的方方面面，在人们欣赏歌谣的同时，读到一部上海各阶层人民生活的历史，是一幅鲜活丰富的民俗生活画卷。在现代化冲击如此迅猛的今天，还能在上海搜集到这许多上乘作品，编选出这样一部质量和数量都很可观的集成，

---

[1]《中国民间文学集成总编委会简报》1997年5月25日。

是很难得的。这里渗透着主编们和每位编者的心血。它不是在过去出版物的基础上编编了事，而是再一次深入地不漏一区一县一村一弄地普查。卷本中有许多新搜集的作品，带有新时代的特色。他们是以其扎实的理论根底，在深入研究中完成编卷工作，使之逐步达到了科学性、全面性和代表性。

大家还就以下几个问题提出了一致的看法和意见：

一、分类问题：分类科学得体，眉目清楚。大类下面的小类也进行了梳理，读起来比较顺畅，也突出了上海的特点。但是，同类作品的排列顺序尚有欠妥帖之处，应把相近作品排在一起，避免反复出现。整个排列或依地域、或依时间、或依内容为顺序，可以做到更明朗一些，比如，仪式歌中的婚俗歌应依婚礼仪式程序排列。

二、时政歌，收入的当代讽刺歌谣比较多，这很好，突出了时代性。有的省对当代作品不加分析，不能正确对待，甚至不选。只选择过去流传的作品，是不对的。上海时政歌，人们可以感受到浓厚的时代气息。当然，对一些寓意不清的作品，或者言过其实甚至带有一定敌意的作品，不应该收入。时政歌文稿中分为揭露、歌颂、讽谏三部分，而揭露和讽谏有时不易区分，讽刺"四人帮"的歌谣就不能算讽谏而是揭露。大家一致认为，还是保持原体例，分为美、刺两部分为好。

三、历史传说故事歌、革命斗争歌、时政歌三者的交叉和分清范围界限问题解决得比较好，但历史传说故事歌中有反映革命斗争历史的，是否还可以集中到革命斗争歌中去，可再作斟酌。如太平天国、抗英斗争等反帝反封建的作品集中在一起，可以更全面、系统地反映上海在不同历史时期代代相承的革命斗争的光荣传统。调整后传说故事歌也会更单纯和清爽些。

四、前言、类序、附记等说明性文字，具有较高的理论水平，深入浅出地引导读者阅读。文字详略得当，讲清问题而不烦琐，不仅表述和解释了歌谣的内涵，还使读者增加不少相关的背景及作品流传等方面的知识。

长歌的附记可以分为两部分：关于故事梗概和所选的章节介绍放

在作品前面；异文的流传等情况，作为附记写在作品后面。再如，对《沪谚外编》这样一部重要作品应有一个附记或注释说明，对《360 行营业歌》也可做一些重点介绍。民间歌手简介中，获中央及市一级奖及荣誉称号的，应一律上书或者都不上，要一致起来，不要有遗漏。

五、注释：掌握好方言、方音的标准。现在有一些不属于方言，是官话中已有的字与词，不该注的注了。需要注的方言反而没注，或以方言解释方言，一般读者还是不能懂。有些词句读者可以看懂，其中寓意要靠其自己去理解、体会，不可注得太白了，否则，反而不清楚或没有韵味了。注释还要注意统一格式。

六、曲谱：歌谣集成收入劳动号子时，应注意其文学价值，曲谱和文字结合较好的，词意完整，有文学价值的号子可以收入。仅仅曲谱优美而无文学价值的，可考虑收入音协的民歌集成。

曲谱要注意标明节拍记号。

歌谣的文字也要考虑到押韵问题，如"樱桃好吃树难栽……鲜鱼汤好喝网难张。""张"改用"扳"较好。

七、照片：上海卷选用了半个世纪前的历史照片，从中可以看到这个城市的历史缩影，很珍贵。但是，整个照片部分静态的多，还欠缺生动活泼的民俗事象照片，缺乏富有时代气息的新作品。黑白的历史照片过多，显得沉闷，可适当割爱，去除那些不够清晰的或雷同的作品，增加反映当代民俗的彩色照片。

贾芝最后总结发言，他说，《上海卷》，达到了较高的水平，可以通过终审。歌谣无论在哪个省、哪个地区都是最能反映人民生活、情感和社会生活历史的。上海都市和郊区各县的作品都极富特色，尤其是反映上海工人运动斗争的作品和市郊流传的哭嫁歌、哭丧歌，在汉族地区是非常突出和精彩的。这些作品反映社会生活和历史变迁相当充分，这就是上海卷本成功的起点。《上海卷》编得好，不仅在于有姜彬同志为首的造诣很深的编辑队伍，而且还在于上海解放以后一贯重视民间文学，特别是这次深入里弄街道的普查，为编选提供了扎实的基础。普查深入细致，一一做了详尽的记录。有各种统计数字和历史背景材料。从

《湖北卷》开始，增加了类序、附记之后，歌谣卷的工作开始了一个新的高度。《上海卷》达到今天的新水平，可说是又创造了一个突出的例子，有许多经验和做法可以推广到其他省、市，供学习和借鉴。当然，《上海卷》还需要进一步精雕细琢，比如，分类还须有小的调整；抄误、漏写或因方言记音不准用字，不规范的错字需要认真检查，纠正。

在谈到民间文学与非民间文学作品的界定问题时贾芝强调说，墙头诗是作家的创作，虽然它很通俗以求流传，但墙头诗贴出来并不等于流传，还是作家的通俗作品，不是民间文学。通俗文学再好也是作家创作，不属于民间文学，不宜选入歌谣集成。歌谣是人民群众的口头创作，文人作品不能入选。有的政治家，当年为了宣传革命，创作了通俗性作品，在革命斗争中流传开来，起了很好的作用。对那些真正在人民群众中流传了的作品，可以入选。《中国歌谣集成》应从哪里选作品？必须是从人民群众口头上搜集记录的。过去曾在群众中搜集到陆定一多年前创作的革命歌谣，搜集后，才知道是陆定一的作品。总之，流传与不流传这个界限要划清。瞿秋白同志用歌谣的形式创作通俗文艺很好，而入选须看是否在流传中搜集的。如只是曾在《文学导报》上发表过，现在从他的文集中选，便不适宜。请再了解一下是否有在群众中流传的线索与资料说明，如流传过方可入选。

规划办副主任李松就出版问题谈了四点意见：一、照片较少，要增加一部分具有时代气息的作品；二、行政区划图要注意年限与卷本内容要求一致起来；三、曲谱的收入注意与民歌集成协调，与其分工问题；四、方言集注，采用哪种国际音标，要注意卷本的平衡，不要有时过繁，有时过简。

《中国歌谣集成·西藏卷》终审完成[①]

《中国歌谣集成·西藏卷》(以下简称《西藏卷》)终审会议于1995年4月17日至21日在北京举行。出席会议的有《中国歌谣集成》主编贾芝,副主编张文;《中国民间文学集成》总编辑部主任贺嘉,《西藏卷》副主编德庆卓嘎、编辑江嘎,本卷审读员吴超(兼责任编辑)、晓星、马捷、金茂年,责任编辑朱芹勤。审读员兼责任编辑耿予方因外出缺席。文化部艺术规划领导小组办公室副主任徐守正、李松同志出席了会议。

徐守正同志在双方责任编辑汇报了稿件的修改情况后,代表规划办作了重要讲话,他说,他的讲话是经过领导反复研究后提出的,是集体的意见,是有针对性的,不仅对《西藏卷》,也针对三套集成的出版和编纂。一、集成工作是国家重点科研项目,完成和进行这一工作应该有这样一种立足点和思想指导。我们完成的不是一般的科研项目,也不是个人专著。工作要纳入"七五""八五"总体规划之中,总体规划指对学术水平、规模、出版、装帧、内容等方面的种种要求。二、保证编纂质量,加速出版完成。各部门上下分头把关,各负其责,相互协作,相互信任,排除不必要的干扰。排除这样那样的矛盾,合理安排,避免摩擦。发挥地方的积极性,主编的指导作用,总编辑部的作用。三、规划办的意见是要明确工作流程,确保各工作阶段的工作效率,防止重

---

① 全文由我记录整理,为准确起见,我与马捷等同志就个别问题核对过笔记。

复。这个工作流程也是经规划办领导反复研究后定下来的。审稿三程序：省卷编辑部完成编辑工作后即为初审稿。编选过程中如有问题，总编辑部可派一两人下去预审。初审：总编辑部、审读员在主编指导下，落实主编编纂意图，是具体艰苦的工作，要召开较长而细致的工作会议，每位提意见，汇总审稿报告交地方卷主编和编辑部，请他们修改。复审：是省卷编辑部对总编辑部两个编辑部的工作，总编辑部贯彻主编意图，检查落实情况，进一步修改。有重大问题才向主编和编委会汇报。主编不要过问太多，我们要发动小鬼，解放阎王。终审：总编辑部看经过再修改的稿子，是否达到最后预期的效果，进入总编辑部责任编辑的加工阶段。有问题由省卷与总编辑部协商解决。具体到《西藏卷》，他将工作概括为由五个方面分别负责，西藏自治区编纂拿出区卷本→主编、编委会指导性工作→总编辑部具体大量细致的工作，落实到成果的完成（总编辑部的责任编辑）→规划办公室是两个方面的工作：徐守正、李松出版、印刷工作。

初审：《西藏卷》是作为向自治区成立了30周年和第四届世界妇女大会献礼的作品而特别列入审稿日程的。1994年10月6日至7日在北京进行初审。《西藏卷》是西藏民间文学工作者历时九年，千辛万苦搜集编纂而成的，绝大部分作品来源于从藏文翻译的第一手资料，都是这次普查中采录的，十分可贵。也正因为它内容丰富，在编纂方面难度较大，西藏地处僻远，与内地交流信息少，对近几年歌谣卷新的编纂经验和不断修正的体例要求不够了解，所编卷本与歌谣卷编纂规划要求，还有相当大的距离。经过初审，大家提出的主要问题有：1. 分类标准不统一，分类过多，共分25类，因而分类不够清楚；2. 译文有的很好，有的不符合汉语习惯，或缺乏必要的注释，无法看懂；3. 概述、类序、附记、注释等文字说明尚欠缺，文字说明是显示全书质量和学术水平的关键，须做较多的补充和修饰；4. 西藏以藏族为主，但也须有其他民族的作品入选，如门巴、珞巴等；5. 全书体例要做到统一规范。在初审会上，大家提了许多具体修改意见之后，在分类问题上共同商定由原来的25类归纳为13类。会后由西藏卷主编德庆卓嘎同志组织人力进行修改。

复审：1994年11月5日到8日西藏卷又召开复审会议。经过德庆卓嘎等同志进行了一个月的修改，做了较大的加工和改进，但是初审提出的意见有些仍未解决，距离出版的要求，尚有较大差距。西藏自治区既已把歌谣卷列为献礼成果，大家也很重视它的政治意义，因时间紧、任务重，必须依靠集体的力量，才能尽快完成。因此，决定请审读员吴超、耿予方（藏文学专家）兼任特约责任编辑与责任编辑朱芹勤三位同志协助西藏的同志共同修改卷本。

终审：经过四个多月的合作努力，1995年4月17日对《西藏卷》进行了终审工作。在会上，贾芝同志首先肯定了《西藏卷》主编德庆卓嘎，编辑江嘎和吴超等三位责任编辑所付出的辛苦。同时，他再次强调了保证质量的重要性。由于时间仓促，要求高质量虽不易达到，但也要做到质量较好，以必须达到出版水平为准。他还说，《西藏卷》汉文本与藏文本编法不同，更要求汉文本编得有特色，有自己按内容编排的规律和要求，不致在藏文版出版后，显得逊色。规划办李松同志也提出，不要仅注意献礼，而献礼后才发现有许多问题和遗憾，这本书将要永久流传下去的。鉴于对质量的严格要求和时间的紧迫性，审稿工作由参加终审的同志分工审读，每人看一部分稿件，并要求大家边看边用铅笔将修改意见记在稿子上，看完后集中交换意见，尤其要注意听取和尊重德庆卓嘎代表西藏方面的意见，达成一致后作为修改定稿的依据。

会上交换意见的结果是：

概述

1. 分三个层次介绍：第一是地理、历史、人文概况；第二是题材内容的介绍，从13类中反映藏民族生活的方方面面中举若干例子；第三是体裁形式的介绍；第四是艺术特色，包括表现手法、节奏和格律等。

2. "文化大革命"的问题，可放在后记中，把它放在解放后搜集和发掘民间文学工作的历史背景中写。

3. 概述中关于感谢单位和个人相关内容，应移到后记中。

4. 书中没有汉族作品是一种缺憾，但反映汉藏关系及文化交流的作品是不少的，在概述中应强调一下藏汉源远流长的历史关系，关于文成公主的历史和作品即是一个突出例子。

类序、注释、附记等说明文字尚需做较多的补充和修饰润色工作。

歌种分布图：所制地图中有个别字迹不清，因时间关系只好照此制版。

照片：按其反映的民俗文化内容，进行分类排列后交美术编辑处理。

曲谱：拼音文字与音符要对位，排版后要复查一遍。

打开歌门：作品内容丰富，涉及藏族人民生活的方方面面，但是选得不够精，排列也欠规律。作为全书之首，要更精当一些。个别作品译文不清楚，看不懂原意，也有因没有注释看不懂的，还有标点不清，无法断句而一时不易看懂的。

劳动歌：需要加强对文字的梳理加工，以及对缺字、漏字和丢掉句子的核对和补充工作。

仪式歌：缺乏注释、附记。有些歌，看不出是在什么仪式中唱的，缺少对仪式过程的介绍，应尽量补齐文字说明。仪式歌、风物歌、叙说歌、历史传说歌中有些内容重复的作品，做好分类，由一人通盘考虑一下，不要有重复或雷同的作品。其他类别如生活歌与情歌、劳动歌几类之间也要避免重复问题。

情歌：作品和编排都不错，只是个别作品小类分得不适宜，做了适当调整。

时政歌：解放前的作品，每一首都有注释和附记，但文字尚需疏通和润色，责任编辑的工作量还很大。删去1首作品。解放后的64首作品，翻译很好，有6首缺乏特色，因此删去。

叙说歌：共分36小类，小类的分法有欠妥帖的地方，如，本来有说山一类，在说故乡中又有说山。小类的排列也缺乏内在的联系，按自然界的形成，人、房子等不同内容进行了调整和梳理，删去1首作品。

风物歌：分类比较混乱，《宗巴赞帽》是《格萨尔》艺人在特定环境中演唱的，应属于历史传说歌中《格萨尔》一类中；散布在全篇中的近20首祭祀歌已全部挑出，排列在一起，放在什么地方可以斟酌，放在风物歌中不大合适；7首《入席歌》属于仪式歌的范畴；风物歌的排列应是从大到小，从宏观到微观。由于分类欠清晰，缺乏系统化，类序也写得不够概括与集中。类序不能离开作品撰写，厘清作品后，应重新考虑类序的修改。删去了1首雷同作品。

历史传说歌：共分20余类，其中有18位人物，有的仅有1首短歌，除著名传说人物外，其他人物可分成组，如高僧人物、藏剧人物等；有些属于生活歌或劳动歌的作品须重新归类，仓央嘉措的歌不是唱历史，也不是唱他本人，而是他创作的情歌，在民间有流传的作品可以收入，但应列入情歌类，但不宜打乱它的秩序，全部排在一起；有三分之一的作品属于宗教内容的歌，这部分作品有特色，而且有的译文也很好。独立分类可突出特色，似乎可设宗教信仰歌一类，除这部分作品还可加上祭祀歌中的部分作品；标点不准确和错漏字不少，有的调名标得不对。

强盗歌：西藏方面曾将"强盗"改为"侠客"，是有一定的想法，但"侠客"似欠贴切。类别标题有同志认为可改为"侠盗歌"，既不失原味，又为褒义词。最后确定作品中"强盗歌"一律不动，因符合群众中流传的叫法。类序应做文字加工。

儿歌：排列缺乏规律，游戏歌缺少注释和附记。小类可以暗分，但要重新排列一下，其中错字、漏字已校改。有一首作品应属生活类。

酒歌：包罗内容复杂，有些看来不像是酒歌。德庆卓嘎同志回答，都是酒歌，不宜按所唱内容分散，否则就看不到酒歌了，大家同意维持原状不改。

在审读过程中，大家一致认为书稿虽然还存在着这样那样的不足和遗憾，但并不能掩盖其内容的丰富和厚实，卷本已达到较高的质量，没有编者的坚持努力达不到今天的水平。经过双方责任编辑四个多月的分类、剪贴、文字补充，大体可以定型，只是文字工作还不够，责编的案头工作量还很大。贾芝同志最后说，终审稿已达到相当水平，根据大家的意见，进一步修改后可以定稿。会后由三位责编负责，根据大家提出的意见修改和通读全文。除了解决分类，改写概述、类序等，还要统一格式，使之规范化。另外，文字的润色，标点的修正以至核对原文查漏补缺，纠正错别字等，都是很细微和繁重的工作。改完之后，由总编辑部向主编、副主编汇报修改落实情况及尚未解决的问题。主编、副主编共同商定后签字。

4月21日会议结束时，中国民协秘书长冯君义、副秘书长林相泰到会看望了大家，再次强调了编纂和出版《西藏卷》的重大意义，对西藏的同志以及参加审读的全体同志表示慰问和感谢！对大家付出的辛劳和努力给予充分的肯定，并表示全力支持《西藏卷》出版工作的完成。

4月27日，德庆卓嘎和吴超同志向主编贾芝、副主编张文汇报了《西藏卷》修改的情况，主要是补充了前言和调整分类，在工作进程中尚有一些问题，及时根据德庆卓嘎同志的意见作了处理：

1. 宗教在西藏常成为一些人闹事端的原因，易发生分歧和不同看法。而西藏歌谣中的宗教色彩又处处可见，所以宗教信仰歌不单独成为一类，仍将其收入风物歌中。

2. 仓央嘉措情歌是作者在当时尖锐的政治矛盾中借情歌形式表达心境的，并非单纯的情歌，因而不移入情歌类，仍入历史传说歌中。

3. 叙说歌、风物歌等分类排列调整之后，看起来顺畅多了。

因时间关系，修改后的原稿已交李松同志排版，主编、副主编详细地听取了德庆卓嘎与吴超同志的汇报，看了前言之后签发意见："《中国歌谣集成·西藏卷》经过初审、复审与终审，反复加工，达到较高的水平，可以付印出版。德庆卓嘎同志努力不懈的精神，值得我们学习。"

5月13日，吴超同志又将前言、后记、凡例一清校样送主编最后审定。贾芝、张文同志认真阅读修改了不准确的提法并作了文字梳理工作。5月18日，贾芝、张文、吴超共同商定了对前言、后记的修改意见，并在清样上签发，同意修改后付印。对作品正文也提出两项重要修改意见。

1. 强盗歌在西藏是民间习称，指敢于反抗压迫、伸张正义的英雄人物，他们以"强盗"引为自豪。前言中关于"强盗"的解释及强盗歌这种特殊形式介绍已作了很清楚和充分的说明。因此，还是不另加"侠盗歌"一词，遵照民间原文仍用"强盗歌"，也能达到全书的统一。

2. 周巍峙同志要求增补汉族民歌的意见是很好的，也很重要。但是《二郎山》不是民歌，词、曲均有作者，作曲还是著名音乐家时乐濛。此歌虽流传广泛，但仍不能把它认定为民歌而选入，删去为宜。否则不符合科学性的要求，勉强入选，反而引发问题。

修改后的清样和修改意见，贾芝签署后，由吴超转交总编辑部，退制版单位。

1996 年 5 月 23 日

附记

《中国歌谣集成·西藏卷》（以下简称《西藏卷》），是为了向西藏自治区成立 30 周年和第四届世界妇女大会献礼而赶编的，极为丰富而生动地表达了西藏地区的风土习俗和歌谣的艺术特点。也足以看到这一卷编辑工作的艰巨和复杂性。有许多的编纂经验可供尚未完成歌谣集成编辑工作的省、自治区、直辖市的编者们参考。其中也可以看到《西藏卷》副主编德庆卓嘎同志坚持不懈的努力，看到聘请特约责任编辑吴超、藏学专家耿予方和几位审读员，分工协作、讨论修改书稿的辛苦和成就。每一类作品，"纪要"中从初审到复审以至终审定稿，都记录了一再反复修改的工作经验。每个省、自治区、直辖市的歌谣，无不各有自己的特点，但参考其他地区的工作经验是必要的，以免编辑工作中的失误，或不知前者的经验，重复前者的错误，也不知工作发展中的新变化。看看《西藏卷》编辑工作进度的过程和一些具体经验，例如分类之复杂不易与费神，也可知在主编负责制应如何工作和与地方主编密切合作的重要性。

遗憾的是，1996 年完成的《西藏卷》"审稿纪要"，未能及时发给各省（自治区、直辖市）参考。现在尚不为迟。

《西藏卷》的"审稿纪要"中，开始还有"规划办"副主任徐守正同志在审稿会上发表的重要讲话，我早就认为这一涉及集成编纂工作重大问题的讲话，也应发给各省（自治区、直辖市）。徐守正同志又一再强调他们是经过反复研究，是集体的意见，是有针对性的。他提出集成工作是国家重点科研项目，纳入"七五""八五"总体规划，不是个人专著，要认真保证其学术水平与编纂质量，是很重要的，我们也一直坚持这样做的，但是对他的编辑工作的"审稿流程"，认为"主编不需要过问太多"，而且说他们要"发动小鬼，解放阎王"这种规定和要求，同我十多年来的审稿经验，距离太远。我认为并不符合审稿工作的要求，为了对《西藏卷》以及其后的《云南卷》《上海卷》《甘肃卷》《四川卷》负责，按规定实行"主编负责制"，我仍然与副主编张文同志共同主持了从初审到复审以至终审的全部工作。"规划办"的要求，规定的"审稿流程"是否可行？是否更有利于集成的编纂工作？徐守正同志讲话中，显然要以"总编辑部"取代"主编负责制"。是否有利于三套集成工作的完成？这些还需要认真研究或开总编委会讨论，也希望听取各地同志的意见，以利于更好协作，完成我们的历史任务。

贾芝

1998 年 4 月 25 日

中国歌谣集成编辑体例的补充意见

十几年以来,我们对十余个省的歌谣卷进行初审、复审和终审。在审稿过程中,根据各省歌谣流传分布的实际情况,对《中国民间文学集成工作手册》(以下简称《手册》)中"歌谣集成"的编辑体制进行了补充、调整和修订。现将意见集中整理如下,供未进行审稿的省卷参考。

一、类别可以有所增删,不必拘泥于八类

歌谣卷原则上应该按照《手册》的"民歌分类"进行分类,但是,在具体编选中,我们都根据各省的歌谣实际情况进行了或多或少的增删和改变,并没有局限于八大类,而且在大部分省卷中去掉了杂歌。值得注意的是另立类,仍然要求以内容题材为分类原则。

例1:《江苏卷》增加一类革命斗争歌。

江苏省从太平天国、鸦片战争、抗英斗争到后来的苏北根据地,有着长久优秀的革命斗争传统。为了突出这一传统和江苏的特色,增加一类革命斗争歌,不仅突出了江苏人民对革命斗争的贡献,也使全书更充实、精彩。

例2:《江苏卷》增加一类风物歌,取消杂歌。

将生活歌中有关风俗、风物的歌拿出来,再加上杂歌中相关作品,单独成立风物歌。这样,突出了江苏的风物特点,同时解决了生活歌的臃肿问题,还消化了杂歌类,显得干净、利索。

例3:《江苏卷》历史传说歌改为传说故事歌,并收入长诗节选部

分。历史传说歌中历史部分已很少，大致剩传说歌和故事歌两大部分，故改名"传说故事歌"。故事歌与长篇叙事诗有着发展的渊源关系，有时难以用行数区分。长诗节选部分收入传说故事歌中，当然，歌谣集成收入长诗也仅是权宜之计。

例4：《西藏卷》增加了强盗歌、酒歌等。

"强盗歌"反映了西藏一种独特的习俗，"强盗"指敢于反抗压迫、伸张正义的英雄人物。他们号称"强盗"，并以此引为自豪。前言中关于"强盗"一词的解释及强盗歌这一特殊形式介绍得比较清楚和充分，因此，遵循民间原始称谓，沿用"强盗歌"。

例5：《湖北卷》增加了乞丐歌、喻世歌、逗趣歌。

湖北一些乞丐靠卖艺为生，打莲花落唱彩歌，形成整套整套的乞丐歌，生动地记录了当地风土人情，如旧社会各行各业的店铺摆设，手工操作流程，对祖师的崇拜等都有乞丐唱的歌，从中可以看到旧中国底层社会的缩影。

例6：《湖北卷》在劳动歌中增加了一小类薅草锣鼓。

"薅草锣鼓"原属劳动歌范畴，但它形式独特，唱的内容又常常包罗万象，上午、下午，开始时、结束时，劳动时、休息时，唱的歌谣有很大区别。有劳动内容的，也有情歌、古歌。如果按内容将整套的"薅草锣鼓"拆开，就看不到这种特殊的形式了。所以，"薅草锣鼓"突破了以内容分类的标准。"薅草锣鼓"一系列歌全部按顺序收入，保持了它的完整性。

二、对每类歌谣的简括说明

引歌：作为第一类别，要写好类序。概括介绍引歌，不仅从赛歌的需要，从自豪、骄傲或谦虚的表面情绪和现象来讲，更要挖掘其深刻的文化内涵，要提高到民间诗学的高度来分析和介绍入选作品。

劳动歌：按劳动的不同过程、不同工种暗分小类，宜粗不宜细。类序要把丰富的劳动歌介绍充分，如各种号子、各种工匠歌等。

时政歌：

1. 含义、界说、范围："时"是现时，"政"是政治。时政歌是人民群众中流传的政治性的评论或批评，不仅止于讽刺，也有歌颂，即有美有刺。反映过去政治事件的歌已成为历史，不属时政歌。

2. 时政歌，分解放前、后两大部分。解放前，先讽后颂；解放后，先颂后讽。旧时代，人民受压迫，不满和反抗，对统治者只有讽刺，歌颂农民起义的也有。旧时代的时政歌以讽刺为主。解放后，阶级关系发生了根本变化，人民政权的建立使人民成为主人，历史的实际也是以歌颂共产党、毛主席，歌颂各族人民的翻身解放为主。当然，在社会主义时期，也有因政策的失误和一些干部的不正之风产生的群众批评性的讽刺歌谣，这也是值得重视的，应该倾听群众的意见。

3. 选择作品应取慎重态度，要准、稳，要选有积极作用的作品。人民的批评一般是正确的，但是群众也有不同的政治态度，也有观点反动的。多数不是反动和敌对的，而是批评正确与否的问题。我们不能完全客观地一概选入，要有分析，要注重社会效果，作品要少而精，避免产生副作用。

4. 新民歌精彩的、有价值的要选入一部分，以体现20世纪编卷的时代精神与特色。所选新民歌、新民谣主要指中华人民共和国成立以来产生的新作品。采录选编时，除坚持历史唯物主义的原则外，要选得精，要选真正优秀的、有艺术生命力的作品，不要选那些"假大空"及个人崇拜的东西。要严格区分人民歌颂党、歌颂领袖和宣扬个人崇拜、个人迷信的作品。

5. "大跃进"歌谣虽然产生在那个特定的历史时期，但并不能因为路线的错误，就完全予以否定。有些"大跃进"歌谣反映了劳动人民的冲天干劲和革命浪漫主义情怀，这种精神和作品都是优秀的、值得发扬的。选择这种作品要谨慎，注意不要选入涉及浮夸风等反映错误路线的作品。

仪式歌：婚礼等仪式歌，要按仪式发展的时序排列，利用注释或夹叙夹议的方法使人看清仪式进行的活的形态。仪式歌，当然是选歌为主，但要从歌看到其丰富的民俗文化内涵，这就需要我们把有关民俗尽量详细地加以介绍，增加其趣味性和知识性。对仪式歌来说，没有注释和说明就没有生命。仪式歌一般文学性较差，主要取其民俗价值，要多做注释和附记。

情歌：类序中应该介绍本省情歌绝妙的地方和独具的特色和形式，并把我们这次编选不同前人、超过前人的作品略举几例。

生活歌：生活歌不可包罗万象，在中类下再分小类，可不要小标题，按内容暗分，排列清楚。大同小异的作品要精选。分量较重，又自成体系的作品，如乞丐歌、风俗歌可以独立分类。

历史传说歌：有的省已改为传说故事歌，故事歌这个形式值得注意，是叙事又不是太长，与长篇叙事诗有区别。有的地方从山歌对唱，调山歌发展成故事歌，而后又发展成长篇叙事诗。这些长篇叙事诗与少数民族祭祀仪式中唱的民族历史史诗，性质、内容和形式都完全不同。历史、传说、故事歌将根据其在本省的具体流传及编选情况而定名。

儿歌：要分几小类，儿童不同年龄唱的歌，按时序排列。游戏歌的说明要写清楚，常常与民俗事象相联系，是一种传统文化的保存。游戏歌的附记中要把游戏动作与规则写清楚。

三、分类问题上的几点经验

1.《上海卷》收入当代讽刺歌谣比较多，这很好，突出了时代性。有的省对当代时政歌作品，不加分析，不能正确对待，甚至一律不收，只选过去的时政歌作品，这是不对的。《上海卷》让人感受到浓郁的时代气息。当然对一些寓意不清的作品，或者言过其实或带有敌意的作品不应收入。上海时政歌原分揭露、歌颂、讽刺三部分，但揭露和讽刺不易区分。大家一致认为，还是保持原体例，分歌颂、讽刺两部分为好。

2.《上海卷》对历史传说故事歌、革命斗争歌、时政歌三者的交叉和分清范围界限问题解决得比较好。"历史传说歌"中反映革命斗争历史的集中列到革命斗争歌中，如太平天国、抗英歌谣等。这些反帝反封建的作品集中在一起，可以更全面系统地反映上海不同历史时期代代相承的光荣革命斗争传统。调整后的传说故事歌也更单纯和清爽。

3. 分类的或多或少，成立或增加某一类，各省有所不同，都是根据本省的社会生活，历史及歌谣流传的具体情况而定，但全卷分类要有个统一的标准。全书分类基本以内容为准，但个别情况也可有所突破。《云南卷》有些民族特有的习惯分类法，如打歌、信歌等就不宜打乱，而沿用原分类法，对保持其特色有好处。

四、长诗问题

歌谣一般是短歌，原定 200 行以下为标准。但是有些民族以长诗为特点，不选不足以显示其民族特征。因此，我们采用节选的办法，但节选不能看到全貌，也可选入个别全诗。

总之，根据各省的具体情况灵活处理，以充分展示其特色为准。有的省，像云南长诗多，不可能全部节选，可以搞一个长诗目录索引附于书后。

长诗的说明文字可分为两部分，关于故事梗概和所选章节的介绍放在作品前面；异文的流传、其他版本、手抄本等情况可作为附记写在作品后面。

五、荤歌问题

荤歌作为科学研究的资料是很重要的，要注意搜集和保存，但不宜公开发表。编选时要分清荤歌和情歌的界限；要区别爱情与色情；要区别美感与性感，那些直接描写性行为的作品不宜入选。

六、概述、类序、附记、注释的写法与区别

概述、类序、附记、注释应按不同的要求，加以分工。

概述主要在于述而不是论，不是离开作品一般地讲理论，而是在研究基础上的述，介绍性的，这一点要明确。概述应该是在深入研究整个卷本作品以及本省歌谣的流传及历史演变等情况基础上，做出的有权威性的、公允的总结和概括。概述既有前人的研究成果，也有新的发现和探索。但是它不是个人的学术论文，写作过程中要注意集思广益，把本省歌谣自始至终发展传承的脉络和研究成果厘清了，也就不难写好了。

概述要起到广告和导游的作用，从历史的沿革、民俗事象纵横两个方面立体地介绍本省歌谣，充分展示自己的宝贝，引导读者了解和欣赏本省歌谣作品。

对类序的要求，是我们在编选的过程中，逐渐明确的，是从《湖北卷》开始的。类序应是研究性的介绍，要求具有学术价值，有较高的科学概括性。类序的介绍要从歌谣伴随社会历史发展谈起，从反映社会生活的角度谈为什么选这些歌，这类歌在本省有什么特点。概述的介绍只能点到为止，类序则可以介绍得更生动具体，拿出个别例子，带有亮宝的性质。类序介绍作品比概述具体、详细、完整一些。概述和类序要有一定的分工，粗细、主次、概详，有必要的地方亦可以有些重复。概述把类序加以概括，不能铺开谈，类序则可以铺开谈，更深入、细致和具体。

概述和类序包括不了的具体介绍在附记解决。附记说明歌谣怎么唱、什么时候唱，有什么样的历史背景、习俗、仪式等，是介绍性、说明性文字，可长可短。

注释则是解释具体词句，包括对方言、方音的注释。它涉及内容广泛，又简明扼要，凡读者不易理解的字、词、句和个性内容都必须注释。

七、民间文学与非民间文学的界定问题

　　作家的通俗文学作品再通俗再好，也是作家文学，不是民间文学。如墙头诗是作家的创作，虽然它通俗以求流传，但贴出来并不等于流传了。歌谣是人民群众的口头创作，文人作品不能入选歌谣集成。有的政治家，当年为了宣传革命，创作了通俗性的作品，在革命斗争中流传开来，起到了很好的作用。对那些真正在人民群众中流传过的作品，经过认真了解、调查，可以入选。中国歌谣集成入选的作品必须是从人民群众口头上采录的，比如，过去曾在群众口头上搜集到陆定一同志多年前创作的革命歌谣，那是在搜集以后经核查才知道是陆定一同志的作品，而不是从陆定一同志发表的诗作中选取的。如果是从某人的作品集或发表的作品中选取，选了以后再了解是否在群众中流传，这是不妥当的。

　　民间艺人、民间诗人是民间文学的传承者，又是作者。他们的作品属民间文学范畴。民间文学是有作者的，长期流传中失去了作者的名字；传承中，又有了民间艺人的新的创作成分，像史诗、叙事诗等。这些民间歌手、民间诗人的作品可以收入歌谣集成。

八、翻译问题

　　最理想的译文应做到"信、达、雅"，要做到形似、意似、神似。要做到忠实原文，注意原作的民族特色、地区特色、时代特色和语言特色。把这些特色用汉语翻译出来，尽量让读者得到与原文同样的艺术享受。

　　翻译中尽量不保留原文，要符合汉语表达的规律和习惯。只有在必须保持民族语言或尚有疑问者时采用保留原文加注释的办法。能直接翻译的都要直接翻译出来，否则不易构成一个完整的艺术形象。翻译时还要注意韵律。

九、方言问题

歌谣是语言艺术，它在流传中，常常发生变异，产生不同的异文，因地而异，因人而异。记录应忠实于原作，这是科学性的标志。一个字、一个音不能轻易改动。不能因不懂方言而采用语言规范化的做法把它变成普通话。既然歌谣是语言艺术，它的方言、方音就是它作为诗的特色，它的音韵、含义，只能用土音土字，否则意思变了，韵律也没有了，失去了它作为群众语言艺术的价值，也失去了地方特色。

十、民族问题

凡涉及民族问题，必须请有关省、自治区、直辖市民委统一把关，避免引起民族的不满和误解。

十一、对编辑工作的具体要求

1. 全书文字部分，包括概述、类序、附记、注释以及歌手简介要由主编或副主编通读一遍、统一润色，文字上要讲究精雕细琢，风格统一。
2. 分类要统一斟酌协调，看哪里多、哪里少，适当调整一下，个别一般化的作品可以删掉。
3. 题目要规范化，避免重复，从头到尾，通改一遍。
4. 方言在第一次出现时要注释，方音在押韵处一定要注音。书后做一方言集注、常见方言、方音对照表。
5. 认真对待错字、白字、漏字，对方言用字要准确、规范、统一。
6. 选自正式出版物的作品，在篇末注明出处：选自《××××》（书名）××出版社××年×月 或 原载×年×月×日《××××××》（报刊名称）。
7. 有关单位的支持，各县、市参加者的劳动，可以写入后记。

十二、曲谱问题

民歌的曲与词是不应分开的。曲调的形式是根据词的需要发展而来的，而曲调表达的内容和含义又往往是词所达不到的。两方面缺一不可，犹如一个铜板的两面。词与曲要同步。歌谣以文学为主，只选用最有代表性的曲谱，不怕与民歌集成有个别重复交叉。我们从文学角度考虑入选，不是从音乐角度考虑，所以选的曲谱少。还要明确一点：卷本没有入选的歌谣，不能单独选用其曲谱。

歌谣集成在收入劳动号子时，应注意其文学价值，曲谱和文字结构较好的，词意完整，有文学价值的号子可以收入；仅仅曲谱优美而没有文学价值的歌谣，可考虑收入音协的民歌集成。

曲谱要注意标明节拍记号。

十三、衬词问题

民歌中的衬词根据不同情况而定。比如有些劳动号子正文很简单，没几句，靠衬词来表现劳动的内容、情绪和节奏等，这种情况，就应该全部保留衬词；有的衬词、衬字与正文联系在一起，去掉了就影响它的韵律和风格，也不宜改动；一般单纯为音乐的衬词、衬字，与正文关系不大，可在第一节保留，其他各节只列正文，不要衬词。衬词在文中需用括号括起，注释中要说明衬词、衬字的作用与状况。

十四、照片问题

照片要与卷本内容紧密结合。照片要求反映民俗活动，民歌演唱现场活动，不可以找几个人唱一下拍一张照片。著名歌手演唱场面可用，一般会议、歌手单独照片不用。歌谣典籍珍贵资料、手抄本、唱本可拍成书影照片。有的省、市用了一些历史照片，很珍贵，从中可窥到历史的缩影。但照片，静态的不可过多，要注意收入生动活泼的民俗事象照片，既要看到传统文化的遗存，又要富有浓郁的时代气息。

十五、歌手简介

歌手一般要求能唱民歌百首以上，唱长歌者例外。唱歌质量要高，要得到当地群众公认。著名歌手的简介还可以写得更充实详细一点，如果这次不记录详细，以后就无从查找；简介要写歌手的活动地区，能唱什么，演唱特点，独特风格以及传承方式和路线。人民群众送给歌手的称号，如"山歌大王""山歌老虎"也可收入。歌手简介中要注明其出生年月，不要单独写年龄。

十六、主要演唱者、采录者、翻译者简况表

民歌有的很短，下面只署名不注明演唱者、采录者简况。为避免重复和浪费篇幅，在书末统一制表，注明其姓名、性别、年龄、民族、职业、文化程度、地址、备考。

十七、资料目录

选自集成资料本的作品一律不注出处，在书末搞一个市、县卷资料本书目表：市（县）名、卷本名称、主编、副主编、出版单位、出版时间、页数。

十八、歌种分布图

歌种分布图，为了区别于民歌集成，只标明本省最流行的曲调，同时标明本省最有特色歌种甚至代表性作品名称，但总计以不超过15种为好，多了则看不清楚。

十九、格式的统一要求

1. 标题左下为曲调名，中间为民族，右下方为流传地区。汉族不标族名；按民族分类的卷本，题目下也不用标族名。

2. 文末署演唱者、采录者；××××年×月×日采录于××县××乡××村。

例：绣荷包

（曲调名）×族×××县

×××××××

××××××

演唱者：×××

采录者：×××

××××年×月×日采录于××县××乡××村

3. 如为民谣，演唱者改为口述者，用以分清歌与谣。

4. 经过翻译的民歌，采录者下面加翻译者：×××。采录翻译者属同一人的，写采录翻译者：×××。

5. 选自其他刊物的，第一首标明刊名、页码、出版社名及出版年月，以后只标刊名及页码。

6. 演唱者、采录者为同一人者，标演唱者：×××（本人记录）。

7. 流传地区标到县，采录地点标到乡或村。

8. 注释一律在页末，注释上加注释线。

注释为××：×××××。注码用带圆圈的阿拉伯数字，放在被注词语的右上方。

9. 尽量查清并标明曲调名。

10. 新采录的作品以上诸项必须齐备。过去采录的作品补齐最好，无法查清补齐的要加注说明。

2000年7月11日

第三辑

唯平凡造就自我

迎接新的挑战[1]

——《民间文学》编辑部召开比较研究方法座谈会

研究方法的革新使当前的民间文学研究面临着新的挑战。运用新的科研方法来开拓我国民间文学的理论研究，已经势在必行。《民间文学》编辑部首次召开比较研究方法的座谈会，迎接这场挑战。

民间文学研究要采用多种方法

近年来，多种研究方法被借用到文学研究中来，包括自然科学领域里研究新成果不断地被引入文学研究领域，如对结构主义、信息论、控制论的运用，以及模糊数学、空旷理论，等等。尤其是心理学派的研究观点引起普遍的注意。

同时有人提出，自然科学和人文科学研究的对象不同。因此，如何看待自然科学的观念与方法，推广、引进到人文科学领域，是新思潮的标志之一，对于打破旧框架，建立新范型，有积极作用。但在具体运用时则须慎重。自然科学的对象是自然现象。人文科学的对象是人类的文明和人的自身。任何人都难以将其作为被动的客体研究。所以，在借用自然科学的方法时，最好做到"心中有数"。

---

[1] 原载《民间文学情况交流》（中国民间文艺研究会组联部编）1985年第4期。

民间文学的比较研究不是危机而是不足

有人提出，比较研究要出现危机。到会大多数同志则认为，在民间文学方面比较研究不是危机而是不足。民间文学是文学，但它又区别于作家文学，有它自己独特的发展过程、社会现象和功能。研究民间文学可以从多种角度进行。对民间文学的研究也可以推动多种学科的研究。比较研究是一种手段，而不是目的。它不仅限于作品的比较，我们还可以从中窥见和探索一些更为深广和有价值的东西。如有位同志在广西壮、瑶杂居的地方，发现了不同于这两个民族的一部分人。他们使用汉语，外貌与特征均与汉族无大区别，因之被称为汉族。这位同志却对他们特有的民间故事、传说进行了调查研究，发现其既不同于壮族、瑶族，也不同于汉族，而是具有显著的白族特征，其中本主教的特色极为浓厚。这部分人很可能是白族征战过程中留在那里的先民繁衍下来的。因此，民间文学的比较研究，对于族源的识别和确认，也是一份有力的佐证材料。从这个意义上来说，比较研究也不能说是危机，而是很有发展前途，还很不足。

比较研究必须向深广发展

目前的比较研究尚停留在影响和异同的比较上，比较研究必须进一步深化，才能开拓新的局面。仅仅比出异同、影响是远远不够的，应进一步揭示"深层心理结构"。每个民族都在长期发展中产生和形成了自己的文化，并因此具有本民族独特的"心理结构"。这个结构制约着它的感受、思维和审美方式。不这样进行比较，就会把各种文化看成既成的东西，不能启发人们去思考更深层的问题。

有些比较研究还脱离了时代背景、社会、民族心理，忽略了历史的纵向发展关系。有些基本理论得不到及时的解决，也阻碍了比较研究向深层发展。如，国家的界限和语言的系统是否足以构成文学上的隔阂；文化根基深的民族和国家是便于吸收外来文化因素，还是不易吸收外来文化因素等问题。

中国民间文学的比较研究必须站在自己的基点上

国际上的比较研究，始终以西方文化为基点，只是利用了一些有限的东方材料。无论是法国的"影响"学派，还是美国的"平行"学派，其方法都是，也只能是从他们的自身情况出发。我们中国的情况很不同于他们，我们就不能生搬硬套他们的方法，而应该创立自己的研究方法和体系，其中也包括自己的比较研究。

我国55个少数民族的异常丰富的民间文学资料，就是一个活的博物馆。研究、比较这些资料，对于中国学派的建立异常重要。但是，至今尚未得到充分的重视，已经成为世界名篇的少数民族作品，我们却缺乏了解，很少甚至完全没有介绍给读者。

多角度、多方法的学术研究和探讨的目的应落在"振兴中华"上。我们必须用马列主义思想来统率民间文学的比较和其他研究方法。不能脱离马列主义这个前提，只有这样才能更好地开展民间文学的科学研究工作，才能发展社会主义文化事业。

还有人提出，西方人类学者在研究原始文化时，是带着高度文明发展了的模式去套原始文化，割裂了原始文化的整体性。在我们今天的民间文学工作中要引起足够的重视。如果只记录语言，省略了歌唱、舞蹈、手式等，就会丧失大量的原始资料，从而破坏了原始文化的原型。

这次座谈会开得很成功。大家始终在热烈的气氛中进行讨论和争鸣，并建议多召开这样的会议。会议主持者说，这次座谈的目的就在于介绍和探索研究民间文学的方法。他提倡研究方法要不拘一格，希望大家群策群力为我们的事业注入新的生命力。最后，他表示今后还要陆续举办系列的研究方法座谈会。

1985年4月

关于民间传说的专题讨论

——中国民间文艺研究会第三次学术年会[①]

1985年4月30日至5月3日，中国民间文艺研究会研究部在北京国谊宾馆主持召开了第三次学术年会。来自全国各地的民间文学界专家、学者以及搜集、整理和研究工作者八十余人聚集一堂，就民间传说领域的重要问题进行了探讨。

中国民间文艺研究会主席钟敬文主持了会议的开幕式，副主席贾芝致开幕词。他说，这次讨论会是一次关于民间传说的专题讨论会。它的突出的特点就是有许多在基层工作的同志参加。尤其值得注意的是，有一名社员林宏同志的论文入选。他指出，新人的出现会给整个事业带来生机和清新的气息。他还说，一个一个的专题讨论，甚至一个问题的争鸣和解决，都是为民间文学理论体系的建立添砖加瓦，要力戒空谈，提倡干点实事的精神。在谈到民间文学研究借鉴自然科学的新方法时，他主张既要百花齐放，又要坚持马克思主义的唯物辩证法，不可形而上学地生搬硬套。开幕式在主席台就座的还有中国民研会顾问杨成志、副主席马学良、常务理事、社会科学院少数民族文学研究所所长王平凡、民研会书记处书记吉星、陶阳、张文、贺嘉。

大会议程为宣读论文和小组讨论。代表同志们以丰富的材料、翔实的论证、生动的语言，阐述了自己的学术观点，畅所欲言，各抒己

[①] 原载《民间文学情况交流》（中国民间文艺研究会组联部编）1985年第5期。

见。接着，围绕大家所关心的问题，如传说的定义、传说与神话的关系、传说与宗教的关系、传说的功能和价值、风物传说对所谓"第三产业"的作用等问题进行了专题讨论。龚维英同志根据世界传说的共性，对神话、传说进行了对比；李奎元同志强调了地方风物传说的"粘合性""依附性""谐音性"；欧阳若修同志指出把主体与客体混为一体的万物有灵论是神话赖以产生及向传说发展的思维基础；丁义珍同志依据古文字、古文献，从考古学的角度，探讨了古代图腾崇拜，为人兽婚，这一古老的传说提供了新的论证；金煦同志以丰富的材料说明，苏州虎丘由自然堆积物发展到文化堆积物及其在旅游事业中的作用；苑利同志从鸟语、鸟形研究鸟的传说的分类与寓意；林宏同志以自己随意添改民间文学作品闹出的笑话，生动地说明了忠实记录的重要性；温松生同志在谈到搜集整理工作是研究的基础，需要一大批不辞辛苦、不计名利的深入基层的搜集采录人员为之献身时，大家对那些辛勤的耕耘者报之热烈的掌声。会议始终在友好和谐、热烈争鸣的气氛中进行。

5月3日上午，大会邀请著名文艺理论家蓝翔同志就民间传说和文艺领域的若干问题作了学术报告。少数民族文学研究所所长王平凡同志则从少数民族文学研究的角度，介绍民间传说故事的搜集、整理、出版和研究工作的情况，突出地谈到民间文学搜集家、讲述家的重要作用，还着重强调了以马克思主义为指导建立中国民间文艺学的问题。

5月3日下午，钟敬文主席为大会作了学术报告，从六个方面系统地阐述了民间传说的搜集、整理和研究问题。他指出，传说学是民间文艺学的分支科学，要用马列主义观点分析、综合和研究，要进行多方面、多角度的研究。他还强调了对自然科学研究成果，要勇于借鉴，勇于更新知识结构。他鼓励青年同志加强理论修养。至此，大会正式闭幕，由马学良副主席致闭幕词。他指出，这次大会遵照"大鼓劲、大团结、大繁荣"的原则精神，开得很好，很成功。这次会议涌现了一部分新的民间文学研究者。这次会议的论文，反映了民间文学研究的又一次丰收，反映了研究的新动向、新成果。这次会议是对民间文学理论队伍的一次检阅。他还指出，这次会议有一个很好的学风，不管是白发苍苍的老教授、老专家，还是首次临阵的小青年，不分学识深浅、资格高低，都平等相待，大胆提问，争论热烈又心平气和。学术气氛很浓，同志友谊很深。最后，他希望这次会成为进一步开展民间文学研究的一次动员会，要大家为建立和发展有中国特色的民间文学理论体系做出贡献！

1985 年 5 月

附记

1979 年中国民间文艺研究会恢复工作以后，首先抓的当然是以三大史诗为龙头的"全面搜集"工作，但是同步进行的是"加强研究"，因为没有研究，也不能更好地搜集，就像没有搜集就无从研究，二者相辅相成。于是制定了，每年召开一次学术年会的计划。1981 年 5 月 12 日首届年会在北京总政招待所召开，不仅全国各地学术大家汇聚，周扬同志还到会与大家见面，讲话，合影。1982 年年会因故推迟到 1983 年 4 月 8 日在八大处一处召开，周扬同志亦到会。1985 年 4 月 30 日召开第三次学术年会，是关于民间传说的专题讨论。

保护民间文化遗产势在必行[①]

——记保护民间文化座谈会

1986年5月26日，全国政协文化组、中国民间文艺研究会、中国社会科学院少数民族文学研究所在人民大会堂共同召开保护民间文化座谈会。出席会议的有全国政协、文化部、国家民委、中国文联等有关单位负责同志，有从事民间文学、民间音乐、民间美术、民间舞蹈等文化工作的专家、学者、知名人士。在北京参加中国民间文学集成工作会议和全国《格萨尔》搜集工作表彰大会的代表也出席了会议。大家就如何抢救、保存、保护民间文化遗产等问题进行了踊跃发言。

为什么要提倡保护民间文化？

中国有几千年的历史，有56个民族。中国的民间文学、民间文艺具有辉煌灿烂的成就。这些成就是我们今天文学艺术的源泉。有口头文学的传播，有民间音乐、民间舞蹈的传播，才有戏剧的建立。原始人的绘画、雕刻发展成为以后的美术。但是，近几年来，这些民间艺术越来越被轻视了，面临着消亡的危险。优秀的作品也渐渐被遗忘了，这样下去，这些文化遗产很快就不为我们所有了。现在有一种盲目崇洋风气，什么都是外国的好，开口英美，闭口日本，对我们自己的东西反不重视，民族虚无主义倾向相当严重。有这么一些论调："戏曲要灭亡

[①] 原载《民间文化情况交流》（中国民间文艺研究会组联部编）1986年第1期。

了。""中国画已发展到顶峰,不能发展了。""民族音乐、民间音乐也不行了。"只有外国的流行音乐好。对外进行文化交流是坚定不移的好事,没有交流,本民族的文化就发展不起来。事实也证明,我们引进了许多好的健康的外国文艺。但是,与此同时,也带来一些不好的理论和观点,对民族遗产产生一种轻视的态度,随着艺术的更新,从外国吸收一些新东西,就认为自己过去的东西都过时了,不能要了。这种情况值得我们深思和重视。我们今天就为这样一件事,为抢救、保存和保护民间文化召开这次座谈会,要把这些宝贵的文化财富送还到人民手中,要做各方面的研究,使其继续发展。

要振兴中华,要使56个民族精神为之振奋,吸收、保护、研究和发扬民间文学、民间文化是个基础工作。我们每个人都曾从民间文学中接受教育,渠道有多种多样,父母邻居讲故事,生活中的传奇,虽然形式不同但都离不开民间文艺。民间文艺对于民族感情的形成具有重大作用,它首先使我们热爱我们的民族,为自己成为其中的一员而自豪,并为之奋斗,要为整个民族的振兴奋斗终生。民间文学表现了人民的思想和愿望,它是我们创造新文艺的基础和养料。《在延安文艺座谈会上的讲话》之后曾经出现了向民间文艺学习的热潮,创作了许多新的文艺作品和品种,新歌剧就是当时吸取了民间艺术的养料而产生的。冼星海的《黄河大合唱》、古元的画无不受到民间文艺的滋养。外国也是这样,俄罗斯的音乐之父格林卡,就是在搜集民间音乐,熟悉民间音乐的基础上创作的。他有一句话说得很深刻:创作音乐的实际上是老百姓,是人民,音乐家只是编写编写。

世界各国对自己的民族文化都是极其重视的。日本的歌舞伎我们不愿意看,但作为民族艺术,日本人将其视为国宝。不仅认真保留,还组织小学生去看,必须去看,要他们一代一代从小就了解和喜爱自己的民族艺术。对于中国的民族艺术,外国人也是赞赏不已。我们的民族音乐在国内不大受注意,却风靡了整个纽约和马尼拉。西德搞艺术节开幕式用川剧,闭幕式用昆曲。川剧热烈,像川菜一样辣。昆曲比较文雅。昆曲《牡丹亭》在意大利演出,他们评论说:"我们这个社会,是个肮脏的社会，昆曲《牡丹亭》给我们一种纯洁的美的享受。"美国夏威夷大学还用英语演出梅派京剧《凤还巢》，准备演一个星期，结果观众要求强烈，演了一个月，今年还到中国来演出了。

抢救和保护民间文化的迫切性

搜集传统的民间文化本来应该是资产阶级完成的任务。在世界上一些比较发达的国家中，资产阶级在这方面做了许多工作，基本完成了任务。中国资产阶级不争气，在政治上不能完成反帝反封建的民主革命任务，在文化上也不行，只有零星的搜集活动，基本上没做成什么事。保护民间文化的任务就落到无产阶级肩上，但是，无产阶级没有政权也做不了什么事。直到解放后，民间文艺受鄙视的地位才发生了根本的变化，成为社会主义文艺的重要组成部分。"百花齐放，推陈出新"的方针，对民族戏曲的发展起了很大的作用。民间文学的搜集整理工作做出了出色的成绩。毛主席在1958年还亲自提倡了搜集民歌的采风运动。不幸的是，十年动乱造成了十年停顿，否定了过去的成绩，销毁了大量的资料，其损失何止十年？打倒"四人帮"以后，我们的工作很快得到恢复。20世纪60年代，我们曾经提出"抢救"的口号，过去了20年，今天"抢救"的任务更为迫切和严重了。民间文化遗产有两种：一种是比较定型的，容易保存一些，如文学作品、壁画、雕塑，虽然也存在褪色、风化等问题，但还来得及采取措施保护。另一种不定型的，存在于艺术家身上的文化遗产必须抓紧抢救，许多优秀作品正随着民间艺人的逝去而消亡。我国有9600万平方公里的土地，有56个民族，到处都有宝贵的民族文化遗产，需要我们大张旗鼓地从各方面呼吁重视和推动这样一个巨大的文化工程。

综合考察是一种好办法。日本做社会调查是九个单位联合进行。我们在20世纪50年代也组织过一次综合性社会调查，到各个民族地区去调查。今天，我们的调查还要更深入一步，上次只是初步摸一下，这次要组织从人类学、社会学到音乐、美术等各方面的人才同时考察，需要每个方面的专家提出哪些东西应该保护和怎样保护。

要建立中国民间文艺博物馆

要建立这样一个博物馆是非常必要的，它实际上是中华民族的艺术珍品馆，它首先为我们历史悠久、文化丰富的国家恢复名誉。十年动乱把我们这个文明古国变成一块荒土，一个没有文化的国家，现在需要正名。历史悠久和文化丰富不能仅仅停留于口头宣传，必须以实物展示。建立这样一个博物馆是进行爱国主义教育的好办法，爱国主义不能停留在说教上，要教育人们热爱祖国的一山一水、一草一木，热爱自己祖国的传统文化。人们喜欢在各种形象中接受爱国主义教育。国外一些国家中各种博物馆多极了，小学生就要到博物馆参观上课。博物馆的建设比国家剧场还重要。到北京来，想看看我们中华民族的民族文化艺术都看不到是个问题。希望中央考虑，假如因经费困难不能列入"七五计划"，也要批准成立一个筹备处，从建筑形式到内容陈列吸取各方面的意见，认真规划这件事。要珍视各方面专家的意见，这些老专家年龄也不小了，他们对民族文化艺术很有研究。我们要像抢救民族文化遗产那样，把他们的宝贵的意见、建议保留和吸收下来。

会后大家一致通过了关于抢救、保存、保护民间文化的倡议书。

1986 年 5 月 30 日

祝贺贾芝从事革命文艺工作 60 周年[①]

1994 年 5 月 16 日，中国社会科学院少数民族文学研究所、中国通俗文艺研究会和中国民间文艺家协会联合集会，庆贺贾芝同志从事革命文艺工作 60 周年。近 200 名专家、学者、作家、艺术家出席了会议。李鹏总理为他题写了"默默耕耘，无私奉献！"表示祝贺。原全国政协副主席马文瑞同志，原中国书法家协会副主席陆石等数十名专家、学者和贾芝同志的老战友为他题词、题诗、赠画。

座谈会在中国社会科学院学术报告厅举行。全国人大副委员长布赫，全国人大常委、核工业总公司顾问彭士禄，司法部前部长李运昌，文化部艺术委员会主任陈荒煤，全国艺术科学规划领导小组组长周巍峙，中国社会科学院副院长龙永枢，中国文联秘书长孟伟哉、副秘书长董良翚等同志出席了会议。出席会议的还有菲律宾著名学者弗兰克·德米特留教授。来自美国的著名华裔诗人林蒲教授是贾芝 20 世纪 30 年代的诗友，这是他们离别 60 年之后的首次相见。贾芝同志当年曾执教的延安中学的同学们送来了寿联，署名：国家科委顾问谢绍明、国家体改委副主任贺光辉、原建设部部长林汉雄、中国华联汽车公司董事长刘虎生等 15 人，他们委托刘虎生到会表达了大家的由衷祝贺。会上，李骏、金德崇等 5 位同学即兴演唱了当年的革命歌曲。

全国二十多个省、自治区、直辖市民协组织与同人、朋友们纷纷

[①] 原载本刊特约记者《祝贺贾芝同志从事革命文艺工作 60 周年活动在京举行》，《民间文化论坛》1995 年第 1 期。

发来贺电、贺信。山西省民协张余、黑龙江省民协李路、江苏省民协金煦、河北省民协杨荣国等专程来京祝贺。原文化部代部长贺敬之在贺信里说："贾芝同志是延安时期的老同志，是我素所敬重的革命作家和学者。在我到延安学习之前，他就开始了革命活动和诗歌创作。至今60年来，贾芝同志一贯遵循马列主义、毛泽东同志指引的方向，坚持革命文艺路线，为社会主义文艺事业努力奋斗，在文学创作、理论研究、文学翻译、艺术教育和文艺组织工作各方面都卓有成就，特别是在民间文学事业上，更做出了继往开来的重要贡献。"中国作家协会副主席王蒙的贺信说："许多年前，我有幸认识了您，并对您的孜孜不倦的文艺活动，您的踏实、严肃、一丝不苟的工作作风与您在民间文学研究方面的成果十分钦佩。此后，又在整理新疆少数民族民间文学遗产方面，获得过您的教益，您的人品、文品、学风都是我学习的榜样。"

会议由中国通俗文艺研究会副会长陈钧主持，他说："贾芝同志品德如山人敬仰，行为光大照后昆。我们这次会议一则祝贺他健康长寿、事业辉煌，二要学习他无私奉献、开拓进取的精神……意气风发地为繁荣社会主义文艺做出积极的贡献。"

中国社会科学院副院长龙永枢致辞说："贾芝同志既是一位资深的老同志，又是一位国内外知名的老专家和学者。他在创建中国民间文艺研究会和创办民间文学刊物等方面做了许多开拓性的工作。后又积极倡议，发起并参与了少数民族文学所的筹建工作。几十年来在民间文学和少数民族文学学科建设方面做出了很大的成绩和贡献。"

中国文联秘书长孟伟哉说："贾芝同志是文艺界受到敬重的名人，在马列主义文论和民间文学方面著述甚丰。他作为有志于民间文学研究的带头人，搜集整理、编纂、研究民族民间文学，抢救了祖国宝贵的丰富多彩的流传于民间的口头故事传说，使得一批批古老的民族民间文化遗产得到继承和发展。"

全国人大副委员长布赫作为曾与贾芝共过事的老朋友，他说："一些重要的少数民族文学作品的出版都得到过贾芝同志的帮助和指导，如《江格尔》《格萨尔》《玛纳斯》，等等。希望今后大家更加关注和重视少数民族文化遗产。"

原海南省常务副省长鲍克明代表20世纪40年代亲身受过贾芝培育的同学,向老师表示了祝贺。他说:"在贾芝老师革命精神的熏陶和教育下,这批同学正在各自不同的岗位上为人民服务,为祖国献身。"当年最小的同学刘朝兰满含热泪回忆了50年前的生活:他们这批学生有的是烈士子女,有的父母在前方。在延安大多没有家,与父母相处的时间很短,有的同学生日就是母亲就义的日子。但是他们从贾芝这些教员身上得到了母爱和家庭的温暖。她说:"当年与你告别的时候,我们和你对革命的胜利是充满信心的,但没有一个人敢说自己能够活着看到胜利的这一天。我们也不敢说一定能见到贾芝老师。今天在中华人民共和国成立45周年的时候,在这里聚会庆贺您从事革命文艺工作60周年和80大寿,我们是双倍的高兴,为了您,也为了我们热爱的社会主义祖国。"

中国社会科学院少数民族文学所副所长郎樱代表全所向第一任所长贾芝同志致以衷心的祝愿。她说:"贾芝同志提出少数民族文学是中国文学史最富光彩的半壁江山。他为了确立少数民族文学学科多方奔走,在大会上讲,拿起笔来写文章,呼吁社会各界的重视。现在少数民族文学所已成立了15年,培养了包括17个民族的研究队伍,出版了一批有价值的专著,成为国内外有影响的最高研究机构。贾芝同志拓荒的少数民族文艺园地正在开花、结果。"

中国民间文艺家协会秘书长冯君义同志发言说:"贾芝同志早在1938年放弃去法国留学的机会,到延安投身到风雨如磐、如火如荼的革命洪流中。1949年到北京后,一直从事民间文学工作。民间文学解放前在整个中国文化的殿堂里和传统文化中被统治者认为是粗俗的东西。解放后要把民间文学建成一条独立战线,要把民间文艺学建成一门独立的学科,使历朝历代不被重视的民间文学与大作家的作品相比美,而且具有其独有的特点、功能和文化体系,可想而知需要多么大的胸怀和决心,需要多么大的耐心和毅力,需要多么大的精神和物质的力量投入。因为决心办一件事,甚至把这件事发动倡导起来纵然很难,更难的是坚持做下去，尤其是在屡遭困难和挫折时依旧干到底，不达目的誓不罢休。在这方面，我们民间文学界有贾老，当然还有钟老、容老、马老。这么一些老前辈为我们这些后学者树立了楷模。贾老是中国民间文艺家协会的创建人之一，他在周扬同志领导下积极从事筹备工作，1950年成立中国民间文艺研究会。1958年，在中国民间文艺工作者第一次代表大会上，贾老提出'全面搜集、重点整理、大力推广、加强研究'十六字方针和'忠实记录、慎重整理'八字原则。以历史唯物主义指导挖掘整理和研究工作。我以为这一方针的提出是具有战略眼光的，是从研究机构与队伍建设上着眼。而后的发展即使遇到许多意料不到的困难，他也始终倔强开拓，奋力前行。'文化大革命'，民研会被解散，贾老多次呼吁恢复和重建。1978年他担任恢复民研会领导小组组长。1979年，他主持召开了全国歌手诗人座谈会，为全国受迫害的歌手、艺人和民间文学工作者平反。同年，他主持召开了中国民间文学工作者第二次代表大会，当选为副主席，作了题为《团结起来，为繁荣和发展我国民间文学事业而努力》的报告，总结了历史经验，同时明确提出了今后的工作任务。民协五届大会后，贾老除担任首席顾问外，还担任中国民间文学三套集成副总主编，《中国歌谣集成》的主编，一直参与民协的领导工作，参与制定各项工作方针、政策和工作原则，而且身体力行。"

北京师范大学中文系民间文学研究室主任刘铁梁同志受中国民协名誉主席钟敬文教授委托向贾芝同志赠送了贺词和礼品，钟先生的贺词是："吾侪肩负千秋业，无愧前人庇后人。"对贾芝同志的热情洋溢和勤奋治学，刘铁梁深有体会。他说，他们一起到奥地利时，贾老每天写日记从不间断。他十分钦佩贾老不顾年高、辛勤奔走，为中国民间文学事业与国际接轨做出的不懈努力。

中国民协前秘书长程远发言说："贾芝同志离休不离党，不知疲倦地勤奋工作，大年初一还关在房里写文章。在生活上艰苦朴素，严格要求自己，住两间小屋也从无怨言。程远还带来了中国作家协会副主席玛拉沁夫的祝贺。"

藏族学者降边嘉措谈了贾芝等老一辈汉族专家对少数民族学者成长的帮助。他说："贾芝同志对少数民族文化事业有着高度的责任感，他走到哪里都为少数民族文化事业争一席之地。"

北京师范大学潜明兹教授说："我大学一毕业就在贾芝同志领导下工作，贾芝同志曾千方百计地说服我，帮助我克服不安心民间文学工作的想法，使我坚持在这条道路上走下来，才有了今天的成果。"她还深有感触地说："贾芝同志对党的文艺路线忠心耿耿，自始至终坚持到底。不管碰到什么样的政治气候决不改变。他坚持一个路线，一种观点，坚持民间文学在社会主义时期是一门独立的学科。他勤勤恳恳、兢兢业业地干一个事业，不间断地工作、研究和写作，始终活跃在这个领域。"

诗人朱子奇从鲁艺校友的聚会上匆匆赶来，并带来了许多同志的祝贺。他说："贾芝同志在延安发表了许多歌颂劳动人民的优秀诗歌，后来却搞了民间文学，研究民歌。西方说我们没有史诗。所以贾芝同志坚持在史诗发掘和研究的岗位上，这是了不起的！"朱子奇还朗诵了贾芝最近在《中流》上发表的纪念毛泽东同志诞辰100周年的诗作《伟大的启示》。

李运昌同志在最后的长篇发言中说："贾芝同志不仅仅是革命文艺工作者、革命教育家，最根本的一点，他首先是一个坚定的革命者。60年的风风雨雨，他没有动摇过，他在宣传早期革命领袖李大钊的光辉业绩上曾做出了特殊贡献。"

贾芝同志满含感激之情向大家致谢。他说："时代把我们这一辈人推到开拓者、创业者的岗位，我所做到的不过仅仅是沧海一粟，微乎其微。"他还朗诵了自己的新作《咏播谷鸟》：

枝头少停振翅飞／声声布谷夜啼血／斜风冷风何所惧／沥胆竭忠不知歇／飞鸣不已醒大地／春来种子总萌发／子规叫得榴花红／荒野峡谷自开花／

会上，贾芝同志还向与会者赠送了他的新著《播谷集》。

中央电视台播映了会况,《人民日报》《北京日报》《中国文化报》《中国社会报》《文艺界通讯》等对会议作了报道。

为了进一步探讨贾芝同志在民间文学和民族文学方面的学术理论和学术思想,同年8月18日在中国社会科学院少数民族文学所又召开了一次由三十余名专家学者参加的小型学术座谈。少数民族文学所研究员,前任所长刘魁立主持了会议。

中国少数民族文学学会理事长、少数民族文学所第二任所长王平凡同志与贾芝共事三十余载,彼此相知日深。他作了题为《为我国民族文艺事业开拓奋进》的讲话,全面系统地介绍了贾芝同志对民族文学和民间文学事业的贡献。他说:"贾芝同志1935年参加'一二·九'运动,并加入'民族解放先锋队'。1938年奔赴延安,先后从事翻译、创作、理论研究和教学工作。他是诗人、作家,走创作之路曾是他的夙愿。然而,1942年毛泽东《在延安文艺座谈会上的讲话》却为他奠定了热爱和关心人民大众文艺创作的信念,从此一步一个脚印地为之奋斗了40多年。解放以后,他从创建中国民间文艺研究会开始从事民间文艺工作,功绩首先在组织建设和学科建设上。不做组织工作就不可能开拓资源,建立这门新的学科。组织工作多了也影响专题研究。但他甘为人梯,自愿地做出了牺牲。他为各民族民间文学遭受的不公正待遇奔走,至今他还为筹建中国民间文化博物馆呼吁。实地调查和理论研究相结合,是贾芝同志从事民间文学学术活动的突出特点。1963年出版《民间文学论集》,1981年出版《新园集》,近十年的论文集《播谷集》又与大家见面了。他在研究工作中已形成了自己独特的基本框架和体系,主要内容和特点是:首先努力遵循和阐述以毛泽东《在延安文座谈会上的讲话》为指针的马克思主义民间文艺观,强调劳动人民的创作,特别重视各民族民间文艺,积极为社会主义精神文明建设服务。在学科建设上特别重视有中国特色的民间文艺学体系。从1980年开始,贾芝同志参加了国际民间叙事研究会,并先后到日本、芬兰、美国、加拿大、冰岛等十多个国家交流访问,几次在国际讲坛上宣读论文。他为宣传新中国,促进中国民间文学走向世界做了不懈的努力。1986年又邀请了台湾学者，建立海峡两岸的交流和合作。贾芝同志是一个不服老的学者，在他身上燃烧着的不是'余热'，而是一团火。他常常在写字台前度过万籁俱寂的午夜。最后，送贾芝同志四句诗：'八十不为老，金鸡始报晓；君怀凌云志，百岁还嫌少。'"

中国少数民族文学学会秘书长、侗族学者邓敏文同志作了题为《半壁江山的拓荒者》的讲话，他说："贾芝先生用'半壁江山'来表述少数民族文学在中国文学史中的地位，这是很形象的。自1958年始，贾芝先生就投身于编写中国少数民族文学史的开创性的工作。他组织起草了《中国少数民族文学史和文学概况编写计划》（草案）、《中国各民族文学作品整理、翻译、编选和出版计划》（草案）、《〈中国各民族文学资料汇编〉编辑计划》（草案）等文件，在中国少数民族文学史建设中起到了奠基的作用。至1994年7月，已有71部不同类型的中国少数民族文学史或文学概况专著问世。这是历史的丰碑。贾芝先生还挑起少数民族文学所长和中国少数民族文学学会首任理事长的重担，以极大的热诚关怀、教育、培养各民族文学研究人才。1981年，我第一次下乡考察时，贾芝所长专门找我，再三强调要忠实记录，要用侗文或国际音标记录作品。回来后叫我整理《珠郎娘美》的侗、汉文对照科学版本，在侗族民间文学界产生了很大影响。"

杨恩洪是根据贾芝同志倡导的实地调查方针，近年来取得突出成就的藏学学者。她说："贾芝同志是中国马克思主义民间文艺学的积极倡导者和奠基人。历经半个世纪的时间，孜孜不倦地为中国民间文艺学体系的建立和发展辛勤工作，努力耕耘。他既是一位学者，又是一位组织者和活动家。在学术上，他有严谨的学风，提倡深入民间、实地考察，取得第一手资料的科学方法，并以此培养和指导年轻学者，进行卓有成效的科研工作。他还是一位宽厚的长者，他作风朴实，平易近人，在学界受到普遍的尊重和赞誉。"

北京大学段宝林教授在《新中国民间文学事业的开拓者》一文中说："中国民间文艺研究会成立时，贾芝同志任秘书长，负责具体筹备工作。《民间文艺集刊》《民间文学丛书》的编辑出版是他组织、操办的。1952年民研会被取消，贾芝同志几次向中央反映，据理力争才得以恢复，并于1955年创刊《民间文学》。1958年他在中国民研会代表大会上提出了民间文学工作十六字方针。三中全会以后，贾芝同志努力把停顿十年的民间文学工作恢复起来，1979年年初《民间文学》复刊；1980年主持筹建少数民族文学研究所；1980年积极筹办成立了中国民间文艺出版社；1981年在贾芝同志主持下，民间文学三套集成的编辑和普查工作很快上马；1982年主持创办了《民间文学论坛》和《民族文学研究》，等等。贾芝同志踏踏实实，默默奉献，做了许多开创性的工作，不愧是新中国民间文学的开拓者。对他自己的贡献，他从不宣扬，但历史的事实是客观存在的。桃李不言，下自成蹊。"

中国通俗文艺研究会会员、中国警官大学副教授于洪笙说："我认识贾老可谓'以文拜师'。我的一篇论文与贾老的《史诗在中国》同时发表在1987年《中国比较文学》上。我一口气读完他的文章，非常振奋。过去我在教学中，每每讲到荷马史诗的宏伟壮美，便感到中国略逊光彩。贾老那篇文章以翔实的材料，有力地论证了中国是一个富有史诗和长篇叙事诗的国度，向世界学者'打开了中国古老的民间艺术宝库的一扇窗户'。可以说，贾老是一名卓越的文化大使。"

在贾芝同志领导下工作了38个春秋的《中国歌谣集成》副主编张文同志表述了他由衷的祝愿。他为贾芝同志概括了两句话："风风雨雨开拓民间文化事业，勤勤恳恳弘扬华夏传统精魂。"

中国民协副秘书长林相泰说："这次纪念会又是学术讨论会，纪念的目的归根结底是为了推动我们的学术活动。贾芝同志首先是一名坚定的共产党员，忠于党，忠于人民是他的思想信仰、哲学理论和学术观点的出发点。在当前下海浪潮波及文艺界、学术界的时候，我们更要提倡不怕寂寞，甘心坐冷板凳的精神。"

中国民协老编辑，贾芝同志20世纪40年代的朋友孙剑冰说："贾芝同志解放以后以民间文学为职业，他热爱这一工作，这里深藏着一种热爱劳动人民的感情。半个多世纪以来，他走的是革命文艺家的道路，朴朴实实地做人，朴朴实实地工作。抗战初期，艾青同志在诗评中称贾芝为'播谷鸟诗人',他是当之无愧的。"

在座谈会上陈钧等同志也作了发言。刘魁立同志总结说:"大家的发言真挚感人,整个会议可以用'真诚'两个字概括。这真诚也许正是贾芝同志几十年来,真诚地做人,真诚地做事,真诚地对待朋友、同志和事业,而得到的回报吧!

"祝贾芝同志健康长寿,永远年轻,为祖国民间文艺事业做出更多更大的成绩!"

附记

[原文发表时的编者按]贾芝同志1913年出生于山西(今襄汾县),早在60年前便从事诗歌创作,1935年出版第一本诗集《水磨集》。1936年创作《播谷鸟》一诗,发表于戴望舒主编的《新诗》杂志上,成为他当时的代表作。自1938年到延安后,即专门从事文艺和教育工作。中华人民共和国成立45年来,他始终坚持以毛泽东同志《在延安文艺座谈会上的讲话》指明的革命文艺路线,为民间文学、民族文学的学科建设做了大量开创性的组织和研究工作。离休十年来,他笔耕不辍,并多次参加国际学术会议和文化交流。近十年编著800余万字,其中民间文学论著80余万字。会上送给大家的是由人民文学出版社1994年5月刚刚出版的《播谷集》,56万字主要是他离休后的成果,从中可以看到他孜孜不倦的努力和开拓前进的精神。

五大洲民俗学者首次云集中国

——记国际民间叙事研究会北京学术研讨会及论文简述

1996年4月，中国，北京，春在绽放！国际民间叙事研究会北京学术研讨会隆重召开。

国际民间叙事研究会（ISFNR）是世界民俗学者的中心组织，由75个国家的学者组成。1959年在哥本哈根的一次世界民俗学大会上正式成立，此前已有隆德、爱丁堡会议，因此那次成立大会被列为第三次会议。之后每五年举行一次代表大会。

第四次，1964年　希腊　雅典

第五次，1969年　罗马尼亚　布加勒斯特

第六次，1974年　芬兰　赫尔辛基

第七次，1979年　苏格兰　爱丁堡

第八次，1984年　挪威　卑尔根

第九次，1989年　匈牙利　布达佩斯

第十次，1992年　奥地利　茵斯布鲁克

第十一次，1995年　印度　迈索尔

今年在北京召开学术研讨会是1992年在奥地利的大会上决议的。那次大会有一条重大决策："今后不再以欧洲为中心，要向发展中国家转移。"1995年1月，第十一次代表大会首次在亚洲举行。今年，首次在中国召开学术研讨会。

胜利揭幕　别开生面

北京学术研讨会由中国民间文艺家协会和中国通俗文艺研究会联合举办。会议"组委会"包括顾问委员会和工作委员会。顾问委员会由雷蒙德（挪威）主席、贾瓦哈拉尔·汉都（印度）副主席、首席副主席林达（美国）、亚洲副主席哈森罗凯穆（以色列）、秘书长耿·海瑞娜（芬兰）组成。中国方面于1994年8月29日成立了工作委员会，主席：贾芝，副主席：刘魁立、陈钧，委员：贾芝、冯君义、林相泰、刘魁立、陈钧、赵光明、王炽文、金茂年，秘书长：冯君义，副秘书长：林相泰，秘书处主任：赵光明，翻译：王炽文，秘书：金茂年。

如此大的阵容，没有任何经费，早期只有主席贾芝和我两人筹备。直到会议召开，我的同事赵光明、刘慧、于业铎、马石强、刘晓路等提供了无私帮助。我们遇到的困难可想而知，无以言述，这里只说成功！

1995年3月中国向国外学者发出第一次通知。36个国家和地区的近百名学者报名并提交论文，因经费、通信的语言障碍、延误手续等原因，到会的有五大洲24个国家的代表57名，欧洲：芬兰、挪威、丹麦、瑞典、德国、法国、奥地利、瑞士、荷兰、比利时、匈牙利、保加利亚、斯洛伐克；亚洲：印度、孟加拉国、土耳其、以色列、日本；美洲：加拿大、美国、巴西；大洋洲：澳大利亚；非洲：埃及、肯尼亚。中国有15个省、自治区、直辖市的41名代表出席了会议，包括台湾学者两名。其中有汉族、藏族、蒙古族、柯尔克孜族、回族、朝鲜族、白族、满族、侗族等9个民族的代表。

1996年4月23日，本届国际民间叙事研究会北京学术研讨会在中国社会科学院学术报告厅开幕。出席开幕式并在主席台就座的有：全国人大常委会副委员长布赫；中国文联党组书记高占祥、副书记兼秘书长高运甲；国际民间叙事研究会主席雷蒙德（挪威），副主席汉都（印度）、加利特·哈森（以色列），秘书长耿·海瑞娜（芬兰）；中国民协名誉主席钟敬文，中国民协首席顾问、中国通俗文艺研究会主席贾芝。会议由北京学术研讨会中国工作委员会主席贾芝主持，他首先向来自五大洲的近30个国家和地区的学者表示热烈欢迎。他说:"改革开放的中国在经济腾飞的同时提倡重视、保护和弘扬民族文化。这次盛会是世界民俗学发展的一个新的里程碑,希望它成为我们继往开来,新的开端。"工作委员会名誉主席高占祥同志代表中国文联讲话说:"国际民间叙事研究会资深历长。近30个国家的学者不远万里云集北京,进行广泛深入的学术交流,探讨民间叙事的发展规律,具有重要意义,这是中国文艺界的一件盛事。"他祝愿这次会议圆满成功,为发展繁荣民间叙事文学、增进友谊、为人类的文明和进步做出新的贡献!

国际民间叙事研究会主席雷蒙德教授首先感谢中国为会议做出的许多努力和贡献。他说:"会议能在东方、在世界人口最多的中国举行,对各国学者,尤其是欧美学者了解中国有很大帮助。它将拓展我们的研究领域,对中国搜集、整理、出版民间文学资料以及在民间艺术方面的巨大成果有所了解。"他接着说:"中国这几年发展很快,很多人都想更多地了解中国。今天你们为大家提供了这样一个很好的机会。"中国《玛纳斯》学会会长、新疆维吾尔自治区人大常委会副主任夏尔西别克向布赫副委员长、雷蒙德主席、汉都副主席献上柯尔克孜族毡帽。宜兴紫砂工艺师咸仲英夫妇向国际组织敬献"中华挂盘";汉都副主席戴上白毡帽后说:"国际民间叙事研究会一直没有在中国开过会,许多人没到过中国,这次会议使我们梦想成真。"

来自内蒙古的民间艺人洛布桑为大会演唱了蒙古族史诗《格斯尔》,浑厚的歌声,低回婉转的马头琴把人们带到苍茫辽远的草原。柯尔克孜族学者阿地里也演唱了他们民族的史诗《玛纳斯》。藏族学者降边嘉措为主席台上每位嘉宾献上一条洁白的哈达,象征着美好的祝福。会议收到钟敬文、冯元蔚、乌丙安等先生的贺词与贺电。

开幕式在热烈友好欢快的气氛中结束。休息中,代表们在大厅走廊,观看中国民间艺人的表演,有面塑、内画、书法、剪纸、彩蛋、羽扇、石雕、毛猴、刺绣等。对这些精湛的技艺,外国代表赞不绝口,纷纷选购纪念品带给他们的亲友。

大会宣读，各抒己见

开幕式之后，进入论文宣读与讨论。会议共收到论文106篇，外国学者63篇，中国学者43篇；除个别学者未到会，均在会议上宣读。宣读论文分大会与小组会两种形式。

三场大会分别由国际民间叙事研究会以色列加利特·哈森女士副主席、印度汉都先生副主席和台北中国文化大学中文研究所所长金荣华先生主持。金荣华先生中英文切换自如，睿智幽默的主持风格给大家留下深刻的印象。

肯尼亚埃泽基尔教授宣读论文《肯尼亚宣讲文的光辉》：在肯尼亚，民间叙事活动自古以来，始终是知识、教育和娱乐的主要源泉，然而这种活动到后来，特别是晚近时期不可避免地掺杂了基督教的意识形态，这是非洲殖民化的产物。殖民主义者每到一个新的地方，都是利用民俗学进行殖民统治。被压迫的殖民地人民要保持自己独立的民族文化，这种文化不存在于白人灌输的基督教文化中，而存在于自己的口头叙事文学中。

美国印地安那大学著名教授林达女士宣读论文：在AT故事分类中，描述、归纳了世界各地的民间故事类型。这种归纳、抽象分类的目的是追溯故事的发源地，重构文本的内容，指明基本情节和稳定部分。这种从特殊的、民族的、地区的材料中，重构一般的、国际性普通纲要的做法与民俗学的原始经典的目的，以及当代的目的都是相抵触的。

以色列加利特女士宣读论文《谚语作为一种体裁和对话交流》。巴西卡尔文斯基女士宣读论文《民间文化流派和它们的理论含义》：一定社会及时期中持不同主张的民俗学者对民间文化的理解是不同的。她参照美国、法国、中东欧、斯堪的纳维亚以及巴西的民间文化研究，探讨了民间叙事文学的内涵。

日本学者君岛久子女士说："中华人民共和国成立的第二年，1950年中国便开始了大规模的民间文学普查，这是历史性的飞跃。这些成就不仅对中国人民、对日本学者和世界同行们都是一份厚礼。"她的论文

《东洋的天女》认真研究了中国各民族、各地区流传的三种类型的天鹅型故事，并与日本的同类故事作了比较研究。她认为，日本的天鹅型故事是自中国古大陆传入的。

芬兰学者希卡拉女士宣读论文《风物中的民间叙事》。

中国青年学者陈建宪宣读论文《中国洪水神话的类型与分布》，他以在中国采录的433篇异文为基础，运用国际历史地理学派的方法对中国洪水神话的形态进行了分析研究。

小组讨论　异彩纷呈

4月24日，会议进入为期三天的小组讨论阶段。讨论分四个小组进行，三个小组用英语宣读论文，一个小组用汉语宣读论文。代表们自由选择参加讨论。讨论共分30余场，气氛十分热烈，研讨内容涉猎很广。

丹麦学者易德波多年来研究中国扬州评话，她的论文《当代中国的专业故事讲述活动：对扬州评话的案例研究》，从音韵、语法、文体及叙述的不同分析层面、研究和探讨了方法论的问题。

匈牙利学者吉尤拉·巴佐拉伊讲演《远东谚语的中国源头》，他对欧洲、中国、韩国、日本、越南以及其他亚洲谚语与英国、德国和匈牙利同类谚语的比较研究证实：在远东语言中有许多共同的谚语。中国古典文献提供了其文化背景和依据，以《史记》为甚，其次还有《庄子》《论语》《后汉书》《战国策》《汉书》《韩非子》《淮南子》等。吉尤拉·巴佐拉伊讲演之后，还与中国专门从事谚语研究的专家召开了小型专题讨论会，斯洛伐克苏珊娜·普洛凡托娃宣读论文《谚语传统与认同现象的地域风貌》。

北京师范大学潜明兹教授宣读论文《神话学在中国》，主要介绍了近十几年来中国神话学的迅猛发展以及神话学的学科建设，她还提出少数民族神话的发掘和研究与中国上古神话研究的互补问题。

中国社会科学院民族研究所研究员丁守璞的论文《蒙古民间的口

传史——近现代蒙古民间叙事诗研究》，在研究蒙古族民间叙事诗的基础上提出：世界上每个民族的口传史不仅是后人梳理无文字时期历史的主要依据，也是有文字史以来正史的补充和佐证。

台北中国文化大学教授金荣华先生论文《从印度佛经到中国民间：〈贤愚经·檀腻羁品〉故事试探》，对《贤愚经》记录的古印度故事和中国民间流传的故事进行比较，研究中国文化对印度佛教文化的吸纳过程。

孟加拉国哈尔布·乌尔·阿拉姆的论文，论及孟加拉最古老的一首民间叙事诗随时间的流逝，其浓厚的宗教色彩已被当今社会讽刺内容取代的问题。

中国社会科学院少数民族文学所所长郎樱女士的论文《中国突厥语民族史诗、民间叙事诗的叙事研究》，对中国维吾尔、哈萨克、柯尔克孜、乌孜别克、塔塔尔、裕固、撒拉七个民族的史诗、民间叙事诗进行了比较研究。

少数民族文学所孟慧英论文《"伊玛堪"神秘世界的萨满文化基础》，阐述了史诗与原始宗教的关系。

中国民间文艺家协会贺嘉的论文《民间文学中的观音形象》，提出人民口头传承的观音菩萨传说，是外来文化与中国传统文化的碰撞与融合，它与佛教中的观音关系密切，又有本质的区别，甚至有某些反宗教的因素。

藏族学者降边嘉措在论文《藏族史诗〈格萨尔〉艺人的创作观》中，提出不同时代、不同地区、不同年龄、不同职业、不同生活经历的人，没有专门学习，没有明显的师承关系，却能讲出大体相同的故事，吟诵同一部史诗，一首几十万行诗句，十几部乃至几十部厚厚的书，是一种奇特的文化现象。

上海陈勤建论文《仙道思想——稻作鸟化宇宙观的展示》，阐述道家思想源于稻作引起的鸟化心态和宇宙观，是由鸟化的创世传说与信仰指导下理性整合的结果。

中国民间文艺家协会金茂年的论文《歌谣、神话与花婆崇拜》就古越族后裔壮族、毛南族、仫佬族、侗族、布依族、水族以及相邻的瑶族至今存在的花婆乃至花魂的崇拜和傩祭形式，探索这一活形态的传说与自然崇拜、原始宗教互为依存、并相流传的关系。

山西刘琦在《山西民间诗律》中，列举许多民歌实例说明山西民歌在形式、体裁、诗律、韵脚等方面的多姿多彩，又进一步提出了对流行歌曲与传统民歌关系问题的探讨与思索。

挪威学者约翰森女士演洪《挪威北部的传说幽默交流和地区特征》，她论述了幽默与地方特色文化、社会经济条件的关系，并提出大众传播和文学作品里挪威北部幽默的基础是地方民间文化。

美国印地安那大学著名教授林达女士阐述了她对幽默的看法，她说幽默的生命是真实，它与现实生活紧密相联。

芬兰学者波特先生论文《英格兰民间文学中的苏格兰成分》，他说："尽管不列颠作为一个多民族的国家，其多元化受到压抑，但是对跨越三个世纪之久的民间叙事活动的研究表明：在统治与被统治的地域中存在着'苏格兰式'和'英格兰式'两种并行不悖的文本。"

印度学者萨达纳·耐萨尼女士宣读论文《殖民者——民间文学家》。她提出，许多热情的英国人类学家进入"印度行政机构"管辖印度期间收集民间文学作品，称之为"民间文学家"。对她的报告，印度学者、国际民间叙事文学研究会副主席汉都先生提出尖锐的批评意见。他说："人类学是白人的科学，是带有种族偏见的殖民地色彩的一门学问。"对于这一点，东方人应该有清醒的认识。美国学者萨义依德著作《东方主义》有力地抨击了西方文化中种族主义倾向。他说，对于人类学应采取批评的态度，要看到其种族主义的本质。

美国学者萨依德·赞胡鲁尔·哈克教授的论文《密西西比地区黑人的民间幽默》讲作者曾多次探入密西西比州搜集民间幽默材料进行研究。他说，美国黑人有其独特的文化遗产和与之相伴的民俗。密西西比州的美国黑人是黑人民间传统最好的保护者和传播者。

刘晔原的论文《中国的山神和龙王》，突破以往的看法，对龙的崇拜提出了质疑。

上海阮可章在对上海城市歌谣广泛深入的普查基础上，追溯和研究吴歌在不同历史时期的发展及地位，从而展现了上海这一东方大都市一百多年来开发的历史进程。

江苏金煦的论文《吴语地区汉族长篇民间叙事诗的发展和研究》介绍了20世纪80年代中国东南沿海江苏、浙江、上海一带吴语地区，发现和搜集了一批被埋没多年的长篇民间叙事吴歌，计长篇叙事吴歌10多部，中长篇30多部；出版了《江南十大民间叙事诗》《五姑娘》等，并召开了六次学术研讨会。

冲破阻隔　国际接轨

百名中外学者在会上发表论文。26个国家和地区的代表突破语言的障碍，进行了热情洋溢的交流与切磋。论文涉猎范围广泛，包括神话、民间故事、史诗、谚语、民俗、民间幽默、民间宗教信仰、民间文化的地域与民间意识等诸多方面的研究。大家对不同国家、地区的民族传统文化、艺术形式以及研究方法有了很多新的了解与认识。对其中问题进行了较为深入的探讨与争论：

1. 民族主义问题是会议的热点话题之一。肯尼亚学者的发言最具代表性，他讲到殖民主义与民族主义，殖民统治者到一个新的地方，如何利用民俗学进行殖民统治。当地民间故事也充分反映与记录着这个问题。他说，被压迫的殖民地人民要保持自己的独立的民族文化，它不存在于白人灌输的基督教文化中，而存在于自己的口头叙事文学中。

印度也有人讲了这个题目，汉都副主席说"人类文化学就是白人的科学"曾是他一篇论文的题目。多年来的殖民统治使他感受颇深。会上，讨论到殖民主义和民族主义关系这个敏感的课题，东西方显然有些对峙起来。在这些学术论文的背后有很深的政治历史背景与意识形态的影响。

人类文化学是英国人开始搞殖民地时兴起来的，称一些民族的文化为原始文化，进行搜集和研究的目的是为了统治"落后民族"。我们过去对此缺乏正确的理解，甚至弄颠倒了。通过这个会，应该有一点收获：西方人类文化学并不完全适合中国国情，不能解决我们所有的实际问题；对于外国的学术理论，我们学习其先进经验是必要的，但不可简单地照搬或套用，要有选择地接受，并以历史唯物主义的立场、观点研究人类文化学，为中国的学科建设服务。

2. 关于民间幽默。有人在讲到幽默时，罗列了许多笑话。美国教授林达女士明确指出笑话不是幽默，或者说不等于幽默。真正的幽默有时甚至笑不出来。它有很深的内涵、很强的力量，与当时的社会、文化有很深的联系，并随时间的推移而发生变化。幽默的一大特点是真实。

3. 民间文学的调查。绝大多数学者都非常重视实地调查，并重视你是通过什么手段调查的，是亲临环境听到见到的，还是听别人告诉你的？总之，他们极重视第一手资料的记录、整理以及采录方式。

讨论中，代表们各自阐述了自己的观点，报告了自己的调查成果。巴西学者综合介绍了民间文化的各种流派和理论含义。丹麦学者就她多年来深入研究扬州评话、访问民间艺人的实例，表达了她对中国民间文化的热爱和理解。埃及学者研究阿拉伯史诗中唯一一篇维护妇女权益的作品，并收集到19世纪的手抄本和现在艺人演唱的录音。中国学者的论文，有《格萨尔》《玛纳斯》的专题研究，有对突厥语史诗的研究；有神话的综合概括研究，也有对洪水神话乃至观音菩萨或其他民间崇拜的研究；有在对歌谣普查基础上追溯吴歌发展历史的；对几百种抓髻娃娃的民间剪纸进行搜集比较后进行的民间文化纵深研究；突破以往看法的，有人对龙的崇拜提出质疑；有探讨流行歌曲与民间传统歌曲的关系；等等。"百花齐放、百家争鸣"中外学者各抒己见，切磋交流达到部分的共识与提高；海峡两岸学者也更加增进了友谊与合作。

国外学者的论文角度新颖、资料新，为我们提供了一些新的研究视角。意大利学者认为，民间叙事可以唤起民族觉醒，使受压迫民族重新获得自我意识；挪威学者认为，在战争或接近战争的边境地区民间叙事既有"对立"和"冲突"，又有"合作"和"接触"；印度学者认为一则谚语往往包含着一条社会信息；日本学者提出民间叙事文学整理成标准文字，必须保持它的丰富性和民俗语言风格；保加利亚学者从对日本和中国民间故事的研究中，观察到日中两国人民的思维和行为方式的异同及日本在远古及中古时代受到中国的巨大影响。

中国40余位老中青学者，全方位、高水准地展示了我国民间文艺界的整体发展状况，研究成果令与会专家瞩目。刘守华教授认为，现代文明社会和经济文化生活，正在破坏传统的民间口头叙事艺术存在的社会基础；过伟教授提出用文化生态研究方法研究民间叙事文学；浙江钟伟今先生剖析了湖州八位著名的地方神及其富有平民色彩的传说；杨恩洪以对藏族果洛地区《格萨尔王传》的三次实地考察，总结出五种特征，提出《格萨尔王传》正处于口头传承向书面传承过渡的最后阶段；谢继胜从《格萨尔》说唱艺人与史诗文体的形成两方面入手，利用藏汉文资料，探讨藏族史诗艺人形成的过程、史诗文本形成的方式；新疆阿地里介绍了《玛纳斯》最完整的演唱者柯尔克孜族民间艺人居素普·玛玛伊，他可以唱232165行；福建汪梅田就莆田湄洲岛、中国东南沿海及世界华圈妈祖传说，探索该神话生成和演变的过程以及流传不衰的原因；刘城淮略论世界神话体系的建构；周华斌论证了傩与民间叙事的表演和原始戏剧的关系；郭崇林对赫哲族、鄂伦春族、蒙古族民间英雄讲唱，进行了比较研究；张徐探讨中国东北第一大马市的沿革与之相关的民间文学作品的搜集和分析，发现其各种集团逐渐形成自己的行业切口、行帮习俗、行业技能，并在民间流传着大量与之相关的民间文学作品；尹虎彬尝试以《诗经》为实例，深入领会口头诗歌及诗学价值的内涵。

一次学术研讨会的成绩和意义往往要超过会议的本身，由此而引发的长期影响和效益，将永远有益于我们的事业。国际间的交流与合作必将有一个全方位的发展。我们自身的学科建立也会更加成熟、完善、繁荣和发展，由此而跻身于世界民间文艺研究的前列。从这个意义上来说，国际民间叙事文学研究会北京学术研讨会是中国民间文学界迈向世界的一座里程碑。

"春色满园关不住，一枝红杏出墙来。"改革开放的今天，中国民间文学像一枝沐浴着春风的红杏，冲破重重阻隔与世界民俗学者欢聚交流，与国际学术研究接轨，迎来民间文艺繁花似锦的春天。

告别答谢　依依深情

4月26日晚，北京学术研讨会在北京饭店举行闭幕盛大招待宴会，国外代表全部出席。中方代表有：中国文联党组书记高占祥，副书记、秘书长高运甲，党组成员董良翚，外联部主任商钊，组联部主任于健，工作委员会顾问李一，中国少数民族文学学会会长王平凡等。贾芝主持宴会，他说："会议期间，聆听与交流了不同地域、不同国家的自然风光、社会生活与民俗风情的介绍，对其所特有的民间叙事文学及研究成就有了许多新的了解和认识。他们在实地调查上、研究方法上各有特点，有许多新的探索和报导。国际民间叙事研究会对保护和发展世界各国、各地区的民间文化、促进口头文学的研究，做出了卓有成效的努力！希望同行们借此良机相互交流，举杯高唱友谊之歌！"雷蒙德先生表达了他由衷的感激之情。他说："这次会议是国际民间叙事研究会有史以来开得最好的一次会议。"他对工作委员会的每一位同志用中文提名的形式表达感谢！他说，"是你们帮助我们使国际民间叙事研究会更加国际化，这是非常非常重要的任务"。最后，他说这次会议除了学术上的交流，还发展了个人友谊，希望在以后的国际场合可以见到大家。以色列的副主席加利特·哈森也特别表达了她的谢意。

宴会上，荷兰、孟加拉、印度等国朋友纷纷演唱自己家乡的民歌。年逾花甲的丹麦女学者易德波边唱边演示一首古老的民谣。高占祥同志则演唱了日本民歌和京剧。70岁高龄的著名舞蹈家戴爱莲女士身着苗族服装，和几位穿着不同民族服装的女青年，带领大家跳起民族舞。各国代表不分国家、不分民族，五光十色的服饰配合着欢快的舞步，会场的气氛瞬间达到了高潮。散场以后，大家余兴未尽，恋恋不舍地握手道别。

闭幕后，会议代表游览了故宫和八达岭长城，到恭王府观看传统京剧。秀丽的庭院建筑首先吸引了人们,大家赞赏着,相互拍照留影。当晚的节目是折子戏《三岔口》《捉鬼》《西游记》;演员们纯熟高超的技巧和精彩的表演受到热烈欢迎。

在北普陀影视城,惊天动地的河南盘鼓,更令人耳目一新。吴桥杂技和马戏摄人心魂。德国学者汉斯先生圆了他童年"要做杂技演员"的梦,在女演员脚蹬的大缸里度过惊险的一刻。踩高跷、抛绣球、婚俗、"今天我当皇帝"等民间花会表演,让中外学者度过了愉快的一天。游览的空闲也是大家交流切磋的极好机会。

4月28日晚上,雷蒙德主席、汉都副主席在北海公园的仿膳饭庄举行答谢宴会。中国文联外联部主任商钊,北京学术研讨会工作委员会顾问李一、主席贾芝、副主席陈钧、秘书长冯君义、副秘书长贺嘉、办公室主任赵光明、副主任金茂年出席了宴会。出席宴会的还有雷蒙德夫人和德国学者汉斯先生。

雷蒙德主席对我们表示感谢后,再次强调北京学术研讨会是开得最好的,通过这次会议使中国民间文化更多地引起国际上的关注,更使中国民间文学和民俗学者们走向世界。他提出邀请中国派一个大型代表团参加1998年在德国哥廷根举行的第12次代表大会,这也是他请汉斯先生出席的原因。汉斯先生热烈欢迎我们组织代表团参加哥廷根大会。他还说,他负责百科全书的编写,过去对中国了解很少,收入中国的作品也很少,希望今后中国学者更多地赐稿给他,也希望有更多的中国作品翻译成英文。

汉都副主席说,这次会议是一次成功的会、圆满的会、伟大的会,他们在中国的每一天、每一分、每一秒都过得非常愉快。他们非常感谢中国!感谢大家!宴会频频举杯,互相祝福,希望不久的将来再见面。浓重的夜色笼罩着北海的湖面,主客在湖畔的长廊中紧紧握手依依惜别,这个清风拂面的宁静夜晚,将是我们大家永远的美好记忆。

1996年6月12日

附录1：国际民间叙事文学学会北京学术研讨会论文目录

地区		作品	作者
亚洲	中国	神话学在中国	潜明兹
		中国洪水神话的类型与分布	陈建宪
		达斡尔族的多神信仰	乌丙安
		仙道思想——稻作鸟化宇宙观的展示	陈勤建
		民间文学中的观音形象	贺　嘉
		中国的山神和龙王	刘晔原
		妈祖民间传说、民间信仰之形成述论	汪梅田　龚永年
		歌谣、神话与花婆崇拜	金茂年
		湖州地方神传说剖析	钟伟今
		火祭——对中国火神托亚拉哈和希腊普罗米修斯的比较研究	何鸣雁
		耿村中的风水故事	郑一民
		略论建构世界神话体系	刘城淮
		中国突厥语民族史诗、民间叙事诗的叙事研究	郎　樱
		居素普·玛玛依《玛纳斯》变体中的北京即契丹首都——临潢	白多明　张永海
		活着的荷马——著名的《玛纳斯》史诗演唱家居素普·玛玛依之谜	阿地里·居玛吐尔地
		藏族史诗《格萨尔》艺人的创作观	降边嘉措
		《格萨尔王传》的实地考察	杨恩洪
		《格萨尔》史诗之说唱艺人与文本形成试论	谢继胜
		蒙古民间的口传史——近现代蒙古民间叙事诗研究	丁守璞
		浅谈卫拉特蒙古族祝词	贾木查
		中国东北地区赫哲族、鄂伦春族与蒙古族民间英雄讲唱的比较研究	郭崇林
		吴语地区汉族长篇民间叙事诗的发展和研究	金　煦
		中国传统文化特色简论	陈　钧
		全方位、多视角、多层次研究楚文化——兼论活着的楚文化及其探索方法	巫瑞书

续表

地区		作品	作者
亚洲	中国	田野作业的走向——镇江区域民间文化田野作业简论	康新民
		山野奇花伍家沟——中国鄂西北的一个"民间故事村"	刘守华
		历史笔记小说与民间故事	顾希佳
		侗族《娘美》故事中与文化生态研究方法	过 伟
		中国佛教故事中的非佛教因素分析	何学威
		山西民间诗律	刘 琦
		上海市歌谣的普查及其吴歌发展历史上的地位	阮可章
		白族民歌考察	杨亮才
		关于《诗经》与口头诗歌问题	尹虎彬
		中国第一大马市的沿革及其民间叙事作品	张 徐
		村落历史的传说与村落地域观念	刘铁梁
		中国俗信中的数字	王炽文
		傩·民间叙事表演·原始戏剧	周华斌
		云冈石窟舞蹈伎乐天研究	常嗣新
		抓髻娃娃	靳之林
		民间传说与"济公""妈祖"紫砂壶的设计	咸仲英
	中国台北	从印度佛经到中国民间：《贤愚经·檀腻羁品》故事试探	金荣华
		台湾《白贼七》故事情节单元连锁模式试探	陈劲榛
	日本	东洋的天女	君岛久子
		关于民间传说的改写	小泽俊夫
	越南	越南神话故事初探	吴国康
	菲律宾	MANOBO 的规范说书表演	哈泽尔·丁·维勒斯沃思
	印度	民间传说、男性偏爱与男权论	雅瓦哈拉尔·汉都
		Bonbibi 崇拜与民间叙事：种族——区域说	杜夏·查托潘特耶
		民间舞蹈所反映的社会文化生活：对印度西奥里萨的 BHUIYAN 的研究	斯瓦鲁普·库马·莫汉迪
		印度孟加拉谜语故事的母题研究	西拉·巴萨克
		谚语、人种史和社会变革	苏曼·孙

续表

地区		作品	作者
亚洲	印度	七姐妹：对中国和印度孟加拉民间故事的研究	杜拉尔·乔杜里
		殖民者——民间文学家	萨达纳·耐萨尼
	尼泊尔	Borathi 的尼泊尔本	C·M·班德胡
	孟加拉国	Gambbira：孟加拉国的民间叙事诗	哈尔布·乌尔·阿拉姆
		孟加拉民间叙事的变异	默罕默德
	土耳其	哈那托里民间艺人和针织	塔西塞·奥努克
	以色列	谚语作为一种体裁和对话交流	加利特·哈森·罗吉姆
		"西班牙和葡萄牙犹太人的谣曲"的种族特性及其变化	苏姗姗·维克-哈克
		圣徒干预促成的婚姻：关于阿穆卡的乔纳森·本·尤吉尔教士的个案研究	伊萨恰尔·本-阿米
欧洲	芬兰	风物中的民间故事	安娜·李娜·希卡拉
		神话和传说中现代萨米族人词汇中的复活	萨默利·艾基罗
		"焦渴的咽喉，我使你们升华"——纳耐的萨满教史诗	朱哈·潘蒂凯南
		长篇史诗的多种形式及神秘之处	劳里·航柯
		家乡体裁写作中体现出的地域和国家意识	佩维基·苏欧杨宁
		瑞典的区域认同意识	佩尔门费特
		日常生活场景中的故事及其体裁	马蒂克·苏欧杨宁
		一部口头史诗的制作过程	安娜莉·航柯
	挪威	接触·对立·冲突：瑞典与挪威边境地区的民间叙事文学	阿尔奈·巴格·阿蒙森
		上帝选民的形象在中西方世界的民族个性	克奴特·奥克鲁斯特
		挪威北部的传统幽默交流和地区特征	帕基德·海兹伯格·约翰森
	丹麦	当代中国的专业故事讲述活动：对扬州评话的案例研究	易德波·鲍尔德赫
	瑞典	一种现代文艺流派的渊源：论斯德哥尔摩的 Nordliska 博物馆收藏的工人写的回忆录	博·G·尼尔森
		性和民俗：理论入门	英格尔·洛夫克罗娜
		人生历程——人生文学与人生小说	比尔基塔·斯温森
	俄罗斯	民间叙事文学地域性、民族性、国别性标志在理论上的探讨	约瑟夫·列文

续表

地区		作品	作者
欧洲	德国	类型与主题索引 1980—1995 批判综述	乌特·汉斯·约克
		传奇中地域意识和民族意识形成中的作用	英格利特·汤克维克
	波兰	传统婚礼仪式的复兴	乌尔斯佐拉·伊尔
	斯洛伐克共和国	谚语传统与认同现象的地域风貌	苏珊娜·普洛凡托娃
	南斯拉夫	姐弟乱伦及南部斯拉夫文化中的变体	佐拉·卡拉奴维克
	匈牙利	远东谚语的中国源头	吉尤拉·巴佐拉伊
		匈牙利的性谚语和俗话	安娜·托思娜·里托夫金娜
		匈牙利的系谱、家史和传记作品	朱莉安娜·奥尔西
		讲述故事时的脚本	吉洛娜·纳吉
	罗马尼亚	多民族地区（东南欧）民间叙事文中的英雄和恶魔	尼古拉·康斯坦丁内斯库
	保加利亚	日本和中国的民间故事：比较方法	内莉·柴拉科娃
		民间故事及种族特征	玛格达琳娜·伊尔契诺娃
	法国	民俗学研究和"NARRATIVE"（"叙事"）析义	迈克尔·西蒙森
	荷兰	爱尔兰民族主义及早期爱尔兰史诗	D·R·埃德尔
		西班牙民歌与文学中的历史事实	亨克·弗利斯
	比利时	丝绸之路上马什哈德表演会	奉克·艾德里安娜
	奥地利	关于一个劫后余生的以色列故事家	麦格·米尔杰姆·莫拉德
	意大利	芬兰乌戈尔族民间故事的种族特征	卡尔拉·科拉迪·穆西
		19 世纪挪威的民间叙事文学与民族特征	拉德温·马蒂
非洲	埃及	一部古老的阿拉伯史诗里的一位现代女性	纳比尔·萨莱姆
	肯尼亚	肯尼亚宣讲文的光辉	埃泽基尔·B·阿勒姆比
		肯尼亚一个班图民族的口头文学——肯尼亚的教育体制和后殖民主义	米维卡利·基埃蒂
	坦桑尼亚	如何最好地收集、保存、传播民间文学	T·S·Y 森格
		民间文学中的民族特征	S·A·K 姆拉查

续表

地区		作品	作者
北美洲	美国	国际民间故事中的伦理道德观	琳达·德芙
		密西西比地区黑人的民间幽默	阿布·萨依德·赞胡鲁·哈克
		男人们讲的故事：有关个人叙事的一些结论	布鲁斯·杰克逊
南美洲	巴西	民间文化的流派和它们的理论涵义	埃丝特·巴罗尼斯·S·A·卡尔文斯基

附录 2：海外学者来函摘录

国际民间叙事文学研究会主席雷蒙德（挪威）和秘书长海瑞娜（芬兰）的来信

亲爱的同事们：

作为国际民间叙事文学研究会的主席和秘书长，我们对你们能有效地组织这次研讨会非常钦佩和感激。我们认为这次学术研讨会开得非常成功，它不仅加强了国际间的学术交流，更使中国民间文学和民俗学家们走向世界。

我们确信这次学术研讨会在许多方面都使与会者耳目一新。它的一些科学的、文化的、社会化的组织安排，使人们对于这次学术会议，对于我们的中国同行和主持者们，自然还有对于那些美丽、古老的宫殿、公园和中国的艺术、工艺品，都无不留下了深刻难忘的印象。

让我们对为国际民间叙事文学研究会的这次学术研讨会付出努力的中国的同事们，特别是工作委员会主席贾芝，副主席刘魁立、陈钧，秘书长冯君义，副秘书长林相泰、贺嘉，办公室主任赵光明，副主任金茂年，以及所有委员会成员，李一、商钊、郎樱、于业铎致以衷心的感谢！我们也很感谢名誉主席高占祥和名誉委员冯元蔚、高运甲、董良翚、金荣华。衷心祝贺北京学术研讨会的圆满成功！

主席 雷蒙德　秘书长 海瑞娜

(Reimund Kvideland)(Gun Herranen)

1996 年 5 月 20 日

国际民间叙事文学研究会副主席汉都（印度）的来信

尊敬的贾芝教授：

在国际饭店告别之后，我于五月二日顺利地回到迈索尔，又开始了我的日常工作。然而您，您的同事以及中国的一切依然历历在目。我已经给许多在北京遇见的朋友写去了感谢的话，现在给您写一封感谢信。北京的学术研讨会开得非常成功，它的成功是史无前例的。继迈索尔会议之后，它再次表明了亚洲民间文学的重要性。这是亚洲民俗研究的巨大成就。长期以来我们努力发展的交流活动将继续下去，而且重点应在亚洲。过去亚洲是被忽略的，这种被忽略、被轻视的状况今天不能再被接受了，请接受我对这次成功的盛会的衷心祝贺，并请转达我对为此次学术研讨会付出辛劳的您的能干的同事们的问候！

就个人而言，我非常感谢您所做的一切，它使我在北京度过了愉快的几日。如果没有您的支持和帮助，我根本没有机会访问中国。期待着与您 1998 年在哥廷根见面，向您的夫人问好！

汉都（Jawaharlal Handoo）

1996 年 5 月 20 日

肯尼亚肯尼亚塔大学埃泽基尔教授的来信

亲爱的贾芝教授：

我写此信以表达我对你在我最近访华期间给予支持的感激之情，我对你的支持深记不忘。

我还因为北京民间叙事文学研讨会的极成功表示感激，它的每一方面都是出色的。由于这次研讨会组织得很好，请接受我的赞许。请把我的感激的话向会议的全体参与计划的人员转达。我期望着出席在中国举行的类似的会议。向你致以热情的问候，感谢你。

你的真诚的埃泽基尔
(Fzekiel B·Alembi)
1996 年 5 月 20 日

日本歧阜大学教授君岛久子女士的来信

贾芝先生、金茂年先生：

祝贺由先生主持的北京学术研讨会取得了巨大的成功！

本次大会是具有世界规模的大会，由国际知名学者参加，并经过了长时间的讨论，在中国文学界也是新中国成立以来的大盛事，我认为应当给予高度的评价。

你们为这次大会在精力、物力各方面都投入了许多，希望不要过度劳累，多多保重身体。关于本次学术研讨会的概要文章请作为资料寄给我，我想在日本给以介绍。

君岛久子
(Kimishima Hisako)
1996 年 5 月

日本《亚洲民俗杂志》编辑彼得·奈克特[①]的来信

亲爱的贾芝教授：

　　北京国际民间叙事文学研讨会结束已经一个星期了。这是一次成功的会议，您一定会为这一结局感到欣慰。虽然我的研究领域并非民间叙事文学，但我仍然从中学到了不少东西。尤其令我欣喜的事是，我通过此次会议结识了不少中国同行，了解了他们的研究工作。我可以肯定地说自己与中国同行进行了有益的对话，而且，这种关系的建立无疑将延续下去。

　　此前，我曾多次听到过您的名字，看到过您的照片，这次见到您更是倍感亲切。对于您的亲切的友情及所赠书籍，我深为感动。对于您的慷慨，我自然应有报答。几年来我的著述较少，其中大部分是用日文写的文章。我想把自己用英文写的文章寄送给您，希望这些文章对您能有点意义。

　　感谢您的邀请和盛情款待！

　　致以最诚挚的问候！

彼得·奈克特
(Peter Knecht)
1996 年 5 月 4 日

法国学者西蒙森女士的来信

亲爱的贾芝教授：

　　我刚参加了在北京举行的民间叙事文学研究学术讨论会，对你表示诚挚的感谢。访问你们的美丽的国家，见识了中国人的好客，是非常愉快的事情。我很高兴见到中国的同行们，

[①] 彼得·奈克特：瑞士人，在日本工作。

发现了中国正在进行的民俗学研究的巨大的宝库的一小部分。

请向赵光明先生、金茂年女士和所有你的职员转达我最好的问候，因为他们使我在北京的逗留成为难忘的经历。

我希望也很愿意在其他的学术研讨会上再次与你见面！

请接受我最热诚的问候！

西蒙森

(Michele Simronsen)

1996年5月10日

故事把头曹保明荣获"德艺双馨"

1997年，中国文联召开第一次中青年会员德艺双馨座谈会，协会有六个名额，我首先想到推荐曹保明。虽然，我们没什么私交，我对他深入民间的采风却一直非常感佩。我以为他可以称作民间文学采风第一人，不仅是民协的楷模，或许还能成为文联系统的标杆。届时文联正在进行万里采风活动。没想到的是，曹保明把这件事简单地看成是一种纯粹的个人荣誉或者待遇。作为吉林民协的领导，他坚决要求把机会让给其他同志。当即我在电话里对他说："你不来就取消你们省！"不是我做事绝，德艺双馨的标准不能因人情关系降低，与会者必须是一界精英代表，我们只好忍痛割爱去掉吉林换上青海。

代表确定以后，我仍不放弃，准备将曹保明作为备选，多次电话采访他，将他的事迹整理成文。写好的稿子拿给贾芝看，他时而热泪盈眶，时而拍案叫绝说："这才是民协的方向！"立即给文联主持此项工作的胡珍同志写信，强烈推荐曹保明，还拉上我，亲自送信到沙滩文联办公厅。胡珍也很感动，一再解释名额已定，不好增加。聊了一阵儿，他派自己的司机开车送贾芝回家。如此这般错过了一次机会。曹保明获得中国文联德艺双馨会员称号就拖到了2000年12月中国文联各文艺家协会第三次中青年会员德艺双馨座谈会。

周巍峙在人民大会堂主持了开幕式，中共中央政治局委员、书记处书记丁关根、中共中央宣传部常务副部长刘云山出席并讲话。曹保明和黄文、张国立、侯耀文等六位代表作了重点发言。黄文经历了科索沃战役，曹保明深入民间展现了神秘的黑土地文化，独特的视角令人瞩目，受到广泛欢迎。文艺界的精英们蜂拥而上，追着他，问这问那，要求合作，之后确实有电视剧编剧与导演找他合作过。这里，我们可以骄傲地看到：民族民间文化是一切文学艺术之根。中国民间文艺家协会坚定地植根民间，辛勤耕耘，走出一条属于自己也属于人民的道路。

曹保明1983年被调入吉林省民协，主持《民间故事》刊物，结合省文联"艺术走向人民的活动"，要求每位编辑定期下去采风，搜集鲜活的民间故事，了解人民的精神需求。每两年召开一次新故事笔会，把全国的优秀作者请来，把发行人员也请来，筹建"民间故事作者沙龙"及时交流和总结经验，培养和建设自己的作者队伍。在"出精品、出人才"的口号下，不仅办好了刊物，而且带来了较好的经济效益。以刊物的创收解决了协会的所有经费开支，还保证了协会和三套集成的日常开支。

曹保明负责三套集成工作，亲自编辑和审定了县卷本600余万字。他又是《中国歌谣集成·吉林卷》副主编，曾审定、编辑歌谣400多万字。他是协会领导，经常来北京开会，我在组联部负责接待。越来越多的接触与了解，我知道了许多属于他自己的故事。

与土匪交朋友　为抗日英雄正名

20世纪八九十年代，我们协会经常召开全国性的会议。我总会抓点休息时间，让曹保明给大家讲故事。他讲故事绘声绘色，因为直接从民间采录，鲜活生动，包罗万象，有土匪马贼、有东北行帮、有妓女、有淘金的、有挖参的、有吹鼓手、有扎彩匠，有渔猎、店铺、烟麻、伐木等形形色色的行业，还有东北特别的民俗风情和人际关系，比如，抚育战俘遗孤儿的善良妇女们。曹老师讲得可神了，加上他那独特的东北口音与动作，还有那顶皮毛帽子，真有点像个侠义豪爽的"土匪"。人称他"故事把头"，他的讲述就是活的样板，各省同志与之进行了切磋交流。

近百年来，帝国主义列强的入侵和蹂躏，促进了东北行帮和民众集团组织的发展，从马贼、木帮……到抗日联军，队伍杂七杂八，良莠不齐，然而却集中体现了一种团结抵抗外来侵略的精神。他们勇于奉献，敢于献身，不计较个人生命的侠义豪爽，正是东北人民和民族的典型性格。曹保明重点调查了曾经十分活跃的著名行帮组织——马贼[①]。他们凭借北方马的优势，推荐艺高胆大、心狠手辣的人为首领，组成秘密武装集团，与外来民族敌人及内地武装力量抗衡。为了追寻和记录这段逝去的历史，他几乎走遍东北三省所有的县、村、镇、屯，记录了近千名马贼的名号，绘制了东北马贼的分布和活动走向图，破译了马贼行话、黑话、隐语，还搜集了他们的禁忌习俗、行为规范。更重要的是对他们在日俄战争、"九一八"事变、伪满洲国、解放战争等重大历史事件中的表现和作用，进行了新的调查和梳理。1988年，《东北土匪》由辽宁春风文艺出版社出版。1994年，台湾更名《东北马贼史》再次推出。

1979年，曹保明在九台县志里发现了一张几乎破碎的证明，上面记载了一个叫"三江好"的土匪英勇抗日，壮烈牺牲。曹保明沿着他当年活动的地区开始搜寻。有人说，"三江好"是土匪。他说："不管什么人，只要对东北人民的解放做出过贡献，我就可以写。"在众人莫衷一是的褒贬中，他花费了大量心血，用事实为这位英雄正了名。1981年5月5日，《长春日报》连载《"三江好"罗明星》的传奇故事。

1986年春天的一个夜晚，两位穿军装的人敲开了曹保明家的大门。他正纳闷，其中一位50多岁的上前一步说："曹老师，我是'三江好'的儿子。"说着泪流满面，紧紧抱住了曹保明。另一位拿出国家民政部追认罗明星为烈士的证书。原来，罗明星的儿子罗美庭在天津某部队医院任政委。父亲的事，在他心中是个解不开的结，是他的长久的遗憾。他是拿着曹保明写的故事和县志中的记载作为依据，在民政部领到烈士证书的。一桩冤案得以平反，他的父亲被正名。这次他们是专程来看望曹老师的，感激之情无以言表！

[①] 俗称土匪、响马、胡子。

1995年春节，曹保明是在83岁的"马贼"小白龙家度过的。根据盘石县志曾记载小白龙不伤害中国人，专打日本守备队等史实，他决心与小白龙交往，深入采访考察，写下《世上唯一活着的马贼》。1997年9月，曹老师得知小白龙患了重病，急忙赶到他家去看望。盘石电视台跟踪采访，拍摄了《东北响马的最后岁月》。临别时，曹老师向他的家属交代，他不行的那一天，把他的棉帽子留下，不要烧掉。这帽子特别能表现北方土匪潇洒粗犷的性格，曹老师一定要把它收藏在东北的民俗博物馆里。

关注被遗忘妓女的痛苦生涯

随着采风的深入，曹保明的目光搜寻着那些常常被人遗忘的角落。东北许多行帮的生活都离不开妓女。曾经是朝廷黄金重要来源的漠河金矿，就有200多名妓女住在叫"八里房"的地方，当地俗称"胭脂沟"。淘金汉子挣足了金子，一批又一批地走了，可是陪伴他们，使他们得以生活下来的妓女，却一个个客死在寒冷的荒草中，没有墓碑①，连名字也没有留下，人们只知道她们的绰号。

1995年中秋节那天，曹保明赶到漠河，拦了一辆个体户的吉普车，直奔八里房妓女坟。到那里已快下午4点了，林子里太阳落得早，天已变得灰蒙蒙的了。一条泥泞的小路，两边摆放着一口口不能掩埋的棺材，当地风俗"横死"的人不能埋。越过这一片乱葬岗子，才能到妓女坟。走了几步，曹保明心突突地猛跳起来，头皮发麻。突然，离他两步远的棺材后面草丛一动，一只苍鹰"嘎嘎"叫着飞起来。吓得他"哎呀！"一声坐在地上，他想到了死。

过一会儿，慢慢地爬起来，心中叨念："死去的妓女姐妹们，我一切是为你们而来。我要让世人知道你们的苦难历史，我等于是来采访你们，不要吓我，好吗？"说也怪，他有了胆量，大步走过棺材群，在林

---

① 过去的风俗不能给妓女立碑。

子里找到了荒草凄凄、高矮不同的大小坟头，没有一块墓碑，孤寂地躺在那里。他赶快摁下照相机的快门，拍下这些难忘的坟茔。

为了全面了解妓女的生活习俗、妓院的管理以及解放后改造妓女的史实，他多方寻找线索，终于找到了一位当年改造过妓女的妇女干部许大娘。他喜出望外，赶到大娘家，敲开了门。谁知他说明来意后，大娘一下子生起气来，一脚站在门里，一脚站在门外就问："你是哪儿的？你怎么知道我的？说！"曹老师一时竟手足无措，赶忙解释说："大娘，您别发火，我找您找了三年啦！""三年几年我不管，你找我干啥？嗯？！"曹老师心平气和地说："大娘，您年轻时受党的委托，从事改造妓女的工作。您可不要小看您的工作，这不亚于解放军战士在前线冲锋陷阵，成立新中国。改造妓女，把妓女从困苦中解救出来，使她们获得新生，同时也保证了新中国的安定和平。从这个意义上来讲，您是共和国的功臣，是无名英雄，人民不会忘记您……"大娘听着听着，眼睛湿润了。她从来没听过这样的评价，连自己也没敢想过。她抽泣了一下，说："那么，同志，你到屋吧！"从此，大娘把曹老师看成知音，给他讲了许多事情，还领他去看望从前的"妓女"大娘们。这些饱经风霜的老人，自己的儿孙都不知道她们的苦难生涯。她们却向曹老师敞开了心扉，含泪述说着过去，由曹老师把她们受压榨的历史和重要的习俗文化记录下来。1994年，《东北妓院史》由台湾祺龄出版社出版。

战争使人类重新认识母亲

1995年，为纪念世界反法西斯胜利50周年，曹保明写了《战争使人类重新认识母亲》，第一次披露了日本孤儿与中国养父母的历史史实。1996年4月，中央电视台《东方时空》主持人要曹老师带领他们采编了《中国母亲》。这些伟大的母亲是历史的见证人，是珍贵的文化传承者，她们是人类高尚道德的活的典范。

1945年，战败的日本有5000多名孤儿散失在中国民间，大部分在东北。中华民族刚刚从日寇的铁蹄和屠杀下解放出来，心中仇恨的火焰还在燃烧。然而,面对这些嗷嗷待哺的敌人的孤儿,中国母亲却敞开自己博大的胸怀,接纳和保护了他们,千辛万苦地将他们抚养成人,如同亲骨肉。1972 年,中日恢复邦交正常化,日方开始寻找这些遗孤,孤儿们相继回归日本。中国境内留下一批白发苍苍、重病缠身的养父母。他们思念他们的孩子,隔海相望,泪眼欲穿。1989 年,日本友人笠贯尚章先生集资在长春修建了"中日友好楼"收留了 39 位中国养父母。日中友好协会名誉会长、原众议员宇都宫德马也曾说:"中国养父母的存在是不可忘记的!"

1991 年,曹老师开始搜集调查这方面的材料,搜集了 100 多幅照片和有关信件,整理出 50 多万字的调查综述、访问手记等,这些都是千金难买的历史文化遗存。调查、发掘中华民族的传统美德,使之发扬光大,同样也是民俗工作者的责任和使命。曹老师与日本著名民俗学者小田美智子在采风时,遇到一位中国养母去世。他们两人恭恭敬敬地献上花篮,花篮上写着中国民俗学者曹保明、日本民俗学者小田美智子。

沉浸式采风

1976 年大学毕业以后,曹保明便义无反顾地投身到民间文学、民俗学事业中,搜集抢救民间文化遗产成了他的"神累","情有独钟"演化成他的历史使命。他没日没夜,没有节假日地工作着。从民间的土房到深山老林的沟坎上,他踩着土坷垃,奔波着,像穿上永远无法停止下来的红舞鞋。40 多年来,田野踏查没有间断过,他走遍了东北三省的山山水水,以人类文化学等科学的采集方式搜索捡拾撒落在黑土地上的散珠碎玉。浪迹天涯,困苦备尝,与民间文学和民间文学的创造者建立起生生死死的不解之缘。

搜集民间文学不是向人民索取,而是要靠和劳苦群众交知心朋友。星期天、节假日、一切闲暇的日子,曹保明从不在家,告别城市的灯火和喧嚣,奔向遥远荒凉的山村。在敬老院、在大车店,和孤寡老人一起度过。每次出行,他都是单身孤旅,不惊动任何人。无论对当年的土匪还是妓女，都亲切地称呼他们"大爷""大娘"，献上一份孝敬的礼品。他和他们一个锅里吃饭、一个炕上睡觉，一块种地、一块上坟、一块赶集、一块放木排，以一颗赤诚之心得到老人们的信任，他们毫无保留地向曹老师倾诉着关东久远的岁月、逝去的文明和历史。他说：不要用世俗的眼光去看待这些有着特殊经历的老人，每个老人心底都有一部历史、一本书。

1979年中秋节的前夕，月亮就要圆了，曹保明又一次离开了妻子和儿子，独自一人提着月饼、水果和录音机到双阳长岭农村敬老院，和那里的老人们唠嗑，听他们讲故事，一待就是好几天。这些风烛残年的长者，心中都藏着许多美丽动人的传说故事。1985年曹保明搜集的《中国民间教子故事》出版了，吉林人民广播电台还定时播讲。播音员用绳子捆上几百封群众来信送给曹老师，说："保明，这是广大听众对你的信赖和期望啊！"曹保明毫不怠慢，赶快拿着书到敬老院，给老人们看，把匣子里讲的故事放给他们听，老人们乐得直说："这是咱讲的那些故事，听听人家讲的就比咱们讲的好听！"

1987年，整个春节曹保明都住在辉南县石棚沟金矿的工棚子里。那天，外面飞雪飘飘，屋里炉火通红。淘金汉子们的神奇经历和故事吸引着他。刘把头，手里常常拎着一条棍子。据说，他用棍子一杵，就知道哪里有金矿。他把棍子往地上一插，谁也不准动。你就往下挖，准能挖到金子。挖到两米以下，他再看看石头大头朝哪儿，就可以确定金子蕴藏量多少。真是个神人！曹老师曾经问他："金矿为什么都是东西走向？"他略加思索，说："跟着太阳走呗！"朴素的语言却饱含他的实践经验和科学哲理。曹老师听把头们讲故事，听着听着被迷住了，不知不觉脑袋也渐渐迷糊了，昏睡过去。原来是红透了的炭火产生了二氧化碳。多亏工人们抢救及时，曹老师捡回了一条命。《东北淘金史》1994年在台湾出版。

采风并不都像想象中那么潇洒浪漫，它饱含着艰辛和困苦，还常常会遇到风险。有两次曹老师都几乎送了命。一次是这次在金矿的工棚子里，差点被煤烟子熏死。再一次是1994年在鸭绿江上游放排。6月

5日，曹老师放排到鸭绿江上游，经过门坎子哨口[①]，他正埋头作笔记，没注意险恶的风浪把他从颠簸的木排上掀到了江中。他本能地将装有照相机和各种资料的书包高高举过头顶。木把头们赶忙营救，曹老师还喊："别管我，快捞我的笔记本！"一阵紧张的博斗，笔记本捞上来了，曹老师也被救上岸。飕飕的冷风中，湿透的衣裳紧紧贴在身上，他捧着珍贵的笔记本，记下："此本1994年6月5日中午1:40分掉入鸭绿江中，在门坎子哨口一带险浪中抢捞上来……"他多次深入长白山，到松花江、鸭绿江上去漂流放排，全面记述老山里伐木的木把生涯，记录他们的隐语、行话、风俗，以及特有的宗教信奉和采伐习俗。《东北木帮史》1994年在台湾出版。

这里讲述的只是曹老师26年前的一段往事，却依然鲜活生动，那是他生命的底色，为今天的成就与无数荣誉、奖项奠定了基础。现在曹保明老师是吉林省非物质文化遗产保护工作专家组组长、中国文化遗产保护工作十大杰出人物。几十年来，他以140多部著作、3个曹保明地域文化博物馆、1个地域文化研究院证明了他的存在。再看吉林文化，许多地域文化色彩的故事《冰雪丝绸之路》《最后的渔猎部落》《大山深处的森林号子》《孤独的伐木人》《最后一个猎鹰人》《最后的狼群》《最后一个皮匠》《世上唯一活着的马贼》《世上最后一个懂鸟语的人》《最后的粉匠村落》都是曹保明的心血。每一个村落，每一项遗产，都成为永久的国家记忆，也都留有曹保明的汗水与足迹。直到现在，他还在带领他年轻的团队纵深挖掘的文化遗产，有萨满文化、琉璃制作文化等8部非遗文本在踏查，记录，推进整理。他说要对100名非遗传承人进行口述史的记录工作。每天他都在微信上更新着自己的故事，学术成就不断累积发展。我不断提醒他：不要太劳累！

与曹老师聊天，我说，我需要一个活下去的理由，所以总是找一些事情做，不管事大事小。曹老师很赞同，他推荐我看简·古多尔的《希望的理由——著名生物学家简·古多尔的精神之家》，简·古多尔讴

---

① 哨口指江上危险的江道，易出事故。

歌为地球的新生而奋斗的人们，这些人就是她所说的"希望的理由"。古多尔自己也为保护地球和地球环境不停奔波，不懈努力。曹老师就是那种为地球的新生而奋斗的人，不停奔波！不懈努力！奉献自己的人生！

1997 年 11 月

2023 年 7 月 23 日

民间艺术的盛大节日

——记首届中国国际民间艺术博览会

据中华人民共和国文化部文外函【1998】72号文件批示，中国民间艺术家协会和中国文学艺术界联合会于1998年8月14—18日在北京展览馆联合主办首届中国国际民间艺术博览会。14日上午举行开幕式，出席的有中国文联副主席、党组副书记高运甲；中国文联书记处书记董良翚、胡珍；中国文联副主席、中国民协主席冯元蔚，中国民协首席顾问贾芝，党组书记卢正佳，副书记兼秘书长刘春香；各地文联与民协负责人和首都民间文艺界知名专家、学者200余人。刘春香主持开幕式，冯元蔚致开幕词。第四届中国国际民间艺术节组委会秘书长黄爱萍带新西兰艺术团前来助兴，异国情调的歌舞为开幕式平添热烈友好的气氛。

博大精深　异彩纷呈

首届中国国际民间艺术博览会突出一个"博"字，以全方位和高品位独领风骚。来自全国24个省、自治区、直辖市的200余位民间艺术家一展风采。百余种、数万件工艺精品荟萃、琳琅满目、争奇斗艳，充分展示了中华民族传统文化的博大精深。异彩纷呈的民间艺术品以其浓郁的民族风格、泥土气息，为首都文艺界吹进一股刚健清新之风，成为夏日北京一道亮丽的风景线。

本次博览会品类繁多，其中雕刻艺术计70多种，包括青田石雕、曲阳石雕、山东石雕、玉石雕刻、梅花雕刻、黄杨木雕、红木雕、桦木雕、坦桑尼亚乌木雕、傩面木雕、澄泥砚雕、洮砚雕、石壶雕、砖雕、根雕、竹雕、竹根雕、葫芦雕、铜雕、超微浮雕、微雕、刻瓷等；编织类12种，有草编、竹编、绳编、毛线编织、结艺、缂丝、黎族织锦等；书画类30余种，有农民画、木版年画、唐卡、烙画、布糊画、麦秆画、芦苇画、木拼画、邮票拼贴画、押花画、扎染画、刮绒画、揭墨画、内画、木刻书法等；陶瓷类15种，有汝瓷、钧瓷、黑陶、彩陶、唐三彩、紫砂、陶俑等；刺绣有苏绣、湘绣、汴绣、苗绣、甘肃立体绣，针法有双面绣、精微绣、乱针绣等；剪纸10余种，有陕西、内蒙古、河北、河南、无锡、南京等；其他还有不同风格的泥塑、面塑、越塑、皮影、蜡染、扎染、服饰、水晶等工艺展品。异彩纷呈还不在于列举的这些丰富的品类，而在于每一品类，每一位艺术家都有其独特艺术韵味的精品展示给观众，令人叹服，甚至拍案叫绝。

青田石雕是浙江省民协选送的。周金甫利用封门黑白冻，依色雕刻的《古梅新姿》超凡脱俗。叶品勇的《高粱》如珠似玉、生机盎然。张爱光的大型组雕《五百罗汉》价值连城，被视为镇馆之宝。

王氏家族王笃芳的黄杨木雕作品秉承家风，又标新立异，有很高的欣赏与收藏价值。

根雕汇集了艺术大师们的作品。屠一道遵循"根艺之宝，宝在天然"的原则，其作品天然逼真；刘勇则主张从"因物象形"走出来，用雕塑的语言表现艺术。以"醉根"为品牌的衢州根雕堪称"江南一绝"。吉林根雕则系原始森林中大自然雕琢而成。

最让人惊异的是三家竹根雕，家家有珍品，张德和突破传统手法通体施雕的模式，根据天人合一的哲学理论，依势局部施雕，自然美与人工美融为一体，质朴清晰又优雅独特。

蔡云弟据考古发现，挖掘改良传统工艺。他的石壶细腻写实，一扫浮华之气，将大自然的精髓融会贯通在一把小壶上，令人沉醉其中。

吴文康致力于发掘缂丝事业20余年，他的古朴作品受到日本和台湾客商的欢迎，从他操作的古老木机上还可以一睹人类文明的足迹。博览会后，这架木机将被中国历史博物馆收藏。

姚建萍，苏绣后起之秀，一幅周总理的照片被她绣得栩栩如生，引得无数观众驻足瞻仰。她与画家合作，发掘半绣半画的传统技艺，借用绘画补刺绣之不足，又以刺绣的高雅点缀绘画，起到画龙点睛之效果。绘与绣珠联璧合，给人以全新的艺术感受。卢福英以双手绣手法复制人物肖像、国内外名画惟妙惟肖，并具有锦绣的质感。

宜兴紫砂工艺师咸仲英，根据民间传说设计作品。他的妈祖壶以妈祖的头饰做壶盖，壶身上有海峡两岸风光与和平鸽，将两岸人民崇拜妈祖，期盼统一的心情融入其中。

郝友友的烙画融中西画法，有突破性进展，淳厚深沉，具有浓郁的生活气息和淳朴的风土人情。

除了对传统工艺的继承和发展之外，许多民间艺术家还开创了新的艺种。滕腾先生首开"布糊画"之先河，集绘画、雕塑、刺绣、裱糊、剪纸工艺之大成。作品凹凸结合、格调多变、色彩鲜明，成为民间艺术的又一朵奇葩，其工艺已获国家专利。

谢伟罡发明的"刮绒画"被称作"梦幻现实主义"，幽远、宁静、神秘的画面，苍茫、古朴的氛围，给人以返璞归真的感觉。

"越塑"是胡阿寿经过千百次试验，制作的一种凸起的多层次的画，可谓"塑中有诗，雕里见画"。

关东民间艺术家于颜硕的卷体《破鱼篓》用一整块桦木板雕成，相濡以沫的鱼篓、鱼鹰以及菊花、破柳条，蕴含和表现着一个古老的传说。

民间艺术自古以来就以其独特的多种形式和风格，展示着人间的真善美，创造着人类的文明，伴随着人民的生活。中国是世界文明古国之一，历史悠久、幅员广阔，56个民族的民间传统文化绚丽多彩。民间艺术品是中华民族传统文化一种最好的载体和历史遗存。揭示其深刻的文化内涵，展示其无穷的意境、情趣和不可企及的典范美是本次博览会的宗旨和目的。

观众踊跃　络绎不绝

博览会期间，北京市民反响强烈。酷暑中，人们从四面八方接踵而来。展厅内人头攒动、拥挤不堪。从 80 多岁的老人到几岁的娃娃，人们以惊异的眼光饶有兴趣地观赏这些根植民间的乡土艺术。青少年观众格外踊跃，还有些家长专门带孩子在这浓郁的文化氛围中接受传统艺术的熏陶。一位观众边看边说："太棒了！太丰富了！大饱眼福！要是老外看了准乐坏了。"人群中，不时也有几位金发碧眼或皮肤黝黑的外国朋友，他们用照相机捕捉镜头或比画着与卖主砍价。观众从早到晚川流不息，直到闭馆，人们还迟迟不肯离去，保安人员再三催促、疏导清场。短短五天之内，参观人数达六万多。

博览会共分四个馆，原定 4 号馆为表演区，可一经开幕，3、4、5、6 馆到处都有精湛的技艺演示：泥塑、面塑、剪纸、刺绣、雕刻、陶艺、内画、编织……这些展台被围得水泄不通。大家惊异地看着民间工艺大师的巧手变幻出无数精美绝伦的艺术品。一个小伙子说："这个展览太好了！别的展览都是看成品，这里还可以看到表演，看到艺术品制作的全过程。有意思！长见识！开眼界！"

16 日下午，参加第四届中国国际民间艺术节的 16 个国家的代表参观博览会。他们以艺术的眼光欣赏、审视着一件件艺术珍品，通过翻译与民间艺术家交谈。比利时 Maris 先生腿部受伤，他硬是坐着轮椅，一个一个看完了所有展位。中国艺术家们也不失时机地热情展示、介绍和推销着自己的作品。有的还操着半生不熟的英语和外国朋友打着招呼。有多少艺术品成交不知道，但从中外艺术家脸上荡漾的笑容中，可以看到友谊与交流的喜悦和满足。

在民间艺术品市场普遍疲软的今天，展馆中刮起一股不大不小的抢购风，人们对民间艺术品倾注了极大的热情。中国美协一位艺术家一次就买了两万多元的艺术品，还不断称赞：好东西太多了！西藏的工艺品第二天即告罄，只好订货两万六千余元；贵州黎洪秀的傩面雕刻整箱地卖出，成交额三万余元；成都仿古彩陶一开展就卖光了，那些展品都是从买主手里暂借的；浙江良渚黑陶很快也被抢购一空，待评奖时已没有作品了，就连几百元、上千元一件的刺绣，观众也争相购买。姚建萍一人就卖出了十几万元的绣品。展览期间成交额达到120万元，订货超过360万元。大部分艺术家和厂家销售很好，个别销售不太好的艺术家也很满意。湘绣艺术家柳建新作品细腻高雅，但因手法传统，销售就赶不上苏绣。她说，看到了自己的不足，以后要多采用一些现代手法，决心赶上去。

在展销日日看好的情况下，加拿大、新加坡及中国香港地区、澳门地区、台湾地区的客商赶来了，他们纷纷要求与我们合作，有的干脆就和艺术家订货或签订协议。北京工艺美术集团公司、白孔雀艺术世界，还有西安、大连等城市的集团公司也都纷至沓来参观、订货或提出合作意向。国家经委和文化部亚非处的同志看了展览都说：这么好的东西为什么不推向国际？他们表示要为我们联系组织出国展览，向世界展示中国民间艺术的风采。

新闻热点火爆京城

一传十，十传百，博览会的盛况很快传开了。人们不断涌入博览会，闭幕后一两天还有人匆匆赶到，又不无遗憾地离去。首都新闻界也显露出异乎寻常的热情，北京各大报均刊登了消息，《生活时报》《中国引进报》《中国环境报》《中国日报》、国际广播电台以及外省市的新闻单位都是闻讯自己赶来的。博览会的成功离不开这些新闻单位的积极支持和帮助。

中央电视台在博览会设立了模拟工作室，现场采访艺术家，拍摄艺术珍品。中央电视台新闻部、七频道、民间采风栏目和国际部都分别播出了博览会的消息和专题节目。

北京电视台新闻部、专题部、青少部、什刹海专栏也都播出了博览会的消息和专题片。

香港翡翠电视台、河南电视台、浙江电视台、河北电视台、山东电视台也都采播或转播了博览会节目。

几天中，博览会成为新闻热点，连续播出不仅宣传了博览会，也为中国民间艺术、民间艺术家提高了地位和知名度，在中国乃至国际艺坛上争得一席之地。

特别值得一提的是北京电视台副总编张晓爱同志，我们找到百忙中的她时，她二话没说，就决定由青少部为我们拍摄专题片。青少部在她的直接指导下，不取报酬、不辞辛苦，一个展位一个展位地采访艺术家、采访专家学者。他们的敬业精神堪称楷模。为了拍摄效果好，他们把艺术精品一件件拿到休息室进行特技拍摄，条件简陋，酷热难当，再加上几千瓦的灯光，大家汗流浃背，有时喝水吃饭也顾不上。加班拍摄之后，他们又连夜进入紧张的后期制作，终于赶在博览会刚刚闭幕后的晚上黄金时间播出了。专题片对传统民间艺术与现代化的关系，民间艺术与市场经济的关系等问题进行了较为深入的探讨。在充分展示民间艺术的灿烂辉煌的同时，做到了理论上的升华，为博览会画上了一个圆满的句号。

新问题、新思考和新的走向

博览会成功了，它的成功绝不仅在于经济上的收支平衡和略有盈余，而在于通过这次博览会，我们检阅了中国民间文艺家这支队伍，看到中国民间艺术发展的总体脉络，从中选择一些关键性的问题进行了研究与思考，找到事业发展的途径与走向。

许多艺术家用自己的艺术实践生动地阐释和论证了传统民间艺术与现代化以及继承与发展的生存问题。联合国教科文组织命名的中国工艺美术大师于庆成，一个土生土长的农民艺术家，他的泥塑质朴稚拙，但透着智慧与灵气。他说：传统民间艺术随着社会的发展，必须融入新的时代精神，否则就没有生命力。

张存生夫妇出生于砖雕世家，定居黄河河畔。他们把握黄河文化的精髓，索古纳今，博采众长创作了300米长的大型砖雕《西游记》

《红楼梦》《三国演义》，并发明研制了黄河澄泥砚、黄河金沙泥茶具，获得国家发明专利。

江苏龚斌耗时25年，发掘抢救旧时为皇家专用，行将湮没的古老技艺金属镂鍱，其作品古朴厚重，有鬼斧神工之巧。

黎洪秀——贵州苗族吴氏面具第三代传人，浮雕与镂空雕结合，造型奇特，色彩鲜明，使作为古文化"活化石"的傩面具融入现代审美意识，成为民间工艺品。

麦秆画原是隋朝宫廷工艺品，早已失传。河南刘丽敏发现此绝技，借现代技术进行发掘与发展，使之重放异彩，1992年获国家专利。

芦苇工艺画是河北杨丙军在挖掘传统工艺基础上推出的专利产品，画面本色天然，给人以返璞归真的艺术感受。

浙江黑陶是四五千年以前良渚文化的再现。成都彩陶则在仿古陶器上用"3D立体彩色披覆"这种世界先进技术涂上古香古色、典雅新潮的图案。

阎夫立对钧瓷传统工艺进行挖掘整理，并用现代科学技术进行仿制和创烧，生产了许多适应时代潮流的钧瓷新品；朱文立则研制天青釉，使断代800年的汝瓷再现于世。

高庆民历经百难，千锤万锻，生产出失传2300年的稀世之宝棠溪宝剑，其他如仿古青铜器、仿古敦煌陶俑等，都是发展继承传统的佳作。

这些艺术家一方面继承和发掘传统艺术，另一方面融入新的审美意识，创造出更具民族特色和时代精神的新作品。几件昔日宫廷用品也被发展成为老百姓喜爱的工艺品了。他们不是简单的重复模仿而是更高层次的回归与追求。他们成功了，他们的发明大都取得了国家专利，他们的作品受到广大观众的欢迎，并收到颇为可观的经济效益。在市场经济的今天，销售额的多少同样也是衡量艺术的一种标准。物美价廉无疑是老百姓最乐于接受的条件。老百姓买了、艺术品进入家庭、走入人民生活，才能更好地发挥其审美作用。当然，这里我们并无意轻看少数艺术精品特殊的展示与收藏价值。十几万元的青田石雕，六万元一件的玉雕镶嵌在博览会上销售同样也看好。

民间艺术自古以来以反映人们生活、满足人民精神与物质需求为目的。在新的历史时期，更要突出为人民服务，为社会主义服务的文艺方向。要贴近生活、贴近时代，创作更多人民群众喜闻乐见的作品。那种在商品经济的大潮中，面对利润的吸引，急功近利地模仿、粗制滥造和为迎合某些人"猎奇"心理以丑为美的做法都是不可取的。这是对艺术的亵渎和自身的毁灭。如果民间艺术家一旦失去其朴素淳厚的思想素质，他的艺术品也就失去了质朴无华和鲜活的地方民族特色，流于平庸。

民间艺术的挖掘、整理、创新、发展及标准界定等诸多问题都有待于进一步研究与探讨。民间艺术家也迫切需要有一个明确的认识。中国民协应当通过举办博览会、学术研讨会和各种讲座，通过专门聘请专家学者对重点问题、重点作品包括成功的与不成功的，进行分析与批评。因势利导地解决民间艺术节面临的与市场经济接轨中出现的种种困惑与难点，确定中国民间艺术的新的走向。

这次博览会期间，中国民协邀请中国美术馆、中国艺术研究院、中国社会科学院、中央美术学院、中国工艺美术学院的专家召开了座谈会，他们就民间艺术的源流与发展，民间艺术如何走向市场、走向世界等问题，做了重要讲话。我们同时聘请专家组成评委会对参展的170余件作品进行评奖。这些老专家用了两天时间，一个展位一个展位地对一件件作品进行了认真的评审。最后评出金奖35名，银奖70名，优秀奖若干名。他们的评奖，对某件艺术品或某种艺术品类的肯定与否，在民间艺术发展创新的道路上势必会起到一定的导向作用。

发展优势　振兴民协

博览会在一片赞誉声中落下帷幕。中国民协在时间短、经费少、人员散等重重困难中取得了意想不到的圆满成功。喜悦淹没了辛劳、汗水和种种烦恼，成功后的思考更催人奋进，将会为民间文艺事业带来新的繁荣。主要有以下几条经验。

一、课题的选定

中国民协肩负着抢救、保护和研究各民族民间文化遗产，促进发展新时代民间文艺的神圣使命。工作范围涉及民间文学到民间艺术的方方面面，多学科、多侧面的研究和多种艺术门类的展示与表演活动为民协工作带来了难度，也为民协提供了可以大有作为的广阔天地。

根据民协的工作性质，我们今年首先选择举办了中国国际民间艺术博览会，就民间艺术方面讲，课题选对了。博览会是具体落实十五大提出的"发展面向现代化、面向世界、面向未来的民族的科学的大众的社会主义文化"的一件大好事，因而处处得到支持与关照。李铁映同志为博览会题词"艺术、友谊、繁荣"。

中国文联将博览会作为1998年十件大事之一。文联副主席高占祥、高运甲同志都很重视和支持。高运甲同志不仅出席了开幕式，还出席了招待各省民协领导的宴会。他在会上说："民间艺术今后要作为文联工作的重点来抓。"分管民协工作的胡珍同志，更是事无巨细地具体指导。中国文联副主席、中国民协主席冯元蔚同志专程从四川到北京参加开幕式，并在招待宴会上致辞。

北京电视台等新闻单位也是看好了博览会弘扬中华民族传统文化的主题，才全力以赴，接踵而来。

二、观念的改变

改革开放已经20多年了，我国已进入市场经济时代，但是我们的观念、思维方式、工作方法往往还停留在计划经济时代。吃大锅饭、靠国家拨款过日子，消极等靠的懒散作风与情绪，使协会工作近几年来进步不大，甚至处于半瘫痪状态。中国民协从干部到群众普遍存在一个更新观念、解放思想的问题。如何从观念到时间赶上飞跃的时代，是我们的首要任务。中国国际民间艺术博览会就是一次这样的实践与探索。

几十年来，中国民协搞活动，由国家财政支出经费已是天经地义的事。近几年，国家文化事业经费紧张，我们也设法采取了与企业合作或由企业赞助的形式。完全依靠商业运作手段解决活动经费，还属第一次。我们选择与北京市贸促会合作的方式，其下属北京国际经济技术公司运作经验和严谨的工作作风与我们共同成功地承办了这次博览会，既取得了很好的社会效益，也有一些经济效益。

民间艺术面向市场，通过市场了解人民的需求，把握时代的脉搏，改进和创新各自的作品。博览会上许多民间艺术家成功的实践为我们积累了经验。认真总结经验，进行梳理、分析和研究，升华为理论并用于指导更广泛的实践，指导民间文艺家走一条共同发展、共同繁荣、共同富裕的道路，这才是我们中国民协的工作与责任。充分调动民间艺术家的积极性，多出优秀作品，多出优秀人才，在坚持把社会效益放在首位的前提下，实现社会效益与经济效益的最佳结合。

三、奉献的精神

博览会的成功凝聚着众多同志的心血与汗水，是大家团结奋战、无私奉献的结果。民协秘书长刘春香负责博览会，身先士卒，从寒冬腊月的刺骨北风一直到骄阳如火的酷暑，她不停地奔波忙碌着，其间还两次放弃出国机会。在她的感召下，组联部的同志们也都以事业为重，分工到人，使出浑身解数，利用各种关系召展，发召展书8000余件，并不停地与各省、市民协及民间艺术家联系，反复催办，直到展位落实。刘慧、杨吉星还随刘春香出差到七省、市召展，组织展位50余家。赵光明负责组联部工作，认真积极、早来晚走。金茂年负责文字起草工作，烦琐细致，无休假日，没日没夜地加班。刘慧负责与贸促会等方面的业务联系，任劳任怨、随叫随到。办公室谭业荣在争取落实经费及开支的情况的掌握上功不可没。《民间文学》的刘彦军请李铁映同志为博览会题词。时间紧、工作异常辛苦，加班出差却没有任何补贴，大家总是说："先把事干起来再说！"无私奉献在博览会上蔚然成风。

在市场经济的今天，为人民服务、为社会主义服务，依然是我们的根本方向，无私奉献的精神是成就事业的根本保证。淡漠"二为"方向，远离群众，"一切向钱看"必然使我们迷失方向。

四、队伍的建设

博览会的实践，使中国民协看到中国民间艺术家这支强大的有生力量，它的发展壮大及今后走向，并遵循科学的规律对其进行引导和提高。同时，中国民协对自己机关的干部也进行了一次检阅，使之受到一次生动的职业责任、职业道德和职业纪律的教育，加强了岗位培训和专业知识学习的自觉性，规范了有关工作的准则，树立了良好的作风。通过这一次博览会的实践，中国民协也考验和建立起一支能打硬仗的团结奋斗的队伍，这是振兴民协，再创辉煌的希望之所在。

1998 年 9 月 26 日

民间文艺的检阅与会师

——记第四届中国民间艺术节

第四届中国民间艺术节于1999年10月8日至11日在无锡市马山区隆重举行，在中国文联的领导与支持下，中国民协、马山区政府与有关省、自治区民协，以及全体演职员团结奋战，取得圆满成功，获得社会各界的高度评价。中国文联常务副主席、党组书记高占祥为艺术节题词："美在民间，飘香世界。"中国文联副主席、党组副书记高运甲为艺术节开幕式打了满分。中国文联副主席、中国民协主席冯元蔚致开幕词并自始至终参加了艺术节的活动。 江苏省委副书记、省文联主席顾浩，江苏省人大副主任、无锡市委书记、副书记都出席了开幕式。马山区委副书记王洁平在闭幕式结束时不禁振臂高呼："成功了！"艺术节聚集了几万名观众，许多群众说，这么丰富的演出今生今世也忘不了。

本届艺术节从规模上、演出水平上，都远远地超过了历届艺术节，是20世纪末中国民间艺术的一次高品位、高水准的展示与交流，是中国民间文艺队伍的一次大会师、大检阅，为迎接新的世纪带来勃勃生机。

气势恢宏　盛况空前

中国民间艺术节是中国民间文艺家协会首创举办的国家级大型传统民族民间文艺交流活动，无锡市马山区是国家级旅游度假区，有著名灵山胜景，88米的释迦牟尼青铜大佛可称世界之最。中国民协与马山区政府合作，发挥各自优势，创本世纪中国民间艺术节之最：规模最大、民族最多、内容最丰富、技艺最精。

第四届中国民间艺术节荟萃了内蒙古、吉林、广西、海南、四川、贵州、云南、陕西、甘肃、新疆、江苏11个省（自治区）的蒙古族、回族、藏族、维吾尔族、苗族、彝族、壮族、朝鲜族、满族、侗族、瑶族、白族、哈萨克族、傣族、黎族、傈僳族、佤族、羌族、锡伯族、俄罗斯族、京族、塔塔尔族、汉族23个民族的民间艺术家的歌舞表演和七省、市的民族民间艺术大师的制作表演。艺术节正值中华人民共和国50华诞，她以瑰丽多姿和恢宏的气势向祖国母亲献上一份厚礼。

艺术节四天时间共演出21场，吸引中外游客近10万人。从中央到地方的近30家电台、电视台，20多家报刊的150多位新闻记者进行采访，报道了艺术节的盛况。仅中央电视台：一频道晚间新闻两次报道开幕式、闭幕式；三频道、七频道、四频道发布电视新闻；七频道制作了两期30分钟的专题；四频道向全世界播出了开幕式一个多小时的演出实况。本届艺术节的规模和影响都是空前的。

瑰丽多姿　异彩纷呈

中国23个民族的300多位民间艺术家相聚太湖之滨唱响一曲《团结颂》，以各自不同的歌舞形式充分展现了我国多民族绚丽多彩的民族风情与地方特色。

蒙古族马头响板踢踏舞《查日根德伯瑟》以激昂的节奏，表现了蒙古族人民剽悍、热烈的性格。

《新疆姑娘》艳丽的服装和柔美的舞姿令人陶醉，让人向往"新疆好地方"。

朝鲜族《长鼓舞》轻盈的舞步，给人们带来美的享受。

藏族《嘉绒姑娘》精巧的小帽与白色锦袍融入了雪域文化的风采。

瑶族《庆丰傩舞》动作古扑稚拙，各种画工精巧的面具为舞蹈更增添了一些神秘色彩。

壮族《踏春》中一群欢乐的少男少女诙谐的舞姿充满了青春的活

力与对爱的追求。

苗族小伙子的芦笙吹响了《苗岭欢歌》。

白族《歌会乐》展现了大理三月好风光。

陕北一曲信天游悠远凄婉，令人回味无穷；腾空而舞的腰鼓带来浓郁的黄土情怀。

甘肃太平鼓刚猛威武、气势磅礴，春雷炸响般的鼓声打出了西北汉子的阳刚之气。

川剧演员13张变脸给观众带来阵阵惊喜……

8日开幕式以精心编排的节目和精美的舞台布置，以及3万余名观众、游客的喝彩和赞扬而首战告捷。晚上举行《团结颂》民族大联欢和盛大的焰火晚会，从街头行进表演到篝火旁的狂歌欢舞，高潮迭起、热闹非凡，体现了民族大团结的主题和浓郁的节日气氛。11日闭幕晚会《东渡之光》精彩热烈，为整个艺术节画上了圆满的句号。艺术节期间，20余位民间工艺大师、民间艺人进行了民间绝活的展示，与歌舞表演交相辉映吸引了大量游客。

精心布置　协同努力

第四届中国民间艺术节于1997年开始联络、酝酿，中国文联副主席高运甲在关键时刻给予大力支持和帮助。经过精心策划，与无锡市文联、马山区政府反复协商，1999年4月中国民间文艺家协会与马山区政府正式签定协议。中国民间文艺家协会遂向各省民协发出通知，并深入有关省、自治区的边远山区和少数民族聚居区审查、选定节目。组联部同志在充分听取各省、自治区民协意见的情况下，与地方民族民间歌舞团签署了演出合同，节目选得精彩准确，活动有了保证。

在整个艺术节的筹备与演出活动中，大家一致克服了许许多多的困难，保证艺术节顺利进行和圆满成功。参加艺术节工作的同志放弃了无数个公休日，9月下旬就离开了50周年庆典中的首都。各省民协的同志也都放弃了休假，深入基层、落实演出节目，并亲自带队到江苏。

有些地区的党政领导非常关心和支持这次活动，还拨款为演员制作服装等。演员们大多来自地、县，他们热情高涨，日夜刻苦排练。他们非常珍视这次展示自己才华的机会，真心实意地要把最好的节目奉献给江苏人民。广西团的小演员才十五六岁，一遍一遍认真地演出。天下起雨来，团长让停止演出，负责舞台监督的小姑娘神气地一摆手，说"按原计划进行！"联欢晚会上原本没有安排甘肃太平鼓的演出，队员们积极请战说："不让打鼓，让我们干嘛来啦？"组委会同意他们围起一个圈子敲起太平鼓，激越的鼓声吸引观众潮水般涌来。露天演出，天热时陕西的演员汗流浃背，一场下来像水洗一样。组委会的同志很感动，怕他们中暑，让悠着点。他们说："跳起来，就由不得自己，动作不到位对不起观众。"有个小伙子嘴肿得张不开，也没落下一场演出。艺术节活动期间，组联部同志分别与各省、自治区的演员吃住在一起，一人负责一摊，保证有问题及时解决、及时联络、上传下达，使活动得以顺利进行，衔接紧密。从上至下，从策划到演出，每一位领导、每一位艺术家、每一个工作环节的同志，各就各位、各负其责，密切合作是艺术节成功的根本保证。

高举旗帜　开拓前进

第四届中国民间艺术节为弘扬中华民族优秀传统文化做了一件好事、一件实事，同时，也对中国民间文艺家这支队伍进行了一次大阅兵，考验和提高了我们动员、组织大型活动的实力。值得一提的还有，艺术节为中国民协获得经济效益21万元，对协会与事业的发展很有益处。我们的圆满成功为中国民协提高了知名度，中国民协的招牌越来越响亮了。作为隐形文化资产，我们应该抓住机遇更快地走入市场、走向世界，由被动等待变主动出击，展示自己、发展自己。当然艺术节期间也暴露出我们的一些问题与不足，有些活动安排不细，不够妥当，有的方面照顾不周。有些同志思想认识上的不协调也影响了我们的工作。这些都是我们应当引以为戒的，相信今后我们可以承担和完成更大规模的活动，把工作做得更出色、更圆满。

一栋老房子的永久记忆

——演乐胡同46号院的老同志座谈会①

2004年5月26日，一场大雨洗刷了酷热中的北京，天气格外清爽。

从东四到王府井的黄金地段，有一条小胡同，演乐胡同。中国民间文艺家协会的老同志、老专家们在这里，在写着大大"拆"字围墙的小院里召开了一次特别的座谈会。无奈与怀念，大家在自己的记忆中寻找着当年学术的追求与思考。

演乐胡同46号，原74号，是中国民间文艺研究会（现在的中国民间文艺家协会）1950年创建时的会址。当年，郭沫若先生任理事长，副理事长：周扬、老舍、钟敬文、郑振铎。理事：沈雁冰、周扬、吕骥、赵树理、郑振铎、柯仲平、田汉、江绍原、丁玲、艾青、胡蛮、程砚秋、欧阳予倩、吴晓铃、魏建功、游国恩、阿英、马健翎、李季、安波、光未然、蒋天佐、戴爱莲、田间、连阔如、王亚平、柯蓝、荒煤、李伯钊、周巍峙、王春、林山、俞平伯、孙伏园、马可、张庚、常惠、古元、王尊三、张仃、杨绍萱、容肇祖、黄芝岗、楼适夷、贾芝、常任侠、吴晓邦47人全部是文化界名人，还有更多的名人，他们常常来到

---

①2004年，演乐胡同46号被划入拆迁范围。中国民协老同志多方呼吁没有结果，无奈中开个座谈会作为纪念。后来，因经费等问题，北京二中扩建未成。小院没有拆除，亦没有保护，仍在破败中。

这小院办公、开会。①孙剑冰先生的回忆里说:"老舍先生坐三轮来过若干次。第一次来,他进了二门,站在院边说:'哈,这小院!'大概是春天,两棵海棠花开,枣叶也露芽,春意正浓,所以舒先生(老舍)挂着手杖,笑得颇有诗意。"②同时,在院里居住的还有沙博里、凤子夫妇和刘继卣一家。后来,研究会搬到文联大楼办公。小院成了宿舍,贾芝同志就住在那里。1990年贾芝和我另有住所,藏书仍在那里。在这个小院,他接待了从世界著名学者、文艺界领导到各民族民间文艺工作者与农民搜集家、艺术家和各地同行有几千人。我还清晰记得,国际民间叙事研究会主席、芬兰文学学会主席航柯第一次来北京,他惊喜小胡同每家每户门前院里的古树。一进院,他更惊奇地问:"这房子100多年了吧?"风风雨雨,50年,小院与民间文学结下不解之缘。

这年,北京市有关部门不了解这段历史,他们决定拆除小院变成北京二中操场的一角。我们多方呼吁,没有结果。老同志既无奈又不甘,来小院开个座谈会,还有摄影、摄像,保存即将消失的历史记忆。人们早早就从四面八方赶来,三三两两凑在一起,交谈热闹非凡,小院又呈现了往日的生机。

出席座谈会的有:贾芝、孙剑冰、王平凡、陶阳、张文、阮爱芹、刘超、杨亮才、赵云梦、潜明兹、刘锡诚、郎樱、贺嘉、李毅、赵光明、金茂年、李亚沙、刘晓路、李静、马石强等。

贾芝首先站起来提高嗓门说:"今天的聚会让我感到非常振奋。这个房子是我们坚持毛主席革命文艺路线的地方。我们执行这个方针,而且是几十年勤勤恳恳为广大人民群众服务的地方。"王平凡接着回顾了协会辉煌历史说:"我们秉承的是毛主席《在延安文艺座谈会上的讲话》精神,这个传统要发扬!"孙剑冰讲述了民研会早期的活动盛况。陶阳

---

① 参见《本会理事会及各组负责人名单》,载中国民间文艺研究会编辑《民间文艺集刊》第一册,新华书店,1951年,第103页。

② 孙剑冰:《回忆演乐胡同74号》,载贾芝主编《新中国民间文学五十年》,大众文艺出版社,2004年,第678页。

看到当年碗口粗的枣树今已需双人合抱，很有感慨地说："开国后，这里是中国民间文艺研究会的诞生地和大本营。1950年3月29日，在京成立了中国民间文艺研究会，理事会全是我国第一流的文学家和艺术家……真是精英荟萃。这些前辈精英为我们开创了民间文艺这个神圣的事业，岁月蹉跎，他们大部分人仙逝了，还活着的创业者，寥若星辰，在座的只有贾芝、王平凡、孙剑冰是会的元老。前辈精英们的创业，确立了一个极正确的方针任务，那就是全面搜集和保存各民族的民间文学艺术，而且要忠实记录，慎重整理，以显示和发扬民间文学艺术的特色。一则保存民族民间文艺，二则供作家艺术家学习。可是现在把本来的民间文学就是口头文学这一特征，几乎完全抹煞……在全球化商品经济时代潮流的冲击下，我们的民间文学艺术以及整个有形的、无形的民族文化受到了破坏、失传，直到大量的毁灭。遗憾的是我们民间文学界有个别研究家、理论家也大赶时尚。他们说，什么民间文学的口头性，什么忠实记录，是陈旧的老一套，是过时了，要更新观念。我们的文化科学、生产技术是应当'与时俱进'、更新创新，然而，'新'也是更讲科学性、规律性的。凡是违反规律的假科学，都是反马克思主义的，都是危害民族利益的……现在，我会的书记白庚胜、秘书长向云驹已下决心纠正过去的错误方针，我高兴极了，我要欢呼。我还有一件高兴的大事，就是我会主席冯骥才发起民间文化抢救工程，不仅国家给立项拨款，而且在全国掀起了一个抢救民族文化热潮，大家都来抢救民族文化，也就是大家都来保护我们的民族魂。民间文学的保护神，老的是贾芝，新的就是冯骥才了。"刘超说："我是怀着留恋和惋惜的心情来参加这次活动的。留恋的是我曾经在这座小院里工作过、居住过，有许许多多的深刻记忆留在这座小院里。更为惋惜的是这座小院，还是我们新中国民间文艺事业的策源地。民间文艺事业打基础、创业和发展壮大，直至走向世界，都和这座小院有着密不可分的关系。"他以无奈与惋惜的心情向即将消失的小院一表留恋深情。他留恋那个激情的年代，怀念那个年代，想念那个年代一同工作的每一位同志。刘锡诚就民间文学多年不受重视与不公正的地位，谈了自己的看法。他说："'五四'以后的20

年间，的确是相当受重视，人文社会科学领域相当重视。中国最著名的学者、作家几乎都参与到民间文学领域来了，后来变化很大。民研会在风雨飘摇中，的确做了不少的事情，有许多东西是记录在案的，特别是出版了许多的书留在历史上。我后来回到民协，20世纪80年代还是比较活跃的，各地都起来了。西南地区、上海等地区，人才起来了，这个学科有了新的发展。我在民协工作七八年，做了一件错事，1987年把'中国民间文艺研究会'改为'中国民间文艺家协会'……中国民间文学是有传统的，我们怎么把过去的传统继承下来，把这个学科建立起来。"他接着说，"90年代，民间文学走下坡路，民间文学由二级学科降为三级学科。地方上的民间文学搜集者、理论研究者一部分到大学、研究所，方向基本是社会学、人类学，没有一个搞民间文学。现在，民间文学研究基本全军覆没，地位降到100年最低点。今天，老朋友、老同志聚会，金茂年同志给我打电话，我也愿意来看看老前辈。"阮爱芹说："过去有个很好的经验，是从上到下的发动，从郭沫若、周扬到各民族各地区的基层干部都是我们依靠的力量。"贺嘉非常感谢民协领导和贾芝为老同志创造了一个久别重逢的机会，为大家搭建了一个促膝谈心、回顾以往的平台。他说："老房子要拆了，但是它所凝固着的关于我是新中国民间文学的记忆却深深刻在我的心底。我们来和它告别，然而，我们不会和中国民间文学的优秀传统告别，不会和中国民间文学事业告别。我们还会继续关注和支持中国民间文学学科的发展和中国民协的工作，我们期望着美好的未来。"杨亮才最后说："我们今天在这里聚会不完全是为了怀旧。这个聚会是贾芝同志提出的。我认为，这是一次具有历史意义的聚会。因为，大家知道，这个演乐胡同46号（原74号）和北京其他很多文化遗址一样将要被拆除。就是说，再过几天，这个在中国民间文学史上起过重要作用的民协旧址，就要在胡同里消失了，不复存在了。这是一。第二是新中国民间文学事业是在这里起步的，不要小看这个不起眼的小屋，很多民间文学的方针政策、重大决策都在这里作出决定，最有影响的《民间文学》刊物也在这里诞生。还有现在为大家所接受和遵循的一些口号和做法，最先也是在这里提出的……对于演乐胡同46号，我们从心里怀念。心的怀念，恐怕是这世界上最长久，也是最动人的怀念。"

从文联会议上赶来的协会现任秘书长向云驹向各位前辈表示感谢，感谢他们谈了很好的意见。他说，我们要继承和发扬中国民间文学的优秀传统和保护抢救民间文化遗产的工作精神。他还通报了协会近期工作的新气象和开展民间文艺工作的重大举措，使与会老同志深受鼓舞。老同志们表示将一如既往地关注和支持协会工作。

2004年5月

附记

本文曾发在2004年第35期《中国民间文艺家协会简报》（中国民协办公室编印）上，今又核对原始资料，包括会议记录、老同志发言手稿，略加补充完善。一次小型座谈会，不仅是呼吁与纪念，更重要的是反映老一辈学人孜孜以求的治学精神与无私无畏的责任担当。这也是那一代学者最后的一次聚会，留在这里，作为永远的激励与醒示吧！

我所认识的郝苏民先生[1]

贾芝在他的民间文学生涯中结交了许多豪爽仗义的少数民族朋友，堪称民间文学的铁杆，是他事业忠诚的同道者、支持者和实践者，不管在怎样境遇中。郝苏民先生就是其中的一位。

我初次认识郝先生是在1981年8月的首届蒙古族文学学会的年会上。我作为贾芝的助手，随他前往呼和浩特赴会。在那里，我认识了回族的郝苏民、蒙古族的安柯钦夫和胡尔查，加上与我们同行的白族杨亮才，四条少数民族的汉子。

他们各居一方，风华正茂，挥斥方遒，指点江山，激扬文字。其实那时他们已不是严格意义上的小伙子了，然而，他们身上仍然燃烧着一种青春的激情。这是那个时代的特征，不用说是他们，就连年近古稀的贾芝也是意气风发，永不停歇地奔跑着工作着。为什么呢？是大家都经历了"文化大革命"，不管是被批斗的，也不管什么派，大家都有一个强烈的愿望：把丢失的十年补回来。工作着是美丽的，渴望工作奉献自己是那个时期几代人共同的追求。我们没有节假日，没有8小时工作制，除去吃饭睡觉，所有时间都在工作。那时的人羞于谈钱，从不计较报酬，一切服从国家的需要和组织分配。

我当时比他们小一些，但也经历了"文化大革命"，失去读书的机会，深陷报国无门的苦闷。1980年，我创作了剧本《七个同龄人》，以

---

[1] 原载《薪火春秋：群述30年学科践行中的各自故事》编写组编《薪火春秋：群述30年学科践行中的各自故事》，民族出版社，2014年，第97页。

此调入中国民研会从事文字工作。我和他们两代人一样，有了这个机会自然是尽一切努力学习业务做好本职工作，把十年来积蓄的能量释放出来。一年中我陪同贾芝到云南、吉林、内蒙古三个省、区走了三十多个地、县，深入十几个少数民族中调查采录。他每到一处都不厌其烦地详细讲解什么是民间文学，怎样搜集整理民间文学作品。我便不停地录音、记录、整理文字。

拨乱反正给每个人带来无限机遇，大家都想好好施展一番。贾芝首先承担起恢复重建中国民间文艺研究会的工作，任领导小组组长。他在短短的两三年时间里，除了圆满召开中国民间文艺研究会代表大会外，还一一落实了各省、自治区、直辖市的组织工作，恢复和成立分会28个，远远超过"文化大革命"前只有8个分会的状况。同时创办少数民族文学研究所并建云南分所，创建中国少数民族文学学会，恢复《民间文学》期刊，创办《民间文学论坛》《少数民族文学研究》，创办中国民间文艺出版社等。其间，召开全国性学术会议几十次，编辑出版图书丛书数十种，撰写论文十余篇，出国考察接待外国代表团十数次。

每一次活动都是凭借着各地各民族包括汉族在内的众多民间文学铁杆参与支持。那时，没有微信，没有电脑，没有手机，台式电话也大多为单位所有。现代化、信息化的今天，人们很难想象当年的生活与工作方式。民间文学研究机构也不是政府设立，而是贾芝等一批有责任、有担当的文化人申请得到批准成立。之后，贾芝又利用老战友、老朋友等各种关系，逐一到各省、区去动员成立中国民间文艺研究会分会。各地一呼百应，像郝先生这样一大批民间文学热心家应运而生，没有任何金钱的诱惑，没有任何利益的驱使，没有任何升迁的承诺。从省长、省委书记到普通农民、牧民，大家平等地忙碌于抢救民间文化遗产工作中，以完全民间的方式开始了自己的事业。全国28个省、市形成了一个庞大的民间文学工作网，搜集抢救有条不紊地进行，那些"铁杆"就像网上串起的珍珠，晶莹纯净的心为事业无私地默默奉献着。他们的关系有些类似今天的粉丝，但又不是，他们亦师亦友亦上下级。除了尊重以外，他们多了一份共同的事业。团结一致对事业的追求形成一股强大的精神涌动，脚踏实地进行着保护民族文化遗产的切实可行的工作。这力量远远超出现在动辄几万粉丝对明星的欢呼躁动。

在贾芝与他的民间文学"铁杆们"正全力以赴地为民间文艺事业奋斗时，一股小小的暗流悄悄混淆。一瞬间竟满城风雨，我至今不明白是政治斗争的需要还是"动乱时期"派系利益较量的余波？贾芝很快成为众矢之的。贾芝的清贫勤奋让人无懈可击，于是我成了靶子，理由是贾芝丧妻一年有余，我还是单身女子。他们抓住一点不及其余，因没有证据，无法让贾芝停职处分，只好借整风渐渐减去贾芝的一些工作。1982年年底，贾芝正式被离休。当然，离休以后，他依旧以他特有的民间方式工作着，不仅与国际组织建立联系，出访了10余个国家，1996年还在中国成功举办了有25个国家出席的国际学术会议。

1981年去内蒙古开会前，贾芝已在北京受审查与围攻。从京城尔虞我诈的小圈子里走到内蒙古的大草原，一股清新的风迎面而来，终于可以自由呼吸了。郝先生和其他三位少数民族同志该是贾先生忠诚的学术同道，会议间隙他们到贾芝房里，谈工作之后，常常会聊天，讲《巴拉根仓的故事》，久违了的笑容又荡漾在贾芝的脸上。他们的友情纯得不用任何解释和说明，完全的信任让他们义无反顾地合作下去。安柯钦夫的一句话让我至今记忆犹新。他说："苍蝇每天都在嗡嗡叫着呐！我们还听不懂它们在说什么呢！"在他们爽朗的笑声中，我释然了，心灵得到净化，提升到一个新的维度。人们就是这样在朋友的真诚信任与帮助点拨下进步的。

会后，我们翻过大青山、穿越草原考察那达慕大会。没想回到北京，污泥浊水再次泼来，我不能不和贾芝共同面对。贾芝是坚强的，他从不放松各种日常工作。1981年12月他还主持召开中国民研会常务理事扩大会，提出并通过编选出版中国民间文学三套集成的决议；1982年3月他出访日本，5月创办《民间文学论坛》，7月主持召开全国民间文学骨干经验交流会，8月赴新疆出席《江格尔》学术研讨会并到伊犁考察。年底被离休。我看着他，想到鲁迅先生说到腹背受敌侧着身子作战的勇士。

再一次见到郝先生是十年之后了，是1991年1月在新疆"中国《江格尔》研究会成立暨首届学术年会"上。据说郝先生因照顾生病去世的妻子已多年没有出席学术活动了。这次见到郝先生，我和贾芝已经结婚了，他也就顺理成章地成为我们共同的朋友。在会上我们谈了很多，我们还邀请他一起到在新疆社会科学院工作的我舅舅家做客。

随后，郝先生经常来北京出席各种会议。贾芝非常好客，对他的铁杆朋友更是从不怠慢。每次郝先生来，贾先生都会请他在回民餐厅小酌，每每都请白族的杨亮才作陪。一帧杨亮才、贾芝和我的背影照片，就是2002年我们在"瑞珍厚"吃过涮羊肉后走在东四南大街上，郝先生悄悄拍下的。

1997年，贾芝看了郝先生寄来他主编的两本《西北民族研究》，颇有感慨，立即提笔写了《漫谈〈西北民族研究〉及其他》。他说："我十分欣赏两篇'卷头语'及其所公布的办刊宗旨，要使这一大型学术刊物成为'一方学术荟萃之园地与知识信息的窗口'，而且要捍卫这'一方净土''保卫学术大地的一点绿色'，既是科学研究的要求，也足见它的生存与发展之不易。"他还盛赞刊物有计划地深入调查与研究西北民族的方方面面，各种专题，既不断有众多的新发现，从而产生了许多科研论文，又培养了人才。

1999年10月，贾芝应郝先生之邀，一起赴甘肃泾川县出席"99泾川海内外西王母民俗文化（神话）学术研讨会"，几天里，一起开会讨论，一起上山考察，晚上还一起聊天到夜深。一帧西王母瑶池边，郝先生在贾芝耳边说悄悄话的照片，映出他们的亲密无间。

2001年，郝先生来京开会，由于时间匆忙未及聚会。88岁高龄的贾芝把他为郝先生写的题词亲自送到宾馆，和郝先生及同行的朋友一起合影留念。

2009年，贾芝因病住进了协和医院，病情一度不稳。我焦虑不安，陷入万般无奈与无助中，身心受到极大的考验。郝先生听别人说后，立即写信鼓励我。他坦言二十几年前他们就曾惊叹我的大胆选择。他说："你几十年如一日，一个心眼儿，一门心思，顶着闲言碎语的压力，那样专注、那样真诚地善待贾老，事事优秀、时时精心，有目共睹。——这是事实！大家赞扬你的品质与为人！你没有遗憾，哪一个好汉能坚持到今天？"继而又说："你自强坚强就要面对现实、正视人生，保存自己，完成贾老遗留的事情。你要坚信：你不是一个人，你身后有一群真正无私的同道者。"自贾芝患病头脑不清后，我就把贾芝那些铁杆民间文学朋友当成老师，有事就请教他们。文章写好首先拿给杨亮才和郝苏民先生看，请他们为我把关。一次，郝先生看过我以贾芝名义写的《我是草根学者》后说："真是绝妙，如出一辙。"这种鼓励和认可让我坚定了信心，沿着贾芝的道路走下去，延伸着他的学术生命。

2012年12月，贾芝百岁生日座谈会在京举行。会前我为贾芝编辑一部新书《拓荒半壁江山：贾芝民族文学论集》，其中有我为他整理完的几篇文章请郝先生过目。郝先生看过后二话没说，将已送工厂发排的《西北民族研究》稿件全部撤回重排，把贾芝的《中国史诗〈格萨尔〉发掘名世的回顾》作为特稿刊在2012年第4期上，以贺贾芝百岁华诞。郝先生就是这样一位性情中人，他的豪爽仗义可见一斑。

贾芝百岁诞辰后，要出版一本庆贺文集。郝先生是首批撰稿人。他在《从神往到交往——30年来贾芝老对于我》中说，1978年全国第四届文代会是他俩相识初交的开端。然而，他在1950年就对创建中国民间文艺研究会的贾芝莫名神往。一个懵懂的少年以他心中的"大人物"，想象着大人们的世界。之后，中国民间文艺研究会出版的民歌类图书、《民间文艺集刊》等引得郝先生兴趣勃发，更使他心向往之。继而，郝先生从读者变成了作者，在《民间文学》《人民日报》上发表作品了。1957年，郝先生被"扩大化"列入另册；贾芝在"文化大革命"中也以"走资派""反动学术权威"被批斗。"文化大革命"之后，他们终于有缘相见，精神层面的神交变成面对面的交谈，近半个月的接触开启了他们30多年从泛读、细读、品读到悟读与体悟的全过程。贾芝早已从"大人物"变成了"贾芝同志"。

2013年3月，郝先生来京开会。我带着贾芝的《拓荒半壁江山：贾芝民族文学论集》和刊有郝先生《从神往到交往——30年来贾芝老对于我》一文的《民间文化论坛》去感谢他的支持与帮助。郝先生说："大家都没想到你能做得如此好，能陪伴贾芝到底已属不易，还做了这么多事，搞那么大的活动，以'半壁江山'命名，得到一致的认同。"大家的认同有时真的很重要，它为我的生命赋予价值，让我有了一份活下去的勇气。

　　2013年6月，我从杨亮才那里听到郝先生生病的消息。山一样健壮的西北汉子会倒下吗？我不信！7月传来郝先生手术成功的消息，出院后又立即投入工作。他是不会倒下的，照样担任《西北民族研究》的主编，照样带博士生，照样承担国家重点项目。我想：人是累不垮的！放弃事业，心垮掉了，人也就垮掉了。

　　贾先生年逾百岁，郝先生适逢八十华诞，至今依然坚守民间文学阵地。

　　他们是我们永远的榜样！

2014年7月

一本书凝聚的友情与记忆①

——《常德盛》出版点滴

  2002年8月30日贾芝的日记里写着:"上午,江苏马汉民同志忽然来了,给我大小不同的笔;金即带他到史家胡同一个宾馆住下。"马老师与贾芝亦师亦友的关系让他们毫无客套,他总是风风火火到北京办事,大多来不及也用不着打招呼。贾芝日记还写着:"他要在人民文学出版社出版写一个优秀共产党员动人事迹的长篇诗歌,他是送稿子来。"那天。贾芝立刻联系了人民文学出版社人事处的魏新民同志,让他约定出版社领导与马老师见面并筹划下一步出版事宜。那天晚上,大家一起在胡同里的小饭馆吃饭。

  那次,住的宾馆不合适,马老师索性住到家里来了。9月1日,我们请马汉民、魏新民二友到山西晋阳饭庄吃晚餐。9月2日,出版的问题谈好了,马老师要贾芝为他的长诗写一篇序文,贾芝欣然接受。

  9月11日记记着:"……我还在为诗友马汉民同志写一篇《一曲正气歌,扬我中国魂》。我从上午写到午后2点半,是根据已于日前起草的一篇草稿再斟酌重写的。"我记得那天为了写这篇序文,贾芝午饭都没顾得吃。

  2002年10月29日,贾芝这样记录:"早晨,我还没吃早饭时,马汉民同志从江苏来了,与人民文学出版社魏新民同志通电。魏新民同志也立即来了,并且带来已出版的马汉民写的模范共产党员《常德盛》,

---

①2017年9月在苏州白话长诗《常德盛》研讨会上的发言。同行有白庚胜。

印得很美观又朴素。他们把这本长篇叙事诗留给了我。金告诉马汉民同志,她已经为他定了北京和敬府宾馆的住房,并商定房价给予优待。魏新民同志立即带马汉民同志到北京和敬府宾馆去了。早晨,马汉民同志从我的书架上取出一本《吴歌》,才知是由他搜集、编辑、出版的。他朗诵了一首吴歌,听来很生动。我问他:'你朗诵的那首吴歌,这本书里有没有?'他说:'有。'他还让我写一条幅赠给模范共产党员常德盛同志:'一曲正气歌 扬我中国魂 赠常德盛同志'我同意写。"

那几天,贾芝正感冒发着烧,赶着编《中国民间文学五十年》;参加中国民间文艺·山花奖评奖;10月31日带病飞湖北宜昌参加会议;还在为办理赴台湾讲学手续奔忙……总之,当时90岁的贾芝依旧很忙,题词的事可能就那样搁置下来了。直到2005年春,93岁的贾芝才完成了题词,字写得不如先前了,但仍是遒劲有力。这幅题词,现在挂在蒋巷村的博物馆里,成为永久的纪念。

以上是我实录的贾芝与叙事长诗《常德盛》的渊源关系,也是贾芝、马汉民和常德盛三位不同时代的共产党员真诚合作的一段故事。是怎样的一条纽带把他们连接在一起的?书的扉页上,常德盛的一句话回答了这个问题:"一个村干部的步伐能与祖国同步,与春天同步,与农村欣欣向荣同步,是我最大的幸运。"

"与祖国同步"是他们根本的一致。20世纪30年代,贾芝在抗击日本帝国主义,挽救民族危亡的烽火中走上革命道路,与祖国同呼吸共命运,成为一名共产党员。40年代,马汉民投入解放战争,与祖国同步进入胜利的新时代,成为一名共产党员。60年代,常德盛作为新时代农村现代化的带头人,带领农民走出一条强村富民的道路,成为一名共产党员的模范。

三位共产党人同一个信仰

三位共产党人年龄各相差二三十岁,他们走到一起来了,首先《常德盛》是一个契合点。常德盛是江苏常熟市支塘镇蒋巷村党委书记，40多年如一日，一心为民、带领村民脚踏实地、艰苦创业，治"穷根"、铺"富路"，使蒋巷村从贫困村发展成为全国文明示范村。走出了一条中国特色的富民之路。他曾荣获全国优秀共产党员、全国劳动模范、全国优秀乡镇企业家、全国创业之星等称号，2002年当选为党的十六大代表。

马汉民认识常德盛在1999年仲夏时节，他与苏州市党校副校长周子云去蒋巷村办事。宛若碧毯的田野与现代化建筑的村落全部是三四年间拔地而起的，令他震惊的是蒋巷村辉煌原是零起点。介绍情况的村支书常德盛是一位朴实无华的农民，然而志气、魄力、胸襟与情怀却让人敬仰。从此，蒋巷村便在马老师眼前挥之不去了。马老师是文艺工作者，1954年开始发表作品。他深谙"文艺为人民大众服务"，他不忘初心，坚持中国特色社会主义的道路自信与文化自信，为表现中国共产党带领人民实现民族复兴进行文学创作。他选择用农民喜闻乐见的民歌体写《常德盛》，把常德盛在蒋巷村创造物质财富同时创造的精神财富像穿珍珠一样，一颗颗穿成串。经过两三年不断深入村民，说长论短，嘘寒问暖与辛勤笔耕的努力，马老师终于撰写完成了一部一万三千多行的长篇叙事诗。他说，整个创作是一个学习的过程，也是探索、研究民间文化，创新与发展的过程。

贾芝知道常德盛是2002年的事，马汉民老师拿着书稿千里迢迢来到北京。那时出书不像现在这样简单，说出就出。那时要申报审批，还要在前一年上报出版计划。贾芝听说常德盛的模范事迹以后非常感动，立刻找到人民文学出版社，约请有关领导与马老师洽谈，共商破例尽快出版与印刷的问题。他还在百忙中抽空写了序文《一曲正气歌，扬我中国魂》，他高度赞扬了常德盛这名普通村官凭着共产党员宽阔无畏的胸怀，挺起脊梁，利用支部这一坚强堡垒，使贫困的蒋巷村脱贫富甲一方的模范事迹。他称赞了马汉民老师离而不休，凭借文艺工作者的敏感，在常德盛还在苦干的日子，就发现与瞩目这位共产党员。他说马老师身体力行，发扬自己的强项，采用传统歌谣的形式讴歌我们时代的新人物。他很赞成马老师自己说的：写常德盛是一种探索，是一次向优秀党员常德盛学习的机会。贾芝希望这种范例成为每一位有良知的文艺工作者的追求。

他们三位不同时期的共产党人，为了一个共同的信仰与目标走到一起来了。他们坚信共产主义，在有些人经受不住享乐主义、拜金主义、个人主义诱惑的时候，他们牢牢掌握全心全意为人民服务的宗旨，以人民满意为行动准则，艰苦奋斗、无私奉献，在创造物质文明的同时创造着更宝贵的精神财富。

常德盛身后的共产党员群像

常德盛说："我是一名普通村官"，"我离开土地会像胡琴断了弦"。他始终没有离开过蒋巷村这片土地，他和这里的人民在一起，和这里的共产党员共同奋斗。他从老队长、老乡长那里接棒，带领全村改天换地建设社会主义新农村，现在传递给新一代。

> 是个风雨如磐的日子，
> 常德盛上任办第一件事，
> 老队长患上吸血虫病久久卧床，
> 这位干过十七年的村干部怎能忘记？
>
> 常德盛进屋看不清病人那张脸，
> 草屋里光线分外暗，
> 呼吸急促有如拉风箱，
> 听得清喉管里的痰块在上下蹿。
>
> 老人每讲一个字，
> 都得花去大力气，
> 声音微弱低沉，
> 悲哀中含着苦凄。

我对不起各家各户，
跟我多年还无米下锅，
破船一只要你接着向前撑，
天下没有过不去的大江大河。

良言出于肺腑中，
一席话把常德盛心灵撼动：
多好的老人金子般的心，
弥留时刻还牵挂摆脱贫穷。

死干不成，
切莫瞎跟跟，
走得掉和尚跑不掉庙，
离开了乡亲村干部就绝了根。

老人嘱托之后有句话久久才开口：
"人走了不留遗像叫我难以合上双眼。"

　　常德盛不能让老人抱憾而去，冒着滂沱大雨一次次摔倒，好容易跑到了镇上，照相馆老板怎么也不肯去。他又找到复员军人老唐，挎起相机，跌跌撞撞七里路，到蒋巷，尸身已停门板上。常德盛一定要圆老队长的心愿。

倒热水，拿毛巾，
常德盛做起了孝子贤孙，
慢慢焐着死者紧闭的眼睛，
温水换啊换个不停。

人死不能复生,
他却坚决相信,
死者会睁开双眼,
看看乡亲们为他送行。

心诚金石为开,
真情万金难买,
死人双眼睁开了,
这力量出于常德盛的真诚情怀。

照片要像模像样,
怎么能停尸在门板上,
常德盛再想对应策,
伸出双手抱起死者老队长。

用胸膛支撑,
用双手搂住不放,
闪光灯亮了,
常德盛喊:"再拍一张。"

在场的乡亲们看得实实在在,
一个个泪水挂满了腮,
"非亲非故只是一村人,
不是亲人他当作亲人待"。

孝子跪地行大礼,
感谢两位叔叔费心思,
常德盛说:"困难的时候家家有,
大队干部理应帮助出力气。"

在常德盛与上级意见不一致时，他想到老队长的话："不能老跟跟，主意拿定永不变。"他坚持自己的正确意见，进行水稻改良，干得正有起色时，传来村书记要换人的消息。乡里开会领导班子大交锋，老乡长提出异议，不赞同。

老乡长冒雨到蒋巷，
举目抬头田中望，
多年走惯的脚下路，
今天权当走错了地方。

……

不必进村问苗情，
只消把稻田看，
"常德盛你是好样儿的，
推出一片丰产好样板"。

乡政府调令口袋里装，
笑容飞上了脸庞，
他走到德盛家先要酒，
"好兄弟，快讲讲稻田管理的新式样"。

老乡长从未有过今日的冲动：
晚稻长势欣欣向荣，
稻禾连天遍地铺碧毯，
"常德盛无错只有功"。

老乡长是常德盛的入党介绍人，也曾受过冤枉与打击，两颗红心坚信共产党，同唱一曲革命歌。

你反对砸锅吃食堂，
"右倾分子"的帽子就套在头上，
你却时刻想念党，
不停地把国歌唱。

"中华民族到了最危险的时候"，
一边唱歌一边眼泪流，
说你患了精神病，
谁能测定你胸中几多愁？

两人对杯喜盈盈，
相聚怎能不把歌来吟？
老乡长吟的是国歌词，
语调铿锵字字含真情。

常德盛哼的是《东方红》，
一气呵成真格从容，
"他为人民谋幸福"，
每个字都咬得重又重。

两首歌映出两颗心，
两颗心一根绳头牵，
两双手紧握在一起，
此时无言胜万言。

他选择了常德盛，
推荐德盛来掌印，

早帮夜带常鞭策,
百炼才能显真金。

　　常德盛放弃到乡里当干部吃皇粮的机会,安心蒋巷做"村官","村官"不算官,却有职又有权,上面一根针,下面千条线。中央委办的工作都在基层体现。常德盛说,数以百万的村官人人都尽责,新农村的形象定能崛地而起。

常德盛这样的村支书,
是党种植在乡村的常青树,
经过不断的灌溉、施肥,
已经成为一方的顶梁柱。

……

他把重任自觉地担在肩,
时时刻刻在为蒋巷的明天着想,
为了改变一村人的命运,
不惜把大伙儿的"长工"当上。

党教导干部做群众的公仆,
全心全意为人民造福,
村民们爱戴老常,
都把他当作心腹。

他关心每一个村民,
每一个村民都占据着他的心,
大事小事常常跟他商量,
心灵沟通才能分外亲。

……

老常心中有个谱,
"对青年人必须关怀爱护,
对着朝气蓬勃的性格,
要铺出一条适合他们发展的大路"。

……

"长江后浪推前浪,
没有青年的事业象征死亡,
新鲜的血液充实了蒋巷肌体,
蒋巷才能天天向上。"

常德盛身后有一个共产党员的群像,有一个全体村民团结奋斗奔小康的群像。他们共同奏响农业起家、工业发家、旅游旺家三业互动的新乐章,成为社会主义新农村的一支强劲的生力军。祝福蒋巷村!祝福蒋巷村的全体村民!愿你们在人民幸福与共同富裕的道路上越走越坚实!

最后,感谢马汉民老师写了这部好书,民歌体的叙事方式让人耳目一新!我在写这篇文字时多处引用他那清新流利、酣畅淋漓的原句。谢谢马汉民老师带我们走近常德盛、走近蒋巷村。在艺术享受的同时接受一次精神的洗礼,从这位全心全意彻底为农民服务的共产党员身上我们获得了不一样的启迪与教育。

2017 年 9 月 15 日

永不熄灭的火种[1]

——记首任核潜艇总设计师、总工程师彭士禄[2]

彭士禄,一位瘦小精干的广东人,爽直乐观又沉默寡言、腼腆内向,凡是与他接触过的人,都会感到,他身上燃烧着一团火,这团火,是那样炽烈,那样熊熊不熄!

星星火种

彭士禄的父亲彭湃同志,1922年领导了中国近代史上著名的广东海陆丰农民运动,并创办了农民讲习所。1927年在海陆丰建立了中国第一个苏维埃政权。后来,彭湃同志到上海党中央工作,不幸于1929年被反动派逮捕,英勇就义。彭士禄的母亲蔡素屏在1928年海陆丰农

---

[1] 贾芝主编:《延河儿女——当年延安的中学生们》,中国青年出版社,1992年。后又选入《工程科技的实践者:院士的人生与情怀》,中国科学技术出版社,2007年。

[2] 彭士禄:延安中学模范学生。1951年,入莫斯科化工机械学院学习,1956年毕业后又入莫斯科动力学院进修原子能动力专业。1958年毕业回国。曾任第一代核潜艇首任总设计师,船舶设计研究院副院长,造船工业部、水电部副部长、总工程师,广东省委常委,筹建大亚湾核电站总负责人,核工业部总工程师,科技委第二主任。现任核工业总公司顾问,秦山核电站联营公司董事长。获全国科学大会奖,国家科学技术进步特等奖,"为国防科技事业做出了突出贡献"的优秀总设计师奖。教授级高级工程师,中共十二届中央候补委员。

民运动失败后，即被反动派杀害。反动派要斩草除根，年仅4岁的彭士禄也在敌人的搜捕中。他是烈士留下的一棵根苗，是革命的星星火种。老百姓悄悄地把他从一家转移到另一家，用生命和鲜血保护了他。先后有20多位父母收养了他，在颠沛流离的生活里给他增添了更多的母爱。在潘舜贞家时，他唤潘舜贞为姑妈。姑妈待他特别好。

当时只有过年时才能吃到鹅肉，姑妈叫彭士禄吃肉，却叫7岁的亲生女儿啃骨头。小士禄也很懂事，有了好吃的就和小姐姐分着吃。1933年，由于叛徒的出卖，8岁的彭士禄与姑妈一起被捕，在狱中他又遇到另一位住在山顶的阿妈，他和两位妈妈一起坐牢。牢房的难友们知道他的身世以后，共同凑钱给衣衫褴褛的小士禄做了一件红格子上衣、蓝格小布裤。女牢里有位大姐常给他讲红军的故事，讲红旗。她说红色意味着革命斗争的烈火，意味着人民群众赤诚的心。士禄穿上红格子衣服，铭记着红色，心中燃烧着不熄的火焰。当年，反动派的《南山剿匪记》和《广州民国日报》中刊登的"共匪彭湃之子被九师捕获"中的照片，就是彭士禄穿着这套难友们为他捐赠的衣服照的。

彭士禄同志回忆这段历史时，总是说："我是姓百家姓、吃百家饭、穿百家衣长大的。老百姓对我这个烈士遗孤好极了，他们自己没吃的，却让我吃饱。有的人为掩护我坐牢，有的甚至失去了自己的丈夫或儿子。我是老百姓花了很大代价才保护下来的呀！我对人民永远感到内疚，无论我怎样的努力，都感到不足以回报他们待我的恩情。"在这里，我们找到了彭士禄燃烧自己、奉献自己的力量源泉。

这段历史还铸造了彭士禄最基本的性格：善良、正直、大公无私。可以说，他从来就没有过"私"字这个概念。在延安中学时，发了津贴，他就买红枣大家一起吃；今天你吃我的，明天我吃你的。30多年以后，他当了副部长，东西还常常被拿去"共产"，从鞋子、衣服、打火机到烟、酒、茶，谁需要谁就拿去。难怪广东的侄女托人给他带月饼来，特别写明由他爱人收，不让他拆封，怕他又"共产"了。

他总是关心别人。在四川，一位同志家庭生活困难，他送去了150元；在武汉，一位技术员的母亲去世了，他也让妻子送去100元；他出国回来，彩电票和美元让给司机去用；一位出色的技术工人患了心脏病，要见老领导彭部长，他得知后立即驱车百余里前去探望。

"干，就一定要干好！"

1940年周总理派副官龙飞虎将彭士禄接到重庆又转送到延安。刚到延安时，彭士禄不会讲普通话。青年干部学校参加下乡宣传，演话剧，导演让他扮演国民党兵，说只要他抱着枪从舞台一边跑向另一边就可以了。彭士禄当时却怎么也想不通："我从小受国民党迫害，我怎么能演国民党兵呢？真倒霉！"但转念一想，"这是组织上交给我的任务，需要我演，我就得演好！"于是他认真地扮演了这个角色。也许因为他经历过太多的苦难，一到延安，他就显得很成熟，性格内向，不太活泼，有些腼腆。和他先后到达延安的那一批烈士遗孤和干部子女，虽然也都穿上了灰军衣，个个成为一名小战士，却时而露出孩子的天真和稚气。他们无拘无束，每逢星期天或节假日，大都是中央首长家中的座上宾、小食客。这中间却很少见到彭士禄，他独自一人留在学校里自己读书或劳动。周恩来总理、叶剑英元帅、蔡畅妈妈、帅孟奇妈妈等许多领导同志都很关心他，经常叫他去玩，他却很少去。他不愿意给首长们增添麻烦，更不肯去分食他们仅有的一点营养品。有一次，邓发、贺龙同志在党校吃狗肉，专门派警卫员来叫他，他才跟着去了。

刚到延安中学读书时，彭士禄学习很吃力，因为他过去只读过两年书，上课都听不懂。但是他这个人有个倔脾气，不干则已，"干，就一定要干好！"他的数学基础差，没学过几何就要学三角，什么 $\sin$、$\cos$，弄得他都糊涂了。他着急地问老师："为什么叫 $\sin$、$\cos$？"老师反问他："你为什么叫彭士禄？"并告诉他三角函数公式要下功夫死记硬背。于是他刻苦努力，终于在期末考试时获得了"优秀"的评语。当年背的三角公式至今还清晰地印在他的脑海中。现在，他脑中储存、排列和推导出无数的数学公式，然而他说，基础是在延安中学打下的。

彭士禄有个"打破砂锅璺到底"的习惯，什么都要问个为什么，理解以后再记忆，弄不懂决不囫囵吞枣。对一个问题，他常常举一反三，反复思考，反复演算，反复验证。

彭士禄所在延中二班的同学，大多是烈士子女、干部子女，也有"小八路"，年龄参差不齐，有的还不懂学习的重要性，往往时间抓不紧。彭士禄担任第四组组长，第四组成了全校的模范小组。他们学习毛主席《在延安文艺座谈会上的讲话》，对照检查自己。彭士禄在小组会上说："我们的父母亲经过残酷的斗争，有的流血牺牲了，才换来这个学校，要不好好学习，怎对得起自己的父母亲，怎对得起党？"这番话打动了在座的每个同学。黄鲁流着眼泪说，今后一定要努力学习，要大家看他的行动。林汉南决心改正不注意听讲的毛病。同学们还提出了"互相帮助、有问必答"的学习方法。大家在课下一起研究问题，解答疑难，做到把老师讲的每堂功课彻底消化。这样就解决了他们之间程度不齐的问题。同学们热情高涨，齐步前进。

第四组在全校是学习模范，劳动和团结也是模范。那时在劳动生产中，一般同学半天可纺毛线二三两，彭士禄、黄鲁给纺车加上加速轮，半天就可以纺毛线半斤。彭士禄除了做纺车，还拢马尾巴做牙刷，自制牙膏等。第四组同学互助好，男同学为女同学下山打水，女同学给男同学拆洗被子、补衣服。他们的三架纺车一齐转，一周就纺成8斤毛线。谁的衣服单薄就先给谁织毛衣穿。那一年他们每人都穿上了毛衣，还戴上了毛手套、穿上了毛袜子，暖暖和和地过了一冬。彭士禄开荒种地不怕吃苦，老实肯干，像一头老黄牛。细活儿他也样样在行，从打草鞋、做布鞋、织毛衣到绣花。他还自己动手制作了胡琴、三弦和小提琴。他说："我不会跳舞，见了女同学就脸红，我当个吹鼓手吧！"因为学习、劳动样样突出，彭士禄和陈涌岷被选为模范学生。

贾芝写的介绍彭士禄及第四组事迹的文章，刊登在1944年7月5日的延安《解放日报》上，延安各学校形成了一个学习彭士禄的热潮。怪不得40年后，曾在延安保育院学习过的一位同志，遇到彭士禄时打趣地说："你就是彭士禄呀！你的大名我们早就知道了。当年你可把我们整苦了！"原来，40年前延安保育院的同学年龄小，大都淘气，不知道好好学习,为此,老师叫他们学习《解放日报》上那篇通讯,还要求他们背诵,把他们搞得好生紧张。

人不怕死,就死不了!

1939年,彭士禄才14岁,听说广东东江纵队打仗勇敢,他就和堂弟彭科悄悄从彭泽民先生家中逃出来,离开香港,到东江纵队当了一名战士。不久身体瘦弱的彭士禄患了疟疾。地下党多方寻找,才把身患重病的彭士禄接回香港,给他治病。

1940年,彭士禄好不容易来到延安,到延安后又是先学习,他早就按捺不住心中那团火了。他回忆说:"我当时就是一心想工作,想革命,老让我学习干什么呀?"1942年,由于战争的需要,要从学校调一批人到中央医院当护士。彭士禄自告奋勇首先报了名。他立志要做一名好护士,然后做一名好医生,为战士服务,为革命服务。在他的带动下,许多同学都去当了护士。

彭士禄在内科、外科、妇科、传染科都学习和工作过。其中还有一件事让他很得意呢!他说,贾芝老师大女儿出生,他正在妇产科。40多年以后,他向贾芝老师说:"我是第一个抱你女儿的人!"语气之中还有一种自豪和神秘感。贾芝过去对这件有趣的事竟一无所知。

在医院里,他每天给伤员病号端屎端尿,洗衣喂饭,不怕脏、不怕累,很快获得了"模范护士"的光荣称号。然而,他的身体也累垮了,经常吐血,经医生诊断,他患了肺结核。当年缺少医药,肺结核在那时被认定是不治之症。医生嘱咐他不能游泳,不能晒太阳,不能爬山。彭士禄的想法不同,他偏不信邪,反其道而行之。他说,他不怕死!游泳照游,爬山照爬,太阳照晒,没想到两个月后病倒好了。他今天还说:"人不怕死,就死不了,这是一条真理!"这里还有一个小插曲:与他同时住院的一名战士患了气管炎,被误诊为肺结核。这位战士知道在当时这是不治之症,非常害怕,天天在那儿等死,瘦得皮包骨,眼看就不行了。一天,来了一位高明的医生,说他并不是肺病,而是气管炎，他一下子就振作起来，不久病就好了。可见心理作用很大，怕死没病也会吓死。

蔡畅和贺怡同志知道了彭士禄患病的消息，非常着急，先后赶到医院去看他，问他为什么不告诉她们？还问他当护士为什么不事先征求她们的意见？她们让他病好了就赶快回学校读书。但他病好了后仍不肯回校，还留在医院干。最后是中央组织部下调令，调他到桥儿沟延安中学学习，才结束了他这一年半的护士生涯。到延安中学后，彭士禄又成了模范学生。1945年他加入了中国共产党。当时七大党章规定党员要有预备期，由于彭士禄表现突出，破例免去预备期，1945年8月1日，他成为正式党员。

30年后，身为核潜艇总设计师、总工程师的彭士禄，还是那种不怕死的性格。他一头扎到工地上，简直把命都豁上了。他患有胃病，胃疼了20多年，但从不看病，只顾工作，毫不顾及自己。在一次现场调试的紧要关头，彭士禄病了，他胃疼得厉害，额头上渗出豆大的汗珠，汗水湿透了全身。他被抬到工地医务所，医生诊断为急性胃穿孔，若不及时处理就有生命危险。领导和同志们焦急万分，立即与北京联系。北京闻讯后，由海军首长派专机将海军总院外科骆主任和麻醉师送到工地。手术立即在工地现场进行，切除了胃的四分之三。手术时，医生发现他的胃上还有一个已经穿孔而自愈的疤痕。医生说："彭士禄的忍耐力太强了！"他还是那句老话："不怕死，就死不了！"特殊的性格锤炼了他的忍耐力，也铸造了其特殊的生命，他确实死不了。手术后第三天，海城发生强烈地震，他被同志们用担架抬着抢出来，送上飞机回到了北京。在海军医院住院仅仅一个月，他又开始了他那超负荷的工作。医生要他少吃多餐，一天4—5餐，他哪有时间，一上班，仍然是三餐普通饭。也怪，他的身体接受了，适应了。

怕困难，还要我们这些人干吗？

彭士禄从小有一股敢于冒险的精神，只要对人民有利，他就肯去冒险。还是在他患肺病期间，医生给他的三条禁令中有一条是不准游泳。那年延河正发大水，一位老太婆的孩子冲到了河里，彭士禄听说后，凭借从小练就的一身好水性，他潜入深水中，几次潜水，终于捞出了孩子的尸体。老太婆非常感激他。彭士禄后来说："我喜欢见义勇为，喜欢帮助弱者，我潜下水去就是捞不着心也安了，因为我尽了责任。这个风险值得冒，必须冒，我喜欢冒风险！"

"冒风险"也是彭士禄一个突出的性格特征。他常常说："干事业，哪有不遇到困难的？怕困难，还要我们这些人干嘛？"

1958年，中苏关系紧张时，毛主席斩钉截铁地说："核潜艇，我们一万年也要搞出来！"彭士禄同年回国就被分配到核工业部工作。

1965年，周总理批准核潜艇研制工作重新上马，彭士禄作为总工程师亲自主持核动力装置的设计和试验工作。在试验工作中，彭士禄只要有七成把握就拍板，另外三分困难和风险再努力想办法克服。他说："不可能事事都等到有十分把握再干，没困难，不冒风险，还有什么创新呢？"为此，彭士禄得了一个雅号"彭拍板"。在选用我国反应堆工作压力时，他不迷信成功国家的数据，凭自己多年的经验和周密的计算，把200个大气压降为140个大气压。他冒着风险拍板了，事实证明他对了，后来，那个国家也调整了自己的数据。模式堆，最后一道安装工序发生公差，彭士禄领着"敢死队"奋战了7天7夜，直到最后一只元件盒入堆。然而有人谈堆色变，担心会发生爆炸。面对全国2000多件生产厂家和研究所研究制造的这些设备，谁敢承担这个风险呢？周总理再三嘱咐："要充分准备，一丝不苟，万无一失，一次成功……"这话语重千斤，责任与义务都不容推卸。彭士禄经过反复核算论证，又拍板了。在安装焊接出现问题，有人提议报废时，还是彭士禄拍板，不惜一切代价抢修，又是一个星期的不眠之夜。1970年8月，核潜艇陆上模式堆满功率运行。1971年8月，我国第一艘核潜艇驶向大海。谁能知道在这6年的研制过程中，作为总工程师、总设计师的彭士禄拍了多少次板？承担了怎样的风险和责任？有人说，彭士禄天不怕、地不怕、胆子撑破天。是的，为了事业，他胆大包天，他从小默默地承受着与他的年龄、与他瘦弱的身体不相称的重任和磨难。总是这样超负荷地运转，就是机器也有报废的时候，何况一个血肉之躯，一个常人？他为什么不声不响，从不诉苦呢？

难道他没有苦闷、思虑和怀疑吗？他爱喝酒，与酒结下了不解之缘。莫非他在拍板的时候也有几分怯懦和犹豫？也许他也在寻找一种力量和支持呢？武松如果不是多喝了几碗酒，醉闯景阳冈，也未必能赤手空拳打死那只猛虎。苏联撤走了专家，中国一无技术设备，二无片纸资料，三无前人经验可循，彭士禄怎么就敢在这白手起家的条件下屡屡拍板呢？那不可能是十拿九稳的拍板，他说有七分把握就拍板，那剩下的三分力量又从哪里来呢？当然源于他的坚定信仰，但是，或许和酒也有那么一点莫名其妙的关系。

革命第一，工作第一，他人第一

徐特立同志在延安革命教育工作中曾提出"革命第一，工作第一，他人第一"的原则。延安中学的师生正是遵循这样的准则严格要求自己，培养了一代青年。在以后的几十年里，彭士禄一直把这三条作为他做人的准绳。

彭士禄有一个幸福和谐的家，妻子和一双儿女，妻子为他掌管着一切，承担着生活的重负。妻子心脏病严重，几次病危都悄悄住进医院，不肯打扰他。他忧心如焚，时刻惦念着爱妻，然而却无法陪伴和照料她，尽一个丈夫的责任。他照样得出差，照样要去工作，他认为那里更需要他。他无暇顾及这个家，他心中只有工作和事业。

在彭士禄搞核潜艇最紧张也是最关键的日子里，他的96岁高龄的祖母——彭湃同志的母亲，为革命献出了6个儿子和媳妇，却被污蔑为"地主婆""慈禧太后"，日夜挨批斗。

然而耻辱和冤屈没有压垮彭士禄，他没有吭一声，默默地承受着这一切。

他一天也没有离开他的事业，一时也没有忘记核潜艇。他曾几次向周总理汇报工作,但却只字未提自己家中的不幸。周总理和彭湃是好朋友,1924年总理从法国回到广州,是彭湃到码头上去迎接的,还把自己的房子让给总理住。总理和彭湃同志一起领导南昌起义,一起在上海党中央工作。彭湃牺牲时,总理悲痛万分,发出了《告全国人民书》。彭士禄一家再次遭到非难时,他却悄悄地瞒着总理,不忍让日理万机的总理为自己的家庭操心。总理从别人那里知道了情况,立即把他的祖母从海丰接到广州,保护了这位革命的老妈妈。在一次会议结束时,总理紧紧握住彭士禄的手,语重心长地说:"小彭,记住,你是海丰人,永远不要改名换姓!"

彭士禄天不怕,地不怕,是一名铮铮铁汉,然而在荣誉面前,他却那样腼腆、那样羞涩,总是藏着、躲着。他经常忙碌在工地上或出差在外。参加国家科学大会时,稀里糊涂被叫去,他还根本不知道自己是获奖者。后来,他又一次荣获了"国家科学技术进步特等奖"。他从不追求名利,不考虑个人得失,然而荣誉却悄悄地公正地来到他的身边。

从1939年彭士禄跑到东江纵队参加革命开始,50多年来他没向组织提出任何一点要求。别人住房越调越大,他却说自己家人口少,主动由7间的将军楼搬到四室一厅的单元房里。什么时候涨工资,什么时候调级,什么时候评职称,他一概不知,也不打听,他一心扑在工作上。从1958年回国定级至今他只调过一级,他绝不伸手,他说:"党给我的比我付出的要多得多。"他给不少单位当顾问,但从不领取报酬,他说:"对国家有利,不比那几分钱更有价值?"

彭士禄火一样的精神,曾在那个年代,激发了核反应堆工地上8000多人心中的爱国热情。大家统一到一个大目标下,坚决贯彻毛主席的"718"批示,于是奇迹发生了,在一穷二白的条件下,仅用了6年的时间,中国核潜艇研制成功了。在外国人眼里这不能不是一个谜。其实谜底很简单,就是无数像彭士禄这样的科技干部、工人、解放军指战员燃烧自己、奉献自己的结果。

核潜艇成功了,彭士禄跟着又投入研究和创建核电站的工作中,大亚湾和秦山都有他坚实的足迹。彭士禄已经被载入《世界名人录》,

但他的脚步仍旧没有停下来，他仍然日夜奔波着、劳碌着。他说："我父亲是中国农民革命运动的先导者，开创了人民革命斗争的新纪元。我远不如我的父亲，我要学习他的精神，为中国核动力事业拼搏，甘当中国核潜艇、核电站的开山、铺路人，甘当老黄牛。"是的，他是属牛的，牛一样的性格，吃的是草，挤出来的是奶汁。他与人无争，与世无求，默默地耕耘着、奉献着。

1991 年 6 月

附记

1991 年 6 月 17 日彭士禄派车接我和贾芝去他家，听他讲述小时候的故事，之后又去过两三次。他很忙，有时就由他夫人马淑英讲述。我根据记录整理成文。

2012 年 12 月，贾芝在协和医院度过百岁诞辰，彭士禄也住在协和医院，师生相隔一个病房，他送了漆画寿桃祝福老师健康长寿。2021 年 3 月彭士禄去世，5 月 26 日他被追授为"时代楷模"，2022 年 3 月 13 日被评为"感动中国 2021 年度人物"。

第四辑

真情熔铸续新篇

《贾芝集》后记[①]

接受了中国社会科学院学者文选《贾芝集》的编选任务，我自认为不是什么难事儿。自1980年任贾芝的助手至今已28年，我几乎参加了他所有的学术活动，对他的学术思想我以为很了解。谁知真正编起书来，我却犯了愁，我有太多的不求甚解。于是，我重读他的论文，论文大都是针对工作方针和解决具体问题的通俗易懂的文章，虽然也不乏洋洋数万言者，但绝少涉猎深奥的纯理论性探讨，几乎没有所谓严格意义上的纯粹学术著作，他没有追求过什么"家"，只是一个"草根学者"而已。

20世纪30年代，贾芝继承五四新文化运动的传统，投入新诗创作，成为一位小有名气的诗人；40年代他又秉承了《在延安文艺座谈会上的讲话》精神，钟情于民间文艺。两种传统，在他身上融合，成为新一代革命知识分子的特色。新中国成立后，他便全身心地投入党的民间文艺事业中，从收集抢救民间文化遗产入手，呼吁动员社会各界，自中央领导到各省、自治区、直辖市的文化工作者，再到农民、牧民，组织起几十万甚至几百万的铁杆民间文艺大军。面对繁杂的组织工作，面对不同地区、不同民族的种种学术问题的困扰，他不厌其烦地回答，事无巨细地一桩桩去解决，在实践中他的工作方针、学术主张和现实看法逐渐升华为理论，并借以推动事业的发展。论文就是这样脱颖而出，自然得像行云流水，平易得像家长里短。

[①] 中国社会科学院科研局组织编选：《贾芝集》，中国社会科学出版社，2009年。

贾芝论文数百万字，散见于书刊，尚欠集中整理，更未及出版，他涉猎范围较为广泛，有诗学研究、外国文学研究、近现代史研究等，当然最主要还是民间文学与民族文学研究。本书只收入后一部分论著，从中依稀可见他辛勤耕耘的身影，听到民间文学事业迅猛发展的风声。

本书受字数限制，只能选取作者在不同时期的代表作，对少数行文中重复的文字，进行了简化。坚持实事求是的原则，对文章的论点不做任何删改。对于20世纪五六十年代的作品，亦不进行修饰，以保持那个时代作品的原貌。那个时代有些特殊的偏激或偏颇的论点也是难免的。即便是错误也暂且留在那里，何况后期文章对前者已做了批评与修正。如果肆意改动，反有文过饰非之嫌。但是，文中凡伤害到别人的段落一律删除。学术上的争论，则保留问题隐去姓名。文章本意就是辨明问题，并不涉及任何人事关系。让我们牢记历史的教训，严格区分学术问题、思想问题和政治问题，在和谐友善中发展民间文艺事业！

编写本书曾得到杨亮才老师、关艳如老师的真诚帮助，在此一并致谢！

2007年12月22日

《拓荒半壁江山：贾芝民族文学论集》序[①]

"少数民族文学是中国文学的半壁江山"，这铿锵有力的话语是贾芝提出来的，也是坚持实践了50多年的工作宗旨。今天，这句话听起来那么平易，那么顺理成章，可在几十年前这并不是人人都能达成共识的事，就连民间文学专业的学者或领导也有以不懂民族文字等为由拒绝搞少数民族民间文学的。

贾芝的民族民间文学情结，是从延安时代开始的。他和来自北京、上海及祖国各地的青年作家、艺术家一样，惊异地发现了民间文艺这条独具生命力的清澈小溪。他毅然决然地投入民间文艺的怀抱，当然那时他对多民族文学的了解和认识还是非常有限的。

新中国成立后，他从事通俗文学、民间文学工作，对各少数民族的民间文学有了更广泛深刻的接触。一开始就发现，少数民族文学有如半壁江山奇峰突起，令人眼花缭乱、应接不暇。欣喜之余，开始了默默无闻的拓荒，征稿、组织采录、翻译、发表、出版和研究，让五彩斑斓、丰富多彩的各民族文学逐一展现在世人面前。

少数民族长期以来身受多重压迫，过着更加贫困与落后的生活。新中国成立后，他们才获得共同发展的机会。人民政协"共同纲领"上明确规定："各少数民族均有发展其语言文字、保持或改革其风俗习惯及宗教信仰的自由。人民政府应帮助各少数民族的人民大众发展其政

[①] 贾芝：《拓荒半壁江山：贾芝民族文学论集》"序"，文化艺术出版社，2012年，第1—9页。

治、经济、文化、教育的建设事业。"当年各文化部门都调配相当的干部，有组织有计划地进行这一工作，无条件地为各民族服务，杜绝那种以猎奇为目的的残余"大汉族主义"思想。

1950年，贾芝在周扬同志的直接领导下参与创办中国民间文艺研究会。他坚持认为中国民间文艺研究会是各民族共同的研究会，应该努力开发各民族的民间文学。1950年11月，他创刊《民间文艺集刊》，约稿延安老友安波、马可，刊发了他们的《谈蒙古民歌》《谈谈采录少数民族音乐》。同时刊发贾芝自己辑录的《民歌选》，计32首，包括了云南、湖南、湖北、陕西、河北、江苏、河南、山东、山西、广西等地至少六七个民族的作品。随后的第二期不仅收入关于少数民族文学的论文4篇，还刊发了《朝鲜族民间文艺特辑》计故事8篇、民歌14首、谚语数十则。他在第二期"编后记"中写道："我国是一个地域广大、文化多彩的国家。各地人民流传的文学艺术，种类极丰饶。从毛主席的《在延安文艺座谈会上的讲话》发表以后，民间文艺已被普遍重视，且在资料的搜集和对民间文艺的学习上已做出相当的成绩，但是在这一宝藏的发掘、探究和介绍上，离应该做到的成绩，相差还很远，很远。本刊的目的，就是要贡献给大家这么一个地盘，使大家把发掘到的民间文艺的珍品都能在这里陈列出来，同时给大家以研究的方便。"1951年9月《民间文艺集刊》出版第3期，又刊发了《藏族民间文艺特辑》。1951年12月贾芝赴广西土改，《民间文艺集刊》没有继续出版。

编印刊物的同时，贾芝还在人民文学出版社主持编辑一套《中国民间文学丛书》，有何其芳、张松如编的《陕北民歌选》，光未然搜集的《阿细的先基》，安波、许直的《东蒙民歌选》，严辰的《信天游选》，陕南《茅山歌选》，广西《柳州宜山山歌选》，李刚夫的《康藏人民的声音》，蒙古族长篇叙事诗《嘎达梅林》，韩燕如的《爬山歌选》等。显然，少数民族作品占据了绝对优势。特别值得一提的是边垣在新疆监狱里从难友蒙古族艺人满金口中记录的蒙古族史诗《江格尔》的重要章节《洪吉尔》，这是我国第一次出版史诗作品，用真实的作品推翻了文学史家"中国无史诗"的偏颇观点。

1955年，贾芝又创刊《民间文学》，编辑方针是："面向广大读者，为群众提供优秀的民间文学作品，同时作为开展民间文学搜集和研究的阵地，担负着推动全国各民族民间文学工作以及培养专业人才的任务更多地发表各地各民族的民间文学作品和研究成果。"至1966年3月被迫停刊，共出版107期。12年的《民间文学》勾勒出了中国多民族的口传文学逐渐发掘问世、日益兴旺发达的大致轮廓。1958年，贾芝、孙剑冰编选了《中国民间故事选》，这是各民族民间故事第一次结集出版；1961年，他们又编选了续集，这时已有了42个民族的作品；1984年编选第三集时便收入了56个民族及个别民族支系的作品。

　　贾芝1955年写《民间文学》创刊号编后记时还发生过要不要搞少数民族民间文学的争论，争论一直延续多年。1957年6月28日，贾芝参加中国科学院文学研究所所务会议，会上讨论民间文学小组的工作计划，未获通过。有人甚至认为少数民族的文学究竟搞不搞，这还是个需要研究的问题。1957年11月，贾芝把研究会的工作交林山同志管。他回到文学研究所又开始建立民间文学小组的工作。在整改中，已初步拟定了小组的十年规划：一为建立民间文学的基本理论；二为编写多卷本中国文学发展史的少数民族部分，预计三卷。这是工作重点。1958年3月6日，文学研究所召开民间文学小组会，讨论1958年计划。最终确定组织编写少数民族文学史。这是他们努力争取的结果，也是他之后坚持了40余年的一件事情的开始。

　　1958年7月，中国民间文艺研究会召开代表大会。贾芝在《采风掘宝，繁荣社会主义民族新文化》的报告中说："中国各民族的民间文学宝藏是这样的丰富，而我们的工作整个说来还处在拓荒的阶段，这就使我们必须大步前进，才能满足社会主义文化建设的需要。我们的工作肯定非走群众路线不可。在工作进程上，首先要注意开展普遍的调查采录工作，而且整理翻译作品和研究工作要能够及时跟上去，以便使我国各民族的民间文学都得到科学整理、广泛传布和正确的评价。"他还提出著名的十六字方针："全面搜集、重点整理、大力推广、加强研究。"会议期间，贾芝找了周扬、林默涵同志，由周扬主持召开了有少数民代表出席的编写少数民族文学史和概况的座谈会。

1961年4月,中国科学院文学研究所在北京和平宾馆召开了一次少数民族文学史讨论会。何其芳和贾芝主持了会议,何其芳作了题为《少数民族文学史编写中的问题》的学术报告。贾芝作了题为《各民族民间文学搜集整理问题》的发言。[①] 贾芝反对坐在书斋面壁苦思,提倡实地调查采录。他说:"我国各民族人民的口头创作,过去被记录下来的为数寥寥,绝大部分至今都还流传在人民群众的口头上。时代交给我们的任务,首先就是把这些作品用文字记录下来。把它们留下来,不让它们失传,这就是非常有意义的事情。"他一开始就坚持"我们要宣传这样一种认识:发掘各民族的民间文学宝藏,是我国社会主义革命和社会主义建设的伟大事业的一个不可缺少的方面,所有参与民间文学的搜集整理工作的人,应当树立保存国家文化财富的观念"[②]。会末,贾芝起草,并与何其芳同志一起斟酌修订了三个文件,在中国少数民族文学史的建设中起到了奠基和开拓的作用,可以说是划时代的。

"五十多个民族的口头文学,在我国第一次进行普查记录,从口头写到书面上。我们把优秀作品列入我们的文化宝库推广流传,同时又以大量资料提供给科学研究事业。它们是在人民政权下第一次显示自己特有的艺术光彩和科学价值。"

贾芝的研究是从搜集普查开始的。没有搜集就没有研究,当时各民族的民间文学理论和作品的文字版如凤毛麟角,在许多地处偏远的甚至没有文字的民族中更是几近为零。贾芝适时提出"抢救"的口号,以"三大史诗"为龙头,各民族的民间文学搜集工作于是在全国各地铺开了。

《格萨尔》:1955年5月,中国作家协会邀请八个兄弟民族的同志

[①] 参见王平凡《深切怀念老所长郑振铎、何其芳——文学研究所成立五十周年纪念》一文。

[②] 摘自1961年4月18日,贾芝在中国科学院文学研究所召开的少数民族文学史讨论会上的发言《谈各民族民间文学搜集整理问题》。

到北京座谈兄弟民族的文学工作情况。1956年2月，中国作家协会副主席老舍先生在第二次理事会扩大会议上，作了《关于兄弟民族文学工作的报告》，其中提到蒙古族《格斯尔》、藏族《格萨尔王传》两部长篇史诗，但那时还限于古籍及抄本的发现和研究；全面的搜集和抢救还未开始。老舍先生适时地提出搜集、整理和研究的问题，并归纳了宝贵的经验。很快，《民间文学》1956年第3期就刊登了老舍先生的报告全文，并在编后记中明确：民间文学工作者和一切民间文学爱好者，都应当为实现这个报告中所做出的号召和建议而加倍努力。1958年，贾芝在全国民间文学工作者第二次代表大会的报告中特别提出"《格萨尔》（格斯尔）是列入世界文库的异常珍贵的传统作品"。1959年12月，贾芝积极倡导安排中国民间文艺研究会、中国科学院文学研究所和青海省文联在北京联合召开《格萨尔》搜集、翻译、整理工作座谈会。老舍先生主持了会议。贾芝在大会发言中强调："发掘这一史诗，应在'抢救'二字上面多下功夫，认识它的紧迫性。同时要做好持久战的准备，认识它的艰巨性和复杂性。"

1978年，贾芝主持中国民研会筹备组会议，提出为《格萨尔》平反的问题。1979年，贾芝向中宣部递交了关于抢救《格萨尔》的报告，获批准成立六省区《格萨尔》工作领导小组，他被任命为组长。1980年，贾芝在峨眉山主持召开第一次有六省区参加的全国《格萨尔》工作会议。1981年、1982年，贾芝又相继在北京召开了第二次、第三次七省区《格萨尔》工作会议。

1982年、1983年、1994年，贾芝分别向日本、挪威、芬兰、中国台湾学界介绍《格萨尔》。1985年，贾芝赴芬兰参加《卡勒瓦拉》出版150周年纪念大会及世界史诗讨论会，论文题目《史诗在中国》，同时放映了藏族、蒙古族民间艺人演唱史诗的录像。芬兰报纸和电台不断采访、纷纷报道"中国是一个史诗的宝库，史诗在中国还活着"，彻底改变了"中国无史诗"的观点。会议期间芬兰总统还接见了贾芝。

《玛纳斯》：1962年，新疆文联党组书记刘肖芜到北京找到贾芝，提议民研会参加《玛纳斯》的发掘工作。他们商定中国民研会、新疆文联、柯尔克孜自治州三方合作成立领导小组,由贾芝、刘肖芜、塔依尔组成。1964年,贾芝抽调几位同志与新疆共同组成由陶阳任组长、刘发俊任副组长的调查采录工作组,深入柯尔克孜自治县进行了为期两年的调查采录和翻译注释工作。1966年"文化大革命"到来,《玛纳斯》一夜之间变成"大毒草",工作被迫中止,三大箱译稿和资料也全部丢失。

风雨过后,贾芝首先抓的是《格萨尔》,《玛纳斯》的抢救和记录工作也重新开始,领导小组依然是贾芝、刘肖芜、塔依尔三人,贾芝任组长。1978年民研会将《玛纳斯》歌手居素甫·玛玛依接到北京重新记录了八部《玛纳斯》。1981年终,他们回新疆,由新疆文联领导在乌鲁木齐继续完成未竟的记录、翻译工作。

1990年12月,贾芝亲赴新疆参加了"中国《玛纳斯》学术研讨会"。1991年4月6日,贾芝在北京"《玛纳斯》(汉译本)出版"新闻发布会上致辞祝贺;4月8日,贾芝参观《玛纳斯》搜集、整理成果展,柯尔克孜族女孩向他敬献了柯尔克孜族毡帽;4月10日贾芝在座谈会上发言,对30年来柯尔克孜族和汉族以及其他民族同志在搜集、翻译史诗工作中的亲密合作和共同努力作了简短的回忆并表示感谢;4月12日,国家民委、文化部举行的《玛纳斯》抢救、搜集表彰会,中国民协获得一面奖旗,贾芝到会祝贺并代表中国民协讲话。

《江格尔》:20世纪50年代初中国民研会出版的丛书中就有《江格尔》片段,但有计划、有领导地开展搜集出版工作是从1979年新疆成立了以自治区副主席巴岱为组长的《江格尔》领导小组开始的。1982年召开了《江格尔》学术讨论会。贾芝亲临新疆表示祝贺,讲话中他再次强调了"抢救第一"的重要性,还向在座的几位受到残酷迫害的民间艺人表示钦佩和慰问。1989年"蒙古族英雄史诗《江格尔》搜集整理成果展览"在京举办,贾芝出席记者招待会并讲话。1991年1月,年近八旬的贾芝又亲赴新疆出席中国《江格尔》研究会成立大会暨首届年会。1993年,新疆出版的《江格尔》汉文全译本在京举行首发式,贾芝致了贺词。

中国多民族的民间文学采集、出版和研究，1949年以后有了空前的繁荣。在50年代初便出版了一套民间文学丛书。但随着工作的迅猛开展，贾芝越来越感到有出版一套民间文学全书的必要。遇到了十年动乱，这一愿望破产了。直到1982年1月1日，贾芝主持召开中国民间文艺研究会常务理事扩大会，再次提出在普查的基础上，编辑《中国民间故事集成》《中国民歌、民谣集成》《中国谚语大观》。会上，大家一致赞同，并形成决议。周扬同志亲自出席会议表示支持。1月2日，贾芝到胡乔木同志家汇报，亦得到他的肯定与支持。

1983年4月10日，中国民间文艺研究会工作会议决定周扬同志任"中国民间文学集成"总主编，钟敬文、贾芝、马学良同志为副总主编并分别兼任《中国民间故事集成》《中国歌谣集成》《中国谚语集成》主编。

1984年5月22日，贾芝代表中国民研会签署文件。5月28日文化部、国家民委和中国民研会联合签发的《关于编辑出版〈中国民间故事集成〉〈中国歌谣集成〉〈中国谚语集成〉的通知》及《关于编辑出版民间文学三套集成的意见》作为民文字（84）第808号文件正式下发全国。1986年5月，中国民间文学三套集成纳入周巍峙同志主持的全国艺术学科规划领导小组编纂的艺术集成（志），成为十套集成（志），并被列为国家"七五"重点项目。

1984年3月10日，贾芝出席"中国民间文学集成"三套集成主编会议，讨论了集成的指导思想、要求体例和组织工作等问题。自此民间文学集成工作在全国各地区、各民族进入全面的普查阶段，发动了从十几岁的娃娃到八九十岁的老人数以千百万计的队伍。从中央到地方文化馆（站）的数十万名文化工作者为这一工作默默奉献着。全国搜集采录民间文学资料逾40亿字，编辑出版县卷本4000余卷。

1987年，民间文学集成各省卷开始审稿。每一个省都有自己独特的风情和相关的民俗事象，因此也就有着各具特色的歌谣。没有哪两个省可以采用完全相同的编排模式，在多民族省份更是如此。贾芝作为《中国歌谣集成》的主编对每个省、自治区、直辖市的卷本进行逐字逐句阅读，并提出修改意见。他提倡省卷要突出特色。如：广西、云南、新疆、四川突破按内容分类的要求，而按民族分类。云南 25 个民族、新疆 13 个民族、四川 13 个民族、青海 6 个民族、甘肃 5 个民族、内蒙古 5 个民族的作品琳琅满目、神采各异，对其民族本源和歌谣的综述，更使读者一目了然；宁夏为了突出回族特色，分为回族、汉族两部分；西藏人民喜歌善舞，藏族民歌有着自己纷繁复杂的名称和分类，涉及社会生活的方方面面，其中颂歌非常突出，还有专事演唱的歌手、艺人；内蒙古则以牧歌见长。节奏鲜明激昂的《驯马歌》更彰显着马背上的民族与马息息相通的情感关系。其他贵州、吉林、黑龙江等省，或者说全国所有省份都采取各自的办法突出了其特有的少数民族作品。2009 年《中国歌谣集成》30 卷全部出版了。每省卷 100 万字左右，有的省上下两卷 200 余万字，初审、复审、终审三遍，总字数以亿计算。贾芝不仅坚持看稿，还亲自执笔完成了《中国歌谣集成》总序的撰写工作。从普查动员、搜集采录开始，贾芝跑过 21 个省、市、自治区。像广西、新疆、湖北、河北、陕西等地，他都跑了三次以上。

1994 年、1996 年、2000 年贾芝三次赴台湾讲学，每次都讲三套集成。他还深入台湾少数民族中。他鼓励台湾学者在台湾高山族中进行民间文学采录，至今成果已结集出版。

以上讲到的只是贾芝做过的几件大事，日常工作和研究中，他更是孜孜不倦，事必躬亲。工作之初，周扬同志就为他立下规矩：群众来信，每信必回。他更加上了：群众求助，有求必应。

各民族民间文学是新中国成立以后创立的新学科，处于开拓阶段，必须是组织工作与研究工作并行，而把组织工作放在首位。贾芝首先突破了行政干部的职责范围，又改变了业务干部不涉政治的习惯，以他担任中国民间文艺研究会和文学研究所双重领导的优势位置，成为一名名副其实的"双肩挑"的学者。他极力主张和身体力行地完成两个单位的合作互补。民研会是全国性的群众学术团体，它的任务是指导、动员民间口头文学包括部分民间艺术的发掘整理和研究工作；它的方法是发动群众，不发动群众就不可能发掘这些甚至连文字都没有的许多民族口头流传的作品。文学研究所则聚集了一批高端研究人才进行专门的系统研究，研究成果又可以指导实践，使民研会工作更加规范系统化。二者任务不同，各有分工，不可偏废。民研会在全国各省，甚至地市都有分会和自己的组织。没有这样的力量，许多工作是无法进行的。为完成中国民间文学三套集成，发动几百万乃至上千万人进行了地毯式的普查，这在中国和世界上都是空前绝后的壮举。它作为文化长城巍峨屹立，成为永恒。编写中国少数民族文学史，抢救《格萨尔》《玛纳斯》，组建中国少数民族文学学会，组织主持国际学术研讨会等许多大事都是双方合作的成果。没有民研会及各地组织的积极配合，许多跨省区的采录研究是无法完成的。当年，文学研究所主张个人做"系统研究"，对贾芝利用民研会大力从事组织工作有不少非议，然而他坚持下来了，形成了自己的一套独特的研究方法与学术理念。经过多年实践，大家的看法也逐渐有了改变。

贾芝凭借一颗中国知识分子的良心，始终把发掘56个民族沉睡了千年的文化宝藏使之重放异彩，作为自己不可推卸的责任。他从不推崇从理论到理论的研究方法，无论它是西方舶来的理论体系还是套用苏联的模式。他绝少有时间涉猎深奥的纯理论，他的论文大多是解决具体问题的通俗文字。

贾芝的研究从来就不在书斋里，而是不断地与各民族、各地区的基层民间文学工作者对话，获取新的知识信息，切磋交流提升自己的学术水平。他以他的行为完成了学者与民众的对接。正是这些来自民间的鲜活理论充实了他的理论体系，点点滴滴地构建起多民族民间文学这一新兴的学科。他自己说，他是草根学者，用的也全是草根方法。这种植根民间的学科建设有别于从理论到理论的枯燥建构，她更具生命力也更加绚丽多彩。

今年适逢贾芝百岁，中国文联将为他举办庆贺百岁生日暨从事革命文艺工作80周年活动。我们正好借机把他的学术理念系统整理一下，将他亲历的这段新中国少数民族民间文学的开创史，真实完整地记录下来，定名《拓荒半壁江山：贾芝民族文学论集》。

全书分七部分。

一、历史记忆：收入不同历史时期对民族民间文学的政策性的论述，以及我们的理解与执行的实践，包括新中国成立初期写入人民政协《共同纲领》的一段文字；

二、学科建设：是贾芝为解决工作中具体问题的学术观点，从怎样搜集整理、怎样翻译到个别专题的研究，对学科建设他有着自己系统的理论；

三、三大史诗：是推动民间文学搜集全面铺开的龙头工作，也从根本上推翻了"中国无史诗"的荒唐论调，史诗、叙事诗不仅蕴藏丰富，而且还活在民间艺人口头上，令世界震惊；

四、萨满文化：几篇短文却记载了一段历史，萨满教作为一种世界性的原始宗教遗存、认识人类早期社会的活化石从被误解为封建迷信、反动会道门到今天作为一种原始文化研究，是贾芝的力挺和一批执着的坚守者冒着风险开拓的结果；

五、花儿情结：是贾芝在花儿的兴衰历程中与其结下的不解情缘，从侧面反映了一个真理：民间文学永远与祖国的命运生死相依；

六、作品述评：彰显和展示了民间故事的魅力，同时提出怎样正确地理解和欣赏民间文学作品，批评了用今天的观念解释古代作品，将艺术幻想和现实混淆的极"左"思想；

七、学人对话：是贾芝为各地各民族基层文化工作者写的序文，依据作者的课题，跟随他们的脚步涉足新的领域，与他们款款对话，亦凝聚着调查考证和研究思考的心血。

乍看分类并不协调，但是根据他的研究实际，这样更妥帖些。

《拓荒半壁江山：贾芝民族文学论集》全书融学术性与资料性为一体，可贵不在于其理论的高深，而在于它是真实的记忆。

是为序。

2012 年 10 月 8 日
2012 年 11 月 13 日 改定

《拓荒半壁江山：贾芝民族文学论集》后记[①]

贾芝是研究民间文学的草根学者。他绝少涉猎深奥的纯理论研究，他的论文大多是解决具体问题的。他不是，也不追求成为学术大家。他几乎没有所谓严格意义上的纯粹学术著作。民间文学是民众的文学，我们的研究首先必须做到与民众的对接，不能仅仅把他们当作研究对象，而应与他们融为一体，完成心与心的交流，这样采录的作品才可能保持真正的原生态，这样升华出的理论才能指导实践而更具学术价值。这就决定了贾芝的论文大多甚至全部是针对工作方针和回答具体问题的。

近年间他为各地基层文化工作者写序已有四五十篇，他说这叫"命题作文"。他一次一次地依据作者的课题，跟随他们的脚步涉足新的领域，与他们款款对话。文章虽然短小，但他从不懈怠，篇篇序文都是做足了功课，常常是十几倍或几十倍于序文本身，处处凝聚着调查考证和研究思考的心血。这次，我无意中发现了他为《民间诗神——格萨尔艺人研究》作序时记下的整整57页的笔记，他对几十位艺人进行了研究剖析。他指出以演唱《格萨尔》为生的说唱艺人是传承和发展史诗的主角，经历神秘奇特而功勋卓著；只有向艺人寻根觅底，才是打开史诗这一民族文化宝库的金钥匙。

序文也好、祝辞也罢，都是他从不同民族、不同地区的基层民间文学工作者那里获取信息、知识的有效途径。记述也好、评论也罢，正

[①] 贾芝：《拓荒半壁江山：贾芝民族文学论集》，文化艺术出版社，2012年，第467—468页。

是这些来自民间的鲜活理论，点点滴滴地构建起民族民间文学这一新兴的学科。这种植根民间的学科建设有别于从理论到理论的枯燥建构，她更具生命力也更加丰富多彩。希望大家能够更多地关注和包容这种草根文学的草根做法。

贾芝2001年写《中国史诗〈格萨尔〉发掘名世的回顾》一文时，曾附录6篇文字，其中少数民族文学研究所和中国民间文艺研究会联名向中国社科院、国家民委、中宣部递交的《关于藏族史诗〈格萨尔〉的报告》写于1979年8月，留有那个时代的深深的印记。改革开放之初，百废俱兴，为《格萨尔》史诗平反，为整理研究此作品受牵连遭受迫害的人员平反，曾引起国内外强烈反响。报告很快得到各级领导的热情支持和响应，文件附有邓力群、宋一平、江平、杨静仁等同志的批示，周扬、于光远、梅益同志的画圈同意。根据批示，中国社会科学院少数民族文学研究所和中国民间文艺研究会很快专门组织力量与地方合作，及时抢救史诗《格萨尔》，成立了有关六（后改为七）省区联合的《格萨尔》工作领导小组，贾芝任组长。藏族英雄史诗《格萨尔》第一、二、三次工作会议纪要也都是拨乱反正以后史诗研究逐渐走入正轨的历史见证。

《拓荒半壁江山：贾芝民族文学论集》将贾芝亲历的这段新中国民族民间文学开创史真实并尽量完整地记录下来。毋庸讳言，这本书是应中国社会科学院之邀编选的，无奈距其学者专题文集的要求有些差距，根据专题文集统一标准，必须删除部分序文、祝辞等带有工作性质的作品。我以为，这两部分文章若要舍弃，就很难看到我们工作与研究的特点以及学科建立的坎坷历程。编好的文集、完整的构想，我不忍割爱，只好另觅知音。中国现代文学馆常务副馆长吴义勤同志慷慨相助，他立即拍板决定由他们出版。我在这里，对他表示深深的感激！感激介绍我们相识的中国作家协会办公厅主任彭蕴锦！还要感谢我们的老朋友杨亮才、关艳如和郝苏民教授对全书的编辑提出很好的意见。感谢中华人才思想道德网的黄凤兰及她的团队鼎力相助，帮助完成录入工作。感谢众多亲人好友帮助完成录入稿的初校工作。最后，应当感激文化艺术出社斯日同志！我上午交稿，她当晚就将清样送我。她的神速高效率保证了出书的时间和质量。需要感激的人还有许多，大家的共同努力才使这部文集能够在一个月内成书，得以在贾芝百岁庆典上与大家见面。谢谢大家！

2012 年 11 月 12 日

庆贺贾芝百岁华诞座谈会答谢词[①]

各位领导、各位嘉宾、各位同志和朋友们：

今天，在这个飞雪的日子里，大家不畏严寒，甚至千里迢迢来到北京，聚在一起庆贺贾芝同志百岁华诞暨从事革命文艺工作 80 周年，我们感受到的只是两个字"温暖"。此时此刻，我们的心情也只有两个字可以表达，那就是"感激"！

首先，我们感激中国文联、中国民间文艺家协会、中国社会科学院民族文学研究所共同组织主办、承办了这次活动。感激中国文联党组书记赵实同志昨天在百忙中抽身到医院看望了贾芝。病中的贾芝非常激动，用含糊不清的话语表示了自己的感谢；感激中国文联党组副书记李屹同志出席今天的会议并作了热情洋溢的讲话，去年的今天，上任不久的李屹书记到医院看望贾芝，令人感动的是，他百忙中还在头一天的晚上看了贾芝的简历和著作，对贾芝的工作成就如数家珍，崇敬之情溢于言表；感激中国社会科学院秘书长黄浩涛同志，他是坚持每年看望贾芝的领导；感激中国民间文艺家协会主席冯骥才同志的热情中肯的贺信；感激中国民间文艺家协会副主席、党组书记罗扬同志，2008 年贾芝因药物过敏、高烧住进医院，我们正手足无措时，是新上任不久的罗扬书记来到身旁，对大夫细心嘱托，使贾芝很快病愈出院；感激民族文学研究所的汤晓青、尹虎彬所长，他们更是日常关

[①] 中国民间文艺家协会编：《真情呼唤 共铸辉煌——庆贺贾芝百岁文集》，中国文联出版社，2016 年，第 31 页。

怀备至；感激中国作家协会党组成员白庚胜、办公厅主任彭蕴锦、中宣部文艺局副巡视员路侃、中国社会科学院科研局副局长朱渊寿、文学研究所民族文学研究所原联合会党组书记包明德、民族文学研究所原党委书记冯志正、原副所长郎樱、中国民间文艺家协会顾问刘魁立、张锠、刘铁梁，中国民间文艺家协会副主席乔晓光、中国艺术报社长向云驹等诸多领导同志亲临会场祝贺；感激襄汾县县委副书记张瑜庆和南侯村党支部书记高随锁为我们带来家乡人民的真诚祝福；感激来自海峡彼岸的金荣华先生的祝词；感激苏州冯梦龙研究会马汉民、陶建平、侯楷炜三位会长，专程飞临北京祝贺。特别应该感谢的是年逾九旬的王平凡同志，他不顾年迈来到会场，他是与贾芝相濡以沫几十年的老搭档，周扬同志曾说他和贾芝是政委和司令的关系。贾芝离休后，他继任所长多年，他们的事业一脉相承。还有多年一起奋战的老战友段宝林、李耀宗、杨亮才、关艳如、贺嘉、降边嘉措、赵光明，等等，他们也是年逾七八旬，都亲临会场；很多中青年的朋友：董晓萍、刘晔原、陈泳超、陈连山、刘绍振、赵铁信、贺学君、罗汉田、刘哲、刘未、莫保平，他们中间许多是学科带头人、领军人物，都在各自不同的重要岗位上忙着各种事业，他们纷纷放下手中的繁忙工作，前来祝贺。我们还要感激中国现代文学馆吴义勤常务副馆长，在我们出书无望的时候，是他慷慨相助，拍板出版；感激黄凤兰和她中华人才思想道德网的团队在最短的时间里帮助完成了40万字的录入工作并承担了今天的全程视频；感激亲朋好友为录入稿进行紧张的校对工作；感激文化艺术出版社的斯日主任，她的神速高效率保证了《拓荒半壁江山：贾芝民族文学论集》出书的质量与时间，不到30天，完成了从审稿、排版、设计、校对、印刷的全过程，一本精美大气的图书拿到大家面前。感激《西北民族研究》主编郝苏民教授，为了庆贺贾芝百岁华诞，他在刊物已发排的情况下，将稿件全部撤回重排，贾芝的《中国史诗〈格萨尔〉发掘名世的回顾》作为特稿发在2012年第4期上。感激协和医院的医生和护士们！他们是守护生命的天使，长期住院生活已经让我们成为亲人，一年365天，每一天的呵护和照顾，成为我们忠实的依靠，是他们的无私帮助与奉献让我们走到了今天。感激积极倡议、策划和实施这次活动的中国文联组联部罗成琰主任、罗江华处长，中国民间文艺家协会秘书长张志学、吕军、周燕屏，人事处程翔云、李静。中国民协所有在职人员都参加了今天的活动，缜密的分工和各负其责保证今天会议的正常进行。太多的人需要我们感激，这里我不能一一道出姓名，我再一次表示感谢！谢谢大家！

最后要感谢的是贾芝，是他的坚强和毅力使他走到今天，默默支撑着我完成他未竟的事业。祝愿他突破百岁之后依然健康，继续陪伴我、支持我到永远！

今天会上大家的发言都非常真诚中肯，大家的热情始终感动着我。想发言的人还有很多，受时间限制不能满足大家，在这里我对大家表示歉意。希望大家将发言整理成文寄给我们，会后统一出书。还请大家相互转告，欢迎到会的和没有到会的朋友继续撰文，回顾我们共同走过的那段历史。贾芝说他是"草根学者"，他很平凡，我们也一样平凡，但当这许多平凡组合在一起、拧成一股绳的时候，就是伟大了。三大史诗的搜集抢救、中国各少数民族文学史的陆续问世、"中国民间文学三套集成"的编纂出版等都已经成为中国文化史上的永恒。今天，抢救非物质文化遗产工程，是更加完整伟大的项目。历史从来不属于个人，是几代人共同创造。希望我们永远相互支持，守望我们的事业、守望我们的家园，守望明天，直到永远。

我感激身边的每一位亲人、每一位朋友、每一位同事，我每时每刻都能感受到来自他们的爱，有时候一个眼神、一个动作给我无穷的力量。我不是一个坚强的人，是一个敏感脆弱的人，是大家的支撑使我走到今天。这些年我经历了太多困难，但是，我却因此得到更多更广博的爱，我是幸福的。我今天借这个机会要说的话只有感激，我们没有酒宴和华贵的礼物，我用贾芝亲笔题写的"艺以弘德""吉祥"和我们的照片制作了卡片，我亲手钤上了他的印章。虽然印得不好，但希望能给大家带点百岁寿星的福气、喜气和信心，同时送上刚刚印好的新书《拓荒半壁江山：贾芝民族文学论集》，祝愿大家都健康长寿！吉祥如意！事业辉煌！

贾芝现在住院治疗，不能出席今天的盛会，我代表他，代表我们全家向大家致以最诚挚的谢意！谢谢大家！

2012 年 12 月 12 日

百年贾芝[1]

"少数民族文学是中国文学的半壁江山",这铿锵有力的话语是贾芝提出来的,也是他坚持实践了50多年的工作宗旨。贾芝的民族民间文学情结,是从延安时代开始的。解放后,他从事通俗文学、民间文学工作,对各少数民族的民间文学有了更广泛深刻的接触。一开始他就发现,少数民族文学有如半壁江山奇峰突起,令人眼花缭乱应接不暇。欣喜之余,开始了默默无闻的拓荒、征稿、组织采录、翻译、发表、出版和研究。

1950年,贾芝在周扬同志的直接领导下参与创办中国民间文艺研究会。1950年11月,他在赵树理的支持帮助下,积极创刊《民间文艺集刊》,发表了一系列研究推广少数民族文学的论文。1950年11月出版第一集,1951年5月出版第二集,1951年9月出版第三集。1951年12月贾芝去广西土改,《民间文艺集刊》因肃反等原因停刊。1955年,贾芝又创刊《民间文学》,至1966年3月被迫停刊,共出版107期。1958年,贾芝、孙剑冰编选了《中国民间故事选》,这是各民族民间故事第一次结集出版;1961年,他们又编选了续集,这时已有了42个民

---

[1] 原载《中国艺术报》2012年12月14日。编者按:贾芝,现任中国文学艺术界联合会荣誉委员、中国民间文艺家协会名誉主席。他凭借一颗中国知识分子的良心,始终把发掘民族文化作为自己不可推卸的责任,使沉睡了千年的文化宝藏重放异彩。适逢贾老百岁寿辰,特刊发此文表达全国民间文艺工作者对贾老的敬佩与爱戴。

族的作品；1984年编选第三集时便收入了56个民族及个别民族支系的作品。

1959年12月，贾芝积极倡导安排中国民间文艺研究会、中国科学院文学研究所和青海省文联在北京联合召开《格萨尔》搜集、翻译、整理工作座谈会。贾芝在大会发言中强调："发掘这一史诗，应在'抢救'二字上面多下功夫，认识它的紧迫性。同时要作好持久战的准备，认识它的艰巨性和复杂性。"

"文化大革命"风雨过后，贾芝首先抓的还是《格萨尔》和《玛纳斯》的抢救和重新记录工作。1978年，贾芝主持中国民研会筹备组会议，提出为《格萨尔》平反的问题。1979年，贾芝向中宣部递交了关于抢救《格萨尔》的报告，获准成立六省区《格萨尔》工作领导小组，他被任命为组长。

1985年，贾芝赴芬兰参加《卡勒瓦拉》出版150周年纪念大会及世界史诗讨论会，论文题目《史诗在中国》，同时放映了藏族、蒙古族民间艺人演唱史诗的录像。芬兰报纸和电台不断采访、纷纷报导"中国是一个史诗的宝库，史诗在中国还活着"，彻底否定了"中国无史诗"的荒唐论调。

1982年1月1日，贾芝在主持中国民间文艺研究会常务理事扩大会时，再次提出在普查的基础上，编辑《中国民间故事集成》《中国民歌、民谣集成》《中国谚语大观》。会上，大家一致赞同，并形成决议。1983年4月10日，中国民间文艺研究会工作会议决定周扬同志任中国民间文学集成总主编，钟敬文、贾芝、马学良同志为副总主编并分别兼任《中国民间故事集成》《中国歌谣集成》《中国谚语集成》主编。

1987年，民间文学集成各省卷开始审稿。贾芝作为《中国歌谣集成》的主编对每个省、自治区、直辖市的卷本进行逐字逐句阅读，并提出修改意见。2009年《中国歌谣集成》30卷全部出版了。每省卷100万字左右，有的省上下两卷200余万字，初审、复审、终审三遍，总字数以亿计算。贾芝不仅坚持看稿，还亲自执笔完成了《中国歌谣集成》总序的撰写工作。从普查动员、搜集采录开始，贾芝跑过20多个省、自治区、直辖市。

贾芝凭借一颗中国知识分子的良心，始终把发掘56个民族沉睡了千年的文化宝藏使之重放异彩，作为自己不可推卸的责任。他从不推崇从理论到理论的研究方法，无论它是西方舶来的理论体系还是套用苏联的模式。他绝少有时间涉猎深奥的纯理论，他的论文大多是解决具体问题的通俗文字。

贾芝的研究从来就不在书斋里，而是不断地与各民族、各地区的基层民间文学工作者对话，获取新的知识信息，切磋交流提升自己的学术水平。他以他的行为完成了学术与民众的对接。正是这些来自民间的鲜活理论充实了他的理论体系，点点滴滴地构建起多民族民间文学这一新兴的学科。他自己说，他是草根学者，用的也全是草根方法。这种植根民间的学科建设有别于从理论到理论的枯燥构建，她更具生命力也更加绚丽多彩。

2012 年 12 月

百岁贾芝的拓荒之路[1]

——贾芝荣获第九届中国文联文艺理论著作特等奖

今年，贾芝的《拓荒半壁江山：贾芝民族文学论集》荣获第九届中国文联文艺评论著作奖。他以101岁高龄成为该奖项最年长的获奖者。他也是中国文联最年长的荣誉委员、中国民间文艺家协会名誉主席和中国社科院荣誉学部委员。他以自己的行动兑现了他"生命不息、奉献不止"的诺言。

半个世纪前，面对中国文学史历来缺席少数民族文学的现状，贾芝奋力疾呼"少数民族文学是中国文学的半壁江山"，为此，他践行60余年。1950年在周扬同志直接领导下，他参与创办中国民间文艺研究会，努力开拓发展各民族的民间文学艺术，又先后创刊《民间文艺集刊》《民间文学》《民间文学论坛》《民族文学研究》；编辑出版《中国民间文学丛书》；组织编写中国各少数民族文学史和文学概况；1959年在《格萨尔》工作座谈会上首先提出"抢救"的口号，以史诗为龙头在全国范围内开展轰轰烈烈的各民族、各地区的民间文学普查搜集工作；1980年提出编纂《中国民间故事集成》《中国民歌谣集成》《中国谚语大观》，1984年5月22日，他代表中国民研会与文化部/国家民委共同签署《关于编辑出版〈中国民间故事集成〉〈中国歌谣集成〉〈中国谚语集成〉的能知》（文民字〔84〕808号）。他担任三套集成副总主编、《中国歌谣集成》主编。前后25年间，组织发动全国几十万人的队伍对

---

[1] 原载《中国艺术报》2014年10月29日。

民间文学进行地毯式的普查，并亲自审稿逾亿字，2009 年 30 个省、自治区、直辖市卷本全部出版。

贾芝自称草根学者，一生致力于三个对接：

一、学者与民众的对接。贾芝说，民间文学是民众的文学，研究民间文学就得做到与民众对接。不是仅仅把他们当成研究对象，而是成为他们中的一员，与他们融为一体完成心与心的交流。只有这样，我们采录的作品才能保持原生态，这样升华出的理论才具有指导实践的价值。他的朋友遍布全国 32 个省、自治区、直辖市，有故事家、歌手、工艺家，也有农民、牧民、工人、干部。

安徽民间歌手姜秀珍曾在第三次文代会上演唱，得到周总理鼓励。"文化大革命"中她被打成"黑线人物"。1979 年贾芝主持召开的"少数民族民间歌手、民间诗人座谈会"邀请她参加，并为她和众多歌手平了反。贾芝同时为姜秀珍出书奔走，她的《一个女歌手的歌》由中国民间文艺出版社出版，贾芝为之作序。至此，他们成为师生亦成为朋友。

1978 年，柯尔克孜族著名民间歌手、《玛纳斯》演唱大师居素普·玛玛依来北京演唱记录《玛纳斯》时，将柯尔克孜族乡亲要求恢复柯文的意见书交给贾芝。贾芝设法递交中央，问题很快得到解决。柯尔克孜族人民像过节一样高兴。无论在北京还是新疆，居素普·玛玛依一见到贾芝就热情拥抱，他们成了心贴心的朋友。通过他，贾芝与柯尔克孜族人民的心也相通了。

在河北耿村，贾芝更是有一群农民故事家的朋友，他多次深入他们中间，田间、炕头听故事、聊家常。至今，老乡还常常说起、问起贾芝夫妇。

二、书斋与田野的对接。贾芝秉承延安文艺座谈会讲话的精神，坚持为人民服务、为社会主义服务，"取之于民、用之于民"，完全不同于某些西方学者的纯理论研究。他几十年来深入民间，活跃在田野上。他的论文不是书斋里的苦思冥想，大多是在回答解决民众实践问题时成篇的。他说民间文学是草根文学，是鲜活的文学，研究活的文学就不能离开它生长的土地和环境。

1980年10月，贾芝乘改革开放之春风，用了50天的时间，亲自深入广西柳州、柳城、金秀大瑶山、融水大苗山、三江侗族自治县；云南楚雄、保山、大理、德宏、瑞丽等地的20余个县乡讲学、调查、采风。金秀的原始森林、融水的竹筏子、三江侗族的风雨桥、畹町桥头的边防站、瑞丽江边的竹楼，处处留有他的足迹。

年过七旬，他还坚持每年出行，且大多为偏僻山寨、边关小镇。1981年到内蒙古学术会议以后，到赛罕塔拉、满都拉图考察那达慕。1982年到新疆《江格尔》会后，到伊犁，在尼勒克卡以切下草场的哈萨克毡房里过夜。1983年带领10余省、自治区、直辖市民研会的同志们到甘肃、青海的莲花山康乐县、和政县和临夏"花儿会"采风。1984年到贵州黔西南布依族苗族自治州。1999年赴甘肃泾川县王母娘娘瑶池。2000年到台湾与排湾族村民交流。2002年90岁一年间就到广西宜州、上海、江苏常熟白茆乡、苏州吴县、湖北宜都青林寺谜语村五地考察。2004年92岁的贾芝还到河北赵县下乡考察"二月二"庙会文化。

近年，他年迈体弱不能出远门了，就在家接待客人，与各地朋友通信，书斋和田野的对话还在继续。

三、民族与世界的对接。长期的闭关锁国，让世界很难了解中国，对中国民族民间文学更是知之甚少，"中国无史诗""中国无神话"的谬论盛行。贾芝深感中国民间文学必须走向世界，他为此呼吁奔走。1982年离休后，他先后出访芬兰、冰岛、挪威、瑞典、丹麦、英国、俄罗斯、加拿大、美国、匈牙利、奥地利、印度、德国、法国等十几个国家，在国际讲坛上不失时机地宣传中国、介绍中国，多次在国际讲坛为中国赢得荣誉。

1985年2月，到芬兰参加史诗《卡勒瓦拉》150周年纪念活动，他的论文《史诗在中国》介绍了中国30多个民族的史诗，以众多鲜活的实例推翻了"中国无史诗"论。第二天《赫尔辛基报》用整版篇幅介绍中国史诗，还刊登了贾芝的大幅头像。会议期间，芬兰总统毛诺·科伊维斯托接见了他，他获得《卡勒瓦拉》银质奖。"中国是一个史诗的宝库""史诗在中国还活着"这令人振奋的消息在各国代表中传颂着。学术上的交流与沟通，像一股热流穿过不同国籍学者的心，实现了民族与世界的对接。

1996年4月，在完全没有经费支持的情况下，贾芝经过三年的努力在中国成功举办了一次国际民间叙事文学学会的学术研讨会。来自五大洲的24个国家和中国包括台湾在内的15个省、自治区、直辖市的代表，冲破语言障碍进行广泛深入的交流。兑现了国际民间叙事文学学会"今后不再以欧洲为中心，要向发展中国家转移"的决策，学会主席雷蒙德（挪威）说，这是一次空前的盛会，将成为世界民俗学研究整合发展的新的里程碑。

贾芝一贯认为文艺理论只有深入民间、植根生活，才具有鲜活的生命力，既不是完全套用西方的理论体系，也不是关在书斋里苦思冥想，要走中国特色的社会主义文艺道路。多年来无数先行者在践行，虽然走得艰难，也没有惊天动地，但那是自己的路，是实现中国梦的必由之路。他深信：我国多民族的文化艺术一定会而且已经在世界文坛绽放异彩，独领风骚。

百名学人话百岁贾芝

——《真情呼唤 共铸辉煌——庆贺贾芝百岁文集》跋一[①]

我是始终不忍开始"后记"的，总觉得这个事情没有完。还有太多的人没有通知到，还有太多的事没顾得上写，还有太多的等待。时间和篇幅的限制，只好暂时截稿出书。我相信今后还会有这类文字面世。本书用"跋"，字面有"跋涉""翻山"的意思，也更符合贾芝"一切都是进行时，永不休止，永远奋进"的理念。

编书伊始，我们就没想把它做成一本纯粹的个人纪念文集。在征稿信中，我们诚邀大家一起回忆与百岁贾芝共同经历过的一段时光，重温当年的初衷、追求与奋进的心路历程。许多学问和道理或许就在匆匆的脚步中，让我们捡拾起那些浸润着汗水、饱含着真情的点点滴滴，连缀起来便是几代学人团结奋战共铸辉煌的灿烂图景。

往事并不如烟，一件件来稿展现了一篇篇感人的故事，不经意间发生的事依然闪烁在被时间稀释了的记忆中，说不尽，道不完。本书收入2012年以来，全国20个省、自治区、直辖市，11个民族的70余位作者的来稿，加上座谈会的发言与媒体报道已逾百人，得名《百名学人话百岁贾芝》。君子之交淡如水，平时不大往来，甚至疏于问候的朋友们一呼百应，纷纷放下手中的忙碌，提笔写下这许多带有温度的文字。有九十高龄的老人、有正值中年的学术中坚、也有年轻的朋友。有学者

[①] 中国民间文艺家协会编：《真情呼唤 共铸辉煌——庆贺贾芝百岁文集》，中国文联出版社，2016年，第694页。

大家、艺术大师、领导干部，更有基层文化工作者、民间艺人。怎样的人格魅力让这么多人爱着他、想着他、写着他？首先是贾芝和他们之间有故事，太多的故事牵着他们的心。他们用真情书写着曾经的往事。每篇文章都让我感动，多少次热泪盈眶，我禁不住拿起笔一一点赞，于是就有了这篇超长的跋文。

在这里，我向每一位作者致敬，深深感激他们讲述的每一个真实的故事！

拓荒创业 同舟共济

王平凡，贾芝的老搭档，几十年相濡以沫，共同承担着民间文学的领导工作。1982年贾芝被离休，平凡同志接任少数民族文学研究所所长一职。2012年，90岁高龄的平凡同志不仅冒雪参加了贾芝百岁诞辰庆贺会，还连续写了两篇文章，回顾他们在创建少数民族文学研究所、开展民族文学科研新局面等方面的种种艰辛努力和取得的成就。他说："少数民族文学研究所是在周扬同志倡导下，由贾芝同志全力以赴领导建立的。包括乔木、杨静仁、江平等同志，在各个方面给予大力支持。经所的几届领导和全体同志辛勤努力，并凝聚了中国少数民族文学学会专家学者的智慧和心血而成的。研究所从改革三十年来，从无到有，从小到大，成就辉煌。"文中记录了胡耀邦、萨空了、陈荒煤、马寅、毛星、傅懋绩、马学良、王平凡、杨亮才等同志的具体参与和贡献。

冯元蔚，彝族，现任中国民间文艺家协会名誉主席。20世纪50年代末期便参加民间文学的调查采录工作，1961年应邀到北京出席贾芝与何其芳主持召开的中国少数民族文学史与文学概况编写工作会议。自此他与贾芝建立起共同创业的师友关系，不管他是副教授，还是出任省委副书记，他们都是忠诚于民间文学的好朋友。他为本书题词："贾芝同志为中国民间文艺事业奉献一生可钦！可佩！贾老的战友、学生冯元蔚。癸巳年冬于成都。"

孙剑冰，也是95岁的老人了，他和贾芝是延安时期的老战友，风风雨雨中走过半个多世纪。现在他不方便写作了，文中收入他2002年的回忆文章。他记述了1950年在中国民间文艺研究会最早的会址演乐胡同74号发生的老故事和老同事。郭老、老舍、萧三、周扬、冯雪峰、何其芳、赵树理、聂绀弩、吕骥、艾青、马可、古元、钟敬文、常任侠、常惠、容肇祖、黄芝岗、江绍原、孙伏园、周贻白、王尊三、韩燕如、陶建基、汪曾祺等诸多人物闪现其中。他说："当时，研究会的实际负责人是贾芝。钟先生住在北师大，每个礼拜六下午来办公，研究业务方面的事。"在研究会初创时期，作者和贾芝共同办会、共同编书、共同审稿，共同分担责任与风险，也共享着成功的喜悦。

陶阳，忠诚于民间文学的老朋友，曾任中国民间文艺家协会书记处书记、研究部主任、《民间文学论坛》主编。他激情奔放地详述了贾芝是位忠诚的民间文学家。他说，1955年贾芝创办《民间文学》时就提出"忠实记录、慎重整理"；1958年在全国民间文学工作者第二次代表大会上又提出制定了"全面搜集、重点整理、大力推广、加强研究"工作方针，同时再次强调"忠实记录、慎重整理"的原则，并经中宣部审定下达全国指导民间文学工作；1960年，民研会扩大理事会上就民间文学的范围界限及科学性发生一场争论，面对极左思潮，贾芝不怕围攻，终获包括作者在内的广大与会者的支持，他们都是忠诚的民间文艺家；1979年中国民间文学工作者第三次代表大会上，贾芝仍强调"我们必须大声疾呼，坚决反对不忠实记录和乱改乱编的作法"。"保持民间文学的纯洁性，不要再让她受到伤害了。"这是作者和贾芝永远的心愿与执着一生的追求！

刘魁立，中国社会科学院荣誉学部委员。1958年二十出头的他在苏联读研究生，回国休假应邀参加了民研会的代表大会，有机缘结识许多文艺大家，在对前辈的敬仰中自己也慢慢地融入其中。1979年他正式调京从事民间文学工作，贾芝安排他住在冲洗照片的小屋，条件简陋但生活充实而快乐。他说，在那如火如荼、百废待兴的历史时刻，贾老不停地召开会议，筹划恢复民研会工作，恢复《民间文学》刊物，创办民间文艺出版社，筹建少数民族文学研究所，恢复中国少数民族文学史的编写工作，为《格萨尔》平反，为"花儿"平反，为民间歌手平反，大家殚精竭虑地为中国的民间文学事业操劳。真个是文化领域拨乱反正的大手笔！改革开放伊始，贾老又积极推动和日本、欧洲、美国等多国学界以及海峡两岸民间文化界的学术交流；建立了许多有效的联系通道，与众多国际大家、知名学者建立起深厚真诚的友谊。同时在国内恢复重建各省的民研会组织，全国连成一片。工作的魄力和效率是超乎常人想象的。魁立同志说："贾老的生平很像这个时代一支宏大的乐曲，这里或许有委婉，有凄怆，但更多的是激昂慷慨，乐观向上。很多同时代人也会在这支乐曲里找到自己在不同时期的音符。"

张文，曾任中国民间文艺研究会书记处书记、《民间文学》主编。1956年就到民研会工作。他说，那时贾芝是总管，按当时习惯，大家都不叫官称，叫他"贾芝同志"。50多年来他们亦师亦友共同为民间文艺事业奉献着，仅作为中国歌谣卷的主编和副主编的通力合作，他们又经历了离休后的25年。30部省卷本，每卷三审，无论在京还是赴外地，贾芝每审必到，而且一字一句阅读稿件，一丝不苟地与大家讨论意见并作总结。这是他离休后，八九十岁时承担的一项国家重大社科项目，也是一件完全义务的工作。

过伟，广西师范学院民族民间文学研究所副所长。他以万言陈述贾芝四个方面的卓越贡献：组织家的贡献、编辑家的贡献、理论家的贡献、民间文化外交家的贡献和自谦"草根学者"的高尚品格。进而探索其治学轨迹和学术特色，他说，贾芝是个"四没有"学者：1."没有"在大学做过民间文学的专职教授；2."没有"写过民间文学概论教科书；3."没有"本科生、硕士生、博士生弟子；4."没有"搬弄洋理论的专著……他的理论亦有"四大特色"：1.往往蕴含在中国民研会代表大会的主题报告里；2.常常内涵在给大家作的书序中；3.从实际材料提炼而来；4.对全国民间文艺家起着潜移默化的引导作用。许多人视贾芝为"师友"，亦师亦友，既是引路的老师，又是同行跋涉的好友。他说："贾芝同志诗化的理论，'润物细无声'，润入民间文艺家的心，红湿遍地鲜艳芬芳的民间文艺花朵。"过伟近年身体头脑大不如前了，这是他2007年发表在广西《贺州学院学报》第4期的一篇文章，留下的是记忆，也是他们那代人的一片赤诚。

邓敏文，侗族，中国社科院民族研究所研究员。他从三个方面剖析了贾芝关于中国多民族文学史的建设思想，并回顾了贾芝自1958年起草《中国少数民族文学史和文学概况编写出版计划》等文件到1994年出版71部文学史、文学概况专著，宏伟蓝图变成现实的过程。其中饱含着贾芝与包括作者在内的众多各民族学者，共同付出的心血与艰辛。

赵光明，原中国民间艺术家协会组联部主任，负责国内外联络工作。他略数其中几件外事工作纪实，回顾与贾芝共同奋战的艰辛与喜悦。1985年，贾芝赴赫尔辛基参加芬兰史诗《卡勒瓦拉》150周年活动。为了节省开支，年过古稀的他自带方便面等食品乘火车途经西伯利亚到莫斯科再换乘飞机到赫尔辛基。火车单程七天，往返半个月吃住都在火车上，感动得列车员为老人做了稀饭。1986年，贾老与芬兰学者劳里.航柯先生签订协议，克服种种障碍，首开先河，成功组织中、芬两国学者在广西进行联合考察保护民间文学的项目。1993年9月赵光明陪同贾老访问芬兰，具体落实1992年奥地利会议关于"在中国开一次学术研讨会"的决定。1995年，83岁的贾老不顾旅途劳顿到印度参加国际民间叙事文学学会第十一次代表大会，会上被推选为资深荣誉委员，会后还到印度南部的迈索尔等地讲学。1996年在没有国家拨款、没有专职工作人员的情况下，赵光明全力以赴协助贾芝成功举办有来自五大洲的24个国家和中国15个省、自治区、直辖市（含台湾）的代表出席的学术研讨会。雷蒙德（挪威）主席说，这是国际民间叙事文学学会有史以来开得最好的一次会议，将成为世界民俗学研究整合发展的新的里程碑。那也是他和贾老合作得最艰难也最默契的一次。

扬民族魂 筑中华梦

徐国琼，1958年由北京调往青海工作时就带着贾芝托付他搜集抢救《格萨尔》的任务，"文化大革命"中，他牢记贾芝的嘱托，不顾全家的生命安危，将《格萨尔》手抄本、木刻本57种71本秘密转移，埋藏地下。1973年"四人帮"猖獗之时，贾芝写信鼓励他说："《格萨尔》以后还会搞的。"1978年寒冬过去，他们开始了从中央到地方一次次斡旋奔波，为《格萨尔》平反，恢复《格萨尔》的抢救研究工作。贾芝曾带领作者向周扬同志汇报，周扬亲笔题词鼓励。徐国琼斯人已去，我找出他1997年在《中国少数民族文学学会通讯》总第23期上发表的文章《贾芝同志与〈格萨尔〉史诗的抢救和发掘》，故事依旧新鲜绚丽，周扬同志题词一并付印。留下对那个人、那个事的永久记忆。

降边嘉措，藏族，中国社会科学院民族文学研究所研究员，曾任全国《格萨尔》工作领导小组副组长。1980年他参加社科院研究员的考试答辩，贾芝建议并要求他发挥自己藏族学者的优长，将主要精力用于《格萨尔》的抢救和研究工作。今天，他取得不菲的成就。他真诚回忆贾芝等老同志在中央领导同志的支持下创建有史以来第一个少数民族文学研究所、第一个藏族文学研究室的远见卓识和付出的艰辛；回忆贾老在受到不公正批判后仍矢志不渝、痴心不改，无论在位不在位，利用自己的社会影响，尽最大努力促进和推动民族民间文学事业的发展，同时潜心向学、笔耕不辍。1985年，贾老排除各种干扰和困难，偕降边嘉措等人赴芬兰参加《卡勒瓦拉》与世界史诗大会。他们的发言在各国学者中引起强烈反响，芬兰各大报纸纷纷抢先报道："中国是一个史诗的宝库，史诗在中国还活着。"从根本上推翻了"中国无史诗"的国际论。芬兰总统特别接见了贾芝，贾芝荣获《卡勒瓦拉》银质奖章。

杨恩洪，会藏语的女学者，20世纪80年代初从西藏那曲调到北京，进入成立不久的少数民族文学研究所。尽管研究所的命运多舛，首任所长贾芝顶住压力为少数民族文学事业奔走呼吁，组织抢救，艰辛努力着。他一再强调："民间艺人是史诗的保存者、传播者和参加集体创作者，从他们口中抢救记录史诗，进行整理研究是我们不可推卸的责任。""文化大革命"刚刚结束，百废待兴，年轻人纷纷考研或出国深造，杨恩洪却义无反顾地投入《格萨尔》的抢救工作，下乡、深入藏区从事田野考察，不断跟踪说唱艺人。30多年来，她一年一度深入少人问津的地区寻访民间艺人40余位。一部研究《格萨尔》艺人的专著就这样产生了。贾芝在为其写的序中赞扬道："与书斋学者相比，民间诗神使她高出一筹。"

阿地里·居玛吐尔地，柯尔克孜族青年学者。1990年贾芝赴新疆出席中国《玛纳斯》学术讨论会致开幕词时，阿地里为他翻译。他得知阿地里是英语专业毕业，可以直接将柯文译成英文，感到很难得，鼓励其发挥自己的语言优势，为《玛纳斯》走向全国，走向世界多做贡献。1994年阿地里·居玛吐尔地陪同新疆维吾尔自治区人大常委会副主任夏尔西别克到京活动成立"中国《玛纳斯》研究会"时贾芝鼎力相助。1996年贾芝主持国际民间叙事文学研究会北京学术研讨会。阿地里按照贾老指点提交了论文《活着的荷马居素普·玛玛依》并承担部分会务工作。他面对30多个国家的学者用英语介绍《玛纳斯》，还演唱了一段史诗。从此他真正走上《玛纳斯》研究的道路，如今已成长为中国社会科学院研究员、博士生导师，出版学术专著10余部，翻译《玛纳斯》唱本54000余行，论文译著颇丰，已是硕果累累的研究家。

富育光，满族学者吉林省民族研究所研究员、长春师范学院萨满文化研究所名誉所长、吉林省民俗学会名誉理事长。他是贾老为开拓中国民族民间文学事业，热心提携的受益者和践行者。他说，"贾老的书房，简直就是全国民间文学工作者乐聚福地。贾老是一位谦虚敏求的慈祥长者，他虽然誉满国内外，公务与接待排得甚紧甚忙，只要是国内各地有任何少数民族民间文学人士慕名求见他，访问他，他都认真安排，热心接待，详细了解当地民间采风情况……"1979年他得以与贾芝结识，汇报东北满族民间文化遗存及抢救问题时，贾芝认真记录并不断提问，感叹仿佛去了一趟东北很有收获；对吉林冲破"左"的束缚开展满族萨满文化的调查给予充分肯定，嘱其以"吉林萨满文化的抢救与调查"为题做一次学术交流。当时"左"风尚烈，录制萨满祭祀资料十分困难，贾芝通融斡旋得到胡乔木院长的支持，成功邀请满族萨满进京，对满族石姓家族萨满古祭进行面对面的调查采录。这是新中国成立以来，第一次系统地对濒临消失的萨满文化进行抢救，在我国民族学、原始宗教学、民俗学发展中产生重大影响并载入史册。

精通满文的女学者宋和平则回忆了1981年在贾老亲自主持下，共同筹划完成对满族石姓家族萨满古祭遗产调查采录和十天的工作会议。当时"左"的影响尚在，某些领导把萨满教说成封建迷信甚至"反动会道门"。贾芝同志却独具慧眼、远见卓识，顶着雷把满族文化人士和"跳大神"的萨满一起请进社科院的学术殿堂。这次会议成为研究民族文学的重要着力点，为中国萨满文化研究揭开了序幕。30多年后的今天，人们很难想象这在当年需要怎样的勇气与担当。

农冠品，壮族诗人、学者，原中国民间文艺协会副主席、广西民间文艺家协会主席。他讲述了贾芝的八桂情缘，贾芝1952年便到广西土改，称广西为第二故乡，之后多次到广西访问、采风、讲学，指导工作。1980年，民间文艺复苏，贾先生首先赴桂考察。在柳城，30多年前的土改根子和村民们都兴奋地说："老贾是从天而降的。"1986年他与芬兰学者航柯签订联合考察协议，亲自引导芬兰和中国两国专家到三江侗族自治县调查采录，首创我国民间文学国际性的实地考察与学术交流活动，为中国民间文学走向世界再次打开门户。1988年携《中国歌谣集成》总编委会一行，赴南宁具体指导广西卷初审；1989年在北京主持复审；1990年在北京主持终审定稿会，广西歌谣卷作为首部省卷本出版。2002年90岁的贾芝亲赴刘三姐故乡宜州考察民歌，给歌乡留下许多情深意切的故事。作者还剖析了贾芝与广西结缘而盛开的诗歌创作之花和民间文学研究之果，说这"缘"和"情"永远流淌在广西各族人民心间。

年轻的壮族学者罗汉田记述了2006年他陪同广西壮族自治区原副主席张声震先生拜望贾芝，诚邀其为布洛陀文化遗址题词；他回广西选择一块混沌未开、天然拙朴的料石，将93岁贾老的亲笔题词镌刻其上，屹立在田阳敢壮山上的故事。他还回忆贾老提倡不要坐在书斋研究鱼干，要"潜到深水研究活鱼"的学术理念。1980年他刚到中国社科院少数民族文学研究所报到，就被贾老"赶"回广西下乡采风，之后又被赶去云南文山。几十年来，他学术专著、论文硕果累累，然而更重要的是他从未离开过故乡故土,成绩也更多彰显在家乡的文化建设与开发中。他践行继承了贾老"从群众中来、到群众中去"一种完全接地气的学术作风。

李缵绪,白族学者云南省社会科学院民族文学研究所名誉所长、研究员。他以其与贾芝交往36年中亲历的无数生动事例论述《他的名字与云南民间文学事业紧密相连》,成立云南民间文艺研究会;云南20多个少数民族文学史、文学概况的编写;创办《山茶》刊物;为民间歌手的平反;抢救推广云南藏族版《格萨尔》;云南歌谣集成的启动、编审、定稿等诸多工作都是贾芝筹划、积极参与和指导的,尤其值得一书的是他运筹帷幄、多方协调,几次亲赴云南建立了中国社会科学院少数民族文学研究所云南分所。贾芝直接领导研究所的工作数年,1980年,他来昆明指导科研,迢迢700余里赴瑞丽实地考察,并在边疆的民间文学讲习班授课。

胡尔查,蒙古族。内蒙古民间文艺家协会主席、内蒙古民俗学会名誉主席。1949年11月首卷少数民族民歌集《蒙古民歌集》就是由他搜集汉译出版的。1955年贾芝创办了《民间文学》月刊,连续发表胡尔查汉译的蒙古族祝词、赞词、谚语、故事、史诗等大量作品,刊发的史诗长达三四千行至今罕见,在全国抢救民间民族文化优秀遗产方面起到抛砖引玉的开拓作用。贾芝这位伯乐看中了这匹千里马,可惜调令受阻未能来京。不久"右派"帽子扣在他的头上。1979年平反后他们在全国文代会上再次相聚,之后胡尔查一直主持内蒙古民研会工作,又承担"民间文学三套集成"工作,每每到京他都去找贾老促膝谈心,就像回到自己家一样。几十年来他与贾芝共同开拓着蒙古族民间文学的一方沃土。

朝戈金,蒙古族年轻学者,中国社会科学院学部委员。他是贾芝同志创建并首任所长的少数民族文学研究所(现更名"民族文学研究所")的现任所长。在他的领导下,该所已成长为包括10余个民族研究人员的独具特长的科研单位,大多数研究人员拥有博士、硕士学位。他们先后承担了"中国少数民族史诗研究""《格萨尔》的搜集、整理与研究""《格萨尔》艺人演唱本"及"'中国少数民族文学史（文学概况）丛书'编写""中国各民族文学关系研究"等国家重大课题。在中国少数民族史诗、中国各民族文学关系史、中国少数民族经籍文学，以及部分少数民族的汉语古典文学研究方面，处于国内领先地位，在国际学术界也有较大影响。朝戈金亲笔书写"恭贺贾芝百岁诞辰"的贺卡带来的是全所十几个民族同志的衷心祝福。

几经风雨 莫逆之交

蒙光朝，壮族，曾任柳州地委宣传部副部长、文化局局长，二级编剧。1979年他和贾芝相识在全国少数民族诗人、歌手座谈会。

我们和蒙光朝已是多年不见，地址都找不见了。我通过柳州市文化局转交了约稿信，不到半个月，稿件就寄来了。那时他刚刚开过90岁大寿从艺70周年座谈会。稿件亲笔书写，洋洋洒洒六七千字，写到1980年陪贾芝深入民族地区采风，柳州鱼峰山中秋歌会、柳城贾芝的土改根子的后院、金秀大瑶山的原始森林、鹿寨寨沙的米粉摊子、融水大苗山贝江的竹排、三江古宜镇招待所民间文学骨干座谈会、通山县县长家里的打油茶、程阳风雨桥畔听纯美的爱情故事、林溪公社新老歌手月夜油灯下弹唱琵琶歌、桂林漓江编唱新民歌等多少记忆永远留在当事人的心头，像昨天发生的一样鲜活生动，唱什么歌，讲什么话，吃什么饭都记述得一清二楚。1998年作者写《传统山歌选注》，95岁的贾芝写了五封信进行指导修改，最后还作序鼓励："蒙光朝同志选了三百多首山歌且一首一首地加以品评，引导读者深入地了解这些山歌的内涵，并走进一个民间山歌的艺术世界，一歌一篇评论，谈古论今，这样的评注，在民间文学著作中可谓一个创举。"

杨亮才，白族，曾任中国民间文艺家协会书记处书记、中国民间文艺出版社社长。1956年，贾芝派往云南的民间文学采风队采回的大理之花。对民间文学的酷爱使两人成为既是领导又是莫逆之交。他们共同策划参与完成了恢复中国民间文艺研究会、恢复《民间文学》刊物、创建少数民族文学研究所、创办中国民间文艺出版社、召开全国少数民族诗人、歌手座谈会等无数大事小情。杨亮才还是个敢于当面顶撞领导的真朋友，但在别人还没醒过闷来的时候，他们又开始新的合作了。事业注定他们谁也离不开谁。有人问杨亮才，他和贾老打架谁输谁赢时，他得意地说："平局！"执着追求是他们共同的特点。贾芝90岁生日，他写的《民间文学之子》以生活琐事趣闻再现了先生漫漫人生中的为人为文和高尚情操，可谓入木三分，令人难以超越。他说，长达半个多世纪，一直在先生麾下工作，2002年他们同去湖北考察，杨亮才为谜语村题词，90岁的贾芝为他托着纸。真情一幕，感动油然而生。他还说："贾芝同志是不断制造故事的人，他的故事是一时半会儿写不完的。"

刘超，曾任中国民间文艺家协会秘书长，"文化大革命"中又是贾芝的难友。他们从相识到相知已近一个甲子。他说贾芝朴素到不能再朴素了，除了接待外宾时穿身毛料中山装外，平时没有一件像样的衣服。吃饭也大多是清水煮萝卜。1959年刘超出任中国民研会秘书长，他和贾芝为我国民间文艺事业共同拼搏，"文化大革命"中自然也共同蒙难。他深情记述了他们作为"革命对象"被关押在地下室时的遭遇和真挚的友谊。刘超犯了腰病，生活不能自理，贾芝劳动改造之余还照顾着他。他至今感恩不忘。

刘守华，湖北民间文艺家协会名誉主席、华中师大民间文化研究中心主任，著述颇丰。1958年加入中国民研会，几十年的交往中，贾芝给他留下感人的印象。他列举贾芝的种种功绩之后提起了贾芝1961年给他写的一封信，劝导他不要简单附和当时全国如火如荼展开的批胡浪潮。信中说："对于资产阶级学术观点的批判，是一个长期的工作……没有花工夫较多的专门研究或研究不足，便不易以理服人。……在批判这些人的学术观点时，与政治立场问题如何联系，是需要加以斟酌的。学术问题与政治问题有联系，但不总是联系在一起；所以应区分而不加区分甚至硬把它们归结在一起，便不能对他们做出有力的批判。这是一种简单化的现象……"刘先生说，贾芝的这一观点似乎并不为人所知并常遭误解，他珍藏了这封50多年前洋洋洒洒的长信，并摘录发表，更足以看到他们良师诤友的深情。今天，他仍然强烈地感受到百岁贾芝对后继者的有力呼唤，他将响应呼唤、在建设中国民间文艺学的征程上跋涉前行。

郝苏民，回族，西北民族学与社会学学院名誉院长、博士生导师、《西北民族研究》主编。他讲述了33年间对贾芝从神往到交往，由泛读、细读，到品读、悟读与体悟的全过程。他说："老少边地区基层民间文学工作者里有不少人都认识贾老、喜欢贾老。有话可直接'通天'找贾老，无须辗转托人。大家都说，有事求贾老没有复杂的顾忌，无论求教他难题的解决，汇报基层民间文化情况，还是求他写序、题词，或求他的墨宝，他多不拒绝而给予满足。""基层找他的人没有不敢见他的，传为佳话。""贾老在老少边文化工作者的心里不知何时树起了一个温和、亲切、爱笑弯了眉眼的天真老人形象。"然而他又不是没有原则的不倒翁。"十年动乱"结束不久，甘肃莲花山有人强令取缔"花儿"，封山禁歌，闹得动用民兵发生流血事件，心有余悸的地方民众无计可施，把材料转到了贾老之手。"贾芝同志看后拍案而起，疾书成文，披露报端，为各族民众伸张正义，在社会上造成很大影响。终于压倒了邪气。""这就是贾芝淳朴到天真可爱与嫉恶如仇的本相！""他都给了我一个人生之路上真实如水、生动鲜活的示范：做人、做事、对人、对己。""贾老身份不凡，但和同事、朋友们始终一个布衣姿态，不论年纪大小，职务高低，相交如故，童心一片，不存块垒。晚年尤其如此。"

1999年泾川王母娘娘瑶池边上作者与贾芝悄悄耳语的萌照映出两人内心一样的童真纯净。

张涛，江西省民间文艺家协会主席，江西省文联副主席。他以"一代宗师 德艺双馨"为题记述贾芝的默默无闻和无私奉献。又从贾芝给他的数十封书信中选出几札附录文后，他们谈诗论道、坦诚相见。他说："贾老没有'大学问家'或'艺术大师'的架子，他待人和蔼可亲，喜交友重友情，年龄虽长，他与友人通信，都亲笔书写，字迹工整，情意真诚。"让人感受到共产党人的高尚情操、坚定信念和刚正不阿的风格。85岁的作者挥毫为贾芝题词"中华魂"书法依然遒劲有力、酣畅淋漓，气韵犹在。

曹保明，民间文艺界的后起之秀，现任中国民间文艺家协会副主席，吉林省民间文艺家协会主席。他几十年如一日坚持深入民间采风，从上匪、慰安妇、淘金人、挖参人、狩猎人、大车店主、木匠、铁匠、粉匠、纸匠、油匠、烧锅、伐木人、放排人、号子头、民间艺人等各种人物口中记录东北文化，相继出版《东北木帮史》《东北淘金史》《中国东北行帮》《东北民俗》《雪山罕王传》《东北文化源头记录》等专著近百部，计2000多万字，抢救了大量的东北濒危文化。贾芝第一次看到他不取报酬、不顾个人安危、惊心动魄的采风事迹便感动得流了泪，并力挺他出席中国文联中青年"德艺双馨"座谈会。从此他们成了忘年之交，在"吉林歌谣卷"的编纂中更是通力合作，贾老几次跑到吉林指导。曹保明来京送审歌谣卷前言时正赶年假，又逢干面胡同停电，保明不好意思，忙说改日再来。贾老说"点上蜡烛也能看，这更有诗意，《歌谣卷》前言嘛……"于是，屋外爆竹炸响，屋内秉烛推敲，说来也足够浪漫。

刘辉豪，原云南省民间文艺家协会副主席。1980年，贾芝到云南建立分所，同时到瑞丽考察讲学，老刘一路陪同。漾濞过后就遇坍方，一面山石滚落拦住去路，另一面悬崖万丈，澜沧江在谷底奔腾呼啸。几次封路，只好停车等待民工修路，再从泥浆中推车前行。一路的艰险劳顿建立起不一样的友谊。在中缅边境的畹町桥上，在芒市姐勒赶摆朝佛的盛会上，在瑞丽月色中傣族的竹楼上，在大理的苍山洱海蝴蝶泉边都留下他们的足迹和学术探讨切磋的回响。之后几十年的相互关注与牵挂是这段情谊的延伸。老刘为本书贺词说："贾老80年的文艺经历，以他的言行、智慧启迪教导了我们一代一代的后辈，培养我们忠于自己的事业，热爱我们的民族传统文化，意义十分深远。他德高望重，令人敬仰。"

李耀宗，中央民族大学资深教授，为本书贺诗一首，并建议我收入贺诗、贺词，将书编得更生动些。君子之交淡如水，久居京城也难得见面，然而相互的关注热情不减。贾芝的《播谷集》就曾得到时任中央民族大学出版社社长的李先生的真情相助。

甄亮，陕西戏剧家协会党组书记。年龄不大，却是贾芝50年前的老朋友了。他少年时代偶然学会讲故事。在贾老的策划帮助下，他把故事从农民炕头讲到大学讲台，讲到机关、军营、厂矿，讲到了北京的中南海。在那尚未开放的年代，也算是见过"大世面"的"人物"了。1999年，甄亮已由少年故事员成长为陕西省民间文艺家协会的副主席、党组书记了。他带队参加无锡的中国民间艺术节，演出结束后，到贾老房间，扎着羊兜兜手巾、手持易拉罐"麦克风"吼唱信天游的滑稽样子，让贾老很开心。他们簇拥在贾老师身边，有说有笑，无拘无束，完全是一家人的感觉。

赵铁信，中国大众文学学会会长，著名书法艺术家。曾在中宣部、文化部任职。由于热爱民间文艺，两次到中国民间文艺家协会出任秘书长。共同的爱好和情趣使得他们成为朋友。2005年，赵铁信跑到太阳宫家中求墨宝，93岁的贾芝为他写下："春风化雨"。贾芝百年华诞，铁信挥毫敬书："情系中华民族忠诚党的事业 献身民间文艺功绩永不可磨"。并在信中写道，"贾老是我们心中的一座丰碑，永远崇敬贾老，学习贾老。贾芝永远是贾芝"。

植根民间 花红叶茂

郑一民，河北省民间文艺家协会主席，原中国民间文艺家协会副主席。他也是独领一方风骚的大将，与贾芝的合作如鱼得水，相得益彰。1986年，贾芝以个人名义邀请台湾学者金荣华先生回大陆访问，统战部部长接见。之后每年金先生都要回大陆交流。1988年，贾芝求助于郑一民，他欣然接受并安排金先生去河北考察。两岸学者别开生面，超越坐而论道，直接深入民间采风，考察与研究的同步进行，更使耿村出了名，从此走出河北，走向世界。作者文中记录了贾芝在河北的故事：他说"就河北而言，接受贾老教诲的人数以百计，五十多位作者的著作由他作序和题词。在贾老心目中，事业大如天，培养扶植人才重于自己著书立说"。虽然他誉满世界，却与许多业余作者、民间艺人水乳交融，亲如一家。每到一地他必入村下户，与民间艺人促膝交谈，聆听他们的呼声和困苦，不厌其烦地解答和解决各种疑难。他的这种延安作风常使那些陪同的省、市、县官员们汗颜。有的领导背后议论说："这老头，咋钻进老百姓家里就不出来了呢？"他最后说："几十年如一日的贾芝先生，正是凭着这种作风，掌握了民间文化对民族和国家发展富强的真谛，将数以千计的民间文艺承载者和工作者团结在他的周围。"

袁学骏，河北民俗文化协会会长，他记述了贾芝曾先后五次去耿村的故事。1986年，河北发现故事村一事在学界引起争议，贾老三次亲临视察后对"故事村"的理论概念予以充分肯定，义无反顾地支持。1989年贾老在布达佩斯国际民间叙事文学研究会第九届代表大会上推出这个典型，还放映了耿村故事演讲录像，博得世界学者的尊重与喝彩；1999年为《耿村民间文化大观》作序；2006年93岁时为《耿村一千零一夜》题写书名。他为耿村故事家题词、作序更是不计其数。袁学骏说，耿村人一说起贾老都啧啧称赞他不拿架子、平易近人，至今大家还记挂着贾老夫妇，常常问起他们。贾老成为中国民间文艺界的大寿星，也许与耿村人民天天给他祝福很有关系。

刘琦，山西省民间文艺家协会原主席、山西省文联原副主席，1980年在一个废弃的厕所里恢复重建中国民间文艺研究会山西分会。1981年创刊《山西民间文学》，主编、校对、发行，他身兼三职，白手起家，在全国同类刊物独占鳌头。1984年，刘琦率先实行"自收自支、自负盈亏"，4年上缴税款11万元。1987年，他当选山西省民间文艺家协会主席；荣获全国"五一劳动奖章"。然而，由于触动了某些人的利益，由气而怒，由怒而诬。省委调查取证一百多份，污水洗净，真相大白。实干家又一次被解放出来，以他的实力在全国民间文学界名列四大金刚之一。改革伊始，贾芝便积极筹划实施民间文学与世界的对接，离休后的他举步维艰。这时他便向外省民间文学界的几员大将求助，刘琦便是其中之一，在他们大家的热情帮助下，贾芝每每得以顺利运转。几次国外朋友到京无接待单位和经费，都是刘琦跑过来以山西民协名义接待或者干脆带回山西，接待的同时也是深入民间的，更深层次的学术交流。刘琦自然和许多海外学者成了朋友，山西的民间文学艺术也借以更快走向世界。《外面的世界亦精彩》记下了他和贾芝走出国门的精彩，却没有记下精彩背后的艰辛故事。

康新民，江苏省民间文艺家协会顾问、原镇江群众艺术馆馆长。他说1992年起四年间，贾老三次亲临视察镇江民间文艺资料库，并欣然题词："人间集粹——祝贺镇江民间文学资料库走在全国前列。"贾老在信中说："镇江民间文艺资料库，捷足先登，为后人造福……"他对镇江民间文艺工作情有独钟，倍加关注，在多篇文章及国际会议上不失时机地介绍镇江民间文艺。1999年，康新民诚邀贾老为其文集写序，87岁的贾老一口应允，写好寄回请他提意见，再根据意见斟酌修改后定稿。贾老做学问严谨认真，一丝不苟，以身示范。同时彰显着对基层民间文学工作者倍加呵护的学者风范。

王作栋，湖北省民间文艺家协会副主席、宜昌市民间文艺家协会名誉主席，他讲述了贾芝力挺青林寺谜语村的故事。1998年12月，贾老应他之邀，为首部村落谜语集《青林寺谜语选》题写书名，对谜语村予以充分肯定。届时青林寺村正处于湖北省清江高坝洲水电站主要淹没区，在贾芝等民间文艺专家学者的高度关注下，移民局采纳建议将青林寺谜语纳入文化遗产抢救范围，保护了民间口头谜语活态传承的根基。2001年88岁的贾老审读《续编》后再次欣然题词"中国谜语村"。贾老前后两次题词对青林寺村的定位性评价，使大家对青林寺谜语的认知步上新台阶；2002年10月，90岁贾老亲临青林寺考察，拄着拐杖边走边看边与村民交谈，研讨会期间还题词："青林寺谜语应当走向世界"；11年过去，当年被考察的村民们仍然津津乐道：贾芝是"来我们村里的最大的学者，年纪最高的专家"，"中国谜语村 贾芝敬题 辛巳年之春"条幅，用钛合金制成三米高的竖匾，悬挂在村委会；贾老关注的中国谜语村青林寺文化系列丛书1999年已先后推出22种，他们突破了历代由文人采编成书的惯例，完全是村民自发采录编辑出版。

阮可章，上海三套集成办公室主任。他回顾了《中国歌谣集成·上海卷》审稿会上，贾芝提出增设戒嗜歌和风物歌两类，既可体现《上海卷》的丰富多彩和特色，又可解决生活歌类篇幅过大的问题。精辟的意见表现出贾芝对《上海卷》的深入了解和审稿的责任心。2002年3月为了参加姜彬先生学术活动60周年盛会，贾芝风尘仆仆来到上海，也是他最后一次上海之行。会后阮可章陪同他去复旦大学拜访胞弟贾植芳教授。这位比贾芝先生小三岁、生活道路有异的亲弟弟，一见面来不及就座，就左一声"哥——"、右一声"哥——"地叫着，此情此景，仿佛时光倒流，两位老人回到了童年。谈到投机处，兄弟俩可能想到手足情深，各自伸出右手在桌面上比较，两只手竟一模一样。作者立即举起相机，摁下快门，记录了这一珍贵镜头。

刘志文，《神州民俗》总编辑，曾负责广东民间文学集成工作22个年头，付出了最宝贵的年华，却也因此有机缘结识了北京老一辈的民间文学泰斗与大师们。他说与贾老相聚只几次，却成了永志难忘的恩师。2000年、2003年"广东歌谣卷"两次审稿，他带领编辑人员在北京驻扎下来，与贾老面对面字斟句酌地解决卷本的编辑、分类、概述、类序、注释、方言，甚至对具体歌谣的评价及增删的问题。不仅满足了他长久以来的景仰之情，工作也受益匪浅。贾老还高度赞扬了他的《广东民俗》，鼓励他沿着《讲话》指出的"工农兵文艺方向"，以广东为基地办成全国56个民族的民间文化的一个平台。现在他做到了，他的《神州民俗》成为全国仅有的大众版民俗期刊。

雷达，诗人，曾任陕西省民间文艺家协会主席，《中国歌谣集成·陕西卷》主编。他说，青年时代从延安鲁艺的信息中，知道了贾芝的大名，直到五六十岁主持编辑陕西歌谣集成时才与先生谋面。"先生是《中国歌谣集成》主编，说话文雅，性格温和，待人诚恳，深得大家敬仰。每每见面，总给人以亲近、祥和之感。"2013年他闻知先生已过百岁，自行发表诗作恭贺。2015年1月开会时，我偶遇雷达先生，他为没能参加贾先生百岁庆典遗憾，回去立即将诗作寄我信箱，正赶上本书发稿。

梁澄清，陕西省民间文艺家协会副主席、咸阳图书馆馆长。他主编的《咸阳民间文学集成》（200万字，8卷本）付印正值1989年，文化局长要求删除全部讽刺歌谣。同年9月他获贾芝的一段讲话："……时政歌即郭沫若同志所说的人民群众的政治批评或意见。一般来说，多为讽刺性作品。"有了尚方宝剑，一块石头落了地，于是他打包送书给有关单位，反响很好。2006年梁澄清出任《中国歌谣集成·陕西卷》副主编，金茂年担任该卷责任副主编，审稿时在她修改的前言上，作者依稀看到贾老点拨、修改的痕迹。文后还附录了贾老给他的一封信，祝贺他的出书并探讨民间文学的全面搜集普查问题。

邹养鹤，年轻的江苏古里镇文化站站长。他记下2002年9月，时年九旬的贾老在白茆留下的许多佳话。冒雨倾听山歌全神贯注，风雨不动安如山。时任江苏省委宣传部副部长的杨承志和吴歌学会会长马汉民，左劝右劝，却遭到了拒绝。贾老的执着精神，使工作在吴歌第一线的同志们无不为之动容，深受鼓舞与教育。贾老抵达白茆，当即就去山歌馆访问，一见歌手们，喜笑颜开的欢欣全都写在面庞上。他拉住陆瑞英的手，问长问短，煞似久别重逢的老兄长。贾老说："百闻不如一见。我这次来到白茆才看到，白茆山歌之乡的确是不同凡响的。更值得庆幸的是，白茆山歌今天还活着，活在人民大众之中。老百姓的喜爱，也是它的生命所在。"当场兴致勃勃地为白茆山歌馆题词："白茆山歌唱响中国，走向世界。"值贾老百年华诞之际，白茆百名山歌手，为老寿星高歌，祝愿他老人家：福如东海、寿比南山。

明德运，武汉市黄陂区国防动员办公室副主任，业余民间文学工作者。1994年奉李继尧老师命，借出差拜见了贾老。原想"上头这么大的人物，会接见我这个下头来的小人物吗？"没想到贾老十分热情亲和，还留他吃午饭。贾老看了《中国民间彩词集》后说："真不简单呀，它弥补了我国民间文学领域的一项空白，开垦了我国彩词荒地。"2004年，作者已收集民间彩词200多万字，出版了38万字的《中国民间彩词》；现在，《中国民间彩词》1—8卷、400多万字即将交出版社付梓了。他说，47年来收集彩词的漫长道路上，每当遇到阻力和困难，贾老的话就在耳边回响,给他无穷无尽的力量。

民间艺术 再绽奇葩

何宗禹,1963年灯节期间,应邀率"乐亭县皮影社"一行18人,赴京汇报演出,由此与贾老相遇、相识、相知、相互敬重,结下恒世情缘。贾芝是李大钊的女婿,人称乐亭姑老爷;他本人又是文艺界的领导。他不仅组织主持了这场活动,还多次拨冗亲自到驻地看望大家,似一股暖流涌向全身,双方那种生疏感随着交谈消失得无影无踪。1963年的两张旧照记下当年的风采。2001年贾芝为何宗禹的《乐亭民间传说故事集》题词。2008年何宗禹来京探望,病中的贾芝认出了他,让他常来。他说,贾芝是个好人,朋友遍天下,宾客盈门,儿孙绕膝,家门和顺,之乐天伦。他记下了52年来亲眼所见贾芝生活工作中平凡的点点滴滴。他祝愿好人一生平安!

张自强,原南通市民间文艺家协会主席。1986年6月中国民间文艺家协会与南通民间文艺家协会共同策划,首开先河向民间艺术拓展,由张自强带领南通民间歌舞进京。结果不仅演出场场爆满,还在贾芝、杨亮才的安排下跳进中南海,在怀仁堂开了专场。贾芝撰文《论地方的民族艺术——南通歌舞演出的启示》,以他的远见卓识对民间艺术大唱赞歌,提出中国民间文艺家协会要重视和发展民间艺术工作。他还得出两点启示:1. 严格区分整理和改编,维护民间文学的纯洁性。2. 从民族文学、民间文学与民间艺术不可分割的整体看待研究活的民间文学。1993年,作者又带队到南戴河参加贾老筹划、组织的包括29个省市的首届中国民间工艺大展。作者如实记下民间艺术首战告捷的成果。

吴元新,中国民间文艺家协会副主席,南通蓝印花布艺术馆馆长,中国工艺美术大师。他深情回忆1999年在北京民族文化宫举办蓝印花布展,贾芝先生抱病出席开幕式。他鼓励元新把散落在民间的蓝印花布实物遗存收集好、整理好,并出版成册……把印染技艺传承好。先生还提倡蓝印花布的拓展与创新相结合,欣然题词"朴实无华,再绽新花"。

2005年《中国蓝印花布纹样大全》出版。元新牢记贾老教诲，从一个染坊学徒成长为国家级传承人，并走进高等院校的讲堂，现在已成为硕士研究生导师。他出版了系列研究专著，创办了博物馆，馆藏文物及艺术珍品逾两万件。然而15年前与先生初次见面情景仍历历在目，元新说先生一生致力的三个对接，他铭记于心，更是激励他不断努力实践的不懈动力。他寄来蓝印花布《百寿图》祝贺贾芝的百岁生日。

阎夫立，国家级"德艺双馨"艺术家，钧瓷艺术大师。向他征稿时，我并不知道他曾染重病，脑出血曾使他失去记忆，失去语言和行动的能力。他最先恢复的功能是捏泥、做瓷。对于钧瓷的痴心热爱和追求挽救了他。据说，他现在很少说话，钧瓷创作却不断出新。经过生与死的考验与历练，他的作品随着人品的升华而淬化，件件炉火纯青，其独特深刻的生活内涵与苍劲之力，令世人惊叹！他用生命追求着艺术的极致。感谢阎先生大病之后记得我们，记得他和贾芝当年无拘无束海阔天空地聊天，聊钧瓷、聊社会、聊艺术、聊自然，随兴所至直聊到展会结束；记得贾芝的小提琴和他们沉醉在音乐之中的惬意。贾芝百岁，他和夫人为之制作了钧瓷寿桃，紫砂托座上镌刻着"夫立、梅花敬"。他们的情意浓浓地熔铸在陶艺中，我深深感激他们。

姚建萍，江苏省民间文艺家协会副主席，苏州姚建萍刺绣艺术馆馆长，全国三八红旗手，国家级非物质文化遗产项目（苏绣）代表性传承人。她说，1998年8月，她参加首届中国国际民间艺术博览会，第一次见到了德高望重的贾老。贾老站在她创作的《沉思》（周恩来总理肖像）前，沉思良久，说："这是你用绣花针绣出来的？"接着又说："你真的很了不起，你能通过丝线和绣花针把总理的形象绣得如此栩栩如生，真是不可多得的人才啊！"贾老题词"绘绣珠联璧合，新秀一支独放"，激励她不断地探索、不断地实践、不断地思考创新……2002年，90岁的贾老到苏州姚建萍工作室考察题词，又一次激励着她：扎根在民间艺术这块土壤上孜孜不倦，勤勤恳恳为中国民间艺术的传承与发展献出自己的微薄之力。她的绣品《百鲤献寿》和年轻书法家刘华龙的狂草《寿》作为贺礼，祝贺老永远健康、快乐！

王亮，农民艺术家。他与贾芝先生的相见是在1997年。大年三十，先生在众人的簇拥下来到王亮的展位前，仔细观看他的作品，问："你的蝈蝈白菜捏得不错，其他还有什么拿手的？"他说："我从小喜欢在地里逮蝈蝈，后来也最喜欢捏蝈蝈。"先生说："天津有'泥人张'，北京有'面人汤'，我给你起个艺名，就叫'蝈蝈王'吧！"从此，他更加勤奋刻苦地进行艺术实践，1998年8月，参加首届国际民间艺术博览会荣获金奖；同年，由中国文联组织赴以色列参加民间艺术博览会；赴美三次，赴加拿大、韩国、比利时、西班牙等多个国家和地区，获国际和国家级金奖十余次，二百多件作品被多个国家收藏。为弘扬和传播中华文化尽了绵薄之力。为庆贺贾芝百岁，他又捏了蝈蝈白菜。

陈光林，安徽省人民政府参事，宿州市政协书画院院长，擅画钟馗。二十多年前造访贾老，没想到这样一位德高望重的文艺大家，竟然住在一条颇具"贫民色彩"的小胡同里。他笑眯眯地坐在书桌旁那张破旧的椅子上，一边听汇报，一边嘱咐："你们做民间文艺工作，一定要用心与群众沟通，要坚持到田野中去，找寻民间文艺的本真，肯定会有更大的收获。"陈光林说："如果说，这些年来，我的钟馗画创作有所成就的话，就是坚持深入民间学习，践行贾老的嘱托所取得的。我的画室里一直挂着贾老给我的题字'浩然正气，风骨长存'。这八个字即是我毕生研究'钟馗文化'之钟馗的人格阐释，更是对我从艺和做人提出的要求，我今生不敢、也不会忘记！"虽然贾芝不是他访学研究院的导师，但胜似导师。贾老推荐他加入中国民协，并说："民协需要你这样的坚守在小县城里的民间文艺工作者。"光林说："那条胡同里特有的气息——像贾老那样'大家风范'的气息，令我难忘。"

桃李芬芳　情意绵长

李鹏，延安中学二班学生，国务院原总理。在延安，贾芝曾经是李鹏的班主任和语文教员。贾芝回忆说，李鹏那时就比较成熟，是一个关心政治、刻苦学习、努力锻炼，德智体全面发展的好学生。贾芝主编《延河儿女》时，李鹏同志口述，请别人帮助记录整理了回忆文章。1994年贾芝80周岁时，李鹏总理为之题词"默默耕耘、无私奉献，祝贺贾芝老师从事文艺活动六十周年"。李鹏同志经常记挂着老师，有新书出版就送给老师，还派秘书带了茶叶和香菇到家中探望，连续多年寄贺卡给老师，贺卡上印着他和朱琳同志的近照。师生情谊就这样延绵。在祝贺老师百岁的贺卡上写着"健康是天，健康是地，健康顶天立地，祝您健康长寿！李鹏、朱琳 癸巳年正月十五日"。

彭士禄，延安中学二班学生，核动力专家，中国核动力学会名誉理事长。彭湃先烈的儿子。父母牺牲，仅4岁的士禄在敌人追杀下，先后由二十多位父母养护。1940年被转送到延安，在延安中学，他是模范学生。在中央医院，他是模范护士。1944年7月5日的《解放日报》上班主任贾芝的报道《第四组》，介绍了彭士禄同学的先进事迹。这份保存完好的报纸记载着七十多年前的一段师生情。新中国成立以后，他们忙于各自的事业。老师更是不肯打扰做了领导和专家的学生，学生们常常抽暇来到他的小院，还说"知道你不会去找我们，我们来看你"。他们时刻关心着这位不求人的老师，主动帮助他解决工作与生活上的种种困难。现在彭士禄也住进协和医院，与老师病房相邻，身体康复中的他常常关心问候老师，并向百岁老师送上雕漆寿盘和贺卡表示真诚的祝福！

鲍克明，延安中学六班学生，原海南省常务副省长。代表身受其教的延河儿女由衷祝贺贾芝老师百岁诞辰！当年贾芝等一批风华正茂的革命知识分子奔赴延安，执教延安中学，言传身教地影响感悟了一批少年，帮他们打好人生观、世界观的基础。贾老师负责时事政治辅导，他特别提出要"和人民群众打成一片"：参加大生产种菜、割草；教老百姓识字；给驻军纳棉衣、织袜子；编写排演秧歌剧。1945年8月15日通宵达旦地欢庆抗日胜利后，同学分批分期奔赴全国各地投入战斗，随着形势的发展与老师有聚有散。全国胜利后，同学们都成为国家的栋梁，许多人在各大部委担任行政和业务的领导工作，他们仍然常常相约着，去看望专事民间文学的贾老师。老师也关心着战争时代走出的这批

"桃李",1992年、1998年两次组织各地、各领域、各部门岗位上"桃李"们讲述在延安的生活、学习和成才的故事。两集《延河儿女》先后由中国青年出版社、人民出版社出版，并被中宣部、国家教委、文化部、国家新闻出版署、团中央联合推荐为全国青年百种爱国主义教育图书之一。两部书160余篇文章贯穿一条主线：以全心全意为人民服务宗旨为自己人生观和价值观的延河儿女们，在不断变化的几十年中，始终不迷失方向，淡泊名利、脚踏实地地完成了国家和人民交付的各项任务。

刘朝兰，延中二班学生，原中国儿童电影制片厂一级编剧。她爷爷是阎锡山手下的将军，日本入侵前，她有一个富足的家。战争摧毁了她的家，爷爷在逃难的路上自杀了；爸爸被国民党杀害了；妈妈带着她东躲西藏。组织千方百计找到烈士遗孤，彭真同志把她放在马脖子上带到延安。从此，她就有了彭爸。延安是一个革命大家庭，她不仅见到了毛主席，还在他的大手上写下自己的名字。在延安她进入的第一个家就是贾芝李星华的窑洞。不久，她到延安中学学习，贾芝是她的班主任，从此这个家就成她真正的家了。她难忘那晾着尿布，充斥着人奶、羊奶和酸菜气味的窑洞；难忘伸着小手扑向她的孩子；难忘窑洞前拴着的奶羊。班里的女同学也像有了亲人：隔个三五天，就有人嚷嚷肚子疼。一听见报信儿，贾老师就拄着那根疙里疙瘩的枣木棍子，深一脚浅一脚地从山路上急惶惶摸索而来。也怪，一听见老师的声音，病人的病痛好像立刻减轻了，也不嚷嚷了。一天黑夜，他慌忙之中踩空了，从上面的窑洞前跌到下一层的窑洞院子里。腰跌坏了，眼镜腿也跌断了一只，从此，贾老师便戴着断了一条腿的深度近视眼镜。

易曙光，延中四班女生。曾任安徽省人事局副局长、党组副书记。她的文中回忆当年贾芝为普及种棉花的经验编写秧歌剧，她们刻苦排练，演出受到当地老乡和机关干部的欢迎，大年初一还到杨家岭党中央所在地给毛主席拜年演出的小故事。文后附上1945年3月11日的《解放日报》，刊发着贾芝的《介绍秧歌剧"棉花咋价打卡"和"掏谷槎"》。

段宝林，原北京市民间文艺家协会主席，北京大学教授。贾芝，是何其芳1958年给他找的导师，对他的一生产生了巨大影响。1959年贾芝就让他随民研会到河北调查收集义和团的故事；1960年，又指导他去西藏调查民间文学四个月，收集许多作品并陆续发表。他在活的民间文学大海中遨游，有了感性认识，与面对书本苦思冥想、望文生义的书斋学者大不一样了。后来他在民间文艺学基础理论上进行创新，提出民间文学的立体研究并颇有建树。他深情列举从新中国成立到21世纪，贾芝为民间文学事业做的许许多多扎扎实实的贡献。他说："……他奠定的基础是如此的牢固，他的功劳是如此伟大，可以说是无与伦比，也是别人所难以代替的，是兴旺发达的中国民间文学事业所绝对不可缺少的。他的伟大精神和业绩，对我们今天的民间文学事业有着巨大的现实意义和教育作用。"1998年，作者与贾芝同赴德国开会考察，86岁高龄的贾芝一样也不输给年轻人。本书选取贾芝、段宝林和中国学者在德国的照片和当地报纸刊发的图片作为纪念。

白庚胜，纳西族青年学者。原中国社科院民族文学研究所副所长，中国民间文艺家协会驻会副主席、党组书记，现为中国作家协会党组成员、副主席、书记处书记。大学毕业即在贾芝领导下工作学习，深为得到他的指点严督、勉励、提携而庆幸，并以有缘继承他的衣钵而自豪。他是中国社科院少数民族文学研究所的第四代领导。2001年，贾芝、王平凡、刘魁立、白庚胜四任正副所长在家中的合影成为弥足珍贵的记忆。届时他继任了贾芝在中国民间文艺家协会的领导职务。他是这样评价贾芝的："贾芝先生不迷官场迷民间，不恋权力恋'草根'，始终牢牢把握社会主义民间文化工作方向，并不断规划其宏伟的蓝图，一直守望着中国文化的半壁江山。""他和他们那一代创业者给后人留下了人民文化的一个组织系统、一支雄劲队伍、一门新生学科、一种合理结构、一方广阔天地。""他还在'双肩挑'的实际工作中形成了独特的学术理念与学术方式，以一己之牺牲成全了整个事业之繁荣，举一个人的心力参与推动了全民族的民间文艺、民间文化、民族文学的自觉。"

刘晔原，传媒大学资深教授，曾任《民间文学论坛》编辑部主任。她深情回忆20世纪80年代的初次见面，贾老在家里亲切接待了她，赞许她加入民间文艺的研究队伍，没有看不起这"不洋气"的学问，并提醒她多做田野调查，说民间文学不是书斋里的学问。她在贾老家吃面条，一下子拉近了遥远的距离，感受到延安大家和民间文学的亲和魅力！她说："那是百废待兴的日子，多少民间的爱讲故事的老人熬过了'文化大革命'的严冬，此时当务之急是把他们记忆中的民间文学作品连同作品讲述的背景记载下来。这根本是无名无利的默默奉献，但在贾老'全面收集、重点整理'方针影响和感召下，出现了一大批'八十年代民协采风人'，以他们的自觉和自信，走在田埂上、小路上，为后人的研究积累了大批的原生态的资料。"当然刘晔原教授也在默默奉献的队伍中。

贺学君，称贾芝为开蒙导师，1978年到中国社科院文学研究所民间文学室。贾芝先生面试时，便问："到民间室从事科研工作必须要有耐得住寂寞，甘于坐冷板凳的准备，又要有经常到下面做调查，不怕走路不怕吃苦的精神，你能做到吗？"当时，她连想都没想，就回答："没问题！"田野过程，让她体会到贾老所说"精神"的真实含意。连续多日的长途汽车，身上长满了痱子；有一顿没一顿地寻食，常常是饥肠辘辘；床板下虫子"吱吱"作响的旅店；下了车，又坐船，上了岸，再换手扶拖拉机，到了目的地还要徒步攀爬，寻访调查对象……的确相当艰辛劳苦。贾老事先打了预防针，她总能抖擞精神奋力工作，并在艰辛中尝到了田野带来的甘甜。自20世纪80年代末到退休，在寂寞和清苦中认真完成了多项有价值的学术著述。2002年在白茆目睹贾老冒着雨听山歌时，她说："脑海再次响起'要有经常到下面做调查，不怕走路不怕吃苦的精神，你能做到吗？'的教诲和追问，大雨声声如同重锤，一字一字地把这句话敲进我的心中，催我铭记，引我践行。此后，在田野中每当遇到困难，这句警钟式的话就会自然鸣响，给我以勇气信心和力量。"

陈思和，贾植芳的学生，现任上海复旦大学图书馆馆长，从学生的视角记述贾植芳、贾芝两位导师殊途同致的命运、终有别的性格特征与手足之深情。1932年，不到20岁的哥哥领着弟弟乘火车进京赶考的片段一直盘旋在作者的脑中，挥斥不去。"这同一列车里的兄弟俩，他们血缘、环境教育几乎都一样，后来的信仰与追求也一样，可是命运女神却赋予他们完全不同的人生经历。这种阴错阳差，究竟应该是归咎于性格的悲剧性呢，抑或历史的悲剧？"1986年，作者陪同兄弟俩回乡时对他们的个性和为人风格有了更深切的感受。每每看到植芳先生亲亲热热地叫贾芝先生"哥"的时候，总不觉又出现兄弟俩乘火车进京的一幕。

陈泳超，北京大学中文系副教授。2001年这位青年学者风华正茂，与贾老同行赴江南采风，同样的民间文学梦，让一老一小在车厢里谈兴甚浓。他们平生只过见一面，说了什么已不记得了，但温暖依旧。他还记录了回京时与贾老赶火车惊险离奇的一幕，而在整个历险记中，贾老始终笑吟吟，没有任何着急、失望、担心。在作者眼里，他也从大人物一下子变成一位曾经患难与共的蔼然长者。他惊叹："有些特别年长的老人，似乎天生就有一种福分，在我以及许多福薄之人看来山穷水尽的时候，他们总能并不怎么费力就柳暗花明了，不可思议得很。"

亲情传递　爱心永驻

贾凯林，贾芝的女儿。她摘录1949年、1950年的两段日记，感动于爸爸不惜笔墨生动细腻地记下她一个牙牙学语的小屁孩的故事。民研会成立初期贾芝工作千头万绪，去食堂打饭，总是忘记背后一路小跑的女儿，女儿摔破膝盖大哭，他才发现，急忙掉头往回跑，带回家清洗伤口、敷药、包扎，细致入微。第二天打饭，他照旧，女儿又跌倒，膝盖上的伤破了好，好了破，老结不了痂。别人匪夷所思，女儿却理解："爸行色匆匆，边走边想事，想出了神，自然就顾不上我了。"女儿终生不忘爸写字时，笔尖敲打玻璃板"嘚嘚嘚嘚"的声音，准确说那是用钢笔"剋"字，像小鸡啄米，可谓独树一帜。爸的书桌上有盏永远亮着的台灯，年幼的女儿以为大人都是夜里工作。30年后女儿从事文字工作，也成了夜猫子，每天晚上和爸比着点灯熬油。细微末节中女儿有着"独家"的感受：1. 爸执着而倔强，有牛一样的品格和精神；2. 爸是一介书生,而不是"做官的";3. 爸是学者,治学态度认真学风严谨;4. 爸为人非常善良,有着金子般的爱心;5. 爸身上有一种自强不息的"君子风范",对自己要求近乎严苛;6. 爸热爱生活天性乐观,有着诗人的浪漫情怀。父与女之间温馨的回忆,息息相通的精神传承让人看见一个不一样的贾芝。

贾小彤,贾芝的孙女。她在大学专攻英美文学,对语言"平淡"、内容"幼稚"的民谣故事兴趣索然。小时候常见到叔叔阿姨到家里开会,商议采风、编辑、推广口头文学和民俗文化的大计,也常有来自全国各地的民间故事家、民间艺人来访。她怎么也搞不清为什么爷爷会对这些土得掉渣的人和事有那么大的兴趣。一次偶然她去了赫尔辛基,听导游说来到芬兰不能不了解《卡勒瓦拉》,它是芬兰的灵魂,是芬兰的精神,眼前立刻浮现爷爷讲稿上"卡勒瓦拉"字样,记忆深处她对这部史诗的热情一下子把这座陌生的城市拉近了。一路上她发现芬兰的每个角落都有《卡勒瓦拉》的痕迹。它渗透在芬兰人民的生活里,每个芬兰人都被它激励,为它骄傲。中世纪的民谣竟然对现代生活有如此深厚的影响,孙女对民间文学有种豁然的顿悟,对爷爷含辛茹苦的执着开始有了理解。她说:"如果说《卡勒瓦拉》代表着一种精神,爷爷就是我心中的《卡勒瓦拉》。他的真实、单纯、善良、勤奋、乐观的精神传承给了我们,形成了我们的家族文化。"

毛巧晖,贾芝胞妹的孙女。巧晖从小就听奶奶讲她引以为傲的贾芝、贾植芳两位老舅的故事,在还不大能读懂课外书时就被强迫读他们的著作。家庭相聚叔叔姑姑们讲得最多的也是两位老舅,对那些陈年往事的回忆在甜蜜中渐渐成为她们这一代追求的目标。他们是榜样!终于如愿以偿,巧晖完成博士后研究工作进入中国社科院民族文学研究所,《贾芝与民间文学》是她初步的探索,她的研究在继续。

谷琳、吴斌,家乡的一对孙辈小夫妻。久居北京的日子里常常跑到爷爷身边帮忙,付出的同时感受到爷爷的人格魅力。谷琳说,爷爷心中有一亩田,种着永远怒放的迎春花。爷爷在很多人心中埋下种子,随着时间的推移,种子总会绽放出迎春花,带去春天的生机和启发。女婿说，爷爷的平静和别人不一样，是全身由内而外地散发着宁静平和的气场，不自觉地影响着周围的人。他时常到医院享受这种平静，平添了许多力量。他感受爷爷身体力行的信仰，就像俗世之外的天籁之音震撼人心。他们以两颗年轻的心不断从日常生活小事、细微末节中发现和感悟着一位沧桑老者的理想追求、兄弟情深和夫妻恩爱。一种正能量在亲情的传递中涌动。

李国琴，友人的女儿，当代家庭教育报社社长兼总编。9岁时随父亲第一次见到贾芝先生，孩童眼中这位慈爱平和的爷爷淡定从容、真切不做作，始终真挚地微笑着，从没有忽略过她这个小辈的感受。"同志"是那个时代最亲切的称谓，电话中常常听到"李国琴同志，你好！""贾芝同志您好！"的互相问候。家里的大事小情也都共同分担和分享着，这位爷爷对国琴的孩子也是关爱有加，孩子们也常常挂念着爷爷，春节，国琴的女儿还带着她的女儿去看太爷爷。看！照片中96岁的贾芝与曾孙女对视交流的目光，他们互相读懂了！

依佩青，金茂年的闺密。有幸结识贾老18年了，第一次见面是在干面胡同一套很小很旧、狭窄阴暗的两居室楼房。她环顾简单到只能满足生活起居最基本需求的陈设，怎么也和心中那个中国民间文学创始人的大人物联系不起来。这就是贾老！就在这陋室里笔耕不辍……从此，她便成了贾老家的常客。每次造访，不管节日、假期，贾老都在写作。一见来人，立即起身欢迎，有时还会唱歌"正月里来是新春，赶上那猪羊出了门，猪呀，羊呀，送到哪里去？"吐字清晰、节奏欢快，发自内心的那份纯真快乐自豪，感染着每一个人。

杨焕育，运城蒲剧团的编剧。1986年他到北京参加民间文学笔会巧遇两位山西老乡刘润恩、张平义。他们是农民，没地报销，吃住都在贾老家里。杨焕育也相跟上去贾老家吃了顿饭，自此认识了。之后，每次来京演出都请贾老看戏。不管刮风下雨、天寒地冻、路途遥远，贾老是有请必到，他说家乡戏来北京不容易。对省里个别专家以"哭倒长城与中央精神不符"牵强政治而枪毙《孟姜女》一剧，他明确表态说是曲解民间传说，是"文化大革命"遗风在作怪，建议把剧本改得更好。

2012年，杨焕育得知贾老百岁大寿，写文并撰寿联："贾老不假一生求真求善为民间文学增异彩；芝兰茂香百年弘美弘德给华夏艺术添芳馨""贾诗金文誉艺圃；芝香兰茂享颐年"，贺贾芝、金茂年夫妻合作百年好合！

刘润恩，农民，坚持自费搜集民间文学几十年，整理的两部书稿《大能人解士美》《七十二呆》，贾老都分别为之作序，称其为"襄汾二宝"。早年，联系过几家出版社都得出钱包销，忽有一书商出价4万元，当时意味着这位农民立即可进入"万元户"，那时贾老工资每月才200余元，多大的诱惑呀？他高兴地向贾老汇报，贾老得知书商是买断，生气地说："那是襄汾人民的共有财产，你无权卖掉！否则你就是襄汾的罪人！"刘润恩遵从贾老意见把"襄汾二宝"保留下来，虽然也经历了许多困苦，但终于有了收获：十多家报刊登载了；政府拨专款出版了；在国家、省、市、县多次获奖了；被列入非物质文化遗产保护项目了；改编成电视剧列入拍摄计划了。刘润恩也因此成了山西十大新闻人物，省级非物质文化遗产项目代表性传承人，出版专著10本，创办刊物《呆呆》。至今他忘不了贾老的冲冠一怒。

张平义，供职于山西临汾一家小报，与贾芝先生素昧平生却在北京的小四合院里受到盛情接待。他文中记载了1986年、1990年贾老两次回乡见面的故事。

邱文选，山西省文史研究馆馆员、三晋文化研究会会员，长期深入调查襄汾历史遗迹、考证文献资料、撰写论文数百篇，与贾先生既是乡友，又是文学和史学上的文友。他们的信函、文稿、著作和诗歌唱和往来频繁，虽然从未见过面，但常常在通信中交流学术研究、文艺创作的体会，在诗情浪漫中侃侃而谈。

成永太，原襄汾县委组织部副部长，曾多次进京拜望贾老。得知贾芝百岁华诞，写了一篇《贾老礼赞》，为故乡丁陶儿女送来祝福。他说："尊敬的贾老／您是飞鸣不倦的播谷鸟／总把春天的信息传递／您是延安窑洞的红烛／为青出于蓝胜于蓝／甘愿燃烧自己／您是忠实的老黄牛／把辛勤的耕耘献给民研大地／您是祖国的荣光／您是家乡的志气。"

王克强，贾芝的山西小老乡，《中国经济导报》驻山西记者站站长。2010年8月，他在伊春空难中幸存，抢救治疗一年后特地向主治医生请了假，到协和医院看望贾先生。他诉说遭遇时，护工说："先生哭了。"先生在病床上躺了整整3年了，还会默默流泪？我告诉他"克强没事了"，先生平静下来了。他是听到了克强的不幸，把自己的病痛置之度外，把别人的冷暖疾苦放在心头。这就是贾芝！一个真正的作为大师的贾芝。作为中国民间文艺家协会的掌门与泰斗，贾芝先生常常深入田间地头、百姓炕头聆听故事、搜集掌故。更多看到、感受到的是民众生活的实际与不易，由此养成了自己一生的习惯与禀性：人无贵贱、地无富荒；来者不拒，一律上座；有茶喝茶，有肉吃肉。先生视金钱如无物，除了工资收入，先生根本没有其他进项，甚至到底有多少钱算是阔绰，恐怕他至今也没弄清楚。记得有一次他国外读书的孩子寄来200美元，他竟以此炫耀，逢人便说："有困难就找我，我有一大笔钱，先拿去花！"

李向虎，襄汾县原摄影干事。贾芝返乡寻根时，他曾负责陪同。贾芝百岁寿辰之际，他送来他的中国画作品《竹》和邀请杨建玲女士为贾芝作的画像。

特意从山西来京为贾老祝寿的有：襄汾县县委副书记张瑜庆、古城镇党委书记张峰、襄汾县文联主席杨志刚、襄汾县民研会名誉主席贾建国、襄汾县民研会主席刘润恩、襄汾县戏剧艺术指导郭如铿、南侯村老干部贾喜娃、侯村村志编委会主任亢相利、太原晋祠派出所所长王克义。在北京工作的襄汾人士曹钢建、李红瑞、贾红珍、曹兴业、张健华、苏楠、刘文华、王克强等亦前往人民大会堂祝贺。南侯村党支部书记高随锁代表村委会、全村乡亲送来花馍一对，寿桃上满插着百余件用面做的人物、花鸟，直径足有一米多长，那是侯村十几位巧妇精心制作。花馍是乘火车来的，他们把卧铺让给花馍，一路照料。

2012年12月12日北京协和医院帅府保健处及六层病房医护人员毛鹏、卢青、朱宏伟、闫煦、闫蕾、刘丽华、阮桂仁、吕红、邱月、李小玲、李梦洁、李淑贤、李蕊、罗玲、周丽娜、周娜、杨香奇、杨德彦、陆丽坤、钟华、徐文静、黄慧、张丽华、夏敏、戴菁菁亲笔签名的贺卡送上他们美好的祝福：活百岁松钦鹤羡 / 数一生苦尽甜来 / 明月有恒纪年合献九如颂 / 老春不老添闰当称百岁人 / 恭祝贾老：百岁寿诞快乐。贾芝住院治疗已六年多，白衣天使胜过家人的细心呵护与照顾，陪伴我们走过每一天。他们践行的是协和医院"严谨、求精、勤奋、奉献"的院训。医者仁心救死扶伤，我们崇信生命相托，亲如一家的医患关系堪称医界的楷模。

百岁贾芝 人生楷模

本书实录2012年"庆贺百岁贾芝从事革命文艺工作80周年座谈会"议程和发言。会议没有名人出席、名人题词，也没有惊动外省市民协，与会者仍然踊跃，在雪花纷飞中百余位学界同人相聚恳谈。一种朴实大方、真挚感人的会风一扫往日程式化的浮华，带来了一股清新的正能量。

罗杨（中国民间文艺家协会党组书记、驻会副主席）：今天早上北京又飘起一场大雪，按照咱们民俗的说法，这是一场吉祥的雪，瑞雪兆丰年，同时也特别符合贾老的性格，梅花欢喜漫天雪。今天我们相聚在这里，共同庆祝新中国民间文艺事业一位奠基人、开拓者，一位世纪老人贾芝的99岁生日。100年前，中国历史风云变幻，每个人都有很多人生选择，贾老选择了革命文艺和民间艺术，用80年的亲身实践，在这条道路上不停地奔走、工作着，可以说是留下了光辉的印记，书写了卓越的、辉煌的篇章。

李屹（中国文联党组副书记、副主席）：贾芝同志是我国当代成绩卓著、德高望重、德艺双馨的民间文艺家、民俗学家。面对贾老的百年人生，有许多需要总结的内容，也有许多令人感叹的事迹。在长达80年的艺术生涯中，他始终关注社会、关注生活、关注民族民间文学艺术的发展，并以自强不息的拼搏精神和坚忍不拔的顽强意志，致力于中国文学艺术的探索与创新。作为新中国民间艺术事业的开拓者,他一贯注重挖掘民间文艺资源,建立和发展新学科,为我国民间文艺事业的兴起与发展,做出了巨大贡献。贾老一生获得过无数荣誉和头衔,在国内外享有盛誉,然而他却淡泊名利、生活简朴、作风严谨,充分体现出崇高的思想境界和高尚的人格魅力,是我们民间文艺工作者学习的榜样与楷模。贾芝同志对祖国和人民忠贞不渝的坚定信念,是值得我们学习的。贾芝同志潜心事业、承担使命的奉献精神,是值得我们学习的。贾芝同志深入民间、扎根田野的工作作风,是值得我们学习的。

黄浩涛(中国社会科学院党组成员、秘书长):贾芝先生是我国著名民间文艺学家、民俗学家,从事文艺事业80年,是新中国民间文艺事业的开拓者之一,是中国民间文学事业硕果仅存的世纪老人。他把中国民间文艺事业视为自己生命,是中国民间文艺事业发展历程的见证人。新中国成立之后贾芝先生领导民间文艺工作长达半个世纪。在改革开放初期,他为筹建少数民族文学研究所做出了自己的贡献。他发起组织的新时期民间文学的搜集整理工作,为我们至少赢得近30年千载难逢的历史机遇。贾老一生都在致力于学者与民众的对接、书斋与田野的对接,并在此基础上,坚持推动中国民间文艺走向世界,实现民族与世界的对接。长期以来,他走出国门,到许多国家讲解宣传介绍中国民间文艺,向世界展现了中国民间文艺的辉煌与灿烂,使中国民间文艺跻身于世界文艺之林。

冯骥才(中国民间文艺家协会主席):新中国民间文艺事业从无到有,从默默无闻到全民关注,从步履维艰到蒸蒸日上,贾芝同志是这一项事业的拓荒人、耕耘者与见证人。回眸几个重要的历史节点,总有贾老的身影闪现和无言承担。我们身处在一个社会急剧转型的时代,民间文化面临着前所未有的发展机遇,也面临着十分严峻的冲击与挑战。在浮躁喧嚣、流行文化盛行的当下,唯有深切认识到,从事这一事业的高贵和责无旁贷,才能做忠实的民间守望者。贾老从事民间文艺事业的经验财富与精神风范,仍是我们可资借鉴和学习的工作导向与精神支撑。他奉行书斋与田野的对接,强调深入民间,以调查采录为第一位。

在民间文化迅速凋零为"非物质文化遗产"的当下，这点尤为可贵和催人警醒。

张瑜庆（中共山西省襄汾县委副书记）代襄汾县委书记王国平宣读讲话：贾老是襄汾籍在外人士的杰出代表，是襄汾人民的骄傲和光荣。我代表襄汾县委、县政府和50万家乡人民向贾老及家人表示最美好的祝福！贾老著作等身、荣誉等身，在文学创作、文字翻译、艺术教育和文艺组织工作等方面都卓有成就，特别在民间文学事业上，做出了特殊而重要的贡献。贾老的敬业精神、渊博学识、勤勉作风和高尚品格为大家树立了一座巍峨的丰碑！贾老百忙中多次回乡考察，拳拳赤子之心关注着家乡的文化事业，祝愿和鼓励家乡进军百强县。

金荣华（台湾中国口传文学学会名誉理事长）：1986年7月，我从香港搭机抵北京，贾芝先生和金茂年女士来接。虽然我们彼此未见过面，也彼此从未见过对方的照片，但在人群中竟彼此一眼就认定对方是谁。后来台湾开放居民访游大陆，拜访贾老比较方便了。1988年，由郑一民先生安排，与贾老、杨亮才先生及金茂年女士，同去河北耿村访问。我在1994年，举办了一场海峡两岸民间文学研讨会，地点在台北，邀请贾老、金茂年女士和何鸣雁女士三位出席发表论文。一来一往，完成交流，这一步竟跨了八年。自此，交流不辍，迄今已26年。溯其缘起，则贾老之力也，欣值贾老百龄华诞，仅书其事，以之为贾老寿。

杨亮才（中国民间文艺家协会原书记处书记）：仁者寿，劳者也寿。做民间文学工作是要经常下去采风的，就是大家所说的"田野作业"。要经常与劳动人民打交道，动腿又动脑，是脑力劳动与体力劳动最好的结合。既可强身健体，又能满载而归，何乐而不为。贾芝同志是我的领导、恩师。他手把手地教我，2002年到湖北青林寺谜语村考察，当地朋友要我写几个字，先生一边为我托着纸，一边小声地说："布局、布局。"我才知道写字还有"布局"一说。我们朝夕相处、无话不说，师生情意浓浓。贾芝同志有诸多优点，其中最突出的一点是他热爱民间文学事业，视民间文学为生命。自1950年起，他在这个岗位上义无反顾地工作着，从未挪过窝，日夜守护着这个摊子。什么叫事业心，这就是事业心。单凭这一点，就够我们学一辈子的。

郎樱（中国社会科学院民族文学研究所原所长）：1965年我大学毕业即被贾芝同志派往新疆柯尔克孜自治州首府阿图什参加《玛纳斯》工作组，贾芝任工作组领导小组的组长。贾芝同志作为我的老领导、老前辈，我们相识、相交已有50多年。他经常对我说，少数民族文学很丰富、很重要，少数民族文学是中国文学的半壁江山。贾芝同志的这一论述很精辟。他反对以大汉族主义态度对待少数民族文学作品。在编写中国各少数民族文学史，抢救三大民族史诗，创建中国少数民族文学研究所等诸多方面，践行着自己的学术理念。

马汉民（苏州民间文艺家协会名誉主席）：与贾老相识、相交、相近、相知，悠悠30年，一起下乡采风，一起参加学术会议，有过数十次促膝长谈。许多美好难以忘怀：20世纪80年代，搜集到3000多行的叙事吴歌《五姑娘》，因故事讲述长工与地主女儿相爱，陷入"存亡"危机，贾老意见"尊重歌手歌唱意愿，千万别草率地删除"并将其发表在《民间文学》刊物上，为《五姑娘》奠定不可动摇的基调；90年代，贾老又将我写基层农村干部的长诗《常德盛》推荐给人民出版社，并题词"扬我民族魂"，常德盛后来成了全国优秀共产党员，十六大、十八大的党代表；贾老广泛与"同道"交朋友，有机会见面就深入了解下情，见缝插针地进行指导；在执编"民间文学三套集成"期间，贾老奔波江苏十多次，每次都走访民间歌手。贾老不辞辛苦，为继承与弘扬我国民族文化做出了辉煌贡献。

金茂年致答谢词，热情洋溢地感激每一位到会者，感激身边的每一位亲人、朋友、同事，最后感激贾芝坚强地、默默地支撑她完成未竟的事业。她说，贾芝是"草根学者"，他很平凡，我们也一样平凡，但当这许多平凡组合在一起、拧成一股绳的时候，就是伟大了。三大史诗的搜集抢救、中国各少数民族文学史的陆续问世、"中国民间文学三套集成"的编纂出版等都已经成为中国文化史上的永恒。今天，抢救非物质文化遗产工程，是更加完整伟大的项目。历史从来不属于个人，是几代人共同铸造。希望我们永远相互支持，守望我们的事业、守望我们的家园，守望明天，直到永远。

媒体评述 能量绽放

《中国艺术报》张志勇报道《赵实看望著名民间文艺家贾芝》：2012年12月11日，中国文联党组书记、副主席赵实来到北京协和医院。"老人家，您好！"她走近贾老的床头，亲切地献上来自中国文联和中国民协的衷心祝福，她说，"我代表全国的文艺家和文艺工作者，祝贺您的百岁诞辰，祝您生日快乐！""您是文艺界的国宝，感谢您为国家的民间文艺事业做出的巨大贡献！"赵实送上鲜花、蛋糕、贺卡和慰问金。她还说，我们还要隆重召开纪念座谈会，学习老人家的精神，一定要把贾老开创的事业传承下去、发扬光大。告辞时，金茂年向赵实一行赠送了由她整理编辑的贾芝论文集及他们的银婚纪念卡片，封面是贾老写的"艺以弘德"。

《光明日报》李韵报道《民间文艺家共贺贾芝百岁》：2012年12月12日，一辈子只能遇到一次的数字。在这个特别的日子里，中国民间文艺硕果仅存的世纪老人——贾芝迎来了自己第100个生日。中国民间文艺界的新老同人、贾芝的亲属及家乡的代表一百余人汇聚人民大会堂，召开座谈会，纪念贾芝从事革命文艺工作80周年，祝贺他的百岁诞辰。

《中国艺术报》张志勇报道《民间文艺界座谈贾芝从艺八十周年》：我国民间文艺界硕果仅存的世纪老人贾芝迎来了自己的第一百个生日。由中国文联主办，中国民协、中国社科院民族文学研究所承办的"庆贺百岁贾芝从事革命文艺工作80周年座谈会"当天在北京人民大会堂隆重召开，李屹、黄浩涛、白庚胜、路侃、罗成琰、王平凡、刘魁立、罗杨、乔晓光、张锠、刘铁梁、郎樱、杨亮才、贺嘉、金茂年等有关领导、民间文艺界的新老同人、贾芝的亲属及家乡的代表一百余人出席座谈会。

《中国社会科学报》项江涛报道：中国社会科学院党组成员、秘书长黄浩涛代表中国社会科学院致辞并讲话，在讲话中充分肯定了贾芝同志为我国民间文艺事业做出的突出贡献。他说，贾芝是我国当代著名的民间文艺学家、民俗学家，现任中国文学艺术界联合会荣誉委员、中国民间文艺家协会荣誉主席、中国社会科学院荣誉学部委员，是新中国民间文艺事业的开拓者。在长达80年的学术研究生涯中，他始终以自强不息的拼搏精神和坚忍不拔的顽强意志，坚守民间文艺阵地，为我国民间文艺事业的兴起与发展做出了突出贡献。

《中国艺术报》2012年12月14日特别刊发金茂年的《百年贾芝》以示敬佩与爱戴。文中说"少数民族文学是中国文学的半壁江山"，这铿锵有力话语是贾芝提出来的，也是他坚持实践了50多年的工作宗旨。贾芝凭借一颗中国知识分子的良心，始终把发掘56个民族沉睡了千年的文化宝藏使之重放异彩，作为自己不可推卸的责任。他的研究从来不在书斋里，而是不断地与各民族、各地区的基层民间文学工作者对话，在指导实践的同时，获取新的知识信息，切磋交流提升自己的学术水平。来自民间的鲜活的理论充实了他的学术体系，这种植根民间的学科建设有别于从理论到理论的枯燥构建，她更具有生命力也更加绚丽多彩。

《人民日报》2013年1月24日刊发了罗杨的《百岁学人贾芝 草根情怀》。他在文中说，贾芝是位跨入百岁的世纪老人。在他的人生经历中实际掌管过中国民间文艺家协会近半个世纪，在这个领域里他是唯一。他做过前国家领导人李鹏同志的老师，是李大钊的女婿，在延安时期参加革命，算得上资深革命家。他的理论每有建树、著述颇丰，是位令人景仰的学者。但他既没有腐朽的官气，也没有学究气，平易得不能再平易，浑身散发着草根的芳泽。他不是那种老顽童式的人物，身上没有那种看破红尘的玩世不恭。那是一种真正的童真，是草根文化学人的天真烂漫。他就是为民间文学而生的。他的人生背景并没有使其眼光瞄向政界，深厚的学识也没有让他坐拥书斋沽名钓誉。中国民间文学是新中国成立后的一门崭新的学科。他以一种草根式的学术方法创立了一套独特的民间文学研究方法和学术理念，与学术界通常的那一套学者个人做"系统研究"的传统方式，既拉开了距离又形成了互补。

《中国文化报》2013年2月1日刊发《守望民间文学的"半壁江

山"》。程竹曾特地跑到医院走访贾芝夫妇，虽然这时的贾芝已无法对话，但作者却感受到他对民间文学的那份真情和那份坚守。她说，贾芝是著作等身的世纪老人；说贾芝1956年开始抢救《格萨尔王传》，他在国际论坛以众多鲜活的实例使得"中国无史诗"的论调失去市场；贾芝呼吁不要把民间故事改"坏"了，整理民间文学加入个人创作成分，造成的混乱和困难是不能预想的；百岁贾芝最大的遗憾是没有能够建立起一座中国民间文化博物馆。

《中国文化报》2013年2月4日高昌继续程竹的话题，撰文《民间文学也要打假》。他说：把民间文学研究和非遗保护当作经济发展的踏脚石，一哄而上，互相仿制，胡编乱造，显示了一种急功近利的浮躁心态。贾芝认为，民间文学是人们在社会生活中凭借口头传播的一种活形态的文学，它具有多方面的功能和作用，更具有它自己多变而独特的表达方式和语言特点，这就要求我们在记录和保存民间文学作品时严格注意科学性的问题，绝对不允许随意乱改。贾芝老人的话说得多好呀！

《中国社会科学报》2013年2月18日，发表王平凡《贾芝对民间文学研究的拓展》。文中提示：贾芝对自己的概括"我从中国民间文艺研究会成立到参加文学所工作、筹建少数民族文学所，一贯主张组织工作和研究工作并行，而且把组织工作放在第一位，在实践中进行某些理论、作品研究。因为中国民间文学处在开拓时期，不做组织工作就不可能开拓资源，建立这门新的学科。相对来说，组织工作多了也影响专题研究，但我宁愿做些牺牲，关门研究不可能开拓。我认为，在组织和调查中成长起来的研究专家是会成为名副其实的专门人才"。"在中国社会科学院积极倡议、参与创立少数民族文学研究所是贾芝同志为繁荣和发展民族文学理论建设的又一举措。"这一举措是作者与贾芝共同完成的，贾芝几年后接任所长，继续发展其事业。

《光明日报》2013年6月20日推出专栏《理论自信·学者风采》，李韵的开篇之作是《从民间来到民间去——民间文艺家贾芝的理论探寻之路》。她说，贾芝不喜欢从理论到理论的研究方法。他绝少涉猎深奥的纯理论探索，论文大多是解决具体问题的。正是这种从民间来到民间去的"草根"研究方式，使他的学科建设具有更加绚丽多彩的活力。随后，她还介绍了贾芝"半壁江山"的拓荒之路和三大史诗的生死抢救。

《光明日报》2011年9月8日，宫苏艺《飞鸣的播谷鸟》一文中说，贾芝的诗歌中，"播谷鸟"是重要的意象，贯穿创作始终。之后在民间文学园地开拓、耕耘、播谷，仍然似一只"播谷鸟"，飞鸣不止。1942年《在延安文艺座谈会上的讲话》发表，贾芝真正关注和热爱民间文学，并创作写工农兵的新诗，摒弃北平读书时那种浪漫情怀与绅士风度，完完全全成为一介草民。晚年，贾芝常说自己是"草根学者"。文章还记录他的革命伴侣李星华和手足兄弟贾植芳。

中国社会科学院民族文学研究所副所长年轻的研究员尹虎彬在贾芝《我是草根学者》（刊于《新文学史料》2007年第2期）发表不久，采访贾芝写下《贾芝访谈录：我是草根学者》。他据原文的三个方面"以实际行动完成了学者与民众的对接，在研究方法上奉行书斋与田野的对接，宣传中国实现了民族与世界的对接"进行深入细致的提问。一老一小的对话，不同视角、不同理念引发了新的思考与探索，对贾芝创立实践60年的学术理论进行初步梳理整合，同时增添补充了细节与实例，文章更加鲜活，彰显着年轻学者的旺盛生命力和两代学者理论的交融与升华。

《中国艺术报》2014年10月29日，刊发金茂年《百岁贾芝的拓荒之路》公布101岁高龄的贾芝荣获第九届中国文联文艺评论著作特等奖。他的著作《拓荒半壁江山：贾芝民族文学论集》生动真实地记录了他亲历的新中国少数民族民间文学开创与发展的历史。80多年来，贾芝凭借一颗知识分子的良心，始终把发掘研究56个民族沉睡千年的文化宝藏使之重放异彩，作为自己不可推卸的责任。他的研究从来不在书斋，而是不断地与各民族基层民间文学工作者对话，在解决具体学术问题的同时，获取新的知识信息，交流沟通，提升自己。正是这些来自民间的鲜活理论充实了他的理论体系，点点滴滴地构建起中国多民族民间文学这一新兴的学科。这种植根民间的学科建设有别于从理论到理论的枯燥建构，她更具生命力也更绚丽多彩。贾芝一贯认为文艺理论既不是完全套用西方的理论体系，也不是关在书斋里苦思冥想，要走中国特色的社会主义文艺道路。多年来无数先行者在践行，虽然走得艰难，也没有惊天动地，但那是自己的路，是实现中国梦的必由之路。他深信：我国多民族的文化艺术一定会而且已经在世界文坛绽放异彩、独领风骚。

来稿斑斓多姿，长短形式不拘一格，然而并不凌乱，稿件越多，集中起来就越感到一种真情在涌动，让你心也荡漾。真实、真诚像一条主动脉贯穿始终，你会越来越感受到它强有力的搏动，一股正能量随之传递。对民间文学的执着热爱与追求，让我们完成了一个又一个的梦想，成就了一桩又一桩的事业，构建起中国民间文艺学。它是中华人民共和国成立以来创建的一门全新的学科。

本书是大家为贾芝的百岁而作，都是些有感而发的肺腑之言，绝没有应景的歌功颂德，也没有纯理论意义上的高调评价，更没有应付吹捧。除个别同志因故选用旧作，95%以上的来稿是全新的，我再次感受到一种生命的鲜活与温度。他们都是贾芝不同时期的战友，为共和国的成立成长，为民间文学的开拓发展，曾并肩战斗，奉献过青春和汗水，也共享过胜利与收获的喜悦。他们记述的是贾芝百年人生中一个个真实的故事，这些故事不经意间成了历史，往日的平淡，今天演化为永恒。

魁立先生说："贾老的生平更是一部大书，这部书不仅仅记录着他个人的坚韧卓绝、矻矻不懈、目标始终如一的人生步履，更反映着发生在中华大地上一系列民间文学活动的波澜壮阔的历史进程。这部书给人以不尽的启迪和奋发的力量。"确实，我们每一个共同走过那段历史的人都可以从中找到自己，找到那个时代的脉动与温暖。

今天在这里，我们收获的绝不仅仅是一本文集，它承载的是一个时代的文明。

2015年3月26日
2015年7月26日

写在最后的致谢

——《真情呼唤 共创辉煌——庆贺贾芝百岁文集》跋二[1]

这本书缘起于2012年。10月,杨亮才、白庚胜联系了《映像》杂志,准备为贾芝庆贺百岁生日出版专刊。他们邀约全国几个地区的朋友写回忆文章,大家积极响应,北京陶阳、杨亮才、段宝林、白庚胜;河北郑一民;广西农冠品;吉林曹保明;甘肃郝苏民;内蒙古胡尔查;云南李缵绪;湖北刘守华都写来深情真挚的文章,这些成为本书最初的文字。

2012年12月12日,《庆贺百岁贾芝从事革命文艺工作80周年座谈会》在北京人民大会堂隆重举行,会上为出版庆贺文集向大家约稿。我起草的《征稿信》曾送交协会审批,未能及时发出。2013年3月,我再次将《征稿信》递交协会。

2014年1月我以个人名义向熟悉的老同事、老朋友约稿,反响异常强烈。从文化部门领导到基层文化馆长;从文艺界名人到农民艺术家;从九十高龄的学者到风华正茂的年轻教授、博士;四面八方不同民族、不同职业的民间文艺工作者纷纷来稿。

全国各地区、各民族民间文艺的全面搜集抢救工作始于1949年,是新中国的重大文化成就,也是每一位参与者的骄傲。记录这段历史是知情者的责任,我们不写下来,就会欠共和国一笔情债。我不断扩展征

---

[1] 中国民间文艺家协会编:《真情呼唤 共铸辉煌——庆贺贾芝百岁文集》,中国文联出版社,2016年,第733页。

稿范围，等待催促着那些繁忙又与贾芝有故事的朋友。许多来稿是午夜之后发送到我的电脑；有的是我追到出国签证大厅完成定稿的。

经过一年的努力，2015年1月正式发稿；4月全书打印稿完成；6月彭蕴锦通读全书；7月29日我、白鹤与本书责任编辑王柏松见面。柏松很可爱，甜美、温柔、儒雅，工作极认真，但从不急躁，她充分尊重作者。两个月后，她和一位资深校对看完书稿，为了不耽误我照顾病人，约定在医院看稿。10月12日，她捧着一束用外文报纸包裹着的红色康乃馨来了，代表着对主人的敬重与祝福。我们开始字斟句酌地讨论书稿，两个多小时过去她留下书稿，待我通读一遍，补充附件后交稿。临走她去看贾芝，正赶他咳嗽，勉强睁开小眼睛看看她，她心疼地说，等出书时再好好拍张合影。之后我们又经历了两次通读修改书稿的过程，那两次，不是探视时间，柏松连病房都没进去。在医院门口的接待室，我们在嘈杂的人声中完成了稿件的推敲与交接。令人没有想到的是，合影的事竟成为永久的遗憾。

2016年1月14日，柏松惊悉贾芝离世，她说，心像压了块重石。我们都为贾芝生前没能看到此书而心痛。三年了，我们本来可以快一点，无奈我每天跑两趟医院陪伴护理，在家还要给他做蔬菜、水果、养生粥、中药等四种以上的食品，看稿写稿只能是挤占休息时间，常年间我每天只能睡四五个小时。2015年1月19日交稿期间，我又经历了电脑遭病毒袭击文件全部乱码、重新写就的过程，费时费力不说，最初的感动、鲜活与灵动怕是不能全部找回了。这时还赶上贾芝换医生，病情不断反复加重，我日夜守护身旁，忙时一天只睡一两个小时，精神几近崩溃。贾芝奇迹般闯过险关活下来，在他的感召支撑下，我也走出抑郁，继续发稿、审校稿。

我应该感谢的人很多，首先是杨亮才与白庚胜，可以说这本书缘于他们对贾芝的一片真情。杨亮才曾自告奋勇地说："我要写序，名叫《向贾芝同志致敬》！"我说："我写跋《向大家致敬》！"后来他生病了，序由白庚胜写了。中国文联的罗江华为出书争取了经费的保证；协会领导罗杨、张志学为定稿出书、疏通关系诸方面掌舵；中国文联出版社程翔云从贾芝百岁座谈会开始到书的出版做了许多默默的工作；中国作家协会彭蕴锦炎炎夏日通读全书；山西侯村小老乡王克强主动承担起山西、上海的约稿工作；白鹤以他的温和与热情在整个出书过程中沟通协调。当然更应该感谢的还是本书百位作者，他们用真诚记下了他们与贾芝之间的故事，也记下了那个难忘的时代。他们撑起的是中国民间文艺的一片天，《跋》中我已作过详述。还有许多我认识、不认识的同志都为本书做出了奉献，在这里我一并致以最诚挚的谢意！

本书不同于一般的回忆与纪念，超越了空泛的评价，真实生动的细节成为最基本的元素。为了图文并茂地还原历史，我在自家收藏中精选200余幅相关照片（刘琦、何宗禹、张涛照片系原稿附上）；若干篇贾芝日记；解放区的报纸以及芬兰、德国报纸插入文中；本书充分尊重作者，文章形式不拘一格，作者简介也不强求。

最不能让我释怀和原谅自己的可能还是没让贾芝看到这本大家献给他的书，虽然在他生前我曾多次向他汇报此书内容和即将出版的消息，有时还激情地读上一段。现在他远行了，我拿着这本饱含深情的厚重大书哪里去寻他？我深信他在天堂里可以看到我们，他会满意一笑。

最后让我用告别仪式上的挽联来告慰贾芝的英灵："思君情不断恰似长流水，承夫业无悔静心修正果。"

2016年2月21日

第五辑

构建世界共同体

开两岸民间文学交流之先河

——记贾芝与金荣华先生

一见如故　坚冰消融

1986年7月8日，我和贾芝到机场迎接从韩国转道而来的台湾中国文化大学著名教授的金荣华先生。我们赶到机场，飞机已着陆。那时的航站楼只是一座三层的小楼。大门外的台阶上，站着一位英俊、洒脱、儒雅的男士。不用问，那一定就是金先生！正这样想着，金先生已快步走过来，两双手已经紧紧地握在一起了。这真叫一见如故！他们没有见过面，连照片也没见过，完全凭着感觉就相互认定了对方。那晚，我们谈及很多，上午11点20分雨中告辞。

当时人们与海外联系极少，即便有海外亲友也多年失联。为了顺利打开国门，国家积极邀请国外学界大师回国与国内相关学者建立关系。贾芝最早结识的是美籍华裔丁乃通教授。1978年，贾芝与丁先生在北京饭店见面。

1986年年初，丁乃通先生介绍他的台湾朋友金荣华教授给贾芝。海峡两岸隔绝已37年，互不往来。他们三人怀着"一奶同胞"之情，定要化解两岸坚冰，首开民间文学交流之先河。

金荣华，祖籍无锡，生在上海。1949年随祖母迁居台湾。台湾师范大学国文系毕业后，赴法国巴黎大学比较文学研究所、美国威斯康辛大学深造，获图书馆学硕士。毕业后在加州大学任教，兼任图书馆工作。之后，又曾到墨西哥学院东方研究所与汉城檀国大学任教。20世纪70年代，应中国文化大学创办人张晓峰先生之邀，回台北，任中国文化大学文学系主任、中国文学研究所所长。金先生学贯中西，讲授"比较文学""民间文学""敦煌学""中国文学史"等课程。其中"民间文学"研究，更是盛名享誉海内外。金先生著述颇丰，主要有《民间故事论集》《中国民间故事类型索引》《六朝志怪小说情节单元索引》《中韩交通史事论丛》，等等。

丁先生建议贾芝请求统战部助力。贾芝当即给江平部长写了信。1986年3月19日，统战部三局朱绘同志给贾芝电话，欢迎金先生回大陆观光。贾芝根据统战部意见立即给在檀国大学教书的金先生写信。按当时规定贾芝寄信给美国的丁先生，请求转交邀请函给金先生。5月9日，贾芝才收到丁先生转来的金先生的信。金先生接受邀请，拟访问北京、西安、敦煌与上海。

大陆第一站：北京

1986年7月8日，文章开头首都机场见面一幕。7月9日，上午贾芝、金先生由前故宫博物院院长单士元陪同参观故宫。从午门向北，一路听单先生完整地介绍宫殿的建筑、上朝、礼仪、起居，等等。他们被特许进入大殿内参观，还在乾隆读书写字的屋里休息交谈。下午，金先生到贾芝居所演乐胡同46号院做客，除了谈一点家事以外，主要谈到民间故事的分类问题。他说，中国民间故事如此丰富，应该有自己的分类方法，在世界上起到主导作用。他以为丁乃通先生的《中国民间故事类型索引》可以同时补入汤姆逊的分类。他得知，丁先生邀我参加《中国民间故事类型索引》续集的工作，很表赞成。他还说，到一定地步，他与丁先生提供费用，赞助我到丁先生家，利用两三个月的时间，共同完成续集。我给金先生讲述了一个广西壮族故事《太阳、月亮和星星》，与印地安人神话《太阳是天空的父与主》极其相似。金先生很有兴趣，鼓励我写一篇论文。

7月10日，杨亮才陪同金荣华先生参观长城、十三陵。这天，天气特别晴朗，杨亮才建议金先生拍照留念。金先生忙说："拍不得，拍不得，拍了就回不去了。"他还讲了一个人拍照被海关查出来，三年不得出境的事情。

7月11日下午，在国务院一招①开座谈会。金多年不见的弟弟金龙华从上海赶来，一起去听哥哥演讲。金先生首先介绍：台湾民间文学活动情况极少，谈到他在几个高山民族中的调查。其次，讲社会学、人类文化学等学科与民间文学的关系。他认为，各学科均可利用民间文学的资料，民间文学也可以采用他们的方法。最后，讲民间故事分类与情节单元。晚6点，我在中国文联"文艺之家"宴请金先生、钟敬文、马学良先生参加。

7月12日，贾芝接金荣华到中国社会科学院少数民族文学研究所作学术报告，反响十分强烈。有人提问情节单元问题，金先生答复说，应该养成从情节单元看故事的习惯，看故事，立即做卡片，资料便逐渐积累。否则看了，日久忘记，再查找不容易，也是人员与资料的浪费。

7月13日，金荣华先生设答谢宴会。出席的有：贾芝、刘魁立、杨亮才、朱绘等。饭后回饭店，我们继续座谈。金先生主张在丁先生著作的基础上增补作品或成立新的类型，建议我就某一流传故事不同的异文，进行剖析，编写"情节单元"。

7月14日，我与贾芝陪同金荣华先生访问骆宾基先生。金先生请教"墨西哥玛雅人的文字中的'亶'字甲骨文中是否存在？"骆宾基谈到他的《金文新考》，因与某位大家观点相左不能出版的遭遇。骆宾基与金先生谈得相当投机，骆先生把刚刚誊写清楚的《金文新考》复印件送给了金先生。

7月15日晚上，统战部李定部长接见与宴请了金荣华先生。李定，一位非常有见地的学者型官员。思想活跃敏锐，政策把握精准，做人做事真诚。他曾多次对我们说，不要热心于口头宣传，少说甚至不说，让

---

① 现国谊宾馆。

台湾学者多看，让他们自己结论与选择。他还说，要想办法解决他们与大陆亲属的困难与问题，切实做好服务工作。李定部长出生在云南边陲施甸县，长期与少数民族同胞生活在一起，对民族文学、民间文学有深厚的感情，也很有见地。宴会上，李定部长与金先生谈文学、谈学术、谈家常，如同故友亲人一般。之后，金先生每回大陆，李定部长只要有时间一定会见叙谈。宴会后，我们邀约少数民族文学研究所的研究员何鸣雁，一起座谈萨满教的抢救与搜集研究，观看了她们近期拍的《萨满祭火与请神的仪式》专题片。金先生和何鸣雁还热情交谈了崔致远在中国的故事，他们都曾对此人进行过研究并有相关著述。

7月16日，金先生临行前，谈了几件事情：1."高山族"概念不清，实际上台湾高山地区居住着九个原住民族。2.再次强调在民间文学普查中，要掌握与运用"情节单元"。他和丁乃通先生愿意来大陆无偿授课。3.鼓励我写《太阳、月亮和星星》的论文。金先生去了西安、兰州、敦煌，最后到达上海。

7月29日，金先生转道澳门，经香港回台北。金先生是民间文学界接待的第一位台湾学者。当年，他来大陆是有风险的。

定位故事村，两岸学术谋发展

1988年4月1日，金荣华先生再次来访，与其弟金龙华同行。我安排他们住的"好园宾馆"，宾馆名是邓颖超同志题写的。史家胡同一套大宅院，古朴气派。闹中取静，一种"家"的感觉。金先生十分满意，之后多次住这里。这次来访，河北省民协主席郑一民安排了故事村考察。金先生非常喜欢这种直奔主题，深入民间的采风与交流。

4月2日，统战部宴请，李定部长出席人大会议，耿局长代劳，朱绘作陪。下午，金先生到我家做客，谈到在台湾出书的事，谈到英文刊物，贾芝任主编，金先生做编委，丁先生做英译稿的审定加工。贾芝拿出自己新出的论文集《新园集》，金先生说在台湾已经见到并复印了。贾芝还送了几本他作序的书。

金先生说:"今年暑假以后,形势已大为改观,台湾可能开放到允许参加大陆的学术会议。"金先生再也不用顾虑拍照与辗转回台了。他又加了一句:"单流不叫流,要交流就要同时邀请大陆学者到台湾。"金先生要我们做第一批到台湾的民间文艺工作者。他为此努力了七八年,1994年11月,我们成行台湾,从此,交流双向。

4月4日,小雨中,我们乘火车到石家庄。那时的绿皮火车要走六七个小时,我们在火车上吃中饭。优裕生活中的金先生一点儿都不挑剔,简单的盒饭,糙米饭上盖一点点青菜,金先生一口气吃了两盒。到石家庄后,我们直接到60里外的藁城县委招待所,立即座谈,县委书记、县长和地区文联主席参加。耿村600多年历史,200多户,1147人,集市、商业活动较多。1987年农历正月初十,河北省民协深入耿村考察,已完成三次普查,搜集记录文字400余万字。当年采风的有位刚结婚4天的新媳妇,那就是后来河北省民协的副主席兼秘书长杨荣国。柴火妞变身文化干部,靠的不仅是她的努力学习与进步,更源于她置身民间的由衷热爱,深入基层的勇气与担当。她靠实力与奉献,一步一个脚印走到今天。

4月5日,一早,我们出发去藁城县城外14公里的耿村。半路上,小车陷在泥里走不了。袁学骏不好意思,边道歉,边引路,从泥泞小道绕过去。贾芝笑着说:"我们走的地方多了,什么路没有?见山爬山,见水涉水。"金先生更是轻松跨过。

听故事,在一个小学的教室,40余人的故事会开讲!普查队长简单介绍,村民争先恐后讲故事。第一个是靳景祥,讲《藁城宫面的来历》,接下来是王玉田、梁银兰、徐丑货。妇女孙胜台讲《虱子告状》童趣并具知识性;69岁的徐大汉说了一段顺口溜《懒老婆》,手势、表情、眼神特别生动;头扎白毛巾的张才才出口成章,很会编故事;王仁礼讲抗日故事《太君喝凉水》。这一天,我们听了23位故事家的故事。金先生即席讲话:"……一个村子能够成为故事村,不要说河北少见,在全世界也很少!一个村子里有那么多的故事家,我想这大概是全世界第一吧!别再说是全省第一。这是件在世界上可以称得上骄傲的事!"

现场，贾芝题词："愿耿村民间艺术之花常开，为国增光"；金先生题"胸怀耿村，放眼世界"；杨亮才题"河北平原一枝花"。贾芝与金先生为耿村命名"中国故事第一村"，是推波助澜的重磅力量。金先生见多识广，不仅了解中国，更熟悉世界各国民间文化保护与研究现状。他站在国际视角，准确定位耿村"民间故事第一村"。

我们到来之前，中共河北省委副书记李文珊亲自视察，已经决定开现场会，宣传耿村。这个档口，贾芝与金荣华先生考察耿村，无疑是添了一把火。十天后，4月18日，河北省召开了中国民间文艺家协会、河北省民间文艺家协会、石家庄地区文联和藁城县文联四家联合举办的"耿村民间故事家群与作品讨论会"。贾芝带领数十位专家学者再次亲临指导。1989年贾芝在匈牙利召开的国际民间叙事研究会第九次大会上，向到会的40多个国家的学者介绍了耿村故事家群。

贾芝与金荣华先生成为耿村文化推向世界的第一人。在他们的鼓励与支持下，"中国耿村故事家群及作品和民俗活动国际学术讨论会"于1991年5月召开，来自德国、日本和中国各省市的专家学者济济一堂。之后，日本、韩国、美国、法国、加拿大以及中国台湾、香港地区的专家与记者也多次考察访问。

4月6日，我们启程去赵县，看了赵州桥。赵县是教师发动学生搜集民间文学的典型。下午4点回到石家庄，省委书记李文珊晚宴招待。饭后，我们进发邯郸。

4月7日，邯郸市统战部女部长陪同我们参观磁州窑故址。路过南响堂石窟，有释迦牟尼涅槃群雕。洞窟虽小，回声大，得名响堂。在响堂石窟前，我为贾芝与金先生拍下第一张合影，也是海峡两岸坚冰消融化解的见证。午后，黄粱梦吕仙祠，遇二中年妇女边唱边舞，祈祷神仙。金先生卓有兴趣，就地采访，我为他们录了音。晚9点我们回京。

4月8日，金先生回到北京，在新桥饭店报告座谈。台湾没有民间文学组织，大陆的民间文学组织、调查采录工作是世界一流的。在台湾，大学也准备开设民间文学课，师资、材料都不够。今年夏天，可能有三个大学可以开课。金先生本人开了博士班，同时想在大学开课，还有困难，希望得到我们的支持。台北影印是一流的，贾芝的《新园集》就有影印本在发行。金先生在台湾申请了一个研究项目：对卑南人①民间文学的调查，金先生把自己的研究生带去做调查，以后还会做鲁凯人。金先生说是受到大陆中国民间文学三套集成的启发，回去向台湾行政院提议并得到赞助，可部分弥补大陆民间文学集成缺少台湾卷的遗憾。这是一位民间文学工作者崇高的责任与担当！金先生还谈到丁先生的《中国民间故事类型索引》是国际故事类型的中国化问题，丁先生现在补充中国的类型，提出了70多个中国特有的类型，让它在国际上真正成为一个"型"。

4月9日，金先生回台北。贾芝到宾馆送行，他们又讨论了对"整理"一词的理解："整理是需要的，但概念要清楚，执行要严格规范。"

频频来访　探索新的合作

1988年8月，金荣华先生三次来访。第一天，贾芝与金先生就英文刊物的《中国民间文学》的选稿、译稿、编辑等具体问题进行磋商研究。随后，金先生谈到修改补充丁先生的民间故事类型索引。他说可以在美国丁先生处搞，也可以在台湾或者在大陆搞。最后，决定贾芝积极筹备申请"编纂中国民间故事类型索引"这一课题，准备经费落实后，请丁先生、金先生来北京共同研究索引的编法，并任教培训。非常遗憾的是，到今天他们的意愿也没有实现。如果从那时就梳理与掌握了一套科学的分类方法，对中国的民间故事有一个全方位的了解，清楚地知道中国到底有多少故事类型，又都分布在哪些地区和民族？有多少与国际相同的类型，有多少中国独有的类型？这对于今天以至今后的研究会是多大的贡献与作用啊！

我们陪金先生承德一行，考察宗教文化与民间文学及民俗的关系

---

① 卑南人是高山族之一，高山族是一个族群，其中包括卑南、鲁凯、泰雅、阿美、排湾等。

等问题，这方面很有造诣的李国梁先生给予很大帮助。这次交流更民间、自由与亲近。我们一起包饺子，一起到街边小店排队吃牛肉面，金先生骑车在北京的二环上……

1989年2月13日至17日，金荣华先生第四次来京。贾芝与金先生见面，最重要的还是民间文学。1. 英文刊物《中国民间文学》，贾芝拿出刚刚写好的发刊词与第一期目录，出刊时间定在6月。丁先生写的广告，金先生修改后，开始征订。书评请何万成先生按照国外的习惯，做出样板。贾芝又叫来中国民间文艺出版社社长杨亮才，共同谈定，由陈良伟先生做海外总经理，起草了委托书。2. 贾芝叫来三套集成办公室主任贺嘉和金荣华先生一起谈编纂台湾民间文学集成的事。金先生已调查了台东县卑南人的民间故事传说。他建议我们给他写一封关于大陆正在搞民间文学集成的信，他回去转给文化部门，刺激一下。后来，他也真的因此得到台湾行政院的资助。3. 谈到建立民间文学资料馆，搜集全国民间文学县卷本；转到合作搞民间故事类型问题，他强调了必要性。贺嘉说给他上了一课。多年的封闭确实让我们孤陋寡闻，我们很难了解与紧跟国际民间文学研究发展的脚步。我们不知道国际统一的分类与编号对于国内外学者，甚至其他各方面的研究与创作，该是多么重要的一件事情！

1989年9月，金荣华先生第五次从新疆来京。金先生下榻和平宾馆。7日晚上，杨亮才来，我们一起谈了两个问题：1. 英文刊物《中国民间文学》，同意何万成意见，头两三期要编得有水平，第一期尽快编好发稿。丁先生去世了，金先生说要有高水平的翻译人才负责终审。2. 民间故事类型问题，要及时收集全国三套集成的故事资料，继续编纂完善《中国民间故事类型索引》。贾芝说，在全国范围内办培训班，发动各地参加执行。

1990年7月，金先生第六次来京，组织了中国民间文学学会采风团。学会是金先生发动成立的，高雄师范大学王忠林教授任会长。采风团成员大都为金先生的学生。这是一次重要的两岸交流与联谊，从金先生一个人来访发展成一行20余人的观摩、考察采风团，成为两个学术团体之间的交流。21日，在文联二楼会议厅召开《海峡两岸民间文艺家联谊茶话会》，贾芝致辞，强调了五年来两岸交流的历史变化，并建议由金先生他们完成台湾民间文学卷以填补《中国民间文学集成·台湾卷》的空白。北京、天津的民间艺术家现场表演泥塑、面塑、刺绣、烙画、内画、风筝、毛猴、卵石画、微雕等，获得学者不断喝彩。离开北京，采风团去了西安与延安，金先生很注意对学子们进行传统文化的教育，他说，中华传统文化的根在大陆，要研究传统文化离不开大陆，鼓励他的学生常到大陆采风。

跨越阻隔 八年终修正果

1991年以来，金荣华先生一直积极策划邀约大陆学者到台湾进行学术交流。1994年4月，金先生正式发出邀请函，再到11月15日登机成行。距离金先生访问大陆已过去八年，真正成为双向交流。

11月15日，晚上10点半我和贾芝、何鸣雁到达桃园机场。金先生带几个学生接站，我们到达侨光堂已是子夜。16日，陈益源陪我们去台北故宫博物院。金先生的学生陈桂云为我们讲解，她在该院人事部工作。中午，招待我们的是故宫博物院别有特色的午餐！下午，在中国文化大学，何鸣雁给学生演讲。我们沿着阳明山路，散步到金先生的小院。一幢小楼，楼前楼后种些花草蔬菜。一层是写作与会客室，可窥见他繁忙的工作状态。我们去看在台湾休养的丁乃通夫人许丽霞女士，丁太太已经没有了几年前的干练，走路用上拐杖。她说，丁先生生前的意愿是把他的书刊资料送回大陆，大家听了很感动。

17日上午，"海峡两岸民间文学与通俗文学研讨会"，中国文化大学与汉学研究中心联合主办，在台北图书馆举行。当天，台湾《"中央"日报》与《华夏日报》刊发消息。中国文化大学文学院宋晞院长致辞。贾芝第一个发言《从民间文学的新发现探索中华民族的文明》；第二个发言的是金荣华先生《台东卑南〈哑女的故事〉试探》；第三个是何鸣雁《吉林延边地区朝鲜族民歌研究》；第四个是高雄颜美娟《屏东

〈蛇郎君〉故事研究》。下午，继续会议。第一个发言的是金茂年《歌谣、神话与花婆崇拜》；第二个发言的是政治大学陈锦钊教授《论大陆所出版的清车王府抄藏子弟书集》；第三应裕康《从〈乔太守乱点鸳鸯谱〉看当时的婚姻观》；第四个发言的是许端容女士《河内漠喃研究院藏〈四十八孝诗画全集〉考辨》。综合座谈时，有人提问："顺口溜算不算一种新的文学形式？"贾芝以赵树理《李有才板话》为例，说明顺口溜是一种口头文学形式，有的可以流传为民谣。

18日，到淡江大学交流演讲。19日，金先生安排我们游览。微微细雨中，我们观光市容，看到日本人占领时修建的两层旧式小楼，日本曾占领台湾51年。昨天在淡江，看到红毛城，红毛指荷兰人。早在日本占领台湾之前，荷兰占领台湾38年。我们驱车50多里，到台北县三峡镇清水祖师庙。庙中供奉的是抗元复宋的民族英雄陈昭应，他随文天祥抗御元兵。生前隐居福建安溪县清水巖，故称清水祖师。庙建于1769年，1902—1983年第三次重修，著名画家李梅树主持，他从46岁做到82岁。这座建筑以雕刻闻名，被誉为"东方艺术殿堂"。殿内木雕、石刻、浮雕、铜铸、皆为鬼斧神工之作。寺庙古法建造，五门三殿，从殿前台阶起、地面、墙壁、廊柱几乎全部石砌而成，柱子分别雕为龙柱、花鸟柱、点金柱，现有110根，竣工时该是156根。环绕大殿的雕刻廊柱有十对。我们仔细观看前面三对，中间一对《百鸟朝梅》100只形态各异的鸟，刻在花朵盛开的梅树上。另外两对分别是双龙抱柱和36关武将18骑。最使我们惊异与欣慰的是，现在还有工人们在工作间精雕细琢。第一位工人师傅郭竹坡，正往一块长方木刻《加官进禄》上贴金箔。他自画自刻，画好就刻，刻好再磨，再涂白漆，最后涂黄漆贴金箔。另一年轻工人正在雕刻《水浒传》李逵，还有一位在刻《三国演义》中张飞。屋中几块刻好的长型木雕：一块雕着花与鸟；更长的是《娶媳妇》，中间是花轿，里面坐着新媳妇，前面是吹鼓手们，后面是送嫁妆的，有抬的、有挑的，浩荡的娶亲队伍。热闹红火！另一块刻有"铜雀台"三字，中间坐着头戴冠冕的皇帝，两边大臣形态各异；再向两边是骑马射箭的武将们，挥刀、挑旗、持箭囊的；再往边上去是打鼓的、敲锣的，还有蹲在地上的小兵卒等，场面也够辉煌了。贾芝走近郭竹坡师傅，问他学艺的经过。他说已经工作27年了，他们从来不取报酬的。此庙新建翻新40余年，全部是群众自动捐献与付出，政府不出一文钱。这种传统一直至今，商品大潮中，一批默默奉献的劳动者！贾芝送他一张名片，让他在自己的本子上签名"郭竹坡"，握手道别。归途，我建议再去国父纪念馆。孙中山先生坐在高处。贾芝向孙中山先生三鞠躬致礼！观看孙中山一生图片展，贾芝为没有国共合作的照片而遗憾。他说："历史需要真实，一生需要完整。"

20日，金荣华先生与贾芝共商未来。金先生准备一年一度召开学术研讨会，预定明年5月在高雄开会，诚邀贾芝参加。金先生再次提出民间故事分类索引的问题，他们商定要搞《中国民间文学三套集成》资料的分类与研究。

21日，早上，贾芝到政治大学讲演，题目《民间文学普查与三套集成》，我们在学校贴的海报前留影纪念。贾芝主要介绍全国各省、自治区、直辖市，各民族民间文学的全面普查和民间文学三套集成的编纂工作。这是西方以及日韩等各国学者公认并羡慕不已的，说到这里大家兴趣盎然，贾芝又谈了几个例子。讲演结束，提问踊跃。我上台介绍审读歌谣的实例补充解答，何鸣雁介绍朝鲜族民间文学，三人同台回答问题，好生热闹！最后，有人提出："台湾的三套集成，你们怎么编？"贾芝立即说："那要靠你们了！金荣华先生已经带领研究生调查、采录了卑南人、鲁凯人的民间文学……希望你们能够参与调查研究与编选。"陈锦钊教授郑重地拿出一本辗转从大陆买来的《中国民间故事集成·吉林卷》，让贾芝在扉页上签字。这天的午餐是在他们教研室吃的自助火锅，满屋子热气腾腾，一派青春活力！饭后，陈锦钊教授送我们去机场，金荣华先生在等待，匆匆告别！第一次台湾之行。

民间文学与多种文化共生共荣

1995年12月,中国文化大学与高雄师范大学联合主办"海峡两岸民间文学学术研讨会",我们未能如期到会,论文收入文集。贾芝的论文《故事讲述现代中国的地位与演变》、我的论文《蒙古族民间文学中的"马"》。访问推到1996年5月,贾芝率刘魁立、刘琦、郑一民、冯君义、林相泰、金茂年七人赴高雄。这次访问突破了单纯的学术研讨。除了学界同人,还和村镇市民、青年,尤其是与宗教文化界人士有了深层次的了解与交流。

5月9日,中午到九龙机场,再到港岛中华旅行社取入台证,再飞高雄。高雄师大王忠林和应裕康接机,我们被安排在佛光山文化院的招待所。晚宴在一个烤鸭店,还没敬几杯酒呢,金荣华先生从台北赶来了。他说,只用40分钟。

5月10日,在一贯道的天台圣宫,与高雄师范大学、中山大学等方面的学者包括新闻界人士一起座谈。金先生主持,贾芝重点介绍了民间文学工作40多年来的巨大成就,尤其突出的是对各少数民族民间文学遗产的发掘、出版和研究工作。发动全国性的普查,我们采取了两条路线:一是通过文联系统成立各省、自治区、直辖市民研会分会,组织调查;二是通过社科院文学研究所编写《中国少数民族文学史和文学概况》,组织有关省、自治区配合调查分工编写。特别介绍了《中国民间文学三套集成》从自觉发起,到文化部、国家民委、中国民间文艺研究会三家联合签署了《关于编辑出版〈中国民间故事集成〉〈中国歌谣集成〉〈中国谚语集成〉的通知》(文民字〔84〕808号),再到列入国家重点科研项目,动员了全国几十万人进行搜集普查。现在已出版省卷本10余部,县卷本4000多册。其他同志分别介绍《民间文学》《民间文学论坛》《民俗》三个刊物,河北与山西的同志各自介绍了本省的采风与出版。我主要介绍协会的组织联络工作,突出介绍了刚刚结束的国际民间叙事研究会北京学术研讨会,25个国家参加的民俗学者盛会,引起与会者极大的兴趣。他们对我们自上而下周密的组织工作以及政府对民间文学事业的支持与投入，感到钦慕与赞许，并一再感叹，在台湾做不到。座谈会上，台湾学者介绍了他们组织民间文学研究机构的艰难以及社会热心家的支持。《中国时报》记者问："'文化大革命'中对民间文学采取什么态度？"贾芝明确回答："'文化大革命'对民间文学也是一场浩劫。1979年以后，我们努力恢复民间文学工作，进一步强调与落实'抢救'的口号。仅10余年，取得的成就比过去17年的总和增长了十几倍，分会也由8个发展到30多个，除台湾外，每省都成立了民研会。"座谈始终在友好热烈坦诚的气氛中进行。一种渴望统一，要求三通的呼声自然脱口而出。许多人提出要到大陆采风，学习大陆的做法，保护和搜集台湾各民族的文化遗产。下午，去中山大学。学校依山临海，我们参观了图书馆、文学院、海洋学院等六个学院。金先生连夜赶回台北。

　　5月11日，到高雄市政厅，吴敦义市长接见我们。陪同接见的是马来西亚大企业家姚武年先生，他曾多次赞助文化事业。吴市长进来，他和贾芝坐中间的沙发，我们依次两边就座。贾芝介绍，我们与台湾已经有了10年的交流与合作。吴市长是学历史的，对民间文学也是情有独钟。他说，史官记载的历史与民间传说有很大的不同，这些民间口传的历史往往更真实可靠。贾芝介绍了我们搜集记录民间文学的方法及重大意义。吴市长表示很赞成，并希望进一步发展两岸民间文化的交流与合作。之后，我们去高雄文化院的天坛。文化院信奉道教，不讲究迷信和单纯烧香拜佛，说敬佛是要领悟其精神和先人做人做事的道理。

　　5月12日，我们去台南安平古堡，荷兰人入侵修建的城堡，以糖水、糯米汁、贝壳灰与砖石筑成，非常坚固，是其行政与军事要镇。1661年，郑成功攻克城堡，收复台湾。赤嵌楼，楼内有郑成功的画像与铜像，还陈列着荷兰人投降的条约书，以及郑成功与荷军作战的海图等珍贵历史资料。特别的晚宴，高雄市国民党南区知识青年党部书记长徐平国带来一位长期深入高地民族采风的小学教员林明清。他很会唱歌，唱的都是自己采录的歌，一首接着一首，满座鼓掌。林老师说："民谣是不能用曲谱去记的，把内在压抑的感情唱出来，就是民谣。""不能翻译,非用原腔原调不能表达原来的感情与韵味。"他用罗马记音记每一个音,然后照原样唱。徐平国也唱了两首民歌,也是自己采录来的。如此采风,实在是好的范例。贾芝兴奋地说:"这才是最好的采风!能这样采来,照原样歌唱,难得!一般人是做不到的。"书记长希望他们的民歌演唱家能够参加大陆的活动,要求交流,要求合作,要求共同开发。

5月13日,上午游佛光山。佛光山极其宏伟的建筑群。上山到不二门,殿内有500罗汉;佛教文物陈列馆,满屋金光灿灿,望不到头的系列佛像。我们瞻仰舍利塔,大雄宝殿,拜过三尊大佛,大殿墙壁上还有14800尊佛像。寺内生活井井有条,他们打坐、诵经、写字、学画,自有生活世界。他们都会使用电脑,从事学术研究。他们正在筹备国际学术研讨会,我们参观了大小多个现代化设施的报告厅和会议室。我们还看了出版社、幼儿园、敬老院。唯一遗憾的是,星云法师出国讲学,不能见面了。完全出乎意料的是,路上,我们巧遇刚刚归来,在山上巡视的星云法师。星云法师对民间文学很有兴趣,希望我们今后好好合作交流。双方都为如此缘分高兴,合影留念。

从佛光山下来,我们到旗津镇。陈銈诚镇长接待我们,先去台南县美浓镇纸伞文化村进行民俗考察。他们是客家人,从广东潮州迁来,带来制作纸伞的工艺,叫"原乡缘纸伞"。我们看了他们的制作过程与最后的绘画,还有一个小小的客家人博物馆。晚饭是镇长招待,他还叫上了妻子和一位乡土作家钟铁民,热情交谈。镇长说:"两岸政治不同,不须多说,但人民之间,文化工作是没有界限的。"

保定两岸会议与北京的学术研讨

1999年,适逢中华人民共和国成立50周年和澳门回归祖国。中国民间文艺家协会、河北省民间文艺家协会、保定市文联联合举办"海峡两岸民间文艺研究与发展学术研讨会"。金荣华先生作为中国口传文学学会理事长带领中国文化大学、政治大学和花莲师范大学的38名教授、学者出席会议,大陆各省、市与会学者45名,是当时两岸民间文学界规模最大、层次最高的一次会议，副教授以上学者78名。

7月27日，我和贾芝前往保定，在河北大学，欣喜地见到金荣华、陈桂云等许多台湾朋友和各省的朋友。7月28日，大会开幕式，贾芝致辞，他特别寄希望于年轻学者。金荣华先生主持学术会议，他的左右，一边是发言人，另一边是特约讨论人，气氛活跃热烈，巧妙的提问与精彩发言不断爆出。各位学者都拿出自己的最新研究成果，切磋交流，优长互补，相得益彰。学术交流伴着友情，促膝谈心到深夜，还有互赠书籍与礼品。

金先生一行留在保定，实地考察。在冉庄地道战遗址，金先生指着图片对年轻学者说："在台湾，有些年轻人不相信日本军国主义的残暴，不相信会杀几百万中国人。大家看看，这就是历史的真相！"63岁的他，钻进500米的地道说："我钻地道是感受中华民族的不屈精神。"

7月31日，协会在崇文门便宜坊烤鸭店，欢迎金先生一行。8月1日，金先生与贾芝座谈，杨亮才、关艳如也来了。大家一起讨论民间文学相关理论。贾芝谈了1958年提出"忠实记录，慎重整理"这个口号的缘起。他说，对于"整理"有两种观点，有人执意"一字不动"，把"整理"夸大为署名的"编著"。贾芝、金荣华、杨亮才都认为，这种做法有失偏颇，还是应该有"整理"的。贾芝说，有必要就"整理"问题再写一篇文章。

8月2日，去延庆。第一站，八达岭长城。贾芝非要再登长城，向云驹、吉星和周燕屏陪他上去。贾芝爬过第一关，望见第二关时，在大家极力劝说下返回。那一年，他86岁。金先生是1986年登长城的。第二站，古崖居。沿着石阶进山，迎面崖上许多石洞，是五代十国时期奚族留下来的"家"。金先生与学生们上山。第三站，山戎[①]文化陈列馆，有墓葬10座，厅内分类展出青铜器等珍贵文物近千件。管理人员谈到

[①] 山戎是中国春秋时期北方的一支较强大的少数民族。又称北戎，匈奴的一支。活动地区在今河北省北部，山戎是生活在燕山一带，以林中狩猎和放牧为主的游牧民族。

匈牙利人到这里寻祖的故事。

8月3日，在文联会议室召开海峡两岸学术座谈会。贾芝介绍："金荣华先生桃李满天下，教育与民间文学、民俗学、古典文学等诸方面成就皆很大。"1979年，丁乃通先生就对贾芝提出海峡两岸的交流，1986年他推荐我们认识了金先生。丁先生去世了，贾芝在诗里写道："十年呕血搭金桥，海峡两岸一线牵，丰功伟绩照史册，惟恨再难睹君颜。""壮志未酬何人继？春华秋实常忆君。"谁来继承他，代替他呢？贾芝说："那就是金荣华先生！唯有他可以在国际上起到丁先生一样中西文化桥梁的作用。"

金先生介绍：台湾民间文学工作主要是结合大学课程，作为硕士论文、博士论文的一部分。他们做了福建金门汉族作品的采录工作，出版了《金门民间故事》。他诚恳地希望《中国民间故事集成·福建卷》考虑选书中一两个金门故事。他们还做了澎湖的故事，尚未整理出来。他说，大陆采录、普查做得非常好，尤其贾老讲的"忠实记录、慎重整理"的原则，希望有一个切磋的机会。最好结合某项采录工作，具体工作中的结合最有价值。金先生还采购了《中国民间故事集成》省卷本，他将对省卷本的故事做 AT 类型索引。大陆出版一册省卷本，金先生便组织研究生编类型索引，配合大陆集成作为副本。金先生还提出，我们可以共同把丁乃通先生的 AT 索引做一些适合中国的补充与修正，将来也可能叫它 ATC，C 代表中国。我们在世界上创立一个新的类型索引，这是台湾与大陆具体合作的方向。

北京市民间文艺家协会董梦知介绍："北京民间文艺家协会1984年成立，至今采风40多次，搜集民歌、故事、传说、谚语等几百万字。1985年，4名会员骑自行车沿运河采风到杭州，历时一个多月，采集100多万字。还有一个沿长城主要城市的采风。在采风的基础上编辑出版了一套《北京民间文学系列丛书》，同时推进了三套集成工作的开展。"

下午，到东岳庙和孔庙参观，贾芝与金先生始终边走边谈，周围簇拥着年轻的讲师、教授们，拍下不少欢乐的照片。

跨越海峡话不孤

2000年5月，由元智大学与中国口传文学学会主办的"海峡两岸民间文学学术研讨会"在台湾花莲大学召开，邀请大陆地区学者9名，台湾地区学者21名。海峡两岸民间文艺界又一盛会，河北省民协郑一民、郝宝铭、杨荣国一行三人如期赴会。贾芝、金茂年因北京赴台手续较繁杂，延期至9月。

我们行前已获会议论文集，首页是贾芝写的题词："如松柏长青 如溪水长流，祝两岸学者切磋交流，共创民间文学辉煌。"87岁，笔锋犹健！元智大学中语系主任邱燮友先生和中国口传文学学会理事长金荣华各自作序。邱燮友序《跨世纪的骄傲 越时空的记录》，他说："这是跨世纪的会议，也是跨世纪的中国人的骄傲。跨时空的民间文学研究的记录。"金荣华先生序《跨越海峡话不孤》，他说："散文叙事的作品之类，精彩有趣者常常是跨地区、跨民族、跨国界的，语言的不同并不造成传播上的障碍。""有这种特性，就研究而言，不同地区的民间文学工作者时常切磋交流乃有其必要。因此，海峡两岸经过长期的讯息阻隔后，举办两岸民间文学研讨会便更有其需要和意义。"论文文集收入大陆学者论文6篇，贾芝《21世纪中国民间文艺之展望》、金茂年《炎黄的传说与中华民族古代文明》、郝宝铭《中国北方婚嫁习俗起因谈片——〈桃花女破法嫁周公〉传说的民俗内涵》、杨荣国《耿村田野调查的思考》、郑一民《隋唐大运河文化工程规划》、张占芳《徐福东渡与盐山县千童城》。

9月19日，我和贾芝在北京出发，从香港的中华旅行社取入台证，再飞赴台北。金荣华、刘秀美、蔡春雅、陈劲臻到机场迎接，下榻师范大学招待所。

9月20日，刘秀美和她的学生李启明来接我们，先到淡江大学，再到关渡宫。台湾北部最古老的妈祖庙，石雕彩绘金碧辉煌。再见红毛城炮台城垣[①]，系1629年西班牙驻军建，荷兰入侵，重新修葺；以后又被英国人、美国人、日本人分别占领。300多年红毛城的变迁，也是台湾沧桑的缩影。来到基隆二沙炮台，多尊炮台记载着抗法抗日的英勇。我们缅怀历史。

9月21日，去林安泰古厝民俗文物馆，200年前台湾富商住宅，闽南单层二进四合院建筑，木雕、石雕、彩绘，十分考究。再去士林官邸生态园，官邸前身是一个植物园，古树参天，景色清幽。1950年5月，蒋介石正式迁居士林官邸，到病逝，度过了26年光阴。下午，陈桂云领我们参观张大千故居。这个纪念馆归属故宫。她生动的介绍再现主人当年风采。小楼依山傍水，三条小溪奔涌汇合，浪花飞溅，一派生机勃勃！

9月22日，陈劲臻、郑慈宏陪我们去日月潭。新竹三义午餐，观赏了那里独特的木雕。到达日月潭，正下着小雨，文武庙[②]金黄色的殿宇浑厚辉煌，气势非凡。一年前的"9·21"大地震中损毁严重，尚未修复，廊柱与墙壁上的裂纹还清晰可见。玄光寺，下雨不易上山，在亭子里我们观赏日月潭，时有雷鸣。乘车绕湖，透过绿林翠竹的屏障，可见烟雨蒙蒙的湖面，美极了！路过龙凤宫时，雨停了，我们顺着山路走上去。精雕细琢的门柱，屋脊上五彩缤纷的螭吻、栩栩如生的浮雕壁画，处处彰显着中国传统的龙凤文化。一位妇女在烧香祈祷，她是我们见到的第一位游客。那时游客很少，绕湖一周，遇到不超五个人。回旅社，街口点燃纸灯搭成的三座高大的塔，"9·21"周年纪念祭奠遇难者。

9月23日，郑慈宏陪贾芝乘快艇。他俩穿上救生衣，从月潭到日潭，再由日潭返回月潭。贾芝说，登上一座小岛，岛上的松树都是倾倒的，因为地震。我们去九族文化村，那里展示台湾九大原住泰雅人、赛夏人、邹人、布农人、卑南人、鲁凯人、达悟人、阿美人和排湾人，再加邵人，不同的族群文化。民居住宅是借鉴历史调查资料，结合实地考

[①] 当时台湾人称荷兰人为红毛，故名红毛城。

[②] 奉祀孔子、文昌帝君、关圣帝君，故称"文武庙"。

察复原。有的以茅草覆顶，有的以石板盖梁；有的挖穴为室，垒石为墙；有的架木为柱，编竹为楼；有的雕梁画栋，有的朴素雅拙。围绕这些建筑，还展示部落组织、生活设施、宗教祭祀、婚丧习俗、礼仪禁忌等静态实物与动态表演，极富学术与观赏价值。在泰雅人文化村，我们看到左手边的石墙上垒着几层石板，石板上摆放着一排排人的头盖骨。泰雅人曾经有猎头习俗[①]。我国古代包括近代的云南佤族等也有这种习俗。勇士以猎取敌人首级为荣，越多越英勇。排湾人文化村，一位身挎宝剑的老人在制作原住宅模型，工艺精湛，丝毫不差。贾芝非常赞美，与之合影，老人很高兴，立即把宝剑从身上取下来，给贾芝挎在腋下。两位老人手拉着手、肩搭着肩，陈劲臻摄下温暖的一幕。

9月24日，上午我们参观阳明书屋，蒋介石最后一个行馆，他1970年搬入。东客厅原为接见外国元首与重要贵宾所设，因国民政府1971年退出联合国，并未接见过重要外宾。二楼是起居地，蒋介石与宋美龄各有卧室，各有卫生间。一个是典雅西化，一个是简朴军派，风格截然不同。两人却很和谐，阳台上蒋介石的躺椅，是听宋美龄读报的地方，楼下水池旁两个石凳是他们观鱼的地方，还有每天散步小憩的石桌凳，还看到宋美龄的四扇屏，画出竹在春夏秋冬不同风采。政治风云的背后是平淡温馨的婚姻生活。

9月25日，金荣华先生到机场为我们送行。夜深，我们回到北京。

两岸携手，高扬民间文艺大旗

金荣华先生与贾芝建立起的两岸交流迄今已有33个年头。一年一度或者两度的学术研讨与下乡采风，不断纵深发展，向各民族各地区辐射，与不同学科交融。金先生到过广西、云南、贵州、湖南、江苏、浙江、甘肃、陕西、山西、新疆、黑龙江、吉林、北京、上海、广州等

[①] 猎头习俗源于原始社会末期，人们猎取敌人的首级，通过祭祀仪式，达到风调雨顺、保佑平安的目的。

省、自治区、直辖市。他也多次邀请大陆各地学者到台湾学术研讨，到原住民中采风，双向的交流，互相取长补短，对工作大有裨益。金先生曾经对他的学生说，研究民间文学不到大陆是不行的，大陆是中华民族传统文化之根。大陆学者长期扎根民间，深入基层，积累了多年的采风、普查、整理、出版以及研究经验。台湾经济发达较早，出国留学吸纳西方文明、文化理论水平较先进，外语与电脑的掌握比较纯熟。我们开始迈步世界的时候，对外几乎一无所知。金荣华先生与丁乃通先生自觉自愿地承担起为祖国服务的责任，起到非常重要的桥梁与纽带的作用。

1986年，金先生第一次到来，就提出《中国民间故事类型索引》。他热切希望：中国的民间故事研究早日与国际接轨，如果做到每个民族与地区的故事都采用国际统一编码，并经过我们修正补充为更加合理分类体系。那在民间故事的比较研究上该是多大的方便啊！金先生与丁先生多次讲到这件事，也做过学术报告。他们还提出办班，培训全国各省、自治区、直辖市的基层民间文学工作者，他们来无偿授课。金先生又想了另外的办法。他和他的博士生、硕士生承担起中国民间故事集成故事卷的分类工作。大陆出版一部省卷本，他们就做一本类型索引，配合大陆作为副本。一个多么具体真诚的合作！

1987年，金先生和我们一起考察开发不久的民间故事村——耿村。贾芝和金先生直接去了田间地头和老百姓的炕头。听完故事，金先生说，"你们不要再说全省第一，咱们是全国第一，全世界第一"，为耿村精准定位。不久耿村召开了全国的学术研讨会，一两年以后又召开国际学术研讨会。耿村成了名副其实的中国民间故事第一村。

金先生还和贾芝、杨亮才合作策划、创办英文版《中国民间文学》杂志，不仅稿件编辑完成，英文稿也完整无缺，因丁先生的去世等多种原因未能付印。

在贾芝连续几年多方努力下，国际民间叙事研究会决定1996年在北京召开一次学术研讨会。1996年1月，贾芝因经费困难一筹莫展时，金先生来访。他要我一笔一笔罗列会议的经费开支，然后，再想办法解决。会议收到外国学者论文63篇，中国学者论文43篇，翻译费是最令人发愁的大笔开支。没想到，金先生一句话就解决了。他说根据国际会议的惯例，不必把论文全部翻译。谁需要，谁会想办法自己翻译；我们只需要提供论文摘要，中英文各一册。小组发言不配翻译，每天公布各小组发言的论文题目与会议地点，代表各自有选择地参加。大会发言需要翻译，请最好的同声传译，好钢用在刀刃上，不仅省了钱，还提高了会议水准。很多时候，帮助并不在于物质，更不关乎钱，一种观念的改变，开放性的思维与建设性意见的输入会改变整个事件或者人生。

1996年5月，国际民间叙事研究会北京学术研讨会按时召开。金先生兴奋地对他的学生说，去参加吧！国际会议用中文宣读论文至今也许仅只这一次。话语间，作为中国人的自豪溢满。会议期间，金先生曾主持一场大型学术讨论，他温文儒雅、睿智博通，中英文自由切换，彰显着不同寻常的风采。

1996年12月15日至21日，金荣华先生应邀出席中国文学艺术界联合会第六次代表大会，是荣耀，也是责任。其间，贾芝与金先生谈的最多的是民间故事分类的培训问题，金先生与我、杨亮才进一步协商与中央民族大学合作办学（研究生班）的设想与具体实施办法。召开了一次与各省民协代表的见面会，讨论中国民间文学学科建设的大问题，谋划两岸合作的美好蓝图。

2006年4月，中国民间文艺家协会召开第七次代表大会。贾芝与金荣华先生最后一次同时出席大会。贾芝在会上的发言热情有度，当他回忆从延安到北京参加文代会，初建协会时，大家怕他扯远，没想到话锋一转回到会场。那次，贾芝是协会名誉主席，金荣华是港澳台嘉宾。

2008年5月，贾芝思维退化。云南召开"海峡两岸民间文学学术研讨会"之际，他已不能祝词。我根据他一贯的做法与想法写了一封贺信：

> 听说"海峡两岸民间文学学术研讨会"在云南召开，我非常兴奋，因年事已高不能前往，说几句话表示祝贺！
> 1986年7月，我第一次见到金荣华先生，在北京机场门口，我们不用介绍竟互相认定了对方，是默契还是心灵感

应？那时两岸关系尚未解冻，金荣华先生以他的远见卓识和无私无畏开民间文学学术交流之先河，至今已经22个年头。我们结下了深厚的友谊。这友谊又升华为血浓于水的亲情，亲情不断扩展，渗透到各民族、各地区，亲情与学术融为一体，推动着我们的事业前进。

今天新朋旧友欢聚切磋，一派繁荣，昔日星星之火已成燎原之势。让我再次诚挚地祝贺大会圆满成功！

贾芝

2008 年 5 月

2016 年 11 月，金荣华先生来京，应邀出席中国文学艺术界联合会第九次代表大会。贾芝已经故去，我去看望金先生。他很好，身体依然硬朗，精力仍旧充沛。他与协会的学术交流与合作还在蓬勃发展。两个人的友谊发展成两个组织的交流，最终成为海峡两岸延绵不断的永恒的亲情。

2019 年 12 月 16 日
2021 年 11 月 12 日

贾芝与他日本学界的朋友们

第一位来访的日本朋友：小泽俊夫

贾芝会见的第一个日本朋友小泽俊夫，也是民间文学界打开国门，走上国际讲坛与国际接轨、交流合作的开始。

1978年5月27日至6月5日，中国文联全委会在北京西苑旅社召开，宣布中国文联与作协正式恢复，各协会亦恢复在即。6月16日下午，贾芝到对外友协会见小泽俊夫，参加会见的还有曲艺团评书演员童大为，人民文学出版社贾德臣。

小泽俊夫是著名音乐指挥小泽征尔的哥哥。小泽俊夫出生在我国吉林省，他们四兄弟都出生在中国，在中国长大。1941年全家回国。小泽俊夫当年11岁。这次，他们全家，母亲带着四个兄弟一起来中国重温记忆。

小泽俊夫是日本女子大学教授，任世界口承文学研究会[①]副会长。他的专长是研究日本民间故事，他渴望与中国民间文学学术界建立交流关系。他说，不能孤立地研究日本民间故事，必须了解中国民间故事，才能更好地了解日本民间故事。这是日本研究民间故事面临的问题，君岛久子与伊藤清司钻研的结果，必须对中日民间故事进行比较研究！他强烈渴望看到中国解放以后搜集的民间故事和新的故事索引。现在，日

---

① 现在译为国际民间叙事研究会。

本、欧洲了解中国故事还是根据1927年德国人艾卜哈尔德编的中国民间故事索引，太陈旧了！

他介绍了日本民间故事搜集和研究的情况与做法。过去很长时期，日本只搜集有一万多个民间故事，而且分散在个人手里，都不多，没法出版。近20年搜集了五万多。他们的办法是与出版公司谈好计划，到各地走访，把从事这方面工作的人组织起来，将他们搜集的故事加以整理，编辑出版了一套日本民间故事全集，32本。他们同时还组织大学师生携带录音机下乡搜集记录民间故事。他们编选故事，对有异文者：选用其中情节较完整的一篇，其他篇，仅选有差异的情节，作为注释附后加以说明。他送这种编法的书给我们。贾芝很快采用这种办法解决异文的问题。在编纂《中国歌谣集成》时，民歌重复更多，贾芝也采用了类似办法处理。

小泽俊夫介绍1976年在东京成立的日本口承文艺研究会，届时已有会员300余人，会长是关敬吾先生。该会出版刊物《口承文艺研究》一年一本；每年开会一次，宣读学术报告。大阪有"日本民俗学博物馆"，君岛久子负责组织了民间故事研究会，每年碰头六次。

他还介绍了"世界口承文学研究会"，这个研究会由75个国家的学者组成，他们都是以个人身份参加。1974年在芬兰开会；1979年将在英国召开第七次代表大会。小泽俊夫任副会长，积极推荐贾芝入会，并邀请出席英国的大会，送上会议的第一次通知。他说，该会只有一位美籍华裔丁乃通教授。"这样一个国际组织没有中国这个大国参加，没有中国的民间文学报告，是很大的缺陷。"他热切希望，中国代表在大会上介绍中国民间文学。其实，这也是贾芝的心愿：在世界讲坛上介绍中国！他对小泽俊夫说，"我们认真考虑"。

6月17日，贾芝参加小泽俊夫一家的答谢酒会。参加酒会，中央音乐团的人多，对外友协主席王炳南讲了话，宣布1979年小泽征尔来中央乐团教授指挥。

"文化大革命"之后，王炳南出任中国人民对外友好协会会长。面对20世纪70年代的新形势，他提出民间外交的新理念，与政府外交相辅相成，推动国家之间的合作与发展。文艺界是王炳南推行实施民间外交的一个重要领域。贾芝带领中国民研会也曾多次与王炳南的对外友协合作，创建文化外交、学术外交一个个典范，把民间外交推上高峰。

7月23日，贾芝在和平宾馆会见美籍华裔丁乃通教授。丁先生也提到世界口承文学研究会，后译名为国际民间叙事研究会。他说是一个纯学术组织，入会要求有较高的学术地位，手续严格，要两名会员介绍。他愿意推荐贾芝入会。这与小泽俊夫推荐的是一回事，此事已获组织批准。丁先生就是小泽俊夫说的那位华人，他们也熟悉。

君岛久子带着故事来到中国

1980年11月15日，君岛久子教授带着一个真实的故事来到中国。她翻译中国民间故事集百余本，故事数百篇，一篇故事挽救母女三人的性命，还是头一次。她不曾想到：1974年，伊东市妇女北岛岁枝遭遇不幸，准备抛下一双儿女投海自尽。她写遗嘱，抄录一篇故事留给孩子。她选的是君岛久子翻译的苗族故事《灯花》。故事使她挺起腰杆，从失望中走出来，成为中日民间文化交流的一段佳话，一时间涟漪层层，成为媒体关注的中心。新闻传递着中日人民之间的友谊。1981年10月，她全家应邀来到中国，第一个感觉就是温暖。她说，她只是一个普通的日本妇女，受到如此隆重的接待很是不安。然而，正是因为这"普通"才更加深了故事的感人与独有的价值。10月8日，中国妇女联合会主席康克清同志在人民大会堂，接见了北岛岁枝的一家。君岛久子教授说，民间故事挽救了北岛岁枝，北岛岁枝也挽救了民间文学。在民间文学不大受重视的今天，北岛岁枝用自己的行为给它注入了新的生命力，使古老的传说故事重放异彩。君岛久子被推到外交前台，成为友好与和平的使者。

君岛久子教授这次是接受民族文化宫邀请来中国的。她在大阪"日本国立民族学博物馆"任职，主要从事中日民间故事的研究，在长期的研究中，她深谙日本民间文学与中国民间文学的密切关系。她多次到中国来,到云贵高原、到内蒙古草原,深入农民、牧民和少数民族中,她说是寻根。1980年11月24日在北京东四八条《民间文学》编辑部召开座谈会,出席座谈会的有:中国民间文艺研究会副主席贾芝、副秘书长程远,《民间文学》编辑部主任高鲁。中国民间文学出版社副社长高野夫,及《民间文学》编辑部与北京师范大学的部分工作人员。君岛久子首先报告了日本研究中国民间文学的情况与"日本国立民族学博物馆"研究民间文学的情况。她说,她们的工作内容之一就是建立中国从20世纪50年代初到"文化大革命"前的资料卡片,这些卡片分别记录了中国各个民间文学工作者的作品及其概况。贾芝1982年访问大阪"国立民族学博物馆"时,她们一下子就打印出贾芝的作品,有些文章,他自己都没有保存。她们的工作是依靠计算机完成的,比如,要找天鹅型的故事资料,一按电钮,此类故事资料全部显示在你面前。她们做搜集工作,录音带记录以后,博物馆有人负责做成卡片,存入电脑。当年,我们绝大多数研究者还不会使用电脑,更不用说用如此先进的科技手段研究民间故事。贾芝对他们的工作方法与精神赞赏有加,要求我们向他们学习,从做卡片开始,我做过故事卡片数百张,改为研究歌谣后中止。君岛久子还介绍了她的专题研究,依据历史记载用比较法证明日本天鹅型故事是从中国传去的,不是日本固有的。她再三强调说:她的研究是在中国学者的努力基础上进行的。贾芝代表全体工作人员对君岛久子表示衷心的感谢!他说:"这次访问对我们来说,是一次很好的学习机会,今后,不论是资料还是人员方面,将会有更多更好的交流。"

11月19日、11月26日,君岛久子两次到贾芝家访问,第二次是与新华社记者格来一起来的。她谈了两国学者互访的问题。她说,她们邀请中方访日以后,她与关敬吾、小泽俊夫再访华。贾芝同意在第二年适当的时候访日。君岛久子还介绍了另外两个组织:编纂出版《昔话通观》的一拨儿和都立大学一拨儿。她说,日本想来中国的人很多。

我们接待的第一个日本代表团

改革开放后，我们接待第一个来访的日本代表团，也是第一个外国代表团。1980年12月10日，贾芝到机场迎接日本口承文艺学会代表团。代表团由日本民间文学界著名专家组成。团长：日本口承文艺学会会长、国学院大学教授、日本学术会议会员臼田甚五郎；副团长：筑波大学教授直江广治；秘书长：东京都立大学助教加藤千代；团员有：国立音乐大学教授内田琉璃子、庆应义塾大学教授伊藤清司、东京大学教授大林太良、东京都立大学副教授饭仓照平、国学院大学副教授野村纯一；翻译：在中国就读的日本留学生乾寻。一行九人，下榻北京饭店，贾芝在臼田的房间与之合影留念。

12月11日晚，中国文学艺术界联合会主席、中国民间文艺研究会主席周扬，热情地接见并宴请了代表团全体成员。他对代表团的来访，表示热烈欢迎，并说今后要继续加强中日两国民间文学工作者之间的往来和学术交流。臼田赠《天人女房及其他》给贾芝。

12月12日下午，中国民间文艺研究会为日本朋友们组织了专题报告会。臼田团长在题为《口承文艺研究在日本的现况与方向》的报告中，详细地介绍了"日本口承文艺学会"的成立经过，以及日本学者的主要成就。臼田教授早在20世纪40年代初，就出版过《歌谣民俗记》，60年代发表了关于考察舞蹈歌谣的论文。1967年到1977年，他主编了民间故事集多种，计2000篇左右，并撰写理论著作，如《天人女房及其他》《故事起源》《民间故事的产生和流传》《口头文艺的综合研究》等。在日本口承文艺界有很大影响。他说，关敬吾先生是口承文艺学会的第一代，他是第二代。关敬吾先生和许多日本学者对中国民间文学都很感兴趣。他特别强调记录的忠实性、科学性和保存第一手资料的重要性。希望日本、中国、朝鲜、东南亚各国的民间文学工作者携起手来，在口承文艺研究方面共同前进。

内田琉璃子教授作了关于《日本民谣音乐研究》的报告。她说，日本民谣调查研究是町田佳声先生发起的。他们受日本广播协会的委托，从 1941 年到 1980 年，全部出版完《日本民谣观》（九卷），这是一项具有划时代意义的工作。接着，她又介绍了自己在民谣研究的成就，以及日本几个团体联合到冲绳等地调查民谣的情况。内田教授研究了一辈子的插秧歌，她的著作有《田乐研究》《插秧歌音乐》等，她边讲边唱边打拍子地介绍了日本插秧歌与南朝鲜插秧歌的异同。有声有色的报告引起共鸣。

大林太良教授作了《关于世界各国的神话的动向》[①]的报告。他是日本民族学、神话学研究最有影响和声望的专家之一，早在 20 世纪 50 年代末他便为著名的《日本民俗学大系》一书，撰写了《神话的系谱》一章，20 世纪 60 年代初又为《民俗文学讲座》写了《日本的神话》。70 年代为《从民族学看日本》写了《关于哀悼伤身的风俗》，为《冲绳民族学研究》写了《琉球神话和周围各民族神话的比较》。此外他还主编过《日本古代文化的探究》，等等。同时，他又为《日本祭祀研究集成》撰写了第二卷《礼仪》部分。他的比较研究专著《本朝铁人传奇》获得了日本民族学界的高度赞誉。他还和伊藤清司教授合编了日本神话等专题多卷集。他在报告中介绍了世界神话研究的历史和现状。他说，在民俗学、人类学的研究中，神话的研究起了很大的作用。他介绍自己进行神话结构研究的心得时指出，要重视神话的各种异传和变体。他说，神话的研究，关系到民族的来源问题，好多日本学者在比较研究中，注意到中国少数民族的神话故事。他说，今后要与中国作者携起手来进行研究。

100 多位在京的中国民间文学工作者，在民族文化宫会议厅，聆听日本专家的精彩报告，受到很大启发。

12 月 13 日举行了中日民间文学工作者座谈会。日本代表团全体出席了座谈。中国方面参加座谈的有钟敬文、贾芝、马学良、王平凡、程远、高鲁、张文、吉星、陶阳、杨亮才、王一奇、林相泰、刘魁立、仁钦、王克勤等。中国民间文艺研究会副主席钟敬文作《30 年来中国民

[①]《关于世界各国的神话的动向》，《民间文学》1981 年第 2 期，第 115 页。

间文学调查采录工作的历程、方式及成果》的报告。他说，三十年来我们对全国各省、自治区、直辖市都有不同程度的采录，建立了一个奇大无比的宝库，对世界文化是一个有意义的贡献，对人民教育、人文科学的研究都起了很大作用。贾芝副主席根据过去的工作和最近两个月去广西、云南的考察，向日本朋友们介绍了我国民间文学研究方面的大好形势。他说，尽管十年浩劫，损失惨重，但民间文艺并没有被"四人帮"斩尽杀绝，许多地方是越禁越唱，越抢救越觉得蕴藏还是非常的丰富。四年来，恢复迅速，在"抢救"的口号下，搜集先行，加强研究，各方面的发展超过了"文化大革命"前的17年。在国际文化交流方面也日益加强，尤其与日本朋友的学术交流日趋频繁了……我们参加了联合国教科文组织亚洲国家会议，我也以个人身份参加了世界口承文学研究会成为会员。[①]

报告结束，进入座谈。首先就民间故事的分类方法交换了意见。双方一致认为，目前世界上流通的芬兰AT分类法，是以欧洲故事为中心地的，对中国、日本、亚洲的故事不完全适合，可不可以找到我们自己的分类方法？臼田团长说，关敬吾先生因健康情况没能同来，委托他带来关敬吾先生的意见和赠书，关敬吾先生希望中国也采用AT方法分类，一再嘱托臼田一行，要与中国朋友交换看法。他准备明年秋天访问中国，希望双方就这个目标努力。钟敬文和贾芝十分赞同日本朋友的建议，并且说美国的丁乃通教授、日本的小泽俊夫教授等国外朋友都曾提议。贾芝认为应从中国民间故事的实际出发，既要看内容，也要关注型式，探索中国及东南亚的民间故事分类型式，贾芝当即表态：欢迎关敬吾先生访华！

12月14日下午在新桥饭店召开座谈会，日方建议中国民研会选派代表团访问日本，邀请贾芝去日本参加1981年6月他们学会的代表大会，同时提出中国出版日本的理论文章，他们可以帮助推荐。日本

[①]《日本口承文艺学会访华代表团到京》,《民间文学》1981年第2期，第116—117页。

歌谣学会、东洋音乐学会直接与贾芝联系。还提出伊藤清司到中国进修事宜。伊藤清司致礼之后，说明了自己的志愿和研究题目。贾芝回答了他们的问题，钟敬文也谈了意见。日方答谢晚宴席间，臼田甚五郎先生与贾芝交谈甚久，要贾芝明年6月一定访日。臼田高兴地唱了一首民歌，又即兴做了一首叙别的诗。内田琉璃子用筷子击盘也唱一首民歌。中国乌丙安教授唱了一首叙别诗。饭后，贾芝陪臼田回北京饭店继续交谈到11点，双方交换了图书资料，一套关敬吾的故事分类书送给了少数民族文学所。臼田甚五郎让贾芝交一个简历，他们回去向国际交流基金会申请接待经费。

日本《昔话通观》代表团访华

1981年4月27日，贾芝在少数民族文学研究所研究制定接待《日本昔话通观》的日程安排。《日本昔话通观》编辑委员会访华团一行五人：团长稻田浩二、副团长冈节三、冲野皓一、太田东雄和笠井典子，代表团成员都是研究汉学及民间故事的专家。应中国社会科学院少数民族文学研究所的邀请，《日本昔话通观》代表团28日晚上到京。4月29日晚上，少数民族文学研究所所长贾芝在全聚德烤鸭店为《日本昔话通观》一行接风。5月3日下午，在中国社会科学院外宾接待室，贾芝向日本访华团作《中国民间故事搜集、研究的历史和现状》的报告，翻译王汝澜因故迟到，贾芝与日本朋友先就调查方法问题交换个人意见。王汝澜到，报告开始，讲稿太长，贾芝只开了一个头，便由王汝澜用日文宣讲，讲了三个多小时。

5月4日下午，在和平宾馆八楼会议厅召开中日两国民间文学工作者座谈会。中国方面参加座谈会的有：中国社会科学院少数民族文学研究所所长、中国民研会副主席贾芝，北京师范大学教授、中国民研会副主席钟敬文，中国社会科学院外事局张国维，中国社会科学院少数民族文学研究所王克勤，中国民研会所属各部门负责人。

贾芝主持座谈。双方就所关心的学术问题，进行了交流和座谈。

稻田浩二团长作了题为《日本昔话研究的历史与现状》的报告。报告着重介绍了日本民间故事研究的概况，也介绍了大型丛书《日本昔话通观》的编选情况。

日本学者谈到民间故事资料的整理情况。他们的做法是：把录制来的资料如实地整理成原始资料，并制成卡片，附上讲述年月、地点及讲述人的姓名、职业等，作为科学研究的基础资料保存起来。日本专家举例说，具治川市有77人会讲《蛇郎》的故事，他们就如实地录制下来，做成77种卡片，保存待用。这种卡片称为A资料。为了向儿童提供普及读物，继而把A资料中一些不易听懂的方言、语句，改为大众话而制成的卡片，称为B资料，也叫"再话"。

谈到比较研究问题时，日本专家首先谈到钟敬文先生早在1937年发表的《中国民间故事型式》一文在日本的影响及作用。然后就个人研究的专题，作了发言。他们以《老鼠嫁女》《熊妻》《屋漏》以及《画中人》等类型的故事为基础，进行了细致、严格的比较研究，发现这些故事实为中日两国共有的文化财富。他们说，这些故事的共同特点是，越往日本西部地区就越与中国故事内容、情节相近似。以《熊妻》为例，冲绳地区流传的故事，与钟先生在《中国民间故事型式》一文中提到的《熊妻》故事内容，十分相似。日本专家还提到，流传在日本的民间笑话《三个有毛病的人》，就出自中国的《笑林广记》。

钟敬文先生简要地谈了他早年学术思想的确立过程之后，就型式分类的问题作了发言。他说，民间故事的分布是客观存在，如《大灰狼》《小红帽》等故事，在欧洲各国、中国、日本及朝鲜等国都有流传，对这些故事的历史渊源及流传情况，我们应做些细致、深入的研究。

贾芝同志热情赞扬了日本专家在比较研究方面所做的贡献。他说："中华人民共和国成立30年来，我们着重在内容方面的研究。近年来，比较研究引起更多人的重视与运用，这对我们的工作将会有更多的帮助。"

会议座谈了关于调查方法、比较研究法以及双方合作研究问题。关于头两个问题，每一位日本代表都按照自己的研究与准备发了言。他们提出几个故事可以由双方作比较研究。贾芝在发言中提出了互相支持交换资料的建议；对比较研究法也提出自己的看法。双方就资料的交换、出版以及人员的交流达成协议。

最后，稻田浩二团长激动地说："我们虽隔大海，心却相通，希望我们的友好关系长存。"

贾芝第一次出国：访问日本

1982年3月，贾芝有生以来第一次出国，一行三人访日终于成行。据日方发出正式邀请已经过去一年多了，被邀出席的1981年6月大会也过去9个月了。1981年4月，日本国际交流基金会愿意承担贾芝访问日本的一切费用。日本中国民话之会出资邀请一名陪同，日方均为研究中国民间文学人员，翻译力量很强，明确表示不要翻译。他们来访时了解到我已被社科院定为贾芝业务助手，正在帮助贾芝起草赴日学术报告，建议邀请我陪同。其间，日方做出多次多方努力，不仅电话、电报，还亲自来过北京。最后，出访成功，代表团四人：贾芝、马学良、王汝澜、金茂年。临行，金茂年因故未能成行。

3月8日早9点，贾芝、马学良、王汝澜三人飞往东京。君岛久子、加藤千代和乾寻等人到机场欢迎。臼田甚五郎、本田次郎在贾芝下榻的福冈宾馆迎接，也为金茂年的未来表示遗憾与歉意！晚上便餐，作陪的有臼田甚五郎、本田安次、君岛久子、内田琉璃子、伊藤清司、加藤千代、乾寻等。饭后，研究了访问日程。

贾芝是在国际交流基金会的赞助下应日本口承文艺学会和东京郁立大学中国民话之会的邀请访日的。3月9日，贾芝在臼田甚五郎、加藤千代、乾寻的陪同下，去拜会国际交流基金会，小熊旭主任接见了他们。贾芝说，民间文学在两国人民之间的交流历史悠久，且影响深刻。苏州至今流传着和合二仙的传说，说拾得在遇大风中漂流过海到了日本，寒山与拾得两个和尚亲如兄弟，隔海呼唤，象征着两国人民深厚的友谊；《灯花》的新闻故事更加引起媒体与外交的关注与兴趣。中日民间文学的学术交流，更加有利于促进和发展两国人民之间的友好往来。

下午，贾芝一行参观上野公园。上野公园是日本最大的公园，建有许多博物馆，东京国立博物馆就在其中。国立博物馆的美术课长文学博士小松茂美在门口欢迎，陪同引导观看包括中国在内的亚洲馆和日本馆。在公园里发现了几株早开的樱花，他们合了影。之后，贾芝来到神保町，一条街全是书店，楼上楼下，琳琅满目。有印刷非常精美的世界名画，还有各种各样的专业书。第一次出国的贾芝不禁感叹："国外，看来开放得很，似乎什么书都有。""可以看到这个国家的文化水平是很高的。"

3月10日，早上，白鸟芳郎先生到宾馆看贾芝，送他的著作《东南亚民族志》给贾芝。贾芝送书和宜兴紫砂壶给他留念。午前，贾芝一行到国学院大学赴关敬吾先生招待的午宴，作陪的有：臼田甚五郎、本田安次、伊藤清司等。饭后，他们参观了大学的考古陈列所。下午1点10分出席演讲会，到会者20余人，主要是口承文艺学会的成员，也有民话之会和其他单位的。贾芝报告中国民间文学举世罕见的丰富及历史渊源，着重介绍了近几年民间文学工作的新发展与民俗学的恢复。贾芝讲话加上乾寻的翻译用时一个半小时，大大超出事先约定的30分钟。日本朋友们欢迎他延时，非常高兴听到中国民间文学如此丰富的信息，特别赞赏英雄史诗《格萨尔》的发掘出版与研究工作，关敬吾先生说，这是一件大事。演讲完，听众提问题，贾芝作答。晚宴，贾芝与关敬吾先生、臼田甚五郎、以及来听演讲的大林太良、直江广治亲切交谈。

3月11日，直江广治夫妇陪同贾芝一行参观日本民艺馆。佐佐木润一介绍：日本民间的印染、针织、刺绣品。渔民的服装花纹是贝和海水动物。九州的陶器，据说是日本在朝鲜侵略战争中带回来朝鲜工匠，才开始烧制的。特别有一株貌似梅树的陈列品，是用年糕在柳枝上做的"花"。他们用纸窗户，说光线好，易于保存物品。一幅屏风，上面画的是一些战船。江户时代，日本实行锁国政策美国船只攻入，日本进行抵御。还看了仓库用木柜保存的物品。介绍者一再说，民间艺术受不到重视，为此有些不平。民间的东西不受国家重视，看来这种现象较为普遍。宫廷艺术确实精致，然而民间的生活用品，极有特点，来自生活的艺术，不应忽视！

下午，贾芝参观柳田国男创立的民俗学研究所，其文库收集范围极为广泛，包括历史、民俗、地理、语言、民歌、民间艺术、饮食习惯、神话、文学、戏曲、地名等，几乎无所不包。让贾芝注目的是中国台湾的文化志和植物图说，还有日本努伊族的叙事诗。柳田国男自己的文集36卷。他率领学生做调查的原稿也都装订成册，数量很大，包括乡土生活70册、饮食习惯59册、离岛（远的岛屿）12册、海村调查32册。他懂英、法、德三种文字，收集国外资料也很多。附近的挂着"绿荫小舍"横木牌的地方是柳田国男故居，他小屋里几个书架原封未动。他的孙媳妇一位老太太热情接待贾芝一行。晚上，荒隆一在一个庭院式的地方招待贾芝、马学良。他们进门后席地而坐，荒隆一介绍那晚的菜都是艺术欣赏，每一道菜都有讲究。女侍者跪在一旁，解释菜的做法和吉祥的寓意。席间，有榊原舞踊团的三位演员表演民间舞蹈。

3月12日，贾芝访问早稻田大学，安藤彦太郎夫妇和丸山松幸热情接待。首先看了图书馆，有孙中山、李大钊展品的特别陈列馆和特有的戏剧展览。晚上，贾芝到国立剧场看《南总里鉴八犬传》，中途还吃了一顿晚餐。他说是第一次看歌舞伎，第一次看戏中途吃饭，吃完再接着看。

3月13日，在都立大学参加座谈会。出席的主要是中国民话之会的成员，由饭仓照平主持，村松一弥、本田安次、加藤千代、乾寻等出席。他们提了许多问题，贾芝一一作了解答。马学良先生谈了他跟闻一多先生学习的经历。王汝澜谈民俗学的情况。之后，双方赠送书籍和礼物。晚上，大使馆王晓云看望贾芝。

3月14日，加藤千代、乾寻陪同贾芝一行到伊东市，看望北岛岁枝。她的家在一个小楼上，整洁舒适。大家席地而坐，当地妇女干部在场，有电视台记者在拍照。北岛家里挂着，她与贾芝在天坛的合影。电视里放映《灯花》代表团在伊东市的活动。贾芝代表民研会赠送《飞越国界的灯花》录像片。双方互赠礼品与书刊。当地还布置了一个欢迎贾芝的展览，图片为主，有君岛久子的书。

3月15日，贾芝一行乘火车去京都，雨天，贾芝冒雨在周总理《雨中岚山》的诗碑前专心抄录，王汝澜在其身后撑着伞。

3月16日，君岛久子带着大学讲师新岛翠到奈良接贾芝，同行的还有日本国立民族博物馆共同研究会的年轻会员长谷川和栗原悟，教师古谷久美子和后藤，他们都是君岛久子先生的助手和学生。她还特地约请了奈良大学讲师池田末则先生当我们参观的向导。池田先生是研究地名的，他对考古也颇有研究。奈良有中国式庙宇，平城宫就是唐朝日本仿长安城修建的，现已沦为荒野，在挖掘地下文物。参观福兴寺、博物馆、大佛寺。在大佛寺吃茶时，眺望了窗外远处的三笠山。那是唐代留学中国，又在唐朝作官的日本人晁衡的家乡，又一则中日友好的历史佳话！苏州至今流传着和合二仙的传说，民间到宫廷，无数中日两国人民交流的传奇故事。

3月17日，在大阪，君岛久子先生便是女主人了，一切活动由她安排。她干脆在贾芝他们下榻的共济会馆租了一间房，朝夕相处。这天上午在共济会馆开座谈会。博物馆共同研究会的全国知名学者、教授参加。从冲绳岛约请来的远藤教授，谈冲绳民间故事与中国、日本民间故事的异同，如《蛇郎》《月亮的故事》《赤人打虎》与朝鲜、冲绳、中国都有关系。冲绳岛民间文学的搜集研究工作开展得很好，有不少研究会，也出了不少成果。他在会上的演讲题目是《白族民间故事与冲绳民间故事的比较研究》。远藤先生进行比较研究，发现把冲绳、日本其他地区和中国的民间故事相比较，冲绳和中国的民间故事更相近。他希望贾芝能到冲绳去访问。世界口承文艺学会副会长小泽俊夫为了节省时间只对他的论文作了一个说明。更多的时间用于中日两方相互提问、交换意见，变成了学术交流和讨论会。贾芝谈的是民间文学的分类问题。他们提到神话、传说、民间故事的区别问题。贾芝说："按学术研究应有严格区分，按群众习惯说法并不区分什么神话或者传说，而都是讲故事，各地叫法也不同。严格区分，有时很困难。"远藤和君岛久子都认为有道理。分类一直是一个需要与正在讨论的问题，贾芝谈了不同的分类方法，还谈了民间文学与民族学的关系等重要问题。双方就铜鼓与洪水故事的关系问题、民间故事如何划分类型以及芬兰学派A.T分类法是否完全适用于亚洲地区的民间故事等问题进行了讨论。

君岛久子说，日本学者有一个发现，即研究中国民间故事很有助于研究日本的民间故事。不少的日本学者，包括年轻学者，以研究我国西南少数民族的风俗和文学为专业，我们也应当研究日本人民在民间故事传说方面的独特创造，双方进行学术交流，是很有裨益的事。君岛久子介绍自己说：1950年，她开始从事民间故事研究。那时研究日本民间故事的人不多，更没有人研究中国民间故事。她首先将中国民间故事翻译介绍给日本读者，最早是从贾芝、孙剑冰翻译的《中国民间故事选》开始选译的，她还翻译了两厚本《西游记》。事后，她又翻译了难度很大的《格萨尔王传》的缩写本。从1955年至今出版的《民间文学》，她都看过。她还说，中国也很重视研究各民族的文化、历史的关系，包括宗教与语言。他们博物馆就是从民族学的角度进行中国民间故事的研究。她们对于"阿注婚"很感兴趣，希望得到相关资料。

3月18日，参观君岛久子先生所在的日本国立民族学博物馆。这个现代化的学术性博物馆，1977年开馆至今才有四年多，馆址建筑用了三年时间。展览按地域划分，如西亚、东南亚、北亚、日本的一些地区，中国部分还没有展出。展览民俗实物，如爱伊努族的茅屋、长野县一家人的住房，屋内有火塘，烧着几根粗大的木头。长野县利用水力捣米。冲绳县的大木船挂的是草帆。有用稻草编织的各种生活用品，如草鞋。还有华丽的和服、佛像、古物以及各种农村的生活用品，各民族生活、特别习俗用品，如萨满教巫师的法器，等等。特点是配有现代化技术的表演。一张地图，要听哪个县的某个故事，按电钮地图上那个县，出现一个亮点，便可以听到用那里的方言讲的故事。要听哪个民族的某种乐器，把耳朵伏在一个方柱上，便可听到那个乐器演奏的曲调。在那里可以看到全世界各民族的录像。库存的资料，比现在展出的资料要多得多。君岛久子主持，邀请全国著名的民间文学和民俗学、民族学学者、教授组成一个共同研究会，定期交流研究成果，并且指导研究生在这里撰写论文。共同研究会的年轻学者大都是君岛久子先生的助手。馆长出国，没有见到。贾芝特别注意这个民族学博物馆，是因为他也要建立一个我国各民族的民间文学、民俗学资料馆。

下午，讲演会，实为交流会。贾芝第一个发言，他讲中国民间文学的发掘与研究动向，讲了45分钟。马学良讲民族学与民间文学的关系，举了几个实例。王汝澜讲七教授发起恢复民俗学倡议书一事。贾芝应邀又讲了北方少数民族的民间故事及史诗的搜集情况，他们了解西南少数民族较多。直江广治讲了城市民俗与农村民俗的研究问题。大林太良由马学良讲的铜鼓与洪水故事谈到，不止中国南方少数民族有，应扩大到国外研究，在缅甸、印度支那半岛、东南亚西部都有兄妹结婚的传说。铜鼓，印度尼西亚、越南都有，分布情况与花纹也有不同。他还说，最古老的铜鼓与锅有关。稻田浩二认为，把民间故事作比较研究，对事实的认识很重要。国际的比较，要有固定的类型名称及型号才好办，否则不好研究。他说，根据AT分类法，日本的《鹤夫人》就没有相应类型，它不完全适用亚洲民间故事的分类。

3月19日，贾芝回国的日子。中午12点半到机场，因没有预定座位，临时只能解决两个座位，贾芝被留下了，三四天后才有回京的飞机，只好改乘第二天到上海的航班。然后，24日由上海返京。贾芝为不能如期返回感到不好意思，君岛久子却特别高兴，欢迎他参加她与新岛、栗原、长谷川、丸山显德、后藤五个年轻人的欢聚。贾芝分享他们的友情与快乐，一起吃火锅，一起说笑，一个最轻松最愉快的晚上！贾芝解答她们的问题，详细介绍少数民族作品的记录方法和翻译问题。栗原是研究彝族文学的，长谷川研究傣族文学，新岛翻译对话，丸山显德滔滔不绝，栗原与长谷川不吭声地办理了行李托运等重活儿，后藤开着自己的汽车。他们除了在研究中国不同民族的民间文学方面各有专业之外，每人还各有特长，各显神通。贾芝赞美和羡慕她们团结一致、相互尊重的合作精神。年轻学者帮助了君岛久子先生，君岛久子先生也培养了他们。君岛久子笑着自谦说："我起不了什么作用！"他们都不约而同地想起了民间故事中的千里眼、顺风耳、大力士……七兄弟或九兄弟的故事。贾芝说，这些故事说明团结可以战胜一切。君岛久子他们亲密友爱，融洽和谐，共求深造，取得了不凡的成就。

3月20日，白鸟芳郎从东京赶到大阪，为贾芝送行，他说要与贾芝见面，中午11点到。白鸟芳郎买钱包送贾芝。去上海的飞机仍然没有座位，贾芝坐在机舱门后的过道处。下午1点10分起飞。2点35分到达上海。贾芝弟弟上海复旦大学贾植芳到机场迎接哥哥。

最忠诚最长久的朋友：君岛久子

1980年访华之后，1983年5月君岛久子和小泽俊夫再次来京。贾芝到机场迎接，同行还有白鸟芳郎，福音馆社长松居直和他的夫人松居身纪子，画家赤羽末吉。

晚上，贾芝主持宴会为代表团接风，民研会副主席马学良也出席晚宴，加藤千代也被请来担任翻译。小泽俊夫催促贾芝尽快给世界口承文艺学会回信，填写卡片。他说，1984年在挪威开会，要贾芝一定参加。君岛久子说1985年民族学博物馆开学术讨论会，邀请贾芝参加。

5月7日，贾芝在华侨饭店主持报告会。小泽俊夫讲中国民间故事与日本、欧洲民间故事的比较。他运用瑞士学者马克尔斯的方法，以白族的《两老友》为例，从结构上作了一些比较分析，探寻口头文学的规律。君岛久子讲的是天鹅型故事，她认为难题型天鹅故事反映的社会背景是刀耕火种的生产方式，不同意是水稻文化反映说。白鸟芳郎为她做了补充，并对她的研究给予很高的评价。君岛久子问："中国有无民族用嚼粮酿酒？"白鸟芳郎说，他在泰国傣族调查到这个方法。我国许多民族与地方亦有这种原始的酿酒方法。

5月8日，马学良在华侨饭店主持座谈会。小泽俊夫谈AT分类法。君岛久子谈父子联盟一类。有人提出否定AT分类法，建立自己的分类法。贾芝在自己的著作《新园集》上签字，送给日本朋友。

5月10日，日本代表团在鸿宾楼举行答谢宴会。小泽俊夫首先致辞，贾芝紧接着代表中国民研会致辞，唐亚明翻译。白鸟芳郎、松居直夫妇、赤羽末吉都讲了话。赤羽末吉抗日战争时期，曾在东北生活15年。他不像小泽俊夫还是孩子，他已经是30多岁的成年人了。他对日本侵略战争给中国造成的灾难表示歉意！赎罪！他还要努力为中国工作，将功补过。他为《马头琴》画插图，介绍给世界儿童。松居直讲了他办出版社的历史，他夫人说，松居直与她的父亲办福音馆书店，那时很困难，经过许多努力才办成。她与松居直是同学，结婚31年。没有想到纪念31周年是在北京过的。贾芝祝福他们幸福快乐！松居直说：结婚31年了，今天才听到一句如此真诚祝贺的话。他说，他同很多国家的出版社熟悉，他愿意介绍推荐中国的民间文学走向世界，为世界服务。白鸟芳郎说，他的祖父、父亲都是研究中国文化的，他和儿子也都研究中国文化。他还特别说到他与君岛久子的合作。第二天，代表团去贵州交流访问。

1984年9月，大林太良、野村纯一、荒木博之组成访华代表团来京，大林太良带君岛久子的信给贾芝，贾芝立即复信。

1990年10月10日，君岛久子到北京，贾芝到机场迎接。他在日记里这样写："不见君岛已近十年了。一点半，终于看到她推着一口箱子走出来。"1985年，君岛久子为贾芝未能出席大阪民族学博物馆的学术讨论会，推荐别人参加，心中甚为不快，说讨论会是为他召开的。这次，她来中央民族学院讲学两个月。她说要顺访中国民间文艺家协会①，并说，我们可以充分商谈合作了。11月27日早上，贾芝让我接君岛久子到我们家里，吃过早餐，我们开始笔谈。她中文很好，口语不成，无法直接对话。一会儿，贾芝叫来会讲日语的外甥女。在她的帮助下，我们商讨了关于完成福音馆的约稿事情：福音馆约君岛久子与贾芝合作主编《世界童话丛书》之一的《中国民间故事》，56个民族选60篇。贾芝感觉少了一些。君岛久子说："在中国有风趣的故事翻译成日文，也许会感到一般化。应该多选一些作品，到日本翻译后再适当删减。"中饭是我做的，君岛久子很满意我做的鱼，连说好吃。她说民族

---

① 中国民间文艺研究会1987年改名为中国民间文艺家协会。

学院的伙食，她不习惯。君岛久子很满意我们的小屋，虽然只有50平方米，又是东西朝向，但是从窗户望出去很开阔。几天后，我又如约去民族学院接君岛久子，来到我们的小屋。贾芝与君岛久子谈来访日程，之后，我讲故事给她听，她一一作了笔记。中午，我给她做了饺子。饭后，继续给她讲故事，一直讲到5点。她把拟选的故事带回民族学院，两三天看完，再拿回来讨论。中间，曾说到民间故事、寓言与童话的区别，对末尾有寓言含义，但全文乃一篇完整故事者，我们依然认定为民间故事。君岛说晚饭简单一点，我做了几个家常菜。她说好吃，中国的西红柿比日本的好吃。饭后，我送她回民族学院，她穿得太少了，要感冒。我把羽绒服给她穿上，还送她一条红色保暖裤和红棉鞋，她喜欢。

12月10日，我们协会正式接待她，下榻天坛体育宾馆。宾馆条件不是很好，她挑选一间较小，但有窗户面对天坛的。两天后，我拿编好民间故事选目与君岛久子讨论。我讲了几个故事，君岛边听边作卡片记录，感觉很好，决定全部入选。晚上，翻译有事。我与君岛久子继续笔谈，我讲了几个贪心的故事。又讲猫狗结仇的故事30多个，讲各自的特点。最后讲灵魂出窍的故事最精彩的片段。君岛久子说："中国故事真多啊！"第二天，我继续为君岛久子讲故事，她希望我多讲新搜集的故事。我们又讨论了书的选题范围。贾芝说："60篇，应以质量为主，不一定每个民族一篇，可多可少；再，选有代表性的作品。"除了编书，我还陪君岛久子参观中国民协三套集成办公室与资料室；陪同她访问了著名儿童作家葛翠琳；浏览新建好的琉璃厂荣宝斋。

17日，中国民间文艺家协会与少数民族文学研究所联合召开座谈会。贾芝对君岛久子先生作了充分的介绍。君岛先生讲的是《我的研究道路》，她风趣地引用我给她讲的一个故事《南柯一梦》，自谦是南柯一梦。她不愿讲她已有了40年的研究历史，宁愿少说20年。她说她喜欢"年轻"！她确实年轻漂亮，谁也看不出已经年过花甲。她以羽衣故事为中心进行比较研究，她对中国、日本以及东南亚的民间故事进行比较，在中国西南地区深入调查，将南方和北方的羽衣故事进行比较，并结合刀耕文化、火种文化、水稻文化。她重点研究民族文化、民族生活与故事的关系。她还研究龙舟竞渡，龙凤文化以及萨满教。君岛久子一再强调是座谈会而不是演讲，希望双方更好地交流。在她的启发下，一些同志开始就龙的问题，比方南方多洪水，多讲孽龙。北方多旱，向龙求雨。秃尾巴老李到黑龙江成为善龙斗孽龙。北京也有锁孽龙在井下的故事。有人谈到《玛纳斯》与萨满教的关系密切，等等。君岛久子得到许多新的信息，很高兴。在宴会上，君岛久子说她是班门弄斧。贾芝说，中国俗话说，旁观者清。她从东海一个岛上西望中国，并且到中国不少地区深入调查，很有成绩。龙的问题是一个复杂的问题，从民族生活环境，从文化渊源探讨故事的产生与流传是正确的。君岛久子说她是从民族学角度作比较研究。

最后一次见到君岛久子是 1996 年 4 月，她是来参加国际民间叙事研究会在北京召开的学术讨论会。那次来开会的人很多，25 个国家 100 余人。我们对她照顾不周。106 篇论文分三场大会宣读与 30 多场小会宣读。我们将她的论文宣读安排在大会上，她有这个资格。她说："中华人民共和国成立的第二年，1950 年中国便开始了大规模的民间文学普查，这是历史性的飞跃。这些成就不仅对中国人民、对日本学者和世界同行们都是一份厚礼。"她的论文《东洋的天女》认真研究了中国各民族、各地区流传的天鹅型故事，并与日本故事作了比较研究。

会议期间，我与贾芝抽空去看望她。君岛久子这时已经从大阪民族学博物馆退休，她在日本岐阜大学任教。人，还是那么漂亮！那么年轻！神采奕奕！她一生未嫁，全部身心交给她热爱的民族文化事业，不停息的工作就是她永葆青春的秘籍。她说要同我们谈重要的事情：日本近来经济不景气，编选《世界童话丛书》只好中止。她已经翻译了若干篇故事，待条件允许恢复编书时，贾芝作顾问，或与君岛久子共同署名。贾芝不在乎什么名义，说君岛更了解什么故事更适合日本儿童教育，由她定稿为宜。君岛久子送我一个巴黎的皮钱夹，她说，她买了两个，我们两人同时使用。她拿起那个钱夹就想到我。我至今用的都是那个钱夹，拿起它不由就想到君岛久子和过往的一切。

匆匆告别，她回到日本来信说："本次大会是具有世界规模的大会，由国际知名学者参加，并经过了长时间的讨论，在中国文学界也是新中国成立以来的大盛事，我认为应当给予高度的评价。"

与她同来的日本《亚洲民俗杂志》编辑彼得·奈克特也来信祝贺："我可以肯定地说自己与中国同行进行了有益的对话，而且，这种关系的建立无疑将延续下去。"他是瑞士人，在日本工作，曾在他的刊物上发表贾芝的论文和我写的通讯，介绍中国民间文学。

之后，许多年贾芝和君岛久子就是书信往来。君岛久子习惯用日文写信，交流起来不很顺畅，但是，从不间断。贾芝生病了，信件渐稀少，不知什么时候中断了。一二十年过去了，不知先生可安好？祝福她健康快乐！希望她还是那样美丽自信，不歇止地工作着。我最关心的还有，那本《中国民间故事》，贾芝和君岛久子，中日两位学者合作的成果，祝福它如愿以偿出版问世！那是凝聚着两位先生心血的永恒纪念。

拉拉杂杂写了许多贾芝与日本朋友的故事，最早开始的是日本小泽俊夫，因为小泽征尔的名气，因为他一家人的中国情怀，故事就从这里开始。当年的民间外交为我们打开学术交流的新局面。

他们架起中西文化交流的桥梁

——记贾芝与丁乃通先生

丁乃通先生首次访华[①]

贾芝和丁乃通先生相识在1978年,那是丁先生第一次回国。中国社科院外事局安排,7月23日上午,贾芝到和平宾馆会见丁乃通先生。

丁先生那时是美国伊利诺斯州西伊利诺斯[②]大学教授。他自我介绍:祖籍绍兴,家在上海。1932—1936年,他在北平清华大学学习,1936年出国。1941—1942年回国一次,从上海到重庆。中华人民共和国成立后没有回来过。当时在美国教世界民间文学。

丁先生特别谈到他在美国参与了一场关于中国民间文学的论战,这场论战是由他写的一篇书评引起的。当时有个别学者敌视与污蔑新中国,他们编的《世界民间故事》一书中选用了三四篇新中国成立以后搜集的民间故事。在注释中说些故事都是"乱改的""编造"出来的,其中《双头凤》(傣族)是为了宣传团结而发表的。他们借美国民俗学者对新中国不甚了解,夸大我国民间故事整理中个别不够科学的做法,歪

[①] 主要资料来源:贾芝《关于会见美籍华人丁乃通教授汇报》(打印稿、手写稿)及贾芝日记(1978年7月)。

[②] Western Illinois University.

曲我们的民间文学。

丁先生是研究世界民间故事的，他发现我们解放后搜集的，特别是少数民族的民间故事，很多在世界各国都有，因此认为这种攻击是站不住的。他出于爱国心写了一篇书评，凭借他对中国与世界各国民间故事的广博知识和所作过的比较研究，列举了邻国流传的与《双头凤》同样内容的民间故事，站在一个广阔的更高的视野上，有理有力有节。这就是丁乃通，一位在国际民俗论坛上为中国民间文学仗义执言的学者，一位中国民间文学的热心传播者。

丁先生同时向我们提出一个非常中肯的建议：希望我们在发表民间故事方面应绝对忠实，不能随意乱改；凡是改动了的地方，怎么改的应作注说明。他说，他赞成贾芝在谈搜集整理工作中把改编、再创作同科学的整理工作区分开来的主张。他语重心长地说，不要因为"随便改"给人造成借口。他又建议，也可以出版两种版本：忠实记录的原始故事汇编出版；加工过的故事另外出版。这也是我们1958年就提出的方法，却没有条件办到。

丁先生对贾芝说，他参加了两个世界性的民间文学组织，一是人类学与人种学国际学会[1]。他出席了在美国芝加哥召开的第三届会议。一是国际民间叙事研究会[2]，他参加了在芬兰召开的第六次代表大会。国际民间叙事研究会是德国人发起，由75个国家的学者组成的世界民俗学者的中心组织。这个组织将全世界划分为四个区域：1. 美洲；2. 亚洲西南部；3. 中国、日本及太平洋区；4. 澳洲附近。第三个地区又改为"亚洲大陆、日本、太平洋区。这是个纯学术组织，加入手续很严格，要求有较高学术地位，还得有两位会员介绍。他征求贾芝意见，如果愿意参加，他可以推荐其加入组织。

正巧1978年6月16日，贾芝曾获时任国际民间叙事研究会副主

---

[1] The International Union of Anthropological and Ethnological Sciences，缩写：IUAES。

[2] International Society for Folk—Narrative Research，缩写：ISFNR。

席日本学者小泽俊夫先生的邀请，参加在英国爱丁堡召开的国际民间叙事研究会的第七次代表大会。贾芝向组织汇报也已获批准。那时中国民间文艺研究会、《民间文学》等诸多方面的工作刚刚开始恢复，千头万绪十分繁忙，贾芝顾不及充分准备，说可能暂不能出席。丁先生说，贾芝如若能参加，可以带点中国的民歌录音和影片，他愿意帮助放映。丁先生就是日本小泽俊夫上次所说的参加了国际民间叙事研究会的那个美籍华人。丁先生也说认识小泽俊夫。

丁先生希望我们搞民间故事采取全世界统一的分类法，即现在比较普遍采用的芬兰分类法。谈到民间文学建立资料档案馆，他说，世界各国都有专门保存民间文学的部门叫"Archives"，档案室、档案库的意思。瑞典就有4个，罗马尼亚有一个是在民俗学院，爱尔兰是国家主办的，苏联、日本等也都有。

丁先生说英国民俗学会100周年庆祝大会于这年的7月16—21日也就是他来中国的同时在伦敦召开。他写了一个报告，本来是要去参加的，但认为来中国的机会更难得，他临时改变来中国了。他准备好的报告就委托英国的朋友代他宣读，关于争论的话题减少了一些，怕朋友有顾虑。丁先生口译了他英文报告中关于介绍中国民间文学工作的部分，要贾芝听听，问有什么意见？其中说道："中国民间文艺研究会就要恢复工作了，恢复之后，对中国民间文艺研究将会做出新的贡献。"他还问"是否要恢复《民间文学》刊物？"贾芝告诉他，两项工作都正在积极筹备恢复中。

丁乃通先生最后特别诚恳地对贾芝说：他发现中国对世界各国的情况太不了解。人家骂我们，而我们"既不知道，更无对策"。对于这种提醒，贾芝非常重视，当年对于国外情况，我们确实处于完全无知的状态。贾芝立志尽快改变这种局面，首先提出"中国民间文学要走向世界"，不仅大小会议报告，而且身体力行，走出国门，到十几个国家宣传中国，同时与几十个国家建立起学术交流的关系。经过十几年的努力，1996年，贾芝在没有国家拨款的情况下亲自组织主持了有25个国家与20个地区学者出席的国际民间叙事文学研究会北京学术研讨会，成就了世界民间文学民俗学研究中心向东方、向中国转移的第一步。

7月25日，贾芝向周扬同志汇报会见美籍华人的情况。周扬说："丁乃通先生批评得对。"贾芝说："我们早就有建立各民族民间文学资料分类档案和资料馆的计划，并有些初步的准备工作如对民间文学留参稿的分类保管，但没有做到位。"周扬说："以后应当加强搞好。"贾芝还提议要关注国外的情况，不要关门无知。他说，民研会恢复后可有这方面的翻译人员，今后工作必须克服保守，了解世界。在民研会的编制中，设几个人专门编译国外民间文学工作动态和民间文学资料。对世界性的民间文学学术活动应予以重视、考虑并积极安排参与。

说到丁先生注意钟敬文先生的健康，周扬说可以让他接见，可惜丁已走了。周扬说："要做好外籍华人的工作，还要注意我们搜集整理民间文学作品的科学性，坚决反对随意乱改！"

会见是在中国经历了冰封之后春光骤然绽放的日子里。漫长的封闭时期，丁乃通先生可以说是中国民间文学在国际的唯一义务代言人。那一年，丁先生用英文写的《中国民间故事类型索引》专著，发表在芬兰文学协会《民间文学工作者通讯》第223期上。他的这本书是采用国际通行的AT分类法将新中国成立后搜集出版的50多个民族的大量民间故事和历史资料解析成情节单元，分类撰写编纂成工具书。书中列举843个类型和次类型，仅有268个是中国特有的，其他575个类型均为国际型故事，即便是中国特有的故事也有和西方同类故事相差不多，或在邻国有流传的。这部书对中西文化交流是一个突出的贡献。它向世界展现了一个全新的无比丰富绚丽的中国民间故事宝库，更加便于中外学者将中国民间故事与世界各国民间故事进行比较研究。丁先生为此付出了极大的心血，花费了十年的时间。1986年，贾芝和时任中国民间文艺出版社社长的杨亮才同志共同努力促成这部书中译本的出版。出版后丁先生委托我把书寄送给全国各地的民间文学工作者。我和贾芝为他选了一方石料，请著名书法家马振先生刻下"丁乃通赠书"，印章钤在书上。他的书送到了全国各地的学者手中，为他们架起一座中国与世界沟通的桥梁。

丁乃通先生第二次访华

1980年，丁乃通先生带领教育代表团经旅行社办理手续，旅游中国。6月13日下午2点半贾芝到中国社科院二楼外宾接待室会见丁乃通先生，同时邀请钟敬文、段宝林一块会面，程远、王克勤参加。下午5点，丁先生离开，贾芝同他说好明年邀请他访问中国，他很高兴。

6月14日：晚8点半，在美术馆见丁乃通、许丽霞夫妇。他们畅谈了美国一些作家的情况。民间文学方面，他愿意帮助我们与一些国家的民俗学者交换资料。他计划明年十月，在美国民俗学会，由他们学校组织一场关于中国民间文学的讲演，他设想找Ikeda、台湾高山族的民俗学者、他自己，邀请我，再加一人，又征求我的意见可否邀请Eberhard，我说可以。我送了他们夫妇《河南民间故事》。他还说到印度和芬兰，还说到以色列，说它很重视民俗学，但因我与以色列无外交关系，不便与它交往。他说，民间文学、民俗学，国际上合作得很好。这就是民间文学的一个特点——国际性。

丁乃通先生的第三次访华[①]

1981年5月28日，贾芝给丁乃通先生信，请丁乃通偕夫人访问中国，并附：中国民间文艺研究会正式邀请函。7月10日下午3点半贾芝到燕京饭店看望来京的丁乃通夫妇，与他们商定这次访问的日程安排。丁先生让贾芝看他的一篇讲演草稿。7月12日下午5点半贾芝到燕京饭店，举行宴会招待丁乃通夫妇，钟敬文先生出席。7月13日下午6点半丁乃通、许丽霞夫妇邀请即将赴呼和浩特的贾芝，又一次在燕京饭店共进晚餐，席间他们互赠纪念品与书籍。按事先商定的日程，丁

[①] 主要资料来源：《关于接待美国丁乃通教授的计划》（民研〔81〕外字02号），中国民间文艺研究会1981年9月18日编印的外事简报第5期《关于接待美籍华人教授丁乃通夫妇来访的情况汇报》，贾芝日记1981年5—8月。

先生与夫人先到南方讲学访问。

其间，7月15日贾芝赴呼和浩特参加中国蒙古文学学会首届年会，7月19日到苏尼特左旗考察那达慕大会；7月30日赴吉林梅河口讲学，8月2日到长春讲学考察。8月8日下午，贾芝为接待提前返京的丁乃通夫妇，抵达北京。8月9日，丁乃通给贾芝电话，告诉他们住在侣松园。8月10日下午，贾芝到侣松园主持召开座谈会，丁先生谈南行观感，对我们专业研究的建立，也提出一些建议。出席的有钟敬文、许钰、刘魁立、陶阳、段宝林、潜明兹、吉星等十多人。许丽霞为大家拍照。她赠贾芝台湾出版的民俗丛书目录和他们夫妇写的一本有关目录的著作。8月13日下午5点半贾芝应丁乃通夫妇之邀赴侣松园共进晚餐。饭后，贾芝与丁乃通谈中美交流问题，丁先生希望将交流纳入中美政府的文化交流计划中。8月14日，晚上7点送别宴会，宴会前贾芝与丁先生商量了中美民间文学、民俗学交流的计划，作为中美政府关于文化交流谈判的一部分。

丁乃通先生的第四次访华[①]

1985年中国民间文艺研究会邀请丁乃通先生回国讲学也是他第四次访华。8月27日，贾芝上午接丁乃通先生电话，他与许丽霞26日到京，他们先期在北京大学讲学。下午我和贾芝去看望住在友谊宾馆一楼507号的丁先生夫妇，初步商谈拟定学术交流的日程安排。丁说，他要先讲美国民俗学家道尔生和汤姆逊，更重要的是讲1984年卑尔根会议上观点的转变。他对贾芝说："你一定愿意听，国际学界正朝着承认中国、赞美中国，渴望和中国合作的方向发展，对我们是十分有利的。"最后，他一再强调：第一手材料和信息最重要，其他都是空论。

[①] 中国民间文艺研究会1985年12月30日编印的《民间文学情况交流》，金茂年：《美籍华裔教授丁乃通来华进行学术交流》(《一架沟通中国与世界的桥梁——序丁乃通〈中国民间故事类型索引〉》)。

8月29日，赵光明、赵长工去看望丁乃通先生，明确9月3日以后中国民间文艺研究会的接待计划与日程安排。

8月31日，我和贾芝去友谊宾馆看望丁乃通先生。"与丁交换对'整理'的意见。丁先生主张废'整理'二字，说'整理'引起国外怀疑我们故事的忠实性，外文也无此字，不好翻译。英语的'编辑'，是可以随意修改的。我说明'整理'是必要的，但国内意见也不一致。我想正如文物也需要有整理一样。我举了铜人铜马为例。关键是要强调忠于原作。后来丁同意不改，说英文无此字，可以将'整理'译音。丁主张我写一篇关于整理的文章，将其含义说清楚。

"说到民间故事类型问题，丁说他写《中国民间故事类型索引》时还在'四人帮'时期，以为中国民间故事已搜集了很多，没想到'四人帮'以后又搜集这样多。中国真是一个宝库。丁说，艾卜哈尔德认为故事没有不改的。艾又认为异文可以用注释。类型，他已补了一部分。

"我说，民间故事是散文体，与歌谣不同。民间故事也应一分为二，一部分是语言定型的，如《狼外婆》的对话，一部分是因人而讲法不同，同一人讲同一个故事也因时间、条件不同而讲的不同，所以应有整理，才能有一个比较完整的故事。没有整理，就难得有一个完善的本子（有的异文有代表性，自然属于完善的，但这仅只是一种情况）。丁赞同我的意见。"①

我陪丁先生夫妇迁往香山饭店，贾芝与丁先生道别，继续为丁先生的《中国民间故事类型索引》书写序文。

9月2日上午，我到香山饭店接丁先生至城内的华侨饭店。下午赵长工接贾芝与丁乃通夫妇到西苑饭店赴宴。参加宴会的还有钟敬文、刘锡诚、张文等同志。回来路上，贾芝将序文稿子交给丁先生，请提意见。

9月3日丁先生打电话给贾芝，说序文写得好。

9月4日，早上7点半贾芝到中国民间文艺研究会，先与杨亮才、

---

① 贾芝日记，1985年8月31日。

吉星就丁乃通先生提议办英文刊物事交换意见。

9月5日，丁乃通先生在民族文化宫作报告，题为《介绍美国民俗学界情况》，钟敬文先生主持会议。丁先生报告当前国外民间文学研究的流派和发展趋势。他首先介绍了美国几位著名的民间文学、民俗学研究家。美国民间文化的系统研究从阿切尔·泰勒开始。他知识渊博，写作出版了美国第一本介绍历史地理学派的代表著作。

接任阿切尔·泰勒的是史密斯·汤姆森，其主要功绩是与阿尔奈合作编写了《世界民间故事类型索引》第二版。第二版完全不同于阿尔奈的第一版，它的内容不再局限于欧洲，而包括了亚洲和非洲的一部分。同时，他还编写了《印度民间故事母题索引》。丁先生说，汤姆森是历史地理学派，他的研究方法与我们相差不远。

后来，理查·道尔生上台，工作方针发生了根本变化。他不研究民间文学，而是研究近代民俗学，甚至他说最恨文学。道尔生完全是从人类学、社会学的角度看待民间文学，另走了一条路。事实证明他的路没有走通。现在，美国正在走回头路。道尔生的接替者是学文学出身的，走的是比较文学的道路，着重于文学的研究。今后可能会同我们有更多的一致意见。

丁先生在介绍国外民间文学研究新流派时，重点介绍了注重讲述环境对讲述者产生反馈作用的研究，也就是"接受美学"。但是，丁先生不赞成只重视环境对讲述者与作品的影响，而否定研究故事正文的观点。丁先生还介绍了去年六月在卑尔根召开的国际民间叙事研究会第八次代表大会的学术讨论和与上届大会发生了根本变化的观点。

9月6日，按计划丁乃通先生到中国社科院少数民族文学研究所作学术报告。丁先生不同意日本人重编类型索引的提议，强调A·T分类法可以扩大。

9月8日，早上8点贾芝到西苑饭店。座谈会由张文主持，参加者有：段宝林、许钰、张紫晨、祁连休、贺嘉、黄泊沧、冯志华、蔡大成、赵长工等。丁先生首先讲了民间故事情节单元（母题）索引的编著问题，大家都认为很重要。祁连休主张由几个单位合作，张紫晨等主张由贾芝主持，贾芝提议由民研会牵头。丁先生说，研究民间文学，分类是最重要的，无论用哪种办法，从哪种角度如结构学、心理学、社会学、文字学等进行研究，分类都是基础。他还指出，编纂民间文学母题索引的工作具有重要意义。这种索引可以囊括神话、史诗、民间故事、传说等，包括整个民间文学。当然，工程浩大，需要人力、物力很多，但是一件有价值的工作。在保存资料问题上，他建议我们与国家图书馆合作，请他们设两间专门保存民间文学资料的房间，提供各界使用，以节省人力、物力。在美国和其他国家都是这样做的。

9月9日，丁乃通先生第二次报告会，采取座谈形式，会议由贾芝主持。丁先生介绍了西方几篇论文的学术观点，其中有环境论、现代传说等，贾芝作了简单的摘要与概况总结。丁先生一再强调：中国民间文学资料的丰富是任何国家无法比拟的，尤其近几年发展是惊人的。他听说十一届三中全会以后人民富裕起来，自己设立了民间文学奖，自己编印民间文学故事集，称赞不已，说这是任何一个国家不曾有过的。他热切期望祖国的民间文学在国外得到宣传，建议我们办一份英文版民间文学刊物，刊登国内有价值的学术论文。

9月10日，下午3点贾芝与中国民间文艺出版社吉星、杨亮才、丁汀与丁乃通先生商谈出版英文刊物问题，并带《文贝》去作参考。丁先生谈了他的设想，他翻阅《文贝》，提出一些不同的编法。吉星说出版条件有困难，杨亮才采取积极态度。贾芝赞成创办，对宣传中国，对建立中国民间文学科学研究都有好处。我们要走向世界，过去宣传中国太少了。最后，贾芝提议：一、请杨亮才起草两个材料，一为办刊方案，一为刊物编辑体例具体要求。丁先生说，他与何万成先生参加编辑工作，修改英文稿。他们不要任何报酬。二、编辑人员不在本刊上发表稿件，个别特需者例外。三、不付稿酬。丁说像"整理"问题应有一专文对外阐明。

丁先生这次回国在中国民间文艺研究会、中国社会科学院少数民族文学研究所和中央民族学院等单位作了更深入广泛的交流，作了《历史地理学派及其方法》《心理分析学派、效用学派》《结构学派》《伟大的中国传统民间文学及其重要意义》等多场讲演,还以《现代美国民间故事》《中国民间故事的类型及其问题》为题开展了两场座谈会。中国学者终于有机会和国外学者面对面地交流了。

9月11日,贾芝陪丁乃通赴承德考察。

晚上,贾芝与丁闲谈。丁说,他发现希腊民间故事与中国民间故事奇怪地相像。这是新西兰一位学者先告诉他的,他看了后感到确实如此。他也说不清是什么缘故。他还说:"系统论是经济学方面的东西,在西方早已过时了。中国总是跑到西方的屁股后,捡人家已不要的东西。"丁先生很不赞成这种做法。

9月13日,上午9点,李国梁、杨清泉陪贾芝和丁乃通游小布达拉宫。在上山进门的碑亭找到贾芝要寻的记录新疆蒙古族土尔扈特部回归的大小三碑,大碑记事情原委;右碑记乾隆皇帝的赏赐;左碑记归来的经过。再往上五塔门,屋脊上的五塔,以中间的黄塔为主,象征班禅、达赖所信奉的黄教,两边红、花、白、黑是黄教统一了的其他教派。李说,现在西藏偏远山区还有其他教派。杨清泉还介绍乾隆修普乐寺,不设僧侣,由官员管理,旨在做少数民族的工作,团结少数民族。他们介绍了许多宗教与民族民间文学交融与发展的关系。

下午,由承德文联苏副主席主持座谈会。贾芝首先介绍了丁乃通先生,丁先生报告西方民间文学情况与发展趋势。

9月14日丁先生返京,9月15日星期日,丁先生在京的最后一天,我和贾芝陪同。上午到饭店与丁先生校订请王广泽翻译的文章《答艾卜哈尔德》,下午参观雍和宫。晚上,贾芝个人请他到花竹餐厅吃饭。晚上回到饭店,丁先生与我谈分类问题,我谈了对传说分类的看法,丁甚表赞同,一再称赞。我给他讲了七八个《不见黄河心不死》的故事。他建议我写一篇文章,有一篇缅甸流传的同一类故事的异文,他愿意寄给我。

9月16日,早上5点,贾芝送丁先生到机场。许丽霞女士在武汉大学讲学,丁先生去华中师范大学进行了系列的学术讲座,并被该校聘为客座教授。

10—11月，丁先生想去重庆、贵州访学，贾芝又分别联系了四川的肖崇素和贵州的田兵，请他们早作安排。丁先生访问成都、贵州，受到当地民研会的热烈欢迎，并进行了深入的学术交流。

11月2日，丁乃通先生从重庆来信，他定于10日去上海，15日返美。11月5日，我根据丁乃通的意见修改了《美籍华裔教授丁乃通来华进行学术交流》。11月7日，贾芝赴武汉中南民族学院和华中师范大学讲学，顺便探望在武汉大学讲学的许丽霞女士，她说丁先生不回武汉直接回上海了。贾芝与丁先生未及见面，不想那一次竟成永诀。

丁乃通先生助力中国登上国际讲台

丁乃通先生不失时机地在国际上宣传中国，要各国学者注意这一巨大的文化宝库。他较早地介绍我们同芬兰等北欧国家交往，贾芝得以在1983年赴北欧芬兰、冰岛、挪威、丹麦等国考察，1985年、1993年第二次、第三次赴芬兰交流。经丁先生引荐相识的芬兰北欧民俗学会主席、国际民间叙事文学研究会主席航柯[①]成为贾芝的至交。

1986年4月，贾芝和航柯合作履行了1985年他赴芬兰时签署的中、芬两国文化协定，完成了在中国广西三江的联合考察，使侗族民间文学率先走向世界。此次活动引起联合国教科文组织对中国保护和抢救民族民间文学的关注重视，并予以部分资助。

1983年加拿大召开的国际人类学和民族学第十一次大会应丁先生提议要求成立了中国民间文学与北美印地安人民俗关系小组，贾芝很早就收到了大会的邀请。7月30日中国社科院民族所已组成赴该次会议的代表团，8月10日出发。贾芝未能出席大会，只提交了论文《近几年来的中国民间文学》。丁先生将论文寄给伦敦《国际民俗杂志》主编奈瓦尔[②]女士，在该刊1986年第4期发表。1989年在布达佩斯的国际

[①] Lauri Honko.

[②] Venetia Newall.

民间叙事文学研究会第九次代表大会上，贾芝与奈瓦尔相见，1992年在奥地利的茵斯布鲁克的第十次大会，他们已是很熟的朋友了。可惜丁乃通先生已谢世。

1984年，国际民间叙事研究会第八次代表大会，在挪威卑尔根召开，丁先生和发展中国家都企盼中国代表出席以改变由某个超级大国控制的局面。大会给贾芝电话，劳里·航柯在一旁坐镇。贾芝却终未能去成。

1989年贾芝接受国际民间叙事文学研究会在匈牙利布达佩斯召开的第九届代表大会的邀请，5月18日收到第三次通知，要预定旅馆了。贾芝收到丁乃通先生于4月22日过世的消息，这坚定了他参加大会的决心，去完成丁先生的遗愿。6月11日贾芝从北京出发，途经莫斯科，12日到达布达佩斯，迟到三天，未能赶上开幕式和换届改选。15日，贾芝在大会宣读论文《民间故事讲述在现代中国的地位和演变》，主持人匈牙利沃伊格特先生说："我代表到会代表表示感谢！第一次听到中国代表演讲，大家深感兴趣。你的论文很有价值。"大会非常重视中国的参加。雷蒙德主席在闭幕式上公布大会执行委员会决定：今后不再以欧洲为中心，要到发展中国家去开会。倡议印度迈索尔大会之后，在中国开一次研讨会。

1992年7月9日奥地利的茵斯布鲁克，全体会员大会上宣布了执行委员会的重要决定：在中国北京召开一次学术讨论会。

1993年9月，贾芝应国际民间叙事研究会主席雷蒙德和秘书长耿·海瑞娜的邀请，第三次赴芬兰访问，赵光明、王炽文同行。访问目的是商谈在中国召开学术研讨会的问题。他们见面的第一句共同的话语是：这又是一次历史性的事件！国际民间文学团体要在中国召开国际学术会议了，将是一个新的里程碑。

1994年9月，雷蒙德主席、海瑞娜秘书长专程来京检查落实北京会议筹备工作。贾芝汇报工作委员会工作进度。

1995年1月，贾芝去印度参加代表大会，其间讨论了北京学术研讨会问题。

1996年4月22—28日，贾芝主持的国际民间叙事研究会学术研讨会在北京胜利召开。36个国家的百名代表报名并提交论文，24个国家的57名代表，中国包括台湾的15个省、自治区、直辖市的41名代表云集北京，进行了深入广泛的学术交流。与会代表跨越语言障碍，分别于35场大小会场发表论文讨论切磋。中国民间文学终于冲破重重阻隔与世界民俗学研究接轨，成为文艺界的一大盛事。雷蒙德主席说："北京会议是国际民间叙事研究会有史以来开得最好的一次会议，是你们帮助国际民间叙事研究会更加国际化。"北京会议是中国民间文学迈向世界的一座新的里程碑，中外学者终于可以在一个广阔的平台上讨论学术了。我们正可借此告慰丁先生的英灵。

丁先生，我们永远怀念您

丁乃通先生酷爱祖国，热爱中国民间文学事业。贾芝特别难忘的有两件事：其一是，1978年7月第一次见面，他就提出中国民间文学这样丰富，应该建立一个民间文学资料馆。他说，世界各国大都有自己的民间文学资料馆或资料库。他的倡议正合贾芝的心意，随即，1978年10月贾芝在第四次中国文学艺术界联合会代表大会期间召开的中国民间文学工作者代表大会的报告中提出建立中国民间文学资料库。可惜贾芝心心念念几十年，为之奋斗几十年的事业至今未能实现。不过我相信这个愿望不会成为永久的遗憾，我们这一代不能完成，后继有第二代、第三代，良好的愿望总会实现。社会在发展，人们在进步，不容置疑。其二是，1985年丁先生回国讲学时，在一个学术座谈会上倡议我们创办一个英文版的中国民间文学学术刊物，在海外发行介绍新中国民间文学作品篇的采集、出版和研究工作的发展状况。贾芝、杨亮才和我共同商定，接受了这一建议。之后的三四年里，我们共同努力筹划和实施此事。丁先生为新刊物的出世，可谓呕心沥血，不辞辛苦。他不仅计划办刊的办法，尽力做到不赔钱，尤其是对学术有着一丝不苟的严格要求。翻译学术论文，国内学者当时尚有差距。为保证刊物的水平，他主动提出不要报酬地担负英文译稿的最后审订加工。事不凑巧，丁先生夫人正患偏瘫，行动不便。丁先生一边照料病人操持家务，一边用他极微弱的视力修改那密密麻麻的英文原稿，同时不断给贾芝来信提出问题，贾芝便不断写信回答问题，就这样，两位老人共同推进着工作。1989年4月丁先生去世前夕还日夜伏案修改英译稿。他自己用英文写了一篇《评〈丝绸之路的传说〉》，不想竟成为他一生最后一篇遗著。至今无法让人接受的是：他突然病了，突然走了。他倒在了全心全意为祖国民间文学事业奉献的岗位上。他给我们留下了太多的不安和遗憾。英文刊物却因经费等问题拖到今天没有出版，丁夫人将部分原稿转交加拿大文明博物馆的何万成博士，由他继续完成。贾芝也将工作交给了年轻一代，贾芝始终相信：他们不久会完成的！至今，年轻人也老了，原稿辗转于哪里？不得而知。

丁先生参与促进中国民间文学走向世界发展科学研究，同时也不断写作。他曾在加拿大世界歌谣学会宣读了介绍中国歌谣的论文，受到与会者一致称赞，在日本《亚洲民俗杂志》用英文改写发表了我在《民间文学通讯》上的推介湖北大冶县新生事物的《民间文学民间办》，后来他听说河北耿村故事家群的讲述活动，又兴致勃勃，愿意与国内学者合作写一篇评介，并建议在邻村再做一些调查。何曾想到当河北又相继发现许许多多盛行故事讲述的村落时，他却永远不能执笔了。

丁先生为中国民间文学事业竭尽全力，献出了自己宝贵的生命。贾芝同他多次接触和通信中深知他为人正直、学识渊博、严于律己。丁先生是学英美文学的，在伊利诺州大学任教讲授英美文学。他英语水平很高，同时精通德语、法语、西班牙语、拉丁语。教学之余，丁先生致力于世界民间故事的比较研究，他是国际民间文学专家。在我们出版他的《中国民间故事类型索引》一书时，金荣华先生暗中告诉我，书的封面署名千万不要写丁先生的美国国籍，只署名"丁乃通"便好。先生热爱新中国，愿意为祖国效劳，甚至一再声明绝不要报酬。他多次给中国民间文艺研究会寄赠书刊。他心怀坦白、毫无掩饰。

1989年4月22日是丁乃通先生不幸去世的日子。5月12日，雨后，北京初夏最寒冷的一天。贾芝、我忽然接到丁夫人许丽霞女士报告的噩耗，叙述了丁先生从发病到去世短短两天的经历：21日他有些不适，到医院急诊，医生说是心脏病，他自我感觉良好，怀疑医生判断有误。回到家中他依然谈笑风生，至死都没有离开他的书桌。他正忙于赶编他设计已久的向国外介绍中国民间文学的英文刊物，他死在他热爱的岗位上。一切宛如过眼云烟，他被安葬在麦克伯城的欧克沃德墓地，永远也不能回到祖国和同行们交流了。我们在悲痛中赶往邮局发了唁电。正如他夫人说的，乃通的去世是中国民间文学事业不可弥补的损失，短时间内将没有一个像他那样有声望、有经验的人能够接棒在国际民间文学论坛上为中国仗义执言了。这是极可惜的事！

1990年6月，贾芝赴美国参加史密森博物馆的民间生活节之后，7月9日与同伴刘琦乘一天一夜的公共汽车到伊利诺州去看望丁乃通夫人许丽霞教授。丁夫人在脑血栓恢复期，她不顾医生的禁令，竟然开车到麦克伯车站接他们。当晚，贾芝和丁夫人就赠送资料给贾芝正在筹建的中国民间文化博物馆一事进行商谈。所赠资料是丁先生生前为编写《中国民间故事索引》一书，长期在国外搜寻收藏的全部中外文书刊、从美国国会图书馆及国外其他地方复制的论文资料，捷克鲁迅图书馆的微缩胶卷，还有生前照片、有关书信以及博士帽等物品。十分珍贵！他们就这批书刊资料如何运送回国进行了磋商。丁夫人年底前整理完成，商定由我驻美大使馆转运回国。参加会谈的还有专程从加拿大赶来的何万成教授，何教授是加拿大国家文明博物馆研究专员。他们还商定由许丽霞女士代替丁先生完成英文刊物稿件的编审、修改工作。其实，许女士早在丁先生去世前就参加过抄稿、改稿工作。丁先生未能改完的创刊号英文原稿当时仍存加拿大何万成博士那儿。

7月10日，丁夫人陪贾芝到麦考伯城郊一片绿草如茵的公墓，为丁乃通先生扫墓。丁先生的墓碑上刻着他和许丽霞女士两人的名字。碑上的字是贾芝请书法家杨萱庭先生写的，同时也请著名书画家董寿平先生写了一份，事后才寄到，丁夫人珍藏起来了。走到丁先生墓前，贾芝已是泪如雨下，献上丁夫人准备的一束小花，表达对丁先生的怀念与敬意。

6月27日赴美的飞机上,贾芝便写下了这首诗:

招魂
怒斥反华君著文,
铁笔疾书如有神,
炎黄风骨诚可贵,
一杯泪酒诵招魂。

十年呕血搭金桥,
海峡两岸一线牵,
丰功伟绩照史册,
唯恨难再睹君颜。

那天扫墓回来,贾芝在丁先生住所的草坪上漫步良久,随即又成诗一首:

墓前献花
——绿草如茵,
他长眠在异国的土地上……

墓前献花永飞芳,
不闻笑语泪沾襟,
房后果树待开花,
林中漫步思故人。

挥笔游说颂祖国,
肝胆照人赤子心,
壮志未酬何人继?
春华秋实常忆君。

贾芝7月12日告别丁夫人经纽约回国。

1986年丁先生向贾芝推介了台湾著名学者金荣华先生。金先生以他独有的睿智和勇气在海峡两岸关系解冻前夕毅然回大陆探亲交流。贾芝在统战部的帮助下接待了他，开海峡两岸的民间文学学术交流之先河，自此学术融着血浓于水的亲情在两岸学子的心中缓缓流淌，日渐汇成大海。两岸关系解冻，坚冰消融更给民间文学事业带来勃勃生机。然而，我们永远不能忘记的是开拓者。

1990年贾芝回国不久，金荣华教授赴美看望丁夫人，帮她整理图书资料并打包待适时运送回国。但事情不断有变化，运送发生种种困难。贾芝虽多方努力未能及时如愿。丁太太很着急，不顾身体多病，终于找到一家小公司答应承运图书，运费亦不高。1999年贾芝得知图书资料运回祖国非常高兴，几经辗转，图书资料终于办妥手续取回。当时，贾芝筹备建立中国民间文化博物馆还没着落，只好将书暂时存放家里，为保证书籍不至散失，贾芝始终没有将书开包。直到2007年10月，贾芝让我将没开包的书籍全部完整交中国社会科学院民族文学研究所收藏，并要求定个时间，召集丁先生的老朋友民间文学界的专家学者开个座谈会，共同见证开包，对丁先生做一次有意义的追思活动。

丁乃通先生在促进我国与国际民间文学学界的交流以及海峡两岸的学术沟通中功勋卓著，这是永恒的，不可抹杀的。他晚年的全部心血奉献给了祖国的民间文学事业。他的赤诚、他的坦荡和无私无畏的付出，我们终身不忘！希望民间文学界的新老朋友们都不要忘记。他在我们最封闭、最隔绝、最困难的时期曾经给予我们真诚的义无反顾的帮助。

丁乃通先生，我们永远怀念你！

2016年8月23日

附记

　　丁乃通教授是国际著名的、民间文学专家，1915年生于浙江杭州。1936年毕业于北京清华大学西方语文学系，1938年获美国哈佛大学英国文学硕士学位。长期任教于美国伊利诺州州立大学，讲授英美文学，后研究和讲授世界民间文学。丁先生热爱祖国，以美籍华裔学者特有的身份和便利条件，不失时机地介绍和宣传中国，为我们与国外学界的交流架设一座座桥梁。

　　1979年，改革伊始，丁先生首次回国访问，给中国带来开放的春风，他先后回国四次，到10余所大学和研究机构讲学，并受聘华中师范大学客座教授。他数十次介绍贾芝与芬兰、挪威、丹麦、加拿大、美国等多国学者相识，数次推荐贾芝参加国际组织和学术大会。虽几经波折，1996年贾芝终于在完全没有国家资金支持的情况下，得以成功地在中国北京主持召开了一次有26个国家和地区出席的国际学术讨论会。

　　原文系2010年金荣华先生的学生张瑞文写博士论文，需要了解丁乃通先生与贾芝交往的一段历史，我写的。那时，我正陪贾芝住院治疗，白天没有时间，晚上至凌晨写作。因过于劳顿，文章只就大事写了6000字，记录不完整，我没有发表。2016年1月贾芝去世，我尽力排除干扰，完成这篇旧作，详细地记录了贾芝与丁乃通之间真挚的友谊，更记下了中国民间文学借助他们和一大批国内外的学者朋友一步一步走向世界，在国际论坛争得一席不可或缺的地位的艰辛过程。本文内容出自贾芝的日记、汇报提纲和相关文章，当然更多是我的记忆和当年我写的简报与笔记。

　　老一辈学者除了做学问，在做人上也给我们树立了很好的榜样。

2019年7月23日
2021年11月17日

国际民间文学交流的新篇章
——记贾芝与航柯先生[①]

历史性的事件：土尔库的初见

1983年9月，秋高气爽的一天。土尔库火车站，贾芝刚刚走下车，一个高高大大的芬兰人迎上前，第一句话就是："您的到来，我们的见面是一个历史性的事件。"这位芬兰朋友就是世界知名民俗学者劳里·航柯先生。他时任国际民间叙事研究会主席、北欧民俗学会主席、芬兰文学协会主席、土尔库大学教授。他也一度在联合国教科文工作并参加了世界非物质文化遗产保护条约的起草与制定工作，从中曾给予中国很大的帮助。

此次是贾芝继1982年访问日本以后的第二次出访，也是民间文学界首次访问欧洲。北欧当然更是很难见到中国人。贾芝与冰岛作家协会的朋友们见面时，一位年轻的女作家奥尔加[②]说："我第一次看到中国人！"贾芝回答："我作为中国人第一次被您看到，感到非常荣幸！"贾芝的这次访问，也引起芬兰方面的极大的兴趣，格外的重视与关注。出访前，1983年5月4日："上午九时，由会内约芬兰大使馆安芬妮（档案秘书）谈访芬的意图。安芬妮曾在北京大学学习三年，中国话说得非常流利。参加的人有刘魁立、王炽文、赵光明。安说道，'从前在芬兰

---

① lauri honko.

② Olga.

看不起《卡勒瓦拉》那些民间的东西，认为不是文学。开头只是几个人提倡，是文学协会的人。在芬兰，瑞典语为第二国语。在芬兰，民间文学是独立的，与民间艺术分开。有不少的资料库，或称研究所。地方上也有爱讲故事的人。文学协会是统一对外接待的'。她拿出一份《光明日报》上发表的民研会会议报道的复印件，上面在我的名字上作了记号。她是要了解我们访问芬兰的意图，以便安排日程。"[1]可见她们的用心之细致。

这次出访源于改革开放初期的一次会见。1978 年 7 月，贾芝接外事局通知到和平宾馆，会见世界知名民俗学家美籍华裔教授丁乃通先生。丁先生特别真诚，对贾芝说，他发现中国对世界各国的情况太不了解。他推荐贾芝加入国际民间叙事研究会（ISFNR）。贾芝加入国际民间叙事研究会的介绍人之一，就是航柯先生。丁先生提出了关于建立中国民间文化博物馆的建议，得到周扬等领导同志的重视。航柯先生兼任北欧民俗学会主席，他立即为贾芝安排为期两周的北欧五个国家的民间文学资料馆考察计划[2]，由此便有了这次贾芝对芬兰与冰岛的访问，更有了航柯这位忠诚的芬兰朋友。

他们的考察从土尔库大学开始，一切在航柯教授的筹划中进行。先到民俗学与比较宗教学系，安娜·古斯塔夫桑[3]助教介绍芬兰谜语；执行系主任卡里欧[4]介绍她对北部寅格利亚人[5]哭丧歌的研究。经过通信与贾芝熟悉的北欧民俗学会秘书耿·海瑞娜[6]一直陪同，她介绍了芬兰瑞典语与芬兰语两个体系以及北欧民俗学会。航柯先生介绍了他主持下的田野作业和研究课题，他多次带领师生到寅格利亚做调查，卡里欧

---

[1] 贾芝日记，1983 年 5 月 4 日。

[2] 详情可参见贾芝《芬兰民间文学档案馆的考察》，载《播谷集》，人民文学出版社，1994 年，第 623 页。

[3] Anne gustabsson.

[4] Aili Nenzota Kallio.

[5] Ingniens.

[6] Gun Herranen.

的《寅格利亚哭丧歌》就是他指导完成的。航柯先生很愿意了解中国。贾芝把他的《近几年来的中国民间文学》英译稿拿给他看，他立刻复印一份。他问："中国有史诗吗？"贾芝介绍了藏族史诗《格萨尔》、演唱《格萨尔》的民间歌手以及现在的搜集情况，同时介绍了蒙古族史诗《江格尔》和柯尔克孜族史诗《玛纳斯》。这些对航柯先生来说都是新闻。他非常兴奋地说："史诗在中国还活着！"那天下午，他就领贾芝去见土尔库大学校长，并报告了这一喜讯。

土尔库三天后，返回赫尔辛基。芬兰文学协会秘书长兼出版部主任的温斗①先生接待贾芝一行。协会档案馆是芬兰人文科学研究的中心，温斗先生陪同参观原稿档案馆，最珍贵的是埃利亚斯·隆洛德②记录《卡勒瓦拉》的手稿。我们知道，芬兰曾受瑞典统治，瑞典语为统治语言。1917年芬兰独立，芬兰语与瑞典语并用。《卡勒瓦拉》的记录出版，不仅促进民族意识的觉醒，对芬兰语言文学的形成起到重大作用。这是埃利亚斯·隆洛德自己都没有想到的历史功绩。档案馆第一任主席卡尔·克伦③主持搜集材料18000件，有7000人参加搜集。

贾芝一行还参观了国家图书馆即赫尔辛基大学博物馆，约恩苏大学档案馆，《卡勒瓦拉》展览馆，芬兰历史与民俗博物馆等。9月13日，在芬兰文学协会的座谈会上，贾芝介绍中国民间文学工作，双方互赠书刊与礼物。与会朋友对中国尚存活形态的民间文学，同样感到惊讶与振奋。这是中芬合作的一个新开端。

9月16日中午，芬兰教育部国际司司长卡·希尔卡拉④宴请贾芝一行，出席作陪有芬兰文化部参事契特瓦·凯皮阿夫人⑤。她负责签订1984年中芬文化交流协定。她问贾芝有什么要求，双方都谈到应把中、

---

① Urpo Vento.

② Elias Lonnrot.

③ Kaarle Krohn.

④ Kalervo Silkala.

⑤ Kitva Kaipia.

芬民间文学学术交流列入政府签订的文化协定中。这就是中芬联合在广西三江联合考察的缘起。

1984年4月9日，航柯先生回访中国，同行的有温斗教授和罗欧达林①女士。贾芝与民研会副主席刘魁立、组联部主任赵光明到机场欢迎。芬兰驻华使馆秘书安芬妮亦到机场迎接。客人下榻于北京四合院式庭院竹园宾馆，宾主在咖啡厅谈了访华日程。10日，贾芝在竹园宾馆主持航柯教授的学术报告会，报告芬兰的民间文学的研究情况，1985年2月芬兰将举行《卡勒瓦拉》150周年纪念活动并召开世界史诗讨论会。晚上，贾芝主持宴会，他说："史诗讨论会是一次很好的学习机会，中国史诗的发掘与研究也将对世界做出贡献。"他还说，"1985年2月，中国也将在北京举行《卡勒瓦拉》150周年纪念活动，届时邀请芬兰驻中国大使及有关人员出席。"贾芝继续介绍中国史诗的情况，将刊有他论文《"江格尔奇"与史诗〈江格尔〉》的《民族文学研究》分赠每位客人。航柯代表芬兰文学协会向中国民研会赠送该会铜铸的纪念品，他详细地做了介绍：正面上方铸有泉水；背面是一棵树，树上有人看书，树下还有一些人。他又赠送每人一幅画与一个木质幸福鸟。

与此同时，贾芝还收到航柯邀请出席1984年挪威国际民间叙事文学研究会第八次代表大会的登记表。可惜贾芝未能成行。

1985年丁先生回国的第一件事就是兴奋地告诉贾芝：国际学界正朝着承认中国、赞美中国，渴望和中国合作的方向发展。

国际讲坛首获殊荣：史诗在中国还活着

1985年2月，贾芝率团赴芬兰参加《卡勒瓦拉》150周年纪念与世界史诗讨论会。世界上许多民族都有自己的史诗，然而为纪念一部史诗的出版，举国上下万民同欢，成为全民的节日，殊不多见。150年以前，埃利亚斯·隆洛德，一个巡游乡村的医生，肩负行囊，手拄木杖，

---

① Raotaline.

踏遍了芬兰三千里土地，热衷于搜集芬兰民歌，最后以历经辛劳，解囊受穷，换来几十段鲁诺。第一次付梓出版，他并没有想到献给世人的这部史诗竟成为世界著名的芬兰民族文化瑰宝，而且同他的民族和祖国的命运如此休戚相关，并赢得全民的赞誉。

当时，文联外事经费紧张，贾芝一行只好坐火车到莫斯科再换乘飞机。13日清晨，他们乘国际列车出发，全程7865公里，六天五夜，只吃方便面和面包，感动得列车员送来电炉让他们煮粥。贾芝那年72岁，翻译家孙绳武68岁，藏族《格萨尔》专家降边嘉措48岁，翻译于小星北京大学毕业不久。他们谁也没有觉得苦，丝毫没有怨言，倒是庆幸有如此充足的安静时间做学术讨论！经过冰雪覆盖的西伯利亚贝加尔湖，零下46℃，贾芝到站台上走了一圈，回来耳朵蜕了一层皮，竟诗兴大发起来。

18日到达莫斯科，19日中国大年三十，在中国大使馆过。他们说要帮助贾芝与苏联民间文学方面接触。20日大年初一，贾芝一行乘飞机到赫尔辛基，到机场迎接的是中国大使馆一秘石敬励，替代大使工作的参赞任元华同志。芬兰文学协会秘书长罗欧达林小姐也到机场迎接，她把贾芝安顿在市中心一家旅馆，又领他们吃饭，一件件事情都安排妥帖。第二天送他们乘火车去土尔库。航柯亲自开车去车站接了贾芝，送回旅馆，他们交换论文。

2月22日，《〈卡勒瓦拉〉与世界史诗讨论会》在芬兰学院召开，除芬兰学者外，还有德、法、美、英、中国、日本、苏联、瑞典、丹麦、冰岛、挪威、匈牙利、保加利亚、波兰、希腊等21个国家的学者140余人出席。航柯主持开幕式，致开幕词，教育部部长居士塔夫·卜柔斯坦先生致欢迎词。贾芝将1981年、1985年两种版本的《卡勒瓦拉》的中译本、扎巴老人演唱的藏文版《格萨尔》三部赠送大会。航柯先生非常高兴说要放到他们学校的图书馆供阅读。接下来，航柯主持记者招待会。有人提问中国史诗搜集和研究的情况，贾芝作了回答：中国是一个多民族国家，许多民族都有自己的史诗，包括创世纪史诗和英雄史诗。特别讲到《格萨尔》。中国史诗的一个值得注意的特点是史诗还活着,还有艺人演唱。讲到不久前在拉萨召开艺人演唱会,还带去录像在会上放映,大家都很振奋。

贾芝这样记述中国民间文学初登国际讲坛:

以文会友,在讨论会会上和会下,我们结识了各国的一些学者,我们的老朋友海希西教授,他是中国民间文学工作的热情赞美者,他曾三次到过中国,他说:"我亲眼看见过解放前的中国。中国的变化太大了!中国的民间文学工作有很大的发展,成绩很大。你的发言就是证据。你只讲了20分钟,应当让你讲两个小时才对。"还说:"藏族、蒙古族今天还有民间艺人演唱史诗,世界罕见。你们强调抢救,非常重要!"苏联的嘎尔胡教授,我们是在航柯先生家里见面的,他走过来与我紧紧地握了握手。第一次见面却有一股热情把我们联系起来,似乎是久未见面的老朋友。匈牙利维尔穆斯·沃伊格特先生住在我的隔壁,他是一个爱开玩笑,很有风趣的人。他很愿意同中国学术界交往并同我们交换资料。他笑着对我们说,他不是西方人,他是匈奴,是从中国来的!他讲的当然是古老的传说,然而也在打趣中寄寓着真挚的友情。他希望我们到他们的布达佩斯。来自巴黎科学研究中心的两位法国女学者,一位是研究东非民间文学的迦勒女士,一位是研究西非语言文学的赛都女士,她们对中国也表示出浓厚的兴趣。当土尔库市长在古堡宴请与会代表时,在长时间的鸡尾酒会中,一位瑞典的女学者同我们谈了很久,她说她们瑞典没有史诗,她不能理解为什么史诗中描绘的战争竟是那么残酷!这时一位名叫苟伊斯·尤卡斯[①]的马尔他女学者由罗马尼亚人带来找我们,她突然闯到我的面前,似乎有几分醉意,或者是因为素有直爽泼辣的性格,劈头就问:

---

① Goyce yuokas.

"你是从北京来的吗？"接着说，"我们应当彼此走动走动。"立刻攀谈起来，一见如故。她还说她曾在日本待过多年，现在是在土尔库大学音乐系教书，她的故乡马耳他是地中海边的一个小国。日本神话学家大林太良教授也是我们久已相识的老朋友，在举行开幕式那天我一进会场第一就遇见了他，同时遇到西德的海希西先生，我们隔着两三排座位打招呼，记者为我们的见面留下了一幅珍贵的合影。后来在航柯先生家中聚会时，我同大林太良先生谈到赫哲族的伊玛堪，认为它的诗风同蒙古史诗很有相似之处，而日本爱伊奴的史诗《柔卡拉》同伊玛堪也有相似之处，中国学者认为这可能与古代中国北方少数民族与日本北部的爱伊奴等少数民族，经过白令海峡上的"陆桥"发生文化联系有关。大林太良说，他也认为是这样的，他在论文中也谈到了这一点。在会议期间同我们接触很多的一位印度朋友约翰B·阿尔冯叔·卡尔卡拉教授，现在纽约美国国立大学任教。他是研究鲁迅的，为人非常之热情，很关心中国的现代文学。我们曾谈到印度的猴王哈奴曼与中国的孙悟空的相似问题。他在大会上向我提问："《西游记》算不算神话？"在与会者中，我们之间有更多的共同语言，也许是因为他热心研究中国文学的缘故。芬兰北部泰拜尔[①]大学音乐教师、年轻的笛卯·伊艾修[②]教授约我们吃饭，同来的有那位热情爽朗的马耳他女学者，我们一起谈得很有趣。伊艾修说，他今天晚上就要回泰拜尔去了，他很想有机会到西藏收集民歌。我们当然欢迎这位北欧的年轻音乐家到中国来。在众多的芬兰朋友中，手挂拐杖的大高个瓦伊奴·考柯嫩[③]教授似乎是年纪最长的一位。总统和夫人接

---

① Tampene.
② Timo yeisio.
③ Vaino Kaukonen.

见部分学者、作家时，走在最前边的一位就是他。会议第三天，他看到报上公布了讨论会开幕的消息时，兴奋地向我跷起大拇指说："您是第一个见报的！"

中国代表团的出席，在纪念《卡勒瓦拉》的这次国际学术讨论会上受到极大的重视。开幕式之后举行记者招待会时，记者们一致只向中国代表提问题。随后，土尔库报、晨报、赫尔辛基报、芬兰广播电台等，不断向我们进行采访，并连续发表报道和我们的照片。中国是一个史诗的宝库，史诗在中国还活着，这是一个使他们感到极大振奋的新信息。在报道开幕式的半版报纸中，特别报道了中国史诗的蕴藏情况，并刊有我的头像。我的论文题目为《史诗在中国》，降边嘉措同志的论文是《论〈格萨尔王传〉的说唱艺人》，我们的发言也都很受注意。我们带去的在青海录制的民间艺人演唱《格萨尔王传》的录像在大会上放映，头天在航柯先生家的鸡尾酒会后也特别放映，受到与会者的欢迎，因为很多人还不曾看到过民间艺人演唱史诗。[①]

晚上，土尔库市长宴请学者。航柯带夫人（瑞典人）见贾芝，夫人邀请贾芝到她家做客。航柯说，"贾芝答记者问"中文版刚刚由电视台播放，有五分钟之久。贾芝说，刚刚也看到航柯在电视中讲话。航柯说他用的是夫人的瑞典语。

2月23日晚上，大雪中贾芝乘车去航柯家。那是一座木结构的小楼。航柯的办公室在楼下，夫人在楼上。贾芝将刘魁立在北京"《卡勒瓦拉》150周年纪念大会"上发言的英译稿送给航柯，同时递交刘魁立填写的国际民间叙事文学研究会表格，说"我推荐他入会！"航柯说，需要两个介绍人。航柯与贾芝同时签名介绍刘魁立入会。贾芝为1984

---

① 贾芝：《芬兰人民的节日——记芬兰史诗〈卡勒瓦拉〉150周年》，载《播谷集》，人民文学出版社，1994年，第649—651页。

年年未能参加卑尔根的会甚感抱歉！航柯主席说："下一次在匈牙利开会请你参加！"贾芝说，只要身体允许一定出席。航柯谈到中芬共同实地考察问题，问贾芝有什么要求？是否要他们带什么资料？年轻人去还是年纪大的人去？他还说，周五专门研究一次，听听中方的意见。航柯夫人殷勤招待，鸡尾酒会性质。贾芝将《清明上河图》织锦台布送给女主人，她甚为惊喜。航柯租车送贾芝回宾馆。

2月26日，会议的最后一天，航柯先生请任元华和贾芝吃饭。他说："会议开得很成功，中国的参加提高了会议的水平。"按约定，航柯提出中芬考察问题。贾芝认为，联合考察，对提高搜集调查的科学水平，对培养年轻研究人员很有好处。他接着说，具体落实还有许多问题，通过使馆将其纳入中芬文化交流协议才好办，任元华赞成。当晚是最高规格的古堡（当年是王宫）宴会，完全按照16世纪约翰公爵的家宴方式举行。"入夜，巍峨高大的古堡门前的高石阶下面，左右各竖有一盏火炬式的油灯，燃起熊熊火焰。我们进入古堡大门，在满是积雪的院落里，又有几盏油灯朝天喷吐焰苗，映照着客人们走上古堡的宽阔的层层石阶。古堡的第一个大厅原是公爵夫人的住室，四周墙壁上挂着各种画像和壁毯。学者们从侍者端的盘中各取一杯葡萄酒，在室内相互走动，彼此攀谈。约半小时后，守门的两个持戟卫士，忽以戟锤击地板，侍者高声宣布：'进餐！'于是大家纷纷走进里面的另一间大厅，这里是公爵的住室，也就是举行宴会的地方。我依号入座，坐在正桌23号座位。我的左侧是我们的早已熟识的芬兰文学协会的秘书长罗欧达林小姐。她对我说，在有重大节日庆典的时候，才能在古堡里举办宴会，她过去也没有参加过这样的宴会，这是头一次。我们的座位对面，是主人约翰公爵和夫人的席位。公爵夫妇由两位艺术家扮演，两边则是乐队和卫士们。当卫士再次以戟连击地板数声后，公爵正式宣布：'宴会开始！'而这时表演的第一个节目，是公爵把厨师叫出来，让厨师先尝一口酒，证明酒是无毒的，公爵这才举杯开饮。乐队中由一人吹奏起乐管，公爵由夫人搀扶着走下座位，在客人们面前举杯巡视一周，然后公爵和夫人相继讲话，对尊贵的客人们表示欢迎。在宴会所有的餐桌上都点燃了一对红蜡烛。每个客人面前放的盘子，是用面包制作的。侍者持酒瓶来到每位客人面前斟酒。按规定每人都得用手抓食。

"这就是难逢的一次古堡宴会。临散席时已经是午夜以后，我们走下古堡的层层石阶时，几盏火炬式的油灯还在雪地上燃旺火焰，伸出蓝色的火舌，舔舐着洁净的夜空。"①

2月28日，赫尔辛基，漫天飞雪，教育部长主持仪式，隆重纪念这位民族英雄。贾芝记述："埃利亚斯·隆洛德的青铜雕像，一尊蕴含着浓烈的诗情画意的雕铸，他庄严地坐着，左手持纸，右手执笔，他还在记录人民的诗篇。他的身前有伟大的歌手万奈莫宁，身旁是一个伏膝而听的少女。我在上面说过埃利亚斯·隆洛德生前连做梦也不曾想到，他所写下的民间诗歌后来为唤起芬兰民族的觉醒和促进祖国获得独立立下了不朽的功勋。

"现在，在他的铜像前左右两侧点燃起四把火炬，象征着照亮未来的道路，还有两丛白紫相间的鲜花。左边是男女歌咏队，右边有两人高举芬兰国旗，随风飘扬。人们在雪花飘落中，向伟大的民间文学搜集埃利亚斯·隆洛德举行了献花致敬的悼念仪式，仪式在哀乐声中进行……"②

晚上，在人民大厦举行《卡勒瓦拉》出版150周年纪念大会。总统毛诺·科伊维斯托出席并讲话。会议中间休息，总统接见部分外国学者。贾芝坐在总统身边，总统不断与他交谈。"总统先生同客人一起落座后，边吃侍者上的点心，边问候、闲谈。他向我介绍了我们正在吃的一种包馅的小点心在芬兰叫什么名字，并说：'时间还长，咱们可以多谈谈。'话题自然是从史诗《卡勒瓦拉》谈起。我说在中国《卡勒瓦拉》已有三种译本。他认为民族文学翻译很不容易，并说史诗与民族文化有

---

① 贾芝：《芬兰人民的节日——记芬兰史诗〈卡勒瓦拉〉150周年》，载《播谷集》，人民文学出版社，1994年，第654页。

② 贾芝：《芬兰人民的节日——记芬兰史诗〈卡勒瓦拉〉150周年》，载《播谷集》，人民文学出版社，1994年，第656页。

密切关系。据说总统原是一位经济学家,但他的知识渊博,谈话涉猎很广泛。他和他的夫人都很谦虚随和,平易近人。他在纪念大会的讲话中代表芬兰人民对芬兰史诗《卡勒瓦拉》给予历史性的评价,阐述了纪念这部史诗问世的重大意义。他轮流和在座的外国客人一一交谈,我作为中国代表受到优厚的款待,当然这不单是我个人的荣耀,而主要是由于他们很重视中国的缘故,我分享了祖国的荣誉,我作为一个民间文学工作者,也深切体会到中芬文化交流的成就和深厚的友谊,这在欧洲算是一个良好的开端吧。"①

贾芝此次出访具有里程碑的意义,它给世界带去新的信息:中国不仅有史诗,而且是一个富有史诗的国度,更加令人惊异的是史诗在中国还活着!贾芝以充足的论据从根本上彻底推翻了"中国无史诗"的谬论。"中国无史诗"不仅是西方学者对我们的偏见与不了解,也是我国个别所谓精英学者也不知道或者至今还不愿承认的事实。他们言必称希腊,鄙视自己的民间文化,自己的民族与国家。

贾芝感叹:"因主持《格萨尔》工作,我受株连挨过多次批斗;今天因为介绍《格萨尔》,我在国际讲坛获得殊荣。"

中苏联合考察:中国广西三江

1985年3月,航柯教授依据1985—1987年中芬文化交流协议,作两国学者学术讨论与实地调查的初步计划寄给贾芝。10月15日,贾芝到机场迎接航柯教授,遇到芬兰使馆安芬妮女士。航柯先生从印度来,已飞行30多小时,十分疲劳。去燕京饭店路上,贾芝与航柯商谈中芬联合考察的计划和他去西安的日程安排。晚上,贾芝应芬兰大使于韦里

---

① 贾芝:《芬兰人民的节日——记芬兰史诗〈卡勒瓦拉〉150周年》,载《播谷集》,人民文学出版社,1994年,第657页。

宁①邀请，与刘魁立同赴芬兰使馆，航柯先生也匆匆赶到，同时出席的有五位芬兰作家，他们带来芬兰总统接见贾芝的照片。宴会上，大使讲话，并授予贾芝《卡勒瓦拉》银质奖章、刘魁立铜制奖章。大使夫人主座，贾芝在她的右侧首位。喝咖啡时，大使与航柯、贾芝坐在一起，趣谈贾芝从事民间文学工作的历史。

10月16日，在燕京饭店，贾芝与航柯会谈中芬联合考察计划，出席的有刘锡诚、贺嘉、农冠品（广西）、赵光明、赵长工等。计划草案基本肯定，调查地点确定在广西三江，亦商定了考察日程。航柯认真倾听三江地方及侗族的情况，他愿意就一个点深入调查。中午宴请，席间大家谈了很多中国民间文学与民族情况，航柯非常高兴与满意。下午，航柯去西安，确定回京后再座谈一次。

10月19日，航柯从西安回到北京，到贾芝家里取他寄存的两只箱子。演乐胡同一所四合院里，贾芝住内外套间小平房，外间会客藏书，内间卧室兼书房。贾芝不在家，去文学所开会了。航柯参观了贾芝住处，看了他陈旧的书桌、书柜和藏书。匆匆赶回宾馆，贾芝已在等待为他送行。他们边吃饭边交谈。航柯就联合考察谈了几点意见：他希望对三江及侗族，有细致具体的材料，包括一个村子，已做过哪些调查工作？有哪些故事家和歌手？如要调查一个人，可反复讲一个故事；参加的当地翻译者应当是内行；三江的电力情况，不要因停电影响记录、拍摄；拍电视，不拍电影，以节省开支。关于经费，我们可以给联合国教科文组织写申请资助的报告，他帮助办理相关手续。他们的团队是由土尔库大学，北欧民俗研究会，芬兰文学协会等几个单位各取所长组成的。最后，他问贾芝住的房子有100多年了吧？他说喜欢那胡同里的大树。临别，他送贾芝一本《北欧传统研究》与一块麻布。

1986年4月1日，贾芝、赵光明、廖东凡与外联局欧洲处石敬励一起去机场，迎接航柯教授，同来的还有两位年轻助教：尤诺纳霍（土尔库大学文化研究系比较宗教学），哈尔维拉蒂（赫尔辛基大学民间文

---

① Risto Hyvarnen.

学系），还有一位土尔库大学视听教学协调员佩泰耶，在机场还遇到安芬妮女士。燕京饭店，晚餐时，贾芝与航柯谈了中国方面参加联合调查的人员，交流会的开法和三江的调查安排。

4月2日，贾芝、石敬励陪同航柯一行参观故宫。晚上，贾芝与刘魁立赴芬兰使馆，应邀的还有孙绳武、石敬励和赵光明。大使说，中芬民间文学合作是一个很好的开端，希望今后继续下去。航柯说，联合国教科文组织注意到中芬合作的事，可能拨款给中国3000美元。他们现在也比较困难，英国也要退出，但是保护民间文化，中国是重要的，表示要支持。席间还谈到三江的情况，更广泛地座谈，如：萨满文化的研究、中国邻国的合作研究等。贾芝致辞中强调：这次中芬合作有开创性，将会产生广泛影响。

4月3日，贾芝飞南宁。下午两国学者座谈，首先秘书处汇报日程安排，航柯主张芬兰学者只到两个点。晚宴，广西壮族自治区顾问王祝光主持，刘锡诚讲话，贾芝致辞，航柯补充说：中芬合作将产生广泛的世界影响。讲话后，他退席，显然不忍宴会费时太久。下午，他就提出吃饭简单些，要赶快进入安装录像机等工作。

4月4日，中芬民间文学搜集保管学术研讨会开幕，航柯先生临时患病推迟半小时。刘锡诚主持开幕式，他代表秘书处讲述筹备经过与日程安排。贾芝致开幕词，广西文联书记处丘行书记代表广西致辞，航柯致辞。休息后，研讨会第一个发言的是航柯，讲民间文学保护问题。贾芝第二个发言，安芬妮小姐翻译。张振犁第三个发言。讨论时，据代表提问，航柯介绍了联合国关于保护民间文学的情况；贾芝回答了"除历史文物外，中国对保护民间文化是否有措施，有无可能性？"等问题。下午，宣读论文仍集中在普查问题。讨论很活跃，会议由马尔蒂·尤诺纳霍主持，他介绍了他们到拉普人中做调查的经验。贺嘉提出：采录者与被采录者相互了解的问题，这关系到质量的问题。贾芝补充说，交心才能做到深入搜集。晚上，贾芝、刘锡诚与航柯交谈。刘锡诚谈到三江调查的分组与芬方的参加办法。航柯意见分成三组，芬方可以自由参加。双方还协商录音复制、论文出版等问题。4月5日，兰鸿恩主持大会,航柯、富育光、尤诺纳霍、贾木查发言。下午,劳里·哈尔维拉赫蒂主持,发言的有乌丙安、张紫晨、顿珠。上午谈档案问题,下午谈分类问题。讨论很热烈,几位年轻人王强,蔡大成,北师大、民院的学生都上台提问,航柯上台回答问题许多次。贾芝也就Folklore的含义与译法作了发言。晚上,贾芝陪航柯及芬兰朋友观看富育光带来的萨满教录像,贾木查带来的著名江格尔奇加布的演唱录像。航柯很注意萨满教资料,说他从来没有见过。

三天会议是三江调查的一个准备,航柯先生介绍了国际民间文学发展和研究现状。马尔蒂·尤诺纳霍与劳里·哈尔维拉赫蒂分别介绍了芬兰文学协会民间文学档案馆、土尔库大学档案馆建档以及利用现代科学技术器材采录和保存民间文学遗产的经验。中方学者介绍了我国搜集整理民间文学的历史经验,尤其是近年各地的搜集调查,如新疆柯尔克孜族史诗《玛纳斯》,蒙古族史诗《江格尔》,中原神话的采录,三江琵琶歌流传调查等方方面面的普查与保管以及全国民间文学书刊的出版发行。实际上也是一次小的总结与检阅。

4月7日,贾芝主持闭幕式,最后一个发言的是三江文联主席杨通山,谈琵琶歌。航柯先生致闭幕词,他从与贾芝在土尔库第一次见面说起,说到这次联合考察是第一次,研讨会也是第一次,第一次就意味着仅仅是开始。这天晚上,航柯又找贾芝,在安芬妮小姐207房就出版论文集进行谈话:1.航柯提出,中国与芬兰分别出版论文集。芬兰由他编辑;中国要有一位德高望重的学者编辑。2.未在会上宣读的论文也可以选用,以质量标准取舍。3.英文本与中文本要求基本相同,亦可稍有差别,按国内外的不同需求和习惯。英文稿有表达方式的不同,须按国外的文字要求修改。中文译稿要求翻译准确,英文本要按国际表述习惯与要求修改编辑。论文中重复的句子或段落,可否删销?贾芝认为,全书要求精,可以适当删减。4.注释问题:论文中有许多方言、地名,外国读者不易理解的风俗习惯等,均需加以注释。5.可否请刘锡诚写一篇筹备工作的经过,说明一些事实。贾芝答应转告刘锡诚。

4月8日,中芬两国学者赴三江,贾芝和航柯、石敬励、安芬妮同车。路过贾芝土改时住过的柳城，贾芝给航柯讲述他的房东怎样通过对歌相识对象并结了婚。航柯问有没有哭嫁歌？贾芝说中国很多民族和地区都有哭嫁歌和哭丧歌，可以集中起来做系统的比较研究。航柯的助教就有专门研究寅格利亚哭丧歌的。下午到达三江，首先遇到的便是拦路歌。县政府欢迎嘉宾，芦笙舞表演，五个侗族服饰的姑娘唱拦路歌。乌丙安教授上去唱了一段甘肃花儿，贾芝以诗代歌，即兴朗诵八句诗。姑娘举杯敬酒，贾芝回敬了酒，并送红包。三次拦路均放行，贾芝一行上坡到达政府招待所。在会议室，主客见面，相互致辞。航柯从贾芝1983年访问芬兰讲起，说到双方共同兴趣的问题，提出合作；1985年《卡勒瓦拉》150周年贾芝又带三人去参加了世界史诗讨论会，随后有了今天中芬根据文化协定的联合调查。除了贾芝的功绩，民研会做了许多工作，才有了今天的合作。晚宴，乌丙安唱起蒙古族民歌，各地和三江的民族同志连续唱歌，民研会的年轻同志也唱起来，航柯和三位芬兰朋友集体唱了两次非常有趣的情歌。马名超载歌载舞表演了一段二人转，侗族青年围绕在主宾身旁唱着他们特有的迎客歌。芬兰朋友唱起民歌"我来到这个村子里，走得鞋底都磨破了，但我还要走下去。我要爱哪个姑娘就爱哪个姑娘，邻居的妇女不要多嘴多舌！"贾芝即兴朗诵他的诗《赞英雄树》[①]："红河三十三道弯，木棉孤高立岸边。正是满树花开时，芬芳细雨落人间。今日不醉何时醉，驱车惊看奇峰山。我迎贵宾去三江，流水不舍照君颜。"宴会在欢乐中结束。

9日开始，联合调查分别在三江的林溪、马安、八斗三个点的六个自然村寨进行。以下摘录贾芝工作笔记[②]一部分，可以看到调查的盛况与双方学者的努力与相互学习与进步。贾芝始终陪伴航柯身边，记录着他们颇有价值的友情与共同的事业追求与合作交流。

[①] 贾芝：《贾芝诗选》，大众文艺出版社，1996年，第248页。

[②] 贾芝的这部分日记不在日常日记本中，临时记在小本子上，有当场的即兴记录，也有整理抄写部分，比较零乱潦草。我根据有关文件资料，又找杨通山等人核实之后，选择摘录的，作为采风的原始记录颇为珍贵。

4月9日，入村第一天。我随第二组到马安村，即程阳永济桥①所在地。到桥东村中鼓楼②，由副县长指挥，男女歌手对唱。第一唱耶歌，共12种：1.进堂（塘）歌；2.踩新年；3.张郎歌（张郎、张妹创世纪）；4.父母歌（伦理）；5.父母分歌（男大当婚、女大当嫁）；6.嫁歌；7.萨堂歌（祖先迁徙来历）；8.轮年歌（过完春节劳动开始）；9.生产歌；10.猜谜歌；11.讽刺歌；12.赞耶歌。12个妇女围站在火塘周围，个个颈戴银项圈、头包白巾、身穿褐色衣裤，转动歌唱，其后是男的围一圈唱。女人们又唱着转起来："欢迎芬兰客人到，侗家儿女喜盈盈，你来是坐车还是骑马走路？既有心来就要长住。"

中午，航柯、佩泰耶、安芬妮三人在车上吃送的盒饭。我们到风雨桥上分菜吃米饭。在车稍息约半小时。

下午，又在鼓楼内对坐唱"双歌"。副县长介绍了女歌手：陈奶生，38岁，马山；陈奶显，38岁，马山；杨光敏，37岁，马山；陈能请，39岁，马山。男歌手：杨光敏，37岁，马山；陈能清，39岁，马山。双歌分七部：请土地进堂歌、歌的起源、父母歌、父母的情意、结双歌（又名：十七、十八歌）、换段歌、礼赞歌、消散歌。女歌手说，十七、十八的歌不好唱了，因为她们已经30多岁了。我将此意告诉安芬妮，安告诉航柯。航柯说，这好，说明她们唱的是真货，要不，成了表演了。

其后是山歌对唱。女歌手：吴平汝，28岁，马安；杨林妹，17岁，程阳；杨孝凡，17岁，程阳。男歌手：陈浓生，28岁，马安；陈胜德，40岁，程阳；陈金，20岁，平地。第

---

① 程阳永济桥：即风雨桥。前年新修，无论当年筹建还是后来恢复均由群众自愿捐款、捐木料；有钱出钱，有力出力修建完成。

② 鼓楼是侗乡具有地域特色的建筑，也是有重大集会和男女对唱情歌的地方。

一首唱的是迎客歌。

再后是琵琶歌，陈成秀（32岁、原寨人）看着抄本唱了《半担油茶》——一个凄婉动人的故事：一个穷小伙到湖南打工，与一姑娘相恋，其父有钱不许成婚。小伙只好回到家乡，请一歌师给他编一首歌。如果女方听了歌能与他成婚，他许给歌师半担油茶。他还唱了孝顺歌与青年歌。他1983年学歌，去年才唱，能唱20多首，有叙事的、有抒情的。李运书（37岁、平地村人）能唱60多首，唱了刘妹歌、陈世美歌、秀银吉妹歌等。杨进连（40岁、程阳村人）能唱40多首，唱了刘妹歌、和亲歌、单身歌等。杨进连唱了欢迎中芬考察的歌：今天我们来到这里聚会/我来唱支歌/我们村子小住在棚子下面/今天有客人进寨来/中芬两国考察团/到我们这里来听歌/我心里喜欢。

休息之后，我陪航柯、安芬妮到陈永基家。我上楼先看了这幢木结构的楼房，十分宽敞，楼上向北面临对面山村、风雨桥，下面河流环绕，远望十分清爽。这时人不多，陈成秀弹着琵琶唱劝世歌。忽然，两个蓝衣梳发髻的女孩笑闹着进来，都是只有18岁，是贵州黎平县来传歌的。没有请她们就来唱歌了。她们唱了赞新房歌，大家很感兴趣，随后又唱了山歌、十二月歌、夜歌、侗族琵琶歌——赞助主人，最后唱寻找茶油歌。她们到每家给人唱歌，每家给一点茶油，她们那时已经有一担茶油了。原来，按当地习俗，歌手可外出传歌，每到一处，为人唱歌，受到欢迎，招待吃饭，有送粮食、有送棉花或其他东西的。晚上，参加第二组小组会，意见很多，航柯先生讲了意见。他认为群众声音嘈杂不足为怪，采录人员不应嘈杂，影响讲唱者的情绪和记录工作。他看到蔡大成能自己发现值得深钻的问题，引导一个群众到别处，深入了解，很好。我说，航柯先生及时指出所看到的缺点，也能发现好的例子，坦率提出批评和意见，很好。这个组的邓敏文准确地记录侗语，记后不懂的话立刻向讲唱者问清楚。这也是科学记录的范例。不然，按一大堆译述不准或已出版了的东西没有多大用处。应在作品、有关材料上有所发现，记得准，也同时弄清意思和背景。航柯说："我们是外来的人，当他们不以为我们为外来的人就好办了。我们要使他们感到他们讲的是很有价值。""今天是第一天，以后会一天比一天好。芬兰有一句成语：工作是最好的粮食。"

4月10日，与芬兰朋友一起去八斗小寨，地属八斗乡。在八江边，村边有一棵大榕树。村中的鼓楼不算大，但对面有一个戏台，东、西都是群众的木楼，院子不小。

活动分四个组：戏台上是对歌；鼓楼中讲"款"①；在木楼后一个群众的小木楼上唱琵琶歌；另一个后边的木楼上听故事。

我随航柯、安芬妮在戏台下边听男女在台上对歌。院子里站满了小孩。男女群众多在后边。航柯亲手举起录音话筒伸向戏台上。

我到鼓楼听了一个20岁的青年照一个汉字记音本讲"款"。原来他的家在离这里20里的牙龙屯。他的名字叫杨通义。巴江地区从前没有人居住，他的祖宗在巴江建立了第一个寨子。寨小，至今只有20多户。"款"是他家辈辈传下来的，"款"本是一种乡约法典。覃建荣66岁站着②讲人的来历。讲了江郎江妹开天辟地兄妹结婚的故事，生下肉团，肠变成汉人，肉变成侗人，骨头变瑶、苗。讲款只占一个角落，东南角窗上有禁止乱砍乱伐的法规。

到唱琵琶歌的木楼里，我与安芬妮、佩泰耶一块去的。

---

① 款：氏族社会的部落组织名称。款词是一个氏族、一个部落或一个部落联盟的法规。款首是民主选举的，最有威望的人。

② "讲款"必须站着。

歌手吴永新唱开堂歌，歌声琴声都很好。他介绍了琵琶歌概况，他还唱叙事歌，现代三江发生的爱情悲剧。他的录音带已在贵州、广西等地传唱。

我们又到院子里，男女歌手在中心唱"耶"。11名妇女身着棕色衣裙或衣裤，头包白巾，发戴银梳，颈佩银圈，银项圈有的重达1公斤，还有人手戴银镯或景泰蓝镯。后面是8个男的唱，各个头包棕色巾，身穿黑色对襟衫子。

最后到木楼后的木板房里听故事，杨友保在讲卜宽的系列故事，讲得眉飞色舞、手舞足蹈，用汉语表达不充分时，就用韵文体侗话。群众笑声不断，气氛好。他55岁，不看笔记，会讲许多故事，仅卜宽的故事就30多则，还有《解缙的传说》各种民俗故事、神话传说等。他讲了三个小时没有讲完，已至午时，约定下午再讲。

中午，八斗乡的三组汇报总结工作。航柯、安芬妮出席。航柯还讲了话，说今天组织比较好，台上、台下都可以录像，可以安定工作。

下午，又陪航柯、安芬妮去听故事，另一个故事家讲笑话和狗耕田的故事。讲故事，开头时，可以插话。讲故事以后因为需要思维，不宜插话。

晚上，看侗族风情歌舞表演，多声部《大歌》、芦笙舞、《走寨》等，可惜电灯停了两次，原来是雷打断了电线杆。

4月11日，我向航柯解释"二王"的含义，安芬妮翻译。"二王"指关公（云长）、岳飞。关为武圣帝君，岳为岳武穆王。此地原崇英雄岳飞，但岳征金，少数民族不太喜欢他。遂增供关公。关公地位比岳飞高些，称为帝君，穆王则低些，由此二圣并列。

杨通山讲的二兄弟变鲤鱼的传说是另一说法：永历帝巡游浔江，船行古宜镇，河中两条红鲤紧随其后。曹应元将军禀告，此地曾有乐于行善的蓝氏兄弟为搭救临盆姑嫂，遇难于江心。莫非是兄弟前来护驾平安？龙颜大悦，遂传旨敕封为二圣侯王。百姓化缘兴建二圣庙。每年三月三花炮祭礼。①

今天是三月三，三江举行古宜（镇）三月三花炮节。

早上，到街上看了看……在江边看到旁岸有几条乌篷船，船有渔民生火煮饭……

9点吃饭。10点去赶"三月三"。街上四面八方来的青年男女结对成群。我陪航柯等，由杨通山带领到一个地方先看了抢炮，敬二王神的神龛，准备抢炮时抬的第一炮、第二炮……镜框，还有龙灯，等等。航柯、尤诺纳霍、哈尔维·拉赫蒂，还有佩泰耶，沿途照相、录像。

我们被请坐在观礼台。我与航柯、安芬妮、武建清在前排。四面边山头、山坡、所有道路房顶人山人海。据说有十万人来参加花炮节。还有从贵州来的。……在我们台下，绿色的庄稼地里，侗、瑶、苗三个芦笙队分别进场。三个民族的服饰都非常漂亮，据说瑶族的服饰叫"百鸟群"，他们舞着、吹着，声音洪亮雄伟。接下来有舞花伞，妇女耍龙灯等。

下午1点，指挥台宣布抢炮准备开始。参加抢炮者实为运动员，每炮落地，众者拥抢，把炮抢到手的人，争夺不过，便向远处扔去，遂又形成第二场争夺战。看来这种运动非常激烈，一共抢了四炮，中间有一炮高飞到观礼台后边去了，作废。我只清楚地看到一次红炮落地，夺到者一阵猛跑，我们对面是指挥台，右侧尽头是"报炮台"。人群跟着流动，到报炮台前，仍然争夺不休，也有中途受阻者。最后，锣鼓一响，胜利者被拥上台，几次被抛向空中。这种抢炮习俗也是民族锻炼体格的运动。

---

① 这段话是选自贾芝4月11日手记草稿，其他内容出自他自己的日记整理抄稿。

晚上，招待所门前广场上举行踩歌堂、演出侗戏。我先看侗戏，开头，台上姑娘列队唱欢迎歌，又唱了节制生育。两处踩堂，燃起熊熊篝火，跳芦笙舞，也有唱耶、对歌的。我走各处看了看，又到会议室内听六甲人对歌，航柯在场录音。六甲人歌有两种，一种是高音，可着嗓门喊。据说其他民族没有比他们的歌声高的。两人领唱，众人和，且为多声部。另一种是细声，在室内男女对歌。一听即知是用假嗓，非常好听。

4月12日，去林溪公社，旧地重游。这里离林溪30公里，途中过寻江（上游的柳江）。这是我到三江前一直想念的地方。

这次去的是我前次不曾去过的皇朝寨。山下街上是我前次来三江，住过的林溪招待所。那是四处来的各种行业者，汉人较多。山上侗族村寨与那里有些不同。上了350个石阶到寨门。杨通山向我们和芬兰朋友作了介绍。传说，明万历年间，一个亲王的王妃就葬在对面山上，300家之一，山坡成为坟地。此地得名皇朝寨。

我们在皇朝寨鼓楼听歌、听故事。女歌手先唱了迎客歌，然后吹笛伴唱。听琵琶歌，第一个碰到的就是吴仲儒[①]，他还认识我，非常高兴。杨说，吴仲儒已成为著名歌师，唱的歌记了300多篇。他的儿子也学歌。这里有一种传统，就是琵琶歌由父子相传。他首先又唱《哭总理》[②]，然后和一个17岁的孩子合唱一首情歌。杨还介绍，这里有一个十八个青年跳崖殉情的故事。由于同族不通婚的禁律，造成悲剧，后来规

[①] 贾芝1980年访问过的青年歌手，这次采访时已40岁。
[②] 1980年吴仲儒唱《哭总理》唱哭了所有采录者。1986年4月12日这天贾芝又赋诗一首《琵琶声中哭总理》，载《贾芝诗选》，大众文艺出版社，1996年，第359页。

定同姓不同寨可以通婚，这里一些寨子都是吴氏。

第二个节目，是鼓楼院内讲款。三个头插两支翎毛，腰间围织锦垂带裙的歌者，由一长者持伞为首，带他们和两个歌手围圈吹芦笙歌。据说那伞是老祖母拿的伞，老祖母决定在哪里建寨、定居下来。这伞代代相传，就代表他们一个民族。伞中吊的一圈花也是老祖母最喜欢的花。他们跳了老祖母喜欢的《脚步芦笙舞》。有时还要跳到桌子上。跳这个舞是为了纪念老祖母。然后又低声绕圈歌唱，大意是：祖先很早以前就开辟了我们这个地方，谁也不知道是在什么时代。有了这地方，我们就有了欢乐。又唱了芦笙是怎么来的。

其后，三个戴织锦围腰的舞者站在桌子上宣讲款词，一人仍持花伞。这本来是庄严仪式，今天是破例为我们表演的。第一章讲万物的来源，接着讲恋爱，讲战争，讲六阳六阴[①]，等等。每讲一章，要问对不对？台下众答：对！

念款词本是向众宣布法规、讲侗理、讲法律、讲道理的。为了民族的生存，为治理本民族的社会生活，繁衍后代，使子孙后代不忘历史，不忘先人的创业艰难，要大家知理守法。旧时代，每年三月、九月讲款。1948年，最后一次讲款，一个实例：失去双亲的儿子与父亲的妾相爱，按款，要处于死刑。全款（寨）人开会讲款，讨论是否处死。结论，两人虽触犯了款，但年龄相当，又不同姓氏，不同氏族，免于死罪，判处流浪他乡，不许在本款范围内居住。款与款词，让人们看到活形态的原始氏族部落生活，航柯非常有兴趣。

航柯先生患感冒，午后他们到对面墓地录像，即回县城。我应约与吴仲儒合影，留在鼓楼，先听一个老人讲故事，然后又听几个歌师弹唱琵琶歌。吴仲儒又唱一个歌，坐下来，

[①] 六阳六阴：阴六条是杀身的罪；阳六条是非死刑罚款的罪。

我先与他合照一张相。我又抄了《侗寨听歌》①赠他留念。

4月13日，阴天，昨夜下了雨。航柯先生病了。杨通山建议再一起去林溪公社，可以再和吴仲儒谈谈。杨说，记琵琶歌，一个月也记不完，还不曾有人认真搜集。枫木村今天就来了十几个歌手，其中两个女的。我一到桥头就有人告诉我，昨天下午十多里以外的湖南来了八个小伙子、七个姑娘要同林溪对歌。晚9点起，一直对歌对到夜里2点，湖南姑娘把林溪小伙子打败了。大家都忙着采访录音录像。

杨泉说他的家原属广西，现在化为湖南，他在桥上给我画了一个三省交界的分水岭，地名科马界，山上有一个小村名三省坡，山那边是湖南通道侗族自治县，平坦乡，山这边是广西三江侗族自治县林溪乡，那边是沅江，洞庭湖进入长江，是长江水系，这一边是林溪浔江以下为柳江入珠江，是长江水系。

歌手吴启学讲：琵琶歌救了他，因他曾当过国民党乡长，"文化大革命"中他被关起来。他跑了，跑到山上，躲在一个洞里。十几天的时间，这里那里偷一点什么吃，饿得不行。跑到贵州想找他的一个舅舅。有一天碰到一个生产队队长，认出了他，因为他在贵州传歌，到处人都认识他。生产队队长问他上哪儿去？他说人家要杀他，他想躲到他舅舅家里去。生产队队长说，"你到我家去吧！你不要到你舅舅家里去，在你舅舅家广西来人还能把你抓走。住到我家里，我是生产队队长，不会有人到我家抓人"。于是他到生产队队长家里，藏了起来，白天不许出门，晚上出去活动。有一天，队长想听他唱歌，没有琵琶怎么办？"我找去！"队长找来一个琵琶，说："咱们在家里小声唱，不让人听到。"唱了几次，村里人知道了，于是就在全村唱，全村人把他养了起来。时间长了，

---

① 1980年，贾芝为吴仲儒写的诗。

不劳动生活也是问题，于是他跑到湖南卖菜。有一天被广西的一个生产队队长发现了，把他抓住送到了公安局保护起来。几天后，公安局把他放了。他又跑到了贵州，他又到处唱歌，受到欢迎。广西抓他，贵州保护了他。

在鼓楼又听琵琶歌。杨富能，59岁，美俗寨人，他唱《年十四》是14岁的青年男女情歌开篇。外面下了小雨，杨泉让杨富能来找我，到鼓楼对面的吴尚章家火塘采采风，由歌手杨居全，47岁，弹唱《年十四》，唱了近一半，休息。然后又有杨富能唱后半篇，全诗100多韵，共200句，是因反对婚姻不自由而私奔的故事。接着他又唱了《孝顺父母歌》，杨泉边听边赞美，可是我不懂话，只能听歌。杨泉给我讲故事大意，没讲完，农冠品来找我们，这时已是中午11点半，说山下人已上车要回去了。我们出门刚要下坡，主妇和一个歌手追来，说油茶已打好了，非要我们回去不可。杨说，按习俗，不吃对主人不恭敬。只好回去，一位女同志又找上来说，等我们等急了。农冠品遂先走，留我们和杨通山一起走。杨通山在寨后山边参加吹木叶对歌，我由昨天讲故事的老人带到山边，原来王强等都在那里，吴仲儒也在。一些林溪的、湖南的女歌手正在录像。我与杨通山说好一起搭广播电台的车回去。我与七八位歌手，包括昨天朗诵款词的三位老歌手，吃了主人的油茶，约下午1:30，杨通山，吴仲儒，湖南、林溪的女歌手们都来了，王强他们也来了。主人都请他们吃油茶。四邻陆续按习俗提篮送来自己最好的菜、糯饭。但我不能再吃，赶快乘车返三江招待所。

晚饭后，到张振犁屋内，蓝鸿恩也在。他们刚请一位歌手录讲款的有关情况，还没讲完。蓝说到款的内容和讲款。张说，这使我们了解活的原始社会的部落生活。

晚上8点，三个点的人都去参加火塘行歌坐月。

4月14日，雨天。上午到党校听融江来的歌手在楼下大厅唱大歌。航柯等芬兰朋友录了音。楼上还有讲故事的、唱情歌的。我观察到、听到一些很不合拍的消息，同芬兰朋友的工作协作精神相比，我们中间的一些作风实为可悲。下午，改在招待所分几个组分别进行唱歌、讲故事。我参加了副县长和杨泉所在的继续唱大歌的一组。听了7首大歌，我便去屋里等杨通山。

杨通山同志先说到三江县，他们事前的动员情况，他曾一个乡一个乡地去动员，否则群众是不会给你讲故事或唱歌的。他们花了几千元，县领导非常重视这次接待外宾。他也担心把工作做不好，他也认为这次中芬合作调查意义是很深远的。侗族民间文学能走向世界，对我们国家，对三江县都会产生好的影响。

上午听大歌时，无人翻译，只能听歌。我记了侗族姑娘的衣着、头饰，男女歌唱的形式。此外记了我所想到的值得总结的问题。晚上打油茶时，马名超告诉我，他这次来看到芬兰学者的工作精神，记录的科学性，几个人的协作深受感动，应向人家学习。人家不愿听我们的一些摆布，而我们有些人盲目自大。他佩服安芬妮，在群众的黑木楼里，趴在地上为航柯录音，成为航柯的好助手。其他几个人也配合得非常好，他们的工作是一个协作的整体。今天下午我和航柯来了，歌手们朗诵上午唱的大歌词，航柯一手录她们的表情，一手做笔记。杨通山也说，他很佩服这种工作精神。航柯还说道，这次记的东西得有两年才能整理出来，才能写文章；要理好，这批资料，他还会再来三江弄清一些问题。看看人家的这种工作精神。马名超还要我考虑一个问题，即注意整个民间文化。航柯不只记录作品，村中的自然地理环境、侗族的房屋结构，习俗，演唱仪式，歌者表情，等等，全面录像。我说，这才能更好地了解作品。我同意马的意见。

下午听大歌时，要我主持，提问题。他（杨通山）与杨泉翻译。我问，大歌是多声部，有多少部的？请歌手回答。于是，六个姑娘一共唱了七首歌，有二声部的、三声部的、四声部的、五声部的，还唱了一首有15个声调的多声部的。杨泉都录了音，我想请他转录。每一首，两位同志都与歌手们讨论应如何译法，都翻译了大意。他们感到用字的巧妙很难译。这是证实，使我体会到翻译是质量的关，是下一步工作的最大问题。

晚9点，杨通山代表三江县请大家和歌手们打油茶。我吃了三碗苦的，最后一碗甜的。武剑青说按习俗，吃油茶只用一根筷子，或者不用筷子摇碗喝。

下午，杨通山还说道，打油茶，各邻居提篮送酸鱼、酸肉、糯米饭等，应还送一个红包放在他们的篮子里。昨天，临时没有红包。晚上去时，他个人买了10斤块糖，10斤糖，两瓶酒送给主家，请以工作队的名义，分送各家。

4月15日，上午参观三江文物及风情展览。接待人吴世华。所看印象最深的是农民的风俗画。鼓是放在一个高木架上，为了鼓声听得远。吴讲了侗族地区原始社会遗存的发现和今天还能采集到的风情。

三江古称怀远，秦属桂林群。原始公社在此时间很久，例如鼓楼的击鼓聚众。上山打猎，人人有份。遇红白喜事，绝对民主。"款"社会组织的名称。陈列有1898年的一块石碑，上刻有"永定条规"几个大字。有一张图像，画着不守条规者用钉子打入在柱子上，开除出"款"。从此不准与他说话，谁同他说话，就又把谁打入进去。后认了错，借100斤酒，100斤肉，请群众吃，才解除处分。展出的是平寨的鼓楼里的柱子。无偷盗，收了谷子后放在地里半个月再拿回去，没有被偷。一个人路上热了，把衣服脱了，挂在树上，回来也无人拿走。展览的是平寨鼓楼里的柱子。

展出各种侗族服装。侗族妇女的银花簪，歌手戴的便是。

安芬妮说，同芬兰的很相像。陈列有吴居敬用汉语写的歌本、他的琵琶，他编的《秦娘美》。

此地属古代的夜郎国。夜郎国地跨贵、云、桂、湘四省。蓝鸿恩说，可能是百越人，自称鸟越，崇拜鸟。

参观回来以后，航柯他们要在食堂照相，快照，当时送给合影者。他们五人也合影，我是第一个同他们合影的。

4月16日，陪外宾游阳朔。上午9点，上船，站在船头，风有些凉。广西电视台苏新生为航柯录像。航柯是到处照相的。回到桂林，贺嘉、王强向航柯采访。张振犁与航柯谈河南大学与土尔库大学建立交往。

中国学者与芬兰学者联合考察、交流经验，对民间文学国际化的研究，有很好的推动作用。贾芝与航柯更是启动与始终坚守这一事业的同道者。4月17日，他们回到北京。18日，贾芝陪同航柯到他开创的中国社会科学院少数民族文学研究所，航柯讲演题目是《〈卡勒瓦拉〉与史诗》，他还讲了对组织采风的几点意见。晚上，中国民间文艺研究会在全聚德烤鸭店设宴为航柯与芬兰朋友饯行。钟敬文主席主持，贾芝致辞：这次中芬联合调查是成功的，收获很大。航柯考虑下一步合作问题，提出中国派一青年到芬兰提高理论，亦可到拉普人中做调查。他说派代表团出访是一种可取的方法，可以宣传中国民间文学。他在联合国工作，也可以借机向世界宣传中国民间文学。他这次带两个青年来是为以后继续交流。航柯说，他已经去南方两次，下次愿意去中国北方。19日，贾芝到机场为航柯送行。贾芝将自己的诗抄送给航柯，他很高兴。他问能不能出版，贾芝说可以；安芬妮用芬兰语翻译给他。贾芝送给芬兰朋友，包括安芬妮，每人一件陕西凤翔的老虎泥塑面具，盒子上写着"虎年赠友，祝福大家虎虎生威"，一一握手道别。

航柯回去以后加紧支援中国的工作。1986年9月，联合国教科文非自然科学遗产部主任贝尔基·林德尔博士致函贾芝：根据劳里·航柯先生推荐，愿意资助中国民研会3600美元购买录音器材，用以培养田野作业人员。附英文本合同三份。1986年12月，贾芝复函：接受No700638·6号合同，并将签名后的合同寄回两份。1988年合同实施生效，落实3600美元的资助。

中国赴会，突破以欧洲为中心

国际民间叙事文学研究会第七届（1979、苏格兰）代表大会、第八届（1984、挪威）代表大会，两次盛情邀请贾芝。他均未能出席。尤其卑尔根的会，那么多人盼着中国能去。贾芝也一直感到抱歉！贾芝1985年访问芬兰时，航柯主席说："下一次在匈牙利开会一定请你参加！"

1987年9月30日下午，匈牙利沃伊格特先生由少数民族文学研究所关纪新与翻译带到贾芝家。沃伊格特先生与贾芝在芬兰史诗讨论会上认识。进门后，他说："我们是第二次见面。"贾芝说："能在自己的家里见到沃伊格特先生非常高兴！"布达佩斯后年召开国际民间叙事研究会第九次代表大会，他来亲自邀请贾芝参加，随即递上一封邀请信。他说，这次会议专门有讨论中国民间文学的会议室，希望中国多几个人参加。下面，他们就民间故事类型索引、谜语研究、受民间文学影响较大的作家等问题进行了交流。他们还相互通报了各自对工作的设想。沃伊格特和丁乃通夫妇很熟悉，贾芝送他一本由他作序的丁乃通的《中国民间故事类型索引》。1987年10月8日，航柯先生也发来正式邀请函。1988年12月2日，航柯访问中国，欢迎宴会上，航柯的第一句话就是：希望明年贾芝代表中国去参加布达佩斯的第九次会议。他说，以前会议受美国和西方国家影响较重；明年二月，联合国教科文组织将召开保存民间文化资料会议，中国可以有专家参加。届时航柯先生正在教科文工作。他还带来了新的书目分类，对保存资料有用。贾芝当即表示准备组团参加会议。

1989年6月，贾芝赴会，迟到三天，没有赶上开幕式和换届改选。贾芝到会后，宣读论文《民间故事讲述在现代中国的地位与演变》。主持大会的匈牙利沃伊格特先生说:"你讲得很好,我代表与会代表表示感谢!第一次听到中国演讲,听众深感兴趣。你的论文很有价值。"他还说,"中国是第一次参加会,很好,但还有很多人没有来。"雷蒙德主席说:"您为大会带来了最新的信息,您的论文是这次大会最好的一篇,反映很好,认为中国论文是深层研究。"雷蒙德主席代表主席团倡议在中国首都北京召开一次学术研讨会。西德年轻学者傅马瑞会后对贾芝说:"听众认为您讲得很好,对会上没有延长时间讨论,甚表不满。"

大会闭幕式公布执行委员会的几条规定,第一条就是"关于下届会议地点:应到发展中国家去开,不应以欧洲为中心"。根据这条规定,第十一届代表大会中印度迈索尔[①]召开,也是国际民间叙事研究会第一次在亚洲召开。雷蒙德主席倡议在中国的首都北京召开一次学术讨论会,在这次会议上还要商定这个世纪最后一年1999年召开第十二次大会的计划。对中国的重视与寄予的希望,不言而喻。

16日,大会闭幕宴会,收费每人50美元,参加的大多系欧美及发达国家学者。沃伊格特事前通知贾芝,免费邀请中国代表出席。同一时间,西德出版社为联络学者,也举办宴会欢迎与会者参加,发展中国家大多参加了这一宴会。中国代表同时收到双方邀请,无论哪个宴会,都是广交朋友的机会。在这世界民间文学界的盛会中,中国受到极大的关注,许多国家的学者愿意与中国学者交流。英国《国际民俗杂志》主编奈瓦尔[②]女士、芬兰耿·海瑞娜女士、日本小泽俊夫、以色列民俗学会主席沈哈[③];新选的国际民间叙事文学研究会主席雷蒙德、副主席美国林达[④]女士、副主席印度贾瓦哈拉尔·汉都先生等各国学者都热情与贾芝交谈,诚挚盛情邀请,回国后纷纷来信并寄图书资料保持长久的交往。

匈牙利会议是中国代表首次出席国际民间叙事文学研究会代表大

---

① mysore.

② Venetia J. Newal.

③ Alisa Shanhar_Alroy.

④ Linda D egh.

会，也是中国民间文学走上国际讲坛的开始。会议的态度是明朗的："应到发展中国家去开会，不应以欧洲为中心。"并积极倡议在中国首都北京召开一次学术讨论会。

贾芝出席这次会议，是在航柯先生邀请与积极帮助下完成的。

在航柯先生的关心与新任主席雷蒙德的努力下，1992年7月，贾芝出席奥地利茵斯布鲁克召开的国际民间叙事研究会第十次代表大会，大会宣布了在中国召开学术研讨会的决议，时间1993—1996年，具体由中国定，地点希望在北京，讨论主题双方商定，会议语言：英文、法文、中文。

又一次历史性的事件：北京学术研讨会

1993年9月6日，应雷蒙德主席与耿·海瑞娜秘书长的邀请，贾芝第三次率团访问芬兰，主题研究北京学术研讨会。

晚上，7点半航柯先生请贾芝一行吃饭，在餐厅，大家先喝茶闲谈。贾芝说，十年前，第一次到土尔库，航柯先生到车站接他，第一句话就是："我们的见面是个历史性的事件。"这话他长久难忘。十年过去，他们在赫尔辛基再相见，还有了雷蒙德主席。他们见面不约而同说的第一句话是：这又是一次历史性的事件。国际民间文学团体要在中国召开一次学术讨论会，这将是一个新的里程碑。航柯先生说，他记得1983年他说的这话，他们从那时开始谈起，说到茵斯布鲁克的见面；说到丝绸之路史诗的研究；说到航柯计划组织的西藏调查与史诗《格萨尔》的研究；说到蒙古族史诗的研究；还说到航柯要写一部关于"丝绸之路"的书。他们都有很多很明确的考虑，关于丝绸之路与史诗，和中国合作有很好的前景，国内有些学者反倒熟视无睹，不能理解。贾芝座谈会上再次谈到芬兰与少数民族文学研究所合作的问题，谈到1996年在中国召开讨论会。

9月8日，在国际民间叙事研究会秘书处，商谈了在中国召开学术研讨会相关问题。雷蒙德主席与耿·海瑞娜秘书长根据贾芝事先准备的方案，共同研究了讨论会的中心议题和具体的组织工作。时间定在1996年4月的一周，地点中国北京。工作委员会：贾芝任主席，由中国民间文艺家协会组成；顾问委员会：雷蒙德（挪威）、汉都副主席（印度）、林达副主席（美国）、哈森罗凯穆亚洲代表主席（以色列）和秘书长耿·海瑞娜（芬兰）。

协商完成，9日，航柯先生邀请贾芝参观土尔库大学芬兰学院，看了档案室和几个研究人员的办公室，他们各有各的研究专题，每人都使用电脑。[1] 航柯已经不教书了，进行自己的专题研究。他的夫人在楼上编国际民俗协会的刊物《民俗之友》[2]。航柯主持座谈会，七八个年轻研究员中有一位曾到秘鲁研究比较宗教学，研究萨满教，还有参加过三江联合考察的小劳里，贾芝很快从中芬联合考察论文集前的合影中找到了他。他刚从孟加拉邦回来，近几年他研究印度宗教与史诗及其中少数民族中的变化。他们有较好的现代化设备，使用电脑，又有档案，研究比较方便。外出调查，不懂语言，他们与当地人合作完成。贾芝主要谈萨满教的研究情况，介绍了富育光、孟慧英、杨恩洪和宋和平的著作。

楼下荧光屏上介绍了他们如何保存资料，其中突出的是中、芬广西三江联合调查的资料118册，已全部录入电脑，成为完整的历史档案，包括文字资料、录音、录像、图片等。他们保存的全部资料有12万册。档案只对研究人员开放，一般人不能使用。

随后，贾芝一行参观了瑞典语学院，阿兰博物馆与图书馆，私人古堡，航海博物馆。访问了约恩苏大学，民俗系主任希卡拉女士[3]介绍她们非常重视田野考察，如卡累利亚民俗调查与苏联一些地区的调查。16日到赫尔辛基，小劳里到车站接待。赫尔辛基大学任教的东方文化学会会长高歌（曾任芬兰驻中国大使馆代办）参加宴请，邀请到东方文化学会参观。而后小劳里又带领他们去看了芬兰文学学会，下午送贾芝

---

[1] 那时，国内还没有普及电脑，大多数人还不会或没条件使用电脑。

[2] Folklone Fellous.

[3] Avna-Leena Siikala.

一行赴机场回国。

中国民间文学阔步走向世界

贾芝经过十年的不懈努力，带领中国民间文学走向世界，终获国际民俗组织到中国开会的主办权。中国民间文学事业正好借此契机，与世界民俗学界更好交流合作，以中国各民族独具特色的文化瑰宝与学术成果丰富世界文化宝库。1994年2月号我们在北欧民俗学会《通讯》刊物发布北京国际研讨会的信息；1995年1月号又发出会议通知：要求1995年4月30日前交论文摘要，1995年10月31日前交论文全文等重要内容。航柯先生除了帮忙我们争取到开会到主办权，还具体教会我们国际会议从策划到实施到每一具体操作，以及他们办会的经验体会。给予帮助支持的还有日本的小泽俊夫、君岛久子，匈牙利的沃伊格特，印度的汉都，丹麦的易德波，当然，最为关注与支持的是中国台湾学者金荣华先生。1996年他借回大陆探亲的机会，与我们好好研究探讨解决会议经费问题，以他熟悉了解的国际惯例解决了我们日夜的焦虑。他说，论文不必全部翻译成英文，也不必翻译成中文。我们不承担这个义务，谁需要自己想办法翻译。大会只提供论文原文，为了大家交流方便，翻译论文摘要，中英文各一册。会议分大会与小组讨论，大会要翻译，小组讨论分中英文发言，代表根据自己的兴趣与语言能力选择不同的小组参加讨论。这个事情定下来，比多少资金的投入都重要，从此有了更规范明确的办会方向。

贾芝与航柯先生的友情也与日俱增地推进。1993年4月贾芝收到航柯的信。他说，国际民俗协会顾问委员会决定吸收贾芝为荣誉会员，贾芝接受并表示感谢。信中同时提议共同合作《丝绸之路与史诗》的专题研究。贾芝与中国社科院少数民族文学研究所协商未果。

1993年11月16日，贾芝收到航柯的信。附有印度汉都先生关于1995年1月6—12日迈索尔大会的第二次通知和一期《民俗之友》的网络。航柯先生计划建立一个史诗学者的联络网，名为《口头叙事诗的民俗之友》。他邀请贾芝作为一个成员，总共吸收50名到60名学者。计划1996年，在土尔库召开一个"口头叙事诗的民俗之友"的学术讨论会；1995年，迈索尔大会上组织一个史诗小组[①]，他很愿意邀请贾芝参加。

1994年9月，雷蒙德主席、海瑞娜秘书长访问中国，检查落实北京会议等各工作。贾芝汇报了一年来成立工作委员会的具体工作进展，附上我写的两期《国际民间叙事研究会北京会议筹备工作简报》。雷蒙德非常满意，决定通过《北欧民俗通讯》把北京开会的通知，寄给每一位会员，让他们直接向我们报名。

1995年1月4日，82岁的贾芝经香港，辗转到孟买，再换长途汽车5日下午到达迈索尔，出席国际民间叙事文学研究会第十一次代表大会。贾芝的论文是《当代民间叙事的嬗递与演变》。会议期间，航柯先生按计划主持了三次史诗讨论会，贾芝以论文《说唱艺人——史诗研究的金钥匙》助阵，航柯先生安排贾芝第一个发言。会上贾芝被推举办国际民间叙事研究会资深荣誉委员，其他几位委员都是担任着主席、副主席职务。顾问委员会讨论了北京会议问题。与会代表听说在北京开会，纷纷找贾芝表示愿意参加。

1996年4月，国际民间叙事研究会北京学术研讨会顺利召开。航柯先生没有到会，但是，会议自始至终在他的支持与帮助。

航柯：我们不会忘记的朋友！

1996年11月3日，贾芝收到芬兰来信：劳里·航柯要退休了，几位学者倡议给他制作一幅画像，愿意捐款赞助者，11月30日前回信并将赞助款寄到指定银行。贾芝那时工资很少，两三百元，他毅然决定赞助200美元。我和在美国的妹妹换了美元。航柯教授退休以后仍然坚持研究工作。他常去印度调查史诗，亦频频从印度顺道访问中国，调查北

[①] Oral and Semiliterary Epics.

方吉林、新疆等省区。

在国际会议上，航柯与贾芝也频频见面。1998年，贾芝更是不顾85岁高龄奔赴德国哥廷根，出席国际民间叙事研究会第十二次代表大会，争取在中国召开地十三次代表大会，由于多重原因，没有成功。他与航柯，丝毫没有气馁。7月30日，贾芝在007会议室发言时，航柯始终坐在台下成为中心人物。7月31日，我在小组讨论会上发言《蒙古族民间文学中的"马"》，航柯先生为我主持。他还与德国汉斯先生为我请了一位德国小姐作翻译宣读论文。时间关系问答讨论较短，大家饶有兴趣，稍感遗憾。希卡拉竖起大拇指对我说："Good Paper!"七八个女学者与我合影留念。会议休息期间，航柯还多次与贾芝亲切交谈，介绍几位年轻学者相识交流。会议结束，贾芝把1996年北京会议的录像带和《贾芝诗选》送给航柯。他非常高兴，说会议很成功，说他正在编印度会议上的论文集，贾芝关于史诗的论文很好，已编入文集。编好文集，他打算来北京送给贾芝。

之后，贾芝与航柯或许还有短暂见面，我记忆不清。我知道书信往来如初，航柯主编的刊物，虽然换了新任，仍按时寄到，多年依旧。

2002年，航柯去世；2016年，贾芝去世。这份友谊长存在中芬友好的历史中。

2019年11月15日
2021年11月14日

贾芝与何万成及加拿大的华人社会

1978年丁乃通先生第一次回国访问，就诚恳地对贾芝说："中国对世界各国的情况太不了解。人家骂我们，而我们'既不知道，更无对策'。"贾芝向周扬同志汇报，周扬说："丁乃通先生批评的对。"贾芝说："我们早就有建立各民族民间文学资料分类档案和资料馆的计划，并有些初步的准备工作，如对民间文学留参稿的分类保管，但没有做到位。"周扬说："应当加强搞好。"贾芝首先提出"中国民间文学要走向世界"，身体力行，走出国门，到十几个国家宣传中国，并与几十个国家建立起学术交流的关系。丁乃通为此推荐有博物馆陈列与管理经验的何万成先生帮助贾芝策划博物馆事宜。

何万成，加拿大国家文明博物馆东方部研究专员，华裔学者，祖籍海南，出生在马来西亚，毕业于新加坡南洋大学历史系，曾读过五次大学，精通英语、法语、中文和马来语等十几种语言。1983年或者更早时间，贾芝与何万成就建立了书信联系，不断对学术问题进行交流。何先生不断寄博物馆资料给贾芝，我记忆中，很多次到海关领取资料，不仅手续繁杂，每次都要缴纳不小的一笔税费。

何万成先生首次回国访问

1985年11月21日，何万成先生应中国民研会邀请首次回国访问，贾芝到华侨饭店探望。何先生说，他来访的目的是沟通祖国和海外华侨的交往，一方面华侨在海外保留了中国传统文化，有些甚至是国内也不一定有的，这种文化起到团结华侨不忘祖国的作用；另一方面，华侨也需要祖国向他们宣传介绍国内的新发展与进步。他希望华侨事务委员会也参加我们的交流，更多地了解海外华人的情况。贾芝明确提出：了解传统文化在海外华人社会的凝聚作用，对于我们认识、研究与传承中国传统文化是一个新的重要课题。

何万成先生说，他的东方文化部是搜集东方人对加拿大国家文化的贡献。北美有很多中国人的传说，有说北美洲是中国人发现的。加拿大考古发现地下的中国瓷器，博物馆在搜集古物保护物质文化的同时，注重精神文化的保护，两方面互相印证。何先生虽然从小读中国的《三国演义》《红楼梦》等著作，但是没有见过现实祖国的生活气息。这次回到祖国，百闻不如一见，百见不如一行。

11月22日，民研会各部门与何万成先生座谈。他说，中国人在加拿大做劳工、卖苦力，19世纪以前，受尽歧视。1923年，他们还在禁止华人。现在，中国人已发展到18万人。他们研究各种文化，更须了解自己的文化，研究他们带到加拿大的古物与文化，例如，何万成搜集的广东人舞狮的传说，包括精神与物质两方面的资料。何万成把一个真实的洗衣馆搬到了博物馆，再现华侨早期的艰辛生活，勤苦耐劳的中国个性在异地求生中展示了真正的价值。中国民族传统文化在国外与各种民族文化交融，要生存所以与各民族交融。海外华侨文化的搜集不仅是学术问题，更关系到海外华侨与祖国的长久联系，政治风云、经济风云一时就过去了，人的思想、传统的文化关系，别的代替不了。李光耀说他有华人的传统，母亲教他"谁知盘中餐，粒粒皆辛苦"。传统文化的世代传承，帮助中国人在海外求生存。何先生又说，外国学者往往在研究本土文化的同时，还研究其他国家的文化，用比较的方法认识中国文化在不同民族、社会中发生的演变。多元文化，外来民族坚持他的民族意识，保留不同的民俗，对各民族和平相处、对国家的统一都具有很好的影响。加拿大能利用民族意识、民族自豪感，保证国家的和平统一，各民族和平相处。首先，在尊重各民族的文化的基础上，为国家做出贡献。他还介绍了华侨中保存中国传统文化的状况，讲这些文化的作用。

23日晚上，我们陪何先生观摩了戏剧会演。

11月25日，何万成先生报告《今日加拿大文化民俗学现状》讲北美传统文化研究、理论和方法问题。他介绍了加拿大不同地区传统文化的分布与研究情况。他主张多元文化，并说他的主张已经被许多学者接受。他还分析了历史地理等学派的长处与不足，他强调从客观调查产生理论，从理论产生方法。下午，讨论创办英文刊物。1985年9月丁乃通先生访华，曾与贾芝及中国民间文艺出版社商谈出版英文刊物。丁先生说，他与何万成先生参加编辑工作，修改英文稿，不要任何报酬。贾芝、丁乃通和何万成曾多次以通讯方式就此交换意见。座谈会上，何万成先生主张以民间文化为范围，办刊方针为提高与普及并重，不要办成少数学者的刊物，应广泛推广宣传。参加座谈有：贾芝、陶阳、张文、贺嘉、杨亮才、廖东凡、王浩、蔡大成、赵光明、金茂年。晚上，我陪贾芝去看望何万成先生，他说，计划用15年的时间在加拿大研究华人社会，为祖国服务，每年回国讲学一个月。

12月6日，何先生从南方考察回来，晚上举行座谈。何先生谈到理论问题，再次强调：理论应根据实际材料产生，人文科学不一定要像自然科学那样采取一成不变的定律。对此次交流，他谈了几点意见。

定义问题：民间文学是传统文化的一小部分。

理论问题：到底人文科学与自然科学能否一致？他赞成我们的"十六字方针"忠实记录下来作分析研究。搜集者有真实感受，后人研究起来有亲切感。我们自己也能及时发现问题逐步改进。

何万成先生在北京过了个年

1989年1月24日，贾芝忽然接到何万成先生电话，他来北京了。错过吃饭时间没地方吃饭。我们把何万成先生请到家里吃饭。我做了红烧鱼和几个家常菜，还包了饺子。何先生第二天就去了西安，为拍影片《秦始皇》收集道具与展品。他在加拿大文明博物馆研究海外华人社会，在展出华人文化等方面做出突出成就。他说，还要更多做一些工作，以了却回报祖国的心愿。关于英文刊物，他认为可以尊重丁乃通先生意见，内容定位窄一点，仅限民间文学，只要出版一两期，有了影响就好办了。何先生再次邀请贾芝去加拿大讲学，考察博物馆和华人社会。

2月5日，农历除夕，何万成从西安回到北京，那时，大家习惯在家里团圆没人出去吃年夜饭，街上饭馆也都关门。我们只好把何先生接到家里一起过年，我下厨做了年夜饭。一个其乐融融的中国年！何先生很开心，还带了几种小点心助兴。饭后，我们继续谈工作。他要带英文稿回去，复制一份给丁先生，他们两人完成修改译文。他当场就翻阅，提出注释的形式要统一修改，译文的修改要符合西方人的阅读习惯，不能按中文逐句翻译等意见。夜里12点，在全城炮竹声中，我们送何先生回饭店。

2月6日，我们陪何先生逛地坛庙会，他第一次逛庙会非常有兴趣，各种活动场景他都拍照，各种小吃都拍全了，还特别询问了豌豆黄的做法。我们在一家茶馆喝茶有红枣、果脯类小吃。这天我们还找到尚在营业的便宜坊烤鸭店，协会出面宴请何先生，并就民间艺术到加拿大展销进行商谈。2月7日，我和赵光明陪同何万成先生到官园中国儿童活动中心交流访问。下午，何万成在松鹤楼设宴答谢协会同志，饭后，何先生到贾芝家谈英文刊物第1期稿件。他说，论文要持之有据，说明观点，不宜用文史不分的散文写法。我将全部稿件，包括几篇论文的译稿及原文全部打包交何先生带回去处理。

在美国的见面与赴山西的讲学

1990年7月，贾芝与刘琦参加美国史密森博物馆一年一度的生活节之后，从华盛顿到伊利诺州，看望丁乃通先生的太太许丽霞女士。何万成先生也从加拿大赶来，大家一起为丁先生扫墓，丁先生于一年前的4月去世。他心脏病发作，医生让他休息。回到家中，他继续赶编中国民间文学的英文刊物，第二天心肌梗死去世，至死没有离开书桌。贾芝与丁夫人就赠送资料给正在筹建的中国民间文化博物馆一事进行商谈，专程赶来的何万成教授，还决定将与许丽霞女士共同完成英文刊物稿件的编审、修改工作。

事隔不到三个月，1990年10月5日，何万成先生到达北京，在北京大学讲学两周之后，我和贾芝接受山西邀请陪同何万成先生赴山西讲学考察，同时要抽空审查《中国歌谣集成·山西卷》。10月23日晚9点，我们到达太原，山西省民协主席刘琦等人小雨中在车站迎接，饭后，夜宿并州饭店。24日，刘琦亲自开车，我们去临汾，晚上8点到达临汾，地区文化局张彪局长、王振湖在临汾宾馆招待我们，住宿在山西师范大学专家楼。

25日，我们去丁村，出席丁村、祁县、河边三个民俗博物馆的首届联谊民俗讨论会，他们分别成立于1985年、1987年、1989年，宣传部梁部长和陶富海迎接我们。三个博物馆研讨会形成群体意识，还要联合更多的博物馆一起搞研究，为遍布全省的民俗文化工作。贾芝首先讲话，他说，接连成立三个博物馆，对认识历史发展，对建设社会主义精神文明，提高民族自信心是非常重要的。近几年，好几个省都建立了民俗博物馆。他向大家介绍了何万成先生，何先生接着说：他们在海外，知道一个民族没有国家的痛苦，需要有一个母体，一个文化的根源。加拿大华人在海外很多代了，保留着中国的传统文化，成为他们与祖国之间看不见的连接线。研究民间文化要看历史和社会背景。民间文化是人民思想的反映。社会学、人类学重新考虑分析它，成为了解整个社会，了解民族与社会前进的根据。科学的方法从民间调查来，不是从书本得来。民俗不仅研究古代的、过去的，还有今天加入的新的因素。刘琦说，民俗发展前景壮观，民俗研究面很大。国外民俗博物馆各有特色，美国史密森博物馆每年一次民俗生活节，在华盛顿议会前的草坪上，民俗、民间艺术向人们展示，叫没有围墙的博物馆。日本大阪民族学博物馆集中全世界各民族的民俗资料、文物，以现代化的分类管理展示。我们现在民俗的原生地搞展览，原汤化原食，民间的风格，土色土香。

讲完以后，我们参观丁村博物馆。下午，何万成教授报告《民俗文化和博物馆的关系》。

一、加拿大博物馆 1842 年成立。1910 年开始人类学调查。1927 年更名加拿大博物馆。1956 年分为人类学与自然科学。1970 年分为美术、自然科学、人类学博物馆。如今叫国家文明博物馆，包括研究、考古、民间文学、设计、教育与公共关系、展览等内容。加拿大是多元文化，有 70 多个民族从世界各地迁移而来。博物馆开始搜集各民族移来加拿大的历史和他们的传统文化，研究各民族的精神文化、口头文学、历史、社会、经济等背景资料。博物馆是学术机构，不仅要陈列，还要有专家研究，主要是学术定位与科学分析。

二、分类、物品分类、资料分类。

三、展览要把新的生命加入古物中。每个展览要明确传达的意义，给人怎样的感受？起到怎样特有的教育作用。展览的布置，什么东西放在哪儿？新技术的运用，选择合适的角度，把物品展示出来。有专家的设计不但摆得对，而且给人以美的享受，引起兴趣，密切物与人的关系。

四、民俗学与博物馆，民俗学在西方包括很广，每个国家都有民俗学的专家在研究。民间文化博物馆主要收集民间的物品，传统生活物品，代表人民的物质生活。收集、研究、保存代表一个国家文化的物品见证，对国家具有很大的意义。年轻人到博物馆学习，加拿大华人展览一年接待两百多万人。

先把观念列出，意义、目的，有什么故事要讲。每个内容有没有古物、文件作展览。中国传统文化在加拿大，好像果树移到加拿大，必须适合那里的文化背景，在适应过程中，保留自己的传统。从历史至今，尽可能地完整展览的内容，增加加拿大华人与各民族的关系，增加人与人的了解成为目的之一。我到移民居住地、唐人街和加拿大社会收集资料，作人类学调查，根据自己的实际调查得出结论，传统文化使我看到他人看不到的文化生活。有加拿大华人 100 多年奋斗的艰辛人生经历制作成超级录像带，有老人讲述自己的痛苦历史。每个人的生命史都可以引起伤心与共鸣。洋人只经过唐人街了解外在文化，对内在文化不了解。我用中国传统文化中阴阳理论展览讲述加拿大华人文化。

贾芝说，从搜集开始用科学的方法分类保管，所有的东西分类很不易，要有一套科学的方法，工作人员能够熟悉掌握和使用这种方法，就可以科学地保存与展出。这中间要有科学研究才能说明展品与民俗的关系，才能发挥教育作用。参观丁村博物馆，走马看花。民俗文物都很有价值，从古老文化开始，充分发挥民俗资料与珍贵文物的相互作用，具有开拓性，当然还有许多工作需要做，将来还要花大力气有计划地进学术研究，发展还需要很多条件包括各级领导的重视，这是我们的优势。

刘琦讲了他的实践，日本福井县有个农民发财了，三年把小山村变成漂亮的旅游城市，每个店铺都有龙，他们没见过活动的龙，于是邀请中国台湾、新加坡、中国山西的舞龙。台湾是大学生或者青红帮耍，新加坡是中国传去的。最后选中山西龙，它系黄河流域自古传承，土生土长，不仅外表好看，还有内在的精神。外国人非常尊重和欢迎中国的民间艺术！

10月26日上午，我们与山西师范大学校领导见面。校长说，学校在小城镇，偏僻、闭塞。何先生说，美国有的学校故意找偏僻的小城镇，学生可以埋头读书。校长欢迎何先生和贾芝给学校带去新的知识与信息。贾芝说非常高兴，回老家啦！他介绍何先生主要研究5600万海外华人的奋斗经历，他们是靠中华传统文化作为精神支柱的。校长给贾芝和何万成先生赠送了校徽和画册。下午，贾芝和何万成先生分别到中文系历史系讲学。贾芝讲《民间文学研究现状》，从五四起至今，画了一条工作路线，以毛主席《在延安文艺座谈会上的讲话》为指导的革命路线近十年取得长足的发展，同时，也存在某些反对革命路线，反对民族传统的偏向。

何万成先生讲《加拿大华人的历史》：

加拿大移民的原因，华侨怎样来到加拿大？加拿大需要华侨。历史记载，1858年，加拿大发现金矿，引起采金潮，南方华人称美国与加拿大为"金山"。到加拿大求生存。

1858—1880年，发现金山。1880—1885年建立太平洋铁路，需要劳动力，欧洲招工不够，从中国征召17000余名，大多来自广东。他们说："中国人这么小，吃不饱，饿不死。""不要担心我们这些瘦瘦小小的广东人，这个民族可以修建万里长城，就可以建设你们的铁路！"于是，大批中国人来到加拿大。中国人一来就受到歧视，政治上、法律上、经济上、职业上都受到排斥，社会与文化上被隔离。1884年限制华人，每人收10元人头费，禁止不了，就增至50元，还是禁止不了，1900年增为100元。1901年，改为500元，最终也没有禁止的了。他们只对中国实行人头税，对别的民族没有。1880年，华工4—5分能生活，洋人1.5元才能生活，所以他们排华。1884年，他们不准中国人工作，中国人只好选择洗衣、做饭这些没有竞争的职业，做洋人不要做的工作。闻一多目睹种族歧视，备感屈辱，1925年创作了《洗衣歌》，决心洗净人间的不平。移民条例是反人性的，不准加拿大华人组建家庭，不能在那里生根。没有家庭生活，就很难传承中国的传统文化。

19世纪末20世纪初，中国人自己靠自己，寻找生活，成立一些姓氏团体。同乡会、福建会馆、潮州会馆、山西会馆。中国人说，团结就是力量，早期华人团体起到适应环境的作用。

中国餐馆供一个关公，几个人合股，没有合同，靠关公，讲信义，不要争权夺利。关公的义气在海外作为文化的根基。1947年以后，情况不同了，华人的不平等移民条例改掉了，与别国的移民逐渐平等了。1960—1970年，有了多元文化的政策，在法律上、政治上一视同仁，虽然还有无形的排斥，那只是个人行为了。加拿大华人不仅是广东人，而是从全国各地来到。唐人街什么党都有，政治背景不同，在加拿大有同一个命运，要合作，要采取平等的态度，建立一个平等的国家。

何先生讲完一段以后，同学们踊跃提问，何先生一一解答。

问：华侨对现今中国的看法？

答：华侨党派很多，各有各的看法。一般人非常爱国，非常羡慕祖国。1960年中国人造卫星上天，唱响东方红，老人们跳舞唱歌，哭起来。我知道他们的眼泪，你们不了解。他们在国外好几代，到中国寻根。他们受洋人压迫几代，始终很爱国。东南亚华人有的从没见过祖国，他们奋起抗日，马来西亚、印尼、缅甸都有华侨牺牲。

辛亥革命胜利时，孙中山先生曾赞誉："华侨乃革命之母。"国难当头，海外华人捐钱出力，是祖国强大的后备军。中国强盛，我们在加拿大都感到光荣。100多年的历史，证明共产党领导的国家的安定，我们非常骄傲。

家乡已经没有了亲戚，一个人也不认识了，不认识也要寄钱回去，捐钱盖学校，这是传统，我们都是北京人①的后代！

10月28日，我们陪何先生去洪洞县广胜寺。广胜寺有三绝。飞鸿塔：是我国现存最大的琉璃塔太阳照射，空中现七色彩虹，又名七彩琉璃塔。金代大藏经：藏经柜内藏经7100卷，是唐僧从印度取回后翻译而成的木刻本。抗日战争中日本天皇下手谕要千方百计将大藏经抢去日本。党中央派陈赓、薄一波负责保护，经六次转移到北京。元代壁画：霍山脚下的广胜寺下寺并未开放，院里还堆放着刚刚收获不久的粮食。水神庙的明应王殿大门禁闭，工作人员用钥匙开了门，殿内近200平方米的元代壁画保存完好。西墙以祈雨、行雨为主，构图疏密相间，线条遒劲，重彩平涂至今鲜艳如初。东墙降雨图演戏庆贺，有前后台、布景、乐队、道具，是我国唯一尚存的元代戏剧壁画，对戏剧研究具有重要文物价值。壁画人物众多，神态逼真，细致入微，栩栩如生，堪称艺

---

① 指北京猿人。

术瑰宝。无比遗憾的是：1929年，军阀混战，民不聊生，广胜寺破败不堪，僧人以1600元大洋，将下寺后大殿西墙的元代壁画《药师经变》分割剥离，卖给美国人，所得款项用于维修庙宇。时人认为卖壁画保寺庙是一种"义举"，《重修广胜下寺佛庙记》碑，记载了事情经过。1964年，收藏者将壁画捐献给美国纽约大都会博物馆，被肢裂为数百块壁画复原陈列展出，以其古朴自然生动的画风与15.2×7.52米的巨幅震惊世界。据说，东墙的《炽盛光经变》现在美国堪萨斯州的纳尔逊博物馆。那天，我们还到仓库看到剩下的13块残片，心中感慨。广胜寺上寺也有壁画，是明代的，清代曾被泥土覆盖画上清代的画。整修时发现，砍去泥层，露出原画面，保护得也不太好。中国有太多的珍贵文物与非物质文化遗产需要认识与保护，这是一项重大课题。我们还看了当年洪洞、赵城的分水亭，清水被铁栅栏分为十股：赵城七股，洪洞三股。

10月29日下午，何先生在历史系作《海外华人社会与中国传统文化》的报告。

> 经过几个时代，华人什么地方都住过。热到蜥蜴的地方有华人，冷到北极熊的地方有华人，高地、低地都有华人。有海水的地方就有华人。有的做学问，在科学上有很大贡献；有开餐馆、洗衣馆的，也有做大旅馆的。这些人在不同的国度、不同的社会环境下生活，但是，我们之间有同一条无形的纽带连接，那就是中华民族的本质——中华传统文化。不管华人在外国生活几百年、几千年，都有这个连接带。
>
> 东南亚有许多中国人，所以同化程度小。在路上看到汤圆是中国食品，商店也有中国东西卖，好像是20世纪20年代、30年代的中国。东南亚、马来西亚的华侨是隋唐就去的，所以保留中华传统文化比国内还古老，结婚穿的是明朝的服装。二三十代了，还承认自己是中国人，文化传统不改。一个文化传统如同一棵树移植到海外，要适合那里的土壤和气

候，一个民族的文化也要适合那里的环境和民俗，要吸收本地的文化元素，所以他们形成的是中华文化的分支，与祖国的本土文化有所不同。他们用姓氏方言建立不同的团体，无形中把华人团体组织起来，共同求生。早期东南亚的情况，土著人文明程度比中国人低，不能不用中国人和中国文化。马来人只能计算10个、8个，中国人算盘可以算几千、几万。马来人烧地种田，比不上我们的农村种田。

北美：经济制度繁荣，早期中国人的思想和技术不能适应。他们处于洋人政治制度边缘寻找生活。华人移居时间短，受政治、经济、文化上的排斥，站不住脚。年轻人很快被同化，五六代以后，很少有中国思想。受美国阶层观念影响，但是还保留了艰苦耐劳，不如此便不能生存。

10月30日，我们陪何先生参观了尧庙和临汾博物馆，到山西师范大学戏曲研究所看曲沃傩戏录像并参观座谈。10月31日，我们去看蒲县东岳庙、隰县小西天、吉县壶口瀑布，也有许多有趣的传说故事与何先生分享。印象最深的是，东岳庙有一副对联"伐吾山林吾不语，伤汝性命汝难逃"，据说是清朝一位县令写的，从此那里翠柏成荫，没人敢砍伐伤害树木。12月2日回太原。12月3日在山西民协举行40余人的座谈会，刘琦主持。贾芝首先对山西民间文学的发展和成就表示祝贺，也向何万成作了介绍，同时对山西朋友介绍了何万成。何先生说："我到黄河流域，大槐树寻到祖国民族的根。5600万海外华侨是祖国以外的后备军。主流与支流要保持永久的联系，支流要保持母体祖国的传统精神，弘扬祖国文化。"接着他作关于《民间文化的理论与方法》的报告。他说，我们做学问要有实际根据，科学方法，客观记录，严肃做学问，学者气质与风格。外国人写文章一针见血，把研究成果讲出来，不像国内引经据典，要有注释。首先把研究的问题提出来，集中所有资料，设计、调查、推理，等等。研究方法基本有几方面：首先，把现代人、前人研究的资料集中比较研究，图书馆资料和档案资料的集中比较是起码的。其次，实地调查、访问，研究者与访问者必须建立良好的关系，否则不能明白。1. 重点访问事先准备侧重的某些问题。2. 补充访问，准备系统问题，不要落下重点。3. 非重点交谈，了解访问者的爱好、特长，据此追问，抓住他的重点。4. 有系统的访问，起码的资料如姓名、地址、日期、时间、环境、父母亲等要记下来。再次，个案研究，寻找有代表性的人，故事家、民间艺人等，直接系统地访问一个人的生命史。提出主观、客观各种问题，知道什么就问什么，问他关于民间文化的所有知识。口述历史是现实的见证，不是历史学家单靠研究档案资料，我们要与访问者一起生活，观察他，了解他的教育程度、社会观、人生观，有记忆的历史文化。这样做的优点是可以听到人民自己解释历史，语言是历史和文化的钥匙。把声音录下来，语言高低结构是研究口述史的重要依据。他还谈了民间文学的分类等问题，三个多小时的交流，有部分是提问，解答，对于中国传统文化在海外华人中的重大作用，大家有了较全面的了解，很受感动。

11月4日、5日，我们陪何先生看了晋祠、杏花村、武则天庙。11月6日，我们送何先生乘火车去南京、苏州、杭州讲学。11月7—9日，我和贾芝在太原审读《中国歌谣集成·山西卷》。11月18日，晚上，我与贾芝去北京民族饭店看望从南方归来的何万成先生。19日，何先生到中国民协报告，外省参加工作会议的同志一起聆听。何先生讲海外华人中的传统文化以及民间文化的研究方法。20日，我陪何先生去看望钟敬文先生，杨志杰同去，我们商定贾芝访加一事。1985年以后，何先生曾多次邀请贾芝访问加拿大未果。何先生很生气，找到中国驻加拿大使馆请求帮助，在机场与何先生道别，他约会贾芝加拿大再见面！

贾芝、刘琦访问加拿大博物馆与华人社会

1992年11月9日，贾芝和刘琦启程去加拿大，特别遗憾的是中华文化展已经结束。为了节省开支此行没有带翻译，贾芝、刘琦因语言不通在温哥华机场遭遇反复盘查。退休华侨沙济美跑来帮忙，他72岁，

很快为贾芝、刘琦办理通关,还为他们转换直飞渥太华的航班,不必再去多伦多转机了。他说,祖国繁荣富强,他们才能扬眉吐气,挺起腰杆做人。加拿大第一站,贾芝就感受到海外炎黄子孙暖暖的深情。当晚到达渥太华,何万成先生去机场接他们到家,安排计划与日程。

参观国家文明博物馆是考察的重点之一。博物馆位于渥太华河畔,与国会山庄隔河相望。建筑气势磅礴,冰川式的造型奇特而美观。新馆1989年6月落成开幕,加拿大有70多民族,政府主张多元文化,在多民族不同文化的基础上发展加拿大的新文化。新馆落成,70个民族轮换,每两年展出一个民族在加拿大的生活历史。第一个展出的是加拿大华人奋斗的历史和中国传统文化,可惜展览已于1991年结束。何先生主持筹备这个展览付出很多艰辛与努力,他多希望祖国同行能够看到这个展览,遗憾的是贾芝因阻错过。

考察博物馆从档案馆开始。他们看了口头文学档案及文字资料的电脑储存和科学保存方法,例如用防酸纸做文件袋,用人造胶代替曲别针,文件用铅笔书写等。办公人员负责查明填写资料的作者、搜集者、地区,并将资料输入电脑。储存室,收藏体积较大的物品,有何万成搜集的屏风、餐馆墙上的龙与怪兽,还有印地安人的木船、爱斯基摩人的鲸鱼骨等,都是依物行事,采用种种方法防潮、防光、防蛀、防接触,加以保藏。

何先生邀请著名学者进行交流。M·波莱西尼（ M·Peressini ）先生专门研究意大利与加拿大关系。他介绍意大利人1930年把意大利乡村生活习俗带到加拿大,第一代保留了;第二代受现代科学教育与美国文化熏陶,思想不同了,虽然他们热爱祖国文化但生活方式美国化了;第三代、第四代全然不懂祖国的文化了。卡尔洞·德（Gordon Day）先生介绍了爱斯基摩人、印地安人不同的语言系统、经济生活、文物、神话等。晚上,贾芝应邀到卜莱德（Yoes M.Bled）教授家做客,室内陈设豪华,收藏各种文物和艺术品。他研究中国,穿着毛式服装,外屋挂着两幅毛主席像。他著有《通过漫画看中国》。博物馆主任麦克登纳（George F MacDonald）博士对贾芝介绍了建馆经验:新馆的造型是根据展出内容设计的，馆内设施是根据收藏品设计的，而不是先建成馆再考虑装什么东西进去。

11月14日，何万成先生带贾芝与刘琦去考察华人社团。

多伦多，贾芝走访了海南同乡会、中国洪门党多伦多支部，还有它所属的振洪声音乐剧社和洪门体育社。他们说："没有国就没有家！"

渥太华，11月21日贾芝访问了洪门民治党的加京支部。他们组织打太极拳、舞龙灯、舞狮、筹集救灾款等活动。走访伍子胥公所，他们崇尚伍子胥"相吴覆楚、忠孝智勇"，提倡"以忠报国、以孝传家"。最后走访的是龙岗公所，他们敬的是刘、关、张、赵。公所正堂里有一副对联："四海可为家祖国山河常在念，五洲虽寄迹龙岗风物总关情。"

据说加拿大华人社团有60多个，最初的华人是从美国移民北上到加拿大的。《加拿大洪门发源地百架委路埠洪顺开枝散叶》[①] 记述1855年美国三藩市的华侨纷纷移民北上，找寻"金山黄金梦"。

华人在加拿大从做种种苦工和受歧视的悲惨境遇，彻悟到团结奋斗求生存的真理。华人来自世界各地，每人代表一个国家，十几个华人，坐在一起就可组成一个"联合国"。什么是他们团结一致的凝聚力呢？那就是中华民族的传统文化，内核就是"忠义"二字，或言忠、义、侠精神。他们在海外，始终热爱祖国，忠诚祖国，为人处事，义气为重，助人为乐。传统文化的表现是多方面的。

（1）民族的生活习俗，例如从小的启蒙教育；例如民间流传而深刻难忘的谚语、格言"众志成城""独木不成林""鹬蚌相争、渔翁得利""唇亡齿寒""四海之内皆兄弟""在家靠父母，出门靠朋友"等；例如办餐馆用的对联、字画，桌裙、椅褡和悬挂的大红宫灯立刻让人想到中国，一种看不见的情感把华人和祖国联系起来。

（2）崇奉儒家、道家的孔子、老子及其论著、名言，崇尚著名历史人物伍子胥、刘备、关羽、张飞、赵云等人的忠义豪爽。

（3）民间文艺、武术既是娱乐，更是连接鼓舞人心的各种形式的

[①]《中国洪门在加拿大》第一章。

活动。

漫长的历史长河中，中华民族的传统文化孕育和发展了做人、做事的人生哲学，海外华人的奋斗历史与成功经验更加验证了这一点：中华传统文化是我们民族永恒的根！不管人在何方。

第四次访华与河南考察

1999年5月12日，何万成先生应北京大学邀请讲学，他一到北京便与贾芝通了电话。第二天，我和贾芝买了鲜花与水果到北京大学勺园看望何万成。首先，贾芝拿着中国社科院院刊上刊登的李铁映院长推荐的他写的关于筹建中国民间文化博物馆的建议给何万成看，何先生很赞成并表示愿意帮助，并在海外建立"海外华人博物馆"。其次，他们重新调整英文刊物的第1期稿件，完成丁乃通先生的遗愿。最后，完成丁乃通先生捐赠图书的遗愿，由何先生帮助丁太太把图书邮寄回国，贾芝负责运费与国内的运输。

5月19日，何先生从北京大学讲学结束，我把他安排在家附近的中国红十字会宾馆。山西刘琦来北京负责接待何先生，当时《山西民间文学》有实力，他也有热情。

北京市曾赠送加拿大文明博物馆龙形建筑。负责施工的北京市房屋土地管理局前局长李林5月20日会见何先生，我们作陪。

5月24日，我和贾芝陪何先生到中国桥联作讲演，他说，侨办在海外很重要。印度尼西亚、越南、新加坡一些东南亚国家的华人与祖国唇齿相依，在政治、经济、文化上有着1000多年的联系。语言和外表发生变化，政治、思想、感情上的东西却不能改变，他们从小接受的是中华民族传统文化的教育。中国侨联顾问、中国华侨历史学学会会长张楚琨主持了座谈会，并招待我们。

下午，我和贾芝、周燕屏听何先生谈关于建设博物馆的经验与建议。他说，博物馆要建得有中国特色，不能同于西方，要有民间文化的特长，要有搜集整理的过程，以古物的展示提高中华优秀传统文化包括物质文明与精神文明。他介绍了博物馆的组织结构建设、具体职责规章制度等，如1. 搜集历史文化物品。2. 保管修复古物。3. 建立物品档案，记录相关资料。4. 买的送的物品要有明确规定。5. 借出的东西要有规定与相关手续。6. 巡回展览安排有明确规定。7. 研究理论要传达给人民。8. 设施要给人民用。9. 鼓励知识传播接近人民。10. 保管珍藏物品的规定。他强调，研究员是博物馆的心脏，要具备历史、社会学多方面的丰富经验。收集要注重民族性、国家性、代表性，要系统化，弄清物品的连带关系，否则不能完整。最后他说，博物馆是一个复杂包罗万象的机构，是为国家、为人民服务的机构。这也是我们的宗旨！

5月25日，我和贾芝陪何先生乘火车去河南。26日到郑州，首先去黄河岸边，参观张存生澄泥砚陈列馆和他的窑址。窑洞里有青年在雕刻砚台，屋外一排排砖雕宏伟壮观，有《红楼梦》《三国演义》《水浒传》等人物故事。他们正在尝试的现代化烤炉也烧制成功。5月27日，贾芝陪同何万成到开封讲学，河南大学礼堂里，学生已经坐满了。贾芝介绍了何万成先生，介绍了加拿大文明博物馆。何先生讲海外华人的生活，从理论、实践和作用等诸方面多层次地介绍与海外华人的奋斗史，中华传统文化是他们强大的精神支柱。不少同学提出问题，他一一作答。《郑州日报》《大河报》刊登了何万成与我们一行赴河南考察的报道与介绍。5月28日，我们到禹州市宋钧瓷官窑遗址博物馆和设在此处的中国钧瓷研究所，研究所所长阎夫立热情介绍。研究所占地70亩，几个漂亮的院落开满鲜花，奇特的是花园小路是用各色各样的钧瓷碎片铺就，别致精彩！俗话说，"家财万贯不如钧瓷一片"。这气派！招待我们喝水的茶盅，看似朴拙，端起喝水时才看到碗里的窑变，釉色、纹路无一相同，亦真亦幻，不是人工可以做到的。一位姑娘给我们介绍宋官窑遗址，钧瓷的发展历史以及形形色色的窑变作品，每一件作品都有它自己的独一无二的美。我们还参观了他们的三座瓷窑和阎夫立工作室，男女学生在制作佛像、瓷碗等，他们既是工人也是艺术家。阎夫立介绍了他从小学习绘画与烧瓷的经历，他继承和发展了钧瓷官窑技术。阎夫立自幼习武，对佛教情有独钟，尤其钟爱500罗汉。他历时两年，向民间艺人与少林僧人学习，集民间传统手法与钧瓷釉变为一体，创作了500罗汉的群雕。他的这组作品再现超凡脱俗，清静无华、神秘平淡。5月29日，我们参观了河南博物馆，学术氛围浓郁，值得借鉴。

5月31日，回到北京，贾芝陪同何万成先生到中国社科院少数民族文学研究所报告《海外华人民俗研究的理论与方法》，郎樱所长主持，有五个民族的研究员参加。他从世界著名的几位理论家的观点得失讲起，讲到世界各地的情况、人类学、社会学研究以及研究的具体方法，讲得很充分明确。他丰富的实地调查经验形成了他的卓见。何先生还说，他准备与贾芝继续完成贾芝与丁乃通先生合作的英文刊物第1期，并在国外出版。贾芝讲关于博物馆准备立案的问题，欢迎各民族的同志参加。晚上，丁先生夫人许丽霞女士来电话，丁先生的书已经装了15包由海运寄来。6月1日，我们陪何先生到中国文联讲学，中国民协与北京市民协参加，秘书长刘春香主持。何先生讲的是海外华侨的状况，东南亚、北美，一口气讲了一个上午。贾芝说，何万成总在作调查，又懂得历史，了解许多国家与地区的情况。何先生中文好，不仅说得好，写得也好，他还用毛笔给几位同志题词，奋笔疾书，酣畅淋漓！下午，我们陪何先生去北京大学约见何芳川副校长，校长睿智幽默，以历史学家洞悉世界、高屋建瓴的视角，豁达谦和的态度让那个下午座谈亲切和谐。何先生与校长筹划着新的合作，贾芝也与校长谈到博物馆，谈兴甚浓，谈不完的话题延续到饭桌，饭后依依惜别。6月2日，何先生飞日本，贾芝到宾馆送行，他要去所里开会，我送先生去机场。

这就是何万成先生最后一次来华访问，之后便是书信的往来，当时通信还不像今日的方便。书信很慢，又有文字翻译的障碍。贾芝离休后，寄到单位的书信经常散失。四五年以后通信渐疏，或许何先生也退休了？来往淡下去，思念依然在，我们回忆着往事，想着未竟的事业，贾芝不断地把事情交代给年轻一代，要他们继承下去。

2022年12月20日

德国哥廷根国际学术会议侧记

中国代表团受到重视与欢迎

1998年7月26日，我和贾芝作为国际民间叙事研究会会员收到邀请，出席在德国哥廷根召开的第12次代表大会。国际民间叙事研究会（ISFNR）创立于1959年，是世界民俗学者的中心组织，由75个国家的700余位学者组成。入会不仅要有一定的学术水平与地位，还需要两名会员介绍。1996年，我筹办国际民间叙事研究会北京学术研讨会很成功，发表的论文《神话、歌谣与花婆崇拜》也获赞赏，雷蒙德（挪威）主席、汉都（印度）副主席非常满意，对我进行了表彰，还颁发了奖品。会后不久，我被批准为会员，接着又收到赴德国开会的邀请。当年，该组织在中国的会员仅十余人，段宝林（北京大学）、张徐（吉林）、叶春生（广东）出席了会议。大会代表来自亚洲：中国、韩国、日本、泰国、孟加拉国、印度、亚美尼亚、伊朗、以色列、土耳其；欧洲：冰岛、丹麦、挪威、瑞典、芬兰、爱沙尼亚、立陶宛、俄罗斯、乌克兰、摩尔多瓦、斯洛伐克、匈牙利、德国、奥地利、瑞士、荷兰、比利时、英国、爱尔兰、法国、西班牙、葡萄牙、意大利、南斯拉夫、斯洛文尼亚、克罗地亚、波斯尼亚和黑塞哥维娜、马其顿、罗马尼亚、保加利亚、希腊；非洲：尼日利亚、喀麦隆、肯尼亚、坦桑尼亚、斯威士兰；大洋洲：澳大利亚、新西兰；北美洲：格陵兰、加拿大、美国；南美洲：巴西、智利、阿根廷等50余个国家和地区的300余位学者。

7月26日，我们从北京飞往法兰克福，再转乘火车赴哥廷根。我是第一次出国，至今也只那一次，一切新奇不熟悉。到达小城，人很少，站台上见不到一个人。我们准备使用行李推车，一串车子连在一起，弄不下来。不知哪儿来了一个德国老头，他往锁眼里投了一枚硬币，车便拿下来。刚到德国，我们没有外币零钱，我送他一个景泰蓝钥匙链，他很高兴。火车站口，大会组委会马佐尔夫和秘书处的一位小姐已经等候了四五个小时。国际会议一般是不接站的，据说这次德国唯独接了中国，或许因为贾芝是国际组织的荣誉会员，或许因为组委会的汉斯先生到北京参加过学术研讨会，他们给予我们的是特殊的待遇。这次来开会的签证迟迟未能办妥，德方不断地与德国驻中国使馆联系，直到他们接站时还拿不准我们能否到会。见了面，他们焦虑的心安定下来，表现出极大的热忱。同时到火车站迎接我们的还有一位先期到达的伊朗学者，因为同是东方人，他倾注了更多的热情，又去找车，又帮助搬行李。在以后的日子里，他也常常陪伴在我们身边，不断地问这问那，渴望更多地了解中国，了解中国学者，他向我们索要了关于贾芝及其民间文学研究的许多资料，说回去要写文章介绍中国。

第二天，仍是7月26日，我们吃过早饭走到院子里，发现一位尼日利亚学者已经等候多时。他说，他知道去哥廷根大学的路，他要带我们同去报到。说知道，也只是因为他有一张地图，我们照图走了一个半小时才找到哥廷根大学。在报到处，我们见到了昨天给我们接站的马佐尔夫，还遇到1996年到过北京的汉斯先生，他是这次大会的组织者之一。我们还见到了雷蒙德（挪威）主席及夫人和汉都（印度）副主席，他们见到我们第一句话都是说，北京给他们留下难忘的印象。我们带去的1996年北京学术研讨会的录像带，受到热情的赞扬与欢迎。

26日下午，我们在著名的奥勒大学举行了大会开幕式。该校校长，哥廷根社会科学院院长、国际民间叙事研究会主席和第十次代表大会组委会主席分别讲话。开幕式隆重热烈，50多个国家的学者欢聚一堂。我们遇到更多的朋友：有国际民间叙事研究会前任主席，我们的好朋友航柯（芬兰）先生及夫人；国际组织副主席加利特（以色列）女士；国际组织荣誉会员、美国著名民俗学家林达（美国）女士；国际组织前任副主席小泽俊夫（日本）。比利时、芬兰、挪威、丹麦、保加利亚、俄罗斯、波兰、斯洛伐克、巴西、肯尼亚、孟加拉国、土耳其等众多国家的熟悉的朋友们，大家不断走过来热情地问候，握手或者拥抱。开幕式过后，在哥廷根市政厅举行了招待酒会，柔和的烛光中，人们沉浸在温馨的友情中，交流切磋、其乐融融。酒会结束，余兴未尽的人们在广场上闲谈，广场中央喷泉的上方是一位牧鹅姑娘的雕像。德国朋友告诉我们：格林兄弟曾在哥廷根任教，这里也是格林童话《牧鹅姑娘》的发生地。哥廷根大学博士生通过答辩获得学位的当天，都会头戴博士帽，去广场亲吻这位牧鹅姑娘。浪漫的活动已成为哥廷根大学的传统，牧鹅姑娘也成为哥廷根的象征。她是世界上最幸福的女孩！她被吻得最多，而且是被博士吻得最多。突然，一阵笑声，一个小伙子勇敢地跨越水池去吻了这个姑娘。

第二天，哥廷根报纸报道了大会开幕的消息，同时刊登了两幅照片，一幅是大会主持人在讲话，一幅是中国代表团在会场上。对中国的友好与重视显而易见。

论文的发表与学术切磋

我国多民族的民间文化蕴藏异常丰富，解放半个世纪以来，搜集发掘成绩卓著，近十年来在研究方面也有许多突破性的进展。然而，由于语言的隔阂和其他一些原因，我们有计划的对外宣传太少了。我们曾经主编和翻译的英文学术刊物曾受到国外学者的重视和极力推荐，然而却因种种原因未能正式出版。我们应该继续努力，不失时机地宣传中国、介绍中国，在国际论坛上争得一席之地。在这次代表大会上，我国代表团的论文受到广泛的关注与称赞。贾芝论文《从民间文学的新发掘探索中华民族的文明》，他说："中国近半个世纪以来对民间口头文学的许多新发掘，可谓一部无比丰富的中国文化野史，与地下文物的考古发掘互为印证，有力地展示了中华民族五千年的文明史。"论文中列举了新中国成立以来,从出版《民间文学》刊物、丛书到全国性的民间文学普查等许多重大成就,例如创世纪史诗、英雄史诗、民间叙事诗、古谣谚以及一千多年前民间诗论的发现;民间故事、传说、神话以及其中保存的科学技术的发明与传承;等等。贾芝论文宣读时,大会组委会负责人德国汉斯先生和国际组织前主席芬兰航柯先生特来听会。他们就中国民间文学搜集过程中有无"整理"及"整理"限度问题与作者进行热烈讨论。段宝林论文《再论民间故事的发展前景》,紧扣大会议题,是继其在印度第十一届代表大会论文《论民间故事的发展前景》的续论,增加了许多新的资料与调查材料。他不能同意故事必然消亡的观点,他说故事是万古长青的。他说故事讲述活动在西方复苏引起很大关注,美国近年也成立了新故事研究会等。总之,现代传播方式使故事流传得更快、更广。张徐论文《吉林民间谚语概述》,集中介绍了吉林省不同民族流传的谚语大观,生动具体耐人寻味。他与段宝林发言之后,德国和匈牙利的汉学家就民间文学三套集成的编纂方法、发动普查情况、出版情况等诸方面问题和与会中国学者进行了广泛、深入的交谈。我的论文《蒙古族民间文学中的"马"》介绍蒙古族对马深沉的爱所演绎出各种形式的民间文学作品。7月31日,几个教室同时宣读论文,航柯教授主持了我的论文宣读,是我极大的荣幸。他学识渊博,阅历丰富,深邃睿智的主持风格,颇具风度。来听的学者在阶梯教室前面坐了七八排,这已经算是人多,有的会议室才不满10人。我的论文引起不少女性学者和年轻学者的兴趣,她们纷纷索要论文,并与我合影留念。

闭幕宴会,在一个长形会议厅,人坐得满满的,我们和伊朗、意大利学者在一桌。进门前,贾芝遇到巴黎女学者,她说在芬兰《卡勒瓦拉》会上相识,还有另一位女学者是在印度迈索尔认识,说贾芝在迈索尔讲得很好,为这次再相见感到非常高兴。席间,贾芝与多位学者交谈,还抽空走到航柯先生桌前,送他一本《贾芝诗选》。航柯先生很高兴。他说,他正在编迈索尔会议论文集,贾芝的史诗论文写得好!他和贾芝约定,编好书,他来北京送书。芬兰女学者希卡拉教授举着酒杯向我走来说:"Good Paper!"她们喜欢这种介绍性的论文,告诉她们不同的民间文化与民俗风情。

国外论文异彩纷呈，如《道具、材料、效果：人类社会研究中的关键》（美国）、《跨越国境：民间叙事文学中的翻译与文化适应》（德国）、《人类思维的民俗积淀》（芬兰）、《降生一位女士、死去一位圣者：大众意识中黛安娜之神化》（英国）、《爱沙尼亚渡船失事的相关传说》（爱沙尼亚）、《波兰犹太传说中迫害时期的妇女》（以色列）、《神话隐喻：争论与意识》（印度）、《口头叙事文学中的变异与结构》（芬兰）、《生育期望：第一次生子与叙事》（芬兰）、《现代伊朗民族意识与民间叙事》（伊朗）、《幻想与信仰：爱尔兰西部叙事交流与性》（英国）、《当代智利民间叙事研究》（智利）、《男女故事讲述者之差异》（斯洛伐克）、《瑞典挪威边境地区有关酒的传说》（瑞典）、《1918年芬兰内战之后的叙事传统与日常交流》（芬兰）、《文学民俗学与文化人类学》（斯洛文尼亚）、《民间文学中的"民族"传统——类型研究》（瑞士）、《泰国佛教寓言的特征》（泰国）、《日本民间叙事中的佛教母题》（保加利亚），等等。

在整个会议和各种活动中，我们与各国学者交流与沟通，互赠论文、互赠图书。中国民协《民俗》《民间文学》《民间文学论坛》《中国民间故事集成·吉林卷》《中国歌谣集成·西藏卷》《中国谚语集成·宁夏卷》和贾芝的《播谷集》《贾芝诗选》在大会的书展上展出，受到各国学者的关注与欢迎。贾芝的《播谷集》不断赠送给外国朋友。《民俗》内容丰富、图片精美，又有英文的目录和说明，得到各国专家的赞赏，我们向他们赠送了《民俗》。交流的同时，许多国家的学者都希望更多地了解中国，了解中国的民间文学，可是我们翻译成外文的作品和论文实在太少，他们无从知道中国博大精深的民族民间文学宝藏，也无从了解我们在这一领域的研究成果。在改革开放的今天，作为一名研究人员，不懂外语是很大的缺憾和不足。

再接再厉继续走向世界

我们赴德国之前，已做了申办2002年在中国召开国际民间叙事研究会第十三次代表大会的准备，然而没想到大会情况有很大的变化，申办没有成功。

1992年，在奥地利召开的第十次代表大会上，雷蒙德主席宣布执行委员会决定：今后不再以欧洲为中心，要向发展中国家转移，决定在中国召开一次小型学术研讨会，同时希望中国在印度的第十一次代表大会上申办1998年的第十二次代表大会。1995年，我国代表团赴印度前因未获得上级部门的批复，未能在大会上提出申办，国际组织感到十分遗憾，德国申办成功。1996年，在中国召开小型学术会议，受到国际组织和各国朋友的一致称赞。雷蒙德主席再次提出在中国召开代表大会的问题，为此邀请德国汉斯也参加了答谢宴会，他们一起邀请中国出席德国的代表大会并且申办成功。经过多方努力，我们赴德之前获得文化部批准。遗憾的是，德国的代表大会的执行委员会已有导向，第一个提名的是澳大利亚，中国列为第二位，投票结果澳大利亚100多票、中国50多票、芬兰20多票。大会选举也有了明显的改变，我们熟悉的雷蒙德（挪威）主席连任两届后落选，换成以色列的加利特女士。虽然加利特女士也来过中国，算是老朋友了，但她并不热衷于在中国开会，她透露会前她们已有在澳大利亚开会的意向。

美国作为超级大国，操纵大会的企图久已有之。这次大会发的会员名单，700多人中有106名是美国会员。然而值得欣慰的是在这样的背景下，我们仍然有50多位支持者。在申办中，雷蒙德主席曾大力推荐中国；汉都副主席帮忙用英文起草申办书。原任主席航柯先生被推选为组委会主席，我们常常见面交流。他对贾芝说，他不久还要到中国来。雷蒙德主席也表示还要在中国开会。虽然这次申办失利，来日方长。我们将不懈努力，逐步确立中国在国际民间文学研究中的重要位置，从现在中国民间文学越来越受到世界的广泛关注与欢迎看，这是完全可能的。

旅游观光给我们的启示

哥廷根市是个花园式的小城市，以大学为主，安谧而宁静，很少城市的喧嚣，就是市中心，也仅只有一条开满店铺的小街，没有豪华的商厦和五光十色的招牌。周日这条街的商店也会关门休息，连吃饭的餐厅也没有了，只有一家麦当劳在街角营业。城市环境优美，每家一幢小楼种满鲜花，处处绿草如茵，不时见到几人合抱的大树，树身布满青苔，至少有几百年的树龄。为了这些树，路常常在那里拐了弯，可见当年修路时人们的环保意识已经很强。

会议期间有一天组织到近郊旅游。汽车开出哥廷根市，在弯弯曲曲的柏油山路上行驶了两个小时，广阔的田野，一望无际的绿色。我们参观的第一站是一个古老的陶瓷作坊，他们让我们看珍藏的来自古老中国的瓷器，中国与德国的文化在这个小镇相遇，创作出新样式与独特图案纹饰的新瓷器。随后我们又参观了18世纪的一个古堡，据说主人来到此地时非常贫穷，一分钱也没有，但他非常勤奋，攒了许多钱修建了这座古堡。现在，他的后代仍然住在古堡里，维护着先人的建筑，精心收藏展示着家里的每一件物品，讲述着他们曾经的真实故事，接待来自不同国家与地区的客人。最后，我们来到一个小镇，《捕鼠人》的童话就在这里产生流传。下车伊始，脚下便是一只一只首尾相接的白色油漆画成的小老鼠路标，我们跟随小老鼠去参观了一处一处的景点，又随小老鼠返回到车站。这个城镇有许多老鼠造型的工艺品和图片，博物馆里展览着许多与老鼠相关的物品和书籍画册。城市中央广场也有一个游人停步必看的景观：每半小时响起清脆的钟声，教堂高墙上的小窗户打开，吹单簧管的木偶人迈着大步出来了，随后转出一串装扮成小老鼠的孩子。在市政厅举行的招待酒会上，桌上摆了许多面包做的小老鼠，还有画片和钥匙链。最令人兴奋的是，一位头戴红色羽毛帽、身穿彩衣、脚穿尖勾皮鞋的捕鼠人，边吹单簧管边舞，身后跟着一串按个子大小排队的孩子，他们装扮成灰色的老鼠。这是小镇的传统节目，每逢节日和贵客来临都要表演，规模可大可小，有时有上百只老鼠呢！扮演老鼠的孩子们可爱极了，我拿出景泰蓝的小动物钥匙链分送给他们，他们高兴地蹦跳，大一点的孩子，用花纸编了个小鸟回赠我们，我们一起合影留念。小镇独特的景观为我们留下难忘的印象，我们想，中国各地有多少美丽动人的传说故事。以上例子包括前面的牧鹅姑娘都是人与景的结合，现代与传说的结合，这种结合本就是生活的原生态。保护与发掘原生态，自然景观与人文景观巧妙结合，赋予人们精神与物质双重享受的同时定会给旅游带来更好更健康的效益。

2022 年 12 月 25 日

附录

早年为贾芝代笔

我是草根学者[①]

民间文学是草根文学，研究民间文学的自然就是草根学者了。何况我从小生长在农村，印象最深的是在父亲劳作的麦地里捉蝴蝶。长大后在伯父的资助下，我到北平中法大学读书，最崇拜法国象征派诗人，和同学结成诗社，写的诗大多是校园中的苦闷、哀怨和朦胧的爱情。1936年，我在戴望舒先生主编的《新诗》上发表了《播谷鸟》，找到了呕心沥血、飞鸣不已的神圣职责。那时，我已经加入了中华民族解放先锋队，自己的命运与国家、民族的存亡紧紧联系在一起了。

真正关注和热爱民间文学那是从延安开始的。1938年，我放弃了留学法国，毅然奔赴革命圣地延安。1942年，毛主席《在延安文艺座谈会上的讲话》发表，一场轰轰烈烈的向民间文艺学习的热潮兴起在抗日战争最严峻、最艰苦的陕北高原的山山峁峁。我搜集了民歌、民间故事，还创作发表了数十首写战士、写农民、写工人的新诗，如《牺牲》《抗日骑兵队》《织羊毛毯的小零工》《春天来到陕甘宁边区的土地》，等等。从创作到生活，我彻底摒弃了在北平时的浪漫情怀与"绅士"风度，完完全全成为一介草民，灰布棉袄外面系一根草绳，跌断腿的眼镜用线套在耳朵上，唯一留下的一点痕迹，大概只有窑洞墙上挂的那把意大利小提琴了。

几十年依然故我。20世纪80年代，我身着穿破旧的中山装，斜挎

[①] 原载《新文学史料》2007年第2期，后又作《贾芝集》代序，中国社会科学出版社，2009年。

着背包，像赶场一样奔忙于中国社会科学院和中国文学艺术界联合会两个单位的学术或党组会议上，同事们看到我匆忙狼狈又不修边幅的样子，不禁调侃："远看像个逃荒的，近看像个要饭的，仔细一看中国社会科学院的。"我倒不介意，还挺开心，丝毫没有一些人说到这句话时那种埋怨待遇低、不受重用的酸溜溜的感觉。

最近，我应邀入选《中国社会科学院学者文选》，翻看几十年写的文章，与诸位学者大家相比，可谓寥寥，结集成书的就更少了，只有三本不同时期的论文集分别于1963年、1981年、1996年出版。反省自己，与其说我是一名学者，不如说我是一名民间文学工作者——毛主席革命文艺路线的执行实践者。我一生致力于三个对接：学者与民众的对接，书斋与田野的对接，民族与世界的对接。

一、以行为完成了学者与民众的对接

1949年5月，我随柯仲平同志率领的西北代表团回到阔别12年的北平；7月参加第一届全国文学艺术工作者代表大会，会后确定我在未来中央政府文化部工作；10月我被分配到文化部编审处，处长是"左联"时期作家蒋天佐。我负责通俗文艺组，还参加老舍先生和赵树理同志创办的《说说唱唱》刊物工作。12月14日，我向赵树理同志汇报通俗文艺工作计划，他指着通俗文艺组的名单动情地说："这是我们自己这么说哩，如果说还用文坛两个字的话，将来的文坛在这里！"12月22日，我们向文化部副部长周扬同志请示，工作方向大体明确了，任务是编审全国说唱演义一类的模范性的文艺作品以及各种形式的民间文艺，同时拟专设一民间文艺研究会，专事后者的搜集整理。此外，要组织一部分人创作示范性的作品。

不久，吕骥同志也找到周扬同志要求成立中国民间音乐研究会，周说："那就把其他都包括进来，成立一个民间文艺研究会。"吕骥说："那将来就没有音乐了！"周说："不会的，你还是在里头嘛！"吕骥说："我在里面也不能起什么作用。"

1950年年初，我们正紧锣密鼓地筹备中国民间文艺研究会①的成立大会。周扬同志突然来到编审处，蒋天佐和我都在，他随便地一歪身坐在我们的办公桌上，跷着腿闲谈起来。他说到，要我到未来的民研会工作，要我向《良友》的赵家璧学习，说："赵家璧只有一个皮包就编出一套丛书，只要组稿就可以了。"

中国民间文艺研究会3月29日召开成立大会，周扬同志主持，郭沫若、茅盾、老舍、郑振铎都相继讲话。郭沫若同志讲话题目是《我们研究民间文学的目的》。大会通过了《中国民间文艺研究会章程》和《征集民间文艺资料办法》两个文件，会议以自由提名方式推选理事47名。郭沫若被选为理事长，周扬、老舍、钟敬文为副理事长。几天之后召开第一次理事会，选出常务理事并暂定各组负责人，我任秘书组组长。会上还决定出版一套中国民间文艺丛书，定了一些选题。按周扬同志意见，我包揽了协会几乎全部大小事情，刻图章、接待来访、回信、买房作会址、买文具、当会计，一小笔经费就放在我口袋里，口袋便成了民研会的钱柜。我还买了一张玉版宣请郭沫若先生题写"中国民间文艺研究会"，做了一块牌子挂出去。当然，我最主要的工作还是约请专家、艺术家写稿，编辑民间文艺丛书。

民间文学作为劳动大众的文学随着人民的当家作主，一扫长期受歧视的地位，跃入艺术的殿堂。发掘民族文艺遗产被列入建设社会主义第一个五年计划。然而旧的观念影响还时隐时现，民研会潜伏着被扼杀的危机。民研会成立不久，我参加了筹建人民文学出版社的工作，任支部书记兼古典文学、民间文学组组长。民研会也随我到了出版社。1951年12月，我随阳翰笙同志到广西土改，这时民间文艺丛书已编辑出版了何其芳、公木《陕北民歌选》，安波《东蒙民歌选》，严辰《信天游选》等十几种。我还请古元同志为丛书设计了取材于印花布的封面。同时，我还编辑出版《民间文艺集刊》三集，采录和资料征集工作也成绩显著。1952年6月，我从广西回京，民研会工作已停滞很久了，已编

---

① 现名：中国民间文艺家协会。

好的光未然的《阿西人的歌》也放了一年多了,我又与他商量修改出版事。人民文学出版社社长冯雪峰同志一直等我回来做支书工作,忙整党,我忙了三个月,但他却执意要取消民研会。1953年2月22日,北京大学文学研究所成立,周扬同志决定民研会归文学研究所领导,经费由文化部补贴,让我找赵沨同志谈定会址和经费的事。冯雪峰同志挽留我和孙剑冰,但不留民研会,我们难以考虑。3月12日我和剑冰,雇三轮车把民研会从城里搬到城外文学研究所,住在中关园七楼。民研会随之到了北京大学文学研究所。

1954年,经过我多方上书抗争,得到胡乔木、阳翰笙同志的帮助,民研会作为团体会员加入中国文学艺术界联合会,结束了四处飘零的命运。从此,我本人一方面在文学研究所做研究员,另一方面担任民研会党的领导工作,双重职务和身份伴随我到离休。劳累和辛苦不言而喻,却给工作带来极大的方便,学术研究与全国民间文学普查、群众民俗活动在这里对接。

作为新中国第一代民间文学工作者,面对56个民族沉睡了几千年的无比丰富的民间文学宝藏,发掘整理出来使它重放异彩,是我们不可推卸的责任。我放弃了写诗,全身心地投入民族民间文化遗产的发掘保护中去。对于这一点,艾青同志始终有点不能理解。他是我在延安时期的朋友,那时他叫我"播谷鸟诗人"。1988年第四次作家协会代表大会上,他还耿耿于怀地对我说:"好好的诗不写,搞什么民间文学?"尽管他也曾十分尊崇民间文艺,还亲自采访过关中著名歌手汪庭有,写下《汪庭有和他的歌》;他还搜集出版过民间剪纸,但他依然不能完全理解我。我也不想争辩什么,反正我这一生是注定要和草根文学打交道了。

民间文学是民众的文学,我们从事民间文学研究的人就必须做到与民众的对接,与他们"同吃、同住、同劳动",自觉改造世界观,成为他们中间的一员。我们不是仅仅把他们作为研究对象,而是要与之融为一体完成心与心的交流。只有这样我们采录的作品才能保持真实的原生态;只有这样升华出的理论才能指导实践而更具价值。几十年的学术生涯,我结交了许许多多的朋友,有农民、牧民,有干部、工人,也有歌手、故事家、民间艺人；可以说全国包括台湾省在内的31个省、自治区、直辖市都有我的朋友或同行，他们或来访，或写信，或通电话，时时没有忘记我。每逢春节，问候像雪片一样纷至沓来，其乐融融。我在收获事业的同时，也收获了一份份浓浓的亲情和友情，这是孤独寂寞的书斋学者所感受不到的快乐和幸福。

姜秀珍是安徽民间歌手，第三次文学艺术工作者代表大会上，她向周恩来总理敬酒，总理鼓励她"为人民多编多唱"。周扬同志也称她为"新的刘三姐"，这些在"文化大革命"中竟成为弥天大罪，她被打成"黑线人物"。1979年，我们召开"少数民族民间歌手诗人座谈会"，她来了，见到周扬和我，她珠泪滚滚。唱歌也只唱两句就唱不下去了，热泪代替了歌声。姜秀珍是一个从来不脱离劳动的歌手，她的灵感源于劳动与生活。她说，离开人民，就像禾苗栽到石板上没有生命力。我们作为学者也好，文艺工作者也好，离开人民也只能是石板上枯萎的禾苗了。

1978年，柯尔克孜族民间歌手居素甫·玛玛依到北京录制他演唱的长篇英雄史诗《玛纳斯》，他同时带来柯尔克孜族乡亲要求恢复柯文的意见书，让我转给华国锋主席。他说，柯文取消了，《玛纳斯》译成维文出版就没有诗味了。他还说，新疆取消柯文柯语以后，位于中苏边境的阿合奇县，有许多人到山坡上去听苏联那边的柯语广播《玛纳斯》。遵照他的请求，我很快将材料递交中央，不久问题解决了，柯尔克孜族人民过节一样狂欢起来。以后，无论在北京，还是在新疆，居素甫·玛玛依见到我就拥抱，颤抖的胡须紧贴在我的脸上。通过他，我与柯尔克孜族人民的心相通了。

工作之初，周扬同志为我立下规矩：每信必回。几十年如一日，无论对基层文化工作者、农民故事家，还是尚未出道的文学青年，我都是有信必回，有求必应。至今我还保存着几千封信，这也仅是"文化大革命"浩劫的遗存，但却是一笔宝贵的财富。它记载着友情，更记载着事业与历史的进程。我正着手整理归档，把它保留下来。

几十年的民间文学工作，摔打、锻炼、造就了新中国第一代新型知识分子，升华了他们的境界，说他高尚，他抛开了一切功名利禄；说他平凡，他又普通得像逃荒要饭的。这就是这一代知识分子！我们用自己的行为完成了学者与民众的对接。

二、在研究方法上奉行书斋与田野的对接

中华人民共和国成立伊始，民间文学作为一门新兴学科，专业学者少，理论欠缺，特别是书面材料都没有发掘整理出来。面对这种基本不具备研究条件的困难局面，我们既没有盲目套用西方民俗学的研究模式，也没有照搬苏联的经验，而是采取实事求是的态度，逐个解决具体问题。首先，我们秉承毛泽东《在延安文艺座谈会上的讲话》精神，为人民服务，为社会主义服务，以"取之于民，还之于民"的方式搜集并推广民间文学优秀作品。这不同于某些国家以学者研究为主要目的，我们是以广大群众的需求为目的。做法上也不仅限于少数专家学者，而是集结了成千上万的浩荡队伍，有专家、作家、艺术家，有语言工作者、民族工作者、基层文化干部，还有一大批工农群众中的搜集家、传承者和热心人。1984年我们编纂《中国民间故事集成》《中国歌谣集成》《中国谚语集成》就是一个突出的例子，发动了全国几十万人进行地毯式的普查，搜集资料逾40亿字。我们的工作永远以调查采录为第一位，它既是为研究做准备，又是研究的一部分，是研究的过程。我们深入民间，抛开静坐书斋的研究，实现了书斋与田野的对接。

我的研究论文大多是解决实践中遇到的问题。《采风掘宝，繁荣社会主义民族新文化》是我1958年在中国民间文学工作者代表大会上的报告，适时地提出了"全面搜集，重点整理，大力推广，加强研究"的十六字方针和"忠实记录，慎重整理"的工作原则，被中宣部批转全国执行。再如《谈各民族民间文学的搜集整理问题》《论采风》等都是就具体问题而论。《美丽的仰阿莎不是毒草》既是对具体作品的分析，也是为了纠正社会上一些不够客观的批评，揭示了不能无端将丑化太阳与攻击毛主席联系起来，不能将今天的观点强加于古人，不可把艺术幻想

与现实混淆起来的简单道理。

1982年，我离休了，摆脱了行政工作的困扰，可以专心写作了。最初的十年撰写论文80余万字，主编丛书十余种800余万字。宏观研究还在继续，《我们在开拓中前进》在全面介绍中华人民共和国成立17年我们发掘抢救的56个民族的不同形式的民间文学作品的同时，分四个时期展现中国民间文学学科从创立到发展的过程。《中国歌谣的一座丰碑》对歌谣的产生、历史源流，民歌将诗、歌、舞融为一体的民间形式以及相关民俗事象、民歌节日进行了深入研究；对各民族各地区民歌、民谣的形式、内容、分类以及流布传承作了展示；对于始于西周时代的民歌采集研究的历史，尤其是中华人民共和国成立40年对民间文学的抢救普查与研究进行了总结和梳理。在深入调查研究的基础上写成了一些专题论文：《故事讲述在中国的地位和演变》《江格尔奇"与史诗〈江格尔〉》《马克思主义的基本原理与神话学》，等等。写的最多的还是序文，十年间为各地同志写了四五十篇，暂且叫它"小品论文"吧！文虽短小却不敢丝毫懈怠，篇篇凝聚着研究思考或者调查考证的心血。我说这是些"命题作文"。我不得不一次次地依据作者的课题，跟随他们的脚步涉足新的领域，与他们款款对话，这种学术的对接与互动促我学习帮我进步，同时也年轻了我的心。一股股来自田野的风吹绿了我的生命之树，这正是我长寿的秘诀。

民间文学是草根文学，是鲜活的文学，研究活的文学就不能离开它生长的土地和环境。一位来自基层的学者曾对我说："你们是把我们那里游在水里活泼泼的鱼捞出来晒成鱼干再研究。"太生动了！批评得入木三分。我震撼了，时时以此提醒自己，到田野中去，不仅仅是考察与作业，更是一种对接，是双向的渗透与交融。

1980年，在50天的时间里，我走了15个县、市。每到一处我就做一次讲座，讲民间文学的宝贵和搜集整理的方法，但每处又不尽相同。每处都为我补充了新的内容，他们的实践丰富着我。在广西金秀大瑶山的原始森林中，我们从滚木下山的滑坡上山，到山上又没了路，向导用板斧砍出一条小径，我们沿着崖畔，踩着厚厚的枯叶小心前行，去寻觅雪鸟的踪迹和它的故事，做了一次生态保护和人文保护的对接。在三江林溪乡侗族老歌手吴居敬家中，十几户村民手提竹篮送来饭菜，席间一曲琵琶歌《哭总理》，唱得满座唏嘘。我当即赋诗："哀凄弦绝哭总理，歌不断头泪不干。听到悲歌我落泪，夜静潺潺会流泉。"在云南中缅边界傣族的竹楼上，我们又听到罕木信的歌："远方的客人，你慢慢地嚼，慢慢地咽，我做的饭菜不香不甜，唱一支歌来补救。远方的客人，您来到瑞丽江畔；我的歌声不好听，让它留在饭桌上。"我第一次在竹楼上过夜，听歌手们对歌，彻夜无眠。

我每年都出行，大多去边关小镇，偏僻山寨，中朝边界、中苏边界、中缅边界、中蒙边界都留下我的足迹。直到我90岁的2002年，1月到广西宜州考察刘三姐故乡；3月到上海参加学术会议；9月到江苏常熟白茆乡考察白茆山歌，到苏州吴县考察民间工艺；11月到湖北宜都青林寺考察谜语村；2004年3月又去河北赵县考察"二月二"民俗节日。最近这几年，我不大出远门了，但家中客人不断，他们带来各地的信息，我们聊天、讨论问题，书斋和田野的对话还在继续着。

三、宣传中国实现了民族与世界的对接

长期的闭关锁国，旧时代对民间文学的鄙视以及民族众多造成的语言隔阂，使中国民间文学，尤其是少数民族文学在许多地方仍然鲜为人知，甚至还有"中国无史诗""中国无神话"等无稽之谈。

进入20世纪80年代，我越来越感到中国民间文学应该走向世界。向世界展现中国民间文学的异彩，让它跻身于世界文化之林，同样是我们义不容辞的责任。1979年，我经组织批准加入国际民间叙事文学研究会，1996年我被该组织推选为资深荣誉委员；1983年考察芬兰、冰岛民俗博物馆。离休之后，我先后到过芬兰、冰岛、挪威、瑞典、丹麦、英国、俄罗斯、加拿大、美国、匈牙利、奥地利、印度、德国、法国等十几个国家，致力于民族与世界的对接。

1985年2月，我到芬兰参加史诗《卡勒瓦拉》出版150周年纪念

活动。在研讨会上，我以"史诗在中国"为题，介绍了中国30多个民族的创世纪史诗和英雄史诗，以众多鲜活的作品实例有力地推翻了"中国无史诗"论。创世纪史诗从汉族的盘古尸体化生，谈到布依、拉祜、彝、瑶、哈尼、布朗、普米等民族的尸体化生说，再联系到北欧史诗中冰巨人伊密尔的尸体造天地，原始初民对天地万物的形成，有着不约而同的幻想和解释、这种人与自然融为一体，夸大人的力量的作品具有永恒的美学价值。英雄史诗则以北方的勇敢剽悍、粗犷豪迈和南方的低回婉转、刀光剑影形成鲜明对照的性格美。史诗在这些民族中被奉为"族谱""根谱"，是他们的"百科全书"。我还重点介绍了中国的三大史诗《格萨尔王传》（藏族、蒙古族）、《玛纳斯》（柯尔克孜族）、《江格尔》（蒙古族）在多年调查采录的基础上已陆续出版汉文版、英文版、日文版等。同时民间艺人在民间还演唱这些史诗。

"中国是一个史诗的宝库！""史诗在中国还活着！"令人振奋的消息在各国代表中传递着。我很快成为人们和媒体关注的焦点，会后芬兰总统毛诺·科伊维斯托还接见了我。我荣获了《卡勒瓦拉》银质奖。第二天《赫尔辛基报》用半版的篇幅报道中国史诗的情况，还刊登我的大幅头像。芬兰学者向我竖起大拇指说："您是第一个见报的！"德国学者海希西是我们的老朋友，他说："我亲眼见过解放前的中国，中国变化太大了！中国民间文学工作有了很大发展，成绩很大，你的发言就是证据。你只讲了二十分钟，应当让你讲两个小时才对！"各国代表一致赞扬中国实施抢救的重要，学术上的交流与沟通，像一股热流穿过不同国籍学者的心，实现了民族与世界的对接。

1996年4月，经过两三年的艰苦筹备，我实现了1992年在奥地利国际叙事研究会（ISFNR）第十次代表大会上提出并达成的"在中国开一次北京学术研讨会"的决议，那次会议同时决策："今后不再以欧洲为中心，要向发展中国家转移。"北京学术研讨会有来自五大洲的24个国家和中国包括台湾省在内的15个省、自治区、直辖市的代表，通过35场大小研讨会，大家突破语言的障碍进行有益的交流与切磋，会后民间花会的考察更令中外学者耳目一新。国际民间叙事研究会主席挪威雷蒙德教授说："会议能在东方、在世界人口最多的中国举行，对各国学者了解中国有很大帮助。"他又说"这是国际民间叙事研究会开得最好的一次会议！"国际民间叙事研究会副主席印度汉都教授说："这是一次成功的会、圆满的会、伟大的会，我们在中国的每一天，每一分、每一秒都过得非常愉快，非常感谢中国，感谢大家！"这次会议是国际民俗学者的一次盛会，是世界民俗学研究整合发展的一个里程碑。

　　这些年，有人在公众场合或文章中称我"泰斗""大师"什么的，泰者，泰山也；斗者，北斗也。泰山北斗我不敢当。我以为学术领域本没有顶极，我更不是权威。我是在不断探索、不断学习，甚至不断修正自己中成长起来的。我离不开民间文学和人民的滋养。我说我是草根学者，就是时时提醒自己不要忘本，要做平民百姓的学者。

2007年2月12日

我与《中国少数民族文学史》①

1950年3月，在周扬同志的直接领导下，我参与创办中国民间文艺研究会。研究会成立初期，有些学者是不同意搞少数民族民间文学的，他们的理由是不懂民族文字。我秉承《在延安文艺座谈会上的讲话》精神，坚持文艺为人民服务的方向；坚持"我们要宣传这样一种认识：发掘各民族的民间文学宝藏，是我国社会主义革命和社会主义建设的伟大事业的一个不可缺少的方面，所有参与民间文学的搜集整理工作的人，应当树立保存国家文化财富的观念"②。坚持中国民间文艺研究会是各民族共同的研究会，应该努力开发各民族的民间文学。这是20世纪50年代初期发生的一场争论，一直延续了许多年。

1957年6月28日："我参加中国科学院文学研究所所务会议，讨论民间文学小组的工作计划。计划没有通过，还须研究一下。例如少数民族的文学究竟搞不搞，都是问题。

"昨晚与陶阳到前门饭店看徐嘉瑞先生，碰上田间。专业写作还是好很多，他们都劝我到云南走走。"

---

① 贾芝：《拓荒半壁江山：贾芝民族文学论集》，文化艺术出版社，2012年，第84页。本文系根据贾芝1999年4月5日给李铁映同志的信和相关贾芝日记整理而成，作为历史的记忆。

② 摘自1961年4月18日，在中国科学院文学研究所召开的少数民族文学史讨论会上的发言《谈各民族民间文学搜集整理问题》。

1958年2月5日："去年11月,我把研究会的工作交林山同志管,我回到文学研究所又开始建立民间文学小组的工作。在整改中,已初步拟定了小组的十年规划:一为建立民间文学的基本理论;二为写多卷本中国文学发展史的少数民族部分,预计三卷。这是工作重点。

"原计划春天到云南少数民族地区调(查),看来整风一时完不了,去不成了。"

1958年3月7日："昨天早上出城,开小组会[①],讨论1958年计划。(孙)剑冰汇报了访问民族学院等处所了解的情况。确定组织编写少数民族文学史,由孙外出一趟。我与毛星研究五四以来民间文学情况和当前问题,制订理论研究工作提纲;还要准备访苏工作。"

1958年4月30日："上午,郑振铎同志来所,在他的办公室谈编写文学史问题。在座的有何其芳、余冠英、毛星、吴晓铃、范宁、唐棣华等同志。根据大家报意见,决定三年内编写文学史话,多卷本文学史以后再写。少数民族文学的部分,也决定完成一卷到两卷。还谈了文学史话的几项要求。"

1958年的代表大会期间,中国科学院文学研究所要重写一部包括少数民族文学在内的中国文学史,首先组织全国各有关省、区分工编写出版一套《中国少数民族文学史和文学概况》丛书。由我到中宣部向周扬、林默涵同志作了汇报。

1958年7月17日:中宣部邀请部分省、区的与会代表座谈了关于编写丛书问题,并按民族进行了分工,会后批转下达了会议纪要。会议由周扬同志主持,对这项开创性的写史工作做出了决定,还明确会后由贾芝和孙剑冰作为联系人与各地联系。至今已是54年之久了。

我们当时曾把《藏族文学史》作为组织撰写丛书的重点之一,《藏族文学史》的编写委托中央民族学院承担。为此于第二年(1959年)我们组织了一个调查小组,去西藏进行调查。

一年之后,产生了写史的第一批成果,计有白族、纳西族、藏族、

[①] 中国科学院文学研究所民间文学组小组会。

蒙古族、苗族、壮族、彝族、傣族、布依族、哈尼族、土家族、土族、赫哲族共13个民族的文学史或文学概况。虽属初稿，但这一破天荒的创举以及工作的进展迅速令人惊叹。仅云南就编写了7个民族的9部文学史概略，印出初稿的有《白族文学史》和《纳西族文学史》。编写中国少数民族文学史和文学概况的全面部署带动了各地区的民族民间文学调查采录和研究工作。

1960年审读各民族文学史的同时，我更加深刻地认识到："广布在我国边疆和内地的各省的兄弟民族，都有自己的独特的文学艺术，不少兄弟民族有千百年悠久的文化历史，但他们在过去无论哪一本中国文学史里，都没有占到应有的地位。这是多么不公平啊！"我明确指出"还不止于完成一部比较完整的中国文学史和一部分民族文学分史，而且还带动了民间文学的普查、采集和各民族文学的研究工作"。日记记录当年的工作：

1960年8月7日："上午，在北海召开第二次少数民族文学史编写工作座谈会，到会有15个省的代表，讨论了下一步工作计划，以庆祝党的诞生四十周年为奋斗目标，又讨论了初稿讨论会的计划，决定国庆以后召开，并确定以白、蒙、苗三族文学史为讨论对象。"

1961年4月，中国科学院文学研究所在北京和平宾馆召开了一次少数民族文学史讨论会。会议讨论了《蒙古族文学简史》《白族文学史》《苗族文学史》三部文学史的初稿，并探讨了编写少数民族文学史的几个原则性问题，包括作品评价问题、分期断代问题、今古比例问题、民间文学中有没有两种文化的斗争等问题，会议还讨论制订了今后的工作计划草案。会上，贾芝作了题为《谈各民族民间文学搜集整理问题》的发言。会末，贾芝起草，并与何其芳同志一起斟酌修订了三个文件《中国各少数民族文学史和文学概况编写出版计划》（草案）、《中国各民族文学作品整理、翻译、编选和出版计划》（草案）、《〈中国各少数民族文学资料汇编〉编写出版计划》（草案）。这些文件可以说是划时代的，在中国少数民族文学史的建设中起到了奠基和开拓的作用。何其芳同志是这次讨论会的主持人。

"文化大革命"使我们的工作间断了十年。1976年10月一举粉碎"四人帮"。我们很快投入民间文学、民族文学的恢复重建工作。我在文学所负责民间文学组的工作,同时作为中国民间文艺研究会领导小组组长负责中国民间文艺研究会的恢复工作。编写少数民族文学史的工作一开始就作为工作的重点之一。

1977年7月18日:"到所内,毛星说到运动情况……这样要大抓科研工作。文学史的编写工作由他帮助何其芳同志抓,我只管少数民族文学部分。"

1978年10月12日:"上午,到毛星家里研究少数民族文学史编写工作碰头会,参加的有仁钦、祁连休、杨亮才。会议将在杭州召开。商量了会议内容,参加地区和人数……文学史除编写丛书外,组织合写一本《少数民族文学简史》。"

1978年11月13日:"在毛星家讨论召开少数民族文学史编写工作座谈会的准备工作,出席的有:仁钦、杨亮才、祁连休、肖丽、吉星、毛星。座谈会主要为恢复少数民族文学史的编写工作,实现一史、二选、三资三个计划,并在一年内完成一本少数民族文学概况。商定会议核心小组及会务组的组成,印以前的八个材料。起草资料汇编体例、少数民族文学概况的章节计划。"

1979年2月,我到昆明参加"关于哲学社会科学规划会议"时,同时召开了"少数民族文学史编写工作座谈会",出席的有:陈荒煤、马寅、王平凡、毛星、仁钦、杨亮才、吴超、祁连休、王沂暖、萧崇素、冯元蔚、额尔敦·陶克陶、田兵、李乔、王松、李缵绪、徐国琼、郝苏民、李国香、权哲、齐木道青、扎拉嘎胡、隋书金、马名超、徐洗尘、魏世美、拉尧达瓦、忠禄、哈宽贵、朱东兀、柯杨、陶立、彭继宽、黄勇刹等。会议讨论了写史中的问题和规划,马寅同志主持闭幕式,荒煤同志致闭幕词,我作了总结发言。

1980年4月,我再去昆明。"上午到云大大楼屋顶《思想战线》会议室,参加编写少数民族文学概况同志的座谈会,由毛星同志谈关于编写工作的几个问题。我也讲了一点意见,说明写这本书对原少数民族文学史和文学概况编写工作是一个发展，独立成书，而且将是一部生动的有科学价值的书，同时对今天的写史（可能写史的民族则写史）与一些专题研究，也是一个准备。再，根据目前民间文学工作的，特别是要抢救、建立科学研究工作的需要与国外对我国的注意与交往要求，要大力开展工作，只有一个办法，就是要发挥社会主义优越性，提倡社会主义协作精神。"

1983年3月，《中国少数民族文学史与文学概况》丛书工作批给少数民族文学研究所。

1983年7月，毛星同志主编的《中国少数民族文学》（三卷本）正式出版。此时，《中国少数民族文学史丛书》多数尚未出版。

1979年以后，我曾连续三年，每年召开一次全国性的编写工作会议。王平凡同志接替贾芝任所长后，1984年也召开了全国少数民族文学史编写工作座谈会，并做了重要讲话。我也讲了话，强调要实现已作的一些规划。1985年下达了中宣部〔1985〕18号文件《关于转达〈一九八四年全国少数民族文学史编写工作座谈会纪要〉的通知》。

刘魁立继任所长以后，也成立了编辑委员会，我和王平凡同志仍在其中。这期间，刘魁立、邓敏文两人负责该项工作。

《中国少数民族文学史与文学概况》丛书是历史首创，它不仅在文学艺术的研究和发展上意义重大，也是团结全国各民族共同建设社会主义精神文明、发展物质文明的科研项目。这套丛书曾两次被中国社会科学院定为全国哲学社会科学"七五""八五"重点项目。中宣部、文化部、国家民委都很重视，并与中国社会科学院联合下达文件。我长期主持中国民间文艺研究会和文学研究所民间文学室、少数民族文学所的工作，处在发动全国民间文学普查和科研建设时期。为编写这套文学史，广大民族地区在各省区党委和宣传部的领导下进行了深入的调查研究，不仅相继完成写史任务，还培养了一批民族文学专家，在继承和促进各民族优良传统文化的发展上起了开拓的作用。

一幅多民族文学史的宏伟蓝图在中国大地铺开，并逐一化为现实。1994年7月，已有71部不同类型的中国少数民族文学史与文学概况专著问世。这是各族人民共同努力付出的结果,更是历史的丰碑!1998年文学研究所编辑出版《中华文学通史》已经利用了这些年出版和尚未出版的一部分文学史及资料。当初要改写《中国文学史》的目的已初步达到。遗憾的是,除了先出版了毛星主编的《中国少数民族文学》,中国少数民族文学丛书并未完整出版。1996年丛书项目结项,邓敏文同志列表作了详细的统计,计有十几个民族卷尚未完成。

1999年4月,我为此上书李铁映院长提出四点建议,希望丛书圆满完成。这是我当年的希望和祝愿,也该是今天的现实了吧!

2012年9月18日

我与中国民间文学集成①

我国地域辽阔、历史悠久、民族众多，有着浩如瀚海、丰富多彩的民间文化。中华人民共和国成立之初就将搜集、抢救各民族民间文化列入自己的工作日程和建设计划。1950年我参与创建了中国民间文艺研究会，开始组织多民族的民间文学采集、出版和研究工作，很快便出版了一套民间文学丛书。随着工作的发展，我越来越感到有出版一套民间文学全书的必要。但是，这一愿望随着"十年动乱"破产了。

浩劫之后，1980年12月我应吕骥同志邀请作为《中国民间歌曲集成》编委会委员，着重于歌词方面的审稿。在审稿中，我想到有必要从文学角度编纂一套《中国歌谣集成》，以歌谣而论，民歌歌词之多远远超过曲谱。往往是一首曲子有几种、十几种、甚至几十种歌词，何况还有不入乐的民谣呢！我还想到民间文学的其他形式：民间故事、谚语，等等。

1982年1月1日，我主持召开中国民间文艺研究会常务理事扩大会，提出在普查的基础上，编辑《中国民间故事集成》《中国民歌、民谣集成》《中国谚语大观》②，大家一致赞同，并形成决议。周扬同志出席会议表示支持。1月2日，我到胡乔木同志家汇报亦得到他的肯定与

---

① 文化部民族民间文艺发展中心编：《构筑文化长城的人们》，文物出版社，2009年，第3页。

② 后改名为《中国民间故事集成》《中国歌谣集成》《中国谚语集成》统称《中国民间文学三套集成》或《中国民间文学集成》。

支持。

1982年7月26日，中国民研会召开全国"培训民间文学骨干经验交流座谈会"，总结和推广民间文学的搜集普查经验，会上我作了关于三套丛书的发言。

1983年4月8日，中国民间文艺研究会第二次学术会议及工作会议上再次讨论编纂《中国民间文学集成》（以下简称《集成》）事宜。当天，我和程远、吉星同志去找国家民委交涉共同签署文件，薛剑华主任说知道我，当即表示同意。到文化部找周巍峙同志未遇。我和王平凡同志还去找了周扬同志，他答应任《中国民间文学集成》总主编。4月10日周扬同志亲自到会祝贺，会议决定周扬同志任中国民间文学集成总主编，钟敬文、贾芝、马学良同志为副主编并分别兼任《中国民间故事集成》《中国歌谣集成》《中国谚语集成》主编。4月20日我修定编纂三套集成的红头文件。12月15日，我找到周巍峙同志，他表示支持，并建议重写一文件，说把地方文化馆写上就好办了。

1984年2月18日，我又去找周扬同志谈到30多年想出一套代表中国民间文学的丛书至今办不到，周扬让再写个材料他去办。5月22日，中国民研会马振同志到我家，说文化部、国家民委已签署了关于《集成》的文件。他要我代表中国民研会签字，我签了字。5月28日文化部、国家民委和中国民研会联合签发的《关于编辑出版〈中国民间故事集成〉〈中国歌谣集成〉〈中国谚语集成〉的通知》及《关于编辑出版民间文学三套集成的意见》作为民文字〔84〕第808号文件正式下发全国。1986年5月，中国民间文学三套集成纳入周巍峙同志主持的全国艺术学科规划领导小组编纂的艺术集成（志），成为十套集成（志），并列入国家"七五"重点项目。

1984年3月10日，我出席《中国民间文学集成》三套集成主编会议，讨论了集成的指导思想、要求体例和组织工作等问题。自此民间文学集成工作在全国各地区、各民族进入全面的普查阶段，发动了从十几岁的娃娃到八九十岁的老人数以千百万计的队伍。从中央到地方文化馆站的数十万名文化工作者为这一工作默默奉献着。全国搜集采录民间文学资料逾40亿字，编辑出版县卷本4000余册。

1987年，民间文学集成开始省卷审稿。作为《中国歌谣集成》的主编，我对每个省、自治区、直辖市的卷本进行逐字逐句阅读，并提出修改意见，甚至连标点、错别字都顺手纠正。有人说我不会当主编，主编是不需要看稿的，只要回答编辑提出的问题就可以了。我以为这是一种缺乏实践、不负责任的空话。每一个省都有自己独特的风情和相关的民俗事象，因此也就有着各具特色的歌谣。没有哪两个省可以采用完全相同的编排模式，在多民族省份更是如此。不看作品、不进行研究，怎么可以回答问题呢？回答问题仅只是对一般具有共性的问题而言的。我们面对的是一项全新的工作，我和我的同事都没有现成的经验。我们在编纂中学习，积累经验才能更好、更妥帖地解决问题。我就是这样一个人，宁做文化长城脚下的一名劳工，也不做高高在上的"主编大人"。有人反对我，提出"发动小鬼，解放阎王"的口号。我不做阎王，我要承担起历史的责任。我不仅坚持看稿，还亲自执笔完成了《中国歌谣集成》总序的撰写工作。执着的追求、严谨的学风支撑着我不断探索、不断前进，走到今天。

今天，《中国歌谣集成》30卷全部出版了。欣喜之余我谈几点经验。

1. 突出特色是我们的目标：我们提倡省卷要突出特色。如云南按民族分类，25个民族的作品琳琅满目、神采各异，对其本源和歌谣的综述，更使读者一目了然。

新疆除了介绍了13个少数民族的歌谣以外还突出了来自祖国各地的汉族同胞带来的民歌在建设兵团扎根，与民族融合的优秀作品。

西藏人民喜歌善舞，藏族民歌有着自己纷繁复杂的名称和分类，涉及社会生活的方方面面，其中颂歌非常突出，包括赞词、婚礼祝词、斋呷颂词等。藏族还有专事演唱的歌手、艺人。目前所知世界最长的英雄史诗《格萨尔王传》至今还活在民间艺人的口头上。

内蒙古没有节奏铿锵的劳动歌，以牧歌见长。节奏鲜明激昂的寻马歌彰显着马背上的民族与马息息相通的情感关系。酒宴歌、思乡歌也是其重要特点之一。

上海在现代化冲击如此迅猛的今天深入社区街道搜集到数量和质量都可观的歌谣作品,让人们在欣赏歌谣的同时,读到一部上海各阶层人民鲜活的历史。

安徽的革命斗争歌从太平天国、捻军、抗日战争到解放战争,可看到其革命的传统。

天津作为曲艺之乡,提出了曲艺与民间歌谣的渊源与流变关系。

作为古都的北京以时政歌见长。

江苏、浙江显现着了江南水乡和稻作文化的种种特点。

2. 编法:我们原定按内容参照其功能分类编排为劳动歌、时政歌、仪式歌、情歌、生活歌、历史传说歌、儿歌及其他。实践中我们都按各省特点进行增删和改变,除内容的类别外,还增加了某地区、某民族独特的歌谣形式。广西、云南、新疆这些多民族省、区按内容分类会湮没了其异彩纷呈的特色。于是这些省、区按民族分类,在民族类下再按内容分类。宁夏为了突出回族特色,分为回族、汉族两部分。甘肃则按不同地区特色分为:"花儿""陇上歌谣""草原歌谣"三大块。陕西的信天游按其特殊形式也作为单独一类编排。总之,在大部分省、自治区按内容分类编排以外,我们根据具体情况做了合理的调整。

3. 分类:在按内容分类编排的省份,我们也突破了原定的八大类,根据各省特点有所增减。我们的原则是充分尊重和保留本地区和本民族特有的形式和分类法。

如湖北的"薅草锣鼓"是劳动时唱的歌,但它包罗万象,有古歌、生活歌、情歌、荤歌等。它是一种系列歌,由歌师领唱既指挥歌唱又指挥生产,上午、下午,开始、结束,劳动、休息时唱的内容大不相同。如果按内容将整套的"薅草锣鼓"拆散,就看不到这种特殊的形式了,我们将它作为一小类放在劳动歌中。

西藏有一类"强盗歌",这里的"强盗"指那些敢于反抗压迫、伸张正义的英雄。他们以"强盗"自居,引以为豪。我们曾想"强盗"不好,改用"侠盗"或什么,但最终还是沿用了他们的习惯称谓。这样就更亲切更准确地保留了这一特殊人群的特殊形式的歌。

云南瑶族有一种"信歌"也作为一种特殊的形式被保留下来。它是一种可以唱的书信。历史上瑶族几经迁徙，居住分散、交通阻隔、邮政不便，民间便以信歌交流。信歌内容包罗生活的方方面面：打官司、做媒等，但主要价值是记录了瑶族的迁徙史。

关于分类还有许许多多的例子，就不一一列举。

4. 研究文字的加强：歌谣反映历史广阔遥远，甚至包括原始社会遗存，既是难关也是优势。如何立体地再现歌谣伴随历史的生动画卷就成为我们的责任。《中国歌谣集成》要求概述、类序、附记、注释四个层面的文字说明。概述清晰地展示本省歌谣发展传承的脉络以及研究成果，从历史沿革和民俗事象纵横两方面立体地介绍本省歌谣，起到导游的作用。类序是我们1991年到湖北审稿过程中提出的，它可以更加生动具体地介绍每一类歌在本省的特点，亦可举例亮出自己的宝贝。附记说明歌谣什么时候唱、怎么唱？有什么样的历史背景、习俗和仪式等。注释则解释具体词句。

5. 民间文学与非民间文学的区别问题、时政歌的界定问题、方言方音问题、翻译问题等许许多多的问题我们都是在实践中解决和完善起来的。具体情况不在这里赘述。

《中国歌谣集成》30卷全部出版了。每省卷100万字左右，有的省上下两卷200余万字，初审、复审、终审三遍，总字数以亿计算。从普查动员搜集采录开始，我跑过21个省、自治区、直辖市。像广西、新疆、湖北、河北、陕西等地我都跑了三次以上。

1994年、1996年、2000年我三次赴台湾讲学，每次都讲三套集成，台湾学者为配合我们的工作，在台湾高山九族中进行民间文学采录，至今成果已结集出版。

2002年10月，我不顾90岁高龄到湖北宜都橘林深处青林寺谜语村考察。该村位于高坝洲电站库区的主要淹没区，大量系列谜歌将有可能失散。我力荐谜歌作为湖北特色收入集成卷本，经过几年的努力于2008年完成。

《中国歌谣集成》是历史上空前绝后的工程，我们决不能怠慢，要尽力做到完美，不要留下太多的遗憾。26年来我把大部分精力和时间花在这一工作上，除了审稿之外还要处理太多的人事纠纷与干扰。我自己的文集没有编辑，许多文稿没有整理发表，日记60余本、书信几千封都没有清理选编。想到这里我不免有些焦虑，然而我不后悔，为我所挚爱的事业奉献永不言悔。今天面对洋洋大观的《中国歌谣集成》，我释然一笑抿恩怨，无论学术之争、无论个人成见与此相比都不值得回首。留作永恒的只有这座抢救保护非物质文化遗产的巍峨长城。

2009年

后　记

首先，我要感谢中国文联和中国民协给我这个出书的机会！感谢邱运华书记、办公室主任刘慧、老干部处白鹤和李建平同志！他们给我极大的关怀鼓励与帮助，尤其邱书记和小白同志一再努力推进书的出版。

这本书主要是回忆。1980年9月，我入职几个月便随贾芝率领的代表团赴柳州，参加中断十几年的中秋歌会。第一次听到老百姓传唱民歌，那活力！那热情！那妙语连珠！"真诗乃在民间！"活动之后我随贾芝下乡考察采风，我们从一个县刚刚出发，另一个县的"铁杆"们已经从四面八方的劳作现场赶来坐好，贾芝一到即开讲。那时没有手机，黄勇刹秘书长却能够把广西各个地方热爱忠实于民间文学事业的"铁杆"们串联起来，形成网络，一呼百应。到了云南，贾芝依旧一处一处讲学座谈，具体指导搜集，解决实际问题。50多天，走访广西、云南的二十几个市、县、乡、公社。每到一处，贾芝都要讲民间文学。他说，所有民族的"根"都源于民间口头文学。民间文学有其独特的艺术审美价值，对于增强着民族自信心与凝聚力有着不可替代的作用，同时对历史、民族、语言、考古、宗教、哲学等诸多学科有着极珍贵的佐证价值。他还告诉大家怎样搜集整理：要做到"忠实记录、慎重整理"，绝不允许随意修改；严格区分整理、改编与再创作三项不同性质工作的界限，不可混淆。我一边录音、一边笔记、一边学习，对于民间文学有了初步的认识。更重要的是：我们深入村寨走访老歌手、故事家；到原始森林寻觅古老的传说；竹筏漂流中体悟放排的恢宏壮观；看人们种田、晒谷、绩麻，边劳作边歌唱；在边寨的竹楼上听跨国歌手彻夜对唱。当年条件简陋，我们常常住在大车店，没有电点着小油灯。山间平地搭起民歌比赛的舞台，人们从四面八方蜿蜒的山路涌来，漫山遍野的火把，好生壮观！我们走的大多是盘山公路，悬崖下深谷里就是波涛汹涌的澜沧江。遇到塌方，我挽起裤腿帮司机把车从泥潭中推出来。虽然艰苦，处处原生态，各民族的风土民俗让我大开眼界，应接不暇。我在山川原野接受民间文学的启蒙，对民间文学的热爱便从那时开始，责任也开始担当。

11月贾芝回北京，立即接待日本荒隆一；主持君岛久子的学术座谈。12月，接待臼田甚五郎为团长的日本代表团，报告《中国民间文学研究的现状与方向》。1981年1月，参加编辑部关于"改旧编新"的讨论，撰写发表文章。2月，主持中国少数民族文学学会首届学术年会，作总结报告《开拓民间文学研究的广阔领域》；主持七省市《格萨尔》第二次工作会议，作总结发言。3月主持《玛纳斯》采录工作、解决新疆老歌手居素普·玛玛依的生活待遇问题；主持《中国民间故事选》（第三集）编选工作。4月，学术著作《新园集》出版。5月，接待稻田浩二为团长的日本《昔话通观》代表团，报告《中国民间故事搜集、研究的历史与现状》，主持比较研究及双方合作的座谈；主持召开中国民研会首届学术年会，致开幕词，并作总结发言。6月，主持法国学者石泰安关于《格萨尔》报告。7月，接待美籍华裔学者丁乃通夫妇，主持座谈与学术报告；赴内蒙古参加中国蒙古族文学学会首届学术年会，报告《少数民族的民间文学要进行系统的建设》，穿越草原到苏尼特左旗参加那达慕大会。8月，到吉林梅河口讲学考察。9月，接待日本《灯花》代表团，召开记者招待会，康克清在人民大会堂接见。10月，到对外友协会见苏联学者李福清。11月，创刊《民间文学论坛》首任主编；申办《民族文学研究》创刊。12月，召开首届萨满文化座谈会，请满族专家与民间艺人发言与表演；接见访问《北京日报》的君岛久子与白鸟芳郎；在京西宾馆主持《玛纳斯》领导小组会议；主持召开中国民研会常务理事扩大会，提出并通过决议：编选《中国民间故事集成》《中国歌谣集成》《中国谚语大观》（后更名《中国谚语集成》）。

当时，贾芝的职务是中国文联党组成员；中国民研会驻会副主席、分党组书记；中国民间文学出版社首任社长；中国社科院文学研究所民间文学研究室主任、少数民族研究所所长。日常工作从规划到调干、经费等皆由他负责，还主持以上学术与外事活动。作为业务助手，我毫无准备地参加到工作的方方面面，那时起便没有了节假日的概念，一年365天都在工作。他讲话，我录音，整理成文；他口述，我起草文稿；给各地回信、接待来访更是马不停蹄。我的本职工作，编写内刊同时与全国各地以及国际联络，组织大型会议与活动，更是忙到不分昼夜。

当年，我没有机会就读大学，直接到工作中摸爬滚打。最初的十年，我便参与80万字论著与800万字编著的工作。1988年5月，随贾芝一行到广西南宁，对《中国歌谣集成·广西卷》进行初审。没有任何身份，我便参加了阅稿。也不知道什么时候，从哪一卷开始，我担任了特约审读员，还兼做过责任编辑。2002年我被正式聘为《中国歌谣集成》副主编，还做过几卷的责任副主编。我的本职工作在组联部，《集成》属于业余担当，行政与业务双重工作。加倍辛劳不加报酬，却是极好的机遇，我有幸参加这个被称之"中华民族文化长城"的国家重点项目。我通读了全国29个省市自治区、56个民族的民歌，了解鉴赏民歌民谣过亿，同时写下审读笔记逾百万字。我借此学习积累了关于歌谣真伪的鉴别、歌谣的分类、歌谣与方言、歌谣与民俗等诸方面的知识。

一场风雨成就的姻缘。入职不久，我便成为某些人弹劾贾芝的炮弹，一时间风雨满楼，贾芝被离休，我成为众矢之的。面对流言蜚语，解释是徒劳的。我选择默默去做，16年的努力，我编书逾1500万字。1996年12月人民出版社授予我"编辑"资格，仅一个月后1997年1月中国文联破格确认我"副编审"资格。长期工作的磨合，我们从相知到相爱。历经七年，1987年我们在两间小平房结婚，没有仪式，没有添加衣物。1990年，单位分配住房。2000年购买公房需6万元，我们负债贷款2万元。生活并不优裕，支撑我们三十年婚姻的牢固基础是相互成就了彼此。个人成绩并不显赫，算不上事业，我们只是用"心"去做，竭尽全力地推动全国各省市包括县市甚至村镇民间文艺的搜集普查、编纂出版与研究，一个民族不能少，一个地区不能少，去实现中国民间文学走上国家讲坛，屹立于世界文化之林的梦想。

2007年，年过六旬的我从汉语拼音开始学习使用电脑。贾芝住院七年，我每天10小时床前陪护无一缺席，仅靠夜晚为他编书155万字。2009年出版《贾芝集》，2012年出版《拓荒半壁江山》，2016年出版《真情呼唤 共铸辉煌——庆贺贾芝百岁文集》。2016年贾芝离世，各种磨难与疾病接踵而来，不堪回首，无以言表。2017年我开始酝酿编选文集得到领导支持。2019年协会请我去给年轻同志讲历史，未及准备，没想到很受欢迎。他们说有趣，具有学术与历史价值。接着疫情来袭，矛盾纠葛与疾病困扰，我几近崩溃，编书让我逐步走出困境。我删减工作文字10余万，补写了协会初建的历史，三大史诗的发掘问世，协会工作方针的实施，还写了贾芝与海内外学者建立广泛联系，拼尽全力为中国民间文学走向世界铺路搭桥：1985年春节72岁贾芝去芬兰开会，往返两个星期乘火车穿越西伯利亚，大雪纷飞毫无畏惧；82岁去印度迈索尔开会讲学，飞机、火车、长途大巴、黄包车、滑竿一路颠簸，没说辛苦；88岁途经香港去台湾开会，绕道飞行18个小时，没有旅途劳顿。内容扩展，个人文集变成协会历史的记述。

2022年5月，我再删10多万字，增加记述文章近20万字，我的身体也在各种危机抗争中渐渐康复，70多岁老太又体验一次绝地重生的快乐。旧文的结集也变成新作占70%以上的新书。今天看着排好的书稿，我百感交集，欣慰在贾芝的指导下成为民间文学事业薪火相传的一个接棒人，不负人生。剩下的便是感激，我感激生命中遇到的每一位帮助过我的人：我的父母、兄长、弟弟、妹妹、侄子、侄媳、外甥女，包括没有血缘关系的孙女谷琳一家的所有亲人们；同事、同学、邻居、物业的朋友们；医生、护士和护工朋友们，他们都是温暖过我的人。最困难的时候，他们无数次对我说："有事找我们！"更有人对我说："我在！从未离开。"他们的笃定帮助我摆脱焦虑，化解难题，度过一个个坎坷。我终身不忘！